无障碍阅读典藏版

（清）蒲松龄 著

侯海博 主编

聊斋志异

北京联合出版公司
BeiJing United Publishing Co.,Ltd.

图书在版编目（CIP）数据

聊斋志异 /（清）蒲松龄著；侯海博主编 . -- 北京：北京联合出版公司，2015.8（2023.4 重印）
（无障碍阅读：典藏版）
ISBN 978-7-5502-5584-5

Ⅰ.①聊… Ⅱ.①蒲… ②侯… Ⅲ.①笔记小说—中国—清代 Ⅳ.① I242.1

中国版本图书馆 CIP 数据核字 (2015) 第 133750 号

聊斋志异

无障碍阅读典藏版

著　　者：（清）蒲松龄

主　　编：侯海博

责任编辑：徐秀琴

封面设计：彼　岸

责任校对：李志刚

北京联合出版公司出版

（北京市西城区德外大街83号楼9层　100088）

三河市万龙印装有限公司印刷　新华书店经销

字数358千字　　787mm×1092mm　1/16　40印张

2015年8月第1版　2023年4月第17次印刷

ISBN 978-7-5502-5584-5

定价：75.00元

前　言

　　《聊斋志异》，简称《聊斋》，俗名《鬼狐传》，是中国清代著名小说家蒲松龄创作的一部文言短篇小说集。全书共有短篇小说491篇。鲁迅曾经说过，《聊斋志异》是"用传奇法，而以志怪"，也就是说蒲松龄用传奇的表现手法，来表现"谈狐说鬼"的内容。全书人物形象鲜明生动，故事情节曲折离奇，结构布局严谨巧妙，文笔简练，描写细腻，达到了郭沫若所说的"写鬼写妖高人一等，刺贪刺虐入骨三分"的境界，堪称中国古典文言短篇小说之巅峰。阅读《聊斋志异》能帮助读者快速了解社会各色人等的生活百态，增长各种历史知识，学到各种关于环境描绘、情节设置、人物刻画的作文方法，同时也能提高读者阅读古典名著的兴趣与水平。

　　由于目前很多读者对古典名著存在各种各样的阅读障碍，所以本书的编写原则是帮助读者扫清阅读的障碍，让读者获得轻松的阅读体验。在编写体例上，本书以夹批和脚注的形式，对小说中的生僻字词进行了注音，对小说中难解的字词进行了解释，同时对古代文化常识等进行了明确解析。与同类书相比，本书又具有以下显著特点：

　　一、采取文中夹注的形式，方便阅读

　　根据读者对古典文学名著学习的需求，以及阅读过程中遇到的难点，本书采取文中夹注的形式，对小说里的生僻字词进行注音，对难解的字词进行解释，而且对小说中出现的一些人物、官职、相关的传说、天文地理知识、文化知识等也进行了简要解释说明，使读者在阅读中真正无障碍，能顺利阅读作品、理解作品内容。

　　二、反复注释，为阅读扫清障碍

　　由于小说中重复出现的生僻字词、难解字词较多，为了更加方便读者阅读，编者对这些字词进行了多次的注解，为读者扫除阅读障碍，同时反复注释也可以使读者对这些字词加深印象，理解深刻。

三、集中分析主要人物，更好地理解原著

为了方便读者更好地理解原著，编者集中分析了作品中主要人物的形象特点。对人物形象的分析，编者采用说理与举例相结合的形式，既突出了人物的主要性格特点，同时也折射出人物性格的多样性，能帮助读者更好地理解小说的人物形象及作品的思想情感。

四、穿插精美资料性插图，帮助读者更地好了解作品

为了帮助读者更好地把握原著中人物的性格特点和精神风貌，以及故事发生的历史背景和时代环境，编者特别在书中穿插了丰富多彩的资料性图片，以加深读者对作品内容的感性认识，从而达到更深入、更全面的阅读效果。

最后，祝愿阅读本书的每位读者，都能在阅读中获得快乐，让自己的阅读理解水平得到一定的提高。

目 录

卷八

卷十二

考城隍

予姊丈之祖，宋公讳焘，邑（yì，泛指一般城镇）廪生（即秀才。明清两代称由公家给以膳食的生员为廪生）。一日，病卧，见吏人持牒（公文或证件），牵白颠马来，云："请赴试。"公言："文宗（文章宗匠。原指众人所宗仰的文章大家。清代时，是对省级学官提督学政的誉称）未临，何遽（jù，急，仓猝）得考？"吏不言，但敦促之。公力疾乘马从去。路甚生疏。至一城郭，如王者都。移时入府廨（xiè），宫室壮丽。上坐十馀官，都不知何人，惟关壮缪可识。檐下设几、墩各二，先有一秀才坐其末，公便与连肩。几上各有笔札（古时供书写文章用的薄木简）。俄题纸飞下。视之，八字云："一人二人，有心无心。"二公文成，呈殿上。公文中有云："有心为善，虽善不赏；无心为恶，虽恶不罚。"诸神传赞不已。召公上，谕曰："河南缺一城隍，君称其职。"公方悟，顿首泣曰："辱膺宠命（承蒙任用，敬词），何敢多辞？但老母七旬，奉养无人，请得终其天年，惟听录用。"上一帝王像者，即命稽母寿籍（生死簿）。有长须吏，捧册翻阅一过，白："有阳算九年。"共筹踌（犹豫不决。筹，通"踌"）间，关帝曰："不妨令张生摄篆（代理官职）九年，瓜代（及瓜而代的省词。原意为到来年食瓜季节使人替代。这里是接手的意思）可也。"乃谓公："应即赴任；今推仁孝之心，给假九年，及期当复相召。"又勉励秀才数语。二公稽首（古时的一种礼节，跪下，拱手至地，头也至地。稽，qǐ）并下。秀才握手，送诸郊野，自言长山（古县名，今山东省淄博市周村一带）张某。以诗赠别，都忘其词，中有"有花有酒春常在，无烛无灯夜自明"之句。公既骑，乃别而去。及抵里，豁若梦寤。时卒已三日。母闻棺中呻吟，扶出，半日始能语。问之长山，果有张生，于是日死矣。后九年，母果卒。营葬既毕，浣濯入室而没。其岳家居城中西门内，忽见公镂膺（马胸前的镂金装饰带子）朱帻（fén），舆（车）马甚众，登其堂，一拜而行。相共惊疑，不知其为神。奔讯乡中，则已殁矣。公有自记小传，惜乱后无存，此其略耳。

耳中人

谭晋玄，邑诸生（本指在学儒生。明清时代，凡经考试取入府、州、县学的生员，通称诸生）也。笃（dǔ）信导引之术（道教修炼的法术），寒暑不辍，行之数月，若有所得。一日，方趺坐（趺坐，即"结跏趺坐"，略称"跏趺"。佛教徒坐禅的一种姿势，俗称盘腿打坐。趺，fū），闻耳中小语如蝇，曰："可以见（xiàn，通"现"）矣。"开目即不复闻；合眸定息，又闻如故。谓是丹将成，窃喜。自是每坐辄闻。因俟其再言，当应以觇（chān，察看）之。一日，又言。乃微应曰："可以见矣。"俄觉耳中习习然，似有物出。微睨（nì，斜视）之，小人长三寸许，貌狞恶如夜叉（梵语音译，指丑恶之鬼）状，旋转地上。心窃异之，姑凝神以观其变。忽有邻人假物，扣门而呼。小人闻之，意张皇，绕屋而转，如鼠失窟。谭觉神魂俱失，复不知小人何所之矣。遂得颠疾（疯癫病。颠，通"癫"），号叫不休，医药半年，始渐愈。

喷 水

莱阳宋玉叔（即宋琬）先生为部曹（指主事、郎中，均为内阁各部的属官）时，所僦第（租赁的宅第。僦，jiù），甚荒落。一夜，二婢奉太夫人（汉代称列侯之母为太夫人。此指宋母）宿厅上，闻院内扑扑有声，如缝工之喷水者。太夫人促婢起，穴窗（捅破窗纸）窥视，见一老妪，短身驼背，白发如帚，冠一髻，长二尺许，周院环走，疏急（指走的快慢程度）作鹤步，行且喷，水出不穷。婢愕返白。太夫人亦惊起，两婢扶窗下聚观之。妪忽逼窗，直喷棂内；窗纸破裂，三人俱仆，而家人不之知也。东曦（xī，日光）既上，家人毕集，叩门不应，方骇。撬扉入，见一主二婢，骈（pián，并，挨着）死一室。一婢鬲（同"膈"，胸口）下犹温。扶灌之，移时而醒，乃述所见。先生至，哀愤欲死。细穷没处，掘深三尺馀，渐露白发；又掘之，得一尸，如所见状，面肥肿如生。令击之，骨肉皆烂，皮内尽清水。

瞳人语

长安（即今陕西省西安市）士方栋，颇有才名，而佻脱（轻佻，轻率。佻，tiǎo）不持仪节。每陌（mò，本指田间小路；南北叫"阡"，东西称"陌"，引申为郊外）上见游女，辄轻薄尾缀（在后紧跟）之。清明前一日，偶步郊郭，见一小车，朱茀（fú）绣幰（xiǎn）；青衣（代称婢女）数辈，款段以从。内一婢，乘小驷，容光绝美。稍稍近觇之，见车幔洞开，内坐二八女郎，红妆艳丽，尤生平所未睹。目炫神夺，瞻恋弗舍，或先或后，从驰数里。忽闻女郎呼婢近车侧，曰："为我垂帘下。何处风狂儿郎，频来窥瞻！"婢乃下帘，怒顾生曰："此芙蓉城（神话传说中的仙境）七郎子新妇归宁（已嫁女子回母家探视，古称归宁），非同田舍娘子，放教秀才胡觑（qù，偷看）！"言已，掬辙土飏生。

生眯目不可开。才一拭视，而车马已渺。惊疑而返。觉目终不快。倩（请）人启睑拨视，则睛上生小翳（yì，目疾）；经宿益剧，泪簌簌不得止；翳渐大，数日厚如钱；右睛起旋螺（薄膜厚结成螺旋形），百药无效。懊闷欲绝，颇思自忏悔。闻《光明经》能解厄。持一卷，浼（měi，求）人教诵。初犹烦躁，久渐自安。旦晚无事，惟趺坐（盘腿打坐。趺，fū）捻珠。持之一年，万缘俱净。忽闻左目中小语如蝇，曰："黑漆似，叵（pǒ）耐杀

— 3 —

人!"右目中应云:"可同小遨游,出此闷气。"渐觉两鼻中蠕蠕作痒,似有物出,离孔而去。久之乃返,复自鼻入眶中。又言曰:"许时不窥园亭,珍珠兰遽枯瘠死!"生素喜香兰,园中多种植,日常自灌溉;自失明,久置不问。忽闻此言,遽(jù,急忙)问妻:"兰花何使憔悴死?"妻诘其所自知,因告之故。妻趋验之,花果槁矣。大异之。静匿房中以俟之,见有小人自生鼻内出,大不及豆,营营然竟出门去。渐远,遂迷所在。俄,连臂归,飞上面,如蜂蚁之投穴者。如此二三日。又闻左言曰:"隧道(地下暗道。这里指眼睛通向鼻孔的潜道)迂,还往甚非所便,不如自启门。"右应云:"我壁子厚,大不易。"左曰:"我试辟,得与而(你)俱。"遂觉左眶内隐似抓裂。有顷,开视,豁见几物。喜告妻。妻审之,则脂膜破小窍,黑睛荧荧,如劈椒。越一宿,幛尽消。细视,竟重瞳也,但右目旋螺如故,乃知两瞳人合居一眶矣。生虽一目眇(miǎo,失明),而较之双目者,殊更了了(清晰)。由是益自检束,乡中称盛德(美德)焉。

异史氏(作者蒲松龄自称)曰:"乡有士人,偕二友于途,遥见少妇控驴出其前,戏而吟曰:'有美人兮!'顾二友曰:'驱之!'相与笑骋。俄追及,乃其子妇。心赧气丧,默不复语。友伪为不知也者,评骘(评定。骘,zhì)殊亵(十分猥亵、下流)。士人忸怩,吃吃而言曰:'此长男妇也。'各隐笑而罢。轻薄者往往自侮,良可笑也。至于眯目失明,又鬼神之惨报矣。芙蓉城主,不知何神,岂菩萨现身耶?然小郎君生辟门户,鬼神虽恶,亦何尝不许人自新哉。"

画　壁

江西孟龙潭,与朱孝廉(这里指举人)客都中。偶涉(进入)一兰若(寺庙),殿宇禅舍(chán shè,僧舍),俱不甚弘敞,惟一老僧挂搭其中。见客入,肃衣(整理衣服,以示尊敬)出迓(yà,迎接),导与随喜。殿中塑志公像。两壁画绘精妙，人物如生。东壁画散花天女，内一垂髫（tiáo）者，拈花微笑，樱唇欲动，眼波将流。朱注目久，不觉神摇意夺，恍然凝想。身忽飘飘，如驾云雾，已到壁上。见殿阁重重，非复人世。一老僧说法（讲说佛法）座上，偏袒绕视者（众和尚）甚众。朱亦杂立其中。少间，似有人暗牵其裾。回顾，则垂髫儿，辗然（笑的样子。辗，chǎn）竟去。履即从之。过曲栏，入一小舍，朱次且（zī jū，进退犹豫。同"趑趄"）不敢前。女回首，举手中花，遥遥作招状，乃趋之。舍内寂无人；遽拥之，亦不甚拒，遂与狎好。既而闭户去，嘱勿咳，夜乃复至，如此二日。女伴共觉之，共搜得生，戏谓女曰："腹内小郎已许大，尚发蓬蓬学处子耶？"共捧簪珥，促令上鬟（山东旧时风俗，即"上头"。鬟，huán）。女含羞不语。一女曰："妹妹姊姊，吾等勿久住，恐人不欢。"群笑而去。生视女，髻云高簇，鬟凤低垂，比垂髫时尤艳绝也。四顾无人，渐入猥亵，兰麝熏心，乐方未艾。忽闻吉莫靴铿铿甚厉，缧（léi，捆绑犯人的绳索）锁锵然；旋有纷嚣腾辨之声。女惊起，与生窃窥，则见一金甲使者，黑面如漆，绾锁挈（xié，通"挈"，持的意思）槌，众女环绕之。使者曰："全未？"答言："已全。"使者曰："如有藏匿下界人，即共出首，勿贻伊戚。"又同声言："无。"使者反身鹗顾，似将搜匿。女大惧，面如死灰，张皇谓朱曰："可急匿榻下。"乃启壁上小扉，猝遁去。

朱伏，不敢少息。俄闻靴声至房内，复出。未几，烦喧渐远，心稍安；然户外辄有往来语论者。朱局蹐（jú jí，畏缩恐惧而蜷曲）既久，觉耳际蝉鸣，目中火出，景状殆不可忍，惟静听以待女归，竟不复忆身之何自来也。时孟龙潭在殿中，转瞬不见朱，疑以问僧。僧笑曰："往听说法去矣。"问："何处？"曰："不远。"少时，以指弹壁而呼曰："朱檀越（指向寺院施舍财物的俗家人）何久游不归？"旋见壁间画有朱像，倾耳伫立，若有听察。僧又呼曰："游侣久待矣。"遂飘忽自壁而下，灰心木立，目瞪足耎（ruǎn，同"软"）。孟大骇，从容问之，盖方伏榻下，闻扣声如雷，故出房窥听也。共（一同，一起）视拈花人，螺髻翘然（螺形发髻高高翘起，为已婚妇女的发式），不复垂髫矣。朱惊拜老僧，而问其故。僧笑曰："幻由人生，贫道何能解。"朱气结而不扬，孟心骇叹而无主。即起，历阶而出。

异史氏曰："幻由人作，此言类有道者。人有淫心，是生亵境；人有亵心，是生怖境。菩萨点化愚蒙，千幻并作。皆人心所自动耳。老婆（佛家称苦口婆心劝导人者为老婆）心切，惜不闻其言下大悟，披发入山也。"

山　魈①

孙太白尝言：其曾祖肄业（修习课业。肄，yì）于南山柳沟寺。麦秋旋里，经旬始返。启斋门，则案上尘生，窗间丝满。命仆粪除（清扫），至晚始觉清爽可坐。乃拂榻陈卧具，扃扉（关门。扃，jiōng）就枕，月色已满窗矣。辗转移时，万籁俱寂。忽闻风声隆隆，山门豁然作响。窃谓寺僧失扃（忘记插门）。注念间（专注凝思的时候），风声渐近居庐，俄而房门辟矣。大疑之。思未定，声已入屋；又有靴声铿铿然，渐傍寝门。心始怖。俄而寝门辟矣。忽视之，一大鬼鞠躬塞入，突立榻前，殆（dài，差不多）与梁齐。面似老瓜皮色；目光睒（shǎn，如闪电般）闪，绕室四顾；张巨口如盆，齿疏疏（稀）长三寸许；舌动喉鸣，呵喇之声，响连四壁。公惧极；又念咫尺之地，势无所逃，不如因而刺之。乃阴抽枕下佩刀，遽（jù，急忙）拔而斫（zhuó，砍）之，中腹，作石缶声。鬼大怒，伸巨爪攫（jué，抓）公。公少缩。鬼攫（jué）得衾，捽（zuó，揪住）之，忿忿而去。公随衾堕，伏地号呼。家人持火奔集，则门闭如故，排窗入，见公状，大骇。扶曳登床，始言其故。共（一同，一起）验之，则衾夹于寝门之隙。启扉检照，见有爪痕如箕，五指着处皆穿。既明，不敢复留，负笈（jí，书箱）而归。后问僧人，无复他异。

---

①山魈：也作"山臊"。传说中的山怪。魈，xiāo。

咬鬼

沈麟生云：其友某翁者，夏月昼寝，蒙眬间，见一女子搴帘（掀帘。搴，qiān）入，以白布裹首，缞（cuī，披于胸前的麻布条，服三年之丧者用之）服麻裙，向内室去。疑邻妇访内人者；又转念，何遽（jù）以凶服入人家？正自皇惑，女子已出。细审之，年可三十馀，颜色黄肿，眉目蹙蹙然（皱眉很愁苦的样子。蹙，cù），神情可畏。又逡巡（qūn xún，徘徊）不去，渐逼卧榻。遂伪睡，以观其变。无何，女子摄衣（提起衣裙）登床，压腹上，觉如百钧重。心虽了了，而举其手，手如缚；举其足，足如痿（wěi，肢体麻痹）也。急欲号救，而苦不能声。女子以喙嗅翁面，颧鼻眉额殆遍。觉喙冷如冰，气寒透骨。翁窘急中，思得计：待嗅至颐（yí，面颊）颊，当即因而啮（咬）之。未几，果及颐（yí，面颊）。翁乘势力龁（hé，咬）其颧，齿没于肉。女负痛身离，且挣且啼。翁龁（hé，咬）益力。但觉血液交颐（yí，面颊），湿流枕畔。相持正苦，庭外忽闻夫人声，急呼有鬼，一缓颊（松口）而女子已飘忽遁去。夫人奔入，无所见，笑其魇（yǎn，梦中遇到可怕的事而呻吟，惊叫）梦之诬。翁述其异，且言有血证焉。相与检视，如屋漏之水，流枕浃席（流满床席。浃，jiā）。伏而嗅之，腥臭异常。翁乃大吐。过数日，口中尚有馀臭云。

捉狐

孙翁者，余姻家（亲家）清服之伯父也。素有胆。一日，昼卧，仿佛有物登床，遂觉身摇摇如驾云雾。窃意（暗想）无乃压狐（睡梦之中感到胸闷呼吸急促，俗称"压狐子"。压，或作"魇"）耶？微窥之，物大如猫，黄毛而碧嘴，自足边来。蠕蠕伏行，如恐翁寤。逡巡（qūn xún，一会儿）附体：着足足痿，着股股耎（ruǎn，同"软"）。甫（刚刚）及腹，翁骤起，按而捉之，握其项。物鸣急莫能脱。翁亟呼夫人，以带絷（zhí，拴住马足，这里是拴缚的意思）其腰。乃执带之两端，笑曰："闻汝善化，今注目在此，看作如何化法。"言次，物忽缩其腹，细如管，几脱去。翁大愕，急力缚之，则又鼓其腹，粗于碗，坚不可下；力稍懈，又缩之。翁恐其脱，命夫人急杀之。夫人张皇四顾，不知刀之所在。翁左顾示以处。比（等到）回首，则带在手如环然，物已渺矣。

荍荍①中怪

长山（旧县名，在今山东省邹平县一带）安翁者，性喜操农功。秋间荞熟，刈（yì）堆陇畔。时近村有盗稼者，因（于是）命佃人（指佃农），乘月辇（手推车）运登场；俟其装载归，而自留逻守。遂枕戈露卧。目稍瞑，忽闻有人践荞根，咋咋作响。心疑暴客（强盗）。急举首，则一大鬼，高丈馀，赤发鬅须（胡须乱糟糟，样子凶恶。鬅，níng），去身已近。大怖，不遑他计，踊身暴起，狠刺之。鬼鸣如雷而逝。恐其复来，荷戈而归。迎佃人于途，告以所见，且戒勿往。众未深信。越日（第二天），曝麦于场，忽闻空际有声。翁骇曰："鬼物来矣！"乃奔，众亦奔。移时复聚，翁命多设弓弩以俟之。翼日，果复来。数矢齐发，物惧而遁。二三日竟不复来。麦既登仓，禾藋杂遝（指荞麦秸秆散乱在地。藋，jiē。遝，tà），翁命收积为垛，而亲登践实之，高至数尺。忽遥望骇曰："鬼物至矣！"众急觅弓矢，物已奔翁。翁仆，龁其额而去。共（一同，一起）登视，则去额骨如掌，昏不知人。负至家中，遂卒。后不复见。不知其何怪也。

宅 妖

长山李公，大司寇（刑部尚书。此处指山东省邹平县的官员李化熙）之侄也。宅

---

①荍：qiáo，植物名。

多妖异。尝见厦（偏房）有春凳（一种长条形的木凳），肉红色，甚修润。李以故（以前）无此物，近抚按之，随手而曲，殆（dài，几乎）如肉朠（ruǎn，同"软"）。骇而却走。旋回视，则四足移动，渐入壁中。又见壁间倚白梃，洁泽修长。近扶之，腻然而倒，委蛇（wēi yí，通"逶迤"，曲折而进）入壁，移时始没。

康熙十七年，王生俊升设帐（指设馆授徒，做教书先生）其家。日暮，灯火初张，生着履卧榻上。忽见小人，长三寸许，自外入，略一盘旋，即复去。少顷，荷二小凳来，设堂中，宛如小儿辈用梁蘸心（高粱秆心）所制者。又顷之，二小人舁（yú，抬）一棺入，长四寸许，停置凳上。安厝（cuò，停枢等待下葬）未已，一女子率斯婢数人来，率细小如前状。女子衰衣（丧服。衰，cuī），麻绠（旧时居丧者束于腰际的麻绦）束腰际，布裹首；以袖掩口，嘤嘤而哭，声类巨蝇。生睥睨（pì nì，斜视）良久，毛森立，如霜被于体。因大呼，遽（jù，急忙）走，颠床下，摇战莫能起。馆中人闻声毕集，堂中人物杳然矣。

王六郎

许姓，家淄之北郭（山东省淄川县北郊），业渔。每夜，携酒河上，饮且渔。饮则酹地（浇酒于地以祭鬼神。酹，lèi），祝云："河中溺鬼得饮。"以为常。他人渔，迄无所获，而许独满筐。一夕，方独酌，有少年来，徘徊其侧。让之饮，慨与同酌。既而终夜不获一鱼，意颇失。少年起曰："请于下流为君驱之。"遂飘然去。少间，复返，曰："鱼大至矣。"果闻唼呷（shà xiā，鱼吃食时吞吐的声音）有声。举网而得数头，皆盈尺。喜极，申谢。欲归，赠以鱼，不受，曰："屡叨佳酝，区区何足云报。如不弃，要当以为长（将经常为他赶鱼）耳。"许曰："方共一夕，何言屡也？如肯永顾，诚所甚愿；但愧无以为情。"询其姓字，曰："姓王，无字，相见可呼王六郎。"遂别。明日，许货鱼，益沽酒。晚至河干，少年已先在，遂与欢饮。饮数杯，辄为许驱鱼。

如是半载。忽告许曰："拜识清扬（对人容颜的颂称，眉清目秀），情逾骨肉。然相别有日矣。"语甚凄楚。惊问之。欲言而止者再，乃曰："情好如吾两人，言之或勿讶耶？今将别，无妨明告：我实鬼也。素嗜酒，沉醉溺死，数年于此矣。前君之获鱼，独胜于他人者，皆仆之暗驱，以报酹奠耳。明日业满（佛家语，谓业报已满），当有代者，将往投生。相聚只今夕，故不能无感。"许初闻甚骇；然亲狎既久，不复恐怖。因亦欷歔，酌而言曰："六郎饮此，勿戚也。相见遽违，良足悲恻。然业满劫脱（灾祸得以逃脱），正宜相贺，悲乃不伦（不合情理）。"遂与畅饮。因问："代者何人？"曰："兄于河畔视之，亭午，有女子渡河而溺者，是也。"听村鸡既唱，洒涕而别。明日，敬伺河边，以觇其异。果有妇人抱婴儿来，及河而堕。儿抛岸上，扬手掷足而啼。妇沉浮者屡矣，忽淋淋攀岸以出，藉地少息，抱儿径去。当妇溺时，意良不忍，思欲奔救，转念是所以代六郎者，故止不救。及妇自出，疑其言不验。抵暮，渔旧处。少年复至，曰："今又聚首，且不言别矣。"问其故。曰："女子已相代矣；仆怜其抱中儿，代弟一人，遂残二命，故舍之。更代不知何期。或吾两人之缘未尽耶？"许感叹曰："此仁人之心，可以通上帝矣。"由此相聚如初。数日，又来告别。许疑其复有代者。曰："非也。前一念恻隐，果达帝天。今授为招远县邬镇土地（土地神），来日赴任。倘不忘故交，当一往探，勿惮（dàn，怕）修阻（路远不好走）。"许贺曰："君正直为神，甚慰人心。但人神路隔，即不惮修阻，将复如何？"少年曰："但往，勿虑。"再三叮咛而去。

许归，即欲治装东下。妻笑曰："此去数百里，即有其地，恐土偶不可以共语。"许不听，竟抵招远。问之居人，果有邬镇。寻至其处，息肩逆旅（放下行李入住旅店），问祠所在。主人惊曰："得无客姓为许？"许曰："然。何见知？"又曰："得无客邑为淄？"曰："然。何见知？"主人不答，遽出。俄而丈夫抱子，媳女窥门，杂沓而来，环如墙堵。许益惊。众乃告曰："数夜前，梦神言：淄川许友当即来，可助以资斧（路费）。祗候（恭候）已久。"许亦异之，乃往祭于祠而祝曰："别君后，寤寐不去心（日夜思念），远践曩（nǎng，以前）约。又蒙梦示居人，感篆中怀。愧无腆（tiǎn，丰厚，贵重）物，仅有卮酒（酒一卮。卮，酒器）；如不弃，当如河上之饮。"祝毕，焚钱纸。俄见风起座后，旋转移时，始散。夜梦少年来，衣冠楚楚，大异平时。谢曰："远劳顾问，喜泪交并。但任微职，不便会面，咫尺河山，甚怆于怀。居人薄有所赠，聊酬凤好。归如有期，尚当走送。"居数日，许欲归。众留殷勤，朝请暮邀，日更数主。许坚辞欲行。众乃折柬抱襆（拿着礼帖，抱着礼品），争来致赆（送行并赠送礼物。赆，jìn），不终朝，馈遗盈囊。苍头稚子毕集，祖送（饯行送别）出村。欻（xū，忽然）有羊角风起，随行十馀里。许再拜曰："六郎珍重！勿劳远涉。君心仁爱，自能造福一方，无庸故人嘱也。"风盘旋久之，乃去。村人亦嗟讶而返。许归，家稍裕，遂不复渔。后见招远人问之，其灵应如响云。或言：即章丘石坑庄。未知孰是。

异史氏曰："置身青云，无忘贫贱，此其所以神也。今日车中贵介（地位显赫的大人物），宁复识戴笠人哉？余乡有林下者，家綦（qí，极，很）贫。有童稚交（小时候结交的朋友），任肥秩。计投之必相周顾。竭力办装，奔涉千里，殊失所望；泻囊货骑（花空钱袋，卖掉坐骑。囊，指钱袋。骑，jì），始得归。其族弟甚谐，作月令嘲之云：'是月也，哥哥至，貂帽解，伞盖不张，马化为驴，靴始收声。'念此可为一笑。"

偷　桃

童时赴郡试（府试），值春节。旧例，先一日，各行商贾，彩楼鼓吹赴藩司（即布政使，专管一省的财赋和人事。这里指藩司衙门），名曰“演春”。余从友人戏瞩。是日游人如堵。堂上四官，皆赤衣，东西相向坐。时方稚，亦不解其何官。但闻人语哜嘈（jì cáo，喧哗，喧闹），鼓吹聒耳。忽有一人，率披发童，荷担而上，似有所白；万声汹动，亦不闻其为何语。但视堂上作笑声。即有青衣人大声命作剧。其人应命方兴，问：“作何剧？”堂上相顾数语。吏下宣问所长。答言：“能颠倒生物。”吏以白官。少顷复下，命取桃子。

术人声诺，解衣覆笥（sì，一种四方形的竹筐，有盖）上，故作怨状，曰：“官长殊不了了！坚冰未解，安所得桃？不取，又恐为南面者（这里指堂上长官。古以面南为尊，地位尊贵的人，如帝王或长官等都坐北朝南）所怒，奈何！”其子曰：“父已诺之，又焉辞？”术人惆怅良久，乃云：“我筹之烂熟。春初雪积，人间何处可觅？惟王母园（即西王母的蟠桃园）中，四时常不凋卸，或有之。必窃之天上，乃可。”子曰：“嘻！天可阶而升乎？”曰：“有术在。”乃启笥，出绳一团，约数十丈，理其端，望空中掷去；绳即悬立空际，若有物以挂之。未几，愈掷愈高，渺入云中；手中绳亦尽。乃呼子曰：“儿来！余老惫，体重拙，不能行，得汝一往。”遂以绳授子，曰：“持此可登。”子受绳，有难色，怨曰：“阿翁亦大惯惯（kuì kuì，糊涂）！如此一线之绳，欲我附之，以登万仞之高天。倘中道断绝，骸骨何存矣！”父又强呜拍之，曰：“我已失口，悔无及。烦儿一行。儿勿苦，倘窃得来，必有百金赏，当为儿娶一美妇。”子乃持索，盘旋而上，手移足随，如蛛趁丝，渐入云霄，不可复见。久之，坠一桃，如碗大。术人喜，持献公堂。堂上传示良久，亦不知其真伪。忽而绳落地上，术人惊曰：“殆（dài，危险）矣！上有人断吾绳，儿将焉托！”移时（隔一会儿），一物堕。视之，其子首也。捧而泣曰：“是必偷桃，为监者所觉。吾儿休矣！”又移时，一足落；无何，肢体纷堕，无复存者。术人大悲，一一拾置笥中而合之，曰：“老夫止此儿，日从我南北游。今承严命，不意罹此奇惨！当负去瘗（yì，埋葬）之。”乃升堂而跪，曰：“为桃故，杀吾子矣！如怜小人而助之葬，当结草（代指报恩）以图报耳。”坐官骇诧，各有赐金。术人受而缠诸腰，乃扣筒而呼曰："八八儿，不出谢赏，将何待？"忽一蓬头僮首抵筒盖而出，望北稽首，则其子也。以其术奇，故至今犹记之。后闻白莲教能为此术，意此其苗裔（子孙后代，这里指白莲教的后世徒众）耶？

种 梨

有乡人货梨于市，颇甘芳，价腾贵。有道士破巾絮衣，丐于车前。乡人咄之，亦不去；乡人怒，加以叱骂。道士曰："一车数百颗，老衲止丐其一，于居士亦无大损，何怒为？"观者劝置劣者一枚令去，乡人执不肯。肆中佣保者（店铺雇用的杂役人员），见喋聒（dié guō）不堪，遂出钱市一枚，付道士。道士拜谢，谓众曰："出家人不解吝惜。我有佳梨，请出供客。"或（有人）曰："既有之，何不自食？"曰："我特需此核作种。"于是掬梨大啖。且尽，把核于手，解肩上镵（chán，挖土工具），坎地深数寸，纳之而覆以土。向市人索汤沃灌。好事者于临路店索得沸瀋（滚开的汁水。瀋，shěn，汁水），道士接浸坎处。万目攒视，见有勾萌出，渐大；俄成树，枝叶扶苏；倏而花，倏而实，硕大芳馥，累累满树。道士乃即树头摘赐观者，顷刻向尽。已，乃以镵（chán）伐树，丁丁（zhēng zhēng，此处是伐木声）良久，方断；带叶荷肩头，从容徐步而去。

初，道士作法时，乡人亦杂立众中，引领注目，竟忘其业。道士既去，始顾车中，则梨已空矣。方悟适所俵（biào，分发）散，皆己物也。又细视车上一靶亡（一根车把丢失了。靶，通"把"，车把。亡，失去），是新凿断者。心大愤恨。急迹之，转过墙隅，则断靶弃垣下，始知所伐梨本，即是物也。道士不知所在。一市粲然（大笑的样子）。

异史氏曰："乡人愦愦（糊涂），憨状可掬，其见笑于市人，有以哉（是有道理的）。每见乡中称素封（指不做官无俸禄但十分富有的人家）者，良朋乞米，则怫（fú，恼恨、气忿的样子）然，且计曰：'是数日之资也。'或劝济一危难，饭一茕独（孤独无靠的人。茕，qióng），则又忿然，又计曰：'此十人、五人之食也。'甚而父子兄弟，较尽锱铢（zī zhū，极少的钱）。及至淫博迷心，则倾囊不吝；刀锯临颈，则赎命不遑。诸如此类，正不胜道；蠢尔乡人，又何足怪。"

劳山道士

邑有王生，行七，故家子（世家大族之子）。少慕道，闻劳山多仙人，负笈（jí，书箱）往游。登一顶，有观（guàn）宇，甚幽。一道士坐蒲团上，素发垂领，而神观爽迈。叩而与语，理甚玄妙。请师之。道士曰："恐娇惰不能作苦。"答言："能之。"其门人甚众，薄暮毕集。王俱与稽首，遂留观中。凌晨，道士呼王去，授以斧，使随众采樵。王谨受教。过月馀，手足重茧（一层层磨擦而生成的硬皮。重，chóng），不堪其苦，阴有归志。

一夕归，见二人与师共酌，日已暮，尚无灯烛。师乃剪纸如镜，粘壁间。俄顷，月明辉室，光鉴毫芒。诸门人环听奔走。一客曰："良宵胜乐，不可不同。"乃于案上取壶酒，分赉（lài，赏赐）诸徒，且嘱尽醉。王自思：七八人，壶酒何能遍给？遂各觅盎盂，竞饮先釂（jiào，喝完杯中酒），惟恐樽尽；而往复挹（yì，倒）注，竟不少减。心奇之。俄一客曰："蒙赐月明之照，乃尔（如此）寂饮。何不呼嫦娥来？"乃以箸掷月中。见一美人，自光中出。初不盈尺，至地遂与人等。纤腰秀项，翩翩作"霓裳舞"。已而歌曰："仙仙乎，而还乎，而幽我于广寒乎！"其声清越，烈如箫管。歌毕，盘旋而起，跃登几上，惊顾之间，已复为箸。三人大笑。又一客曰："今宵最乐，然不胜酒力矣。其钱我于月宫可乎？"三人移席，渐入月中。众视三人，坐月中饮，须眉毕见，如影之在镜中。移时，月渐暗；门人然（通"燃"）烛来，则道士独坐而客杳矣。几上肴核尚故。壁上月，纸圆如镜而已。道士问众："饮足乎？"曰："足矣。""足宜早寝，勿误樵苏。"众诺而退。王窃欣慕，归念遂息。

又一月，苦不可忍，而道士并不传教一术。心不能待，辞曰："弟子数百里受业仙师，纵不能得长生术，或小有传习，亦可慰求教之心；今阅两三月，不过早樵而暮归。弟子在家，未谙此苦。"道士笑曰："我固谓不能作苦，今果然。明早当遣汝行。"王曰："弟子操作多日，师略授小技，此来为不负也。"道士问："何术之求？"王曰："每见师行处，墙壁所不能隔，但得此法足矣。"道士笑而允之。乃传以诀，令自咒毕，呼曰："入之！"王面墙，不敢入。又曰："试入之。"王果从容入，及墙而阻。道士曰："俯首骤入，勿逡巡！"王果去墙数步，奔而入；及墙，虚若无物；回视，果在墙外矣。大喜，入谢。道士曰："归宜洁持，否则不验。"遂助资斧（路费），遣之归。

抵家，自诩遇仙，坚壁所不能阻。妻不信。王效其作为，去墙数尺，奔而入，头触硬壁，蓦然而踣（bó，跌倒）。妻扶视之，额上坟起，如巨卵焉。妻揶揄之。王渐忿，骂老道士之无良而已。

异史氏曰："闻此事，未有不大笑者；而不知世之为王生者，正复不少。今有伧父（鄙贱匹夫。古时讥讽骂人的话。伧，cāng），喜疢（chèn）毒而畏药石（喜好伤身的疾患，而害怕治病的药石。比喻喜欢阿谀奉承而害怕直言忠告），遂有舐痈吮痔者，进宣威逞暴之术，以迎其旨，绐（dài，欺骗）之曰：'执此术也以往，可以横行而无碍。'初试未尝不小效，遂谓天下之大，举可以如是行矣，势不至触硬壁而颠蹶不止也。"

长清僧

长清（地名，今属山东省济南市）僧，道行高洁。年八十馀犹健。一日，颠仆不起，寺僧奔救，已圆寂（僧尼过世的婉词）矣。僧不自知死，魂飘去，至河南界。河南有故（亡故）绅子，率十余骑，按鹰猎兔。马逸，堕毙。魂适相值，翕然而合，遂渐苏。厮仆还问之。张目曰："胡（怎么）至此！"众扶归。入门，则粉白黛绿者，纷集顾问。大骇曰："我僧也，胡（怎么）至此！"家人以为妄，共提耳（扯着耳朵，意思是谆谆晓喻）悟之。僧亦不自申解，但闭目不复有言。饷以脱粟则食，酒肉则拒。夜独宿，不受妻妾奉。

数日后，忽思少步。众皆喜。既出，少定，即有诸仆纷来，钱簿谷籍，杂请会计。公子托以病倦，悉卸绝（推脱、拒绝）之。惟问："山东长清县，知之否？"共答："知之。"曰："我郁无聊赖，欲往游瞩，宜即治任（备办行装）。"众谓新瘳（chōu，病愈），未应远涉。不听，翼日（明日，次日。翼，通"翌"）遂发。抵长清，视风物如昨。无烦问途，竟至兰若。弟子数人见贵客至，伏谒甚恭。乃问："老僧焉往？"答云："吾师曩（nǎng，以前）已物化（化为异物，死的讳词）。"问墓所。群导以往，则三尺孤坟，荒草犹未合也。众僧不知何意。既而戒马欲归，嘱曰："汝师戒行之僧，所遗手泽，宜恪守，勿俾损坏。"众唯唯。乃行。既归，灰心木坐，了不勾当家务。

居数月，出门自遁，直抵旧寺，谓弟子："我即汝师。"众疑其谬，相视而笑。乃述返魂之由，又言生平所为，悉符。众乃信，居以故榻，事之如平日。后公子家屡以舆马来，哀请之，略不顾瞻。又年馀，夫人遣纪纲至，多所馈遗（赠送。遗，wèi）。金帛皆却之，惟受布袍一袭而已。友人或至其乡，敬造之。见其人默然诚笃；年仅而立，而辄道其八十馀年事。

异史氏曰："人死则魂散，其千里而不散者，性定故耳。余于僧，不异之乎其再生，而异之乎其入纷华靡丽之乡，而能绝人以逃世也。若眼睛一闪，而兰麝熏心，有求死而不得者矣，况僧乎哉！"

蛇　人

东郡（秦置郡名，治所在濮阳，即今河南省濮阳市西南）某甲，以弄蛇为业。尝蓄（蓄养）驯蛇二，皆青色：其大者呼之大青，小曰二青。二青额有赤点，尤灵驯，盘旋无不如意。蛇人爱之，异于他蛇。期年（一周年。期，jī），大青死，思补其缺，未暇遑（huáng，空闲，闲暇）也。一夜，寄宿山寺。既明，启笥（sì，盛饭、衣物等的竹器），二青亦渺。蛇人怅恨欲死。冥（潜心，专心）搜亟呼，迄无影兆（踪迹）。然每值丰林茂草，辄纵之去，俾得自适，寻复返；以此故，冀其自至。坐伺之，日既高，亦已绝望，怏怏遂行。出门数武，闻丛薪错楚（错，交错，杂乱。楚，又名"荆"，泛指灌木丛）中，窸窣作响。停趾愕顾，则二青来也。大喜，如获拱璧（大璧）。息肩路隅，蛇亦顿止。视其后，小蛇从焉。抚之曰："我以汝为逝矣。小侣而所荐耶？"出饵饲之，兼饲小蛇。小蛇虽不去，然瑟缩不敢食。二青含哺之，宛似主人之让客者。蛇人又饲之，乃食。食已，随二青俱入笥中。荷去教之，旋折辄中规矩，与二青无少异，因名之小青。衒（xuàn）技四方，获利无算。

大抵蛇人之弄蛇也，止以二尺为率（标准）；大则过重，辄便更易。——缘二青驯，故未遽弃。又二三年，长三尺余，卧则笥为之满，遂决去之。一日，至淄邑东山间，饲以美饵，祝而纵之。既去，顷之复来，蜿蜒笥外。蛇人挥曰："去之！世无百年不散之筵。从此隐身大谷，必且为神龙，笥中何可以久居也？"蛇乃去。蛇人目送之。已而复返，挥之不去，以首触笥。小青在中，亦震震而动。蛇人悟曰："得毋欲别小青也？"乃发笥。小青径出，因与交首吐舌，似相告语。已而委蛇（wēi yí，曲折行进貌）并去。方意小青不返，俄而踽踽（jǔ jǔ，独行的样子）独来，竟入笥卧。由此随在物色，迄无佳者。而小青亦渐大，不可弄。后得一头，亦颇驯，然终不如小青良。而小青粗于儿臂矣。先是，二青在山中，樵人多见之。又数年，长数尺，围如碗；渐出逐人，因而行旅相戒，罔敢出其途。一日，蛇人经其处，蛇暴出如风。蛇人大怖而奔。蛇逐益急，回顾已将及矣。而视其首，朱点俨然，始悟为二青。下担呼曰："二青，二青！"蛇顿止。昂首久之，纵身绕蛇人，如昔弄状。觉其意殊不恶，但躯巨重，不胜其绕；仆地呼祷，乃释之。又以首触笥。蛇人悟其意，开笥出小青。二蛇相见，交缠如饴糖状，久之始开。蛇人乃祝小青："我久欲与汝别，今有伴矣。"谓二青曰："原君引之来，可还引之去。更嘱一言：深山不乏食饮，勿扰行人，以犯天谴（罪）。"二蛇垂头，似相领受。遂起，大者前，小者后，过处林木为之中分。蛇人伫立望之，不见乃去。自此行人如常，不知其何往也。

异史氏曰："蛇，蠢然一物耳，乃恋恋有故人之意。且其从谏也如转圜（通"圆"，圆的物体）。独怪俨然而人也者，以十年把臂之交，数世蒙恩之主，辄思下井复投石焉；又不然，则药石相投，悍然不顾，且怒而仇焉者，亦羞此蛇也已。"

斫 蟒

胡田村（在今山东省淄博市张店区。今作湖田）胡姓者，兄弟采樵，深入幽谷。遇巨蟒，兄在前，为所吞；弟初骇欲奔，见兄被噬，遂奋怒出樵斧，斫（zhuó，砍）蛇首。首伤而吞不已。然头虽已没，幸肩际不能下。弟急极无计，乃两手持兄足，力与蟒争，竟曳兄出。蟒亦负痛去。视兄，则鼻耳俱化，奄将气尽。肩负以行，途中凡十馀息，始至家。医养半年，方愈。至今面目皆瘢痕，鼻耳惟孔存焉。噫！农人中，乃有弟弟（读作"tì dì"，敬兄之弟）如此者哉！或言："蟒不为害，乃德义所感。"信然！

雹 神

王公筠苍〔指王孟震。孟震字筠苍，淄川（今属山东省淄博市）人〕，莅任楚中（湖北、湖南两省的通称）。拟登龙虎山谒天师。及湖，甫登舟，即有一人驾小艇来，使舟中人为通（禀告）。公见之，貌修伟。怀中出天师刺（名帖。古时在竹简上刺上名字作拜见的名帖，所以叫刺），曰："闻驺从（zōu zòng，古时达官贵人出行时护卫前后的随从）将临，先遣负弩。"公讶其预知，益神之，诚意而往。天师治具（馔具，指供设的肴馔）相款。其服役者，衣冠须鬣（liè，胡须），多不类常人。前使者亦侍其侧。少间，向天师细语。天师谓公曰："此先生同乡，不之识耶？"公问之。曰："此即世所传雹神李左车〔汉初行唐（今河北省行唐县）人，后被尊称为"雹神"〕也。"公愕然改容。天师曰："适言奉旨雨雹，故告辞耳。"公问："何处？"曰："章丘。"公以接壤关切，离席乞免。天师曰："此上帝玉敕（指玉皇大帝的命令。敕，chì），雹有额数，何能相徇（xùn）？"公哀不已。天师垂思良久，乃顾而嘱曰："其多降山谷，勿伤禾稼可也。"又嘱："贵客在坐，文去勿武。"神出，至庭中，忽足下生烟，氤氲匝地（烟气笼罩。氤氲，yīn yūn）。俄延逾刻，极力腾起，才高于庭树；又起，高于楼阁。霹雳一声，向北飞去，屋宇震动，筵器摆簸。公骇曰："去乃作雷霆耶！"天师曰："适戒之，所以迟迟；不然，平地一声，便逝去矣。"公别归，志（记）其月日，遣人问章丘。是日果大雨雹，沟渠皆满，而田中仅数枚焉。

狐嫁女

历城殷天官（指殷士儋。殷士儋，字正甫。曾任吏部尚书，后世以天官作为吏部的通称。这里是对吏部尚书的敬称），少贫，有胆略。邑有故家之第，广数十亩，楼宇连亘（连绵。亘，gèn）。常见怪异，以故废无居人；久之，蓬蒿渐满，白昼亦无敢入者。会公与诸生饮，或戏云："有能寄此一宿者，共醵（jù，凑钱饮酒）为筵。"公跃起曰："是亦何难！"携一席往。众送诸门，戏曰："吾等暂候之，如有所见，当急号。"公笑云："有鬼狐，当捉证耳。"遂入，见长莎（suō，莎草，又名香附，根可入药）蔽径，蒿艾如麻。时值上弦（指农历每月初七、八的时候，月亮如弓形，上缺其半，叫做"上弦"），幸月色昏黄，门户可辨。摩娑数进，始抵后楼。登月台，光洁可爱，遂止焉。西望月明，惟衔山一线（指月落西山，余晖如线）耳。坐良久，更无少异，窃笑传言之讹。席地枕石，卧看牛女。

一更向（将近）尽，恍惚欲寐，楼下有履声，籍籍（纷乱的样子）而上。

假寐睨之，见一青衣人，挑莲灯，猝见公，惊而却退。语后人曰："有生人在。"下问："谁也？"答云："不识。"俄一老翁上，就（靠近）公谛视，曰："此殷尚书，其睡已酣。但办吾事，相公倜傥，或不叱怪。"乃相率入楼，楼门尽辟。移时，往来者益众。楼上灯辉如昼。公稍稍转侧，作嚏咳。翁闻公醒，乃出，跪而言曰："小人有箕帚女（对自己女儿的谦称），今夜于归（出嫁）。不意有触贵人，望勿深罪。"公起，曳之曰："不知今夕嘉礼，惭无以贺。"翁曰："贵人光临，压除凶煞，幸矣。即烦陪坐，倍益光宠。"公喜，应之。入视楼中，陈设芳丽。遂有妇人出拜，年可四十馀。翁曰："此拙荆（对人自称其妻的谦词）。"公揖之。俄闻笙乐聒耳，有奔而上者，曰："至矣！"翁趋迎，公亦立俟。少选，笼纱一簇，导新郎入。年可十七八，丰采韶秀。翁命先与贵客为礼。少年目公。公若为傧（bīn，也作"摈"，指代表主人迎客的人），执半主礼。次翁婿交拜，已，乃即席。少间，粉黛（粉白黛绿，代指女子）云从，酒胾（zì，大块肉）雾霈（pèi，比喻非常丰富，热烈），玉碗金瓯，光映几案。酒数行，翁唤女奴请小姐来。女奴诺而入，良久不出。翁自起，搴帏促之。俄婢媪数辈拥新人出，环珮璆然（玉器撞击的声音。璆，qiú），麝兰散馥。翁命向上拜。起，即坐母侧。微目之，翠凤明珰，容华绝世。既而酌以金爵（古代礼器，也是酒器，底有三足），大容数斗。公思此物可以持验同人，阴内袖中。伪醉隐几，颓然而寝。皆曰："相公醉矣。"居无何，新郎告行，笙乐暴作，纷纷下楼而去。已而主人敛酒具，少一爵，冥（潜心，专心）搜不得。或窃议卧客；翁急戒勿语，惟恐公闻。移时，内外俱寂，公始起。暗无灯火，惟脂香酒气，充溢四堵（四壁。指全屋）。视东方既白，乃从容出。探袖中，金爵犹在。及门，则诸生先俟，疑其夜出而早入者。公出爵示之。众骇问，公以状告。共思此物非寒士所有，乃信之。

后公举进士，任于肥丘。有世家朱姓宴公，命取巨觥（gōng，酒杯），久之不至。有细奴掩口与主人语，主人有怒色。俄奉金爵劝客饮。谛视之，款式雕文，与狐物更无殊别。大疑，问所从制。答云："爵凡八只，大人为京卿时，觅良工监制。此世传物，什袭（也作"十袭"。把物品重重叠叠包裹起来，引申为郑重珍藏的意思）已久。缘明府辱临，适取诸箱箧，仅存其七，疑家人所窃取；而十年尘封如故，殊不可解。"公笑曰："金杯羽化矣。然世守之珍不可失。仆有一具，颇近似之，当以奉赠。"终筵归署，拣爵驰送之。主人审视，骇绝。亲诣谢公，诘所自来。公乃历陈颠末。始知千里之物，狐能摄致，而不敢终留也。

娇 娜

孔生雪笠，圣裔（孔子的后代）也。为人蕴藉（宽和有涵养），工诗。有执友令天台（在今浙江省，在天台山下），寄函招之。生往，令适卒。落拓（穷困潦倒，寂寞冷落）不得归，寓菩陀寺，佣（受雇）为寺僧抄录。寺西百馀步，有单先生第（住宅）。先生故公子，以大讼萧条（本形容秋日万物凋零，这里借指家境衰落），眷口寡，移而乡居，宅遂旷焉。一日，大雪崩腾，寂无行旅。偶过其门，一少年出，丰采甚都（美好，漂亮）。见生，趋与为礼，略致慰问，即屈降临。生爱悦之，慨然从入。屋宇都不甚广，处处悉悬锦幕，壁上多古人书画。案头书一册，签（书籍封面的题签）云："琅嬛琐记（虚拟的书名。古有笔记小说《琅嬛记》三卷，载有西晋张华游神仙洞府"琅嬛福地"的传说。书中所记多为神怪故事。这里以"琅嬛琐记"代指奇书秘籍）。"翻阅一过，皆目所未睹。生以居单第，意为第主，即亦不审（问）官阀（官位和门第）。少年细诘行踪，意怜之，劝设帐授徒。生叹曰："羁旅之人，谁作曹丘（指汉初的曹丘生。他曾大力称赞季布，使之出名。后世便用"曹丘"或"曹丘生"，代指推荐人）者？"少年曰："倘不以驽骀（nú tái，能力低下的马，指没有才能，这里是自谦）见斥，愿拜门墙（拜为老师）。"生喜，不敢当师，请为友。便问："宅何久锢？"答曰："此为单府，曩（nǎng，以往）以公子乡居，是以久旷。仆皇甫氏，祖居陕。以家宅焚于野火，暂借安顿。"生始知非单。当晚，谈笑甚欢，即留共榻。昧爽（拂晓），即有僮子炽炭火于室。少年先起入内，生尚拥被坐。僮入，白："太公来。"生惊起。一叟入，鬓发皤（pó，白）然，向生殷谢曰："先生不弃顽儿，遂肯赐教。小子初学涂鸦，勿以友故，行辈视之也。"已而进锦衣一袭，貂帽、袜、履各一事。视生盥栉（guàn zhì，洗脸和梳头）已，乃呼酒荐馔。几、榻、裙、衣，不知何名，光彩射目。酒数行，叟兴辞，曳杖而去。餐讫，公子呈课业，类皆古文词，并无时艺。问之，笑云："仆不求进取也。"抵暮，更酌曰："今夕尽欢，明日便不许矣。"呼僮曰："视太公寝未；已寝，可暗唤香奴来。"僮去，先以绣囊将琵琶至。少顷，一婢入，红妆艳绝。公子命弹湘妃。婢以牙拨（象牙拨子。用来拨弹乐器丝弦）勾动，激扬哀烈，节拍不类凡闻。又命以巨觥行酒，三更始罢。次日，早起共读。公子最惠，过目成咏，二三月后，命笔警绝。相约五日一饮，每饮必招香奴。一夕，酒酣气热，目注之。公子已会其意，曰："此婢乃为老父所豢养。兄旷（无妻的）邈无家，我凤夜代筹久矣。行当为君谋一佳耦。"生曰："如果惠好，必如香奴者。"公子笑曰："君诚'少所见而多所怪'者矣。以此为佳，君愿亦易足也。"

居半载，生欲翱翔（出游）郊郭，至门，则双扉外扃（jiōng，关门），问之。公子曰："家君恐交游纷意念，故谢客耳。"生亦安之。时盛暑溽热，移斋园亭。生胸间瘇起如桃，一夜如碗，痛楚呻吟。公子朝夕省视，眠食都废。又数日，创剧，益绝食饮。太公亦至，相对太息。公子曰："儿前夜思先生清恙（生病，是敬辞。恙，病），娇娜妹子能疗之。遣人于外祖母处呼令归，何久不至？"俄僮入白："娜姑至，姨与松姑同来。"父子疾趋入内。少间，引妹来视生。年约十三四，娇波流慧，细柳生姿。生望见颜色，嚬（pín）呻顿忘，精神为之一爽。公子便言："此兄良友，不啻胞也，妹子好医之。"女乃敛羞容，揄长袖，就榻诊视。把握之间，觉芳气胜兰。女笑曰："宜有是疾，心脉动矣。然症虽危，可治；但肤块已凝，非伐皮削肉不可。"乃脱臂上金钏安患处，徐徐按下之。创突起寸许，高出钏外，而根际馀肿，尽束在内，不似前如碗阔矣。乃一手启罗衿，解佩刀，刀薄于纸，把钏握刃，轻轻附根而割。

紫血流溢，沾染床席，而贪近娇姿，不惟不觉其苦，且恐速竣割事，俔傍不久。未几，割断腐肉，团团然如树上削下之瘿。又呼水来，为洗割处。口吐红丸，如弹大，着肉上，按令旋转：才一周，觉热水蒸腾；再一周，习习（和风轻吹）作痒；三周已，遍体清凉，沁入骨髓。女收丸入咽，曰："愈矣！"趋步出。生跃起走谢，沉痼（积久难以治好的病；重病）若失。而悬想容辉，苦不自已。自是废卷痴坐，无复聊赖。公子已窥之，曰："弟为兄物色，得一佳偶。"问："何人？"曰："亦弟眷属。"生凝思良久，但云："勿须。"面壁吟曰："曾经沧海难为水，除却巫山不是云。"公子会其指，曰："家君仰慕鸿才，常欲附为婚姻。但止一少妹，齿太稚（年龄太小）。有姨女阿松，年十八矣，颇不粗陋。如不见信，松姊日涉（每日散步）园亭，伺前厢，可望见之。"生如其教，果见娇娜偕丽人来，画黛弯蛾，莲钩蹴凤，与娇娜相伯仲（兄弟之间，长者为伯，幼者为仲。意思是分不出上下）也。生大悦，请公子作伐。公子翼日自内出，贺曰："谐矣。"乃除别院，为生成礼。是夕，鼓吹阗咽（tián yīn，喧闹的样子），尘落漫飞，以望中仙人，忽同衾幄（qīn wò，锦被和罗帐），遂疑广寒宫殿，未必在云霄矣。合卺（举行婚礼。一瓠刻为两瓢，叫"卺"，新婚夫妇各执其一对饮，叫"合卺"，为古时结婚礼仪之一。卺，jǐn）之后，甚惬心怀。一夕，公子谓生曰："切磋之惠，无日可以忘之。近单公子解讼归，索宅甚急，意将弃此而西。势难复聚，因而离绪萦怀。"生愿从之而去。公子劝还乡闾，生难之。公子曰："勿虑，可即送君行。"无何，太公引松娘至，以黄金百两赠生。公子以左右手与生夫妇相把握，嘱闭眸勿视。飘然履空，但觉耳际风鸣，久之曰："至矣。"启目，果见故里。始知公子非人。喜叩家门。母出非望，又睹美妇，方共忻慰。及回顾，则公子逝矣。松娘事姑孝；艳色贤名，声闻遐迩。

后生举（考中）进士，授延安司李（也称"司理"，宋代各州掌狱讼的官员。明、清时在各府置推官，其职掌与宋代司李略同，也别称"司理"或"司李"），携家之任。母以道远不行。松娘举（生）一男，名小宦。生以忤直指，罢官，罣碍

（官员犯事被罢，只能待在原处等候处罚，不能擅自行动。罢，guà）不得归。偶猎郊野，逢一美少年，跨骊驹，频频瞻顾。细看，则皇甫公子也。揽辔停骖，悲喜交至。邀生去，至一村，树木浓昏，荫翳天日。入其家，则金沤（ōu）浮钉〔装饰在大门上的像是浮沤（水泡）的涂金圆钉〕，宛然世族。问妹子，则嫁；岳母，已亡，深相感悼。经宿别去，偕妻同返。娇娜亦至，抱生子掇提而弄曰："姊姊乱吾种矣。"生拜谢曩德。笑曰："姊夫贵矣。创口已合，未忘痛耶？"妹夫吴郎，亦来拜谒。信宿乃去。

一日，公子有忧色，谓生曰："天降凶殃，能相救否？"生不知何事，但锐自任。公子趋出，招一家俱入，罗拜堂上。生大骇，亟问。公子曰："余非人类，狐也。今有雷霆之劫。君肯以身赴难，一门可望生全；不然，请抱子而行，无相累。"生矢共生死。乃使仗剑于门，嘱曰："雷霆轰击，勿动也！"生如所教。果见阴云昼暝，昏黑如磐（yī，黑色的石头）。回视旧居，无复闬闳（hàn hóng，里巷门。这里指皇甫公子宅舍），惟见高冢岿然，巨穴无底。方错愕间，霹雳一声，摆簸山岳；急雨狂风，老树为拔。生目眩耳聋，屹不少动。忽于繁烟黑絮之中，见一鬼物，利喙长爪，自穴攫一人出，随烟直上。瞥睹衣履，念似娇娜。乃急跃离地，以剑击之，随手堕落。忽而崩雷暴裂，生仆，遂毙。少间，晴霁，娇娜已能自苏。见生死于旁，大哭曰："孔郎为我而死，我何生矣！"松娘亦出，共异生归。娇娜使松娘捧其首；兄以金簪拨其齿；自乃撮其颐，以舌度红丸入，又接吻而呵之。红丸随气入喉，格格作响。移时，醒然而苏。见眷口满前，恍如梦寐。于是一门团栾（luán，圆），惊定而喜。生以幽圹不可久居，议同旋里。满堂交赞，惟娇娜不乐。生请与吴郎俱，又虑翁媪不肯离幼子，终日议不果。忽吴家一小奴，汗流气促而至。惊致研诘，则吴郎家亦同日遭劫，一门俱没。娇娜顿足悲伤，涕不可止。共慰劝之。而同归之计遂决。生入城，勾当（料理）数日，遂连夜趣装。既归，以闲园寓公子，恒反关之；生及松娘至，始发扃。生与公子兄妹，棋酒谈宴，若一家然。小宦长成，貌韶秀，有狐意。出游都市，共知为狐儿也。

异史氏曰："余于孔生，不羡其得艳妻，而羡其得腻友也。观其容可以忘饥，听其声可以解颐。得此良友，时一谈宴，则'色授魂与'，尤胜于'颠倒衣裳'矣"。

妖　术

于公者，少任侠，喜拳勇（指气力和胆量。后来多指拳术技击之类武功），力能持高壶，作旋风舞。崇祯间，殿试（殿试为科举考试中的最高一级。皇帝亲临殿廷，发策会试中选的贡士，称殿试）在都，仆疫不起，患之。会市上有善卜者，能决人生死，将代问之。既至，未言。卜者曰："君莫欲问仆病乎？"公骇应之。曰："病者无害，君可危。"公乃自卜。卜者起卦，愕然曰："君三日当死！"公惊诧良久。卜者从容曰："鄙人有小术，报我十金，当代禳（ráng，祈祷消除）之。"公自念，生死已定，术岂能解；不应而起，欲出。卜者曰："惜此小费，勿悔勿悔！"爱公者皆为公惧，劝罄橐（qìng tuó，用光自己所有的钱财）以哀之。公不听。

倏忽至三日，公端坐旅舍，静以觇之，终日无恙。至夜，阖户挑灯，倚剑危坐。一漏（古时候用铜壶漏水计时）向尽，更无死法。意欲就枕，忽闻窗隙窣窣有声。急视之，一小人荷戈入；及地，则高如人。公捉剑起，急击之，飘忽未中。遂遽小，复寻窗隙，意欲遁去。公疾斫之，应手而倒。烛之，则纸人，已腰断矣。公不敢卧，又坐待之。逾时，一物穿窗入，怪狞如鬼。才及地，急击之，断而为两，皆蠕动。恐其复起，又连击之，剑剑皆中，其声不爽（ruǎn，同"软"）。审视，则土偶，片片已碎。于是移坐窗下，目注隙中。久之，闻窗外如牛喘，有物推窗棂，房壁震摇，其势欲倾。公惧覆压，计不如出而斗之，遂劐（huò，破裂声）然脱扃（jiōng，从外面关门的闩），奔而出。见一巨鬼，高与檐齐；昏月中，见其面黑如煤，眼闪烁有黄光；上无衣，下无履，手弓而腰矢。公方骇，鬼则弯矣。公以剑拨矢，矢堕；欲击之，则又关矣。公急跃避，矢贯于壁，战战有声。鬼怒甚，拔佩刀，挥如风，望公力劈。公猱进，刀中庭石，石立断。公出其股间，削鬼中踝，铿然有声。鬼益怒，吼如雷，转身复剁。公又伏身入；刀落，断公裙。公已及胁下，猛斫之，亦铿然有声，鬼仆而僵。公乱击之，声硬如柝（tuò，巡夜打更用的梆子）。烛之，则一木偶，高大如人。弓矢尚缠腰际，刻画狰狞；剑击处，皆有血出。公因秉烛待旦，方悟鬼物皆卜人遣之，欲致人于死，以神其术也。

次日，遍告交知，与共诣卜所。卜人遥见公，瞥不可见。或曰："此翳形术也，犬血可破。"公如言，戒备而往。卜人又匿如前。急以犬血沃立处，但见卜人头面，皆为犬血模糊，目灼灼如鬼立。乃执付有司（官吏）而杀之。

异史氏曰："尝谓买卜为一痴。世之讲此道而不爽（没有差错）于生死者几人？卜之而爽，犹不卜也。且即明明告我以死期之至，将复如何？况有借人命以神其术者，其可畏尤甚耶！"

三　生

刘孝廉，能记前身事。与先文贲兄为同年，尝历历（分明的样子）言之。一世为搢绅（指称士大夫），行多玷。六十二岁而殁。初见冥王，待以乡先生礼，赐坐，饮以茶。觑冥王盏中，茶色清彻；己盏中，浊如醪（láo，没有过滤的酒，浊酒）。暗疑迷魂汤得勿此耶？乘冥王他顾，以盏就案角泻之，伪为尽者。俄顷，稽前生恶录；怒，命群鬼捽（zuó，揪住）下，罚作马。即有厉鬼絷（zhí，拴、捆）去。行至一家，门限甚高，不可逾。方趑趄（zī jū，犹豫不前）间，鬼力楚（荆制作的刑杖，这里作动词用，拷打）之，痛甚而蹶（跌倒）。自顾，则身已在枥下矣。但闻人曰："骊马生驹矣，牡也。"心甚明了，但不能言。觉大馁（饿），不得已，就牝马求乳。逾四五年，体修伟。甚畏挞楚，见鞭则惧而逸。主人骑，必覆障泥，缓辔徐徐，犹不甚苦；惟奴仆圉人（本指代养马官，此处指马夫。圉，yǔ），不加鞯装（鞍、鞯之类骑具）以行，两踝夹击，痛彻心腑。于是愤甚，三日不食，遂死。

至冥司，冥王查其罚限未满，责其规避，剥其皮革，罚为犬。意懊丧，不欲行。群鬼乱挞之，痛极而窜于野。自念不如死，愤投绝壁，颠莫能起。自顾，则身伏窦（一种地窖）中，牝犬舐而腓字（爱抚喂养。腓，遮庇。字，哺乳。腓，féi）之，乃知身已复生于人世矣。稍长，见便液亦知秽；然嗅之而香，但立念不食耳。为犬经年，常忿欲死，又恐罪其规避。而主人又豢养，不肯戮。乃故啮主人，脱股肉。主人怒，杖杀之。

冥王鞫状（审问其罪状。鞫，jū），怒其狂猘（zhì），笞数百，俾作蛇。因于幽室，暗不见天。闷甚，缘壁而上，穴屋而出。自视，则伏身茂草，居然蛇矣。遂矢志不残生类，饥吞木实。积年馀，每思自尽不可，害人而死又不可；欲求一善死之策而未得也。一日，卧草中，闻车过，遽出当路；车驰压之，断为两。

冥王讶其速至，因蒲伏自剖。冥王以无罪见杀，原之，准其满限复为人，是为刘公。公生而能言，文章书史，过辄成诵。辛酉举孝廉。每劝人：乘马必厚其障泥；股夹之刑，胜于鞭楚也。

异史氏曰："毛角之俦（披毛戴角之类，指兽类），乃有王公大人在其中；所以然者，王公大人之内，原未必无毛角者在其中也。故贱者为善，如求花而种其树；贵者为善，如已花而培其本：种者可大，培者可久。不然，且将负盐车，受羁馽（羁，马笼头。馽，同"絷"，为了步调习整，连结马前足的绳索。馽，zhí），与之为马；不然，且将啖便液，受烹割，与之为犬；又不然，且将披鳞介，葬鹤鹳，与之为蛇。"

焦 螟

董侍读默庵家〔董讷，字默庵，平原（今山东省平原县）人。康熙时曾任侍读学士〕，为狐所扰，瓦砾砖石，忽如雹落。家人相率奔匿，待其间歇，乃敢出操作。公患之，假作庭孙司马（孙光祀，字溯玉，号祚庭。司马，官名，西周置，为六卿之一，主管中央军事）第移避之。而狐扰犹故。一日，朝中待漏（旧时百官清晨入朝，等待朝拜皇帝，称待漏），适言其异。大臣或言：关东道士焦螟，居内城，总持敕勒之术（主管道士法术），颇有效。公造庐而请之。道士朱书符，使归粘壁上。狐竟不惧，抛掷有加焉。公复告道士。道士怒，亲诣公家，筑坛作法。俄见一巨狐，伏坛下。家人受虐已久，衔恨綦（qí，极，很）甚，一婢近击之。婢忽仆地气绝。道士曰："此物猖獗，我尚不能遽服之，女子何轻犯尔尔。"既而曰："可借鞫狐词（借助婢女之口，审问出狐的供词。鞫，jū），亦得（可以）。"戟指（jǐ zhǐ，伸出食指和中指指人，其形像戟一样）咒移时，婢忽起，长跪。道士诘其里居。婢作狐言："我西域产，入都者一十八辈。"道士曰："辇毂（niǎn gǔ，皇帝的车舆，此处指京城）下，何容尔辈久居？可速去！"狐不答。道士击案怒曰："汝欲梗吾令耶？再若迁延，法不汝宥！"狐乃蹙怖作色，愿谨奉教。道士又速（同"促"，催促）之。婢又仆绝，良久始甦（sū，同"苏"，苏醒）。俄见白块四五团，滚滚如毬，附檐际而行，次第追逐，顷刻俱去。由是遂安。

叶 生

淮阳（县名，在河南省东部）叶生者，失其名字。文章词赋，冠绝当时；而所如不偶，困于名场。会关东丁乘鹤来令是邑，见其文，奇之；召与语，大悦。使即官署，受灯火；时赐钱谷恤其家。值科试，公游扬于学使，遂领冠军。公期望綦（qí，极，很）切。闱（wéi，科举时代称试院）后，索文读之，击节称叹。不意时数限人，文章憎命，榜既放，依然铩羽（鸟羽摧落。比喻乡试落榜。铩，shā）。生嗒丧而归，愧负知己，形销骨立，痴若木偶。公闻，召之来而慰之。生零涕不已。公怜之，相期考满入都，携与俱北。生甚感佩。辞而归，杜门不出。

无何，寝疾（卧病在床）。公遗问不绝；而服药百裹（指百剂。裹，是药包），殊罔所效。公适以忤上官免，将解任去。函致生，其略云："仆东归有日；所以迟迟者，待足下耳。足下朝至，则仆夕发矣。"传之卧榻。生持书啜泣。寄语来使："疾革难遽瘥（chài，病愈），请先发。"使人返白，公不忍去，徐待之。逾数日，门者忽通叶生至。公喜，逆而问之。生曰："以犬马病，劳夫子久待，万虑不宁。今幸可从杖履（敬老事尊之词）。"公乃束装（整顿行装）戒旦。抵里，命子师事生，夙夜与俱。公子名再昌，时年十六，尚不能文。然绝慧，凡文艺三两过，辄无遗忘。居之期岁，便能落笔成文。益之公力，遂入邑痒。生以生平所拟举子业，悉录授读。闱中七题，并无脱漏，中亚魁。公一日谓生曰："君出馀绪（拿出自己本事的微末部分），遂使孺子成名。然黄钟长弃（喻有才能的人被长期埋没。黄钟，古乐中的正乐，比喻德才俱优的人）奈何！"生曰："是殆有命。借福泽为文章吐气，使天下人知半生沦落，非战之罪（叶生借喻自己半生沦落，功名未就，是命运使然，而非文章庸劣）也，愿亦足矣。且士得一人知己，可无憾，何必抛却白纻，乃谓之利市哉。"公以其久客，恐误岁试，劝令归省。生惨然不乐。公不忍强，嘱公子至都，为之纳粟（明清两代富家子弟捐纳财货进国子监为监生可直接参加省城、京都的考试称纳粟）。公子又捷南宫（指礼部会试，即进士考试），授部中主政。携生赴监，与共晨夕。逾岁，生入北闱，竟领乡荐。会公子差南河典务，因谓生曰："此去离贵乡不远。先生奋迹云霄，锦还为快。"生亦喜，择吉就道。抵淮阳界，命仆马送生归。

归见门户萧条，意甚悲恻。逡巡至庭中，妻携簸具以出，见生，掷具骇走。生凄然曰："今我贵矣。三四年不觌（dí，相见），何遂顿不相识？"妻遥谓曰："君死已久，何复言贵？所以久淹君枢者，以家贫子幼耳。今阿大亦已成立，将卜窀穸（zhūn xī，墓穴）。勿作怪异吓生人。"生闻之，怃然惆怅。逡巡入室，见灵柩俨然，扑地而灭。妻惊视之，衣冠履舃（xì，鞋）如脱委焉。大恸，抱衣悲哭。子自塾中归，见结驷（拴马）于门，审所自来，骇奔告母。母挥涕告诉。又细询从者，始得颠末。从者返，公子闻之，涕堕垂膺。即命驾哭诸其室；出橐（tuó，口袋，引申为资产）营丧，葬以孝廉礼。又厚遗其子，为延师教读。言于学使，逾年游泮（进学；成为秀才。泮，pàn）。

异史氏曰："魂从知己，竟忘死耶？闻者疑之，余深信焉。同心倩女，至离枕上之魂；千里良朋，犹识梦中之路。而况茧丝蝇迹，呕学士之心肝；流水高山，通我曹之性命者哉！嗟乎！遇合难期，遭逢不偶。行踪落落，对影长愁；傲骨嶙嶙，搔头自爱。叹面目之酸涩，来鬼物之揶揄。频居康了（落榜的另一种说法）之中，则须发之条条可丑；一落孙山之外，则文章之处处皆疵。古今痛哭之人，卞和惟尔；颠倒逸群之物，伯乐伊谁？抱刺于怀，三年灭字；侧身以望，四海无家。人生世上，只须合眼放步，以听造物之低昂而已。天下之昂藏沦落如叶生其人者，亦复不少，顾安得令威复来，而生死从之也哉？噫！"

四十千

新城（旧县名，今为山东省桓台县）王大司马，有主计（主管财钱收支账目）

仆，家称素封。忽梦一人奔入，曰："汝欠四十千（四十贯或四十吊），今宜还矣。"问之，不答，径入内去。既醒，妻产男。知为夙孽（sù niè，前世的冤孽），遂以四十千捆置一室，凡儿衣食病药，皆取给焉。过三四岁，视室中钱，仅存七百。适乳姥抱儿至，调笑于侧。因呼之曰："四十千将尽，汝宜行矣。"言已，儿忽颜色蹙变，项折目张。再抚之，气已绝矣。乃以馀资治葬具而瘗（yì，掩埋）之。此可为负欠（背恩或赖债）者戒也。

昔有老而无子者，问诸高僧。僧曰："汝不欠人者，人又不欠汝者，乌得子？"盖生佳儿，所以报我之缘；生顽儿，所以取我之债。生者勿喜，死者勿悲也。

成　仙

文登（县名，即今山东省文登市）周生，与成生少共笔砚，遂订为杵臼交（交友不嫌贫贱）。而成贫，故终岁常依周。以齿则周为长，呼周妻以嫂。节序登堂，如一家焉。周妻生子，产后暴卒。继聘王氏，成以少故，未尝请见之也。一日，王氏弟来省姊，宴于内寝。成适至。家人通白，周坐命邀之。成不入，辞去。周移席外舍，追之而还。甫坐，即有人白别业之仆（指派守田庄之仆），为邑宰重笞者。先是，黄吏部家牧佣，牛蹂周田，以是相诟。牧佣奔告主，捉仆送官，遂被笞责。周诘得其故，大怒曰："黄家牧猪奴，何敢尔！其先世为大父服役；促得志，乃无人耶！"气填吭臆，忿而起，欲往寻黄。成捘而止之，曰："强梁世界，元无皂白。况今日官宰半强寇不操矛弧（指杀人凶器矛和弓）者耶？"周不听。成谏止再三，至泣下，周乃止。怒终不释，转侧达旦。谓家人曰："黄家欺我，我仇也，姑置之。邑令为朝廷官，非势家官，纵有互争，亦须两造，何至如狗之随嗾（sǒu，发出让狗咬人的声音）者？我亦呈治其佣，视彼将何处分。"家人悉怂恿之，计遂决。具状赴宰，宰裂而掷之。周怒，语侵宰。宰惭恚，因逮系之。

辰后（辰时过后。辰时，相当于早上七点至九点），成往访周，始知入城讼理。急奔劝止，则已在囹圄矣。顿足无所为计。时获海寇三名，宰与黄赂嘱之，使捏周同党。据词申黜顶衣（黜，革免。顶衣，指生员冠服），榜掠酷惨。成入狱，相顾凄酸。谋叩阙（官吏、百姓受到冤屈时，直接在皇宫外叩击宫门，以图向朝廷申诉的行为）。周曰："身系重犴（chóng àn，牢狱深处，拘禁重罪犯人的地

方。犴,牢狱),如鸟在笼;虽有弱弟,止足供囚饭耳。"成锐身自任,曰:
"是予责也。难而不急,乌用友也!"乃行。周弟赆之,则去已久矣。至都,
无门入控。相传驾将出猎,成预隐木市中;俄驾过,伏舞哀号,遂得准。驿送
而下,着部院审奏。时阅十月馀,周已诬服论辟。院接御批,大骇,复提躬
谳。黄亦骇,谋杀周。因赂监者,绝其食饮;弟来馈问,苦禁拒之。成又为赴
院声屈,始蒙提问,业已饥饿不起。院台怒,杖毙监者。黄大怖,纳数千金,
嘱为营脱,以是得朦胧题免。宰以枉法拟流。周放归,益肝胆成。

成自经讼系,世情尽灰,招周偕隐。周溺少妇,辄迂笑之。成虽不言,
而意甚决。别后,数日不至。周使探诸其家,家人方疑其在周所;两无所
见,始疑。周心知其异,遣人踪迹之,寺观壑谷,物色殆遍。时以金帛恤其
子。又八九年,成忽自至,黄巾氅服,岸然道貌。周喜,把臂曰:"君何
往,使我寻欲遍?"笑曰:"孤云野鹤,栖无定所。别后幸复顽健。"周命
置酒,略通间阔(间,隔。阔,久别。指许久未见之情),欲为变易道装。成笑
不语。周曰:"愚哉!何弃妻孥犹敝屣也?"成笑曰:"不然。人将弃予,
其何人之能弃。"问所栖止,答在劳山之上清宫。既而抵足寝,梦成裸伏胸
上,气不得息。讶问何为,殊不答。忽惊而寤,呼成不应;坐而索之,杳
然不知所往。定移时,始觉在成榻,骇曰:"昨不醉,何颠倒至此耶!"
乃呼家人。家人火之,俨然成也。周固多髭,以手自捋,则疏无几茎。取
镜自照,讶曰:"成生在此,我何往?"已而大悟,知成以幻术招隐。意欲
归内,弟以其貌异,禁不听前。周亦无以自明。即命仆马往寻成。数日,入
劳山。马行疾,仆不能及。休止树下,见羽客(道士的美称)往来甚众。内
一道人目周,周因以成问。道士笑曰:"耳其名矣,似在上清。"言已,径
去。周目送之,见一矢之外,又与一人语,亦不数言而去。与言者渐至,乃
同社生。见周,愕曰:"数年不晤,人以君学道名山,今尚游戏人间耶?"
周述其异。生惊曰:"我适遇之,而以为君也。去无几时,或当不远。"周
大异,曰:"怪哉!何自己面目觌面而不之识?"仆寻至,急驰之,竟无踪

兆。一望寥阔，进退难以自主。自念无家可归，遂决意穷追。而怪险不复可骑，遂以马付仆归，迤逦自往。遥见一僮独坐，趋近问程，且告以故。僮自言为成弟子，代荷衣粮，导与俱行。星饭露宿，逴行（高一步低一步地走。逴，chuò）殊远，三日始至，又非世之所谓上清。时十月中，山花满路，不类初冬。僮入报客，成即遽出，始认己形。执手入，置酒谦（yàn）语。见异彩之禽，驯人不惊（温驯依人，客至不惊），声如笙簧，时来鸣于座上。心甚异之。然尘俗念切，无意留连。地下有蒲团二，曳与并坐。至二更后，万虑俱寂，忽似瞥然一瞬，身觉与成易位。疑之，自扪颔下，则于思者如故矣。既曙，浩然思返。成固留之。越三日，乃曰："迨少寐息，早送君行。"甫交睫，闻成呼曰："行装已具矣。"遂起从之。

所行殊非旧途。觉无几时，里居已在望中。成坐候路侧，俾自归。周强之不得，因踽踽（jǔ jǔ，一个人走路孤零零的样子）至家门。叩不能应，思欲越墙，觉身飘似叶，一跃已过。凡逾数重垣，始抵卧室，灯烛荧然，内人未寝，咻咻与人语。舐窗以窥，则妻与一厮仆同杯饮，状甚狎亵。于是怒火如焚；计将掩执，又恐孤力难胜。遂潜身脱扃而出，奔告成，且乞为助。成慨然从之，直抵内寝。周举石挝门，内张皇甚；挝愈急，内闭益坚。成拨以剑，划然顿辟。周奔入，仆冲户而走。成在门外，以剑击之，断其肩臂。周执妻拷讯，乃知被收时即与仆私。周借剑决其首，胃肠庭树间。乃从成出，寻途而返。蓦然忽醒，则身在卧榻，惊而言曰："怪梦参差，使人骇惧！"成笑曰："梦者兄以为真，真者乃以为梦。"周愕而问之。成出剑示之，溅血犹存。周惊怛欲绝，窃疑成诪张（欺骗。诪，zhōu）为幻。成知其意，乃促装送之归，茌苒至里门，乃曰："畴昔之夜，倚剑而相待者，非此处耶！吾厌见恶浊，请还待君于此；如过晡不来，予自去。"周至家，门户萧索，似无居人。还入弟家。弟见兄，双泪遽堕，曰："兄去后，盗夜杀嫂，刳肠去，酷惨可悼。于今官捕未获。"周如梦醒，因以情告，戒勿究。弟错愕良久。周问其子，乃命老媪抱至。周曰："此褓襁物，宗绪所关，弟好视之。兄欲辞人世矣。"遂起，径出。弟涕泗

（涕泪俱下，哭泣）追挽，笑行不顾。至野外，见成，与俱行。遥回顾曰："忍事最乐。"弟欲有言，成阔袖一举，即不可见。怅立移时，痛哭而返。

周弟朴拙，不善治家人生产，居数年，家益贫。周子渐长，不能延师，因自教读。一日，早至斋，见案头有函书，缄封甚固，签题"仲氏启"。审之，为兄迹；开视，则虚无所有，只见爪甲一枚，长二指许。心怪之。以甲置研（同"砚"）上，出问家人所自来，并无知者。回视，则研石灿灿，化为黄金。大惊。以试铜铁，皆然。由此大富。以千金赐成氏子，因相传两家有点金术云。

新　郎

江南梅孝廉耦长，言其乡孙公，为德州宰，鞫（jū）一奇案。

初，村人有为子娶妇者，新人入门，戚里毕贺。饮至更馀，新郎出，见新妇炫装，趋（快走）转舍后。疑而尾之。宅后有长溪，小桥通之。见新妇渡桥径去，益疑。呼之不应。遥以手招婿；婿急趁（追赶）之，相去（距离）盈尺，而卒（终于）不可及。行数里，入村落。妇止，谓婿曰："君家寂寞，我不惯住。请与郎暂居妾家数日，便同归省。"言已，抽簪叩扉，轧然有女童出应门。妇先入。不得已，从之。既入，则岳父母俱在堂上。谓婿曰："我女少娇惯，未尝一刻离膝下，一旦去（离开）故里，心辄戚戚。今同郎来，甚慰系念。居数日，当送两人归。"乃为除（清扫）室，床褥备具，遂居之。

家中客见新郎久不至，共索之。室中惟新妇在，不知婿之所往。由此遐迩访问，并无耗息。翁媪零涕，谓其必死。将半载，妇家悼女无偶，遂请于村人父，欲别醮（jiào，再嫁）女。村人父益悲，曰："骸骨衣裳无可验证，何知吾儿遂为异物（是说人已经死去）！纵其奄丧，周岁而嫁当亦未晚，胡为如是急也！"妇父益衔（怀恨）之，讼于庭。孙公怪疑，无所措力，断令待以三年，存案遣去。

村人子居女家，家人亦大相忻（xīn，高兴）待。每与妇议归，妇亦诺之，而因循不即行。积半年馀，中心徘徊，万虑不安。欲独归，而妇固留之。一日，合家遑遽（huáng jù，惊惧不安），似有急难。仓卒谓婿曰："本拟三二日遣夫妇偕归，不意仪装未备，忽遭闵凶（忽然遇到灾难）；不得已，即先送郎还。"于是送出门，旋踵急返，周旋言动，颇甚草草。方欲觅途行，回视院宇无存，但见高冢。大惊，寻路急归。至家，历言端末，因与投官陈诉。孙公拘妇父谕之，送女于归（本指女子出嫁，这里指新妇重返夫家），使合卺（婚礼中最后一项仪式，因以指成婚。卺，jǐn）焉。

王　兰

利津（县名，即今山东省利津县）王兰暴病死。阎王覆勘（审问），乃鬼卒之误勾也。责送还生，则尸已败。鬼惧罪，谓王曰："人而鬼也则苦，鬼而仙也则乐。苟乐矣，何必生？"王以为然。鬼曰："此处一狐，金丹成矣。窃其丹吞之，则魂不散，可以长存。但凭所之，罔不如意。子愿之否？"王从之。鬼导去，入一高第，见楼阁渠然（高大深广的样子），而悄无一人。有狐在月下，仰首望空际。气一呼，有丸自口中出，直上入于月中；一吸，辄复落，以口承之，则又呼之：如是不已。鬼潜伺其侧，俟（sì，等待）其吐，急掇（duō，拾取）于手，付王吞之。狐惊，盛气相向。见二人在，恐不敌（抵挡），愤恨而去。王与鬼别，至其家，妻子见之，咸惧却走。王告以故，乃渐集。由此在家寝处如平时。

其友张姓者，闻而省之，相见话温凉（寒暄）。因谓张曰："我与若家凤（一直，一向）贫，今有术，可以致富。子能从我游乎？"张唯唯（恭敬的应答声）。曰："我能不药而医，不卜而断。我欲现身，恐识我者相惊以怪，附子而行，可乎？"张又唯唯。于是即日趣装，至山西界。富室有女，得暴疾，眩然瞀瞑（神志昏迷，闭目不醒。瞀，mào）。前后药禳（ráng，祭名。祈祷消除灾殃、去邪除恶之祭）既穷，张造其庐，以术自炫。富翁止此女，常珍惜之，能医者，愿以千金为报。张请视之。从翁入室，见女瞑卧；启其衾，抚其体，女昏不觉。王私告张曰："此魂亡也，当为觅之。"张乃告翁："病虽危，可救。"问："需何药？"俱言不须，"女公子魂离他所，业（已经）遣神觅之矣。"约一时许，王忽来，具言已得。张乃请翁再入，又抚之。少顷，女欠伸，目遽（jù，急速）张。翁大喜，抚问。女言："向戏园中，见一少年郎，挟弹弹雀；数人牵骏马，从诸其后。急欲奔避，横被阻止。少年以弓授儿，教儿弹。方羞诃之，便携儿马上，累骑（共骑一马）而行。笑曰：'我乐与子戏，勿羞也。'数里入山中，我马上号且骂；少年怒，推堕路旁，欲归无路。适有一人至，捉儿臂，疾若驰，瞬息至家，忽若梦醒。"翁神之（认为他很神奇），果赂千金。王夜与张谋，留二百金作路用，馀尽摄去，款（敲）门而付其子；又命以三百馈张氏，乃复还。次日，与翁别，不见金藏何所，益异之，厚礼而送之。

逾数日，张于郊外遇同乡人贺才。才饮博（喝酒赌博）不事生产，奇贫如丐。闻张得异术，获金无算，因奔寻之。王劝薄赠令归。才不改故行，旬日（较短的时日）荡尽，将复觅张。王已知之，曰："才狂悖（狂妄悖逆。悖，bèi），不可与处，只宜赂之使去，纵祸犹浅。"逾日，才果至，强从与俱。张曰："我固知汝复来。日事酗赌，千金何能满无底窦？诚改若所为，我百金相赠。"才诺之。张泻囊授之。才去，以百金在橐（tuó，口袋），赌益豪；益之狭邪游，挥洒如土。邑中捕役疑而执之，质于官，拷掠酷惨。才实告金所自来。乃遣隶押才捉张。数日，创剧，毙于途。魂不忘张，复往依之，因与王会。一日，聚饮于烟墩，才大醉狂呼，王止之不听。适巡方御史（即巡按御史）过，闻呼搜之，获张。张惧，以实告。御史怒，笞而牒于神。夜梦金甲人告曰："查王兰无辜而死，今为鬼仙。医亦仁术，不可律（谓依刑律治罪）以妖魅。今奉帝命，授为清道使。贺才邪荡，已罚窜铁围山。张某无罪，当宥之。"御史醒而异之，乃释张。张治装旋里。囊中存数百金，敬以半送王家。王氏子孙，以此致富焉。

王 成

　　王成，平原故家子（大家族的后代），性最懒。生涯日落，惟剩破屋数间，与妻卧牛衣中，交谪（妻子对丈夫絮烦的埋怨、责备、数落）不堪。时盛夏燠（yù，暖，热）热，村外故有周氏园，墙宇尽倾，惟存一亭；村人多寄宿其中，王亦在焉。既晓，睡者尽去；红日三竿，王始起，逡巡（徘徊不前）欲归。见草际金钗一股，拾视之，镌有细字云："仪宾府造。"王祖为衡府仪宾，家中故物，多此款式，因把钗踌躇。欻（xū，忽然）一妪来寻钗。王虽故（本来）贫，然性介，遽（jù，急速）出授之。妪喜，极赞盛德，曰："钗值几何，先夫之遗泽也。"问："夫君伊谁？"答云："故仪宾王柬之也。"王惊曰："吾祖也，何以相遇？"妪亦惊曰："汝即王柬之之孙耶？我乃狐仙。百年前，与君祖缱绻（qiǎn quǎn，情投意合，难舍难分）。君祖殁，老身遂隐。过此遗钗，适入子手，非天数耶！"王亦曾闻祖有狐妻，信其言，便邀临顾（敬辞。犹言光临见访）。妪从之。王呼妻出见，负败絮，菜色黯焉。妪叹曰："嘻！王柬之之孙，乃一贫至此哉！"又顾败灶无烟，曰："家计若此，何以聊生？"妻因细述贫状，呜咽饮泣。妪以钗授妇，使姑质钱市（买）米，三日外请复相见。王挽留之。妪曰："汝一妻不能自存活；我在，仰屋而居，复何裨益？"遂径去。王为妻言其故，妻大怖。王诵其义，使姑事之（像对待婆婆一样侍奉她），妻诺。愈三日，果至。出数金，籴（dí，买进粮食）粟麦各石。夜与妇共短榻。妇初惧之；然察其意殊拳拳（同"惓惓"，恳挚的意思），遂不之疑。

　　翌日，谓王曰："孙勿惰，宜操小生业，坐食乌（怎么）可长也！"王告以无资。曰："汝祖在时，金帛凭所取；我以世外人，无需是物，故未尝多取。积花粉之金四十两，至今犹存。久贮亦无所用，可将去悉以市葛（买葛布），刻日赴都，可得微息。"王从之，购五十馀端〔量词，旧时以布帛长两丈（或云一丈八尺、六丈等）为一端〕以归。妪命趣装，计六七日可达燕都。嘱曰："宜勤勿懒，宜急勿缓；迟之一日，悔之已晚！"王敬诺，囊（náng，用口袋装）货就路。中途遇雨，衣履浸濡。王生平未历风霜，委顿不堪，因暂休旅舍。不意淙淙彻暮，檐雨如绳。过宿，泞益甚。见往来行人，践淖（nào，泥沼，指路上满是泥水）没胫，心畏苦之。待至停午，始渐燥，而阴云复合，雨又大作。信宿乃行。将近京，传闻葛价翔贵，心窃喜。入都，解装客店，主人深惜其晚。先是，南道初通，葛至绝少。贝勒（清代十三封爵之一，满语"多罗贝勒"的省称。是授予皇族和蒙古外藩的封爵，品位仅次于郡王）府购致甚急，价顿昂，较常可三倍。前一日方购足，后来者并皆失望。主人以故告王。王郁郁不得志。越日，葛至愈多，价益下。王以无利不肯售。迟十馀日，计食耗烦多，倍益忧闷。主人劝令贱鬻（yù，卖），改而他图。从之。亏资十馀两，悉脱去。早起，将作归计，启视囊中，则金亡矣。惊告主人。主人无所为计。或劝鸣官，责主人偿。王叹曰："此我数也，于主人何尤？"主人闻而德之，赠金五两，慰之使归。自念无以见祖母，踟蹰内外，进退维谷。

　　适见斗鹑者，一赌辄数千；每市一鹑，恒百钱不止。意忽动，计囊中资，仅足贩鹑，以商主人，主人亟怂恿（即"怂恿"。恿，yǒng）之，且约假寓饮食，不取其直。王喜，遂行。购鹑盈儋（通"担"），复入都。主人喜，贺其速售。至夜，大雨彻曙，天明，衢水如河，淋零犹未休也。居以待晴。连绵数日，更无休止。起视笼中，鹑渐死。王大惧，不知计之所出。越日，死愈多；仅馀数头，并一笼饲之；经宿往窥，则一鹑仅存。因告主人，不觉涕堕。主人亦为扼腕。王自度金尽罔归，但欲觅死，主人劝慰之。共往视鹑，审谛之曰："此似英物。诸鹑之死，未必非此之斗杀之也。君暇亦无所事，请把之；如其良也，赌亦可以谋生。"王如其教。既驯，主人令持向街头，赌酒食。鹑健甚，辄赢。主人喜，以金授王，使复与子弟（后生，年轻人）决赌；三战三胜。半年许，积二十金。心益慰，视鹑如命。先是，大亲王好鹑，每值上元，辄放民间把鹑者入邸相角。主人谓王曰："今大富宜可立致；所不可知者，在子之命矣。"因告以故，导与俱往。嘱曰："脱败，则丧气出耳。倘有万分一，鹑斗胜，王必欲市之，君勿应；如固强之，惟予首是瞻，待首肯而后应之。"王曰："诺。"至邸，则鹑人肩摩（肩膀相摩，指人很多，非常拥挤）于墀（chí）下。顷之，王出御殿。左右宣言："有愿斗者上。"即有一人把鹑，趋而进。王命放鹑，客亦放；略一腾踔，客鹑已败。王大笑。俄顷，登而败者数人。主人曰："可矣。"相将俱登。王相之，曰："睛有怒脉，此健羽也，不可轻敌。"命取铁喙者当之。一再腾跃，而王鹑铩羽（羽毛摧落，比喻失败或不得志。铩，shā）。更选其良，再易再败。王急命取宫中玉鹑。片时把出，素羽如鹭，神骏不凡。王成意馁，跪而求罢，曰："大王之鹑，神物也，恐伤吾禽，丧吾业矣。"王笑曰："纵之。脱斗而死，当厚尔偿。"成乃纵之。玉鹑直奔之。而玉鹑方来，则伏如怒鸡以待之；玉鹑健啄，则起如翔鹤以击之；进退颉颃（xié háng，上下飞翔。这里指腾跃搏斗），相持约一伏时。玉鹑渐懈，而其怒益烈，其斗益急。未几，雪毛摧落，垂翅而逃。观者千人，罔不叹羡。王乃索取而亲把之，自喙至爪，审周一过，问成曰："鹑可货否？"答曰："小人无恒产，与相依为命，不愿售也。"王曰："赐而重值，中人之产可致。颇愿之乎？"成俯思良久，曰："本不乐置；顾大王既爱好之，苟使小人得衣食业，又何求？"王请直（请问价值），答以千金。王笑曰："痴男子！此何珍宝，而千金直也？"成曰："大王不以为宝，臣以为连城之璧（价值连城的璧玉。喻极端珍贵的东西）不过也。"王曰："如何？"曰："小人把向市廛，日得数金，易升斗粟，一家十余食指，无冻馁忧，是何宝如之？"王曰："予不相亏，便与二百金。"成摇首。又增百数。成目视主人，主人色不动。乃曰："承大王命，请减百价。"王曰："休矣！谁肯以九百易一鹑者！"成囊鹑欲行。王呼曰："鹑人来，鹑人来！实给六百，肯则售，否则已耳。"成又目主人，主人仍自若。成心愿盈溢，惟恐失时，曰："以此数售，心实怏怏；

但交而不成，则获戾（得罪。戾，罪过）滋大。无已，即如王命。"王喜，即秤付之。成囊金，拜赐而出。主人怼（duì，怨恨）曰："我言如何，子乃自急觏也？再少靳之（稍微勒掯一下要价。靳，jìn，惜售；坚持要价，不让步），八百金在掌中矣。"成归，掷金案上，请主人自取之，主人不受。又固让之，乃盘计饭直而受之。

王治装归，至家，历述所为，出金相庆。妪命置良田三百亩，起屋作器，居然世家。妪早起，使成督耕、妇督织；稍惰，辄诃之。夫妇相安，不敢有怨词。过三年，家益富。妪辞欲去。夫妻共挽之，至泣下。妪亦遂止。旭旦候之，已杳矣。

异史氏曰："富皆得于勤；此独得于惰，亦创闻也。不知一贫彻骨，而至性不移，此天所以始弃之而终怜之也。懒中岂果有富贵乎哉！"

青　凤

太原耿氏，故大家，第宅弘阔。后凌夷（通作"陵夷"。衰败，颓替；此指家势衰落），楼舍连亘，半旷废之。因生怪异，堂门辄自开掩，家人恒中夜骇哗。耿患之，移居别墅，留老翁门焉。由此荒落益甚。或闻笑语歌吹声。耿有从子（侄子）去病，狂放不羁，嘱翁有所闻见，奔告之。至夜，见楼上灯光明灭，走（跑去）报生。生欲入觇（chān，察看）其异。止之，不听。门户素所习识，竟拨蒿蓬，曲折而入。登楼，殊无少异。穿楼而过，闻人语切切。潜窥之，见巨烛双烧，其明如昼。一叟儒冠南面坐，一媪相对，俱年四十馀。东向一少年，可二十许；右一女郎，裁及笄（古代女子满15岁结发用笄贯之，因称女子满15岁为及笄。也指到了结婚年龄。笄，jī）耳。酒胾（zì，切成大块的肉）满案，团坐笑语。生突入，笑呼曰："有不速之客一人来！"群惊奔匿。独叟出，叱问："谁何人入人闺闼（妇女所居内室的门户。闼，tà）？"生曰："此我家闺闼也，君占之。旨酒自饮，不邀主人，毋乃太吝？"叟审睇（斜着眼细看。睇，

dǐ）之，曰："非主人也。"生曰："我狂生耿去病，主人之从子耳。"叟致敬曰："久仰山斗！"乃揖生入，便呼家人易馔（zhuàn，饮食，吃喝）。生止之。叟乃酌客。生曰："吾辈通家（家族之间，累世通好。即世交），座客无庸见避，还祈招饮。"叟呼："孝儿！"俄少年自外入。叟曰："此豚儿（对人谦称自己的儿子）也。"揖而坐，略审门阀。叟自言："义君姓胡。"生素豪，谈议风生，孝儿亦倜傥；倾吐间（倾怀畅谈的时候），雅相爱悦。生二十一，长孝儿二岁，因弟之。叟曰："闻君祖纂涂山外传，知之乎？"答："知之。"叟曰："我涂山氏之苗裔（后代）也。唐以后，谱系犹能忆之；五代而上无传焉。幸公子一垂教也。"生略述涂山女佐禹之功，粉饰多词，妙绪泉涌（妙语迭出，喷涌如泉。指语言动听，滔滔不绝）。叟大喜，谓子曰："今幸得闻所未闻。公子亦非他人，可请阿母及青凤来，共（一同，一起）听之，亦令知我祖德也。"孝儿入帏中。少时，媪偕女郎出。审顾之，弱态生娇，秋波流慧，人间无其丽也。叟指妇云："此为老荆（一般称拙荆，胡叟比耿生年长，所以称妻曰老荆）。"又指女郎："此青凤，鄙人之犹女（侄女）也。颇惠，所闻见辄记不忘，故唤令听之。"生谈竟而饮，瞻顾女郎，停睇不转。女觉之，辄俯其首。生隐蹑（踩）莲钩，女急敛足，亦无愠怒。生神志飞扬，不能自主，拍案曰："得妇如此，南面王不易也！"媪见生渐醉，益狂，与女俱起，遽搴（qiān，撩起）帏去。生失望，乃辞叟出。而心萦萦，不能忘情于青凤也。

至夜，复往，则兰麝犹芳，而凝待终宵，寂无声咳。归与妻谋，欲携家而居之，冀得一遇。妻不从，生乃自往，读于楼下。夜方凭几，一鬼披发入，面黑如漆，张目视生。生笑，染指研墨自涂，灼灼然相与对视。鬼惭而去。次夜，更既深，灭烛欲寝，闻楼后发扃（开门。扃，jiōng），辟之訇（pēng，形容门扇的撞击声）然。急起窥觇（chān，察看），则扉半启。俄闻履声细碎，有烛光自房中出。视之，则青凤也。骤见生，骇而却退，遽（jù，急速）阖双扉。生长跽（jì，跪）而致词曰："小生不避险恶，实以卿故。幸无他人，得一握手为笑，死不憾耳。"女遥语曰："惓惓深情，妾岂不知？但叔闺训严，不敢奉命。"生固哀之，云："亦不敢望肌肤之亲，但一见颜色足矣。"女似肯可，启关出，捉之臂而曳之。生狂喜，相将（拉着手）入楼下，拥而加诸膝。女曰："幸有夙分（fèn，宿缘，指前世就有的缘分）；过此一夕，即相思无用矣。"问："何故？"曰："阿叔畏君狂，故化厉鬼以相吓，而君不动也。今已卜（bǔ，选择）居他所，一家皆移什物赴新居，而妾留守，明日即发矣。"言已，欲去，云："恐叔归。"生强止之，欲与为欢。方持论间，叟掩入。女羞惧无以自容，俯首倚床，拈带不语。叟怒曰："贱辈辱吾门户！不速去，鞭挞且从其后！"女低头急去，叟亦出。尾而听之，诃诟万端。闻青凤嘤嘤啜泣（指小声哭泣。嘤嘤，形容哭声细弱），生心意如割，大声曰："罪在小生，于青凤何与？倘宥青凤，刀锯铁钺（fǔ yuè。铁，同"斧"），小生愿身受之！"良久寂然，生乃归寝。自此第内绝不复声息矣。生叔闻而奇之，愿售以居，不较直。生喜，携家口而迁焉。居逾年，甚适，而未尝须臾忘凤也。

会清明上墓归，见小狐二，为犬逼逐。其一投荒窜去，一则皇急道上。望见生，依依哀啼，弸（tā）耳辑首，似乞其援。生怜之，启裳衿，提抱以归。闭门，置床上，则青凤也。大喜，慰问。女曰："适与婢子戏，遘（gòu，遭到）此大厄。脱非郎君，必葬犬腹。望无以非类见憎。"生曰："日切怀思，系于魂梦。见卿如获异宝，何憎之云！"女曰："此天数也，不因颠覆，何得相从？然幸矣，婢子必以妾为已死，可与君坚永约（指私定终身，相约白头到老）耳。"生喜，另舍舍之。积二年馀，生方夜读，孝儿忽入。生辍读，讶诘所来。孝儿伏地，怆然曰："家君有横难，非君莫拯。将自诣恳，恐不见纳，故以某来。"问："何事？"曰："公子识莫三郎否？"曰："此吾年家子（科举同年的晚辈子侄）也。"孝儿曰："明日将过，倘携有猎狐，望君之留之也。"生曰："楼下之羞，耿耿在念，他事不敢预闻。必欲仆效绵薄，非青凤来不可！"孝儿零涕曰："凤妹已野死三年矣！"生拂衣曰："既尔，则恨滋深耳！"执卷高吟，殊不顾瞻。孝儿起，哭失声，掩面而去。生如青凤所，告以故。女失色曰："果救之否？"曰："救则救之；适不之诺者，亦聊以报前横耳。"女乃喜曰："妾少孤，依叔成立。昔虽获罪，乃家范应尔。"生曰："诚然，但使人不能无介介耳。卿果死，定不相援。"女笑曰："忍哉！"次日，莫三郎果至，镂膺虎韔（马的胸带饰以镂金，骑士的弓袋饰以虎纹。形容主人和坐骑非常英武华贵。韔，chàng），仆从甚赫。生门逆之。见获禽甚多，中一黑狐，血殷毛革；抚之，皮肉犹温。便托裘敝，乞得缀补。莫慨然解赠。生即付青凤，乃与客饮。客既去，女抱狐于怀，三日而苏，展转复化为叟。举目见凤，疑非人间。女历言其情。叟乃下拜，惭谢前愆（qiān，过失）。喜顾女曰："我固谓汝不死，今果然矣。"女谓生曰："君如念妾，还乞以楼宅相假，使妾得以申返哺之私（指向长辈表达孝心）。"生诺之。叟赧然谢别而去。入夜，果举家来。由此如家人父子，无复猜忌矣。生斋居，孝儿时共谈谑。生嫡出子渐长，遂使傅之；盖循循善教，有师范焉。

画　皮

太原王生，早行，遇一女郎，抱襆（fù，同"袱"，包袱）独奔（急行，赶路），甚艰于步。急走趁（追赶）之，乃二八姝（shū，美丽）丽。心相爱乐，问："何夙夜踽踽独行？"女曰："行道之人，不能解愁忧，何劳相问。"生曰："卿何愁忧？或可效力，不辞也。"女黯然曰："父母贪赂（贪财。赂，这里指纳聘的财礼），鬻妾朱门。嫡妒甚，朝詈而夕楚辱之，所弗堪也，将远遁耳。"问："何之？"曰："在亡（逃亡中）之人，乌有定所。"生言："敝庐不远，即烦枉顾。"女喜，从之。生代携襆（fù，同"袱"，包袱）物，导与同归。女顾室无人，问："君何无家口？"答云："斋耳。"女曰："此所良佳。如怜妾而活之，须秘密勿泄。"生诺之。乃与寝合。使匿密室，过数日而人不知也。生微告妻。妻陈，疑为大家媵妾，劝遣之。生不听。

偶适市，遇一道士，顾（看）生而愕。问："何所遇？"答言："无之。”道士曰：“君身邪气萦绕，何言无？”生又力白（努力澄清自己）。道士乃去，曰：“惑哉！世固有死将临而不悟者。”生以其言异，颇疑女；转思明明丽人，何至为妖，意道士借魇禳（yàn ráng，镇压邪祟叫魇，驱除灾变叫禳）以猎食者。无何，至斋门，门内杜（阻塞），不得入。心疑所作，乃逾垝（guǐ，倒塌）垣（指外墙）。则室门亦闭。蹑迹而窗窥之，见一狞鬼，面翠色，齿巉巉（chán chán，山势高峻貌，这里指牙齿长而尖利）如锯。铺人皮于榻上，执彩笔而绘之；已而掷笔，举皮，如振衣状，披于身，遂化为女子。睹此状，大惧，兽伏而出。急追道士，不知所往。遍迹之，遇于野，长跪乞救。请〔请求（道士）〕遣除之。道士曰：“此物亦良苦，甫（刚）能觅代者，予亦不忍伤其生。”乃以蝇拂授生，令挂寝门。临别，约会于青帝庙。生归，不敢入斋，乃寝内室，悬拂焉。一更许，闻门外戢戢（jí jí）有声，自不敢窥也，使妻窥之。但见女子来，望拂子不敢进；立而切齿，良久乃去。少时复来，骂曰：“道士吓我。终不然宁入口而吐之耶！”取拂碎之，坏寝门而入。径登生床，裂生腹，掬生心而去。妻号。婢入烛之，生已死，腔血狼藉。陈骇涕不敢声。明日，使弟二郎奔告道士。道士怒曰：“我固怜之，鬼子乃敢尔！”即从生弟来。女子已失所在。既而仰首四望，曰：“幸遁未远！”问：“南院谁家？”

二郎曰：“小生所舍也。”道士曰：“现在君所。”二郎愕然，以为未有。道士问曰：“曾否有不识者一人来？”答曰：“仆早赴青帝庙，良不知。当归问之。”去少顷而返，曰：“果有之。晨间一妪来，欲佣为仆家操作，室人（指妻子）止之，尚在也。”道士曰：“即是物矣。”遂与俱往。仗木剑，立庭心，呼曰：“孽魅！偿我拂子来！”妪在室，惶遽（恐惧慌张）无色，出门欲遁。道士逐击之。妪仆，人皮划然而脱，化为厉鬼，卧嗥如猪。道士以木剑枭其首。身变作浓烟，匝地作堆。道士出一葫芦，拔其塞置烟中，飀飀（liú liú，形容风吹的样子）然如口吸气，瞬息烟尽。道士塞口入囊。共视人皮，眉目手足，无不备具。道士卷之，如卷画轴声，亦囊之，乃别欲去。陈氏拜迎于门，哭求回生之法。道士谢不能（推辞说自己不能办到）。陈益悲，伏地不起。道士沉思曰："我术浅，诚不能起死。我指一人，或能之，往求必合有效。"问："何人？"曰："市上有疯者，时卧粪土中。试叩而哀之。倘狂辱夫人，夫人勿怒也。"二郎亦习（熟悉）知之。乃别道士，与嫂俱往。

　　见乞人颠歌道上，鼻涕三尺，秽不可近。陈膝行而前。乞人笑曰："佳人爱我乎？"陈告之故。又大笑曰："人尽夫也，活之何为？"陈固哀之。乃曰："异哉！人死而乞活于我，我阎摩耶？"怒以杖击陈。陈忍痛受之。市人渐集如堵。乞人咯痰唾盈把，举向陈吻曰："食之！"陈红涨于面，有难色；既思道士之嘱，遂强啖焉。觉入喉中，硬如团絮，格格而下，停结胸间。乞人大笑曰："佳人爱我哉！"遂起，行已不顾。尾之，入于庙中。追而求之，不知所在；前后冥搜，殊无端兆，惭恨而归。既悼夫亡之惨，又悔食唾之羞，俯仰哀啼，但愿即死。方欲展（擦拭，拂拭）血敛尸，家人伫望，无敢近者。陈抱尸收肠，且理且哭。哭极声嘶，顿欲呕。觉鬲（通"膈"，胸腔腹腔之间的膈膜）中结物，突奔而出，不及回首，已落腔中。惊而视之，乃人心也。在腔中突突犹跃，热气腾蒸如烟然。大异之。急以两手合腔，极力抱挤。少懈，则气氤氲自缝中出。乃裂缯帛急束之。以手抚尸，渐温。覆以衾裯。中夜启视，有鼻息矣。天明，竟活。为言："恍惚若梦，但觉腹隐痛耳。"视破处，痂结如钱，寻愈。

　　异史氏曰："愚哉世人！明明妖也，而以为美。迷哉愚人！明明忠也，而以为妄。然爱人之色而渔（谋取，夺取不应得的东西）之，妻亦将食人之唾而甘之矣。天道好还，但愚而迷者不悟耳。可哀也夫！"

贾 儿

楚某翁，贾（gǔ，经商）于外。妇独居，梦与人交；醒而扪（mén，摸）之，小丈夫（年轻男子）也。察其情，与人异，知为狐。未几，下床去，门未开而已逝矣。入暮，邀疱媪（ǎo，对老年妇女的敬称）伴焉。有子十岁，素别榻卧，亦招与俱。夜既深，媪儿皆寐，狐复来。妇喃喃如梦语。媪觉，呼之，狐遂去。自是，身忽忽（精神恍惚）若有亡。至夜，不敢息烛，戒子睡勿熟。夜阑，儿及媪倚壁少寐。既醒，失妇，意其出遗（外出小解）；久待不至，始疑。媪惧，不敢往觅。儿执火遍烛之，至他室，则母裸卧其中；近扶之，亦不羞缩。自是遂狂，歌哭叫詈（lì，骂），日万状。夜厌与人居，另榻寝儿，媪亦遣去。儿每闻母笑语，辄起火之。母反怒诃儿，儿亦不为意，因共壮（于是一起赞许）儿胆。然嬉戏无节，日效杇者（泥瓦匠。杇，wū），以砖石叠窗上，止之不听。或去其一石，则滚地作娇啼，人无敢气触之。过数日，两窗尽塞，无少明。已乃合泥涂壁孔，终日营营，不惮其劳。涂已，无所作，遂把厨刀霍霍（磨刀的声音）磨之。见者皆憎其顽，不以人齿（不当作人看）。

儿宵分（半夜时分）隐刀于怀，以瓢覆灯。伺母呓语，急启灯，杜门声喊。久之无异，乃离门扬言，诈作欲搜状。欻（xū，忽然）有一物，如狸，突奔门隙。急击之，仅断其尾，约二寸许，湿血犹滴。初，挑灯起，母便诟骂，儿若弗闻。击之不中，懊恨而寝。自念虽不即戮，可以幸其不来。及明，视血迹逾垣而去。迹之，入何氏园中。至夜果绝，儿窃喜。但母痴卧如死。未几，贾人归，就榻问讯。妇嫚骂，视若仇。儿以状对。翁惊，延医药之。妇泻药诟骂。潜以药入汤水杂饮之，数日渐安。父子俱喜。一夜睡醒，失妇所在；父子又觅得于别室。由是复颠，不欲与夫同室处。向夕，竟奔他室。挽之，骂益甚。翁无策，尽扃（jiōng，关门；上闩）他扉。妇奔去，则门自辟。翁患之，驱禳（驱邪的办法）备至，殊无少验。

儿薄暮潜入何氏园，伏莽中，将以探狐所在。月初升，乍闻人语。暗拨蓬科（丛生的蓬草），见二人来饮，一长鬣（liè）奴捧壶，衣老棕色。语俱细隐，不甚可辨。移时，闻一人曰："明日可取白酒一瓻（chī，古代陶制酒器）来。"顷之，俱去，惟长鬣独留，脱衣卧庭石上。审顾之，四肢皆如人，但尾垂后部。儿欲归，恐狐觉，遂终夜伏。未明，又闻二人以次复来，哝哝入竹丛中。儿乃归。翁问所往，答："宿阿伯家。"适从父入市，见帽肆挂狐尾，乞翁市之。翁不顾。儿牵父衣，娇聒（guō，声音吵闹）之。翁不忍过拂，市焉。父贸易廛（chán，货栈）中，儿戏弄其侧，乘父他顾，盗钱去，沽白酒，寄肆廊。有舅氏城居，素业猎。儿奔其家。舅他出。妗（jìn，舅母）诘母疾，答云："连朝（指最近，近日以来）稍可。又以耗子啮衣，怒涕不解，故遣我乞猎药耳。"妗（jìn，舅母）检椟（dú，匣子），出钱许，裹付儿。儿少之。妗欲作汤饼啖儿。儿觑室无人，自发药裹，窃盈掬而怀之。乃趋告妗，俾勿举火（生火做饭），"父待市中，不遑（huáng，闲暇）食也"。遂径出，隐以药置酒中。遨游市上，抵暮方归。父问所在，托在舅家。儿自是日游廛肆（市场）间。

一日，见长鬣人杂侪中。儿审之确，阴缀（暗中跟随）系之。渐与语，诘其居里。答言："北村。"亦询儿，儿伪云："山洞。"长鬣怪其洞居。儿笑曰："我世居洞府，君固否耶？"其人益惊，便诘姓氏。儿曰："我胡氏子。曾在何处，见君从两郎，顾忘之耶？"其人熟审之，若信若疑。儿微启下裳，少少露其假尾，曰："我辈混迹人中，但此物犹存，为可恨耳。"其人问："在市欲何作？"儿曰："父遣我沽。"其人亦以沽告。儿问："沽未？"曰："吾侪多贫，故常窃时多。"儿曰："此役亦良苦，耽惊忧。"其人曰："受主人遣，不得不尔。"因问："主人伊谁？"曰："即曩（nǎng，以往）所见两郎兄弟也。一私北郭王氏妇，一宿东村某翁家。翁家儿大恶，被断尾，十日始瘥（chài，指病愈），今复往矣。"言已，欲别，曰："勿误我事。"儿曰："窃之难，不若沽之易。我先沽寄廊下，敬以相赠。我囊中尚有馀钱，不愁沽也。"其人愧无以报。儿曰："我本同类，何靳（哪里吝惜。靳，jìn）些须？暇时，尚当与君痛饮耳。"遂与俱去，取酒授之，乃归。

至夜，母竟安寝，不复奔。心知有异，告父同往验之，则两狐毙于亭上，一狐死于草中，喙津津尚有血出。酒瓶犹在，持而摇之，未尽也。父惊问："何不早告？"儿曰："此物最灵，一泄，则彼知之。"翁喜曰："我儿，讨狐之陈平（善用巧计诛狐的能手）也。"于是父子荷狐归。见一狐秃半尾，刀痕俨然。自是遂安。而妇瘵殊甚，心渐明了，但益之嗽，呕痰辄数升，寻愈。北郭王氏妇，向（以往）祟于狐；至是问之，则狐绝而病亦愈。翁由此奇儿，教之骑射。后贵至总戎。

尸 变

阳信（县名。在今山东省北部）某翁者，邑之蔡店人。村去城五六里，父子设临路店，宿行商。有车夫数人，往来负贩，辄寓其家。一日昏暮，四人偕来，望门投止（宿），则翁家客宿邸（dǐ，旅舍）满。四人计无复之，坚请容纳。翁沉吟思得一所，似恐不当客意。客言："但求一席厦宇，更不敢有所择。"时翁有子妇新死，停尸室中，子出购材木（棺木）未归。翁以灵所室寂，遂穿衢导客往。入其庐，灯昏案上；案后有搭帐衣，纸衾（qīn，指初丧时用以覆盖尸体的黄裱纸或白纸）覆逝者。又观寝所，则复室（指套房中的里间）中有连榻。四客奔波颇困，甫就枕，鼻息渐粗。惟一客尚蒙眬。忽闻灵床上察察有声，急开目，则灵前灯火，照视甚了：女尸已揭衾起；俄而下，渐入卧室。面淡金色，生绢抹额（此指以巾束额）。俯近榻前，遍吹卧客者三。客大惧，恐将及己，潜引被覆首，闭息忍咽以听之。未几，女果来，吹之如诸客。觉出房去，即闻纸衾声。出首微窥，见僵卧犹初矣。客惧甚，不敢作声，阴（暗中）以足踏诸客；而诸客绝无少动。顾念无计，不如着衣以窜。裁起振衣（抖动衣服，意思是要穿衣），而察察之声又作。客惧，复伏，缩首衾中。觉女复来，连续吹数数（shuò shuò，多次）始去。少间，闻灵床作响，知其复卧。乃从被底渐渐出手得裤，遽（jù）就着之，白足（光着脚）奔出。尸亦起，似将逐客。比

— 48 —

其离帏，而客已拔关（拔开门闩）出矣。尸驰从之。客且奔且号，村中人无有警者。欲叩主人之门，又恐迟为所及，遂望邑城路，极力窜去。至东郊，瞥见兰若，闻木鱼声，乃急挝（zhuā，敲）山门。道人讶其非常，又不即纳。旋踵，尸已至，去身盈尺。客窘益甚。门外有白杨，围四五尺许，因以树自幛（本指屏风、帷幕，也作"障"，遮蔽）；彼右则左之，彼左则右之。尸益怒。然各寖（jìn，浸）倦矣。尸顿立。客汗促气逆，庇树间。尸暴起，伸两臂隔树探扑之。客惊仆。尸捉之不得，抱树而僵。

道人窃听良久，无声，始渐出，见客卧地上。烛之死，然心下丝丝有动气。负入，终夜始苏。饮以汤水而问之，客具以状对。时晨钟（这里指寺庙里清晨的钟声。钟，佛教法器）已尽，晓色迷蒙，道人觇（chān，察看）树上，果见僵女。大骇，报邑宰（知县）。宰亲诣质验，使人拔女手，牢不可开。审谛之，则左右四指，并卷如钩，入木没甲。又数人力拔，乃得下。视指穴如凿孔然。遣役探翁家，则以尸亡客毙，纷纷正哗。役告之故，翁乃从往，舁（yú，抬）尸归。客泣告宰曰："身四人出，今一人归，此情何以信乡里？"宰与之牒（证明文书），赍（jī，以物送人）送以归。

董 生

董生，字遐思，青州之西鄙人。冬月薄暮，展被于榻而炽炭（把炭火烧旺）焉。方将篝灯，适友人招饮，遂扃户（关锁门户。扃，jiōng）去。至友人所，座有医人，善太素脉，遍诊诸客。末顾王生九思及董曰：“余阅人多矣，脉之奇无如两君者：贵脉而有贱兆，寿脉而有促征（短命的征兆）。此非鄙人所敢知也。然而董君实甚。”共惊问之。曰：“某至此亦穷于术，未敢臆决。愿两君自慎之。”二人初闻甚骇，既以为模棱语，置（放下）不为意。

半夜，董归，见斋门虚掩，大疑。醺中自忆，必去时忙促，故忘扃（jiōng，关门）键。入室，未遑爇（ruò，点燃）火，先以手入衾中，探其温否。才一探入，则腻有卧人。大愕，敛手。急火之（点亮灯看），竟为姝丽（美女），韶颜稚齿，神仙不殊。狂喜。戏探下体，则毛尾修然。大惧，欲遁。女已醒，出手捉生臂，问：“君何往？”董益惧，战栗哀求：“愿仙人怜恕！”女笑曰：“何所见而畏我？”董曰：“我不畏首而畏尾。”女又笑曰：“君误矣。尾于何有？”引董手，强使复探，则髀肉如脂，尻（kāo，脊椎骨末端）骨童童（光秃貌）。笑曰：“何如？醉态蒙瞳（酒醉后神志不清），不知所见伊何，遂诬人若此。”董固喜其丽，至此益惑，反自咎适然之错。然疑其所来无因。女曰：“君不忆东邻之黄发女乎？屈指移居者，已十年矣。尔时我未笄（jī，古时女子年满十五而束发加笄），君垂髫也。”董恍然曰：“卿周氏之阿琐耶？”女曰：“是矣。”董曰：“卿言之，我仿佛忆之。十年不见，遂苗条如此！然何遽（jù，急速）能来？”女曰：“妾适（指古时候女子出嫁）痴郎四五年，翁姑（公公婆婆）相继逝，又不幸为文君（新寡）。剩妾一身，茕（qióng，孤独）无所依。忆孩时相识者惟君，故来相见就。入门已暮，邀饮者适至，遂潜隐以待君归。待之既久，足冰肌粟，故借被以自温耳，幸勿见疑。"董喜，解衣共寝，意殊自得。月馀，渐羸（léi，瘦弱）瘦，家人怪问，辄言不自知。久之，面目益支离，乃惧，复造善脉者诊之。医曰："此妖脉也。前日之死征验矣，疾不可为也。"董大哭，不去。医不得已，为之针手灸脐，而赠以药。嘱曰："如有所遇，力绝之。"董亦自危。既归，女笑要（通"邀"）之。怫然曰："勿复相纠缠，我行且死！"走不顾。女大惭，亦怒曰："汝尚欲生耶！"至夜，董服药独寝，甫（刚）交睫，梦与女交，醒已遗矣。益恐，移寝于内，妻子火守之。梦如故。窥女子已失所在。积数日，董吐血斗馀而死。

　　王九思在斋中，见一女子来，悦其美而私之。诘所自（问她从哪里来），曰："妾遐思之邻也。渠（他）旧与妾善，不意为狐惑而死。此辈妖气可畏，读书人宜慎相防。"王益佩之，遂相欢待。居数日，迷罔病瘠。忽梦董曰："与君好者狐也。杀我矣，又欲杀我友。我已诉之冥府，泄此幽愤。七日之夜，当炷香室外，勿忘却！"醒而异之。谓女曰："我病甚，恐将委沟壑，或劝勿室（不要娶妻，此指勿近女色）也。"女曰："命当寿，室亦生；不寿，勿室亦死也。"坐与调笑。王心不能自持，又乱之。已而悔之，而不能绝。及暮，插香户上。女来，拔弃之。夜又梦董来，让（责怪，责备）其违嘱。次夜，暗嘱家人，俟寝后潜炷之。女在榻上，忽惊曰："又置香耶？"王言不知。女急起得香，又折灭之。入曰："谁教君为此者？"王曰："或室人忧病，信巫家厌禳耳。"女彷徨不乐。家人潜窥香灭，又炷之。女忽叹曰："君福泽良厚。我误害遐思而奔子，诚我之过。我将与彼就质于冥曹。君如不忘凤好，勿坏我皮囊也。"逡巡（一刹那）下榻，仆地而死。烛之，狐也。犹恐其活，遽呼家人，剥其革而悬焉。王病甚，见狐来曰："我诉诸法曹（掌管刑法的官署。此指阴曹地府）。法曹谓董君见色而动，死当其罪；但咎我不当惑人，追金丹去，复令还生。皮囊何在？"曰："家人不知，已脱之矣。"狐惨然曰："余杀人多矣，今死已晚；然忍哉君乎！"恨恨而去。王病几危，半年乃瘥（chài，指病愈）。

陆 判

陆阳（今为陆阳镇，属安徽省青阳县）朱尔旦，字小明。性豪放。然素钝，学虽笃（专心），尚未知名。一日，文社（秀才们讲学作文的结社）众饮。或戏之云："君有豪名，能深夜赴十王殿，负得左廊判官来，众当醵（jù，凑钱饮酒）作筵。"盖陵阳有十王殿，神鬼皆以木雕，妆饰如生。东庑（wǔ）有立判，绿面赤须，貌尤狞恶。或夜闻两廊拷讯声。入者，毛皆森竖。故众以此难朱。朱笑起，径去。居无何，门外大呼曰："我请髯宗师至矣！"众皆起。俄负判入，置几上，奉觞，酹（lèi）之三。众睹之，瑟缩不安于座，仍请负去。朱又把酒灌地，祝曰："门生狂率不文，大宗师谅不为怪。荒舍匪遥，合乘兴来觅饮，幸勿为畛畦（田间小路，引申为界限、隔阂）。"乃负之去。

次日，众果招饮。抵暮，半醉而归，兴未阑，挑灯独酌。忽有人搴帘入，视之，则判官也。朱起曰："意吾殆将死矣！前夕冒渎，今来加斧锧（斧即刀刃、砧板；"加斧锧"，指加以死罪）耶？"判启浓髯，微笑曰："非也。昨蒙高义（盛情）相订，夜偶暇，敬践达人之约。"朱大悦，牵衣促坐，自起涤器爇（ruò，点燃）火。判曰："天道温和，可以冷饮。"朱如命，置瓶案上，奔告家人治肴果。妻闻，大骇，戒勿出。朱不听，立俟治具以出。易盏交酬，始询姓氏。曰："我陆姓，无名字。"与谈古典，应答如响。问："知制艺否？"曰："妍媸（yán chī，美和丑）亦颇辨之。阴司诵读，与阳世略同。"陆豪饮，一举十觥。朱因竟日饮，遂不觉玉山倾颓，伏几醺睡。比醒，则残烛昏黄，鬼客已去。

自是三两日辄一来，情益洽，时抵足卧。朱献窗稿，陆辄红勒之，都言不佳。一夜，朱醉，先寝，陆犹自酌。忽醉梦中，觉脏腹微痛；醒而视之，则陆危坐床前，破腔出肠胃，条条整理。愕曰："夙无仇怨，何以见杀？"陆笑云："勿惧！我与君易慧心耳。"从容纳肠已，复合之，末以裹足布束朱腰。作用毕，视榻上亦无血迹。腹间觉少麻木。见陆置肉块几上。问之，曰：

"此君心也。作文不快，知君之毛窍塞耳。适在冥间，于千万心中，拣得佳者一枚，为君易之，留此以补阙（通"缺"，亏失）数。"乃起，掩扉去。天明解视，则创缝已合，有线而赤者存焉。自是文思大进，过眼不忘。数日，又出文示陆。陆曰："可矣。但君福薄，不能大显贵，乡、科而已。"问："何时？"曰："今岁必魁。"未几，科试冠军，秋闱（乡试。旧称试院为"闱"，而乡试在秋间举行，因称）果中经元。同社生素揶揄之；及见闱墨（主考官选取中式的试卷，编辑成书），相视而惊，细询始知其异。共求朱先容，愿纳交陆。陆诺之。众大设以待之。更初，陆至，赤髯生动，目炯炯如电。众茫乎无色，齿欲相击；渐引去。

朱乃携陆归饮，既醺，朱曰："湔（jiān）肠伐胃，受赐已多。尚有一事欲相烦，不知可否？"陆便请命。朱曰："心肠可易，面目想亦可更。山荆（即自己的妻子，是谦称），予结发人，下体颇亦不恶，但头面不甚佳丽。尚欲烦君刀斧，如何？"陆笑曰："诺，容徐图之。"过数日，半夜来叩关。朱急起延入。烛之，见襆裹一物。诘之，曰："君曩所嘱，向艰物色。适得一美人首，敬报君命。"朱拨视，颈血犹湿。陆立促急入，勿惊禽犬。朱虑门户夜扃。陆至，以手推扉，扉自辟。引至卧室，见夫人侧身眠。陆以头授朱抱之；自于靴中出白刃如匕首，按夫人项，着力如切腐状，迎刃而解，首落枕畔；急于生怀，取美人首合项上，详审端正，而后按捺。已而移枕塞肩际，命朱瘗（yì，埋葬）首静所，乃去。朱妻醒，觉颈间微麻，面颊甲错；搓之，得血片，甚骇。呼婢汲盥；婢见面血狼藉，惊绝。濯之，盆水尽赤。举首则面目全非，又骇极。夫人引镜自照，错愕不能自解。朱入告之；因反覆细视，则长眉掩鬓，笑靥承颧，画中人也。解领验之，有红线一周，上下肉色，判然而异。

先是，吴侍御有女甚美，未嫁而丧二夫，故十九犹未醮（jiào）也。上元游十王殿，时游人甚杂，内有无赖贼窥而艳之，遂阴访居里，乘夜梯人，穴寝门，杀一婢于床下，逼女与淫；女力拒声喊，贼怒，亦杀之。吴夫人微闻闹声，呼婢往视，见尸骇绝。举家尽起，停尸堂上，置首项侧，一门啼号，纷腾终夜。诘旦（第二天的早晨）启衾，则身在而失其首。遍挞侍女，谓所守不恪，致葬犬腹。侍御告郡。郡严限捕贼，三月而罪人弗得。渐有以朱家换头之异闻吴公者。吴疑之，遣媪探诸其家；入见夫人，骇走以告吴公。公视女尸故存，惊疑无以自决。猜朱以左道杀女，往诘朱。朱曰："室人梦易其首，实不解其何故；谓仆杀之，则冤也。"吴不信，讼之。收家人鞫（jū，审问犯人）之，一如朱言。郡守不能决。朱归，求计于陆。陆曰："不难，当使伊女自言之。"吴夜梦女曰："儿为苏溪杨大年所贼，无与朱孝廉。彼不艳于其妻，陆判官取儿头与之易之，是儿身死而头生也。愿勿相仇。"醒告夫人，所梦同。乃言于官。问之，果有杨大年；执而械之，遂伏其罪。吴乃诣朱，请见夫人，由此为翁婿。乃以朱妻首合女尸而葬焉。

朱三入礼闱（古代科举考试中的会试，因其为礼部主办，故称礼闱），皆以场规被放（放逐，未被录用）。于是灰心仕进，积三十年。一夕，陆告曰："君寿不永矣。"问其期，对以五日。"能相救否？"曰："惟天所命，人何能私？且自达人观之，生死一耳，何必生之为乐，死之为悲？"朱以为然。即治衣衾棺椁；既竟，盛服而没。

翌日，夫人方扶柩哭，朱忽冉冉自外至。夫人惧。朱曰："我诚鬼，不异生时。虑尔寡母孤儿，殊恋恋耳。"夫人大恸，涕垂膺；朱依依慰解之。夫人曰："古有还魂之说，君既有灵，何不再生？"朱曰："天数不可违也。"问："在阴司作何务？"曰："陆判荐我督案务（监理官府文书方面的事务），授有官爵，亦无所苦。"夫人欲再语，朱曰："陆公与我同来，可设酒馔（酒席。馔，zhuàn）。"趋而出。夫人依言营备。但闻室中笑语，亮气高声，宛若生前。半夜窥之，窅（yǎo，岑寂貌）然已逝。自是三数日辄一来，时而留宿缱绻（qiǎn quǎn，情投意合，难舍难分），家中事就便经纪。子玮方五岁，来辄捉抱；至七八岁，则灯下教读。子亦慧，九岁能文，十五入邑庠（指县学），竟不知无父也。从此来渐疏，日月至焉而已。又一夕来，谓夫人曰："今与卿永诀矣。"问："何往？"曰："承帝命为太华卿，行将远赴，事烦途隔，故不能来。"母子持之哭，曰："勿尔！儿已成立，家计尚可存活，岂有百岁不拆之鸾凤耶！"顾子曰："好为人，勿堕父业。十年后一相见耳。"径出门去，于是遂绝。

后玮二十五举进士，官行人。奉命祭西岳，道经华阴，忽有舆从羽葆，驰冲卤薄。讶之。审视车中人，其父也。下车哭伏道左。父停舆曰："官声好，我目瞑矣。"玮伏不起；朱促舆行，火驰不顾。去数步，回望，解佩刀遣人持赠。遥语曰："佩之当贵。"玮欲追从，见舆马人从，飘忽若风，瞬息不见。痛恨良久；抽刀视之，制极精工，镂字一行，曰："胆欲大而心欲小，智欲圆而行欲方。"玮后官至司马。生五子，曰沉，曰潜，曰沕，曰浑，曰深。一夕，梦父曰："佩刀宜赠浑也。"从之。浑仕为总宪，有政声。

异史氏曰："断鹤续凫，矫作者妄；移花接木，创始者奇；而况加凿削于肝肠，施刀锥于颈项者哉！陆公者，可谓媸皮裹妍骨矣。明季（明代末年）至今，为岁不远，陵阳陆公犹存乎？尚有灵焉否也？为之执鞭（对人极度钦佩，为其赶车，做仆役），所忻慕焉。"

婴　宁

王子服，莒（今山东省莒县一带）之罗店人。早孤。绝惠（通"慧"，聪颖），十四入泮（入县学为生员）。母最爱之，寻常不令游郊野。聘萧氏，未嫁而夭，故求凰未就也。会上元，有舅氏子吴生，邀同眺瞩。方至村外，舅家有仆来，招吴去。生见游女如云，乘兴独遨。有女郎携婢，拈梅花一枝，容华绝代，笑容可掬。生注目不移，竟忘顾忌。女过去数武，顾婢曰："个儿郎（这小子）目灼灼似贼！"遗花地上，笑语自去。

生拾花怅然，神魂丧失，怏怏遂返。至家，藏花枕底，垂头而睡，不语亦不食。母忧之。醮禳（jiào ráng，祈祷消灾。醮，祭神。禳，消除灾祸）益剧，肌革锐减。医师诊视，投剂发表，忽忽若迷。母抚问所由，默然不答。适吴生来，嘱密诘之。吴至榻前，生见之泪下。吴就榻慰解，渐致研诘（细细追问）。生具吐其实，且求谋画。吴笑曰："君意亦复痴！此愿有何难遂？当代访之。徒步于野，必非世家。如其未字（古代女子许亲），事固谐矣；不然，拚（pàn，不顾惜）以重赂，计必允遂。但得痊瘳（quán chōu，病愈），成事在我。"生闻之，不觉解颐（开颜欢笑）。吴出告母，物色女子居里，而探访既穷，并无踪绪。母大忧，无所为计。然自吴去后，颜顿开，食亦略进。数日，吴复来。生问所谋。吴绐（dài，欺骗）之曰："已得之矣。我以为谁何人，乃我姑氏女，即君姨妹行，今尚待聘。虽内戚有婚姻之嫌，实告之，无不谐者。"生喜溢眉宇，问："居何里？"吴诡曰："西南山中，去此可三十馀里。"生又付嘱再四，吴锐身自任而去。

生由是饮食渐加，日就平复。探视枕底，花虽枯，未便雕落。凝思把玩，如见其人。怪吴不至，折柬（柬，通"简"）招之。吴支托不肯赴招。生恚怒，悒悒不欢。母虑其复病，急为议姻；略与商确，辄摇首不愿，惟日盼吴。吴迄无耗，益怨恨之。转思三十里非遥，何必仰息他人？怀梅袖中，负气自往，而家人不知也。伶仃独步，无可问程，但望南山行去。约三十馀里，乱山合沓，空翠爽肌，寂无人行，止有鸟道。遥望谷底，丛花乱树中，隐隐有小里落。下山入村，见舍宇无多，皆茅屋，而意甚修雅（给人的感觉很好，很幽雅）。北向一家，门前皆丝柳，墙内桃杏尤繁，间（夹杂）以修竹；野鸟格磔（zhé，鸟叫的声音）其中。意其园亭，不敢遽入。回顾对户，有巨石滑洁，因据坐少憩。俄闻墙内有女子，长呼"小荣"，其声娇细。方伫听间，一女郎由东而西，执杏花一朵，俯首自簪。举头见生，遂不复簪，含笑拈花而入。审视之，即上元途中所遇也。心骤喜。但念无以阶进（凭阶而进。此指进门的理由）；欲呼姨氏，顾从无还往，惧有讹误。门内无人可问。坐卧徘徊，自朝至于日昃（zè，太阳偏西），盈盈望断，并忘饥渴。时见女子露半面来窥，似讶其不去者。忽一老媪扶杖出，顾生曰："何处郎君，闻自辰刻便来，以至于今。意将何为？得勿饥耶？"生急起揖之，答云："将以盼亲。"媪聋聩不闻。又大言之。

乃问："贵戚何姓？"生不能答。媪笑曰："奇哉！姓名尚自不知，何亲可探？我视郎君，亦书痴耳。不如从我来，啖以粗粝（lì），家有短榻可卧。待明朝归，询知姓氏，再来探访，不晚也。"生方腹馁（饿）思啖，又从此渐近丽人，大喜。从媪入，见门内白石砌路，夹道红花，片片堕阶上；曲折而西，又启一关，豆棚花架满庭中。肃客入舍，粉壁光如明镜；窗外海棠枝朵探入室中；裀藉（垫席。裀，yīn，同"茵"）几榻，罔不洁泽。甫（刚）坐，即有人自窗外隐约相窥。媪唤："小荣！可速作黍。"外有婢子嗷声而应。坐次（相对而坐的时候），具展宗阀。媪曰："郎君外祖，莫姓吴否？"曰："然。"媪惊曰："是吾甥也！尊堂，我妹子。年来以家窭（jù，贫穷）贫，又无三尺男，遂至音问梗塞（音讯不通）。甥长成如许，尚不相识。"生曰："此来即为姨也，匆遽（jù，急，仓猝）遂忘姓氏。"媪曰："老身秦姓，并无诞育；弱息仅存，亦为庶产。渠母改醮（jiào，古婚礼的一种简单仪式；后多指女子嫁人），遗我鞠养。颇亦不钝，但少教训，嬉不知愁。少顷，使来拜识。"

未几，婢子具饭，雏尾盈握。媪劝餐已，婢来敛具。媪曰："唤宁姑来。"婢应去。良久，闻户外隐有笑声。媪又唤曰："婴宁，汝姨兄在此。"户外嗤嗤笑不已。婢推之以入，犹掩其口，笑不可遏。媪嗔目曰："有客在，咤咤叱叱，是何景象？"女忍笑而立，生揖之。媪曰："此王郎，汝姨子。一家尚不相识，可笑人也。"生问："妹子年几何矣？"媪未能解。生又言之。女复笑，不可仰视。媪谓生曰："我言少教诲，此可见矣。年已十六，呆痴裁如婴儿。"生曰："小于甥一岁。"曰："阿甥已十七矣，得非庚午属马者耶？"生首应之。又问："甥妇阿谁？"答云："无之。"曰："如甥才貌，何十七岁犹未聘？婴宁亦无姑家，极相匹敌；惜有内亲之嫌。"生无语，目注婴宁，不遑（没有时间）他瞬。婢向女小语云："目灼灼，贼腔未改！"女又大笑，顾婢曰："视碧桃开未？"遽起，以袖掩口，细碎连步而出。至门外，笑声始纵。媪亦起，唤婢襆被（用包袱裹束衣被，意为整理行装），为生安置。曰："阿甥来不易，宜留三五日，迟迟送汝归。如嫌幽闷，舍后有小园，可供消遣；有书可读。"次日，至舍后，果有园半亩，细草铺毡，杨花糁（sǎn，碎米屑，此指撒落）径；有草舍三楹，花木四合其所。穿花小步，闻树头苏苏有声，仰视，则婴宁在上。见生来，狂笑欲堕。生曰："勿尔，堕矣！"女且下且笑，不能自止。方将及地，失手而堕，笑乃止。生扶之，阴捘（zùn，捏，握）其腕。女笑又作，倚树不能行，良久乃罢。生俟其笑歇，乃出袖中花示之。女接之，曰："枯矣。何留之？"曰："此上元妹子所遗，故存之。"问："存之何意？"曰："以示相爱不忘也。自上元相遇，凝思成病，自分化为异物；不图得见颜色，幸垂怜悯。"女曰："此大细事（很小的事）。至戚何所靳惜（吝惜。靳，jìn）？待郎行时，园中花，当唤老奴来，折一巨捆负送之。"生曰："妹子痴耶？"女曰："何便是痴？"生曰："我非爱花，爱拈花之人耳。"女曰："葭莩（jiā fú，芦苇内壁的薄膜，喻指亲戚）之情，爱何待言。"生曰："我所谓爱，非瓜葛之爱，乃夫妻之爱。"女曰："有以异乎？"曰："夜共枕席耳。"女俯思良久，曰："我不惯与生人睡。"语未已，婢潜至，生惶恐遁去。少时，会母所。母问："何往？"女答以园中共话。媪曰："饭熟已久，有何长言，周遮（言语烦琐，唠叨）乃尔。"女曰："大哥欲我共寝。"言未已，生大窘，急目瞪之。女微笑而止。幸媪不闻，犹絮絮究诘。生急以他词掩之，因小语责女。女曰："适此语不应说耶？"生曰："此背人语。"女曰："背他人，岂得背老母？且寝处亦常事，何讳之？"生恨其痴，无术可以悟之。食方竟，家中人捉双卫（驴的别称）来寻生。

先是，母待生久不归，始疑；村中搜觅已遍，竟无踪兆。因往询吴。吴忆曩（nǎng，以前）言，因教于西南山村行觅。凡历数村，始至于此。生出门，适相值，便入告媪，且请偕女同归。媪喜曰："我有志，匪伊朝夕。但残躯不能远涉，得甥携妹子去，识认阿姨，大好！"呼婴宁。宁笑至。媪曰："有何喜，笑辄不辍？若不笑，当为全人。"因怒之以目。乃曰："大哥欲同汝去，可便装束。"又饷家人酒食，始送之出曰："姨家田产丰裕，能养冗人。到彼且勿归，小学诗礼，亦好事翁姑。即烦阿姨，为汝择一良匹。"二人遂发。至山坳，回顾，犹依稀见媪倚门北望也。

　　抵家，母睹姝丽（容貌美丽。姝，shū），惊问为谁。生以姨妹对。母曰："前吴郎与儿言者，诈也。我未有姊，何以得甥？"问女，女曰："我非母出。父为秦氏，没时，儿在襁中，不能记忆。"母曰："我一姊适（出嫁）秦氏，良确；然殂谢（去世）已久，那得复存？"因审诘面庞、志赘，一一符合。又疑曰："是矣。然亡已多年，何得复存？"疑虑间，吴生至，女避入室。吴询得故，惘然久之。忽曰："此女名婴宁耶？"生然之。吴亟称怪事。问所自知，吴曰："秦家姑去世后，姑丈鳏居（丧妻后独自居住），祟于狐，病瘵死。狐生女名婴宁，绷卧床上，家人皆见之。姑丈没，狐犹时来；后求天师符粘壁上，狐遂携女去。将勿此耶？"彼此疑参。但闻室中吃吃皆婴宁笑声。母曰："此女亦太憨生。"吴请面之。母入室，女犹浓笑不顾。母促令出，始极力忍笑，又面壁移时，方出。才一展拜，翻然遽入，放声大笑。满室妇女，为之粲然。吴请往觇（chān，察看）其异，就便执柯（做媒）。寻至村所，庐舍全无，山花零落而已。吴忆姑葬处，仿佛不远；然坟垅湮没（yān mò，埋没），莫可辨识，诧叹而返。母疑其为鬼。入告吴言，女略无骇意；又吊其无家，亦殊无悲意，孜孜（zī zī，不停地）憨笑而已。众莫之测。母令与少女同寝止。昧爽（黎明时分）即来省问，操女红精巧绝伦。但善笑，禁之亦不可止；然笑处嫣然，狂而不损其媚，人皆乐之。邻女少妇，争承迎之。母择吉将为合卺（古代结婚仪式之一，代指结婚。卺，jǐn），而终恐为鬼物。窃于日中窥之，形影殊无少异。至日，使华装行新妇礼；女笑极不能俯仰，遂罢。生以其憨痴，恐泄漏房中隐事；而女殊密秘，不肯道一语。每值母忧怒，女至，一笑即解。奴婢小过，恐遭鞭楚，辄求诣母共话；罪婢投见，恒得免。而爱花成癖，物色遍戚党；窃典金钗，购佳种，数月，阶砌藩溷（篱笆和厕所），无非花者。

　　庭后有木香一架，故邻西家，女每攀登其上，摘供簪玩（妇女折花，或插戴在发髻之上，或插养于瓶中赏玩）。母时遇见，辄诃之。女卒不改。一日，西人子见之，凝注倾倒。女不避而笑。西人子谓女意已属，心益荡。女指墙底笑而下，西人子谓示约处，大悦。及昏而往，女果在焉。就而淫之，则阴如锥刺，痛彻于心，大号而踣（bó，跌倒）。细视非女，则一枯木卧墙边，所接乃水淋窍也。邻父闻声，急奔研问，呻而不言。妻来，始以实告。爇火烛窍，见中有巨蝎，如小蟹然。翁碎木捉杀之。负子至家，半夜寻卒。邻人讼生，讦发（揭发）婴宁妖异。邑宰素仰生才，稔知其笃行士，谓邻翁讼诬，将杖责之。生为乞免，遂释而出。母谓女曰："憨狂尔尔，早知过喜而伏忧也。邑令神明，幸不牵累；设鹘突（糊涂）官宰，必逮妇女质公堂，我儿何颜见戚里？"女正色，矢不复笑。母曰："人罔不笑，但须有时。"而女由是竟不复笑，虽故逗，亦终不笑；然竟日未尝有戚容。

一夕，对生零涕。异之。女哽咽曰："曩以相从日浅，言之恐致骇怪。今日察姑及郎，皆过爱无有异心，直告或无妨乎？妾本狐产。母临去，以妾托鬼母，相依十馀年，始有今日。妾又无兄弟，所恃者惟君。老母岑寂山阿，无人怜而合厝（安葬）之，九泉辄为悼恨。君倘不惜烦费，使地下人消此怨恫，庶养女者不忍溺弃。"生诺之，然虑坟冢迷于荒草。女但言无虑。刻日，夫妻舆榇而往。女于荒烟错楚（杂乱的树丛）中，指示墓处，果得媪尸，肤革犹存。女抚哭哀痛。舁（yú，抬）归，寻秦氏墓合葬焉。是夜，生梦媪来称谢，寤而述之。女曰："妾夜见之，嘱勿惊郎君耳。"生恨不邀留。女曰："彼鬼也。生人多，阳气胜，何能久居？"生问小荣，曰："是亦狐，最黠。狐母留以视妾，每摄饵相哺，故德之常不去心，昨问母，云已嫁之。"由是岁值寒食，夫妻登秦墓，拜扫无缺。女逾年，生一子。在怀抱中，不畏生人，见人辄笑，亦大有母风云。

异史氏曰："观其孜孜憨笑，似全无心肝者；而墙下恶作剧，其黠孰甚焉。至凄恋鬼母，反笑为哭，我婴宁殆隐于笑者矣。窃闻山中有草，名'笑矣乎'。嗅之，则笑不可止。房中植此一种，则合欢、忘忧，并无颜色矣。若解语花，正嫌其作态（装模作样，指娇饰而有失自然）耳。"

聂小倩

宁采臣，浙人。性慷爽，廉隅（棱角，喻品行端方）自重。每对人言："生平无二色。"适赴金华，至北郭，解装兰若。寺中殿塔壮丽；然蓬蒿没人，似绝行踪。东西僧舍，双扉虚掩；惟南一小舍，扃键如新。又顾殿东隅，修竹拱把；阶下有巨池，野藕已花。意甚乐其幽杳。会学使案临，城舍价昂，思便留止，遂散步以待僧归。日暮，有士人来，启南扉。宁趋为礼，且告以意。士人曰："此间无房主，仆亦侨居。能甘荒落，旦晚惠教，幸甚。"宁喜，藉藁代床，支板作几，为久客计。是夜，月明高洁，清光似水，二人促膝殿廊，各展姓字。士人自言："燕姓，字赤霞。"宁疑为赴试诸生，而听其音声，殊不类浙。诘之，自言："秦人。"语甚朴诚。既而相对词竭，遂拱别归寝。

宁以新居，久不成寐。闻舍北喁喁（yú yú，低语声），如有家口。起伏北壁石窗下，微窥之。见短墙外一小院落，有妇可（约）四十馀；又一媪衣（穿）𪐛（yuè）绯，插蓬沓，鲐背龙钟（驼背，行动不便），偶语月下。妇曰："小倩何久不来？"媪曰："殆（大概）好至矣。"妇曰："将无向姥姥有怨言否？"曰："不闻，但意似蹙蹙。"妇曰："婢子不宜好相识。"言未已，有一十七八女子来，仿佛艳绝。媪笑曰："背地不言人，我两个正谈道，小妖婢悄来无迹响。幸不訾着短处。"又曰："小娘子端好是画中人，遮莫（假设）老身是男子，也被摄魂去。"女曰："姥姥不相誉，更阿谁道好？"妇人女子又不知何言。宁意其邻人眷口，寝不复听。又许时，始寂无声。方将睡去，觉有人至寝所。急起审顾，则北院女子也。惊问之，女笑曰："月夜不寐，愿修燕好。"宁正容曰："卿防物议，我畏人言；略一失足，廉耻道丧。"女云："夜无知者。"宁又咄之。女逡巡（徘徊不前）若复有词。宁叱："速去！不然，当呼南舍生知。"女惧，乃退。至户外复返，以黄金一锭置褥上。宁掇掷庭墀，曰："非义之物，污吾囊橐！"女惭，出，拾金自言曰："此汉当是铁石。"

诘旦，有兰溪生携一仆来候试，寓于东厢，至夜暴亡。足心有小孔，如锥刺者，细细有血出。俱莫知故。经宿，仆一死，症亦如之。向晚，燕生归，宁质之，燕以为魅。宁素抗直（刚直。抗，同"亢"），颇不在意。宵分，女子复至，谓宁曰："妾阅人多矣，未有刚肠如君者。君诚圣贤，妾不敢欺。小倩，姓聂氏，十八夭殂（犹夭殁。殂，cú），葬寺侧，辄被妖物威胁，历役贱务；觍颜向人，实非所乐。今寺中无可杀者，恐当以夜叉来。"宁骇求计。女曰："与燕生同室可免。"问："何不惑燕生？"曰："彼奇人也，不敢近。"问："迷人若何？"曰："狎昵我者，隐以锥刺其足，彼即茫若迷，因摄血以供妖饮；又或以金，非金也，乃罗刹（luó chà，佛教中指食人血肉之恶鬼）鬼骨，留之能截取人心肝：二者，凡以投时好耳。"宁感谢。问戒备之期，答以明宵。临别泣曰："妾堕玄海（佛教里的苦海），求岸不得。郎君义气干云，必能拔生救苦。倘肯囊妾朽骨，归葬安宅，不啻再造。"宁毅然诺之。因问葬处，曰："但记取白杨之上，有乌巢者是也。"言已出门，纷然而灭。

明日，恐燕他出，早诣邀致。辰后具酒馔，留意察燕。既约同宿，辞以性癖耽寂。宁不听，强携卧具来。燕不得已，移榻从之，嘱曰："仆知足下丈夫，倾风良切。要有微衷，难以遽白。幸勿翻窥箧襆（箱子。箧，qiè），违之两俱不利。"宁谨受教。既而各寝，燕以箱箧置窗上，就枕移时，齁如雷吼。宁不能寐。近一更许，窗外隐隐有人影。俄而近窗来窥，目光睒闪（闪烁。睒，shǎn）。宁惧，方欲呼燕，忽有物裂箧而出，耀若匹练，触折窗上石楔，飙然一射，即遽敛入，宛如电灭。燕觉而起，宁伪睡以觇（chān，察看）之。燕捧箧检征，取一物，对月嗅视，白光晶莹，长可二寸，径韭叶许（大约有一韭叶宽）。已而数重包固，仍置破箧中。自语曰："何物老魅，直尔大胆，致坏箧子。"遂复卧。宁大奇之，因起问之，且以所见告。燕曰："既相知爱，何敢深隐。我，剑客也。若非石楔，妖当立毙；虽然，亦伤。"问："所缄何物？"曰："剑也。适嗅之，有妖气。"宁欲观之。慨出相示，荧荧然一小剑也。于是益厚重燕。明日，视窗外，有血迹。遂出寺北，见荒坟累累，果有白杨，乌巢其颠。迨营谋既就，趣装（整理行装）欲归。燕生设祖帐，情义殷渥（情谊恳切深厚）。以破革囊赠宁，曰："此剑袋也。宝藏可远魑魅。"宁欲从授其术。曰："如君信义刚直，可以为此。然君犹富贵中人，非此道中人也。"宁乃托有妹葬此，发掘女骨，敛以衣衾，赁舟而归。

宁斋临野，因营坟葬诸斋外。祭而祝曰："怜卿孤魂，葬近蜗居，歌哭相闻，庶不见陵于雄鬼。一瓯浆水饮，殊不清旨，幸不为嫌！"祝毕而返。后有人呼曰："缓待同行！"回顾，则小倩也，欢喜谢曰："君信义，十死不足以报。请从归，拜识姑嫜（俗称公婆。嫜，zhāng），媵（yìng，泛指婢妾）御无悔。"审谛之，肌映流霞，足翘细笋，白昼端相，娇艳尤绝。遂与俱至斋中。嘱坐少待，先入白母。母愕然。时宁妻久病，母戒勿言，恐所骇惊。言次，女已翩然入，拜伏地下。宁曰："此小倩也。"母惊顾不遑。女谓母曰："儿飘然一身，远父母兄弟。蒙公子露覆，泽被发肤（恩泽施于我身。被，覆盖），愿执箕帚，以报高义。"母见其绰约可爱，始敢与言，曰："小娘子惠顾吾儿，老身喜不可已。但生平止此儿，用承祧（tiāo，祖庙）绪，不敢令有鬼偶。"女曰："儿实无二心。泉下人，既不见信于老母，请以兄事，依高堂，奉晨昏（指对父母的侍奉），如何？"母怜其诚，允之。即欲拜嫂。母辞以疾，乃止。女即入厨下，代母尸饔（yōng，熟食）。入房穿榻，似熟居者。日暮，母畏惧之，辞使归寝，不为设床褥。女窥知母意，即竟去。过斋欲入，却退，徘徊户外，似有所惧。生呼之。女曰："室有剑气畏人。向道途中不奉见者，良以此故。"宁悟为革囊，取悬他室。女乃入，就烛下坐。移时，殊不一语。久之，问："夜读否？妾少诵《楞严经》，今强半遗忘。浼（měi，恳托）求一卷，夜暇，就兄正之。"宁诺。又坐，默然，二更向尽，不言去。宁促之。愀然曰："异域孤魂，殊怯荒墓。"宁曰："斋中别无床寝，且兄妹亦宜远嫌。"女起，眉颦蹙而欲啼，足俴儴而懒步，从容出门，涉阶而没。宁窃怜之，欲留宿别榻，又惧母嗔。女朝旦朝母，捧匜沃盥（侍奉盥洗。匜，yí，古盥器，用以盛水），下堂操作，无不曲承母志。黄昏告退，辄过斋头，就烛诵经。觉宁将寝，始惨然去。

先是，宁妻病废，母劬（qú，劳累）不可堪；自得女，逸甚，心德之。日渐稔，亲爱如己出，竟忘其为鬼；不忍晚令去，留与同卧起。女初来未尝食饮，半年渐啜稀饱饦（yì，同"酏"，稀粥汤）。母子皆溺爱之，讳言其鬼，人亦不之辨也。无何，宁妻亡。母隐有纳女意，然恐于子不利。女微窥之，乘间告母曰："居年馀，当知儿肝膈。为不欲祸行人，故从郎君来。区区（自称的谦词）无他意，止以公子光明磊落，为天人所钦瞩（钦敬重视），实欲依赞三数年，借博封诰，以光泉壤。"母亦知无恶，但惧不能延宗嗣。女曰："子女惟天所授。郎君注福籍，有亢宗子三，不以鬼妻而遂夺也。"母信之，与子议。宁喜，因列筵告戚党。或请觐新妇，女慨然华妆出，一堂尽眙（chì，瞠目直视，非常惊讶），反不疑其鬼，疑为仙。由是五党诸内眷，咸执贽以贺，争拜识之。女善画兰梅，辄以尺幅酬答，得者藏什袭，以为荣。

一日，俯颈窗前，怊怅若失。忽问："革囊何在？"曰："以卿畏之，故缄置他所。"曰："妾受生气已久，当不复畏，宜取挂床头。"宁诘其意，曰："三日来，心怔忡无停息，意金华妖物，恨妾远遁，恐旦晚寻及也。"宁果携革囊来。女反复审视，曰："此剑仙将盛人头者也。敝败至此，不知杀人几何许！妾今日视之，肌犹粟慄。"乃悬之。次日，又命移悬户上。夜对烛坐，约宁勿寝。欻（xū，忽然）有一物，如飞鸟堕。女惊匿夹幕

（帷幕）间。宁视之，物如夜叉状，电目血舌，睒闪（闪烁。睒，shǎn）攫拿而前，至门却步；逡巡久之，渐近革囊，以爪摘取，似将抓裂。囊忽格然一响，大可合篑（kuì，盛土的竹器）；恍惚有鬼物，突出半身，揪夜叉入，声遂寂然，囊亦顿缩如故。宁骇诧。女亦出，大喜曰："无恙矣！"共视囊中，清水数斗而已。后数年，宁果登进士。女举一男。纳妾后，又各生一男，皆仕进有声。

海公子

东海古迹岛，有五色耐冬花，四时不凋。而岛中古无居人，人亦罕到之。登州（府名。今山东省蓬莱市）张生，好奇，喜游猎。闻其佳胜，备酒食，自掉（划船工具，与"棹"通）扁舟而往。至则花正繁，香闻数里；树有大至十馀围（计量圆周的单位。两手合抱为一围）者。反复留连，甚惬所好。开尊自酌，恨无同游。忽花中一丽人来，红裳眩目，略无伦比。见张，笑曰："妾自谓兴致不凡，不图先有同调。"张惊问："何人？"曰："我胶娼也。适从海公子来。彼寻胜翱翔，妾以艰于步履（步行），故留此耳。"张方苦寂，得美人，大悦，招坐共饮。女言辞温婉，荡人神志。张爱好之。恐海公子来，不得尽欢，因挽与乱。女忻（xīn，同"欣"）从之。相狎未已，忽闻风肃肃，草木偃折有声。女急推张起，曰："海公子至矣。"张束衣愕顾，女已失去。旋见一大蛇，自丛树中出，粗于巨筒。张惧，幛身大树后，冀蛇不睹。蛇近前，以身绕人并树，纠缠数匝；两臂直束胯间，不可少屈。昂其首，以舌刺张鼻。鼻血下注，流地上成洼，乃俯就饮之。张自分（预料）必死，忽忆腰中佩荷囊，有毒狐药，因以二指夹出，破囊（袋子）堆掌中；又侧颈自顾其掌，令血滴药上，顷刻盈把。蛇果就掌吸饮。饮未及尽，遽伸其体，摆尾若霹雳声，触树，树半体崩落，蛇卧地如梁而毙矣。张亦眩莫能起，移时方苏。载蛇而归。大病月馀，方瘥。疑女子亦蛇精也。

丁前溪

丁前溪，诸城（县名，今属山东省）人。富有钱谷。游侠好义，慕郭解之为人。御史行台按访之。丁亡去。至安丘，遇雨，避身逆旅（旅舍）。雨日中不止。有少年来，馆（guǎn，招待宾客或旅客食宿的房舍）谷丰隆。既而昏暮，止宿其家；莝（cuò）豆饲畜，给食周至。问其姓字，少年云："主人杨姓，我其内侄也。主人好交游，适他出，家惟娘子在。贫不能厚客给，幸能垂谅。"问主人何业，则家无资产，惟日设博场，以谋升斗（升、斗均为较小的容量单位。比喻微薄的收入）。次日，雨仍不止，供给弗懈。至暮，剉（cuò）刍；刍束湿，颇极参差。丁怪之。少年曰："实告客：家贫无以饲畜，适娘子撤屋上茅耳。"丁益异之，谓其意在得直。天明，付之金，不受；强付，少年持入。俄出，仍以反客，云："娘子言：我非业此猎食者。主人在外，尝数日不携一钱；客至吾家，何遂索偿乎？"丁叹赞而别。嘱曰："我诸城丁某，主人归，宜告之。暇幸见顾。"

数年无耗（消息）。值岁大饥，杨困甚，无所为计。妻漫劝诣丁，从之。至诸，通姓名于门者。丁茫不忆；申（一再）言始忆之。蹑履而出，揖客入。见其衣敝踵决（衣服破烂，鞋子露着脚后跟。形容非常贫穷），居之温室，设筵相款，宠礼异常。明日，为制冠服，表里温暖。杨义之；而内顾（在外对家事的顾念）增忧，褊心不能无少望。居数日，殊不言赠别。杨意甚亟，告丁曰："顾不敢隐：仆来时，米不满升。今过蒙推解，固乐；妻子如何矣！"丁曰："是无烦虑，已代经纪（安排）矣。幸舒意少留，当助资斧（路费）。"走伻招诸博徒，使杨坐而乞头（指在赌场中向赢方抽头为利），终夜得百金，乃送之还。归见室人，衣履鲜整，小婢侍焉。惊问之。妻言："自若去后，次日即有车徒赍送布帛菽粟，堆积满屋，云是丁客所赠。又婢十指（十个手指，意思是一个人），为妾驱使。"杨感不自已。由此小康，不屑旧业矣。

异史氏曰："贫而好客，饮博浮荡者优为之；最异者，独其妻耳。受之施而不报，岂人也哉？然一饭之德不忘，丁其有焉。"

水莽草

水莽，毒草也。蔓生似葛；花紫，类扁豆。误食之，立死，即为水莽鬼。俗传此鬼不得轮回（佛教名词，转生），必再有毒死者，始代之。以故楚中桃花江（今湖南省境内）一带，此鬼尤多云。

楚人以同岁生者为同年，投刺相谒，呼庚兄庚弟，子侄呼庚伯，习俗然也。有祝生造（登门拜访）其同年某，中途燥渴思饮。俄见道旁一媪，张棚施饮，趋之。媪承迎入棚，给奉甚殷。嗅之有异味，不类茶茗，置不饮，起而出。媪急止客，便唤："三娘，可将好茶一杯来。"俄有少女，捧茶自棚后出。年约十四五，姿容艳绝，指环臂钏（chuàn，手镯），晶莹鉴影。生受盏神驰；嗅其茶，芳烈无伦。吸尽再索。觑媪出，戏捉纤腕，脱指环一枚。女赪（chēng，红色）颊微笑，生益惑。略诘门户，女曰："郎暮来，妾犹在此也。"生求茶叶一撮，并藏指环而去。至同年家，觉心头作恶，疑茶为患，以情告某。某骇曰："殆矣！此水莽鬼也。先君死于是。是不可救，且为奈何？"生大惧，出茶叶验之，真水莽草也。又出指环，兼述女子情状。某悬想曰："此必寇三娘也！"生以其名确符，问："何故知？"曰："南村富室寇氏女，夙有艳名。数年前，误食水莽而死，必此为魅。"或言受魅者，若知鬼姓氏，求其故裆，煮服可痊。某急诣寇所，实告以情，长跪哀恳；寇以其将代女死，故靳（jìn，吝惜）不与。某忿而返，以告生。生亦切齿恨之，曰："我死，必不令彼女脱生！"某舁（yú，抬）送之，将至家门而卒。母号涕葬之。遗一子，甫（刚）周岁。妻不能守柏舟节（指妇女在丈夫死后坚决不嫁的节操），半年改醮（jiào，再嫁）去。母留孤自哺，劬（qú，过分劳苦）瘁不堪，朝夕悲啼。一日，方抱儿哭室中，生悄然忽入。母大骇，挥涕问之。答云："儿地下闻母哭，甚怆于怀，故来奉晨昏（子女侍奉父母）耳。儿虽死，已有家室，即同来分母劳，母其勿悲。"母问："儿妇何人？"曰："寇氏坐听儿死，儿甚恨之。死后欲寻三娘，而不知其处；近遇某庚伯，始相指示。儿往，则三娘已投生任侍郎（官名。隋唐以后，侍郎为中书、门下及尚书省所属各部长官的副职）家；儿驰去，强捉之来。今为儿妇，亦相得，颇无苦。"移时，门外一女子入，华妆艳丽，伏地拜母。生曰："此寇三娘也。"虽非生人，母视之，情怀差慰。生便遣三娘操作，三娘雅不习惯，然承顺殊怜人。由此居故室，遂留不去。女请母告诸家。生意勿告；而母承女意，卒告之。寇家翁媪，闻而大骇，命车疾至。视之，果三娘。相向哭失声，女劝止之。媪视生家良贫，意甚忧悼。女曰："人已鬼，又何厌贫？祝郎母子，情意拳拳（真诚，恳切），儿固已安之矣。"因问："茶媪谁也？"曰："彼倪姓，自惭不能惑行人，故求儿助之耳。今已生于郡城卖浆者之家。"因顾生曰："既婿矣，而不拜岳，妾复何心？"生乃投拜。女便入厨下，代母执炊，供翁媪。媪视之凄心。既归，即遣两婢来，为之服役；金百斤、布帛数十匹；酒胾（zì，肉）不时馈送，小阜视母矣。寇亦时招归宁（旧谓已嫁女子回娘家看望）。居数日，辄曰："家中无人，宜早送儿还。"或故稽（停留）之，则飘然自归。翁乃代生起夏屋，营备臻至。然生终未尝至翁家。

一日，村中有中水莽草毒者，死而复苏，相传为异。生曰："是我活之也。彼为李九所害，我为之驱其鬼而去之。"母曰："汝何不取人以自代？"曰："儿深恨此等辈，方将尽驱除之，何屑此为！且儿事母最乐，不愿生也。"由是中毒者，往往具丰筵，祷诸其庭，辄有效。

积十余年，母死。生夫妇哀毁，但不对客，惟命儿缞（cuī，亦作"衰"，用粗麻布制作，披于胸前）麻躃踊，教以礼仪而已。葬母后，又二年馀，为儿娶妇。妇，任侍郎之孙女也。先是，任公妾生女，数月而殇。后闻祝生之异，遂命驾其家，订翁婿焉。至是，遂以孙女妻其子，往来不绝矣。一日，谓子曰："上帝以我有功人世，策为四渎牧龙君，今行矣。"俄见庭下有四马，驾黄幨

（chān）车，马四股皆鳞甲。夫妻盛装出，同登一舆。子及妇皆泣拜，瞬息而渺。是日，寇家见女来，拜别翁媪，亦如生言。媪泣挽留，女曰："祝郎先去矣。"出门遂不复见。

其子名鹗，字离尘，请诸寇翁，以三娘骸骨与生合葬焉。

凤阳士人

凤阳（今安徽省凤阳县西）一士人，负笈（fù jí，背着书箱。指游学外地）远游。谓其妻曰："半年当归。"十馀月，竟无耗问（音信）。妻翘盼綦（qí，极，很）切。一夜，才就枕，纱月摇影，离思萦怀。方反侧（翻来覆去，形容睡卧不安）间，有一丽人，珠鬟绛帔，搴帷而入，笑问："姊姊，得无欲见郎君乎？"妻急起应之。丽人邀与共往。妻惮修阻，丽人但请勿虑。即挽女手出，并踏月色，约行一矢之远。觉丽人行迅速，女步履艰涩，呼丽人少待（稍微等一下），将归着复履（夹底鞋）。丽人牵坐路侧，自乃捉足，脱履相假（借）。女喜着之，幸不凿枘〔záo ruì，方凿（榫卯）圆柄（榫头）的略语〕。复起从行，健步如飞。移时，见士人跨白骡来。见妻大惊，急下骑，问："何往？"女曰："将以探君。"又顾问丽者伊谁。女未及答，丽人掩口笑曰："且勿问讯。娘子奔波匪（通"非"）易；郎君星驰夜半，人畜想当俱殆（疲殆，累到极点）。妾家不远，且请息驾，早旦而行，不晚也。"顾数武之外，即有村落，遂同行。入一庭院，丽人促睡婢起供客，曰："今夜月色皎然，不必命烛，小台石榻可坐。"士人絷蹇（jiǎn，驽马，亦指驴）檐梧，乃即坐。丽人曰："履大不适于体，途中颇累赘否？归有代步，乞赐还也。"女称谢付之。

俄顷，设酒果，丽人酌曰："鸾凤久乖，圆在今夕；浊醪（láo，浊酒。此为谦辞）一觞，敬以为贺。"士人亦执盏酬报。主客笑言，履舄交错。士人注视丽者，屡以游词相挑。夫妻乍聚，并不寒暄一语。丽人亦美目流情，妖言隐谜。女惟默坐，伪为愚者。久之渐醺，二人语益狎。又以巨觥劝客，士人以醉辞，劝之益苦。士人笑曰："卿为我度一曲，即当饮。"丽人不拒，即以牙拨抚提琴而歌曰："黄昏卸得残妆罢，窗外西风冷透纱。听蕉声，一阵一阵细雨下。何处与人闲磕牙？望穿秋水，不见还家，潸潸（shān shān，形容泪流不止）泪似麻。又是想他，又是恨他，手拿着红绣鞋儿占鬼卦（古代妻子思念丈夫，盼其归来的占卜游戏）。"歌竟，笑曰："此市井里巷之谣，不足污君听。然因流俗所尚，姑（才）效颦耳。"音声靡靡，风度狎亵。士人摇惑，若不自禁。

少间，丽人伪醉离席；士人亦起，从之而去。久之不至。婢子乏疲，伏睡廊下。女独坐，块然无侣，中心愤恚（huì，恨），颇难自堪。思欲遁归，而夜色微茫，不忆道路。辗转无以自主，因起而觇（chān，察看）之。裁近其窗，则断云零雨之声，隐约可闻。又听之，闻良人与己素常猥亵之状，尽情倾吐。女至此，手颤心摇，殆（几乎）不可遏，念不如出门窜沟壑以死。愤然方行，忽见弟三郎乘马而至，遽（jù，急忙）便下问。女具以告〔以之具告，把上述情况全部告诉（三郎）〕。三郎大怒，立与姊回，直入其家，则室门扃闭，枕上之语犹喁喁（yú yú，形容说话的声音）也。三郎举巨石如斗，抛击窗棂，三五碎断。内大呼曰："郎君脑破矣！奈何！"女闻之，愕然，大哭，谓弟曰："我不谋与汝杀郎君，今且若何？"三郎撑目（张目直视，瞪着眼）曰："汝呜呜促我来；甫能消此胸中恶，又护男儿、怒弟兄，我不贯（"惯"的本字）与婢子供指使！"返身欲去，女牵衣曰："汝不携我去，将何之？"三郎挥姊仆地，脱体而去。女顿惊寤，始知其梦。

越日，士人果归，乘白骡。女异之而未言。士人是夜亦梦，所见所遭，述之悉符，互相骇怪。既而三郎闻姊夫远归，亦来省问。语次（交谈之间），谓士人曰："昨宵梦君归，今果然，亦大异。"士人笑曰："幸不为巨石所毙。"三郎愕然问故，士以梦告。三郎大异之。盖是夜，三郎亦梦遇姊泣诉，愤激投石也。三梦相符，但不知丽人何许耳。

耿十八

新城耿十八，病危笃（dǔ，严重），自知不起。谓妻曰："永诀在旦晚耳。我死后，嫁守由汝，请言所志。"妻默不语。耿固问之，且云："守固佳，嫁亦恒情。明言之，庸何伤！行与子诀（将要和你永诀），子守，我心慰；子嫁，我意断也。"妻乃惨然曰："家无儋石（坛子一类瓦器，容积一石，故称儋石。儋，dān），君在犹不给（jǐ），何以能守？"耿闻之，遽（jù，急速）握妻臂，作恨声曰："忍哉！"言已而没。手握不可开。妻号。家人至，两人攀指，力擘（bò，分开）之，始开。

耿不自知其死，出门，见小车十馀两（通"辆"），两各十人，即以方幅书名字，粘车上。御人见耿，促登车。耿视车中已有九人，并己而十。又视粘单上，己名最后。车行咋咋，响震耳际，亦不自知何往。俄至一处，闻人言曰："此思乡地也。"闻其名，疑之。又闻御人偶语云："今日剟三人。"耿又骇。及细听其言，悉阴间事，乃自悟曰："我岂不作鬼物耶？"顿念家中，无复可悬念，惟老母腊高，妻嫁后，缺于奉养；念之，不觉涕涟。又移时，见有台，高可数仞，游人甚夥（huǒ，多）；囊（包，缠）头械足之辈，呜咽而下上，闻人言为"望乡台"（迷信说法，新死的鬼魂在此能望见阳世家中的情形）。诸人至此，俱踏辕下，纷然竞登。御人或挞之，或止之，独至耿，则促令登。登数十级，始至颠顶。翘首一望，则门间庭院，宛在目中。但内室隐隐，如笼烟雾，凄恻不自胜。回顾，一短衣人立肩下，即以姓氏问耿。耿具以告。其人亦自言为东海匠人。见耿零涕，问："何事不了于心？"耿又告之。匠人谋与越台而遁。耿惧冥追，匠人固言无妨。耿又虑台高倾跌，匠人但令从己。遂先跃，耿果从之。及地，竟无恙。喜无觉者。视所乘车，犹在台下。二人急奔数武（shù wǔ，不远处，没有多远），忽自念名字粘车上，恐不免执名之追；遂反身近车，以手指染唾，涂去己名，始复奔，哆（chǐ）口坌息（张着口喘气。坌，bèn，坌涌。息，气息），不敢少停。少间，入里门，匠人送诸其室。蓦睹己尸，醒然而苏。

觉乏疲躁渴，骤呼水。家人大骇，与之水，饮至石馀。乃骤起，作揖拜伏；既而出门拱谢，方归。归则僵卧不转。家人以其行异，疑非真活；然渐觇之，殊无他异。稍稍近问，始历历言其本末。问："出门何故？"曰："别匠人也。""饮水何多？"曰："初为我饮，后乃匠人饮也。"投之汤羹，数日而瘥（chài，病愈）。由此厌薄其妻，不复共枕席云。

珠 儿

常州（今江苏省常州市）民李化，富有田产。年五十馀，无子。一女名小惠，容质秀美，夫妻最怜爱之。十四岁，暴病夭殂（cú，死），冷落庭帏，益少生趣。始纳婢，经年馀，生一子，视如拱璧，名之珠儿。儿渐长，魁梧可爱。然性绝痴，五六岁尚不辨菽麦；言语蹇涩（艰涩）。李亦好而不知其恶。会有眇（一只眼睛失明）僧，募缘于市，辄知人闺闼，于是相惊以神；且云，能生死祸福人。几十百千，执名以索，无敢违者。诣李募百缗（一百串钱。缗，mín，一千文为一缗）。李难之。给十金，不受；渐至三十金。僧厉色曰："必百缗，缺一文不可！"李亦怒，收金遽去。僧忿然起曰："勿悔，勿悔！"无何，珠儿心暴痛，巴刮床席，色如土灰。李俱，将八十金诣僧乞救。僧笑曰："多金大不易！然山僧何能为？"李归而儿已死。李恸甚，以状诉邑宰。宰拘僧讯鞫，亦辨给无情词。笞之，似击鞔（mán，用皮蒙鼓）革。令搜其身，得木人二、小棺一、小旗帜五。宰怒，以手叠诀举示之。僧乃惧，自投无数。宰不听，杖杀之。李叩谢而归。

时已曛暮（昏暮，即黄昏之后。曛，xūn），与妻坐床上。忽一小儿，框儴（惶急的样子）入室，曰："阿翁行何疾？极力不能得追。"视其体貌，当得七八岁。李惊，方将诘问，则见其若隐若现，恍惚如烟雾，宛转间，已登榻坐。李推下之，堕地无声。曰："阿翁何乃尔！"瞥然复登。李惧，与妻俱奔。儿呼阿父、阿母，呕哑不休。李入妾室，急阖其扉；还顾，儿已在膝下。李骇，问何为。答曰："我苏州（府名。治所在今江苏省苏州市）人，姓詹氏。六岁失怙恃（hù shì，父母），不为兄嫂所容，逐居外祖家。偶戏门外，为妖僧迷杀桑树下，驱使如伥鬼，冤闭穷泉，不得脱化（人死后会转生）。幸赖阿翁昭雪，愿得为子。"李曰："人鬼殊途，何能相依？"儿曰："但除斗室，为儿设床褥，日浇一杯冷浆粥，馀都无事。"李从之。儿喜，遂独卧室中。晨来出入闺阁，如家生。闻妾哭子声，问："珠儿死几日矣？"答以七日。曰："天严寒，尸当不腐。试发冢启视，如未损坏，儿当得活。"李喜，与儿去，开穴验之，躯壳如故。方此忉怛（dāo dá，悲痛），回视，失儿所在。异之，舁（yú，抬）尸归。方置榻上，目已瞥动；少顷呼汤，汤已而汗，汗已遂起。

群喜珠儿复生，又加之慧黠便利，迥异曩（nǎng，以往）昔。但夜间僵卧，毫无气息，共转侧之，冥然若死。众大愕，谓其复死；天将明，始若梦醒。群就问之。答云："昔从妖僧时，有儿等二人，其一名哥子。昨追阿父不及，盖在后与哥子作别耳。今在冥间，与姜员外作义嗣，亦甚优游。夜分，固来邀儿戏。适以白鼻騧（guā，黑嘴的黄马）送儿归。"母因问："在阴司见珠儿否？"曰："珠儿已转生矣。渠与阿翁无父子缘，不过金陵严子方，来讨百十千债负耳。"初，李贩于金陵，欠严货价未偿，而严翁死，此事无知者。李闻之，大骇。母问："儿见惠姊否？"儿曰："不知。再去当访之。"

又二三日，谓母曰："惠姊在冥中大好，嫁得楚江王小郎子，珠翠满头髻；一出门，便十百作呵殿声。"母曰："何不一归宁？"曰："人既死，都与骨肉无关切。倘有人细述前生，方豁然动念耳。昨托姜员外，夤缘（凭借关系。夤，yín，攀附）见姊，姊姊呼我坐珊瑚床上，与言父母悬念，渠都如眠睡。儿云：'姊在时，喜绣并蒂花，剪刀刺手爪，血渍绫子上，姊就刺作赤水云。今母犹挂床头壁，顾念不去心。姊忘之乎？'姊始凄感，云：'会须白郎君，归省阿母。'"母问其期，答言不知。

一日谓母："姊行且至，仆从大繁，当多备浆酒。"少间，奔入室曰："姊来矣！"移榻中堂，曰："姊姊且憩坐，少悲啼。"诸人悉无所见。儿率人焚纸酹（lèi，把酒洒在地上表示祭奠）饮于门外，反曰："驺从（侍从的骑卒。驺，zōu）暂令去矣。姊言：'昔日所覆绿锦被，曾为烛花烧一点如豆大，尚在否？'"母曰："在。"即启笥（sì，一种四方形的竹筐，有盖）出之。儿曰："姊命我陈旧闺中。乏疲，且小卧，翌日再与阿母言。"

东邻赵氏女，故与惠为绣阁交。是夜，忽梦惠幞头紫帔来相望，言笑如平生。且言："我今异物（死去的人），父母觌（dí，相见）面，不啻（只）河山。将借妹子与家人共话，勿须惊恐。"质明（天刚亮的时候），方与母言。忽仆地闷绝。逾刻始醒，向母曰："小惠与阿婶别几年矣，顿鬖鬖（sān sān，毛发下垂的样子）白发生！"母骇曰："儿病狂耶？"女拜别即出。母知其异，从之。直达李所，抱母哀啼。母惊不知所谓。女曰："儿昨归，颇委顿，未遑（闲暇）一言。儿不孝，中途弃高堂，劳父母哀念，罪何可赎！"母顿悟，乃哭。已而问曰："闻儿今贵，甚慰母心。但汝栖身王家，何遂能来？"女曰："郎君与儿极燕好，姑舅亦相抚爱，颇不谓妒丑。"惠生时，好以手支颐；女言次，辄作故态，神情宛似。未几，珠儿奔入曰："接姊者至矣。"女乃起，拜别泣下，曰："儿去矣。"言讫（qì，完毕），复踣，移时乃苏。

后数月，李病剧，医药罔效。儿曰："旦夕恐不救也！"二鬼坐床头，一执铁杖子，一挽苎麻绳，长四五尺许，儿昼夜哀之不去。"母哭，乃备衣衾。既暮，儿趋入曰："杂人妇，且避去，姊夫来视阿翁。"俄顷，鼓掌而笑。母问之，曰："我笑二鬼，闻姊夫来，俱匿床下如龟鳖。"又少时，望空道寒暄，问姊起居。既而拍手曰："二鬼奴哀之不去，至此大快！"乃出至门外，却回，曰："姊夫去矣。二鬼被锁马鞍上。阿父当即无恙。姊夫言：归白大王，为父母乞百年寿也。"一家俱喜。至夜，病良已，数日寻瘥（很快就病愈。瘥，chài）。

延师教儿读。儿甚慧，十八入邑庠（考中了秀才），犹能言冥间事。见里中病者，辄指鬼祟所在，以火爇（ruò，点燃）之，往往得瘳（chōu，病愈）。后暴病，体肤青紫，自言鬼神责我绽露，由是不复言。

胡四姐

尚生，太山（郡名，在今山东省泰安市）人。独居清斋。会值秋夜，银河高耿，明月在天，徘徊花阴，颇存遐想。忽一女子逾垣（翻墙）来，笑曰："秀才何思之深？"生就视，容华若仙。惊喜拥入，穷极狎昵。自言："胡氏，名三姐。"问其居第（住处），但笑不言。生亦不复置问，惟相期永好而已。自此，临无虚夕。

一夜，与生促膝灯幕，生爱之，瞩盼（瞩目）不转。女笑曰："眈眈视妾何为？"曰："我视卿如红药碧桃（两种观赏植物。红药即芍药；碧桃，碧桃花，此均喻女子姿容美艳），即竟夜视，不为厌也。"三姐曰："妾陋质，遂蒙青盼如此；若见吾家四妹，不知如何颠倒。"生益倾动，恨不一见颜色，长跽哀请。逾夕，果偕四姐来。年方及笄（指刚到十五岁），荷粉露垂，杏花烟润，嫣然含笑，媚丽欲绝。生狂喜，引坐。三姐与生同笑语；四姐惟手引绣带，俯首而已。未几，三姐起别，妹欲从行。生曳之不释，顾三姐曰："卿卿烦一致声。"三姐乃笑曰："狂郎情急矣！妹子一为少留。"四姐无语，姊遂去。二人备尽欢好，既而引臂替枕，倾吐生平，无复隐讳。四姐自言为狐。生依恋其美，亦不之怪。四姐因言："阿姊狠毒，业杀三人矣。惑之，罔不毙者。妾幸承溺爱，不忍见灭亡，当早绝之。"生惧，求所以处（求得处置的方法）。四姐曰："妾虽狐，得仙人正法，当书一符粘寝门，可以却之。"遂书之。既晓，三姐来，见符却退，曰："婢子负心，倾意新郎，不忆引线人矣。汝两人合有夙分，余亦不相仇，但何必尔？"乃径去。

数日，四姐他适，约以隔夜。是日，生偶出门眺望，山下故有榆林，苍莽中，出一少妇，亦颇风韵。近谓生曰："秀才何必日沾沾恋胡家姊妹？渠又不能以一钱相赠。"即以一贯授生，曰："先持归，贳（shì，买）良酝；我即携小肴馔来，与君为欢。"生怀钱归，果如所教。少间，妇果至，置几上燔鸡、咸彘肩（猪肘子）各一，即抽刀子缕切为脔（luán，切成小块的肉）；釃（斟酒）酒调谑，欢洽异常。继而灭烛登床，狎情荡甚。既曙始起。方坐床头，捉足易舃（xì，鞋子），忽闻人声；倾听，已入帏幕，则胡姊妹也。妇乍睹，仓惶而遁，遗舃（xì，鞋子）于床。二女遂叱曰："骚狐！何敢与人同寝处！"追去，移时始反。四姐怨生曰："君不长进，与骚狐相匹偶，不可复近！"遂悻悻欲去。生惶恐自投，情词哀恳。三姊从旁解免，四姐怒稍释，由此相好如初。

一日，有陕人骑驴造门曰："吾寻妖物，匪伊（不是。匪，同"非"。伊，语助词，无义）朝夕，乃今始得之。"生父以其言异，讯所由来。曰："小人日泛烟波，游四方，终岁十馀月，常八九离桑梓（代指故乡），被妖物蛊杀吾弟。归甚悼恨，誓必寻而殄灭之。奔波数千里，殊无迹兆。今在君家。不剪，当有继吾弟而亡者。"时生与女密迩，父母微察之，闻客言，大惧，延入，令作法。出二瓶，列地上，符咒良久。有黑雾四团，分投瓶中。客喜曰："全家都到矣。"遂以猪脬（猪尿脬。脬，pāo，膀胱）裹瓶口，缄封甚固。生父亦喜，坚留客饭。生心恻然，近瓶窃视，闻四姐在瓶中言曰："坐视不救，君何负心？"生益感动。急启所封，而结不可解。四姐又曰："勿须尔！但放倒坛上旗，以针刺脬作空，予即出矣。"生如其请。果见白气一丝，自孔中出，凌霄而去。客出，见旗横地，大惊曰："遁矣！此必公子所为。"摇瓶俯听，曰："幸止亡其一。此物合不死，犹可赦。"乃携瓶别去。

后生在野，督佣刈麦，遥见四姐坐树下。生近就之，执手慰问。且曰："别后十易春秋，今大丹已成。但思君之念未忘，故复一拜问。"生欲与偕归。女曰：妾今非昔比，不可以尘情染，后当复见耳。"言已，不知所在。又二十年馀，生适独居，见四姐自外至，生喜与语。女曰："我今名列仙籍，本不应再履尘世。但感君情，敬报撤瑟之期（撤瑟就是撤去琴瑟，让病者安静。指人的死期）。可早处分后事；亦勿悲忧。妾当度君为鬼仙，亦无苦也。"乃别而去。至日，生果卒。尚生乃友人李文玉之戚好，尝亲见之。

祝　翁

济阳（县名，今属山东省济南市）祝村有祝翁者，年五十馀，病卒。家人入室理缞绖（cuī dié，丧服），忽闻翁呼甚急。群奔集灵寝，则见翁已复活。群喜慰问。翁但谓媪曰："我适去，拚（pàn，下决心）不复返。行数里，转思抛汝一副老皮骨在儿辈手，寒热仰人（依赖他人活着），亦无复生趣，不如从我去。故复归，欲偕尔同行也。"咸以其新苏（复生）妄语，殊未深信。翁又言之。媪云："如此亦复佳。但方生，如何便得死？"翁挥之曰："是不难。家中俗务，可速作料理。"媪笑不去。翁又促之。乃出户外，延数刻而入，绐（dài，欺骗）之曰："处置安妥矣。"翁命速妆。媪不去，翁催益急。媪不忍拂（违背）其意，遂裙妆以出。媳女皆匿笑。翁移首于枕，手拍令卧。媪曰："子女皆在，双双挺卧，是何景象？"翁捶床曰："并死有何可笑！"子女见翁躁急，共劝媪姑从其意，媪如言，并枕僵卧，家人又共笑之。俄视，媪笑容忽敛，又渐而两眸俱合，久之无声，俨如睡去。众始近视，则肤已冰而鼻无息矣。试翁亦然，始共惊怛（惊讶、悲痛）。康熙二十一年，翁弟妇佣于毕刺史之家，言之甚悉。

异史氏曰："翁其夙有畸行（和普通人不一样的美德善行）与？泉路茫茫，去来由尔，奇矣！且白头者欲其去，则呼令去，抑何其暇也！人当属纩之时（病危的时候），所最不忍诀者，床头之昵人耳。苟广其术，则卖履分香，可以不事矣。"

某 公

陕右（指陕西，即陕原以西的地方）某公，辛丑〔当指清世祖（福临）顺治十八年〕进士，能记前身。尝言前生为士人，中年而死。死后见冥王判事，鼎铛油镬（huò），一如世传。殿东隅，设数架，上搭猪羊犬马诸皮。簿吏呼名，或罚作马，或罚作猪；皆裸之，于架上取皮被之。俄至公，闻冥王曰：“是宜作羊。”鬼取一白羊皮来，捺（nà，用手按下）覆公体。吏白（说）：“是曾拯一人死。”王捡籍（查核簿册。捡，检校，查核。籍，传说中的生死簿）覆视，示曰：“免之。恶虽多，此善可赎。”鬼又褫（chǐ，剥去衣服。此指剥除）其毛革。革已粘体，不可复动。两鬼捉臂按胸，力脱之，痛苦不可名状；皮片片断裂，不得尽净。既脱，近肩处犹粘羊皮大如掌。公既生，背上有羊毛丛生，剪去复出。

侠 女

顾生，金陵人。博于材艺，而家綦（qí，极，很）贫。又以母老，不忍离膝下，惟日为人书画，受贽（zhì，礼物）以自给。行年二十有五，伉俪（配偶，此指妻子）犹虚。对户旧有空第，一老妪及少女税（租赁）居其中。以其家无男子，故未问其谁何。一日，偶自外入，见女郎自母房中出，年约十八九，秀曼都雅，世罕其匹，见生甚避，而意凛如（非常严肃可畏）也。生入问母。母曰：“是对户女郎，就吾乞刀尺。适言其家亦止一母。此女不似贫家产。问其何为不字，则以母老为辞。明日当往拜其母，便风（同“讽”，从侧面示意）以意；倘所望不奢，儿可代养其母。”明日造其室，其母一聋媪耳。视其室，并无隔宿粮。问所业，则仰女十指。徐以同食之谋试之，媪意似纳，而转商其女；女默然，意殊不乐。母乃归。详其状而疑之曰：“女子得非嫌吾贫乎？为人不言亦不笑，艳如桃李，而冷如霜雪，奇人也！”母子猜叹而罢。

一日，生坐斋头，有少年来求画。姿容甚美，意颇儇佻（轻薄，轻佻。儇，xuān）。诘所自，以"邻村"对。嗣后三两日辄一至。稍稍稔熟，渐以嘲谑；生狎抱之，亦不甚拒，遂私焉。由此往来昵甚。会女郎过，少年目送之，问为谁。对以"邻女"。少年曰："艳丽如此，神情何可畏？"少间，生入内。母曰："适女子来乞米，云不举火者经日（很长时间）矣。此女至孝，贫极可悯，宜少周恤之。"生从母言，负斗米款门，达母意。女受之，亦不申谢。日尝至生家，见母作衣履，便代缝纫；出入堂中，操作如妇。生益德之。每获馈饵，必分给其母，女亦略不置齿颊（指口舌、言语）。母适疽生隐处，宵旦号咷。女时就榻省视，为之洗创敷药，日三四作。母意甚不自安，而女不厌其秽。母曰："唉！安得新妇如儿，而奉老身以死也！"言讫，悲哽。女慰之曰："郎子大孝，胜我寡母孤女什百矣。"母曰："床头蹀躞（dié xiè，小步走路的样子。指侍奉父母）之役，岂孝子所能为者？且身已向暮，旦夕犯雾露，深以祧续（tiāo xù，犹祧绪。指子孙传宗接代）为忧耳。"言间，生入。母泣曰："亏娘子良多，汝无忘报德。"生伏拜之。女曰："君敬我母，我勿谢也；君何谢焉？"于是益敬爱之。然其举止生硬，毫不可干。

一日，女出门，生目注之。女忽回首，嫣然而笑。生喜出意外，趋而从诸其家。挑之，亦不拒，欣然交欢。已，戒生曰："事可一而不可再！"生不应而归。明日，又约之。女厉色不顾而去。日频来，时相遇，并不假（给予）以词色。少游戏之，则冷语冰人。忽于空处问生："日来少年谁也？"生告之。女曰："彼举止态状，无礼于妾频矣。以君之狎昵，故置之。请更寄语：再复尔，是不欲生也已！"生至夕，以告少年，且曰："子必慎之，是不可犯！"少年曰："既不可犯，君何私犯之？"生白其无。曰："如其无，则猥亵之语，何以达君听哉？"生不能答。少年曰："亦烦寄告：假惺惺勿作态；不然，我将遍播扬。"生甚怒之，情见于色，少年乃去。一夕，方独坐，女忽至，笑曰："我与君情缘未断，宁非天数。"生狂喜而抱于怀。欻（xū，忽然）闻履声籍籍，两人惊起，则少年推扉入矣。生惊问："子胡为者？"笑曰："我来观贞洁人耳。"顾女曰："今日不怪人耶？"女眉竖颊红，默不一语。急翻上衣，露一革囊，应手而出，而尺许晶莹匕首也。少年见之，骇而却走。追出户外，四顾渺然。女以匕首望空抛掷，戛然有声，灿若长虹，俄一物堕地作响。生急烛之，则一白狐，身首异处矣。大骇。女曰："此君之娈童（旧时被当女性玩弄的男童。娈，luán，美好）也。我固恕之，奈渠定不欲生何！"收刀入囊。生曳令入。曰："适妖物败意，请来宵。"出门径去。次夕，女果至，遂共绸缪。诘其术，女曰："此非君所知。宜须慎秘，泄恐不为君福。"又订以嫁娶，曰："枕席焉，提汲（从井中提水，比喻操劳家务）焉，非妇伊何也？业夫妇矣，何必复言嫁娶乎？"生曰："将勿憎吾贫耶？"曰："君固贫，妾富耶？今宵之聚，正以怜君贫耳。"临别嘱曰："苟且之行，不可以屡。当来，我自来；不当来，相强无益。"后相值，每欲引与私语，女辄走避。然衣绽炊薪，悉为纪理，不啻妇也。

积数月，其母死，生竭力葬之。女由是独居。生意（生思量）孤寝可乱，逾垣入，隔窗频呼，迄不应。视其门，则空室扃（从外面关门的闩。扃，jiōng）焉。窃疑女有他约。夜复往，亦如之。遂留佩玉于窗间而去之。越日，相遇于母所。既出，而女尾其后曰："君疑妾耶？人各有心，不可以告人。今欲使君无疑，乌得可？然一事烦急为谋。"问之，曰："妾体孕已八月矣，恐旦晚临盆。'妾身未分明'，能为君生之，不能为君育之。可密告母，觅乳媪，伪为讨螟蛉（míng líng，养子）者，勿言妾也。"生诺，以告母。母笑曰："异哉此女！聘之不可，而顾私于我儿。"喜从其谋以待。又月馀，女数日不至。母疑之，往探其门，萧萧闭寂。叩良久，女始蓬头垢面自内出。启而入之，则复扃之。入其室，则呱呱者在床上矣。母惊问："诞几时矣？"答云："三日。"捉绷席（婴儿的包被）而视之，则男也，且丰颐而广额（面庞方圆）。喜曰："儿已为老身育孙子，伶仃一身，将焉所托？"女曰："区区隐衷，不敢掬示老母。俟夜无人，可即抱儿去。"母归与子言，窃共异之。夜往抱子归。

更数夕，夜将半，女忽款门入，手提革囊，笑曰："我大事已了，请从此别。"急询其故，曰："养母之德，刻刻不去诸怀。向云'可一而不可再'者，以相报不在床笫（即说枕席。笫，zǐ）也。为君贫不能婚，将为君延一线之续。本期一索而得，不意信水复来，遂至破戒而再。今君德既酬，妾志亦遂，无憾矣。"问："囊中何物？"曰："仇人头耳。"检而窥之，须发交而血模糊。骇绝，复致研诘。曰："向不与君言者，以机事不密，惧有宣泄。今事已成，不妨相告：妾浙人。父官司马，陷于仇，彼籍（抄没）吾家。妾负老母出，隐姓名，埋头项，已三年矣。所以不即报者，徒以有母在；母去，又一块肉累腹中，因而迟之又久。曩（nǎng，以往）夜出非他，道路门户未稔，恐有讹误耳。"言已，出门，又嘱曰："所生儿，善视之。君福薄无寿，此儿可光门闾。夜深不得惊老母，我去矣！"方凄然欲询所之，女一闪如电，瞥尔间（瞬间，一眨眼的功夫）遂不复见。生叹惋木立，若丧魂魄。明以告母，相为叹异而已。后三年，生果卒。子十八举进士，犹奉祖母以终老云。

异史氏曰："人必室有侠女，而后可以畜（养）娈童也。不然，尔爱其艾豭，彼爱尔娄猪矣！"

酒　友

车生者，家不中资（是家产丰厚的意思），而耽饮，夜非浮三白（喝三杯酒。浮白，原指罚酒，后满饮一大杯酒，也称浮一大白）不能寝也，以故床头樽常不空。一夜睡醒，转侧间，似有人共卧者，意是覆裳堕耳。摸之，则茸茸有物，似猫而巨；烛之，狐也，酣醉而犬卧。视其瓶，则空矣。因笑曰："此我酒友也。"不忍惊，覆衣加臂，与之共寝。留烛以观其变。半夜，狐欠伸。生笑曰："美哉睡乎！"启覆视之，儒冠（戴着儒生的帽子）之俊人也。起拜榻前，谢不杀之恩。生曰："我癖于曲糵（niè），而人以为痴；卿，我鲍叔也。如不见疑，当为糟丘之良友。"曳登榻，复寝。且言："卿可常临，无相猜。"狐诺之。生既醒，则狐已去。乃治旨酒一盛（用来喝酒的盛器），专伺狐。

抵夕，果至，促膝欢饮。狐量豪，善谐，于是恨相得晚。狐曰："屡叨良酝，何以报德？"生曰："斗酒之欢，何置齿颊（口舌，言语）！"狐曰："虽然，君贫士，杖头钱大不易。当为君少谋酒资。"明夕，来告曰："去此东南七里，道侧有遗金，可早取之。"诘旦而往，果得二金，乃市佳肴，以佐夜饮。狐又告曰："院后有窖藏，宜发之。"如其言，果得钱百馀千。喜曰："囊中已自有，莫漫愁沽矣。"狐曰："不然。辙中水胡可以久掬？合更谋之。"异日，谓生曰："市上荞价廉，此奇货可居（这里意思是囤积稀有货物，等价高时卖出以获取暴利）。"从之，收荞四十馀石。人咸非笑之。未几，大旱，禾豆尽枯，惟荞可种；售种，息十倍。由此益富，治沃田二百亩。但问狐，多种麦则麦收，多种黍则黍收，一切种植之早晚，皆取决于狐。日稔密，呼生妻以嫂，视子犹子焉。后生卒，狐遂不复来。

莲 香

桑生，名晓，字子明，沂州（州名。今山东省临沂市）人。少孤，馆于红花埠。桑为人静穆自喜，日再出，就食东邻，馀时坚坐而已。东邻生偶至，戏曰："君独居不畏鬼狐耶？"笑答曰："丈夫何畏鬼狐？雄来吾有利剑，雌者尚当开门纳之。"邻生归，与友谋，梯妓于垣而过之，弹指叩扉。生窥问其谁，妓自言为鬼。生大惧，齿震震有声。妓逡巡自去。邻生早至生斋，生述所见，且告将归。邻生鼓掌曰："何不开门纳之？"生顿悟其假，遂安居如初。

积半年，一女子夜来叩斋。生意友人之复戏也，启门延入，则倾国之姝。惊问所来，曰："妾莲香，西家妓女。"埠上青楼故多，信之。息烛登床，绸缪甚至。自此三五宿辄一至。

一夕，独坐凝思，一女子翩然入。生意其莲，承逆与语。观面殊非：年仅十五六，弹袖垂髫（双肩瘦削，头发下垂。弹，duǒ，下垂），风流秀曼，行步之间，若还若往。大愕，疑为狐。女曰："妾，良家女，姓李氏。慕君高雅，幸能垂盼。"生喜。握其手，冷如冰，问："何凉也？"曰："幼质单寒，夜蒙霜露，那得不尔！"既而罗襦衿解，俨然处子。女曰："妾为情缘，葳蕤（wēi ruí，草名。这里是非常娇嫩柔弱的意思）之质，一朝失守。不嫌鄙陋，愿常侍枕席。房中得无有人否？"生曰："无他，止一邻娼，顾亦不常。"女曰："当谨避之。妾不与院中人等，君秘勿泄。彼来我往，彼往我来可耳。"鸡鸣欲去，赠绣履一钩，曰："此妾下体所着，弄之足寄思慕。然有人慎勿弄也！"受而视之，翘翘如解结锥。心甚爱悦。越夕无人，便出审玩。女飘然忽至，遂相款昵。自此每出履，则女必应念而至。异而诘之。笑曰："适当其时耳。"

一夜莲来，惊曰："郎何神气萧索（本指秋日景物凄凉，此谓精神萎靡）？"生言："不自觉。"莲便告别，相约十日。去后，李来恒无虚夕。问："君情人何久不至？"因以相约告。李笑曰："君视妾何如莲香美？"曰："可称两绝。但莲卿肌肤温和。"李变色曰："君谓双美，对妾云尔。渠（她）必月殿仙人（嫦娥），妾定不及。"因而不欢。乃屈指计，十日之期已满，嘱勿漏，将窃窥之。

次夜，莲香果至，笑语甚洽。及寝，大骇曰："殆矣！十日不见，何益惫损（疲惫，瘦削）？保无有他遇否？"生询其故。曰："妾以神气验之，脉析析（散乱的样子）如乱丝，鬼症也。"次夜，李来，生问："窥莲香何似？"曰："美矣。妾固谓世间无此佳人，果狐也。去，吾尾之，南山而穴居。"生疑其妒，漫应之。

逾夕，戏莲香曰："余固不信，或谓卿狐者。"莲讶问："是谁所云？"笑曰："我自戏卿。"莲曰："狐何异于人？"曰："惑之者病，甚则死，是以可惧。"莲香曰："不然。如君之年，房后三日，精气可复，纵狐何害？设旦旦而伐之，人有甚于狐者矣。天下痨尸瘵鬼（因患肺病而死的人。瘵，zhài，旧时称肺结核为痨瘵），宁皆狐蛊死耶？虽然，必有议我者。"生力白其无，莲诘益力。生不得已，泄之。莲曰："我固怪君惫也。然何遽至此？得勿非人乎？君勿言，明宵，当如渠窥妾者。"是夜李至，裁三数语，闻窗外嗽声，急亡去。莲入曰："君殆矣！是真鬼物！昵其美而不速绝，冥路近矣！"生意其妒，默不语。莲曰："固知君不忘情，然不忍视君死。明日，当携药饵，为君以除阴毒。幸病蒂尤浅，十日恙当已。请同榻以视痊可。"次夜，果出刀圭（古读如"条耕"，即"调羹"）药啖生。顷刻，洞下（中医术语，下泻）三两行，觉脏腑清虚，精神顿爽。心虽德之，然终不信为鬼。

莲香夜夜同衾偎生；生欲与合，辄止之。数日后，肤革充盈。欲别，殷殷嘱绝李。生谬应之。及闭户挑灯，辄捉履倾想，李忽至。数日隔绝，颇有怨色。生曰："彼连宵为我作巫医，请勿为怼（产生怨恨，埋怨。怼，duì），情好在我。"李稍怿。生枕上私语曰："我爱卿甚，乃有谓卿鬼者。"李结舌良久，骂曰："必淫狐之惑君听也！若不绝之，妾不来矣！"遂呜呜饮泣。生百词慰解，乃罢。隔宿，莲香至，知李复来，怒曰："君必欲死耶！"生笑曰："卿何相妒之深？"莲益怒曰："君种死根，妾为若除之，不妒者将复何如？"生托词以戏曰："彼云前日之病，为狐祟耳。"莲乃叹曰："诚如君言，君迷不悟，万一不虞（意料中的事），妾百口何以自解？请从此辞。百日后，当视君于卧榻中。"留之不可，怫然（恼怒的样子。怫，fú）径去。由是与李夙夜必偕。约两月馀，觉大困顿。初犹自宽解；日渐羸瘠，惟饮饘（zhān，很稠的粥）粥一瓯。欲归就奉养，尚恋恋不忍遽去。因循数日，沉绵不可复起。邻生见其病瘳，日遣馆僮馈给食饮。生至是疑李，因谓李曰："吾悔不听莲香之言，以至于此！"言讫而瞑。移时复苏，张目四顾，则李已去，自是遂绝（断绝往来）。

生羸卧空斋，思莲香如望岁。一日，方凝想间，忽有搴（qiān，揭）帘入者，则莲香也。临榻哂曰："田舍郎，我岂妄哉！"生哽咽良久，自言知罪，但求拯救。莲曰："病入膏肓，实无救法。姑（才）来永诀，以明非妒。"生大悲曰："枕底一物，烦代碎之。"莲搜得履，持就灯前，反复展玩。李女歘（xū，忽然）入，卒见莲香，返身欲遁。莲以身蔽门，李窘急不知所出。生责数（说出事实给予责问，数，shǔ）之，李不能答。莲笑曰："妾今始得与阿姨面相质。昔谓郎君旧疾，未必非妾致，今竟何如？"李俯首谢过。莲曰："佳丽如此，乃以爱结仇耶？"李即投地陨泣，乞垂怜救。莲遂扶起，细诘生平。曰："妾，李通判（官名。明、清为知府之佐，各府置员不等，分掌粮运、督捕及农田水利等事务）女，早夭，瘗（yì，埋葬的意思）于墙外。已死春蚕，遗丝未尽。与郎偕好，妾之愿也；致郎于死，良非素心。"莲曰："闻鬼利人死，以死后可常聚，然否？"曰："不然。两鬼相逢，并无乐处；如乐也，泉下少年郎岂少哉！"莲曰："痴哉！夜夜为之，人且不堪，而况于鬼！"李问："狐能死人，何术独否？"莲曰："是采补者流，妾非其类。故世有不害人之狐，断无不害人之鬼，以阴气盛也。"生闻其语，始知鬼狐皆真。幸习常见惯，颇不为骇。但念残息如丝，不觉失声大痛。莲顾问："何以处郎君者？"李赧然逊谢。莲笑曰："恐郎强健，醋娘子要食杨梅也。"李敛衽曰："如有医国手，使妾得无负郎君，便当埋首地下，敢复觍然于人世耶！"莲解囊出药，曰："妾早知有今，别后采药三山（神话传说中的三神山，即方丈、蓬莱、瀛洲），凡三阅月（经历了三个月。阅，经历），物料始备，瘵蛊至死，投之无不苏者。然症何由得，仍以何引，不得不转求效力。"问："何需？"曰："樱口中一点香唾耳。我一丸进，烦接口而唾之。"李晕生颐颊，俯首转侧而视其履。莲戏曰："妹所得意惟履耳！"李益惭，俯仰若无所容。莲曰："此平时熟技，今何吝焉？"遂以丸纳生吻，转促逼之。李不得已，唾之。莲曰："再！"又唾之。凡三四唾，丸已下咽。少间，腹殷然如雷鸣。复纳一丸，自乃接唇而布以气。生觉丹田火热，精神焕发。莲曰："愈矣！"李听鸡鸣，彷徨别去。莲以新瘥，尚须调摄，就食非计；因将户外反关，伪示生归，以绝交往，日夜守护之。李亦每夕必至，给奉殷勤，事莲犹姊。莲亦深怜爱之。居三月，生健如初。李遂数夕不至；偶至，一望即去。相对时，亦悒悒不乐。莲常留与共寝，必不肯。生追出，提抱以归，身轻若刍灵（古时候为送葬扎的草人）。女不得遁，遂着衣偃（仰面倒下，放倒）卧，跽其体不盈二尺。莲益怜之，阴使生狎抱之，而撼摇亦不得醒。生睡去；觉而索之，已杳。后十馀日，更不复至。生怀思殊切，恒出履共弄。莲曰："窈娜如此，妾见犹怜，何况男子。"生曰："昔日弄履则至，心固疑之，然终不料其鬼。今对履思容，实所怆恻。"因而泣下。

先是，富室张姓有女字燕儿，年十五，不汗而死。终夜复苏，起顾欲奔。张扃（jiōng，关门；上闩）户，不得出。女自言："我通判女魂。感桑郎眷注，遗舄（xì，鞋）犹存彼处。我真鬼耳，锢我何益？"以其言有因，诘其至此之由。女低徊反顾，茫不自解。或有言桑生病归者，女执辨其诬。家人大疑。东邻生闻之，逾垣往窥，见生方与美人对语；掩入逼之，张皇间已失所在。邻生骇诘。生笑曰："向固与君言，雌者则纳之耳。"邻生述燕儿之言。生乃启关，将往侦探，苦无由。张母闻生果未归，益奇之。故使佣媪索履，生遂出以授。燕儿得之喜。试着之，鞋小于足者盈寸，大骇。揽镜自照，忽恍然悟己之借躯以生也者，因陈所由。母始信之。女镜面大哭曰："当日形貌，颇堪自信，每见莲姊，犹增惭怍。今反若此，人也不如其鬼也！"把履号眺，劝之不解。蒙衾僵卧。食之，亦不食，体肤尽肿；凡七日不食，卒不死，而肿渐消；觉饥不可忍，乃复食。数日，遍体瘙痒，皮尽脱。晨起，睡舄遗堕，索着之，则硕大无朋矣。因试前履，肥瘦吻合，乃喜。复自镜，则眉目颐颊，宛肖生平，益喜。盥栉见母，见者尽眙。莲香闻其异，劝生媒通之；而以贫富悬邈，不敢遽进。会媪初度（指生日），因从其子婿行，往为寿。媪睹生名，故使燕儿窥帘志（志，或作"识"，辨认）客。生最后至，女骤出，捉袂，欲从与俱归。母诃谯（呵斥。诃，同"呵"。谯，同"诮"）之，始惭而入。生审视宛然，不觉零涕，因拜伏不起。媪扶之，不以为侮。生出，浼女舅执柯。媪议择吉赘生。

生归告莲香，且商所处。莲怅然良久，便欲别去。生大骇泣下。莲曰："君行花烛于人家，妾从而往，亦何形颜？"生谋先与旋里，而后迎燕，莲乃从之。生以情白张。张闻其有室，怒加诮让。燕儿力白之，乃如所请。至日，生往亲迎。家中备具，颇甚草草；及归，则自门达堂，悉以氍毹（即毛毯。氍，jì，一种毛织品）贴地，百千笼烛，灿列如锦。莲香扶新妇入青庐，搭面既揭，欢若生平。莲陪卺饮（指古时新婚夫妇食后各执其一瓢，饮酒漱口），因细诘还魂之异。燕曰："尔日抑郁无聊，徒以身为异物，自觉形秽。别后愤不归墓，随风漾泊。每见生人则羡之。昼凭草木，夜则信足浮沉。偶至张家，见少女卧床上，近附之，未知遂能活也。"莲闻之，默默若有所思。逾两月，莲举（生）一子。产后暴病，日就沉绵。捉燕臂曰："敢以孽种相累，我儿即若儿。"燕泣下，姑慰藉之。为召巫医，辄却之。沉痼（病情非常严重，经久不治）弥留，气如悬丝。生及燕儿皆哭。忽张目曰："勿尔！子乐生，我乐死。如有缘，十年后可复得见。"言讫而卒。启衾将敛，尸化为狐。生不忍异视，厚葬之。子名狐儿，燕抚如己出。每清明，必抱儿哭诸其墓。

后生举于乡，家渐裕。而燕苦不育。狐儿颇慧，然单弱多疾。燕每欲生置媵（ying，妾）。一日，婢忽白："门外一妪，携女求售。"燕呼入。卒见，大惊曰："莲姊复出耶！"生视之，真似，亦骇。问："年几何？"答云："十四。""聘金几何？"曰："老身止此一块肉，但俾得所，妾亦得啖饭处，后日老骨不至委沟壑，足矣。"生优价而留之。燕握女手，入密室，撮其颔而笑曰："汝识我否？"答言："不识。"诘其姓氏，曰："妾韦姓。父徐城卖浆者，死三年矣。"燕屈指停思，莲死恰十有四载。又审视女，仪容态度，无一不神肖者。乃拍其顶而呼曰："莲姊，莲姊！十年相见之约，当不欺吾！"女忽如梦醒，豁然曰："咦！"熟视燕儿。生笑曰："此'似曾相识燕归来'[①]也。"女泫然（痛哭流涕的样子）曰："是矣。闻母言，妾生时便能言，以为不祥，犬血饮之，遂昧宿因。今日始如梦寤。娘子其耻于为鬼之李妹耶？"共话前生，悲喜交至。

一日，寒食，燕曰："此每岁妾与郎君哭姊日也。"遂与亲登其墓，荒草

---

① 语出晏殊《浣溪沙》词。

离离，木已拱矣。女亦太息。燕谓生曰：“妾与莲姊，两世情好，不忍相离，宜令白骨同穴。”生从其言，启李冢得骸，舁（yú，抬）归而合葬之。亲朋闻其异，吉服临穴，不期而会者数百人。余庚戌（康熙九年）南游至沂，阻雨，休于旅舍。有刘生子敬，其中表亲，出同社王子章所撰桑生传，约万馀言，得卒读。此其崖略（大概）耳。

异史氏曰：“嗟乎！死者而求其生，生者又求其死，天下所难得者，非人身哉？奈何具此身者，往往而置之，遂至觍然而生不如狐，泯然而死不如鬼。”

阿　宝

粤西（大约是现在的广西壮族自治区）孙子楚，名士也。生有枝指（骈指。俗称“六指”）。性迂讷，人诳之，辄信为真。或值座有歌妓，则必遥望却走。或知其然，诱之来，使妓狎逼之，则赪（chēng，红色）颜彻颈，汗珠下滴。因共（一起）为笑。遂貌（描绘）其呆状，相邮传作丑语，而名之“孙痴”。

邑大贾某翁，与王侯埒（liè，一样）富。姻戚皆贵胄（贵族的后代。胄，zhòu）。有女阿宝，绝色也。日择良匹，大家儿争委禽妆（呈送订婚聘礼），皆不当翁意。生时失俪，有戏之者，劝其通媒。生殊不自揣，果从其教。翁素耳其名，而贫之。媒媪将出，适遇宝，问之，以告。女戏曰：“渠去其枝指，余当归之（嫁给他。古时女子出嫁叫归）。”媪告生。生曰：“不难。”媒去，生以斧自断其指，大痛彻心，血益倾注，滨死。过数日，始能起，往见媒而示之。媪惊，奔告女。女亦奇之，戏请再去其痴。生闻而哗辨，自谓不痴；然无由见而自剖。转念阿宝未必美如天人，何遂高自位置如此？由是曩（nǎng，以往）念顿冷。

会值清明，俗于是日，妇女出游，轻薄少年，亦结队随行，恣其月旦。有同社数人，强邀生去。或嘲之曰：“莫欲一观可人否？”生亦知其戏己；然以受女揶揄故，亦思一见其人，忻然随众物色之。遥见有女子憩树下，恶少年环如墙堵。众曰："此必阿宝也。"趋之，果宝也。审谛之，娟丽无双。少倾，人益稠。女起，遽去。众情颠倒，品头题足，纷纷若狂。生独默然。及众他适，回视，生犹痴立故所，呼之不应。群曳之曰："魂随阿宝去耶？"亦不答。众以其素讷，故不为怪，或推之、或挽之以归。至家，直上床卧，终日不起，冥如醉，唤之不醒。家人疑其失魂，招于旷野，莫能效。强拍问之，则蒙眬应云："我在阿宝家。"及细诘之，又默不语。家人惶惑莫解。初，生见女去，意不忍舍，觉身已从之行，渐傍其衿带间，人无呵者。遂从女归，坐卧依之，夜辄与狎，甚相得；然觉腹中奇馁（饿），思欲一返家门，而迷不知路。女每梦与人交，问其名，曰："我孙子楚也。"心异之，而不可以告人。生卧三日，气休休（xiū xiū，同"咻咻"，指喘气的声音）若将渐灭。家人大恐，托人婉告翁，欲一招魂其家。翁笑曰："平昔不相往还，何由遗魂吾家？"家人固哀之，翁始允。巫执故服、草荐以往。女诘得其故，骇极，不听他往，直导入室，任招呼而去。巫归至门，生榻上已呻。既醒，女室之香奁什具，何色何名，历言不爽（全部说出，没有一点差错。爽，差错）。女闻之，益骇，阴（暗暗）感其情之深。

生既离床寝，坐立凝思，忽忽若忘。每伺察阿宝，希幸一再遘（gòu，遇到）之。浴佛节（佛诞节，每年农历四月初八中国佛教徒为纪念佛教主释迦牟尼佛诞生的节日），闻将降香水月寺，遂早旦往候道左，目眩睛劳。日涉午，女始至，自车中窥见生，以掺（xiān，纤美）手搴帘，凝睇不转。生益动，尾从之。女忽命青衣来诘姓字。生殷勤自展，魂益摇。车去，始归。归复病，冥然绝食，梦中辄呼宝名。每自恨魂不复灵。家旧养一鹦鹉，忽毙，小儿持弄于床。生自念：倘得身为鹦鹉，振翼可达女室。心方注想，身已翩然鹦鹉，遽（急速）飞而去，直达宝所。女喜而扑之，锁其肘，饲以麻子。大呼曰："姐姐勿锁！我孙子楚也！"女大骇，解其缚，亦不去。女祝曰："深情已篆（铭刻）中心。今已人禽异类，姻好何可复圆？"鸟云："得近芳泽，于愿已足。"他人饲之，不食；女自饲之，则食。女坐，则集其膝；卧，则依其床。如是三日。女甚怜之，阴使人瞷（jiàn，看视）生，生则僵卧，气绝已三日，但心头未冰耳。女又祝曰："君能复为人，当誓死相从。"鸟云："诳我！"女乃自矢（通"誓"）。鸟侧目若有所思。少间，女束双弯（即缠足），解履床下，鹦鹉骤下，衔履飞去。女急呼之，飞已远矣。女使妪往探，则生已寤。家人见鹦鹉衔绣履来，堕地死，方共异之。生既苏，即索履。众莫知故。适妪至，入视生，问履所在。生曰："是阿宝信誓物。借口相履：小生不忘金诺也。"妪反命。女益奇之，故使婢泄其情于母。母审之确，乃曰："此子才名亦不恶，但有相如之贫。择数年得婿若此，恐将为显者笑。"女以履故，矢不他。翁媪从之。驰报生。生喜，疾顿瘳。翁议赘诸家。女曰："婿不可久处岳家。况郎又贫，久益为人贱。儿既诺之，处蓬茅而甘藜藿，不怨也。"生乃亲迎（新婿亲至女家迎娶，是古时婚礼之一）成礼，相逢如隔世欢。

自是家得奁妆，小阜，颇增物产。而生痴于书，不知理家人生业；女善居积，亦不以他事累生。居三年，家益富。生忽病消渴（即今日所说的糖尿病），卒。女哭之痛，泪眼不晴，至绝眠食。劝之不纳，乘夜自经。婢觉之，急救而醒，终亦不食。三日，集亲党，将以殡生。闻棺中呻以息，启之，已复活。自言："见冥王，以生平朴诚，命作部曹（古时中央各部分科办事，其属官泛称部曹。这里指冥府某部属官）。忽有人白：'孙部曹之妻将至。'王稽鬼录，言：'此未应便死。'又白：'不食三日矣。'王顾谓：'感汝妻节义，姑赐再生。'因使驭卒控马送余还。"由此体渐平。值岁大比（乡试，三年一次），入闱之前，诸少年玩弄之，共拟隐僻之题七，引生僻处与语，言："此某家关节（指行贿主考官。此处指贿买得到的考试题目），敬秘相授。"生信之，昼夜揣摩，制成七艺。众隐笑之。时典试者（主考官）虑熟题有蹈袭弊，力反常经。题纸下，七艺皆符。生以是抢魁（得了第一名）。明年，举进士，授词林。上闻异，召问之。生具启奏。上大嘉悦。后召见阿宝，赏赉（lài，赐）有加焉。

异史氏曰："性痴则其志凝，故书痴者文必工，艺痴者技必良；世之落拓而无成者，皆自谓不痴者也。且如粉花荡产，卢雉倾家，顾痴人事哉！以是知慧黠而过，乃是真痴，彼孙子何痴乎！"

集痴类十："窖镪（窖藏成贯的钱。镪，qiǎng）食贫。对客辄夸儿慧。爱儿不忍教读。讳病恐人知。出资赚人嫖。窃赴饮会赚人赌。倩人作文欺父兄。父子账目太清。家庭用机械，喜子弟善赌。"

九山王

曹州（州名，即今山东省菏泽市）李姓者，邑诸生。家素饶。而居宅故不甚广；舍后有园数亩，荒置之。一日，有叟来税（租赁）屋，出直（同"值"。租价）百金。李以无屋为辞。叟曰："请受之，但无烦虑。"李不喻（明白）其意，姑受之，以觇（chān，察看）其异。

越日，村人见舆马眷口入李家，纷纷甚夥（很多。夥，huǒ），共疑李第无安顿所，问之。李殊不自知；归而察之，并无迹响。过数日，叟忽来谒。且云："庇宇下（寄居的谦词）已数晨夕。事事都草创（开始进行），起炉作灶，未暇一修客子礼。今遣小女辈作黍，幸一垂顾。"李从之。则入园中，欻（xū，忽然）见舍宇华好，崭然一新。入室，陈设芳丽。酒鼎沸于廊下，茶烟袅于厨中。俄而行酒荐（进）馔，备极甘旨（指美味佳肴）。时见庭下少年人，往来甚众。又闻儿女嵎嵎（yú yú，形容说话的声音），幕中作笑语声。家人婢仆，似有数十百口。李心知其狐。席终而归，阴怀杀心。每入市，市硝硫，积数百斤，暗布园中殆（几乎）满。骤火之，焰亘霄汉，如黑灵芝，燔（fán，焚烧）臭灰眯不可近；但闻鸣啼嗥动之声，嘈杂聒耳。既熄入视，则死狐满地，焦头烂额者，不可胜计。方阅视间，叟自外来，颜色惨恸，责李曰："夙无嫌怨；荒园报岁百金，非少；何忍遂相族灭？此奇惨之仇，无不报者！"忿然而去。疑其掷砾为殃，而年馀无少怪异。

时顺治初年，山中群盗窃发，啸聚万馀人，官莫能捕。生以家口多，日忧离乱。适村中来一星者，自号"南山翁"，言人休咎（吉凶；善恶），了若目睹，名大噪。李召至家，求推甲子（推算生辰八字）。翁愕然起敬，曰："此真主也！"李闻大骇，以为妄。翁正容固言之。李疑信半焉，乃曰："岂有白手受命而帝者乎？"翁谓："不然。自古帝王，类多起于匹夫，谁是生而天子者？"生惑之，前席（向前移动坐席，意思是为其说所倾动）而请。翁毅然以"卧龙"自任。请先备甲胄数千具、弓弩数千事。李虑人莫之归。翁曰："臣请为大王连诸山，深相结。使哗言者谓大王真天子，山中士卒，宜必响应。"李喜，遣翁行。发藏镪（之前就藏好的金钱。镪，qiǎng），造甲胄。翁数日始还，曰："借大王威福，加臣三寸舌，诸山莫不愿执鞭靮（dí，马缰绳），从麾下（同"麾下"，部下）。"浃旬（十日。浃，jiā）之间，果归命者数千人。于是拜翁为军师；建大纛（dào，大旗），设彩帜若林；据山立栅，声势震动。邑令率兵来讨，翁指挥群寇，大破之。令惧，告急于兖。兖（府名。即今山东省兖州市）兵远涉而至，翁又伏寇进击，兵大溃，将士杀伤者甚众。势益震，党以万计，因自立为"九山王"。翁患马少，会都中解马赴江南，遣一旅要路篡取之。由是"九山王"之名大噪。加翁为"护国大将军"。高卧山巢，公然自负，以为黄袍之加，指日可俟矣。东抚以夺马故，方将进剿；又得兖报，乃发精兵数千，与六道合围而进。军旅旌旗，弥满山谷。"九山王"大惧，召翁谋之，则不知所往。"九山王"窘急无术，登山而望曰："今而知朝廷之势大矣！"山破，被擒，妻孥（nú，子女）戮之。始悟翁即老狐，盖以族灭报李也。

　　异史氏曰："夫人拥妻子，闭门科头（不戴帽子，显得随便散漫），何处得杀？即杀，亦何由族哉？狐之谋亦巧矣。而壤无其种者，虽溉不生；彼其杀狐之残，方寸已有盗根，故狐得长其萌而施之报。今试执途人而告之曰：'汝为天子！'未有不骇而走者。明明导以族灭之为，而犹乐听之，妻子为戮，又何足云？然人听匪言也，始闻之而怒，继而疑，又既而信；迨（dài，等待）至身名俱殒，而始悟其误也，大率类此矣。

遵化署狐

诸城（市名。今属山东省）邱公为遵化道。署中故多狐。最后一楼，绥绥者（此处代指狐）族而居之，以为家。时出殃人，遣之益炽。官此者惟设牲祷之，无敢迕。邱公莅任，闻而怒之。狐亦畏公刚烈，化一妪告家人曰："幸（希望）白大人：勿相仇。容我三日，将携细小避去。"公闻，亦默不言。次日，阅兵已，戒勿散，使尽扛诸营巨炮骤入，环楼千座并发；数仞之楼，顷刻摧为平地，革肉毛血，自天雨而下。但见浓尘毒雾之中，有白气一缕，冒烟冲空而去，众望之曰："逃一狐矣。"而署中自此平安。

后二年，公遣干仆赍（jī，携带）银如干数赴都，将谋迁擢（zhuó，指提拔，升迁）。事未就，姑窖藏于班役之家。忽有一叟诣阙（到朝廷）声屈，言妻子横被杀戮；又讦（jié，揭发）公克削军粮，夤缘（攀附）当路，现顿（暂存）某家，可以验证。奉旨押验。至班役家，冥（潜心，专心）搜不得。叟惟以一足点地。悟其意，发之，果得金；金上镌有"某郡解"字。已而觅叟，则失所在。执乡里乡名以求其人，竟亦无之。公由此罹难。乃知叟即逃狐也。

异史氏曰："狐之祟人，可诛甚矣。然服而舍之，亦以全吾仁。公可云'疾之已甚'者矣。抑使关西为此，岂百狐所能仇哉！

张　诚

豫（如今的河南省古时候是豫州之地，所以别称是豫）人张氏者，其先齐（今山东泰山以北地区及胶东半岛，战国时为齐地，汉以后仍沿称为齐）人。明末齐大乱，妻为北兵掠去。张常客豫，遂家焉。娶于豫，生子讷。无何，妻卒，又娶继室，生子诚。继室牛氏悍，每嫉讷，奴畜之，啖以恶草具。使樵，日责柴一肩；无则挞楚诟诅，不可堪。隐畜（暗中储存）甘脆饵诚，使从塾师读。诚渐长，性孝友，不忍兄劬（qú，过分劳苦），阴劝母。母弗听。一日，讷入山樵，未终，值大风雨，避身岩下，雨止而日已暮。腹中大馁，遂负薪归。母验之少，怒不与食；饥火烧心，入室僵卧。诚自塾中来，见兄嗒（tà，懊丧的样子）然，问："病乎？"曰："饿耳。"问其故，以情告。诚愀然（神色变得严肃或不愉快。愀，qiǎo）便去。移时，怀饼来饵兄。兄问其所自来。曰："余窃面倩邻妇为之，但食勿言也。"讷食之。嘱弟曰："后勿复然，事泄累弟。且日一啖，饥当不死。"诚曰："兄故弱，乌能多樵！"次日，食后，窃赴山，至兄樵处。兄见之，惊问："将何作？"答曰："将助樵采。"问："谁之遣？"曰："我自来耳。"兄曰："无论弟不能樵，纵或能之，且犹不可。"于是速之归。诚不听，以手足断柴助兄。且云："明日当以斧来。"兄近止之。见其指已破，履已穿（磨破），悲曰："汝不速归，我即以斧自刭死！"诚乃归。兄送之半途，方复回。樵既归，诣塾，嘱其师曰："吾弟年幼，宜闭之。山中虎狼多。"师曰："午前不知何往，业夏楚（同"槚楚"，用槚木、荆条制成的用具，古时用来体罚学生）之。"归谓诚曰："不听吾言，遭笞责矣！"诚笑曰："无之。"明日，怀斧又去。兄骇曰："我固谓子勿来，何复尔？"诚不应，刈（yì，割）薪且急，汗交颐不少休。约足一束，不辞而返。师又责之，乃实告。师叹其贤，遂不之禁。兄屡止之，终不听。

一日，与数人樵山中，欻（xū，忽然）有虎至。众惧而伏。虎竟衔诚去。虎负人行缓，为讷追及。讷力斧之，中胯。虎痛狂奔，莫可寻逐，痛哭而返。众慰解之，哭益悲。曰："吾弟，非犹夫人之弟；况为我死，我何生焉！"遂以斧自刎其项。众急救之，入肉者已寸许，血溢如涌，眩瞀殒绝（昏死过去。瞀，mào，眼花）。众骇，裂之衣而约之，群扶而归。母哭骂曰："汝杀吾儿，欲劙（lí，割下）颈以塞责耶！"讷呻云："母勿烦恼。弟死，我定不生！"置榻上，疮痛不能眠，惟昼夜依壁坐哭。父恐其亦死，时就榻少哺之，牛辄诟责。讷遂不食，三日而毙。村中有巫走无常者，讷途遇之，缅诉曩（nǎng，以前）苦。因询弟所，巫言不闻，遂反身导讷去。至一都会，见一皂衫人，自城中出。巫要遮（中途拦截下来）代问之。皂衫人于佩囊中检牒审顾，男妇百馀，并无犯而张者。巫疑在他牒。皂衫人曰："此路属我，何得差逮。"讷不信，强巫入内城。城中新鬼、故鬼往来憧憧，亦有故识，就问，迄无知者。忽共哗言："菩萨至！"仰见云中，有伟人，毫光彻上下，顿觉世界通明。巫贺曰："大郎有福哉！菩萨几十年一入冥司，拔诸苦恼，今适值之。"便捽（zuó，揪，抓）讷跪。众鬼囚纷纷籍籍，合掌齐诵慈悲救苦之声，哄腾震地。菩萨以杨柳枝遍洒甘露，其细如尘。俄而雾收光敛，遂失所在。讷觉颈上沾露，斧处不复作痛。巫仍导与俱归。望见里门，始别而去。讷死二日，豁然竟苏，悉述所遇，谓诚不死。母以为撰造之诬，反诟骂之。讷负屈无以自伸，而摸创痕良瘥（chài，病愈）。自力起，拜父曰："行将穿云入海往寻弟，如不可见，终此身勿望返也。愿父犹以儿为死。"翁引空处与泣，无敢留之。

讷乃去。每于冲衢（主干要道）访弟耗，途中资斧断绝，丐而行。逾年，达金陵，悬鹑百结（所穿的衣服就像是悬吊飞结的鹌鹑，意思是非常破烂），伛偻道上。偶见十馀骑过，走避道侧。内一人如官长，年四十已来，健卒怒马，腾踔前后。一少年乘小驷，屡视讷。讷以其贵公子，未敢仰视。少年停鞭少驻，忽下马，呼曰："非吾兄耶！"讷举首审视，诚也。握手大痛，失声。诚亦哭曰："兄何漂落以至于此？"讷言其情，诚益悲。骑者并下问故，以白官长。官命脱骑（让出一匹马）载讷，连辔（pèi，马缰绳）归诸其家，始详诘之。初，虎衔诚去，不知何时置路侧，卧途中经宿。适张别驾自都中来，过之，见其貌文，怜而抚之，渐苏。言其里居，则相去已远。因载与俱归。又药敷伤处，数日始痊。别驾无长君，子之。盖适从游瞩也。诚具为兄告。言次，别驾入，讷拜谢不已。诚入内，捧帛衣出，进兄，乃置酒燕叙。别驾问："贵族在豫，几何丁壮？"讷曰："无有。父少齐人，流寓于豫。"别驾曰："仆亦齐人。

贵里何属？"答曰："曾闻父言，属东昌辖。"惊曰："我同乡也！何故迁豫？"讷曰："明季清兵入境，掠前母去。父遭兵燹（xiǎn，野火。多指兵乱中纵火焚烧），荡无家室。先贾于西道，往来颇稔，故止焉。"又惊问："君家尊何名？"讷告之。别驾瞠而视，俯首若疑，疾趋入内。无何，太夫人出。共罗拜，已，问讷曰："汝是张炳之之孙耶？"曰："然。"太夫人大哭，谓别驾曰："此汝弟也。"讷兄弟莫能解。太夫人曰："我适（归从，跟从）汝父三年，流离北去，身属黑固山半年，生汝兄。又半年，固山死，汝兄补秩（官吏的俸禄。此指官吏的职位、品级）旗下迁此官。今解任矣。每刻刻念乡井，遂出籍，复故谱。屡遣人至齐，殊无所觅耗（消息），何知汝父西徙哉！"乃谓别驾曰："汝以弟为子，折福死矣！"别驾曰："曩问诚，诚未尝言齐人，想幼稚不忆耳。"乃以齿序：别驾四十有一，为长；诚十六，最少；讷二十二，则伯而仲矣。别驾得两弟，甚欢，与同卧处，尽悉离散端由，将作归计。太夫人恐不见容。别驾曰："能容则共之，否则析之。天下岂有无父之国？"于是鬻（yù，卖）宅办装，刻日西发。

既抵里，讷及诚先驰报父。父自讷去，妻亦寻卒；块然（指孤独无依）一老鳏，形影自吊。忽见讷人，暴喜，恍恍以惊；又睹诚，喜极，不复作言，潸潸（shān shān，泪流满面的样子）以涕。又告以别驾母子至，翁辍泣愕然，不能喜，亦不能悲，蚩蚩以立。未几，别驾入，拜已；太夫人把翁相向哭。既见婢媪斯卒，内外盈塞，坐立不知所为。诚不见母，问之，方知已死，号嘶气绝，食顷始苏。别驾出资，建楼阁；延师教两弟；马腾于槽，人喧于室，居然大家矣。

异史氏曰："余听此事至终，涕凡数堕：十馀岁童子，斧薪助兄，慨然曰：'王览固再见乎！'于是一堕。至虎衔诚去，不禁狂呼曰：'天道愦愦如此！'于是一堕。及兄弟猝遇，则喜而亦堕；转增一兄，又益一悲，则为别驾堕。一门团圞，惊出不意，喜出不意，无从之涕，则为翁堕也。不知后世，亦有善涕如某者乎？"

汾州狐

汾州判（汾州府通判。通判，清代为知府佐官）朱公者，居廨（所居官署。廨，xiè，官署办公的地方）多狐。公夜坐，有女子往来灯下。初谓是家人妇，未遑（来得及）顾瞻；及举目，竟不相识，而容光艳绝。心知其狐，而爱好之，遽（jù，就）呼之来。女停履笑曰："厉声加人，谁是汝婢媪耶？"朱笑而起，曳坐谢过。遂与款密，久如夫妻之好。忽谓曰："君秩（官吏的俸禄。此指官吏的职位、品级）当迁，别有日矣。"问："何时？"答曰："目前。但贺者在门，吊者即在闾，不能官也。"

三日，迁报果至。次日，即得太夫人讣音（报丧的音讯）。公解任，欲与偕旋（一起回归故里）。狐不可。送之河上。强之登舟。女曰："君自不知，狐不能过河也。"朱不忍别，恋恋河畔。女忽出，言将一谒故旧。移时归，即有客来答拜。女别室与语。客去乃来，曰："请便登舟，妾送君渡。"朱曰："向言不能渡，今何以云？"曰："曩（nǎng，以往）所谒非他，河神也。妾以君故，特请之。彼限我十天往复，故可暂依耳。"遂同济。至十日，果别而去。

巧　娘

广东有搢（jìn）绅傅氏，年六十馀。生一子，名廉。甚慧，而天阉，十七岁，阴裁如蚕。遐迩闻知，无以女女（动词，嫁）者。自分宗绪已绝，昼夜忧怛（忧伤烦恼。怛，dá，忧伤，悲苦），而无如何。廉从师读。师偶他出，适门外有猴戏者，廉视之，废学焉。度师将至而惧，遂亡去。离家数里，见一素衣女郎，偕小婢出其前。女一回首，妖丽无比。莲步蹇（jiǎn，行动迟缓）缓，廉趋过之。女回顾婢曰："试问郎君，得无（莫非，该不会）欲如琼乎？"婢果呼问。廉诘其何为。女曰："傥之琼也，有尺一书，烦便道寄里门。老母在家，亦可为东道主。"廉出本无定向，念浮海亦得，因诺之。女出书付婢，婢转付生。问其姓名居里，云："华姓，居秦女村，去北郭三四里。"生附舟便去。

至琼州北郭，日已曛暮（黄昏）。问秦女村，迄无知者。望北行四五里，星月已灿，芳草迷目，旷无逆旅（指旅舍），窘甚。见道侧一墓，思欲傍坟栖止，大惧虎狼。因攀树猱（náo，轻捷、轻快）升，蹲踞其上。听松声谡谡（sù sù，象声词。形容风声呼呼作响），宵虫哀奏，中心忐忑，悔至如烧。忽闻人声在下，俯瞰之，庭院宛然；一丽人坐石上，双鬟（丫鬟）挑画烛，分侍左右。丽人左顾曰："今夜月白星疏，华姑所赠团茶，可烹一盏，赏此良夜。"生意其鬼魅，毛发森竖，不敢少息。忽婢子仰视曰："树上有人！"女惊起曰："何处大胆儿，暗来窥人！"生大惧，无所逃隐，遂盘旋下，伏地乞宥。女近临一睇（dì，仔细看），反恚（huì，恨，怒）为喜，曳与并坐。睨（nì，斜着眼睛看）之，年可十七八，姿态艳绝。听其言，亦非土音。问："郎何之？"答云："为人作寄书邮。"女曰："野多暴客，露宿可虞。不嫌蓬荜，愿就税驾（停车，这里指留宿）。"邀生入。室惟一榻，命婢展两被其上。生自惭形秽，愿在下床。女笑曰："佳客相逢，女元龙何敢高卧？"生不得已，遂与共榻，而惶恐不敢自舒。未几。女暗中以纤手探入，轻捻胫股。生伪寐，若不觉知。又未几，启衾入，摇生，迄不动。女便下探隐处。乃停手怅然，悄悄出衾去。俄闻哭声。生惶愧无以自容，恨天公之缺陷而已。女呼婢篝灯。婢见啼痕，惊问所苦。女摇首曰："我自叹吾命耳。"婢立榻前，耽望颜色。女曰："可唤郎醒，遣放去。"生闻之，倍益惭怍；且惧宵半，茫茫无所复之。

筹念间，一妇人排闼（推开门。闼，小门）入。婢曰："华姑来。"微窥之，年约五十馀，犹风格。见女未睡，便致诘问。女未答，又视榻上有卧者，遂问："共榻何人？"婢代答："夜一少年郎寄此宿。"妇笑曰："不知巧娘谐花烛。"见女啼泪未干，惊曰："合卺（古代结婚仪式之一，代指结婚。卺，jǐn）之夕，悲啼不伦；将勿郎君粗暴也？"女不言，益悲。妇欲揽衣视生，一振衣，书落榻上。妇取视，骇曰："我女笔意也！"拆读叹咤。女问之。妇云："是三姐家报，言吴郎已死，茕无所依，且为奈何？"女曰："彼固云为人寄书，幸未遣之去。"妇呼生起，究询书所自来。生备述之。妇曰："远烦寄书，当何以报？"又熟视生，笑问："何忤（wǔ，违背）巧娘？"生言："不自知罪。"又诘女。女叹曰："自怜生适阉寺，没奔椓人（阉人、宦官。椓，zhuó，椓刑，即宫刑），是以悲耳。"妇顾生曰："慧黠儿，固雄而雌者耶？是我之客，不可久溷他人。"遂导生入东厢，探手于袴而验之。笑曰："无怪巧娘零涕。然幸有根蒂，犹可为力。"挑灯遍翻箱簏（lù，竹箱），得黑丸，授生，令即吞下，秘嘱勿哫（动），乃出。生独卧筹思，不知药医何症。将比五更，初醒，觉脐下热气一缕，直冲隐处，蠕蠕然似有物垂股际；自探之，身已伟男。心惊喜，如乍膺九锡（就像才接受九锡的封赠时一样快乐。膺，受。九锡，传说为古代帝王尊礼大臣所给予的九种器物）。榱色才分，妇即入，以炊饼纳生室，叮嘱耐坐，反关其户。出语巧娘曰："郎有寄书劳，将留招三娘来，与订姊妹交。且复闭置，免人厌恼。"乃出门去。生回旋无聊，时近门隙，如鸟窥笼。望见巧娘，辄欲招呼自呈，惭讷而止。延及夜分，妇始携女归。发扉曰："闷煞郎君矣！三娘可来拜谢。"途中人逡巡（徘徊不前）入，向生敛衽。妇命相呼以兄妹。巧娘笑曰："姊妹亦可。"并出堂中，团坐置饮。饮次，巧娘戏问："寺人亦动心佳丽否？"生曰："跛者不忘履，盲者不忘视。"相与粲然。

巧娘以三娘劳顿，迫令安置。妇顾三娘，俾（bǐ，使）与生俱。三娘羞晕不行。妇曰："此丈夫而巾帼者，何畏之？"敦促偕去。私嘱生曰："阴为吾婿，阳为吾子，可也。"生喜，捉臂登床，发硎（刚磨过的刀刃。硎，xíng，磨刀石）新试，其快可知。既于枕上问女："巧娘何人？"曰："鬼也。才色无匹，而时命蹇（jiǎn，困苦）落。适毛家小郎子，病阉，十八岁而不能人，因邑邑不畅，赍恨如冥。"生惊，疑三娘亦鬼。女曰："实告君，妾非鬼，狐耳。巧娘独居无耦，我母子无家，借庐栖止。"生大愕。女云："无惧，虽故鬼狐，非相祸者。"由此日共谈宴。虽知巧娘非人，而心爱其娟好，独恨自献无隙。生蕴藉，善谀噱（以逗乐来讨好人。噱，jué，逗乐），颇得巧娘怜。一日，华氏母子将他往，复闭生室中。生闷气，绕室隔扉呼巧娘。巧娘命婢历试数钥，乃得启。生附耳请间。巧娘遣婢去。生挽就寝榻，偎向之。少遂相绸缪。已而恚曰："今乃知闭户有因。昔母子流荡栖无所，假庐居之。三娘从学刺绣，妾曾不少秘惜。乃妒忌如此！"生劝慰之，且以情告。巧娘终衔之。生曰："密之，华姑嘱我严。"语未及已，华姑掩入。二人皇遽方起。华姑嗔目，问："谁启扉？"巧娘笑逆自承。华益怒，聒絮不已。巧故哂曰："阿姥亦大笑人！是丈夫而巾帼者，何能为？"三娘见母与巧娘苦相抵（互相攻击。抵，zhǐ，攻击），意不自安，以一身调停两间，始各拗怒（抑制愤怒。拗，yù）为喜。巧娘言虽愤烈，然自是屈意事三娘。但华姑昼夜闲防，两情不得自展，眉目含情而已。

一日，华姑谓生曰："吾儿姊妹皆已奉事君。念居此非计，君宜归告父母，早订永约。"即治装促生行。二女相向，容颜悲恻；而巧娘尤不可堪，泪滚滚如断贯珠，殊无已时。华姑排止之，便曳生出。至门外，则院宇无存，但见荒冢。华姑送至舟上，曰："君行后，老身携两女僦屋（租赁房屋。僦，jiù）于贵邑。倘不忘凤好，李氏废园中，可待亲迎。"生乃归。

时傅父觅子不得，正切焦虑，见子归，喜出非望。生略述崖末，兼至华氏之订。父曰："妖言何足听信？汝尚能生还者，徒以阉废故；不然，死矣！"生曰："彼虽异物，情亦犹人；况又慧丽，娶之亦不为戚党笑。"父不言，但嗤之。生乃退而技痒，不安其分，辄私婢；渐至白昼宣淫，意欲骇闻翁媪。一日，为小婢所窥，奔告母。母不信，薄（靠近）观之，始骇。呼婢研究，尽得其状。喜极，逢人宣暴，以示子不阉，将论婚于世族。生私白母："非华氏不娶。"母曰："世不乏美妇人，何必鬼物？"生曰："儿非华姑，无以知人道，背之不祥。"傅父从之，遣一仆一妪往觇之。出东郭四五里，寻李氏园。见败垣竹树中，缕缕有饮烟。妪下乘，直造其闼（tà，门），则母子拭几濯溉（zhuó gài，洗涤），似有所伺。妪拜致主命。见三娘，惊曰："此即吾家小主妇耶？我见犹怜，何怪公子魂思而梦绕之。"便问阿姊。华姑叹曰："是我假女（义女），三日前，忽殂（cú，死亡）谢去。"因以酒食饷妪及仆。妪归，备道三娘容止，父母皆喜。末陈巧娘死耗，生恻恻欲涕。至亲迎之夜，见华姑亲问之。答云："已投生北地矣。"生欷歔（xī xū）久之。迎三娘归，而终不能忘情巧娘，凡有自琼来者，必召见问之。或言秦女墓夜闻鬼哭。生诧其异，入告三娘。三娘沉吟良久，泣下曰："妾负姊矣！"诘之，答云："妾母子来时，实未使闻。兹之怨啼，将无是？向欲相告，恐彰母过。"生闻之，悲已而喜。即命舆，宵昼兼程，驰诣其墓。叩墓木而呼曰："巧娘，巧娘！某在斯。"俄见女郎捧婴儿，自穴中出，举首酸嘶（悲泣。嘶，噎，哽咽），怨望无已。生亦涕下。探怀问谁氏子，巧娘曰："是君之遗孽也，诞三月矣。"生叹曰："误听华姑言，使母子埋忧地下，罪将安辞！"乃与同舆，航海而归。抱子告母。母视之，体貌丰伟，不类鬼物，益喜。二女谐和，事姑孝。后傅父病，延医来。巧娘曰："疾不可为，魂已离舍。"督治冥具，既竣而卒。儿长，绝肖父；尤慧，十四游泮。高邮翁紫霞，客于广而闻之。地名遗脱，亦未知所终矣。

吴　令

　　吴令某公，忘其姓字。刚介（刚直耿介）有声。吴俗最重城隍之神，木肖之（用木头雕刻成它的肖像），衣以锦，藏机如生。值神寿节，则居民敛资为会，辇游通衢；建诸旗幢，杂卤簿（官员仪仗），森森部列，鼓吹行且作，阗阗（tián tián，形容声音洪大）咽咽然，一道相属也。习以为俗，岁无敢懈。公出，适相值，止而问之。居民以告。又诘知所费颇奢。公怒，指神而责之曰："城隍实主一邑。如冥顽无灵，则淫昏之鬼，无足奉事；其有灵，则物力宜惜，何得以无益之费，耗民脂膏？"言已，曳神于地，笞之二十。从此习俗顿革。公清正无私，惟少年好戏。居年馀，偶于廨中梯檐探雀鷇（kòu，待母鸟哺育的雏鸟），失足而堕，折股，寻（不久）卒。人闻城隍祠中，公大声喧怒，似与神争，数日不止。吴人不忘公德，集群祝而解之，别建一祠祠公，声乃息。祠亦以城隍名，春秋祀之，较故神尤著。吴至今有二城隍云。

口　技

村中来一女子，年二十有四五。携一药囊，售（即行）其医。有问病者，女不能自为方，俟暮夜问诸神。晚洁斗室，闭置其中。众绕门窗，倾耳寂听，但窃窃语，莫敢咳。内外动息俱冥。至半更许，忽闻帘声。女在内曰："九姑来耶？"一女子答云："来矣。"又曰："腊梅从九姑耶？"似一婢答云："来矣。"三人絮语间杂，刺刺不休（话语不断。刺刺，多言的样子）。俄闻帘钩复动，女曰："六姑至矣。"乱言曰："春梅亦抱小郎子来耶？"一女曰："拗哥子！鸣之不睡，定要从娘子来。身如百钧重，负累煞人！"旋闻女子殷勤声，九姑问讯声，六姑寒暄声，二婢慰劳声，小儿喜笑声，猫子声，一齐嘈杂。即闻女子笑曰："小郎君亦大好耍，远迢迢抱猫儿来。"既而声渐疏，帘又响，满室俱哗，曰："四姑来何迟也？"有一小女子细声答曰："路有千里且溢，与阿姑走尔许时始至。阿姑行且缓。"遂各各道温凉声，并移坐声，唤添坐声，参差并作，喧繁满室，食顷始定。即闻女子问病。九姑以为宜得参，六姑以为宜得芪（qí，黄芪，又名黄耆，多年生草本植物，根可入药），四姑以为宜得术。参酌移时，即闻九姑唤笔砚。无何，折纸戢戢（jíjí，折纸的声音）然，拔笔掷帽丁丁（zhēng zhēng）然，磨墨隆隆然；既而投笔触几，震笔作响，便闻撮药包裹苏苏然。顷之，女子推帘，呼病者授药并方。反身入室，即闻三姑作别，三婢作别，小儿哑哑，猫儿唔唔，又一时并起。九姑之声清以（而）越，六姑之声缓以苍，四姑之声娇以婉，以及三婢之声，各有态响，听之了了可辨。群讶以为真神。而试其方，亦不甚效。此即所谓口技，特借之以售其术耳。然亦奇矣！

昔王心逸尝言："在都偶过市廛（集市。廛，chán），闻弦歌声，观者如堵。近窥之，则见一少年曼声度曲。并无乐器，惟以一指捺颊际，且捺且讴；听之铿铿，与弦索无异。"亦口技之苗裔（后代，子孙）也。

潍水狐

潍邑（今山东省潍坊市）李氏有别第。忽一翁来税（租赁）居，岁出直（"值"的本字，价）金五十，诺之。既去无耗，李嘱家人别租（租给别人）。翌日，翁至，曰："租宅已有关说（双方曾经有过协商，即有定约），何欲更僦（jiù，租赁）他人？"李白所疑。翁曰："我将久居是；所以迟迟者，以涓吉（犹择吉）在十日之后耳。"因先纳一岁之直，曰："终岁空之，勿问也。"李送出，问期，翁告之。过期数日，亦竟渺然。及往觇（chān，暗中察看）之，则双扉内闭，炊烟起而人声杂矣。讶之，投刺往谒。翁趋（小步快走，以示恭敬）出，逆而入，笑语可亲。既归，遣人馈遗其家；翁犒赐丰隆。又数日，李设筵邀翁，款洽甚欢。问其居里，以秦中对。李讶其远。翁曰："贵乡福地也。秦中不可居，大难将作。"时方承平，置未深问。越日，翁折柬报居停之礼，供帐饮食，备极侈丽。李益惊，疑为贵官。翁以交好，因自言为狐。李骇绝，逢人辄道。

邑搢绅闻其异，日结驷于门（门前尽是车马，即来人众多），愿纳交翁，翁无不伛偻（鞠躬，十分恭敬的样子）接见。渐而郡官亦时还往。独邑令求通，辄辞以故。令又托主人先容，翁辞。李诘其故。翁离席近客而私语曰："君自不知，彼前身为驴，今虽俨然民上，乃饮糙（duī，蒸饼）而亦醉者也。仆固异类，羞与为伍。"李乃托词告令，谓狐畏其神明，故不敢见。令信之而止。此康熙十一年事。未几，秦罹兵燹（xiǎn）。狐能前知，信矣。

异史氏曰："驴之为物，庞然也。一怒则踶趹（dì jué，用蹄踢）嗥嘶，眼大于盎，气粗于牛；不惟声难闻，状亦难见。倘执束刍（一把草）而诱之，则帖耳辑首，喜受羁勒矣。以此居民上，宜其饮糟而亦醉也。愿临（治理）民者，以驴为戒，而求齿于狐，则德日进矣。"

红 玉

广平（今属河北省）冯翁有一子，字相如。父子俱诸生。翁年近六旬，性方鲠（耿直），而家屡空（经常贫穷，衣食不给。空，匮乏）。数年间，媪与子妇又相继逝，井臼（从井汲水，以臼舂米：指家务）自操之。一夜，相如坐月下，忽见东邻女自墙上来窥。视之，美。近之，微笑。招以手，不来亦不去。固请之，乃梯而过，遂共寝处。问其姓名，曰："妾邻女红玉也。"生大爱悦，与订永好。女诺之。夜夜往来，约半年许。翁夜起，闻子舍笑语，窥之，见女。怒，唤出，骂曰："畜产所为何事！如此落寞，尚不刻苦，及学浮荡耶？人知之，丧汝德；人不知，促汝寿！"生跪自投，泣言知悔。翁叱女曰："女子不守闺戒，既自玷，而又以玷人。倘事一发，当不仅贻寒舍羞！"骂已，愤然归寝。女流涕曰："亲庭（指父亲的训诲）罪责，良足愧辱！我二人缘分尽矣！"生曰："父在不得自专。卿如有情，尚当含垢为好。"女言辞决绝，生乃洒涕。女止之曰："妾与君无媒妁之言，父母之命，逾墙钻隙，何能白首？此处有一佳耦，可聘也。"告以贫。女曰："来宵相俟，妾为君谋之。"次夜，女果至，出白金四十两赠生。曰："去此六十里，有吴村卫氏，年十八矣，高其价，故未售也。君重啖之，必合谐允（协调允当）。"言已，别去。

生乘间语父，欲往相之。而隐馈金不敢告。翁自度无资，以是故，止之。生又婉言："试可乃已。"翁颔之。生遂假仆马，诣卫氏。卫故田舍翁。生呼出，引与间语。卫知生望族，又见仪采轩豁，心许之，而虑其靳（jìn，吝惜）于资。生听其词意吞吐，会其旨，倾囊陈几上。卫乃喜，浼（měi，恳托）邻生居间，书红笺而盟焉。生入拜媪。居室偪侧，女依母自幛。微睨之，虽荆布之饰（指贫家女子妆束。荆布，荆钗布裙），而神情光艳，心窃喜。卫借舍款婿，便言："公子无须亲迎。待少作衣妆，即合舁（yú，抬）送去。"生与期而归。诡告翁，言卫爱清门，不责资。翁亦喜。至日，卫果送女至。女勤俭，有顺德，琴瑟（指美满的夫妻）甚笃。逾二年，举一男，名福儿。会清明抱子登墓，遇邑绅宋氏。宋官御史，坐行赇（qiú，贿赂）免，居林下，大煽威虐。是日亦上墓归，见女艳之。问村人，知为生配。料冯贫士，诱以重赂，冀可摇，使家人风示之。生骤闻，怒形于色；既思势不敌，敛怒为笑，归告翁。翁大怒，奔出，对其家人，指天画地，诟骂万端。家人鼠窜而去。宋氏亦怒，竟遣数人入生家，殴翁及子，汹若沸鼎。女闻之，弃儿于床，披发号救。群篡舁（抢夺抬走。舁，yú）之，哄然便去。父子伤残，吟呻在地，儿呱呱啼室中。邻人共怜之，扶之榻上。经日，生杖而能起。翁忿不食，呕血寻毙。生大哭，抱子兴词，上至督抚，讼几遍，卒不得直。后闻妇不屈死，益悲。冤塞胸吭，无路可伸。每思要路刺杀宋，而虑其扈从繁，儿又累托。日夜哀思，双睫为不交。

忽一丈夫（男子）吊诸其室，虬髯阔颔（蜷曲的络腮胡须，宽阔的下巴。虬，qiú），曾与无素。挽坐，欲问邦族。客遽曰："君有杀父之仇，夺妻之恨，而忘报乎？"生疑为宋人之侦，姑伪应之。客怒眦欲裂，遽出曰："仆以君人也，今乃知不足齿之伧（即"伧夫"，庸劣之辈）！"生察其异，跪而挽之，曰："诚恐宋人餂（tiǎn，用甜言蜜语诱取、探取）我。今实布腹心：仆之卧薪尝胆者，固有日矣。但怜此褓中物，恐坠宗祧。君义士，能为我杵臼否？"客曰："此妇人女子之事，非所能。君所欲托诸人者，请自任之；所欲自任者，愿得而代庖焉。"生闻，崩角（叩响头。角，额角）在地。客不顾而出。生追问姓字，曰："不济，不任受怨；济，亦不任受德。"遂去。生惧祸及，抱子亡去。至夜，宋家一门俱寝，有人越重垣入，杀御史父子三人，及一媳一婢。宋家具状告官。官大骇。宋执谓相如，于是遣役捕生，生遁不知所之，于是情益真。宋仆同官役诸处冥搜。夜至南山，闻儿啼，踪得之，系缧而行。儿啼愈嗔，群夺儿抛弃之。生冤愤欲绝。见邑令，问："何杀人？"生曰："冤哉！某以夜死，我以昼出，且抱呱呱者，何能逾垣杀人？"令曰："不杀人，何逃乎？"生词穷，不能置辩。乃收诸狱。生泣曰："我死无足惜，孤儿何罪？"令曰："汝杀人子多矣；杀汝子，何怨？"生既褫革（革除，剥夺。褫，chǐ），屡受梏惨，卒无词。令是夜方卧，闻有物击床，震震有声，大惧而号。举家惊起，集而烛之，一短刀，铦（xiān，锋利）利如霜，剁床入木者寸馀，牢不可拔。令睹之，魂魄丧失。荷戈遍索，竟无踪迹。心窃馁。又以宋人死，无可畏俱，乃详诸宪，代生解免，竟释生。

生归，翁无升斗，孤影对四壁。幸邻人怜馈食饮，苟且自度。念大仇已报，则辴然（chǎn，笑的样子）喜；思惨酷之祸，几于灭门，则泪潜潜堕；及思半生贫彻骨，宗支不续，则于无人处大哭失声，不复能自禁。如此半年，捕禁益懈。乃哀邑令，求判还卫氏之骨。及葬而归，悲怛（dá，忧伤，悲苦）欲死，辗转空床，竟无生路。忽有款门者，凝神寂听，闻一人在门外，哝哝与小儿语。生急起窥觇，似一女子。扉初启，便问："大冤昭雪，可幸无恙！"其声稔熟，而仓卒不能追忆。烛之，则红玉也。挽一小儿，嬉笑跨下。生不暇问，抱女鸣哭。女亦惨然。既而推儿曰："汝忘尔父耶？"儿牵女衣，目灼灼视生。细审之，福儿也。大惊，泣问："儿那得来？"女曰："实告君：昔言邻女者，妄也。妾实狐。适宵行，见儿啼谷中，抱养于秦。闻大难既息，故携来与君团聚耳。"生挥涕拜谢。儿在女怀，如依其母，竟不复能识父矣。天未明，女即遽起。问之，答曰："奴欲去。"生裸跪床头，涕不能仰。女笑曰："妾诳君耳。今家道新创，非夙兴夜寐不可。"乃剪莽拥彗（剪除杂草，持帚清扫。莽，草。彗，huì，扫帚），类男子操作。生忧贫乏，不自给。女曰：

"但请下帷读，勿问盈歉，或当不殍饿死。"遂出金治织具；租田数十亩，雇佣耕作。荷镵诛茅（扛起锄锨，铲除茅草；指努力耕作。镵，掘土工具，犁），牵萝补屋，日以为常。里党闻妇贤，益乐资助之。约半年，人烟腾茂，类素封家。生曰："灰烬之馀，卿白手再造矣。然一事未就安妥，如何？"诘之，答曰："试期已迫，巾服尚未复也。"女笑曰："妾前以四金寄广文（指学官。明、清时，泛称儒学教官为广文），已复名在案，若待君言，误之已久。"生益神之。是科遂领乡荐。时年三十六，腴田连阡，夏屋（大屋）渠渠（深广）矣。女袅娜如随风欲飘去，而操作过农家妇，虽严冬自苦，而手腻如脂。自言二十八岁，人视之，常若二十许人。

异史氏曰："其子贤，其父德，故其报之也侠。非特人侠，狐亦侠也。遇亦奇矣！然官宰悠悠，竖人毛发，刀震震入木，何惜不略移床上半尺许哉？使苏子美读之，必浮白（喝酒）曰：'惜乎击之不中！'"

林四娘

青州道（青州巡道，简称道员）陈公宝钥，闽人。夜独坐，有女子搴（qiān）帏入。视之，不识；而艳绝，长袖宫装。笑云："清夜兀（独自）坐，得勿寂耶？"公惊问："何人？"曰："妾家不远，近在西邻。"公意其鬼，而心好之。捉袂挽坐，谈词风雅，大悦。拥之，不甚抗拒。顾曰："他无人耶？"公急阖户，曰："无。"促其缓裳，意殊羞怯。公代为之殷勤。女曰："妾年二十，犹处子也，狂将不堪。"狎亵既竟，流丹浃席。既而枕边私语，自言"林四娘"。公详诘之。曰："一世坚贞，业为君轻薄殆尽矣。有心爱妾，但图永好可耳，絮絮何为？"无何，鸡鸣，遂起而去。由此夜夜必至。每与阖户雅饮。谈及音律，辄能剖悉宫商（古代音律中的宫音与商音，后人用其泛指音乐）。公遂意其工于度曲（创作新曲，或指依谱歌唱）。曰："儿时之所习也。"公请一领雅奏。女曰："久矣不托于音，节奏强半遗忘，恐为知者笑耳。"再强之，乃俯首击节，唱伊凉之调，其声哀婉。歌已，泣下。公亦为酸恻（悲伤，凄恻），抱而慰之曰："卿勿为亡国之音，使人悒悒。"女曰："声以宣意，哀者不能使乐，亦犹乐者不能使哀。"两人燕昵，过于琴瑟（指夫妻）。

既久，家人窃听之，闻其歌者，无不流涕。夫人窥见其容，疑人世无此妖丽，非鬼必狐；惧为厌蛊，劝公绝之。公不能听，但固诘之。女愀然曰："妾，衡府宫人也。遭难而死，十七年矣。以君高义，托为燕婉，然实不敢祸君。倘见疑畏，即从此辞。"公曰："我不为嫌；但燕好若此，不可不知其实耳。"乃问宫中事。女缅述（回忆叙说），津津可听。谈及式微（衰败）之际，则哽咽不能成语。女不甚睡，每夜辄起诵准提、金刚诸经咒（指准提、金刚诸佛经的经文与咒文）。公问："九原能自忏耶？"曰："一也。妾思终身沦落，欲度来生耳。"又每与公评骘（评定。骘，zhì）诗词，瑕辄疵之；至好句，则曼声娇吟。意绪风流，使人忘倦。公问："工诗乎？"曰："生时亦偶为之。"公索其赠。笑曰："儿女之语，乌足为高人道。"

居三年。一夕，忽惨然告别。公惊问之。答云："冥王以妾生前无罪，死犹不忘经咒，俾生王家。别在今宵，永无见期。"言已，怆然。公亦泪下。乃置酒相与痛饮。女慷慨而歌，为哀曼之音，一字百转；每至悲处，辄便呜咽。数停数起，而后终曲，饮不能畅。乃起，逡巡（徘徊不前）欲别。公固挽之，又坐少时。鸡声忽唱，乃曰："必不可以久留矣。然君每怪妾不肯献丑；今将长别，当率成（不仔细斟酌，仓促成篇。率，率然，不加思考）一章。"索笔构成，曰："心悲意乱，不能推敲，乖音错节，慎勿出以示人。"掩袖而去。公送诸门外，湮然没。公怅悼良久。视其诗，字态端好，珍而藏之。诗曰："静镇深宫十七年，谁将故国问青天？闲看殿宇封乔木，泣望君王化杜鹃。海国波涛斜夕照，汉家箫鼓静烽烟。红颜力弱难为厉，惠质心悲只问禅。日诵菩提千百句，闲看贝叶两三篇。高唱梨园歌代哭，请君独听亦潸然。"诗中重复脱节，疑有错误。

地 震

康熙七年六月十七日戌刻（晚七时至九时），地大震。余适客稷下（地名，指山东省临淄市），方与表兄李笃之对烛饮。忽闻有声如雷，自东南来，向西北去。众骇异，不解其故。俄而几案摆簸，酒杯倾覆；屋梁椽（chuán，装于屋顶以支持屋顶盖材料的木杆）柱，错折有声。相顾失色。久之，方知地震，各疾趋（快走）出。见楼阁房舍，仆而复起；墙倾屋塌之声，与儿啼女号，喧如鼎沸。人眩晕不能立，坐地上，随地转侧。河水倾泼丈馀，鸭鸣犬吠满城中。逾一时许，始稍定。视街上，则男女裸聚，竞相告语，并忘其未衣也。后闻某处井倾仄（通"侧"，歪斜），不可汲（jí，从井里打水）；某家楼台南北易向；栖霞山裂；沂水陷穴，广数亩。此真非常之奇变也。

有邑人妇，夜起溲溺（sōu nì，小便），回则狼衔其子。妇急与狼争。狼一缓颊（松口），妇夺儿出，携抱中。狼蹲不去。妇大号。邻人奔集，狼乃去。妇惊定作喜，指天画地，述狼衔儿状，己夺儿状。良久，忽悟一身未着寸缕，乃奔。此与地震时男妇两忘者，同一情状也。人之惶急无谋，一何（多么）可笑！

龙

北直界有堕龙入村，其行（行动）重拙，入某绅家。其户仅可容躯，塞而入。家人尽奔。登楼哗噪，铳炮（指火枪和土炮。铳，chòng）轰然。龙乃出。门外停贮潦水（一直停留不动的积水。潦，lǎo），浅不盈尺。龙入，转侧其中，身尽泥涂；极力腾跃，尺馀辄堕。泥蟠三日，蝇集鳞甲。忽大雨，乃霹雳掔（ná，持拿，执取）空而去。

房生与友人登牛山，入寺游瞩。忽椽（chuán，装于屋顶以支持屋顶盖材料的木杆）间一黄砖上盘一小蛇，细裁如蚓。忽旋一周，如指；又一周，已如带。共惊，知为龙，群趋（快走）而下。方至山半，闻寺中霹雳一声，震动山谷。天上黑云如盖，一巨龙夭矫（屈伸自如）其中，移时而没。

章丘小相公庄，有民妇适野，值大风，尘沙扑面。觉一目眯，如含麦芒，揉之吹之，迄不愈。启睑而审视之，睛固无恙，但有赤线蜿蜒于肉分。或曰："此蜇龙也。"妇忧惧待死。积三月馀，天暴雨，忽巨霆一声，裂眦而去，妇无少损。

袁宣四言："在苏州，值阴晦，霹雳大作。众见龙垂云际，鳞甲张动，爪中挏（tuán，持，执）一人头，须眉毕见；移时，入云而没。亦未闻有失其头者。"

江 中

王圣俞（山东省诸城市一带人）南游，泊舟江心。既寝，视月明如练（白色熟绢），未能寐，使童仆为之按摩。忽闻舟顶如小儿行，踏芦席作响，远自舟尾来，渐近舱户。虑为盗，急起问童。童亦闻之。问答间，见一人伏舟顶上，垂首窥舱内。大愕，按剑（手抚剑靶，准备自卫，一种警戒动作）呼诸仆，一舟俱醒。告以所见。或疑错误。俄响声又作。群起四顾，渺然无人，惟疏星皎月，漫漫江波而已。众坐舟中，旋见青火如灯状，突出水面，随水浮游；渐近舡（xiāng，船），则火顿灭。即有黑人骤起，屹立水上，以手攀舟而行。众噪曰："必此物也！"欲射之。方开弓，则遽（jù，急速）伏水中，不可见矣。问舟人。舟人曰："此古战场，鬼时出没，其无足怪。"

鲁公女

招远（山东省招远市）张于旦，性疏狂不羁。读书萧寺。时邑令鲁公，三韩（指辽东）人。有女好猎。生适遇诸野，见其风姿娟秀，着锦貂裘，跨小骊驹，翩然若画。归忆容华，极意钦想。后闻女暴卒，悼叹欲绝。鲁以家远，寄灵寺中，即生读所。生敬礼如神明，朝必香，食必祭。每酹（lèi，以酒浇地。祭奠的一种仪式）而祝曰："睹卿半面，长系梦魂；不图玉人，奄然物化。今近在咫尺，而邈若河山，恨如何也！然生有拘束，

死无禁忌，九泉有灵，当姗姗而来，慰我倾慕。"日夜祝之，几半月。

一夕，挑灯夜读，忽举首，则女子含笑立灯下。生惊起致问。女曰："感君之情，不能自已，遂不避私奔之嫌。"生大喜，遂共欢好。自此无虚夜。谓生曰："妾生好弓马，以射獐杀鹿为快，罪孽深重，死无归所。如诚心爱妾，烦代诵《金刚经》一藏数，生生世世不忘也。"生敬受教，每夜起，即枢前捻珠讽诵。偶值节序，欲与偕归。女忧足弱，不能跋履（远途跋涉）。生请抱负以行，女笑从之。如抱婴儿，殊不重累。遂以为常，考试亦载与俱。然行必以夜。生将赴秋闱（乡试；考举人），女曰："君福薄，徒劳驰驱。"遂听其言而止。积四五年，鲁罢官，贫不能舆其榇（chèn，棺材），将就窆（biǎn，将棺材下于墓穴）之，苦无葬地。生及自陈："某有薄壤近寺，愿葬女公子。"鲁公喜。生又力为营葬。鲁德之，而莫解其故。鲁去，二人绸缪如平日。

一夜，侧倚生怀，泪落如豆，曰："五年之好，于今别矣！受君恩义，数世不足以酬！"生惊问之。曰："蒙惠及泉下人，经咒藏满，今得生河北卢户部家。如不忘今日，过此十五年，八月十六日，烦一往会。"生泣下曰："生三十馀年矣；又十五年，将就木焉，会将何为？"女亦泣曰："愿为奴婢以报。"少间曰："君送妾六七里。此去多荆棘，妾衣长难度。"乃抱生项。生送至通衢，见路傍车马一簇，马上或一人，或二人；车上或三人、四人、十数人不等；独一钿车（镶嵌有金属薄片图案纹饰的车辆），绣缨朱幰（xiǎn，车前挂的帷幔），仅一老媪在焉。见女至，呼曰："来乎？"女应曰："来矣。"乃回顾生云："尽此，且去；勿忘所言。"生诺。女行近车，媪引手上之，展轹（发车。轹，líng，车轮）即发，车马阗咽（tián yè，即"阗喧"。形容车马喧腾，充塞道路）而去。

生怅怅而归，志时日于壁。因思经咒之效，持诵益虔。梦神人告曰："汝志良嘉。但须要到南海去。"问：南海多远？"曰："近在方寸地。"醒而会其旨，念切菩提，修行倍洁。三年后，次子明、长子政，相继擢（选拔）高科。生虽暴贵，而善行不替。夜梦青衣人邀去，见宫殿中坐一人，如菩萨状，逆之曰："子为善可喜。惜无修龄（指长寿），幸得请于上帝矣。"生伏地稽首。唤起，赐坐；饮以茶，味芳如兰。又令童子引去，使浴于池。池水清洁，游鱼可数，入之而温，掬之有荷叶香。移时，渐入深处，失足而陷，过涉灭顶。惊寤，异之。由此身益健，目益明。自捋其须，白者尽簌簌落，又久之，黑者益落。面纹亦渐舒。至数月后，额秃面童，宛如十五六时。辄兼好游戏事，亦犹童。过饰边幅（本指布幅的边缘，喻指人的服饰容态等外观表现）；二子辄匡救之。未几，夫人以老病卒。子欲为求继室于朱门。生曰："待吾至河北，来而后娶。"

屈指已及约期，遂命仆马至河北。访之，果有卢户部。先是，卢公生一女，生而能言，长益慧美，父母最钟爱之。贵家委禽，女辄不欲。怪问之，具述生前约。共计其年，大笑曰："痴婢！张郎计今年已半百，人事变迁，其骨已朽；纵其尚在，发童而齿豁（通"豁"，齿缺）矣。"女不听。母见其志不摇，与卢公谋，戒阍（警告看门人。阍，hūn）人勿通客，过期以绝其望。未几，生至，阍人拒之。退返旅舍，怅恨无所为计。闲游郊郭，因循而暗访之。女谓生负约，涕不食。母言："渠不来，必已殂谢；即不然，背盟之罪，亦不在汝。"女不语，但终日卧。卢患之，亦思一见生之为人，乃托游敖，遇生于野。视之，少年也，讶之。班荆略谈，甚倜傥。公喜，邀至其家。方将探问，卢即遽起，嘱客暂独坐，匆匆入内告女。女喜，自力起。窥审其状不符，零涕而返，怨父欺罔。公力白其是。女无言，但泣不止。公出，意绪懊丧，对客殊不款曲（诚恳应酬）。生问："贵族有为户部者乎？"公漫应之。首他顾，似不属客。生觉其慢，辞出。女啼数日而卒。生夜梦女来，曰："下顾者果君耶？年貌舛异（不相符。舛，chuǎn），觌（dí，相见）面遂致违隔。妾已忧愤死。烦向土地祠速招我魂，可得活，迟则无及矣。"既醒，急探卢氏之门，果有女，亡二日矣。生大恸，进而吊诸其室。已而以梦告卢。卢从其言，招魂而归。启其衾，抚其尸，呼而祝之。俄闻喉中咯咯有声。忽见朱樱乍启，坠痰块如冰。扶移塌上，渐复吟呻。卢公悦，肃客出，置酒宴会。细展（详细询问）

官阀，知其巨家，益喜。择吉成礼。居半月，携女而归。卢送至家，半年乃去。夫妇居室，俨如小耦（配偶），不知者多误以子妇为姑嫜（公婆）焉。卢公逾年卒。子最幼，为豪强所中伤，家产几尽。生迎养之，遂家焉。

道　士

韩生，世家也。好客。同村徐氏，常饮于其座。会宴集，有道士托钵（化缘）门上。家人投钱及粟，皆不受；亦不去。家人怒，归不顾（理会）。韩闻击剥之声（指敲门的声音）甚久，询之，家人以情告。言未已，道士竟入。韩招之坐。道士向主客皆一举手，即坐。略致研诘，始知其初居村东破庙中。韩曰：“何日栖鹤（传说得道者驾鹤而行，故敬称道士宿止为栖鹤）东观，竟不闻知，殊缺地主之礼。”答曰：“野人新至，无交游。闻居士挥霍，深愿求饮焉。”韩命举觞。道士能豪饮。徐见其衣服垢敝（亦作“垢弊”，又脏又破），颇偃蹇（傲慢），不甚为礼。韩亦海客（浪迹四方的人）遇之。道士倾饮二十馀杯，乃辞而去。

自是每宴会，道士辄至，遇食则食，遇饮则饮，韩亦稍厌其频。饮次，徐嘲之曰：“道长日为客，宁不一作主？”道士笑曰：“道人与居士等，惟双肩承一喙耳。”徐惭不能对。道士曰：“虽然，道人怀诚久矣，会当竭力作杯水之酬。”饮毕，嘱曰：“翌午幸赐光宠。”次日，相邀同往，疑其不设。行去，道士已候于途；且语且步，已至寺门。入门，则院落一新，连阁云蔓。大奇之，曰：“久不至此，创建何时？”道士答：“竣工未久。”比（等）入其室，陈设华丽，世家所无。二人肃然起敬。甫（刚刚）坐，行酒下食，皆二八狡童（机灵的幼仆），锦衣朱履。酒馔芳美，备极丰渥。饭已，另有小进。珍果多不可名，贮以水晶玉石之器，光照几榻。酌以玻璃盏，围尺许。道士曰：“唤石家姊妹来。”童去少时，二美人入，一细长，如弱柳；一身短，齿最稚；媚曼双绝。道士即使歌以侑酒（劝酒）。少者拍板而歌，长者和以洞箫，其声清细。既阕（弹奏结束），道士悬爵促醮（jiào，干杯），又命遍酌。顾问美人："久不舞，尚能之否？"遂有僮仆展氍毹（qú shū，毛织的地毯）于筵下，两女对舞，长衣乱拂，香尘四散；舞罢，斜倚画屏。二人心旷神飞，不觉醺醉。

道士亦不顾客，举杯饮尽，起谓客曰："姑烦自酌，我稍憩，即复来。"即去。南屋壁下，设一螺钿（diàn，金银贝壳之类装饰薄片的总称）之床，女子为施锦裀，扶道士卧。道士乃曳长者共寝，命少者立床下为之爬搔。二人睹此状，颇不平。徐乃大呼："道士不得无礼！"往将挠之。道士急起而遁。见少女犹立床下，乘醉拉向北榻，公然拥卧。视床上美人，尚眠绣榻。顾韩曰："君何太迂？"韩乃径登南榻；欲与狎亵，而美人睡去，拨之不转。因抱与俱寝。天明，酒梦俱醒，觉怀中冷物冰人；视之，则抱长石卧青阶下。急视徐，徐尚未醒；见其枕遗屙之石，醋寝败厕中。蹶起，互相骇异。四顾，则一庭荒草，两间破屋而已。

胡 氏

直隶（清代的直隶省，即今河北省）有巨家，欲延（聘请）师。忽一秀才，踵门（走到门前。踵，zhǒng）自荐。主人延（迎接）之。词语开爽，遂相知悦。秀才自言胡氏，遂纳贽馆之（除舍留客；即聘为塾师）。胡课业良勤，淹洽非下士等。然时出游，辄昏夜始归；扃闭俨然，不闻款叩而已在室中矣。遂相惊以狐。然察胡意固不恶，优重之，不以怪异废礼。

胡知主人有女，求为姻好，屡示意，主人伪不解。一日，胡假（请假）而去。次日，有客来谒，絷（zhí，拴）黑卫（驴子的代称）于门。主人逆而入。年五十馀，衣履鲜洁，意甚恬雅。既坐，自达，始知为胡氏作冰（媒人）。主人默然，良久曰："仆与胡先生，交已莫逆，何必婚姻？且息女已许字矣。烦代谢先生。"客曰："确知令媛待聘，何拒之深？"再三言之，而主人不可。客有惭色，曰："胡亦世族，何遽不如先生？"主人直告曰："实无他意，但恶非其类耳。"客闻之怒；主人亦怒，相侵益亟（更加急切）。客起，抓主人。主人命家人杖逐之，容乃遁。遗其驴，视之，毛黑色，批耳修尾，大物也。牵之不动，驱之则随手而蹶（jué，跌倒），喓喓（yāo yāo，虫鸣声）然草虫耳。

主人以其言忿，知必相仇，戒备之。次日，果有狐兵大至：或骑或步，或戈或弩，马嘶人沸，声势汹汹。主人不敢出。狐声言火屋，主人益惧。有健者，率家人噪出，飞石施箭，两相冲击，互有夷伤。狐渐靡，纷纷引去。遗刀地上，亮如霜雪；近拾之，则高粱叶也。众笑曰："技止此耳。"然恐其复至，益备之。明日，众方聚语，忽一巨人自天而降：高丈馀，身横数尺；挥大刀如门，逐人而杀。群操矢石乱击之，颠踣（bó，跌倒）而毙，则刍灵（草扎的送葬物）耳。众益易之。狐三日不复来，众亦少懈。主人适登厕，俄见狐兵，张弓挟矢而至，乱射之；集矢于臀。大惧，急喊众奔斗，狐方去。拔矢视之，皆蒿梗。如此月馀，去来不常，虽不甚害，而日日戒严，主人患苦之。

一日，胡生率众至，主人身出，胡望见，避于众中。主人呼之，不得已，乃出。主人曰："仆自谓无失礼于先生，何故兴戎？"群狐欲射，胡止之。主人近握其手，邀入故斋，置酒相款。从容曰："先生达人，当相见谅。以我情好，宁不乐附婚姻？但先生车马、宫室，多不与人同，弱女相从，即先生当知其不可。且谚云：'瓜果之生摘者，不适于口。'先生何取焉？"胡大惭。主人曰："无伤，旧好故在。如不以尘浊见弃，在门墙（受业。门墙，师门）之幼子，年十五矣，愿得坦腹床下（意思是做胡生家的女婿）。不知有相若者否？"胡喜曰："仆有弱妹，少公子一岁，颇不陋劣。以奉箕帚，如何？"主人起拜，胡答拜。于是酬酢甚欢，前郤俱忘。命罗酒浆，遍犒从者，上下欢慰。乃详问居里，将以奠雁（迎亲之礼。古婚礼中新郎到新娘家迎亲，先行进雁之礼，取嫁娶以时，夫妇和顺，长幼有序之意）。胡辞之。日暮继烛，醺醉乃去。由是遂安。

年馀，胡不至。或疑其约妄，而主人坚待之。又半年，胡忽至。既道温凉已，乃曰："妹子长成矣。请卜良辰，遣事翁姑（即公婆）。"主人喜，即同定期而去。至夜，果有舆马送新妇至。奁妆丰盛，设室中几满。新妇见姑嫜，温丽异常。主人大喜。胡生与一弟来送女，谈吐俱风雅，又善饮。天明乃去。新妇且能预知年岁丰凶，故谋生之计，皆取则焉。胡生兄弟以及胡媪，时来望女，人人皆见之。

丐 僧

　　济南一僧，不知何许人。赤足衣百衲，日于芙蓉、明湖诸馆，诵经抄募（指僧人化缘）。与以酒食、钱、粟，皆弗受；叩所需，又不答。终日未尝见其餐饭。或劝之曰："师既不茹荤酒，当募山村僻巷中，何日日往来于膻闹（膻腥喧闹；意思是不干净）之场？"僧合眸讽诵，睫毛长指许，若（好像）不闻。少选，又语之。僧遽（jù，急速）张目厉声曰："要如此化！"又诵不已（停止）。久之，自出而去。或从其后，固诘其必如此之故，走不应。叩之数四，又厉声曰："非汝所知！老僧要如此化！"积数日，忽出南城，卧道侧如僵，三日不动。居民恐其饿死，贻累近郭，因集劝他徙，欲饭饭之，欲钱钱之。僧瞑然不动。群摇而语之。僧怒，于衲中出短刀，自剖其腹；以手入内，理肠于道，而气随绝。众骇告郡，藁葬（gǎo zàng，草草埋葬）之。异日为犬所穴，席见（同"现"，露了出来）。踏之似空；发视之，席封如故，犹空茧然。

伏 狐

　　太史某，为狐所魅，病瘵（得了精气亏损所致枯瘦之疾）。符禳（用符咒驱除邪祟）既穷，乃乞假归，冀可逃避。太史行，而狐从之。大惧，无所为谋。一日，止于涿（河北省涿县）。门外有铃医，自言能伏狐。太史延之入。投以药，则房中术也。促令服讫，入与狐交，锐不可当。狐辟易，哀而求罢；不听，进益勇。狐展转营脱，苦不得去。移时无声，视之，现狐形而毙矣。

昔余乡某生者，素有嫪毐（lào ǎi）之目，自言生平未得一快意。夜宿孤馆，四无邻。忽有奔女，扉未启而已入；心知其狐，亦欣然乐就狎之。衿襦（jīn rú，衣服）甫解，贯革直入。狐惊痛，啼声吱然，如鹰脱韝（gōu，古代射箭时戴的皮制袖套），穿窗而去。某犹望窗外作狎昵声，哀唤之，冀其复回，而已寂然矣。此真讨狐之猛将也！宜榜门"驱狐"，可以为业。

蛰 龙

於陵曲银台公，读书楼上。值阴雨晦暝，见一小物，有光如荧，蠕蠕而行。过处，则黑如蚰迹。渐盘卷上，卷亦焦。意为龙，乃捧卷送之。至门外，持立良久，蠖（蠖，即尺蠖；行时屈伸其体，如尺量物，故名）屈不少动。公曰："将无谓（难道是嫌）我不恭？"执卷返，仍置案上，冠带长揖送之。方至檐下，但见昂首乍伸，离卷横飞，其声嗤然，光一道如缕；数步外，回首向公，则头大于瓮，身数十围矣；又一折反，霹雳震惊，腾霄而去。回视所行处，盖曲曲自书笥（即书箱）中出焉。

苏 仙

高公明图知郴州（今湖南省郴县。清代为直隶州）时，有民女苏氏，浣衣于河。河中有巨石，女踞其上。有苔一缕，绿滑可爱，浮水漾动，绕石三匝。女视之，心动。既归而娠，腹渐大。母私诘之，女以情告。母不能解。数月，竟举（生育）一子。欲置隘巷（意思是抛弃），女不忍也，藏诸椟（dú，木匣）而养之。遂矢志不嫁，以明其不二也。然不夫而孕，终以为羞。儿至七岁，未尝出以见人。儿忽谓母曰："儿渐长，幽禁何可长也？去之，不为母累。"问所之。曰："我非人种，行将腾霄昂壑（昂首于涧壑，飞腾于云霄。意思是要腾飞，有所作为）耳。"女泣询归期。答曰："待母属纩（将死。属，附着。纩，新丝绵。人将死，在口鼻上放丝绵，以观察有无呼吸，叫属纩），儿始来。去后，倘有所需，可启藏儿椟索之，必能如愿。"言已，拜母竟去。出而望之，已杳矣。女告母，母大奇之。

女坚守旧志，与母相依，而家益落。偶缺晨炊，仰屋无计。忽忆儿言，往启椟，果得米，赖以举火。由是有求辄应。逾三年，母病卒；一切葬具，皆取给于椟。既葬，女独居三十年，未尝窥户。一日，邻妇乞火者，见其兀坐（独自一人呆呆坐着）空闺，语移时始去。居无何，忽见彩云绕女舍，亭亭如盖（车盖），中有一人盛服立，审视，则苏女也。回翔久之，渐高不见。邻人共疑之。窥诸其室，见女靓妆凝坐，气则已绝。众以其无归（没有出嫁，这里指无处安葬），议为殡殓。忽一少年入，丰姿俊伟，向众申谢。邻人向（之前）亦窃知女有子，故不之疑。少年出金葬母，植二桃于墓，乃别而去。数步之外，足下生云，不可复见。后桃结实甘芳，居人谓之"苏仙桃"，树年年华茂，更不衰朽。官是（掌管此）地者，每携实以馈亲友。

李伯言

李生伯言，沂水（山东省沂水县。清初属沂州）人。抗直有肝胆。忽暴病，家人进药，却之曰："吾病非药饵可疗。阴司阎罗缺，欲吾暂摄其篆耳。死勿埋我，宜待之。"是日果死。

骖从（zōu cóng，指车乘旁的骑从）导去，入一宫殿，进冕服（古代帝王的礼服。此指阎罗冠服）；隶胥祗（zhī，恭敬）候甚肃。案上簿书丛沓（即杂乱）。一宗，江南某，稽生平所私（奸污）良家女八十二人。鞫（jū，审问）之，佐证不诬。按冥律，宜炮烙。堂下有铜柱，高八九尺，围可一抱；空其中而炽炭焉，表里通赤。群鬼以铁蒺藜挞驱使登，手移足盘而上。甫（刚刚）至顶，则烟气飞腾，崩然一响如爆竹，人乃堕；团伏移时，始复苏。又挞之，爆堕如前。三堕，则匝地如烟而散，不复能成形矣。

又一起，为同邑王某，被婢父讼盗占生女。王即生姻家。先是，一人卖婢。王知其所来非道，而利其直廉，遂购之。至是王暴卒。越日，其友周生遇于途，知为鬼，奔避斋中。王亦从入。周惧而祝，问所欲为。王曰："烦作见证于冥司耳。"惊问："何事？"曰："余婢实价购之，今被误控。此事君亲见之，惟借季路一言，无他说也。"周固拒之。王出曰："恐不由君耳。"未几，周果死，同赴阎罗质审。李见王，隐存左袒（指袒护一边）意。忽见殿上火生，焰烧梁栋。李大骇，侧足立。吏急进曰："阴曹不与人世等，一念之私不可容。急消他念，则火自熄。"李敛神寂虑，火顿灭。已而鞫（jū，审问）状，王与婢父反复相苦。问周，周以实对。王以故犯论笞。笞讫，遣人俱送回生。周与王皆三日而甦（sū，苏醒）。

李视事毕，舆马而返。中途见阙头断足者数百辈，伏地哀鸣。停车研诘（仔细询问），则异乡之鬼，思践故土，恐关隘阻隔，乞求路引（由官府颁发的通行凭证）。李曰："余摄任三日，已解任矣，何能为力？"众曰："南村胡生，将建道场，代嘱可致。"李诺之。至家，骖从都去，李乃甦。

胡生字水心，与李善，闻李再生，便诣探省。李遽（急速）问："清醮（jiào，道士设坛念经做法事）何时？"胡讶曰："兵燹（战争带来的灾难。燹，xiǎn）之后，妻孥（nú，子女）瓦全，向与室人作此愿心，未向一人道也。何知之？"李具以告。胡叹曰："闺房一语，遂播幽冥，可惧哉！"乃敬诺而去。次日，如（到）王所，王犹惫卧。见李，肃然起敬，申谢佑庇。李曰："法律不能宽假。今幸无恙乎？”王云：“已无他症，但笞疮脓溃耳。”又二十馀日始痊；臀肉腐落，瘢痕如杖者。

异史氏曰：“阴司之刑，惨于阳世；责（阴司对官吏执法的要求）亦苛于阳世。然关说（通关系，托人情）不行，则受残酷者不怨也。谁谓夜台（指阴间）无天日哉？第恨无火烧临民之堂廨（xiè，官署）耳！”

金陵女子

沂水居民赵某，以故自城中归，见女子白衣哭路侧，甚哀。睨（nì，斜着眼睛看）之，美。悦之，凝注不去。女垂涕曰：“夫夫也，路不行而顾我！”赵曰：“我以旷野无人，而子哭之恸，实怆于心。”女曰：“夫死无路，是以哀耳。”赵劝其复择良匹。曰：“渺（通“藐”，微小）此一身，其何能择？如得所托，媵之（嫁给他做侍妾。媵，yìng）可也。”赵忻然自荐，女从之。赵以去家远，将觅代步。女曰：“无庸。”乃先行，飘若仙奔。至家，操井臼（指家务劳动）甚勤。积二年馀，谓赵曰：“感君恋恋，猥相从，忽已三年。今宜且去。”赵曰：“曩（nǎng，以往）言无家，今焉往？”曰：“彼时漫为是言耳，何得无家？身父货药金陵。倘欲再晤，可载药往，可助资斧（路费）。”赵经营（计划赚钱），为贳（shì，租赁）舆马。女辞之，出门径去；追之不及，瞬息遂杳。

居久之，颇涉怀想，因市药诣金陵。寄货旅邸，访诸衢市。忽药肆一翁望见，曰：“婿至矣。”延（引进）之入。女方浣裳庭中，见之不言亦不笑，浣不辍。赵衔恨遽出。翁又曳之返。女不顾如初。翁命治具（酒席）作饭。谋厚赠之，女止之曰，“渠福薄，多将不任；宜少慰其苦辛，再检十数医方与之，便吃著不尽矣。”翁问所载药。女云：“已售之矣，直在此。”翁乃出方付金，送赵归。试其方，有奇验。沂水尚有能知其方者。以蒜臼接茅檐雨水，洗瘊赘，其方之一也，良效。

老 饕①

邢德，泽州（山西省晋城市一带）人，绿林之杰（即绿林好汉）也。能挽强弩，发连矢，称一时绝技。而生平落拓，不利营谋（经商谋利），出门辄亏其资。两京大贾，往往喜与邢俱，途中恃以无恐。会冬初，有二三估客，薄（少）假（借）以资，邀同贩鬻（yù，卖）；邢复自罄（穷尽）其囊，将并居货。有友善卜，因诣之。友占曰："此爻为'悔'，所操之业，即不母而子亦有损焉。"邢不乐，欲中止，而诸客强速之行。至都，果符所占。腊将半，匹马出都门。自念新岁无资，倍益怏闷。

时晨雾濛濛，暂趋临路店，解装觅饮。见一颁白叟，共两少年，酌北牖（yǒu）下。一僮侍，黄发蓬蓬然。邢于南座，对叟休止（入座）。僮行觞，误翻柈具（盘中菜肴。柈，pán，盘），污叟衣。少年怒，立摘其耳。捧巾持帨（shuì），代叟揩试。既见僮手拇俱有铁箭镮（huán），厚半寸；每一镮，约重二两馀。食已，叟命少年，于革囊中探出镪（qiǎng，借指银钱）物，堆累几上，称秤握算（握筹而算，拿算盘计数），可饮数杯时，始缄裹完好。少年于枥中牵一黑跛骡来，扶叟乘之；僮亦跨羸马相从，出门去。两少年各腰弓矢，捉马俱出。邢窥多金，穷睛旁睨（偷看），馋焰若炙。辍饮，急尾之。视叟与僮犹款段（马从容走的样子）于前，乃下道斜驰（抄小路走）出叟前，紧唧关弓（带住马，拉开弓），怒相向。叟俯脱左足靴，微笑云："而不识得老饕①也？"邢满引一矢去。叟仰卧鞍上，伸其足，开两指如箝（qián），夹矢住。笑曰："技但止此，何须而翁手敌？"邢怒，出其绝技，一矢刚发，后矢继至。叟手掇一，似未防其连珠；后矢直贯其口，踣（bó，跌倒）然而堕，唧矢僵眠。僮亦下。邢喜，谓其已毙，近临之。叟吐矢跃起，鼓掌曰："初会面，何便作此恶剧？"邢大惊，马亦骇逸。以此知叟异（不平凡，本领高强），不敢复返。

---

① 老饕：是老馋鬼的意思。即文中一个老者的江湖绰号。饕，tāo。

走三四十里，值方面纲纪（地方大员的仆人随从），囊物赴都；要（拦路）取之，略可千金，意气始得扬。方疾骛（乘马疾驰。骛，wù）间，闻后有蹄声；回首，则僮易跛骡来，驶若飞。叱曰："男子勿行！猎取之货，宜少瓜分。"邢曰："汝识'连珠箭邢某'否？"僮云："适（刚刚）已承教矣。"邢以僮貌不扬，又无弓矢，易之。一发三矢，连遵不断（步行连续不断的样子。遵，lóu），如群隼（sǔn，即鹞）飞翔。僮殊不忙迫，手接二，口衔一。笑曰："如此技艺，辱寞煞人！乃翁偬遽（匆忙），未暇寻得弓来；此物亦无用处，请即掷还。"遂于指上脱铁镮，穿矢其中，以手力掷，呜呜风鸣。邢急拨以弓；弦适（刚）触铁镮，铿然断绝，弓亦绽裂。邢惊绝。未及觑避，矢过贯耳，不觉翻坠。僮下骑，便将搜括。邢以弓卧挞之。僮夺弓去，拗折为两；又折为四，抛置之。已，乃一手握邢两臂，一足踏邢两股；臂若缚，股若压，极力不能少动。腰中束带双叠，可骈三指许；僮以一手捏之，随手断如灰烬。取金已，乃超乘（本称跃身上车；这里指黄发僮跳上骡背），作一举手，致声"孟浪"，霍然径去。

　　邢归，卒为善士。每向人述往事不讳。此与刘东山事盖仿佛焉。

连　城

　　乔生，晋宁人。少负才名。年二十馀，犹淹蹇（科举没能考中）。为人有肝胆。与顾生善；顾卒，时恤其妻子。邑宰以文相契重；宰终于任，家口淹滞不能归，生破产扶枢，往返二千馀里。以故士林益重之，而家由此益替。史孝廉有女，字连城，工刺绣，知书。父娇保之。出所刺《倦绣图》，征少年题咏，意在择婿。生献诗云："慵鬟高髻绿婆娑，早向兰窗绣碧荷。刺到鸳鸯魂欲断，暗停针线蹙双蛾。"[①]又赞挑绣之工云："绣线挑来似写生，幅中花鸟

---

① "慵鬟"四句：此诗即图题咏，大意谓：闺中少女早起即于窗前刺绣。先绣绿荷。待绣到荷底鸳鸯时，不禁怅然神驰，不知不觉停下针线，伤神地皱拢双眉。因绣久困倦，那鬟髻边的秀发也不免有些披拂散乱。

自天成。当年织锦非长技，幸把回文感圣明。"①女得诗喜，对父称赏。父贫之。女逢人辄称道；又遣媪矫父命，赠金以助灯火（读书的费用）。生叹曰："连城我知己也！"倾怀结想，如饥思啖。

无何，女许字（许婚）于鹾（cuó）贾之子王化成，生始绝望；然梦魂中犹佩戴之。未几，女病瘵（zhài，即肺病），沉痼（gù，疾病经久难愈）不起。有西域头陀（一切僧众。此指行脚乞食的僧人），自谓能疗；但须男子膺肉一钱，捣合药屑。史使人诣王家告婿。婿笑曰："痴老翁，欲我剜心头肉也！"使返。史乃言于人曰："有能割肉者妻之。"生闻而往，自出白刃，刲（kuí，割）膺授僧。血濡袍裤，僧敷药始止。合药三丸。三日服尽，疾若失。史将践其言，先告王。王怒，欲讼官。史乃设筵招生，以千金列几上，曰："重负大德，请以相报。"因具白背盟之由。生怫（fú，生气、恼怒）然曰："仆所以不爱膺肉者，聊以报知己耳，岂货肉哉！"拂袖而归。女闻之，意良不忍，托媪慰谕之。且云："以彼才华，当不久落（落败）。天下何患无佳人？我梦不详，三年必死，不必与人争此泉下物（死人）也。"生告媪曰："'士为知己者死'，不以色也。诚恐连城未必真知我；不谐（没结成夫妻）何害？"媪代女郎矢诚自剖。生曰："果尔，相逢时，当为我一笑，死无憾！"媪既去，逾数日，生偶出，遇女自叔氏归，睨（nì，斜着眼睛看）之。女秋波转顾，启齿嫣然。生大喜曰："连城真知我者！"会王氏来议吉期，女前症又作，数月寻死。生往临吊，一痛而绝。史舁（yú，抬）送其家。

生自知已死，亦无所戚。出村去，犹冀一见连城。遥望南北一道，行人连续如蚁，因亦混身杂迹其中。俄顷，入一廨署，值顾生，惊问："君何得来？"即把手将送令归。生太息，言："心事殊未了。"顾曰："仆在此典牍，颇得委任。倘可效力，不惜也。"生问连城。顾即导生旋转多所，见连城与一白衣女郎，泪睫惨黛（眉），藉坐（席地而坐）廊隅。见生至，骤起似

---

① "当年织锦"二句：意思是，与连城刺绣之美相比，当年苏蕙把回文图诗织在锦缎上也算不得技巧高明，她不过侥幸取得女皇武则天的赏识罢了。

喜，略问所来。生曰："卿死，仆何敢生！"连城泣曰："如此负义人，尚不吐弃之，身殉何为？然已不能许君今生，愿矢来世耳。"生告顾曰："有事君自去，仆乐死不愿生矣。但烦稽连城托生何里，行（将要）与俱去耳。"顾诺而去，白衣女郎问生何人，连城为缅述之。女郎闻之，若不胜悲。连城告生曰："此妾同姓，小字宾娘，长沙史太守（知府、知州的古称）女。一路同来，遂相怜爱。"生视之，意态怜人。方欲研问，而顾已反，向生贺曰："我为君平章（协商处理）已确，即教小娘子从君返魂，好否？"两人各喜。方将拜别，宾娘大哭曰："姊去，我安归？乞垂怜救，妾为姊捧帨（居妾媵之位，给役侍奉。帨，shuì，佩巾，古代妇女用）耳。"连城凄然，无所为计，转谋生。生又哀顾。顾难之，峻辞以为不可。生固强之。乃曰："试妄（姑妄）为之。"去食顷而返，摇手曰："何如！诚万分不能为力矣！"宾娘闻之，宛转娇啼，惟依连城肘下，恐其即去。惨怛（悲伤，痛苦。怛，dá）无术，相对默默；而睹其愁颜戚容，使人肺腑酸柔。顾生愤然曰："请携宾娘去。脱有愆尤（如果有过失、罪责），小生拚身受之！"宾娘乃喜，从生出。生忧其道远无侣。宾娘曰："妾从君去，不愿归也。"生曰："卿大痴矣。不归，何以得活也？他日至湖南，勿复走避，为幸多矣。"适（恰巧）有两媪摄牒（携带公文，意思是出公差）赴长沙，生属（同"嘱"，嘱托）之，宾娘泣别而去。

途中，连城行蹇缓，里徐辄一息；凡十馀息，始见里门。连城曰："重生后，惧有反覆。请索妾骸骨来，妾以君家生，当无悔也。"生然之。偕归生家。女惙惙（tì tì，忧惧害怕的样子）若不能步，生伫待之。女曰："妾至此，四肢摇摇，似无所主。志恐不遂，尚宜审谋；不然，生后何能自由？"相将入侧厢中。嘿（同"默"）定少时，连城笑曰："君憎妾耶？"生惊问其故。赧然曰："恐事不谐，重负君矣。请先以鬼报也。"生喜，极尽欢恋。因徘徊不敢遽生，寄厢中者三日。连城曰："谚有之：'丑妇终须见姑嫜（婆婆公公）。'戚戚于此，终非久计。"乃促生入。才至灵寝，豁然顿苏。家人惊异，进以汤水。生乃使人要（邀）史来，请得连城之尸，自言能活之。史喜，从其言。方舁（yú，抬）入室，视之已醒。告父曰："儿已委身乔郎矣，更无归理。如有变动，但仍一死！"史归，遣婢往役给奉。王闻，具词申理。官受赂，判归王。生愤懑欲死，亦无之奈何。连城至王家，忿不饮食，惟乞速死。室无人，则带悬梁上。越日，益惫，殆将奄逝。王惧，送归史。史复舁（yú，抬）归生。王知之，亦无如何，遂安焉。连城起，每念宾娘，欲遣信（使者）往侦之，以道远而艰于往。一日，家人进曰："门有车马。"夫妇出视，则宾娘已至庭中矣。相见悲喜。太守亲诣送女，生延入。太守曰："小女子赖君复生，誓不他适（旧称女子出嫁），今从其志。"生叩谢如礼。孝廉亦至，叙宗好（叙同宗一族的情谊）焉。生名年，字大年。

异史氏曰："一笑之知，许之以身，世人或议其痴；彼田横五百人，岂尽愚哉！此知希之贵，贤豪所以感结而不能自已也。顾茫茫海内，遂使锦绣才人（指非常有才学的读书人，此指乔生），仅倾心于蛾眉之一笑也。亦可慨矣！

霍　生

文登霍生，与严生少相狎，长相谑也。口给交御（开玩笑，斗嘴。交御，互相应答），惟恐不工。霍有邻媪，曾与严妻导产。偶与霍妇语，言其私处有两赘疣（zhuì yóu，肉瘤）。妇以告霍。霍与同党者谋，窥严将至，故窃语云："某妻与我最昵。"众不信。霍因捏造端末（始末，指事情的原委），且云："如不信，其阴侧有双疣。"严止窗外，听之既悉，不入径去。至家，苦掠其妻；妻不伏，搒益残。妻不堪虐，自经（上吊自杀）死。霍始大悔，然亦不敢向严而白其诬（欺骗诬蔑的言论）矣。

严妻既死，其鬼夜哭，举家不得宁焉。无何，严暴卒，鬼乃不哭。霍妇梦女子披发大叫曰："我死得良苦，汝夫妻何得欢乐耶！"既醒而病，数日寻卒。霍亦梦女子指数诟骂，以掌批（用手掌打）其吻。惊而寤，觉唇际隐痛，扪（mén，抚摸）之高起，三日而成双疣，遂为痼（很长时间治不好）疾。不敢大言笑；启吻太骤，则痛不可忍。

异史氏曰："死能为厉，其气冤也。私病（生在私处的病）加于唇吻，神而近于戏矣。"

邑王氏，与同窗某狎。其妻归宁（回娘家省亲），王知其驴善惊，先伏丛莽中，伺妇至，暴出；驴惊妇堕，惟一僮从，不能扶妇乘。王乃殷勤抱控甚至，妇亦不识谁何。王扬扬以此得意，谓僮逐驴去，因得私其妇于莽中，述衵裤履（内衣、裤和鞋子。衵，nì）甚悉。某闻，大惭而去。少间，自窗隙中见某一手握刃，一手捉妻来，意甚怒恶。大惧，逾垣而逃。某从之，追二三里地不及，始返。王尽力极奔，肺叶开张，以是得吼疾，数年不愈焉。

汪士秀

汪士秀，庐州（今安徽省合肥市）人。刚勇有力，能举石舂。父子善蹴鞠（cù jū，踢球）。父四十馀，过钱塘没（落水而死）焉。积八九年，汪以故诣湖南，夜泊洞庭。时望月（夏历每月十五日的月亮）东升，澄江如练（平铺的白绢）。方眺瞩间，忽有五人自湖中出，携大席，平铺水面，略可半亩。纷陈酒馔（zhuàn，饮食，吃喝），馔器磨触作响，然声温厚，不类陶瓦（陶器）。已而三人践席坐，二人侍饮。坐者一衣黄，二衣白；头上巾皆皂色，峨峨然下连肩背，制绝奇古，而月色微茫，不甚可晰。侍者俱褐衣；其一似童，其一似叟也。但闻黄衣人曰："今夜月色大佳，足供快饮。"白衣者曰："此夕风景，大似广利王（南海神的封号）宴梨花岛时。"三人互劝，引（举杯）醮（jiào，饮尽杯中酒）竞浮白（为对方斟酒）。但语略小，即不可闻，舟人隐伏，不敢动息。

汪细审侍者，叟酷类父；而听其言，又非父声。二漏将残，忽一人曰："趁此明月，宜一击毬为乐。"即见僮汲水中，取一圆出，大可盈抱，中如水银满贮，表里通明。坐者尽起。黄衣人呼叟共蹴之。蹴起丈馀，光摇摇射人眼。俄而硠（大声）然远起，飞堕舟中。汪技痒，极力踏去，觉异常轻耎（ruǎn，同"软"）。踏猛似破，腾寻丈（一丈左右。寻，八尺）；中有漏光，下射如虹；虽然疾落，又如经天之彗，直投水中，滚滚作沸泡声而灭。席中共怒曰："何物生人，败我清兴！"叟笑曰："不恶不恶，此吾家流星拐（蹴鞠的一种花样）也。"白衣人嗔其语戏，怒曰："都方厌恼，老奴何得作欢？便同小乌皮捉得狂子来；不然，胫股当有椎（棒槌）吃也！"汪计（料想）无所逃，即亦不畏，捉刀立舟中。

俟见僮叟操兵来。汪注视，真其父也，疾呼："阿翁！儿在此。"叟大骇，相顾凄断。僮即反身去。叟曰："儿急作匿。不然，都死矣！"言未已，三人忽已登舟。面皆漆黑，睛大于榴，攫叟出。汪力与夺，摇舟断缆。汪以刀截其臂落，黄衣者乃逃。一白衣人奔汪；汪剁其颅，堕水有声；哄然俱没。方谋夜渡，旋见巨喙出水面，深若井。四面湖水奔注，砰砰作响。俄一喷涌，则浪接星斗，万舟簸荡。湖人大恐。舟上有石鼓（石墩）二，皆重百斤。汪举一以投，激水雷鸣，浪渐消；又投其一，风波悉平。

汪疑父为鬼。叟曰："我固未尝死也。溺江者十九人，皆为妖物所食；我以蹴圆得全。物得罪于钱塘君（即钱塘江神），故移避洞庭耳。三人鱼精，所蹴鱼胞也。"父子聚喜，中夜击棹而去。天明，见舟中有鱼翅，径四五尺许，乃悟是夜间所断臂也。

商三官

故诸葛城，有商士禹者，士人也。以醉谑忤邑豪。豪嗾（sǒu，教唆，指使别人做坏事）家奴乱捶之。舁（yú，抬）归而死。禹二子，长曰臣，次曰礼。一女曰三官。三官年十六，出阁有期，以父故不果。两兄出讼，终岁不得结。婚家遣人参母，请从权（指不遵从成规，根据变故行事）毕姻事。母将许之。女进曰："焉有父尸未寒而行吉礼（婚礼）者？彼独无父母乎？"婿家闻之。渐而止。无何，两兄讼不得直，负屈归。举家悲愤。兄弟谋留父尸，张再讼之本。三官曰："人被杀而不理，时事可知矣。天将为汝兄弟专生一阎罗包老耶？骨骸暴露，于心何忍矣。"二兄服其言，乃葬父。葬已，三官夜遁（逃跑），不知所往。母惭怍，惟恐婿家知，不敢告族党，但嘱二子冥冥（暗中）侦察之。几半年，杳不可寻。

会豪诞辰，招优为戏。优人孙淳，携二弟子往执投。其一王成，姿容平等，而音词清彻，群赞赏焉。其一李玉，貌韶秀如好女。呼令歌，辞以不稔（熟悉、熟练）；强之，所度曲（创制曲词或者按谱唱曲）半杂儿女俚谣，合座为之鼓掌（唱倒彩）。孙大惭，白主人："此子从学未久，只解行觞（即"行酒"，给客人挨个倒酒）耳。幸勿罪责。"即命行酒。玉往来给奉，善觇主人意向。豪悦之。酒阑人散，留与同寝。玉代豪拂榻解履，殷勤周至。醉语狎之，但有展笑。豪惑益甚，尽遣诸仆去，独留玉。玉伺诸仆去，阖扉下楗（jiàn，指门闩）焉。诸仆就别室饮。移时，闻厅事中格格有声。一仆往觇（chān，暗中察看）之，见室内冥黑，寂不闻声。行将旋踵，忽有响声甚厉，如悬重物而断其索。呕问之，并无应者。呼众排阖（打开关闭的房门）入，则主人身首两断；玉自经死，绳绝堕地上，梁间颈际，残绠俨然。众大骇，传告内闼（内眷），群集莫解。众移玉尸于庭，觉其袜履虚若无足；解之，则素舄如钩，盖女子也。益骇。呼孙淳诘之。淳骇极，不知所对。但云："玉月前投作弟子，愿从寿主人，实不知从来。"以其服凶（丧服），疑是商家刺客。暂以二人逻守之。女貌如生；抚之，肢体温奭（ruǎn，软），二人窃谋淫之。一人抱尸转侧，方将缓其结束（衣服上的带结），忽脑如物击，口血暴注，顷刻已死。其一大惊，告众。众敬若神明焉。且以告郡。郡官问臣及礼，并言："不知。但妹亡去，已半载矣。"俾往验视，果三官。官奇之，判二兄领葬，敕（chì，训诫）豪家勿仇。

异史氏曰："家有女豫让而不知，则兄之为丈夫者可知矣。然三官之为人，即萧萧易水，亦将羞而不流；况碌碌与世浮沉者耶！愿天下闺中人，买丝绣之，其功德当不减于奉壮缪也。"

于 江

乡民于江，父宿田间，为狼所食。江时年十六，得父遗履，悲恨欲死。夜俟母寝，潜持铁槌去，眠父所，冀报父仇。少间，一狼来，逡巡（qūn xún，徘徊不前，迟疑）嗅之。江不动。无何，摇尾扫其额，又渐俯首舐（shì，舔）其股。江迄不动。既而欢跃直前，将龁（hé，咬）其领。江急以锤击狼脑，立毙。起置草中。少间，又一狼来，如前状。又毙之。以至中夜，杳无至者。忽小睡，梦父曰："杀二物，足泄我恨，然首杀我者，其鼻白；此都非是。"江醒，坚卧以伺之。既明，无所复得。欲曳狼归，恐惊母，遂投诸眢井（枯井。眢，yuān）而归。至夜复往，亦无至者。如此三四夜。忽一狼来，啮其足，曳之以行。行数步，棘刺肉，石伤肤。江若死者。狼乃置之地上，意将龁（hé，咬）腹。江骤起锤之，仆；又连锤之，毙。细视之，真白鼻也。大喜，负之以归，始告母。母泣从去，探眢井（枯井。眢，yuān），得二狼焉。

异史氏曰："农家者流，乃有此英物耶？义烈发于血诚，非直（只有）勇也，智亦异焉。"

小 二

滕邑（滕县，明清时属山东省兖州府）赵旺，夫妻奉佛，不茹荤血，乡中有"善人"之目（称号）。家称小有。一女小二，绝慧美，赵珍爱之。年六岁，使与兄长春，并从师读，凡五年而熟五经焉。同窗丁生，字紫陌，长于女三岁，文采风流，颇相倾爱。私以意告母，求婚赵氏。赵期以女字（婚配，嫁给）大家，故弗（不）许。未几，赵惑于白莲教（流行于元、明、清三代的民间宗教）；徐鸿儒既反，一家俱陷为贼。小二知书善解，凡纸兵豆马（剪纸为兵，撒豆成马）之术，一见辄精。小女子师事徐者六人，惟二称最，因得尽传其术。赵以女故，大得委任。

时丁年十八，游滕泮（做了滕县县学生员）矣，而不肯论婚，意不忘小二也。潜亡去，投徐麾下（军中）。女见之喜，优礼逾于常格。女以徐高足，主军务；昼夜出入，父母不得闲。丁每宵见，尝斥绝诸役，辄至三漏。丁私告曰："小生此来，卿知区区之意否？"女云："不知。"丁曰："我非妄意攀龙（投靠徐鸿儒军），所以故，实为卿耳。左道无济，止取灭亡。卿慧人，不念此乎？能从我亡，则寸心诚不负矣。"女怃（wǔ，怅惘失志）然为间，豁然梦觉，曰："背亲而行，不义，请告。"二人入陈利害，赵不悟，曰："我师神人，岂有舛（chuǎn）错？"女知不可谏，乃易鬌而髻（把少女的披发挽成妇人发髻，以示出嫁。鬌，tiáo，童年男女披垂的头发）。出二纸鸢，\与丁各跨其一；鸢肃肃展翼，似鹣鹣之鸟，比翼而飞。质明，抵莱芜界。女以指拈鸢项，忽即敛堕。遂收鸢。更以双卫，驰至山阴里，托为避乱者，僦屋而居。

二人草草出，啬于装，薪储不给。丁甚忧之。假粟比舍，莫肯贷以升斗。女无愁容，但质（典当，抵押）簪珥。闭门静对，猜灯谜，忆亡书，以是角低昂；负者，骈二指击腕臂焉。西邻翁姓，绿林之雄也。一日，猎归。女曰："'富以其邻'，我何忧？暂假千金，其与我乎！"丁以为难。女曰："我将使彼乐输（捐出）也。"乃剪纸作判官（佛教传说阎罗王属下有十八判官）状，置地下，覆以鸡笼。然后握丁登榻，煮藏酒，检《周礼》为觞政：任言是某册第几叶，第几人，即共翻阅。其人得食旁、水旁、酉旁者饮，得酒部者倍之。既而女适得"酒人"，丁以巨觥（gōng，酒杯）引满促釂（jiào，饮尽杯中酒）。女乃祝曰："若借得金来，君当得饮部。"丁翻卷，得"鳖人"。女大笑曰："事已谐矣！"滴沥（倾壶倒酒）授爵。丁不服。女曰："君是水族，宜作鳖饮。"方喧竞所，闻笼中戛戛。女起曰："至矣。"启笼验视，则布囊中有巨金，累累充溢。丁不胜愕喜。后翁家媪抱儿来戏，窃言："主人初归，篝灯夜坐。地忽暴裂，深不可底。一判官自内出，言：'我地府司隶（古代抓捕盗贼的官吏）也。太山帝君会诸冥曹，造暴客（强盗）恶篆（记录罪行的簿子。篆，lù），须银灯千架，架计重十两；施百架，则消灭罪愆。'主人骇惧，焚香叩祷，奉以千金。判官茬苒而入，地亦遂合。"夫妻听其言，故啧啧诧异之。而从此渐购牛马，蓄厮婢，自营宅第。

里中无赖子窥其富，纠诸不逞，逾垣劫丁。丁夫妇始自梦中醒，则编菅爇（ruò，点燃）照，寇集满屋。二人执丁；又一人探手女怀。女袒而起，戟指（行法术时的一种手势。戟，jǐ）而呵曰："止，止！"盗十三人，皆吐舌呆立，痴若木偶。女始着裤下榻，呼集家人，一一反接其臂，逼令供吐明悉。乃责之曰："远方人埋头（隐居）涧谷，冀得相扶持；何不仁至此！缓急人所时有，窘急者不妨明告，我岂积殖自封者哉？豺狼之行，本合尽诛；但吾所不忍，姑释去，再犯不宥！"诸盗叩谢而去。居无何，鸿儒就擒，赵夫妇妻子俱被夷诛。生赍金往赎长春之幼子以归。儿时三岁，养为己出，使从姓丁，名之承祧。于是里中人渐知为白莲教戚裔。适（恰好）蝗害稼，女以纸鸢数百翼放田中，蝗远避，不入其陇，以是得无恙。里人共嫉之，群首（告发罪行）于官，以为鸿儒馀党。官觑其富，肉视之，收丁。丁以重赂啖令，始得免。女曰："货殖之来也苟，固宜有散亡。然蛇蝎之乡，不可久居。"因贱售其业而去之，止于益都之西鄙。

女为人灵巧，善居积，经纪过于男子。常开琉璃厂，每进工人而指点之，一切棋灯，其奇式幻采，诸肆莫能及，以故直昂得速售。居数年，财益称雄。而女督课婢仆严，食指数百无冗口（几十个人吃饭，却无闲人。冗，rǒng）。暇辄与丁烹茗着棋，或观书史为乐。钱谷出入，以及婢仆业，凡五日一课；女自持筹，丁为之点籍唱名数焉。勤者赏赉有差，惰者鞭挞罚膝立。是日，给假不夜作，夫妻设肴酒，呼婢辈度俚曲为笑。女明察如神，人无敢欺。而赏辄浮于其劳，故事易办。村中二百馀家，凡贫者俱量给资本，乡以此无游惰。值大旱，女令村人设坛于野，乘舆野出，禹步作法，甘霖倾注，五里内悉获需足。人益神之。女出未尝障面，村人皆见之。或少年群居，私议其美；及觌面（见面。觌，dí）逢之，俱肃肃无敢仰视者。每秋日，村中童子不能耕作者，授以钱，使采荼蓟（两种野菜），几二十年，积满楼屋。人窃非笑之。会山左大饥，人相食；女乃出菜，杂粟赡饥者，近村赖以全活，无逃亡焉。

异史氏曰："二所为，殆天授，非人力也。然非一言之悟，骈死已久。由是观之，世抱非常之才，而误入匪僻以死者，当亦不少。焉知同学六人，遂无其人乎？使人恨不遇丁生耳。"

庚　娘

金大用，中州（河南省）旧家子也。聘（迎娶）尤太守（知州、知府的俗称）女，字庚娘，丽而贤。逑好甚敦。以流寇之乱，家人离逷（远离家乡。逷，tì）。金携家南窜。途遇少年，亦偕妻以逃者，自言广陵王十八，愿为前驱。金喜，行止与俱。至河上，女隐告金曰："勿与少年同舟。彼屡顾我，目动而色变，中叵测也。"金诺之。王殷勤觅巨舟，代金运装，劬劳（过分劳苦。劬，qú）臻至。金不忍却。又念其携有少妇，应亦无他。妇与庚娘同居，意度亦颇温婉。王坐舡（xiāng，船）头上，与橹人倾语，似甚熟识戚好。未几，日落，水程迢递（很远的样子），漫漫不辨南北。金四顾幽险，颇涉疑怪。顷之，皎月初升，见弥望皆芦苇。既泊，王邀金父子出户一豁（望远散心），乃乘间挤金入水。金有老父，见之欲号。舟人以篙筑之，亦溺。生母闻声出窥，又筑溺之。王始喊救。母出时，庚娘在后，已微窥之。既闻一家尽

溺，即亦不惊，但哭曰："翁姑俱没，我安适（到，往）归！"王入劝："娘子勿忧，请从我至金陵。家中田庐，颇足赡给，保无虞也。"女收涕曰："得如此，愿亦足矣。"王大悦，给奉良殷。既暮，曳女求欢。女托体姅（正在月经期。姅，bàn），王乃就妇宿。初更既尽，夫妇喧竞，不知何由。但闻妇曰："若所为，雷霆恐碎汝颅矣！"王乃挝（zhuā，击打）妇。妇呼云："便死休！诚不愿为杀人贼妇！"王吼怒，捽（zuó，抓，揪）妇出。便闻骨董（落水的声音）一声，遂哗言妇溺矣。

未几，抵金陵，导庚娘至家，登堂见媪。媪讶非故妇。王言："妇堕水死，新娶此耳。"归房，又欲犯。庚娘笑曰："三十许男子，尚未经人道（男女交合之事）耶？市儿初合卺（古代结婚仪式之一，代指结婚。卺，jǐn），亦须一杯薄浆酒；汝家沃饶，当即不难。清醒相对，是何体段？"王喜，具酒对酌。庚娘执爵，劝酬殷恳。王渐醉，辞不饮。庚娘引巨碗，强媚劝之。王不忍拒，又饮之。于是酗醉，裸脱促寝。庚娘撤器烛，托言溲溺（sōu nì，小便）；出房，以刀入，暗中以手索王项，王犹捉臂作昵声。庚娘力切之，不死，号而起；又挥之，始殪。媪仿佛有闻，趋问之，女亦杀之。王弟十九觉焉。庚娘知不免，急自刎；刀钝铁（刃不锋利叫钝，刃卷缺叫铁。铁，jué）不可入，启户而奔。十九逐之，已投池中矣；呼告居人，救之已死，色丽如生。共验王尸，见窗上一函，开视，则女备述其冤状。群以为烈，谋敛资作殡。天明，集视者数千人；见其容，皆朝拜之。终日间，得金百，于是葬诸南郊。好事者为之珠冠袍服，瘗（yì，埋葬）藏丰满焉。

初，金生之溺也，浮片板上，得不死。将晓，至淮上，为小舟所救。舟盖富民尹翁专设以拯溺者。金既苏，诣翁申谢。翁优厚之，留教其子。金以不知亲耗，将往探访，故不决。俄白："捞得死叟及媪。"金疑是父母，奔验果然。翁代营棺木。生方哀恸，又白："拯一溺妇，自言金生其夫。"生挥涕惊出，女子已至，殊非庚娘，乃十八妇也。向金大哭，请勿相弃。金曰："我方寸已乱，何暇谋人？"妇益悲。尹审其故，喜为天报，劝金纳妇。金以居丧为辞，"且将复仇，惧细弱（妇女、老人、孩子）作累。"妇曰："如君言，脱庚娘犹在，将以报仇居丧去之耶？"翁以其言善，请暂代收养，金乃许之。卜葬翁媪，妇缞绖（cuī dié，丧服之一种，俗称披麻戴孝）哭泣，如丧翁姑。既葬，金怀刃托钵，将赴广陵。妇止之曰："妾唐氏，祖居金陵，与豺子同乡，前言广陵者，诈也。且江湖水寇，半伊同党，仇不能复，只取祸耳。"金徘徊不知所谋。忽传女子诛仇事，洋溢河渠，姓名甚悉。金闻之一快，然益悲。辞妇曰："幸不污辱。家有烈妇如此，何忍负心再娶？"妇以业有成说（口头约定），不肯中离，愿自居于媵妾。会有副将军袁公，与尹有旧，适（才）将西发，过尹；见生，大相知爱，请为记室。无何，流寇犯顺，袁有大勋；金以参机务，叙劳，授游击（武官名，明代五品级，分掌驻地事务）以归。夫妇始成合卺（古代结婚仪式之一，代指结婚。卺，jǐn）之礼。居数日，携妇诣金陵，将以展（省视）庚娘之墓。暂过镇江，欲登金山。漾舟中流，欻（xū，忽然）一艇过，中有一妪及少妇，怪少妇颇类庚娘。舟疾过，妇自窗中窥金，神情益肖。惊疑不敢追问，急呼曰："看群鸭儿飞上天耶！"少妇闻之，亦呼云："馋�儿欲吃猫子腥耶！"盖当年闺中之隐谑也。金大惊，反棹近之，真庚娘。青衣扶过舟，相抱哀哭，伤感行旅。唐氏以嫡礼（见正妻的礼数）见庚娘。庚娘惊问，金始备述其由。庚娘执手曰："同舟一话，心常不忘，不图吴越（指敌对的双方）一家矣。蒙代葬翁姑，所当首谢，何以此礼相向？"乃以齿序，唐少庚娘一岁，妹之。

先是，庚娘既葬，自不知历几春秋。忽一人呼曰："庚娘，汝夫不死，尚当重圆。"遂如梦醒。扪之，四面皆壁，始悟身死已葬。只觉闷闷，亦无所苦。有恶少窥其葬具丰美，发冢破棺，方将搜括，见庚娘犹活，相共骇惧。庚娘恐其害己，哀之曰："幸汝辈来，使我得睹天日。头上簪珥，悉将去。愿鬻（yù，卖）我为尼，更可少得直。我亦不泄也。"盗稽首（古时的一种礼节，跪下，拱手至地，头也至地。稽，qǐ）曰："娘子贞烈，神人共钦。小人辈不过贫乏无计，作此不仁。但无漏言，幸矣，何敢鬻（yù，卖）作尼！"庚娘曰："此我自乐之。"又一盗曰："镇江耿夫人，寡而无子，若见娘子，必大喜。"庚娘谢之。自拔珠饰，悉付盗。盗不敢受；固与之，乃共拜受。遂载去，至耿夫人家，托言舡风（坐船遇到风。舡，xiāng）所迷。耿夫人，巨家，寡媪自度（一个人独自生活）。见庚娘大喜，以为己出。适（恰好）母子自金山归也。庚娘缅述（追忆叙述）其故。金乃登舟拜母，母款（招待）之若婿。邀至家，留数日始归。后往来不绝焉。

异史氏曰："大变当前，淫者生之，贞者死焉。生者裂人眦（惹人痛恨，怒目裂眦。眦，zì），死者雪人涕（让人挥泪。雪，擦拭）耳。至如谈笑不惊，手刃仇雠，千古烈丈夫中，岂多匹俦（并列）哉！谁谓女子，遂不可比踪彦云也？"

宫梦弼

柳芳华，保定（今河北省保定市）人。财雄一乡，慷慨好客，座上常百人。急人之急，千金不靳（jìn，吝惜）。宾友假贷常不还。惟一客宫梦弼，陕人，生平无所乞请。每至，辄经岁。词旨清洒（清逸洒脱），柳与寝处时最多。柳子名和，时总角（古时儿童束发为两结，向上分开，形状如角，故称总角），叔之。宫亦喜与和戏。每和自塾归，辄与发（揭开）贴地砖，埋石子，伪作埋金为笑。屋五架，掘藏几遍。众笑其行稚，而和独悦爱之，尤较诸客昵。后十馀年，家渐虚，不能供多客之求，于是客渐稀；然十数人彻宵谈谑，犹是常也。年既暮，日益落，尚割亩得直（通"值"），以备（筹备）鸡黍。和亦挥霍，学父结小友，柳不之禁。无何，柳病卒，至无以治凶具（指棺材）。宫乃自出囊金，为柳经纪（安排）。和益德之。事无大小，悉委宫叔。宫时自外入，必袖瓦砾，至室则抛掷暗陬，更不解其何意。和每对宫忧贫。宫曰："子不知作苦之难。无论无金；即授汝千金，可立尽也。男子患不自立，何患贫？"一日，辞欲归。和泣嘱速返，宫诺之，遂去。和贫不自给，典质渐空。日望宫至，以为经理，而宫灭迹匿影，去如黄鹤矣。

先是，柳生时，为和论亲于无极黄氏，素封也。后闻柳贫，阴有悔心。柳卒，讣告之，即亦不吊；犹以道远曲原（曲意原谅）之。和服除（指服丧期满），母遣自诣岳所，定婚期，冀黄怜顾。比至，黄闻其衣履穿敝，斥（严令）门者不纳。寄语云："归谋百金，可复来；不然，请自此绝。"和闻言痛哭。对门刘媪，怜而进之食，赠钱三百，慰令归。母亦哀愤无策。因念旧客负欠者十常八九，俾诣富贵者求助焉。和曰："昔之交我者，为我财耳。使儿驷马高车，假千金，亦即匪难。如此景象，谁犹念曩（nǎng，以往）恩、忆故好耶？且父与人金资，曾（从来）无契保，责负亦难凭也。"母固强之。和从教。凡二十馀日，不能致一文；惟优人李四，旧受恩恤，闻其事，义赠一金。母子痛哭，自此绝望矣。

黄女年已及笄（jī jī，已到了结婚的年龄），闻父绝和，窃不直之。黄欲女别适（旧称女子出嫁）。女泣曰："柳郎非生而贫者也。使富倍他日，岂仇我者所能夺乎？今贫而弃之，不仁！"黄不悦，曲谕（婉言劝说）百端。女终不摇。翁妪并怒，且夕唾骂之，女亦安焉。无何，夜遭寇劫，黄夫妇炮烙几死，家中席卷一空。荏苒三载，家益零替。有西贾（商人）闻女美，愿以五十金致聘。黄利而许之，将强夺其志。女察知其谋，毁装涂面，乘夜遁去。丐食于途，阅（经历）两月，始达保定，访和居址，直造其家。母以为乞人妇，故咄之。女呜咽自陈。母把手泣曰："儿何形骸至此耶！"女又惨然而告以故。母子俱哭。便为盥沐，颜色光泽，眉目焕映。母子俱喜。然家三口，日仅一啖。母泣曰："吾母子固应尔；所怜者，负吾贤妇！"女笑慰之曰："新妇在乞人中，稔（熟悉）其况味，今日视之，觉有天堂地狱之别。"母为解颐（开颜欢笑。颐，yí）。

女一日入闲舍中，见断草丛丛，无隙地；渐入内室，尘埃积中，暗陬有物堆积，蹴之迕（wǔ）足，拾视皆朱提。惊走告和。和同往验视，则宫往日所抛瓦砾，尽为白金。因念儿时常与瘗石室中，得毋皆金？而故第已典于东家。

急赎归。断砖残缺，所藏石子俨然露焉，颇觉失望；及发他砖，则灿灿皆白镪（白银）也。顷刻间，数巨万矣。由是赎田产，市奴仆，门庭华好过昔日。因自奋曰："若不自立，负我宫叔！"刻志下帷，三年中乡选。乃躬赍（亲自携带。赍，jī）白金，往酬刘媪。鲜衣射目；仆十馀辈，皆骑怒马如龙。媪仅一屋，和便坐榻上。人哗马腾，弃溢里巷。黄翁自女失亡，西贾逼退聘财，业已耗去殆半，售居宅，始得偿。以故困窘如和曩（nǎng，以前）日。闻旧婿烜耀，闭户自伤而已。媪沽酒备馔款和，因述女贤，且惜女遘。问和："娶否？"和曰："娶矣。"食已，强媪往视新妇，载与俱归。至家，女华妆出，群婢簇拥若仙。相见大骇，遂叙往旧，殷问父母起居。居数日，款洽（款待和赠予）优厚，制好衣，上下一新，始送令返。

　　媪诣黄许，报女耗（消息），兼致存问。夫妇大惊。媪劝往投女，黄有难色。既而冻馁难堪，不得已如保定。既到门，见闬闳（hàn hóng，住宅的大门）峻丽，阍人（守门人。阍，hūn）怒目张，终日不得通。一妇人出，黄温色卑词，告以姓氏，求暗达女知。少间，妇出，导入耳舍，曰："娘子极欲一觐；然恐郎君知，尚候隙也。翁几时来此？得毋饥否？"黄因诉所苦。妇人以酒一盛（一杯。盛，chéng）、馔二簋（guǐ，古代用于盛放煮熟饭食的器皿），出置黄前。又赠五金，曰："郎君宴房中，娘子恐不得来。明旦，宜早去，勿为郎闻。"黄诺之。早起趣装，则管钥未启，止于门中，坐襆囊（盛衣物的包裹。襆，fú）以待。忽哗主人出。黄将敛避，和已睹之，怪问谁何，家人悉无以应。和怒曰："是必奸宄！可执赴有司。"众应声，出短绠，绷系树间。黄惭惧不知置词。未几，昨夕妇出，跪曰："是某舅氏。以前夕来晚，故未告主人。"和命释缚。妇送出门，曰："忘嘱门者，遂致参差。娘子言：相思时，可使老夫人伪为卖花者，同刘媪来。"黄诺，归述于妪。妪念女若渴，以告刘媪，媪果与俱至和家。凡启十馀关，始达女所。女着帔顶髻，珠翠绮纨，散香气扑人；嘤咛一声，大小婢媪，奔入满侧。移金椅床，置双夹膝。慧婢瀹茗（yuè míng，沏茶）；各以隐语道寒暄，相视泪荧。至晚，除室安二媪；裀褥温奭（ruǎn，同"软"），并昔年富时所未经。居三五日，女义殷渥（恳切）。媪辄引空处，泣白前非。女曰："我子母有何过不忘？但郎忿不解，妨他闻也。"每和至，便走匿。一日，方促膝，和遽入，见之，怒诟曰："何物村妪，敢引身与娘子接坐！宜撮鬌毛令尽！"刘媪急进曰："此老身瓜葛，王嫂卖花者。幸勿罪责。"和乃上手（拱手）谢过。即坐曰："姥来数日，我大忙，未得展叙。黄家老畜产尚在否？"笑云："都佳。但是贫不可过。官人大富贵，何不一念翁婿情也？"和击桌曰："曩年非姥怜，赐一瓯粥，更何得旋乡土！今欲得而寝处之，何念焉！"言至忿际，辄顿足起骂。女恚曰："彼即不仁，是我父母。我迢迢远来，手皴瘃（cūn zhú，皮肤开裂，生冻疮），足趾皆穿，亦自谓无负郎君。何乃对子骂父，使人难堪？"和始敛怒，起身去。

黄妪愧丧无色，辞欲归。女以二十金私付之。既归，旷绝音问（断绝了音信），女深以为念。和乃遣人招之。夫妻至，惭怍无以自容。和谢曰："旧岁辱临，又不明告，遂是开罪良多。"黄但唯唯。和为更易衣履。留月馀，黄心终不自安，数告归。和遗白金百两，曰："西贾五十金，我今倍之。"黄汗颜受之。和以舆马送还，暮岁称小丰焉。

异史氏曰："雍门泣后，珠履杳然，令人愤气杜门，不欲复交一客。然良朋葬骨，化石成金，不可谓非慷慨好客之报也。闺中人坐享高奉，俨然如嫔嫱，非贞异如黄卿，孰克当此而无愧者乎？造物之不妄降福泽也如是。"

乡有富者，居积取盈，搜算入骨。窖镪（qiǎng，借指银钱）数百，惟恐人知，故衣败絮、啖糠秕以示贫。亲友偶来，亦曾无作鸡黍之事。或言其家不贫，便瞋目作怒，其仇如不共戴天。暮年，日餐榆屑（榆皮轧成的碎末）一升，臂上皮摺垂一寸长，而所窖终不肯发。后渐尪羸（wāng léi，指瘦弱）。濒死，两子环问之，犹未遽告；迨觉果危急，欲告子，子至，已舌謇（jiǎn，通"謇"。口吃，结巴）不能声，惟爬抓心头，呵呵而已。死后，子孙不能具棺木，遂藁葬焉。呜呼！若窖金而以为富，则大帑（储藏金帛的国库。帑，tǎng）数千万，何不可指为我有哉？愚已！

鸲鹆①

王汾滨言：其乡有养八哥者，教以语言，甚狎习，出游必与之俱，相将数年矣。一日，将过绛州（今山西省新绛县），而资斧（路费）已罄，其人愁苦无策。鸟云："何不售我？送我王邸，当得善价，不愁归路无资也。"其人云："我安忍。"鸟言："不妨。主人得价疾行，待我城西二十里大树下。"其人从之。携至城，相问答，观者渐众。有中贵（宦官）见之，闻诸王。王召入，欲买之。其人曰："小人相依为命，不愿卖。"王问鸟："汝愿住否？"言："愿住。"王喜。鸟又言："给价十金，勿多予。"王益喜，立畀（bì，给予）十金。其人故作懊恨状而去。王与鸟言，应对便捷（自如）。呼肉啖之。食已，鸟曰："臣要浴。"王命金盆贮水，开笼令浴。浴已，飞檐间，梳翎抖羽，尚与王喋喋不休。顷之，羽燥，翩跹而起，操晋音曰："臣去呀！"顾盼已失所在。王及内侍，仰面咨嗟（叹息）。急觅其人，则已渺矣。后有往秦中（今陕西地区）者，见其人携鸟在西安市上。毕载积（明代户部尚书毕自严之子。清顺治十三年曾任山西稷县知县）先生记。

刘海石

刘海石，蒲台（清属山东武定府。今并入博兴县）人，避乱于滨州。时十四岁，与滨州生刘沧客同函丈（老师讲席与学生坐席之间要留出一丈的空地。后以"函丈"作为对老师的尊称），因相善，订为昆季（兄弟之间长为昆，幼为季）。无何，海石失怙恃（指父母双亡。怙恃，hù shì），奉丧而归，音问（音信）遂阙。沧客家颇裕。年四十，生二子：长子吉，十七岁，为邑名士；次子亦慧。沧客又内（纳……为妾）邑中倪氏女，大嬖（bì，宠爱）之。后半年，长子患脑痛卒，夫妻大惨。无几何，妻病又卒；逾数月，长媳又死；而婢仆之丧亡，且相继也：

---

① 鸲鹆（qú yù）：俗称"八哥儿"，全身黑色，头及背部微呈绿色光泽，能模仿人说话。

沧客哀悼，殆不能堪。

一日，方坐愁间，忽阍人（守门人。阍，hūn）通海石至。沧客喜，急出门迎以入。方欲展寒温，海石忽惊曰："兄有灭门之祸，不知耶？"沧客愕然，莫解所以。海石曰："久失闻问，窃疑近况未必佳也。"沧客泫（xuàn，流泪）然，因以状对。海石欷歔。既而笑曰："灾殃未艾，余初为兄吊也。然幸而遇仆，请为兄贺。"沧客曰："久不晤，岂近精'越人术'耶？"海石曰："是非所长。阳宅风鉴，颇能习之。"沧客喜，便求相宅。

海石入宅，内外遍观之。已而请睹诸眷口；沧客从其教，使子媳婢妾，俱见于堂。沧客一一指示。至倪，海石仰天而视，大笑不已。众方惊疑，但见倪女战栗无色，身暴缩，短仅二尺馀。海石以界方（即界尺，一种文具）击其首，作石缶声。海石揪其发，检脑后，见白发数茎，欲拔之。女缩项跪啼，言即去，但求勿拔。海石怒曰："汝凶心尚未死耶？"就项后拔去之。女随手而变，黑色如狸。众大骇。

海石掇纳袖中，顾子妇曰："媳受毒已深，背上当有异，请验之。"妇羞，不肯袒示。刘子固强之，见背上白毛，长四指许。海石以针挑出，曰："此毛已老，七日即不可救。"又视刘子，亦有毛，裁二指。曰："似此可月馀死耳。"沧客以及婢仆，并刺之。曰："仆适不来，一门无噍类（这里指活人。噍，jiào，）矣。"问："此何物？"曰："亦狐属。吸人神气（指人的元气）以为灵，最利人死。"沧客曰："久不见君，何能神异如此！无乃仙乎？"笑曰："特从师习小技耳，何遽云仙。"问其师，答云："山石道人。适（遇）此物，我不能死之，将归献俘于师。"

言已，告别。觉袖中空空，骇曰："忘之矣！尾末有大毛未去，今已遁去。"众俱骇然。海石曰："领毛已尽，不能化人，止能化兽，遁当不远。"于是入室而相其猫，出门而嗾（sǒu，唆使）其犬，皆曰无之。启圈（打开猪圈）笑曰："在此矣。"沧客视之，多一豕（shǐ，猪）。闻海石笑，遂伏，不敢少动。提耳捉出，视尾上白毛一茎，硬如针。方将检拔，而豕转侧哀鸣，不听拔。海石曰："汝造孽既多，拔一毛犹不肯耶？"执而拔之，随手复化为狸。

纳袖欲出。沧客苦留，乃为一饭。问后会，曰："此难预定。我师立愿弘，常使我等遨世上，拔救众生，未必无再见时。"及别后，细思其名，始悟曰："海石殆仙矣！'山石'合一'岩'字，盖吕仙（吕岩，字洞宾，唐末道士。世以为神仙，通称吕祖）讳也。"

犬灯

韩光禄大千（即韩茂椿，字大千。因被封光禄寺署丞，故称）之仆，夜宿厦（房廊。无前墙的房屋）间，见楼上有灯，如明星。未几，荧荧飘落，及地化为犬。睨（nì，斜着眼睛看）之，转舍后去。急起，潜（偷偷，悄悄）尾之，入园中，化为女子。心知其狐，还卧故所。俄，女子自后来，仆阳寐（装作睡着。阳，通"佯"）以观其变。女俯而撼之。仆伪作醒状，问其为谁。女不答。仆曰："楼上灯光，非子也耶？"女曰："既知之，何问焉？"遂共宿止。昼别宵会，以为常。

主人知之，使二人夹仆卧；二人既醒，则身卧床下，亦不知堕自何时。主人益怒，谓仆曰："来时，当捉之来；不然，则有鞭楚（鞭子和刑杖，引申为鞭打）！"仆不敢言，诺而退。因念：捉之难；不捉，惧罪。展转无策。忽忆女子一小红衫，密着其体，未肯暂脱，必其要害，执此可以胁之。夜分（半夜），女至，问："主人嘱汝捉我乎？"曰："良有之。但我两人情好，何肯此为？"及寝，阴掬（暗中用手剥取）其衫。女急啼，力脱而去。从此遂绝。

后仆自他方归，遥见女子坐道周（路边）；至前，则举袖障面。仆下骑，呼曰："何作此态？"女乃起，握手曰："我谓子已忘旧好矣。既恋恋有故人意，情尚可原。前事出于主命，亦不汝怪也。但缘分已尽，今设小酌，请入为别。"时秋初，高粱正茂。女携与俱入，则中有巨第。系马而入，厅堂中酒肴已列。甫（刚）坐，群婢行炙（即倒酒布菜）。日将暮，仆有事，欲覆主命，遂别。既出，则依然田陇耳。

狐　妾

　　莱芜（今山东省莱芜市）刘洞九，官汾州（今山西省汾阳市）。独坐署中，闻亭外笑语渐近。入室，则四女子：一四十许，一可三十，一二十四五已来，末后一垂髫（三四岁到八九岁的儿童）者。并立几前，相视而笑。刘固知官署多狐，置不顾。少间，垂髫者出一红巾，戏抛面上。刘拾掷窗间，仍不顾。四女一笑而去。一日，年长者来，谓刘曰："舍妹与君有缘，愿无弃菅菲（借指其妹）。"刘漫（随便）应之。女遂去。俄偕一婢，拥垂髫儿来，俾与刘并肩坐。曰："一对好凤侣，今夜谐花烛。勉事刘郎，我去矣。"刘谛视，光艳无俦（chóu，相比），遂与燕好。诘其行踪，女曰："妾固非人，而实人也。妾，前官之女，蛊于狐，奄忽（疾速，倏忽）以死，窆（biǎn，埋葬）园内。众狐以术生我，遂飘然若狐。"刘因以手探尻际。女觉之，笑曰："君将无谓狐有尾耶？"转身云："请试扪之。"自此，遂留不去。每行坐，与小婢俱。家人俱尊以小君礼。婢媪参谒，赏赉（lài，赐）甚丰。

　　值刘寿辰，宾客烦多，共三十馀筵，须庖人甚众；先期牒拘，仅一二到者。刘不胜恚。女知之，便言："勿忧。庖人既不足用，不如并其来者遣之。妾固短于才，然三十席亦不难办。"刘喜，命以鱼肉姜桂，悉移内署。家中人但闻刀砧声，繁碎不绝。门内设一几，行炙者置柈（同"盘"）其上；转视，则肴俎已满。托去复来，十馀人络绎于道，取之不竭。末后，行炙人来索汤饼（这里指汤面）。内言曰："主人未尝预嘱，咄嗟何以办（哪能一声命令就能齐备的呢。咄嗟，duō jiē）？"既而曰："无已，其假之。"少顷，呼取汤饼。视之，三十馀碗，蒸腾几上。客既去，乃谓刘曰："可出金资，偿某家汤饼。"刘使人将直去。则其家失汤饼，方共惊异；使至，疑始解。一夕，夜酌，偶思山东苦酴。女请取之。遂出门去，移时返曰："门外一罂（yīng，一种口小腹大的酒坛），可供数日饮。"刘视之，果得酒，真家中瓮头春也。

越数日，夫人遣二仆如汾。途中一仆曰："闻狐夫人犒赏优厚，此去得赏金，可买一裘。"女在署已知之，向刘曰："家中人将至。可恨伧（cāng，鄙贱）奴无礼，必报之。"明日，仆甫（刚）入城，头大痛，至署，抱首号呼。共拟进医药。刘笑曰："勿须疗，时至当自瘥（chài，病愈）。"众疑其获罪小君。仆自思：初来未解装，罪何由得？无所告诉，漫膝行而哀之。帘中语曰："尔谓夫人，则亦已耳，何谓'狐'也？"仆乃悟，叩不已。又曰："既欲得裘，何得复无礼？"已而曰："汝愈矣。"言已，仆病若失。仆拜欲出，忽自帘中掷一裹出，曰："此一羔羊裘也，可将去。"仆解视，得五金。刘问家中消息，仆言：都无事，惟夜失藏酒一罂。稽其时日，即取酒夜也。群惮其神，呼之"圣仙"。刘为绘小像。

时张道一为提学使，闻其异，以桑梓（故乡）谊诣刘，欲乞一面。女拒之。刘示以像，张强携而去。归悬座右，朝夕祝之云："以卿丽质，何之不可？乃托身于鬖鬖（sān sān，头发下垂貌）之老！下官殊不恶于洞九，何不一惠顾？"女在署，忽谓刘曰："张公无礼，当小惩之。"一日，张方祝，似有人以界方击额，崩然甚痛。大惧，反卷。刘诘之，使隐其故而诡对之。刘笑曰："主人额上得毋痛否？"使不能欺，以实告。

无何，婿亓（qí）生来，请觐之。女固辞。亓请之坚。刘曰："婿非他人，何拒之深？"女曰："婿相见，必当有以赠之。渠（他）望我奢，自度不能满其志，故适（才）不欲见耳。既固请之，乃许以十日见。"及期，亓入，隔帘揖之，少致存问。仪容隐约，不敢审谛（仔细看）；既退，数步之外，辄回眸注盼。但闻女言曰："阿婿回首矣！"言已，大笑，烈烈如鸮鸣。亓闻之，胫股皆软，摇摇然若丧魂魄。既出，坐移时（一会儿），始稍定。乃曰："适闻笑声，如听霹雳，竟不觉身为己有。"少顷，婢以女命，赠亓二十金。亓受之，谓婢曰："圣仙日与丈人居，宁不知我素性挥霍，不惯使小钱耶？"女闻之曰："我固知其然。囊底适罄（qìng，尽）；向结伴至汴梁（今河南省开封市），其城为河伯占据，库藏皆没水中，入水各得些须，何能饱无餍之求？且我纵能厚馈，彼福薄亦不能任。"

女凡事能先知，遇有疑难，与议，无不剖。一日，并坐，忽仰天大惊曰："大劫将至，为之奈何！"刘惊问家口，曰："馀悉无恙，独二公子可虑。此处不久将为战场，君当求差远去，庶免于难。"刘从之，乞于上官，得解饷（押送军用粮饷）云贵间。道里辽远，闻者吊（哀怜）之，而女独贺。无何，姜瓖叛，汾州没为贼窟。刘仲子自山东来，适遭其变，遂被害。城陷，官僚皆罹于难，惟刘以公出得免。盗平，刘始归。寻（不久）以大案罣误（官吏因被别人牵连而受到处分或，罣，guà），贫至饔飧（yōng sūn，古人的早餐叫饔，晚餐叫飧）不给；而当道者又多所需索，因而窘忧欲死。女曰："勿忧，床下三千金，可资用度。"刘大喜，问："窃之何处？"曰："天下无主之物，取之不尽，何庸窃乎。"刘借谋得脱归（脱身还乡），女从之。后数年忽去，纸裹数事（物）留赠，中有丧家挂门之小旛，长二寸许，群以为不祥。刘寻卒。

雷　曹

乐云鹤、夏平子，二人少同里，长同斋，相交莫逆。夏少慧，十岁知名。乐虚心事之，夏亦相规不倦，乐文思日进，由是名并著。而潦倒场屋（科举考场），战辄北（失败）。无何，夏遘疫（传染上了瘟疫。遘，gòu，遇）卒，家贫不能葬，乐锐身自任之。遗襁褓子及未亡人，乐以时恤诸其家；每得升斗，必析而二之，夏妻子赖以活。于是士大夫益贤乐。乐恒产（土地、房屋之类的不动产）无多，又代夏生忧内顾（在外边而顾念家事），家计日蹙，乃叹曰："文如平子，尚碌碌以殁，而况于我！人生富贵须及时，戚戚终岁，恐先狗马填沟壑，负此生矣，不如早自图也。"于是去读而贾。操业半年，家资小泰。

一日，客金陵，休于旅舍。见一人顾然而长，筋骨隆起，彷徨坐侧，色黯淡，有戚容。乐问："欲得食耶？"其人亦不语。乐推食食之；则以手掬啗

（用手捧着吃），顷刻已尽。乐又益以兼人之馔，食复尽。遂命主人割豚肩（猪前肘），堆以蒸饼（馒头）；又尽数人之餐，始果腹而谢曰："三年以来，未尝如此饫饱（饱食，饫，yù）。"乐曰："君固壮士，何飘泊若此？"曰："罪婴天谴，不可说也。"问其里居（住处），曰："陆无屋，水无舟，朝村而暮郭耳。"乐整装欲行，其人相从，恋恋不去。乐辞之。告曰："君有大难，吾不忍忘一饭之德。"乐异之，遂与偕行。途中曳与同餐。辞曰："我终岁仅数餐耳。"益奇之。次日，渡江，风涛暴作，估舟尽覆，乐与其人悉没江中。俄风定，其人负乐踏波出，登客舟，又破浪去；少时，挽一船至，扶乐人，嘱乐卧守，复跃入江，以两臂夹货出，掷舟中；又入之：数人数出，列货满舟。乐谢曰："君生我亦良足矣，敢望珠还（喻财物失而复得）哉！"检视货财，并无亡失。益喜，惊为神人。放舟欲行；其人告退，乐苦留之，遂与共济。乐笑云："此一厄也，止失一金簪耳。"其人欲复寻之。乐方劝止，已投水中而没。惊愕良久我。忽见含笑而出，以簪授乐曰："幸不辱命。"江上人罔不骇异。

乐与归，寝处共之。每十数日始一食，食则咳嚼无算。一日，又言别，乐固挽之。适（恰巧）昼晦欲雨，闻雷声。乐曰："云间不知何状？雷又是何物？安得至天上视之，此疑乃可解。"其人笑曰："君欲作云中游耶？"少时，乐倦甚，伏榻假寐（打盹）。既醒，觉身摇摇然，不似榻上；开目，则在云气中，周身如絮。惊而起，晕如舟上。踏之，奥（ruǎn，同"软"）无地。仰视星斗，在眉目间。遂疑是梦。细视星箝天上，如老莲实之在蓬也，大者如瓮，次如瓿（bù，瓦器），小如盎盂。以手撼之，大者坚不可动；小星动摇，似可摘而下者。遂摘其一，藏袖中。拨云下视，则银海苍茫，见城郭如豆。愕然自念：设一脱足，此身何可复向。俄见二龙夭矫，驾缦车（一种没有装饰花纹的车子。缦，màn）来。尾一掉，如鸣牛鞭。车上有器，围皆数丈，贮水满之。有数十人，以器掬水，遍洒云间。忽见乐，共怪之。乐审所与壮士在焉，语众曰："是吾友也。"因取一器，授乐令洒。时苦旱，乐接器排云，约望故乡，尽情倾注。未几，谓乐曰："我本雷曹（雷部的属官），前误行雨，罚谪三载；今天限已满，请从此别。"乃以驾车之绳万尺掷前，使握端缒下。乐危之。其人笑言："不妨。"乐如其言，飗飗然瞬息及地。视之，则堕立村外；绳渐收入云中，不可见矣。时久旱，十里外，雨仅盈指，独乐里沟浍（即沟渠。浍，kuài）皆满。

归探袖中，摘星仍在。出置案上，黯黝（深黑色）如石；入夜，则光明焕发，映照四壁。益宝之，什袭（将物品层层包裹）而藏。每有佳客，出以照饮。正视之，则条条射目。一夜，妻坐对握发，忽见星光渐小如萤，流动横飞。妻方怪咤，已入口中，咯（kǎ，同"喀"。用力咳）之不出，竟已下咽。愕奔告乐，乐亦奇之。既寝，梦夏平子来，曰："我少微星也。君之惠好，在中不忘。又蒙自上天携归，可云有缘。今为君嗣，以报大德。"乐三十无子，得梦甚喜。自是，妻果娠；及临蓐（临产），光辉满室，如星在几上时，因名"星儿"。机警非常。十六岁，及进士第。

异史氏曰："乐子文章名一世，忽觉苍苍之位置我者不在是，遂弃毛锥如脱屣（xǐ，鞋子），此与燕颔投笔者，何以少异？至雷曹感一饭之德，少微酬良友之知，岂神人之私报恩施哉？乃造物之公报贤豪耳。"

赌 符

韩道士，居邑中之天齐庙（供奉泰山神的庙宇）。多幻术，共名之"仙"。先子与最善，每适（进）城，辄造（造访）之。一日，与先叔（作者的叔父）赴邑，拟访韩，适遇诸途。韩付钥曰："请先往启门坐，少旋我即至。"乃如其言，诣庙发扃（jiōng，从外面关门的闩），则韩已坐室中。诸如此类。

先是，有敝族人嗜博赌，因先子亦识韩。值大佛寺来一僧，专事搒蒱，赌甚豪。族人见而悦之，罄资往赌，大亏；心益热，典质田产复往，终夜尽丧。悒悒不得志，便道诣韩，精神惨澹，言语失次。韩问之，具以实告。韩笑云："常赌无不输之理。倘能戒赌，我为汝复之。"族人曰："倘得珠还合浦（指把自己输掉的钱又赢了回来），花骨头当铁杵碎之！"韩乃以纸书符，授佩衣带间。嘱曰："但得故物即已，勿得陇复望蜀也。"又付千钱，约赢而偿之。

族人大喜而往。僧验其资，易（轻视）之，不屑与赌。族人强之，请以一掷为期（限度）。僧笑而从之。乃以千钱为孤注。僧掷之无所胜负，族人接色，一掷成采；僧复以两千为注，又败；渐增至十馀千，明明枭色，呵之，皆成卢雉：计前所输，顷刻尽复。阴念再赢数千亦更佳，乃复博，则色渐劣；心怪之，起视带上，则符已亡矣，大惊而罢。载钱归庙，除偿韩外，追而计之，并末后所失，适（正好）符原数也。已乃愧谢失符之罪。韩笑曰："已在此矣。固嘱勿贪，而君不听，故取之。"

异史氏曰："天下之倾家者，莫速于博；天下之败德者，亦莫甚于博。入其中者，如沉迷海，将不知所底（所终。底，尽头）矣。夫商农之人，具有本业；诗书之士，尤惜分阴。负耒横经（负犁读经，形容勤学，不知疲倦。耒，lěi），固成家之正路；清谈薄饮，犹寄兴之生涯。尔乃狎比淫朋，缠绵永夜。倾囊倒箧（qiè，箱子），悬金于嶮巇之天；呵雉呼卢（赌徒得胜时呼叫的声音），乞灵于淫昏之骨，盘施五木，似走圆珠；手握多章，如擎团扇。左觑人而右顾己，望穿鬼子之睛；阳示弱而阴用强，费尽罔两之技。门前宾客待，犹恋恋于场头（即赌场）；舍上火烟生，尚眈眈于盆里。忘餐废寝，则久入成迷；舌敝唇焦，则相看似鬼。

迨（等到）夫全军尽没，热眼空窥。视局中则叫号浓焉，技痒英雄之臆；顾橐（tuó，口袋）底而贯索空矣，灰寒壮士之心。引颈徘徊，觉白手之无济；垂头萧索，始玄夜（半夜）以方归。幸交谪之人眠，恐惊犬吠；苦久虚之腹饿，敢怨羹残。既而鬻子质田，冀珠还于合浦；不意火灼毛尽，终捞月于沧江。及遭败后我方思，已作下流之物；试问赌中谁最善，群指无裤之公。甚而枵腹难堪，遂栖身于暴客（强盗）；搔头莫度，至仰给于香奁。呜呼！败德丧行，倾产亡身，孰非博之一途致之哉！"

阿　霞

　　文登（今山东省文登市）景星者，少有重名（名气大）。与陈生比邻而居，斋隔一短垣（矮墙）。一日，陈暮过荒落之墟，闻女子啼松柏间；近临，则树横枝有悬带，若将自经。陈诘之，挥涕而对曰："母远去，托妾于外兄。不图狼子野心，畜我不卒。伶仃如此，不如死！"言已，复泣。陈解带，劝令适（旧称女子出嫁）人。女虑无可托者。陈请暂寄其家，女从之。既归，挑灯审视，丰韵殊绝。大悦，欲乱之。女厉声抗拒，纷纭（争执）之声，达于间壁。景生逾垣来窥，陈乃释女。女见景，凝目停睇（眼珠不动地看），久乃奔去。二人共逐之，不知去向。

　　景归，阖（关闭）户欲寝，则女子盈盈（形容举止仪态美好）自房中出。惊问之，答曰："彼德薄福浅，不可终托（托以终身）。"景大喜，诘其姓氏。曰："妾祖居于齐。为齐姓，小字阿霞。"入以游词，笑不甚拒，遂与寝处。斋中多友人来往，女恒隐闭深房。过数日，曰："妾姑去。此处烦杂，困人甚。继今，请以夜卜。"问："家何所？"曰："正不远耳。"遂早去。夜果复来，欢爱綦（qí，极，很）笃。又数日，谓景曰："我两人情好虽佳，终属苟合。家君宦游西疆，明日将从母去，容即乘间禀命，而

相从以终焉。"问："几日别？"约以旬终。既去，景思斋居不可常；移诸内，又虑妻妒。计不如出（休）妻。志既决，妻至辄诟詈（gòu lì，辱骂）。妻不堪其辱，涕欲死。景曰："死恐见累（连累我），请蚤归（趁早回娘家）。"遂促妻行。妻啼曰："从子十年，未尝有失德，何决绝如此！"景不听，逐愈急。妻乃出门去。自是垩壁（用石灰刷墙，这里是整理房屋的意思）清尘，引领翘待；不意信杳青鸾（毫无音信），如石沉海。妻大归（指已嫁妇女归娘家后不再回夫家）后，数浼（měi，恳托）知交，请复于景，景不纳；遂适（旧称女子出嫁）夏侯氏。夏侯里居与景接壤，以田畔之故，世有郤。景闻之，益大恚恨。然犹冀阿霞复来，差足自慰。越年馀，并无踪绪。

会海神寿，祠内外士女云集，景亦在。遥见一女，甚似阿霞。景近之，入于人中；从之，出于门外；又从之，飘然竟去。景追之不及，恨悒而返。后半载，适（偶然）行于途，见一女郎，着朱衣，从苍头，鞚黑卫（骑黑驴。鞚，kòng）来。望之，霞也。因问从人："娘子为谁？"答言："南村郑公子继室。"又问："娶几时矣？"曰："半月耳。"景思，得毋误耶？女郎闻语，回眸一睐，景视，真霞。见其已适（旧称女子出嫁）他姓，愤填胸臆，大呼："霞娘！何忘旧约？"从人闻呼主妇，欲奋老拳。女急止之。启幛纱谓景曰："负心人何颜相见？"景曰："卿自负仆，仆何尝负卿？"女曰："负夫人甚于负我！结发者如是，而况其他？向（先前）以祖德厚，名列桂籍（唐以后习称科举及第为折桂，故称科举及第人员的名籍叫桂籍），故委身相从；今以弃妻故，冥中削尔禄秩（俸禄和官阶），今科亚魁（乡举第二名）王昌，即替汝名者也。我已归郑君，无劳复念。"景俯首帖耳，口不能道一词。视女子，策蹇（驴）去如飞，怅恨而已。

是科，景落第，亚魁（乡举第二名）果王氏昌名。郑亦捷。景以是得薄倖（薄情；负心）名。四十无偶，家益替（衰败），恒趁食于亲友家。偶诣郑，郑款之，留宿焉。女窥客，见而怜之，问郑曰："堂上客，非景庆云耶？"问所自识，曰："未适（旧称女子出嫁）君时，曾避难其家，亦深得其姜养。彼行虽贱，而祖德未斩；且与君为故人，亦宜有绨袍之义。"郑然之，易其败絮，留以数日。夜分欲寝，有婢持甘馀金赠景。女在窗外言曰："此私贮，聊酬夙好，可将去，觅一良匹。幸祖德厚，尚足及子孙。无复丧检，以促馀龄。"景感谢之。既归，以十馀金买揩绅家婢，甚丑悍。举一子，后登两榜。郑官至吏部郎。既没，女送葬归，启舆则虚无人矣，始知其非人也。噫！人之无良（没有好的品德），舍其旧而新是谋，卒之卵覆而鸟亦飞，天之所报亦惨矣！

毛 狐

农子马天荣，年二十馀。丧偶，贫不能娶。偶芸（除草）田间，见少妇盛妆，践禾越陌而过，貌赤色，致亦风流。马疑其迷途，顾四野无人，戏挑之。妇亦微纳。欲与野合。笑曰："青天白日，宁宜为此。子归，掩门相候，昏夜我当至。"马不信，妇矢（通"誓"，发誓）之。马乃以门户向背（即住处方位）具告之，妇乃去。夜分，果至，遂相悦爱。觉其肤肌嫩甚，火之，肤赤薄如婴儿，细毛遍体，异之。又疑其踪迹无据，自念得非（难道）狐耶？遂戏相诘。妇亦自认不讳。

马曰："既为仙人，自当无求不得。既蒙缱绻（qiǎn quǎn），宁不以数金济我贫？"妇诺之。次夜来，马索金。妇故愕曰："适（刚才）忘之。"将去，马又嘱。至夜，问："所乞或勿忘耶？"妇笑，请以异日。愈数日，马复索。妇笑向袖中出白金二铤（dìng，通"锭"），约五六金，翘边细纹，雅可爱玩。马喜，深藏于椟。积半岁，偶需金，因持示人。人曰："是锡也。"以齿龁（hé，咬）之，应口而落。马大骇，收藏而归。至夜，妇至，愤致诮让（责备）。妇笑曰："子命薄，真金不能任（承受）也。"一笑而罢。

马曰："闻狐仙皆国色，殊亦不然。"妇曰："吾等皆随人现化。子且无一金之福，落雁沉鱼（指女子非常美丽），何能消受？以我蠢陋，固不足以奉上流；然较之大足驼背者，即为国色。"过数月，忽以三金赠马，曰："子屡相索，我以子命不应有藏金。今媒聘有期，请以一妇之资相馈，亦借以赠别。"马自白无聘妇之说。妇曰："一二日自当有媒来。"马问："所言姿貌如何？"曰："子思国色，自当是国色。"马曰："此即不敢望。但三金何能买妇？"妇曰："此月老注定，非人力也。"马问："何遽言别？"曰："戴月披星，终非了局。'使君自有妇'，搪塞何为？"天明而去，授黄末一刀圭（古时量取药物的用具，容量很少），曰："别后恐病，服此可疗。"

次日，果有媒来。先诘女貌，答："在妍媸（yán chī，美和丑）之间。""聘金几何？""约四五数。"马不难其价，而必欲一亲见其人。媒恐良家子不肯衒露（xuàn lù，夸示；显扬外露）。既而约与俱去，相机因便。既至其村，媒先往，使马待诸村外。久之，来曰："谐矣。余表亲与同院居，适（刚才）往，见女坐室中。请即伪为谒表亲者而过之，咫尺（形容距离近）可相窥也。"马从之。果见女子坐室中，伏体于床，倩人（央人。倩，qiàn）爬背。马趋过，掠之以目，貌诚如媒言。及议聘，并不争直，但求得一二金，装女出阁。马益廉（认为聘金便宜）之，乃纳金；并酬媒氏及书券者（指写婚书的人），计三两已尽，亦未多费一文。择吉迎女归，入门，则胸背皆驼，项缩如龟，下视裙底，莲舡（女鞋如船，戏言其大。舡，xiāng）盈尺。乃悟狐言之有因也。

异史氏曰："随人现化，或狐女之自为解嘲；然其言福泽（命中的福分），良可深信。余每谓：非祖宗数世之修行，不可以博高官；非本身数世之修行，不可以得佳人。信因果者，必不以我言为河汉也。"

翩 翩

罗子浮，邠（bīn）人。父母俱蚤（通"早"）世。八九岁，依叔大业。业为国子左厢，富有金缯而无子，爱子浮若己出。十四岁，为匪人诱去作狭邪游（嫖妓）。会有金陵娼，侨寓郡中，生悦而惑之。娼返金陵，生窃从遁去。

居娼家半年，床头金尽，大为姊妹行（姊妹们。妓女间的称谓）齿冷（耻笑，讥笑）。然犹未遽绝之。无何，广疮溃臭，沾染床席，遂逐而出。丐于市，市人见辄遥避。自恐死异域，乞食西行；日三四十里，渐至邠界。又念败絮脓秽，无颜入里门，尚越趄（zī jū，犹豫不前）近邑间。

日既暮，欲趋山寺宿。遇一女子，容貌若仙。近问："何适（到，往）？"生以实告。女曰："我出家人，居有山洞，可以下榻，颇不畏虎狼。"生喜，从去。入深山中，见一洞府。入则门横溪水，石梁驾之。又数武，有石室二，光明彻照，无须灯烛。命生解悬鹑（指破烂衣服），浴于溪流。曰："濯之，创当愈。"又开幛拂褥促寝，曰："请即眠，当为郎作裤。"乃取大叶类芭蕉，剪缀（连接）作衣，生卧视之。制无几时，折叠床头，曰："晓取着之。"乃与对榻寝。生浴后，觉创痏无苦。既醒，摹之，则痂厚结矣。诘旦（清晨），将兴，心疑蕉叶不可着。取而审视，则绿锦滑绝。少间，具餐。女取山叶呼作饼，食之，果饼；又剪作鸡、鱼烹之，皆如真者。室隅一罂，贮佳酝，辄复取饮；少减，则以溪水灌益之。数日，疮痂尽脱，就女求宿。女曰："轻薄儿！甫（刚）能安身，便生妄想！"生云："聊以报德。"遂同卧处，大相欢爱。

一日，有少妇笑入，曰："翩翩小鬼头快活死！薛姑子（女道士的俗称）好梦，几时做得？"女迎笑曰："花城娘子，贵趾久弗涉，今日西南风紧，吹送来也！小哥子抱得未？"曰："又一小婢子。"女笑曰："花娘子瓦窑（指只生女孩的妇女）哉！那弗将来？"曰："方鸣之，睡却矣。"于是坐以款饮。又顾生曰："小郎君焚好香也。"生视之，年廿有三四，绰有馀妍。心好之。剥果误落案下，俯假拾果，阴捻翘凤。花城他顾而笑，若不知者。生方怳然（huǎng rán，失意、惆怅的样子）神夺，顿觉袍裤无温；自顾所服，悉成秋叶。几骇绝。危坐移时，渐变如故。窃幸二女之弗见也。少顷，酬酢间，又以指搔纤掌；花城坦然笑谑，殊不觉知。突突怔忡间，衣已化叶，移时始复变。由是渐颜息虑，不敢妄想。城笑曰："而家小郎子，大不端好！

若弗是醋葫芦娘子，恐跳迹入云霄去。"女亦哂曰："薄倖儿，便直得寒冻杀！"相与鼓掌。花城离席曰："小婢醒，恐啼肠断矣。"女亦起曰："贪引他家男儿，不忆得小江城啼绝矣。"花城既去，惧贻消责；女卒晤对如平时。

居无何，秋老风寒，霜零木（树叶）脱，女乃收落叶，蓄旨御冬。顾（看到）生肃缩（由于寒冷而缩身打颤），乃持襆掇拾洞口白云为絮复衣，着之温暖如襦，且轻松常如新绵。逾年，生一子，极惠美。日在洞中弄儿为乐。然每念故里，乞与同归。女曰："妾不能从；不然，君自去。"因循（迟延拖拉）二三年，儿渐长，遂与花城订为姻好。生每以叔老为念。女曰："阿叔腊故大高，幸复强健，无劳悬耿。待保儿婚后，去住由君。"女在洞中，辄取叶写书教儿读，儿过目即了。女曰："此儿福相，放教入尘寰，无忧至台阁（指宰相、尚书之类的高官）。"未几，儿年十四。花城亲诣送女。女华妆至，容光照人。夫妻大悦，举家谦集。翩翩扣钗而歌曰："我有佳儿，不羡贵官。我有佳妇，不羡绮纨（绮与纨均丝织品，非常名贵，故以"绮纨"喻富贵）。今夕聚首，皆当喜欢。为君行酒，劝君加餐。"既而花城去。与儿夫妇对室居。新妇孝，依依膝下，宛如所生。生又言归，女曰："子有俗骨，终非仙品。儿亦富贵中人，可携去，我不误儿生平。"新妇思别其母，花城已至。儿女恋恋，涕各满眶。两母慰之曰："暂去，可复来。"翩翩乃剪叶为驴，令三人跨之以归。大业已老妇林下，意侄已死，忽携佳孙美妇归，喜如获宝。入门，各视所衣，悉蕉叶；破之，絮蒸蒸腾去。乃并易之。后生思翩翩，偕儿往探之，则黄叶满径，洞口路迷，零涕而返。

异史氏曰："翩翩、花城，殆仙者耶？餐叶衣云，何其怪也！然帏幄诽谑，狎寝生雏，亦复何殊于人世？山中十五载，虽无'人民城郭'之异；而云迷洞口，无迹可寻，睹其景况，真刘阮返棹时矣。"

黄九郎

何师参,字子萧,斋于苕溪(苕水,在浙江省吴兴县境,苕,tiáo)之东,门临旷野。薄暮偶出,见妇人跨驴来,少年从其后。妇约五十许,意致清越。转视少年,年可十五六,丰采过于姝丽。何生素有断袖之癖(指喜欢男宠),睹之,神出于舍;翘足目送,影灭方归。次日,早伺之,落日冥濛,少年始过。生曲意承迎,笑问所来。答以"外祖家"。生请过斋少憩,辞以不暇;固曳之,乃入。略坐兴辞,坚不可挽。生挽手送之,殷嘱便道相过,少年唯唯而去。生由是凝思如渴,往来眺注,足无停趾。

一日,日衔半规(半圆,指半边落日),少年欻(xū,忽然)至。大喜,要(邀请)入,命馆童行酒。问其姓字,答曰:"黄姓,第九。童子无字。"问:"过往何频?"曰:"家慈在外祖家,常多病,故数(shuò,屡次)省之。"酒数行,欲辞去。生捉臂遮留,下管钥(锁门。以示诚意挽留。管钥,旧式管状有孔的钥匙;开锁后钥匙留在锁上,上锁后才能取下来,所以"下管钥"就是上锁)。九郎无如何,赪颜(红着脸。赪,chēng,赤色)复坐。挑灯共语,温若处子(处女);而词涉游戏(调戏),便含羞,面向壁。未几,引与同衾。九郎不许,坚以睡恶为辞。强之再三,乃解上下衣,着裤卧床上。何灭烛;少时,移与同枕,曲肘加髀(bì,大腿)而狎抱之,苦求私昵。九郎怒曰:"以君风雅士,故与流连;乃此之为,是禽处而兽爱之也!"未几,晨星荧荧,九郎径去。生恐其遂绝,复伺之,蹀躞(dié xiè,小步走来走去)凝盼,目穿北斗。过数日,九郎始至。喜逆谢过;强曳入斋,促坐笑语,窃幸其不念旧恶。无何,解屦(jù)登床,又抚哀之。九郎曰:"缠绵之意,已镂肺鬲(肺腑),然亲爱何必在此?"生甘言纠缠,但求一亲玉肌。九郎从之。生俟其睡寐,潜就轻薄。九郎醒,揽衣遽起,乘夜遁去。生邑邑若有所失,忘啜废枕,日渐委悴。惟日使斋童逻侦(搜索寻找)焉。

一日,九郎过门,即欲径去。童牵衣入之。见生清癯,大骇,慰问。生实告以情，泪涔涔随声零落。九郎细语曰："区区之意，实以相爱无益于弟，而有害于兄，故不为也。君既乐之，仆何惜焉？"生大悦。九郎去后，病顿减，数日平复。九郎果至，遂相缱绻。曰："今勉承君意，幸勿以此为常。"既而曰："欲有所求，肯为力乎？"问之，答曰："母患心痛，惟太医齐野王先天丹可疗。君与善，当能求之。"生诺之。临去又嘱。生入城求药，及暮付之。九郎喜，上手（拱手致谢或致歉）称谢。又强与合。九郎曰："勿相纠缠。谨为君图一佳人，胜弟万万矣。"生问谁。九郎曰："有表妹，美无伦。倘能垂意，当报柯斧（即做媒）。"生微笑不答。九郎怀药便去。三日乃来，复求药。生恨其迟，词多诮让（责备的意思。诮，qiào）。九郎曰："本不忍祸君，故疏之；既不蒙见谅，请勿悔焉。"由是燕会无虚夕。

凡三日必一乞药。齐怪其频，曰："此药未有过三服者，胡（为什么）久不瘥（chài，病愈）？"因裹三剂并授之。又顾生曰："君神色黯然，病乎？"曰："无。"脉之，惊曰："君有鬼脉，病在少阴，不自慎者殆矣！"归语九郎。九郎叹曰："良医也！我实狐，久恐不为君福。"生疑其诳，藏其药，不以尽予，虑其弗至也。居无何，果病。延齐诊视，曰："曩不实言，今魂气已游墟莽（荒坟），秦缓（春秋时秦国的良医，名缓）何能为力？"九郎日来省侍，曰："不听吾言，果至于此！"生寻（很快，不久）死。九郎痛哭而去。

先是，邑有某太史，少与生共笔砚，十七岁擢翰林。时秦藩贪暴，而赂通朝士，无有言者。公抗疏（上书直言）劾（弹劾）其恶，以越俎（越职言事）免。藩升是省中丞（明清巡抚的代称），日伺公隙。公少有英称，曾邀叛王青盼，因购得旧所往来札，胁公。公惧，自经。夫人亦投缳（自尽。缳，huán，绳圈）死。公越宿忽醒，曰："我何子萧也。"诘之，所言皆何家事，方悟其借躯返魂。留之不可，出奔旧舍。抚疑其诈，必欲排陷之，使人索千金于公。公伪诺，而忧闷欲绝。忽通九郎至，喜共话言，悲欢交集。既欲复狎。九郎曰："君有三命耶？"公曰："余悔生劳，不如死逸。"因诉冤苦，九郎悠忧以思。少间曰："幸复生聚。君旷（指成年男子没有妻子）无偶，前言表妹，慧丽多谋，必能分忧。"公欲一见颜色。曰："不难。明日将取伴老母，此道所经。君伪为弟也兄者，我假渴而求饮焉。君曰'驴子亡'，则诺也。"计已而别。

明日停午（正午），九郎果从女郎经门外过。公拱手絮絮与语，略睨女郎，娥眉秀曼，诚仙人也。九郎索茶，公请入饮。九郎曰："三妹勿讶，此兄盟好，不妨少休止。"扶之而下，系驴于门而入。公自起瀹茗。因目九郎曰："君前言不足以尽。今得死所矣！"女似悟其言之为己者，离榻起立，嘤喔（鸟叫声，形容女子的声音非常好听）而言曰："去休（走吧。休，语气助词）！"公外顾曰："驴子其亡！"九郎火急驰出。公拥女求合。女颜色紫变，窘若囚拘，大呼九兄，不应。曰："君自有妇，何丧人廉耻也？"公自陈无室。女曰："能矢山河（对着山河发誓，表示自己的誓言不会改变），勿令秋扇见捐，则惟命是听。"公乃誓以皦（jiǎo，洁白，明亮）日。女不复拒。事已，九郎至。女色然怒让（责备）之。九郎曰："此何子萧，昔之名士，今之太史。与兄最善，其人可依。即闻诸妗（jìn，舅母）氏，当不相见罪。"日向晚，公邀遮不听去。女恐姑母骇怪，九郎锐身自任，跨驴径去。居数日，有妇携婢过，年四十许，神情意致，雅似三娘。公呼女出窥，果母也。瞥睹女，怪问："何得在此？"女惭不能对。公邀入，拜而告之。母笑曰："九郎雅气，胡再不谋？"女自入厨下，设食供母，食已乃去。

公得丽偶，颇快心期；而恶绪萦怀，恒戚戚有忧色。女问之，公缅述颠末（尽情叙说本末）。女笑曰："此九兄一人可得解，君何忧？"公诘其故。女曰："闻抚公溺声歌而比顽童，此皆九兄所长也。投所好而献之，怨可消，仇亦可复。"公虑九郎不肯。女曰："但请哀之。"越日，公见九郎来，肘行而逆（迎接）之。九郎惊曰："两世之交，但可自效，顶踵所不敢惜（不顾生命，全力以赴）。何忽作此态向人？"公具以谋告，九郎有难色。女曰："妾失身于郎，谁实为之？脱（如果，假如）令中途雕丧，焉置妾也？"九郎不得已，诺之。公族（聚集）与谋，驰书与所善之王太史，而致九郎焉。王会其意，大设，招抚公饮。命九郎饰女郎，作天魔舞，宛然美女。抚惑之，亟请于王，欲以重金购九郎，惟恐不得当。王故沉思以难之。迟之又久。始将公命以进。抚喜，前郤顿释。自得九郎，动息不相离；侍妾十馀，视同尘土。九郎饮食供具如王者；赐金万计。半年，抚公病，九郎知其去冥路近也，遂辇（用车搬运）金帛，假归公家。既而抚公薨，九郎出资，起屋置器，畜婢仆，母子及妗并家焉。九郎出，舆马甚都，人不知其狐也。余有"笑判"，并志之：

男女居室，为夫妇之大伦；燥湿互通，乃阴阳之正窍。迎风待月，尚有荡检之讥；断袖分桃，难免掩鼻之丑。人必力士，鸟道乃敢生开；洞非桃源，渔篙宁许误入？今某从下流而忘返，舍正路而不由。云雨未兴，辄尔上下其手；阴阳反背，居然表里为奸。华池置无用之乡，谬说老僧入定；蛮洞乃不毛之地，遂使眇帅称戈。系赤兔于辕门，如将射戟；探大弓于国库，直欲斩关。或是监内黄鳝，访知交于昨夜；分明王家朱李，索钻报于来生。彼黑松林戎马顿来，固相安矣；设黄龙府潮水忽至，何以御之？宜断其钻刺之根，兼塞其送迎之路。

余　德

武昌尹图南，有别第（正宅以外的宅邸），尝为一秀才税（租赁）居。半年来，亦未尝过问。一日，遇诸其门，年最少，而容仪裘马，翩翩甚都（仪表文雅优美）。趋与语，却又蕴藉可爱。异之。归语妻，妻遣婢托遗问以窥其室。室有丽姝，美艳逾于仙人；一切花石服玩，俱非耳目所经。尹不测其何人，诣门投谒（投递名帖），适（刚巧）值他出。翼日，即来答拜。展其刺呼（古时名片上所写的姓名），始知余姓德名。语次（言谈之间），细审官阀，言殊隐约。固诘之，则曰："欲相还往，仆不敢自绝。应知非寇窃逋逃者，何须逼知来历。"尹谢之。命酒款宴，言笑甚欢。向暮，有昆仑（指奴仆）捉马挑灯，迎导以去。

明日，折简报主人。尹至其家，见屋壁俱用明光纸裱，洁如镜。金猊狻（一种金属香炉。狻猊，suān ní）爇（ruò，点燃）异香。一碧玉瓶，插凤尾孔雀羽各二，各长二尺馀。一水晶瓶，浸粉花一树，不知何名，亦高二尺许，垂枝覆几外；叶疏花密，含苞未吐；花状似湿蝶敛翼；蒂即如须。筵间不过八簋（指八样菜肴。簋，guǐ，食器），而丰美异常。既，命童子击鼓催花为令。鼓声既动，则瓶中花颤颤欲拆（绽放）；俄而蝶翅渐张，既而鼓歇，渊然（形容鼓声非常低沉）一声，蒂须顿落，即为一蝶，飞落尹衣。余笑起，飞一巨觥；酒方引满，蝶亦飏去。顷之，鼓又作，两蝶飞集余冠。余笑云："作法自弊矣。"亦引二觥。三鼓既终，花乱堕，翩翩而下，惹（沾染）袖沾衿。鼓僮笑来指数：尹得九筹，余四筹。尹已薄醉，不能尽筹，强引三爵，离席亡去。由是益奇之。

然其为人寡交与，每阖门居，不与国人通吊庆。尹逢人辄宣播；闻其异者，争交欢余，门外冠盖常相望（指达官贵人来访者，经常连续不断）。余颇不耐,忽辞主人去。去后,尹入其家,空庭洒扫无纤尘;烛泪堆掷青阶下;窗间零帛断线,指印宛然。惟舍后遗一小白石缸,可受石许。尹携归,贮水养朱鱼。经年,水清如初贮。后为佣保移石,误碎之。水蓄并不倾泻。视之,缸宛在,扪之虚耎(ruǎn,同"软")。手入其中,则水随手泄;出其手,则复合。冬月亦不冰。一夜,忽结为晶,鱼游如故。尹畏人知,常置密室,非子婿不以示也。久之渐播,索玩者纷错于门。腊夜,忽解为水,荫湿满地,鱼亦渺然。其旧缸残石犹存。忽有道士踵门(亲自上门)求之。尹出以示。道士曰:"此龙宫蓄水器也。"尹述其破而不泄之异。道士曰:"此缸之魂也。"殷殷然乞得少许。问其何用,曰:"以屑合药,可得永寿。"予一片,欢谢而去。

青 梅

白下(今南京市西北)程生,性磊落,不为畛畦(心胸坦荡)。一日,自外归,缓其束带,觉带端沉沉,若有物堕。视之,无所见。宛转间,有女子从衣后出,掠发微笑,丽绝。程疑其鬼,女曰:"妾非鬼,狐也。"程曰:"倘得佳人,鬼且不惧,而况于狐。"遂与狎。二年,生一女,小字青梅。每谓程:"勿娶,我且为君生男。"程信之,遂不娶。戚友共诮姗(讥笑)之。程志夺,聘湖东王氏。狐闻之怒,就女乳之,委于程曰:"此汝家赔钱货,生之杀之,俱由尔。我何故代人作乳媪乎!"出门径去。

青梅长而慧,貌韶秀,酷肖其母。既而程病卒,王再醮(jiào,出嫁)去。青梅寄食于堂叔。叔荡无行,欲鬻(yù,卖)以自肥。适(恰好)有王进士者,方候铨(听候选授官职)于家,闻其慧,购以重金,使从女阿喜服役。喜年十四,容华绝代。见梅忻悦,与同寝处。梅亦善候伺,能以目听,以眉语,由是一家俱怜爱之。

邑有张生,字介受。家窭(jù,贫困)贫,无恒产,税(租赁)居王第。性纯孝，制行不苟，又笃于学。青梅偶至其家，见生据石啖糠粥；入室与生母絮语，见案上具豚蹄焉。时翁卧病，生入，抱父而私（便溺）。便液污衣，翁觉之而自恨；生掩其迹，急出自濯，恐翁知。梅以此大异之。归述所见，谓女曰："吾家客，非常人也。娘子不欲得良匹（佳偶）则已；欲得良匹，张生其人也。"女恐父厌其贫。梅曰："不然，是在娘子。如以为可，妾潜告，使求伐（找人做媒）焉。夫人必召商之，但应之曰'诺'

也，则谐矣。"女恐终贫为天下笑。梅曰："妾自谓能相天下士，必无谬误。"明日，往告张媪。媪大惊，谓其言不祥。梅曰："小姐闻公子而贤之也，妾故窥其意以为言。冰人往，我两人祖焉，计合允遂。纵其否也，于公子何辱乎？"媪曰："诺。"乃托侯氏卖花者往。夫人闻之而笑，以告王。王亦大笑。唤女至，述侯氏意。女未及答，青梅亟赞其贤，决其必贵。夫人又问曰："此汝百年事。如能啜糠覈（指生活非常贫困。覈，hé，碎米屑）也，即为汝允之。"女俛首久之，顾壁而答曰："贫富命也。倘命之厚，则贫无几时；而不贫者无穷期矣。或命之薄，彼锦绣王孙，其无立锥者岂少哉？是在父母。"初，王之商女也；将以博笑；及闻女言，心不乐曰："汝欲适（旧称女子出嫁）张氏耶？"女不答；再问，再不答。怒曰："贱骨，了不长进！欲携筐作乞人妇，宁不羞死！"女涨红气结，含涕引去（离开）。媒亦遂奔。

　　青梅见不谐（不成），欲自谋。过数日，夜诣生。生方读，惊问所来；词涉吞吐。生正色却之。梅泣曰："妾良家子，非淫奔者；徒以君贤，故愿自托。"生曰："卿爱我，谓我贤也。昏夜之行，自好者不为，而谓贤者为之乎？夫始乱之而终成之，君子犹曰不可；况不能成，彼此何以自处？"梅曰："万一能成，肯赐援拾（收留）否？"生曰："得人如卿，又何求？但有不可如何（即无可奈何）者三，故不敢轻诺耳。"曰："若何？"曰："不能自主，则不可如何；即能自主，我父母不乐，则不可如何；即乐之，而卿之身直必重，我贫不能措，则尤不可如何。卿速退，瓜李之嫌可畏也！"梅临去，又嘱曰："君倘有意，乞共图之。"生诺。梅归，女诘所往，遂跪而自投（主动承认）。女怒其淫奔，将施扑责。梅泣白无他，因而实告。女叹曰："不苟合，礼也；必告父母，孝也；不轻然诺，信也。有此三德，天必祐之，其无患贫也已。"既而曰："子将若何？"曰："嫁之。"女笑曰："痴婢能自主耶？"曰："不济，则以死继之。"女曰："我必如所愿。"梅稽首而拜（古时最重的拜礼，跪拜时头至地，稽留多时）之。又数日，谓女曰："曩（nǎng，以往）而言之戏乎，抑果欲慈悲耶？果尔，尚有微情，并祈垂怜焉。"女问之，答曰："张生不能致聘，婢又无力可以自赎，必取盈焉，嫁我犹不嫁也。"女沉吟曰："是非我之能为力矣。我曰嫁汝，且恐不得当；而曰必无取直焉，是大人所必不允，亦余所不敢言也。"青梅闻之，泣数行下，但求怜拯。女思良久，曰："无已，我私蓄数金，当倾囊相助。"梅拜谢，因潜告张。张母大喜，多方乞贷，共得如干数，藏待好音。会王授曲沃（今山西省南部）宰，喜乘间告母曰："青梅年已长，今将莅任，不如遣之。"夫人固以青梅太黠，恐导女不义，每欲嫁之，而恐女不乐也，闻女言甚喜。逾两日，有佣保妇白张氏意。王笑曰："是只合偶婢子，前此何妄也！然鬻媵高门，价当倍于曩昔（以往。曩，nǎng）。"女急进曰："青梅待我久，卖为妾，良不忍。"王乃传语张氏，仍以原金署券（以原身价签赎身契），以青梅嫔（指下嫁）于生。入门，孝翁姑（公婆），曲折承顺，尤过于生；而操作更勤，餍糠秕不为苦。由是家中无不爱重青梅。梅又以刺绣作业，售且速，贾人候门以购，惟恐弗得。得资稍可御穷。且劝勿以内顾（顾念家事）误读，经纪皆自任之。因主人之任，往别阿喜。喜见之，泣曰："子得所矣，我固不如。"梅曰："是何人之赐，而敢忘之？然以为不如婢子，恐促婢子寿（折我的福。婢子，即青梅。促寿，即折福）。"遂泣相别。

王如晋，半载，夫人卒，停柩寺中。又二年，王坐行赇免，罚赎万计，渐贫不能自给，从者逃散。是时，疫大作，王染疾亦卒。惟一媪从女。未几，媪又卒。女伶仃益苦。有邻妪劝之嫁，女曰："能为我葬双亲者，从之。"媪怜之，赠以斗米而去。半月复来，曰："我为娘子极力，事难合也：贫者不能为葬，富者又嫌子为陵夷（败落，指衰败的家庭）嗣。奈何！尚有一策，但恐不能从也。"女曰："若何？"曰："此间有李郎，欲觅侧室（妾），倘见姿容，即遣厚葬，必当不惜。"女大哭曰："我搢绅裔而为人妾耶！"媪无言，遂去。日仅一餐，延息待价。居半年，益不可支。一日，媪至。女泣告曰："困顿如此，每欲自尽；犹恋恋而苟活者，徒以有两柩在。已将转沟壑（辗转沟壑之间，指无助而死），谁收亲骨者？故思不如依汝言也。"媪于是导李来，微窥女，大悦。即出金营葬，双椟（huì，小棺材）具举。已，乃载女去，入参冢室。冢室（正妻。冢，zhǒng）故悍妒，李初未敢言妾，但托买婢。及见女，暴怒，杖逐而出，不听入门。女披发零涕，进退无所。

有老尼过，邀与同居，喜从之。至庵中，拜求祝发。尼不可，曰："我视娘子，非久卧风尘者。庵中陶器脱粟，粗（大体上，差不多）可自支，姑寄此以待之。时至，子自去。"居无何，市中无赖窥女美，辄打门游语为戏，尼不能制止。女号泣欲自尽。尼往求吏部某公揭示严禁，恶少始稍敛迹。后有夜穴寺壁者，尼警呼始去。因复告吏部，捉得首恶者，送郡笞责，始渐安。又年馀，有贵公子过庵，见女惊绝，强尼通殷勤，又以厚赂啖尼。尼婉语之曰："渠簪缨胄（她是官宦的后代。渠，她。簪和缨代称贵官。胄，后裔），不甘媵御（侍妾。御，本指妃嫔之类的女官，这里指女侍。媵，yìng）。公子且归，迟迟当有以报命。"既去，女欲乳药（喝毒药）死。夜梦父来，疾道曰："我不从汝志，致汝至此，悔之已晚。但缓须臾勿死，凤愿尚可复酬。"女异之。天明，盥已，尼望之而惊曰："睹子面，浊气尽消，横逆不足忧也。福且至，勿忘老身矣。”语未已，闻叩户声。女失色，意必贵家奴。尼启扉，果然。骤问所谋。尼甘语承迎，但请缓以三日。奴述主言，事若无成，俾尼自复命。尼唯唯敬应，谢令去。女大悲，又欲自尽。尼止之。女虑三日复来，无词可应。尼曰：“有老身在，斩杀自当之。”次日，方晡（太阳将落时。晡，bū），暴雨翻盆，忽闻数人挝（zhuā，敲打）户大哗。女意变作，惊怯不知所为。尼冒雨启关，见有肩舆停驻；女奴数辈，捧一丽人出；仆从煊赫，冠盖甚都。惊问之，云：“是司李内眷，暂避风雨。”导入殿中，移榻肃坐。家人妇群奔禅房，各寻休憩。入室见女，艳之，走告夫人。无何，雨息，夫人起，请窥禅室。尼引入，睹女艳绝，凝眸不瞬。女亦顾盼良久。夫人非他，盖青梅也。各失声哭，因道行踪。盖张翁病故，生起复后，连捷（指中了举人接着又中了进士，中间不隔科）授司理。生先奉母之任，后移诸眷口。女叹曰：“今日相看，何啻霄壤（天和地）！”梅笑曰：“幸娘子挫折无偶，天正欲我两人完聚耳。倘非阻雨，何以有此邂逅？此中具有鬼神，非人力也。”乃取珠冠锦衣，催女易妆。女俛首徘徊。尼从中赞劝之。女虑同居其名不顺，梅曰：“昔日自有定分，婢子敢忘大德！试思张郎，岂负义者？”强妆之。别尼而去。

抵任，母子皆喜。女拜曰：“今无颜见母。”母笑慰之。因谋涓吉合卺（古代结婚仪式之一，代指结婚。卺，jǐn）。女曰：“庵中但有一丝生路，亦不肯从夫人至此。倘念旧好，得受一庐，可容蒲团足矣。”梅笑而不言。及期，抱艳妆来。女左右不知所可。俄闻乐鼓大作，女亦无以自主。梅率婢媪强衣之，挽扶而出。见生朝服而拜，遂不觉盈盈而亦拜也。梅曳入洞房，曰：“虚此位以待君久矣。”又顾生曰：“今夜得报恩，可好为之。”返身欲去。女捉其裾，梅笑曰：“勿留我，此不能相代也。”解指脱去。青梅事女谨，莫敢当夕（古代约束侍妾的封建礼法，指不敢代替正妻侍寝）。而女终惭沮不自安。于是母命相呼以夫人。梅终执婢妾礼，罔敢懈。三年，张行取（明制，地方官知县、推官，科目出身三年考满者，经地方高级官员保举和考选，由吏部、都察院协同注拟授职）入都，过庵，以五百金为尼寿。尼不受。强之，乃受二百金，起大士祠，建王夫人碑。后张仕至侍郎。程夫人举二子一女，王夫人四子一女。张上书陈情，俱封夫人。

异史氏曰："天生佳丽，固将以报名贤；而世俗之王公，乃留以赠纨袴（古代贵族子弟所穿的绢裤）。此造物所必争也。而离离奇奇，致作合者无限经营，化工亦良苦矣。独是青夫人能识英雄于尘埃，誓嫁之志，期以必死；曾俨然而冠裳也者，顾弃德行而求膏粱，何智出婢子下哉！"

罗刹海市

马骥，字龙媒，贾人子。美丰姿。少倜傥，喜歌舞。辄从梨园子弟（戏曲艺人），以锦帕缠头，美如好女，因复有"俊人"之号。十四岁，入郡庠，即知名。父衰老，罢贾而居。谓生曰："数卷书，饥不可煮，寒不可衣。吾儿可仍继父贾。"马由是稍稍权子母（指从商）。

从人浮海（航海，指随人去海外经商），为飓风引去，数昼夜至一都会。其人皆奇丑，见马至，以为妖，群哗而走。马初见其状，大惧；迨知国中之骇己也，遂反以此欺国人。遇饮食者，则奔而往；人惊遁，则啜其馀。久之，入山村。其间形貌亦有似人者，然褴褛如丐。马息树下，村人不敢前，但遥望之。久之，觉马非噬人者，始稍稍近就之。马笑与语。其言虽异，亦半可解。马遂自陈所自（从哪里来）。村人喜，遍告邻里，客非能搏噬者。然奇丑者望望即去，终不敢前；其来者，口鼻位置，尚皆与中国同。共罗浆酒奉马。马问其相骇之故，答曰："尝闻祖父言：西去二万六千里，有中国，其人民形象率诡异。但耳食之，今始信。"问其何贫。曰："我国所重，不在文章，而在形貌。其美之极者，为上卿（最尊贵的诸侯）；次任民社（直接管理民众事务）；下焉者，亦邀贵人宠，故得鼎烹以养妻子。若我辈初生时，父母皆以为不祥，往往置弃之；其不忍遽弃者，皆为宗嗣耳。"问："此名何国？"曰："大罗刹国。都城在北去三十里。"马请导往一观。于是鸡鸣而兴，引与俱去。天明，始达都。都以黑石为墙，色如墨，楼阁近百尺。然少瓦，覆以红石；拾其残块磨甲上，无异丹砂。时值朝退，朝中有冠盖出，村人指曰："此相国也。"视之，双耳皆背生，鼻三孔，睫毛覆目如帘。又数骑出，曰："此大夫也。"以次各指其官职，率狰狞（zhēng níng，毛发蓬乱貌）怪异；然位渐卑，丑亦渐杀。无何，马归，街衢（qú）人望见之，噪奔跌踣，如逢怪物。村人百口解说，市人始敢遥立。既归，国中咸知村有异人，于是搢绅大夫，争欲一广见闻，遂令村人要马。然每至一家，阍人（守门人。阍，hūn）辄阖户，丈夫女子窃窃自门隙中窥语；终一日，无敢延见者。村人曰："此间一执戟郎（古代守卫在官门的官员），曾为先王出使异国，所阅人多，或不以子为惧。"造郎门。郎果喜，揖为上客。视其貌，如八九十岁人。目睛突出，须卷如猬。曰："仆少奉王命，出使最多；独未尝至中华。今一百二十馀岁，又得睹上国人物，此不可不上闻于天子。然臣卧林下，十余年不践朝阶，早旦，为君一行。"乃具饮馔（饮食，吃喝。馔，zhuàn），修主客礼。酒数行，出女乐十馀人，更番歌舞。貌类夜叉，皆以白锦缠头，拖朱衣及地。扮唱不知何词，腔拍恢诡（huī guǐ，荒诞怪异）。主人顾而乐之，问："中国亦有此乐乎？"曰："有"。主人请拟其声，遂击桌为度一曲。主人喜曰："异哉！声如凤鸣龙啸，从未曾闻。"翼日，趋朝，荐诸国王。王忻然下诏。有二三大夫，言其怪状，恐惊圣体。王乃止。郎出告马，深为扼腕。居久之，与主人饮而醉，把剑起舞，以煤涂面作张飞。主人以为美，曰："请君以张飞见宰相，宰相必乐用之，厚禄不难致。"马曰："嘻！游戏犹可，何能易（改变）面目图荣显？"主人固强之，马乃诺。主人设筵，邀当路者饮，令马绘面以待。未几，客至，呼马出见客。客讶曰："异哉！何前媸而今妍也！"遂与共饮，甚欢。马婆娑歌"弋阳曲"，一座无不倾倒。明日，交章（谓官员纷纷向皇帝上书奏事）荐马。王喜，召以旌节。既见，问中国治安之道，马委曲上陈，大蒙嘉叹，赐宴离宫。酒酣，王曰："闻卿善雅乐，可使寡人得而闻之乎？"马即起舞，亦效白锦缠头，作靡靡之音。王大悦，即日拜下大夫（拜，授官。下大夫，古官名）。

时与（参加）私宴，恩宠殊异。久而官僚百执事（即百官）颇觉其面目之假，所至，辄见人耳语，不甚与款洽（亲密，亲切）。马至是孤立，惘然不自安。遂上疏乞休致，不许；又告休沐，乃给三月假。于是乘传（乘坐驿站的传车。传，zhuàn，车，古代驿站的公用车辆）载金宝，复归山村。村人膝行以迎。马以金资分给旧所与交好者，欢声雷动。村人曰："吾侪（chái，辈）小人受大夫赐，明日赴海市，当求珍玩，用报大夫。"问："海市何地？"曰："海中市，四海鲛人，集货珠宝；四方十二国，均来贸易。中多神人游戏。云霞障天，波涛间作。贵人自重，不敢犯险阻，皆以金帛付我辈，代购异珍。今其期不远矣。"问所自知，曰："每见海上朱鸟往来，七日，即市。"马问行期，欲同游瞩。村人劝使自贵。马曰："我顾沧海客，何畏风涛？"

　　未几，果有踵门（亲自上门）寄资者，遂与装资入船。船容数十人，平底高栏。十人摇橹，激水如箭。凡三日，遥见水云幌漾之中，楼阁层叠；贸迁（贸易）之舟，纷集如蚁。少时，抵城下。视墙上砖，皆长与人等。敌楼（城墙上御敌的城楼）高接云汉（高空）。维舟而入，见市上所陈，奇珍异宝，光明射目，多人世所无。一少年乘骏马来，市人尽奔避，云是"东洋三世子。"世子过，目生曰："此非异域人？"即有前马者来诘乡籍。生揖道左，具展邦族。世子喜曰："既蒙辱临，缘分不浅！"于是授生骑，请与连辔。乃出西城。方至岛岸，所骑嘶跃入水。生大骇失声。则见海水中分，屹如壁立。俄睹宫殿，玳瑁为梁，鲂鳞作瓦；四壁晶明，鉴影炫目。下马揖入。仰视龙君在上，世子（帝王或诸侯的嫡子称世子）启奏："臣游市廛（chán，集市），得中华贤士，引见大王。"生前拜舞（一种跪拜的舞蹈。朝仪之一）。龙君乃言："先生文学士，必能衙官屈、宋。欲烦椽笔赋'海市'，幸无吝珠玉。"生稽首（古时的一种礼节，跪下，拱手至地，头也至地。稽，qǐ）受命。授以水精之砚，龙鬣（颈上的长毛。鬣，liè）之毫，纸光似雪，墨气如兰。生立成千馀言，献殿上。龙君击节（赞赏）曰："先生雄才，有光水国矣！"遂集诸龙族，宴集采霞宫。酒炙数行，龙君执爵而向客曰：

"寡人所怜女，未有良匹，愿累先生。先生倘有意乎？"生离席愧荷（自愧又感激），唯唯而已。龙君顾左右语。无何，宫人数辈，扶女郎出。珮环声动，鼓吹暴作。拜竟，睨（nì，斜着眼睛看）之，实仙人也。女拜已而去。少时酒罢，双鬟挑画灯，导生入副宫。女浓妆坐伺。珊瑚之床，饰以八宝；帐外流苏，缀明珠如斗大；衾褥皆香耎（ruǎn，同"软"）。天方曙，则雏女妖鬟，奔入满侧。生起，趋出朝谢。拜为驸马都尉。以其赋驰传诸海。诸海龙君，皆遣员来贺；争折简招驸马饮。生衣绣裳，驾青虬，呵殿（古代官员出行，仪卫前呵后殿，喝令行人让道）而出。武士数十骑，背雕弧，荷白棓，晃耀填拥。马上弹筝，车中奏玉。三日间，遍历诸海。由是"龙媒"之名，噪于四海。宫中有玉树一株，围可合抱；本莹澈，如白琉璃，中有心，淡黄色，稍细于臂；叶类碧玉，厚一钱许，细碎有浓阴。常与女啸咏其下。花开满树，状类蘧葡。每一瓣落，锵然作响。拾视之，如赤瑙雕镂，光明可爱。时有异鸟来鸣，毛金碧色，尾长于身，声等哀玉，恻人肺腑。生闻之，辄念乡土。因谓女曰："亡出三年，恩慈间阻，每一念及，涕膺汗背（泪下沾胸，汗流浃背；形容悲伤与惶恐）。卿能从我归乎？"女曰："仙尘路隔，不能相依。妾亦不忍以鱼水之爱，夺膝下之欢。容徐谋之。"生闻之，涕不自禁。女亦叹曰："此势之不能两全者也！"明日，生自外归。龙君曰："闻都尉有故土之思，诘旦（清晨）趣装（整理行装），可乎？"生谢曰："逆旅孤臣，过蒙优宠，衔报之诚，结于肺肝。容暂归省，当图复聚耳。"入暮，女置酒话别。生订后会，女曰："情缘尽矣。"生大悲，女曰："归养双亲，见君之孝。人生聚散，百年犹旦暮耳，何用作儿女哀泣？此后妾为君贞（古代称妻子不再改嫁为"贞"），君为妾义，两地同心，即伉俪也，何必旦夕相守，乃谓之偕老乎？若渝（改变，违背）此盟，婚姻不吉。倘虑中馈（古代称妇女在家料理家务为"主中馈"）乏人，纳婢可耳。更有一事相嘱：自奉衣裳，似有佳朕（好兆头，这里指怀孕），烦君命名。"生曰："其女耶，可名龙宫；男耶，可名福海。"女乞一物为信。生在罗刹国所得赤玉莲花一对，出以授女。女曰：

"三年后四月八日，君当泛舟南岛，还君体胤（指亲生孩子。胤，yìn）。"女以鱼革为囊，实以珠宝，授生曰："珍藏之，数世吃著不尽也。"天微明，王设祖帐，馈遗甚丰。生拜别出宫。女乘白羊车，送诸海涘。生上岸下马。女致声珍重，回车便去，少顷便远。海水复合，不可复见。

生乃归。自浮海去，咸谓其已死；及至家，家人无不诧异。幸翁媪无恙，独妻已他适（旧称女子出嫁）。乃悟龙女"守义"之言，盖已先知也。父欲为生再婚；生不可，纳婢焉。谨志三年之期，泛舟岛中。见两儿坐浮水面，拍流嬉笑，不动亦不沉。近引之，儿哑（笑声）然捉生臂，跃入怀中。其一大啼，似嗔生之不援己者。亦引上之。细审之，一男一女，貌皆婉秀。额上花冠缀玉，则赤莲在焉。背有锦囊，拆视，得书云："翁姑计各无恙。忽忽三年，红尘永隔；盈盈（水清浅的样子）一水，青鸟难通，结想为梦，引领成劳，茫茫蓝蔚，有恨如何也！顾念奔月姮娥，且虚桂府；投梭织女，犹怅银河。我何人斯，而能永好？兴思及此，辄复破涕为笑。别后两月，竟得孪生。今已咿啾怀抱，颇解言笑；觅枣抓梨，不母可活。敬以还君。所贻赤玉莲花，饰冠作信。膝头抱儿时，犹妾在左右也。闻君克践旧盟，意愿斯慰。妾此生不二，之死靡他。奁中珍物，不蓄兰膏；镜里新妆，久辞粉黛。君似征人，妾作荡妇，即置而不御（两地分居，却仍有夫妻名分），亦何得谓非琴瑟哉？独计翁姑亦既抱孙，曾未一觏新妇，揆之情理，亦属缺然。岁后阿姑窀穸（zhūn xī，埋葬），当往临穴，一尽妇职。过此以往，则'龙宫'无恙，不少把握之期；'福海'长生，或有往还之路。伏惟珍重，不尽欲言。"生反覆省书揽涕。两儿抱颈曰："归休乎！"生益恸，抚之曰："儿知家在何许？"儿啼，呕哑言归。生视海水茫茫，极天无际；雾鬟（借指想象中的龙女）人渺，烟波路穷。抱儿返棹，怅然遂归。生知母寿不永，周身物悉为预具，墓中植松楸百馀。逾岁，媪果亡。灵舆至殡宫，有女子缞绖（cuī dié，旧时丧服）临穴。众方惊顾，忽而风激雷轰，继以急雨，转瞬已失所在。松柏新植多枯，至是皆活。福海稍长，辄思其母，忽自投入海，数日始还。龙宫以女子不得往，时掩户泣。一日，昼暝，龙女忽入，止之曰："儿自成家，哭泣何为？"乃赐八尺珊瑚一树，龙脑香一帖，明珠百颗，八宝嵌金合一双，为嫁资。生闻之突入，执手啜泣。俄顷，疾雷破屋，女已无矣。

异史氏曰："花面（假面）逢迎，世情如鬼。嗜痂之癖，举世一辙。'小惭小好，大惭大好'。若公然带须眉以游都市，其不骇而走者盖几希矣！彼陵阳痴子，将抱连城玉向何处哭也？呜呼！显荣富贵，当于蜃楼海市中求之耳！"

田七郎

武承休，辽阳（今辽宁省辽阳市辽阳县）人。喜交游，所与皆知名士。夜梦一人告之曰："子交游遍海内，皆滥交耳。惟一人可共患难，何反不识？"问："何人？"曰："田七郎非与？"醒而异之。诘（第二天清晨）朝，见所与游，辄问七郎。客或识为东村业猎者。武敬谒诸家，以马箠（chuí，鞭子）挝（敲打）门。未几，一人出，年二十馀，貙（chū，古书上说的一种虎属猛兽）目蜂腰，着腻帢（qià，古代士人戴的一种丝织的便帽），衣皂犊鼻（黑色遮膝围裙），多白补缀。拱手于额而问所自。武展姓氏，且托途中不快，借庐憩息。问七郎，答曰："我即是也。"遂延客入。见破屋数椽，木岐支壁。入一小室，虎皮狼蜕，悬布槛间，更无机榻可坐。七郎就地设皋比（指虎皮）焉。武与语，言词朴质，大悦之。遽赠金作生计，七郎不受。固予之，七郎受以白母。俄顷将还，固辞不受。武强之再四。母龙钟而至，厉色曰："老身止此儿，不欲令事贵客！"武惭而退。归途展转，不解其意。适（恰巧）从人于舍后闻母言，因以告武。先是，七郎持金白母，母曰："我适睹公子，有晦纹，必罹（遭受）奇祸。闻之：受人知者分人忧，受人恩者急人难。富人报人以财，贫人报人以义。无故而得重赂，不祥，恐将取死报于子矣。"武闻之，深叹母贤；然益倾慕七郎。

翼日，设筵招之，辞不至。武登其堂，坐而索饮。七郎自行酒，陈鹿脯，殊尽情礼。越日，武邀酬之，乃至。款洽（款待和赠予）甚欢。赠以金，即不受。武托购虎皮，乃受之。归视所蓄，计不足偿，思再猎而后献之。入山三日，无所猎获。会妻病，守视汤药，不遑操业。浃旬（十天过去了），妻淹忽以死。为营斋葬，所受金稍稍耗去。武亲临唁送，礼仪优渥。既葬，负弩山林，益思所以报武，而迄无所得。武探得其故，辄劝勿亟。切望七郎姑一临存，而七郎终以负债为憾，不肯至。武因先索旧藏，以速其来。七郎检视故革，则蠹蚀殃败，毛尽脱，懊丧益甚。武知之，驰行其庭，极意慰解之。又视败革，曰：“此亦复佳。仆所欲得，原不以毛。”遂轴鞟（卷起皮革。鞟，kuò，皮革）出，兼邀同往。七郎不可，乃自归。七郎念终以不足报武，裹粮入山，凡数夜，得一虎，全而馈之。武喜，治具，请三日留。七郎辞之坚。武键庭户，使不得出。宾客见七郎朴陋，窃谓公子妄交。而武周旋七郎，殊异诸客。为易新服，却不受；承其寐而潜易之，不得已而受之。既去，其子奉媪命，返新衣，索其敝褡（破衣服）。武笑曰：“归语（告诉）老姥，故衣已拆作履衬（做鞋子用的里衬）矣。”自是，七郎日以兔鹿相贻，召之即不复至。武一日诣七郎，值出猎未返。媪出，踦门语曰：“再勿引致（招惹）吾儿，大不怀好意！”武敬礼之，惭而退。

半年许，家人忽白：“七郎为争猎豹，殴死人命，捉将官里去。”武大惊，驰视之，已械收在狱。见武无言，但云：“此后烦恤老母。”武惨然出，急以重金赂邑宰；又以百金赂仇主。月馀无事，释七郎归。母慨然曰：“子发肤（代身体）受之武公子，非老身所得而爱惜者矣。但祝公子百年无灾患，即儿福。”七郎欲诣谢武，母曰：“往则往耳，见公子勿谢也。小恩可谢，大恩不可谢。”七郎见武，武温言慰藉，七郎唯唯。家人咸怪其疏，武喜其诚笃，益厚遇之。由是恒数日留公子家。馈遗辄受，不复辞，亦不言报。

会武初度（生日），宾从烦多，夜舍屦（jù，古代用麻葛制成的一种鞋。汉以前叫屦）满。武偕七郎卧斗室中，三仆即床下藉刍藁。二更向尽，诸仆皆睡去，两人犹刺刺（指说话没完没了）语。七郎佩刀挂壁间，忽自腾出匣（这里指剑鞘）数寸许，铮铮作响，光闪烁如电。武惊起。七郎亦起，问："床下卧者何人？"武答："皆厮仆。"七郎曰："此中必有恶人。"武问故，七郎曰："此刀购诸异国，杀人未尝濡缕（沾湿衣服）。迄今佩三世矣。决首至千计，尚如新发于硎（磨刀石）。见恶人则鸣跃，当去杀人不远矣。公子宜亲君子，远小人，或万一可免。"武颔之。七郎终不乐，辗转床席。武曰："灾祥数耳，何忧之深？"七郎曰："我诸无恐怖，徒以有老母在。"武曰："何遽至此？"七郎曰："无则便佳。"盖床下三人：一为林儿，是老弥子（指一直受宠的娈童），能得主人欢；一僮仆，年十二三，武所常役者；一李应，最拗拙，每因细事与公子裂眼争，武恒怒之。当夜默念，疑必此人。诘旦，唤至，善言绝令去。武长子绅，娶王氏。一日，武他出，留林儿居守。斋中菊花方灿。新妇意翁出，斋庭当寂，自诣摘菊。林儿突出勾戏。妇欲遁，林儿强挟入室。妇啼拒，色变声嘶。绅奔入，林儿始释手逃去。武归闻之，怒觅林儿，竟已不知所之。过二三日，始知其投身某御史家。某官都中，家务皆委决于弟。武以同袍义，致书索林儿，某弟竟置不发。武益恚（huì，恨，怒），质词邑宰。勾牒（逮捕犯人的公文）虽出，而隶不捕，官亦不问。武方愤怒，适（正好）七郎至。武曰："君言验矣。"因与告愬。七郎颜色惨变，终无一语，即径去。武嘱干仆逻察林儿。林儿夜归，为逻者所获，执见武。武掠楚之。林儿语侵武。武叔恒，故长者，恐侄暴怒致祸，劝不如治以官法。武从之，絷赴公庭。而御史家刺书（指信）邮至，宰释林儿，付纪纲（管家）以去。林儿意益肆，倡言丛众中，诬主人妇与私。武无奈之，忿塞欲死。驰登御史门，俯仰（指天划地）叫骂。里舍慰劝令归。逾夜，忽有家人白："林儿被人脔（luán，割成肉块）割，抛尸旷野间。"武惊喜，意稍得伸。俄闻御史家讼其叔侄，遂偕叔赴质。宰不听辨，欲笞恒。武抗声曰："杀人莫须有！至辱詈搢绅，则生实为之，无与叔事。"宰置不闻。武裂眦欲上，群役禁摔之。操杖隶（执行杖刑的衙役）皆绅家走狗，恒又老耄，籖（qiān，同"签"）数未半，奄然已死。宰

— 172 —

见武叔垂毙，亦不复究。武号且骂，宰亦若弗闻也者。遂舁（yú，抬）叔归，哀愤无所为计。因思欲得七郎谋，而七郎更不一吊问。窃自念：待七郎不薄，何遽如行路人？亦疑杀林儿必七郎。转念：果尔，胡得不谋？于是遣人探索其家，至则扃（jiōng，从外面关门的闩）鐍寂然，邻人并不知耗。一日，某弟方在内廨（官署的内舍。廨，指官署房舍），与宰关说（疏通关节、说人情）。值晨进薪水，忽一樵人至前，释担抽利刃，直奔之。某惶急，以手格刃，刃落断腕；又一刀，始决其首。宰大惊，窜去。樵人犹张皇四顾。诸役吏急阖署门，操杖疾呼。樵人乃自刭死。纷纷集认，识者知为田七郎也。宰惊定，始出复验。见七郎僵卧血泊中，手犹握刃。方停盖审视，尸忽崛然跃起，竟决宰首，已而复踣（bó，跌倒）。衙官捕其母、子，则亡去已数日矣。武闻七郎死，驰哭尽哀。咸谓其主使七郎。武破产夤缘当路（打通关系，贿赂当权的人。夤，yín），始得免。七郎尸弃原野三十馀日，禽犬环守之。武取而厚葬。其子流寓于登，变姓为佟。起行伍，以功至同知（佐贰官秩）将军。归辽，武已八十馀，乃指示其父墓焉。

异史氏曰："一钱不轻受，正一饭不敢忘者也。贤哉母乎！七郎者，愤未尽雪，死犹伸之，抑何其神？使荆卿（指荆轲）能尔，则千载无遗恨矣。苟有其人，可以补天网之漏；世道茫茫，恨七郎少也。悲夫！"

保　住

吴藩未叛时，尝谕将士：有独力能擒一虎者，优以廪禄（即官俸），号"打虎将"。将中一人，名保住，健捷如猱（猕猴）。邸中建高楼，梁木初架。住沿楼角而登，顷刻至颠（顶）；立脊檩上；疾趋而行，凡三四返；已，乃踊身跃下，直立挺然。

王有爱姬，善琵琶。所御琵琶，以暖玉（传说中一种冬温夏凉的玉）为牙柱，抱之一室生温。姬宝藏，非王手谕，不出示人。一夕宴集，客请一观其异。王适（刚巧）惰，期以翼日。时住在侧，曰："不奉王命，臣能取之。"王使人驰告府中，内外戒备，然后遣之。

　　住逾十数重垣，始达姬院。见灯辉室中，而门扃（jiōng，从外面关门的闩）锢，不得入。廊下有鹦鹉宿架上。住乃作猫子叫；既而学鹦鹉鸣，疾呼"猫来"。摆扑之声且急。闻姬云："绿奴可急视，鹦鹉被扑杀矣！"住隐身暗处。俄一女子挑灯出，身甫（刚）离门，住已塞入（侧身挤入）。见姬守琵琶在几上，径携趋出。姬愕呼"寇至"，防者尽起。见住抱琵琶走，逐之不及，攒矢（密集的箭）如雨。住跃登树上。墙下故有大槐三十馀章（棵），住穿行树杪（树梢。杪，miǎo），如鸟移枝；树尽登屋，屋尽登楼；飞奔殿阁，不啻（不亚于）翅翎（鸟类），瞥然间不知所在。客方饮，住抱琵琶飞落筵前，门扃（jiōng，从外面关门的闩）如故，鸡犬无声。

公孙九娘

　　于七一案（指于七抗清事件），连坐（获罪）被诛者，栖霞、莱阳两县最多。一日，俘数百人，尽戮于演武场中。碧血满地，白骨撑天。上官慈悲，捐给棺木，济城（济南府城）工肆（棺材铺），材木一空。以故伏刑东鬼（栖霞、莱阳地处鲁东，其被杀者故称"东鬼"），多葬南郊。甲寅间，有莱阳生至稷下，有亲友二三人亦在诛数，因市楮帛，酹（lèi，把酒洒在地上表示祭奠或起誓）奠榛墟（荒丘墓地）。就税舍于下院之僧。明日，入城营干，日暮未归。忽一少年，造室来访。见生不在，脱帽登床，着履仰卧。仆人问其谁何，合眸不对。既而生归，则暮色朦胧，不甚可辨。自诣床下问之。瞠目曰："我候汝主人，絮絮逼问，我岂暴客（强盗）耶！"生笑曰："主人在此。"少年即起着冠，揖而坐，极道寒暄。听其音，似曾相识。急呼灯至，则同邑朱生，亦死于七之难者。大骇却走。朱曳之云："仆与君文字之交，何寡于情？我虽鬼，故人之念，耿耿不去心。今有所渎，愿无以异物遂猜薄之。"生乃坐，请所命。曰：

"令女甥寡居无耦，仆欲得主中馈（娶其为妻。中馈，妇女主持家务，借指妻）。屡通媒约，辄以无尊长之命为辞。幸无惜齿牙馀惠（赞扬别人的话语）。"先是，生有女甥，早失恃（丧母），遗生鞠养，十五始归其家。俘至济南，闻父被刑，惊怛而绝。生曰："渠自有父，何我之求？"朱曰："其父为犹子（侄子）启榇（指迁葬）去，今不在此。"问："女甥向依阿谁？"曰："与邻媪同居。"生虑生人不能作鬼媒。朱曰："如蒙金诺，还屈玉趾。"遂起握生手，生固辞，问："何之？"曰："第行。"勉从与去。北行里许，有大村落，约数十百家。至一第宅，朱叩扉，即有媪出。豁开两扉，问朱："何为？"曰："烦达娘子，阿舅至。"媪旋反，顷复出，邀生入。顾朱曰："两椽茅舍子大隘，劳公子门外少坐候。"生从之入。见半亩荒庭，列小室二。女甥迎门啜泣，生亦泣。室中灯火荧然。女貌秀洁如生时。凝眸含涕，遍问娣姑。生曰："具各无恙，但荆人（对自己妻子的谦称）物故矣。"女又呜咽曰："儿少受舅妗（jìn，舅母）抚育，尚无寸报，不图先葬沟渎，殊为恨恨。旧年，伯伯家大哥迁父去，置儿不一念；数百里外，伶仃如秋燕。舅不以沉魂可弃，又蒙赐金帛，儿已得之矣。"生乃以朱言告，女俛首无语。媪曰："公子曩（以前）托杨姥三五返。老身谓是大好。小娘子不肯自草草，得舅为政，方此意慊得。"言次，一十七八女郎，从一青衣，遽掩入；瞥见生。转身欲遁。女牵其裾曰："勿须尔！是阿舅，非他人。"生揖之。女郎亦敛衽（整理衣饰表示尊重，是古时的一种拜礼；后专指妇女行礼）。甥曰："九娘，栖霞公孙氏。阿爹故家子，今亦'穷波斯'，落落不称意。且晚与儿还往。"生睨（nì，斜着眼睛看）之，笑弯秋月，羞晕朝霞，实天人也。曰："可知是大家，蜗庐（小户人家的住宅）人那如此娟好！"甥笑曰："且是女学士，诗词俱大高。昨儿稍得指教。"九娘微哂曰："小婢无端败坏人，教阿舅齿冷也。"甥又笑曰："舅断弦未续，若个小娘子，颇能快意否？"九娘笑奔出，曰："婢子颠疯作也！"遂去。言虽近戏，而生殊爱好之。甥似微察，乃曰："九娘才貌无双，舅倘不以粪壤（指已经去世的人）致猜，儿当请诸其母。"生大悦。然虑人鬼难匹。女曰："无伤,彼与舅有夙分。"生乃出。女送之,曰："五日后,月明人静,当遣人往相迓(相迎)。"生至户外,不见朱。翘首西望,月衔半规,昏黄中犹认旧径。见南面一第,朱坐门石上,起逆(迎接)曰："相待已久,寒舍即劳垂顾。"遂携手入,殷殷展谢。出金爵一、晋珠百枚,曰:"他无长物(多余的东西。长,zhàng),聊代禽仪(指古时订婚用的聘礼)。"既而曰:"家有浊醪(láo),但幽室之物,不足款嘉宾,奈何!"生扪谢而退。朱送至中途,始别。生归,僧仆集问。隐之曰:"言鬼者,妄也。适(刚才)赴友人饮耳。"后五日,果见朱来,整履摇箑(shà,扇子),意甚欣适(舒服)。才至户庭,望尘即拜。少间,笑曰:"君嘉礼既成,庆在今夕,便烦枉步。"生曰:"以无回音,尚未致聘,何遽成礼?"朱曰:"仆已代致之矣。"生深感荷,从与俱去。直达卧所,则女甥华妆迎笑。生问:"何时于归(古代称女子出嫁)?"女曰:"三日矣。"朱乃出所赠珠,为甥助妆。女三辞乃受,谓生曰:"儿以舅意白公孙老夫人,夫人作大欢喜。但言老耄无他骨肉,不欲九娘远嫁,期今夜舅往赘(男子就婚于女家)诸其家。伊家无男子,便可同郎往也。"朱乃导去。村将尽,一第门开,二人登其堂。俄白:"老夫人至。"有二青衣,扶妪升阶。生欲展拜,夫人云:"老朽龙钟,不能为礼,当即脱边幅(不拘礼节)。"乃指画青衣,进酒高会。朱乃唤家人,另出肴俎,列置生前;亦别设一壶,为客行觞。筵中进馔(zhuàn,饭食),无异人世。然主人自举,殊不劝进。既而席罢,朱归。青衣导生去。入室,则九娘华烛凝待。邂逅(两相爱悦)含情,极尽欢昵。初,九娘母子,原解赴都。至郡,母不堪困苦死,九娘亦自到。枕上追述往事,哽咽不成眠。乃口占两绝云:"昔日罗裳化作尘,空将业果恨前身。十年露冷枫林月,此夜初逢画阁春。""白杨风雨绕孤坟,谁想阳台更作云?忽启镂金箱里看,血腥犹染旧罗裙。"①天将明,即促曰:"君宜且去,勿惊厮仆。"自此昼来宵往,婘惑(宠爱迷恋。

---

① "昔日罗裳"二句:意谓生前穿的衣裳都已腐烂成尘土,对自己的悲惨遭遇只有空自怨恨。"十年露冷"二句:意谓十年来置身于寒露冷月、枫林萧瑟的田野,今天才初次享受闺阁中的人间春意。"白杨风雨"二句,意谓一向是凄风苦雨,白杨萧萧,孤寂冷漠环绕着土坟;没有想到还能过着夫妇恩爱的生活。"忽启镂金"二句,意谓忽然打开镂金的衣箱,那血污的罗裙使人怵目惊心。镂金箱,有雕金纹饰的箱子。

孽，bì）殊甚。一夕，问九娘："此村何名？"曰："莱霞里。里中多两处新鬼，因以为名。"生闻之欷歔（叹息）。女悲曰："千里柔魂，蓬游无底；母子零孤，言之怆恻。幸念一夕恩义，收儿骨归葬墓侧，使百年得所依栖，死且不朽。"生诺之。女曰："人鬼路殊，君不宜久滞。"乃以罗袜赠生，挥泪促别。生凄然出，忉怛若丧，心怅怅不忍归。因过拍朱氏之门。朱白足（指光着脚）出逆（迎接）；甥亦起，云鬟鬔鬆（头发松散的样子），惊来省问。生惆怅移时，始述九娘语。女曰："妗氏不言，儿亦夙夜图之。此非人世，久居诚非所宜"。于是相对汍澜，生亦含涕而别。叩寓归寝，展转申旦（辗转反侧，直到天亮）。欲觅九娘之墓，则忘问志表。及夜复往，则千坟累累，竟迷村路，叹恨而返。展视罗袜，着风寸断，腐如灰烬，遂治装东旋。

半载不能自释，复如稷门，冀有所遇。及抵南郊，日势已晚，息驾（停车下马休息）庭树，趋诣丛葬所。但见坟兆万接，迷目榛荒；鬼火狐鸣，骇人心目。惊悼归舍。失意遨游，返辔遂东。行里许，遥见女郎独行丘墓间，神情意致，怪似九娘。挥鞭就视，果九娘。下与语，女竟走，若不相识；再逼近之，色作怒，举袖自障（遮挡自己）。顿呼"九娘"，则烟然灭矣。

异史氏曰："香草沉罗，血满胸臆；东山佩玦，泪渍泥沙：古有孝子忠臣，至死不谅于君父者。公孙九娘岂以负骸骨之托，而怨怼不释于中耶？脾鬲间物，不能掬以相示，冤乎哉！"

促 织

宣德间，宫中尚促织之戏，岁征民间。此物故非西产；有华阴（县名，在今陕西省）令欲媚上官，以一头进，试使斗而才，因责常供。令以责之里正。市中游侠儿（不务正业的青年），得佳者笼养之，昂其直，居为奇货。里胥（在乡里办差的人）猾黠，假此科敛丁口，每责一头，辄倾数家之产。邑有成名者，操童子业（指科举时代没有考中秀才的人），久不售（没有考中）。为人迂讷，遂

为猾胥报充里正役，百计营谋不能脱。不终岁，薄产累尽。会（碰上）征促织，成不敢敛户口，而又无所赔偿，忧闷欲死。妻曰："死何裨益？不如自行搜觅，冀（希望）有万一之得。"成然之。早出暮归，提竹筒铜丝笼，于败堵丛草处探石发穴，靡计不施，迄无济；即捕得三两头，又劣弱不中于款。宰严限追比；旬馀，杖至百，两股间脓血流离，并虫亦不能行捉矣。转侧床头，惟思自尽。

时村中来一驼背巫，能以神卜。成妻具资诣问。见红女白婆，填塞门户。入其舍，则密室垂帘，帘外设香几。问者爇（点燃）香于鼎（三足香炉），再拜。巫从旁望空代祝，唇吻翕辟（一开一合），不知何词。各各竦立以听。少间，帘内掷一纸出，即道人意中事，无毫发爽（差错）。成妻纳钱案上，焚拜如前人。食顷，帘动，片纸抛落。拾视之，非字而画：中绘殿阁，类兰若（即佛寺）：后小山下，怪石乱卧，针针丛棘，青麻头（一种品种优秀的蟋蟀名）伏焉；旁一蟆，若将跳舞。展玩不可晓。然睹促织，隐中胸怀。摺（zhé，叠）藏之，归以示成。成反复自念，"得无教我猎虫所耶？"细瞩景状，与村东大佛阁真逼似。乃强起扶杖，执图诣寺后。有古陵蔚起；循陵而走，见蹲石鳞鳞，俨然类画。遂于蒿莱中，侧听徐行，似寻针芥；而心目耳力俱穷，绝无踪响。冥搜（四处搜索）未已，一癞头蟆猝然跃去。成益愕，急逐趁之。蟆入草间。蹑迹披求，见有虫伏棘根；遽扑之，入石穴中。挑（tiǎn，轻轻拨动）以尖草，不出；以筒水灌之，始出。状极俊健，逐而得之。审视，巨身修尾，青项金翅。大喜笼归，举家庆贺，虽连城拱璧不啻也。土于盆而养之，蟹白栗黄，备极护爱，留待限期，以塞官责。

成有子九岁，窥父不在，窃发盆，虫跃掷径出，迅不可捉，及扑入手，已股落腹裂，斯须（很快）就毙。儿惧，啼告母。母闻之，面色灰死，大骂曰："业根（祸根）！死期至矣！而翁归，自与汝复算耳！"儿涕而出。未几成归，闻妻言，如被冰雪。怒索儿，儿渺然不知所往。既而得其尸于井，因而化怒为悲，抢呼欲绝。夫妻向隅，茅舍无烟，相对默然，不复聊赖。日将暮，取儿藁葬（草草埋葬）。近抚之，气息惙然（气息很虚弱。惙，chuò）。喜置榻上，半夜复苏。夫妻心稍慰。但蟋蟀笼虚，顾之则气断声吞，亦不敢复究儿。自昏达曙，目不交睫。

东曦既驾（指太阳已经升起来了），僵卧长愁。忽闻门外虫鸣，惊起觇（chān，暗中察看）视，虫宛然尚在，喜而捕之。一鸣辄跃去，行且速。覆之以掌，虚若无物；手裁（才）举，则又超忽而跃。急趁之。折过墙隅，迷其所往。徘徊四顾，见虫伏壁上。审（仔细）谛之，短小，黑赤色，顿非前物。成以其小，劣之。惟彷徨瞻顾，寻所逐者。壁上小虫，忽跃落襟袖间，视之，形若土狗，梅花翅，方首长胫，意似良。喜而收之。将献公堂，惴惴恐不当意，思试之斗以觇（chān，暗中察看）之。村中少年好事者，驯养一虫，自名"蟹壳青"，日与子弟角，无不胜。欲居之以为利，而高其直，亦无售者。径造庐访成。视成所蓄，掩口胡卢（强自忍住笑的样子）而笑。因出己虫，纳比笼中。成视之，庞然修伟，自增惭怍，不敢与较。少年固强之。顾念蓄劣物终无所用，不如拚博一笑。因合纳斗盆。小虫伏不动，蠢若木鸡。少年又大笑。试以猪鬣毛，撩拨虫须，仍不动。少年又笑。屡（多次）撩之，虫暴怒，直奔，遂相腾击，振奋作声。俄见小虫跃起，张尾伸须，直龁（hé，咬）敌领。少年大骇，解令休止。虫翘然（翅膀振起的样子）矜鸣，似报主知。成大喜。方共瞻玩，一鸡瞥来，径进以啄。成骇立愕呼。幸啄不中，虫跃去尺有咫（一二尺远。咫，zhǐ，周制八寸为咫）；鸡健进，逐逼之，虫已在爪下矣。成仓猝莫知所救（营救的办法），顿足失色。旋见鸡伸颈摆扑；临（近）视，则虫集冠上，力叮不释。成益惊喜，掇置笼中。

翼日进宰。宰见其小，怒诃成。成述其异，宰不信。试与他虫斗，虫尽靡；又试之鸡，果如成言。乃赏成。献诸抚军（巡抚的别称）。抚军大悦，以金笼进上，细疏其能。既入宫中，举天下所贡蝴蝶、螳螂、油利挞、青丝额……一切异状，遍试之，无出其右（上。古代以右为上）者。每闻琴瑟之声，则应节而舞。益奇之。上大嘉悦，诏赐抚臣名马衣缎。抚军不忘所自；无何，宰以"卓异"闻。宰悦，免成役。又嘱学使，俾（使）入邑庠（取得生员资格）。由此以善养虫名，屡得抚军殊宠。不数岁，田百顷，楼阁万椽，牛羊蹄躈各千计。一出门，裘马过世家焉。

异史氏曰："天子偶用一物，未必不过此已忘；而奉行者即为定例。加之官贪吏虐，民日贴妇卖儿，更无休止。故天子一跬（kuǐ，举一足叫"跬"，举两足叫"步"）步，皆关民命，不可忽也。独是成氏子以蠹（dù，蛀虫。这里指横行乡里的官府派员）贫，以促织富，裘马扬扬。当其为里正、受扑责时，岂意其至此哉！天将以酬长厚者，遂使抚臣、令尹，并受促织恩荫。闻之：一人飞升，仙及鸡犬。信夫！"

酆都御史

酆都县（今四川省丰都县。酆，fēng）外有洞，深不可测，相传阎罗天子署。其中一切狱具，皆借人工。桎梏朽败，辄掷洞口，邑宰即以新者易之，经宿失所在。供应度支，载之经制。

明有御史行台（代表朝廷对地方行使纠察权的官员）华公，按及酆都，闻其说，不以为信，欲入洞以决（破除）其惑。人辄言不可。公弗听，秉烛而入，以二役从。深抵（到）里许，烛暴（突然）灭。视之，阶道阔朗，有广殿十馀间，列坐尊官，袍笏（泛指官服。笏，hù）俨然；惟东首虚一座。尊官见公至，降阶而迎，笑问曰："至矣乎？别来无恙否？"公问："此何处所？"尊官曰："此冥府也。"公愕然告退。尊官指虚坐曰："此为君坐，那可复还。"公益惧，固请宽宥（饶恕）。尊官曰："定数何可逃也！"遂检一卷示公，上注云："某月日，某以肉身归阴。"公览之，战栗如濯冰水。念母老子幼，泫然（眼泪下滴的样子）涕流。俄有金甲神人，捧黄帛书至。郡拜舞启读已，乃贺公曰："君有回阳之机矣。"公喜致问。曰："适（刚才）接帝诏，大赦幽冥，可为君委折（委曲折免；即想办法减除罪责），原例耳。"乃示公途而出。

数武（"不远处，没有多远"之意。武，量词，古代六尺为步，半步为武，泛指脚步）之外，冥黑如漆，不辨行路。公甚窘苦。忽一神将，轩然而入，赤面长髯（rán，胡子），光射数尺。公迎拜而哀之。神人曰："诵佛经可出。"言已而去。公自计经咒（指佛经经文和祝祷词）多不记忆，惟《金刚经》颇曾习之，遂乃合掌而诵，顿觉一线光明，映照前路。忽有遗忘之句，则目前顿黑；定想移时，复诵复明。乃始得出。其二从人，则不可问矣。

酒　狂

缪永定，江西拔贡（明清时，由各省提学考选优等生员，贡入京师。明代称为"选贡"，清初称"拔贡"）生。素酗于酒，戚党多畏避之。偶适（到，往）族叔家。缪为人滑稽善谑，客与语，悦之，遂共酣饮。缪醉，使酒骂坐，忤客。客怒，一坐大哗。叔以身左右排解。缪谓左袒（偏护）客，又益迁怒。叔无计，奔告其家。家人来，扶挃以归。才置床上，四肢尽厥；抚之，奄然气尽。

缪死，有皂帽人絷去。移时，至一府署，缥碧（淡青色的琉璃）为瓦，世间无其壮丽。至墀下，似欲伺见官宰。自思：我罪伊何，当是客讼斗殴。回顾皂帽人，怒目如牛，又不敢问。然自度：贡生与人角口，或无大罪。忽堂上一吏宣言，使讼狱者（打官司的人）翼日早候。于是堂下人纷纷藉藉，如鸟兽散。缪亦随皂帽人出，更无归着，缩首立肆檐下。皂帽人怒曰："颠酒无赖子！日将暮，各去寻眠食，而何往？"缪战栗曰："我且不知何事，并未告家人，故毫无资斧（路费），庸（岂）将焉归？"皂帽人曰："颠酒贼！若酤自啗，便有用度！再支吾，老拳碎颠骨子！"缪垂首不敢声。

忽一人自户内出，见缪，诧异曰："尔何来？"缪视之，则其母舅。舅贾氏，死已数载。缪见之，始恍然悟其已死，心益悲惧，向舅涕零曰："阿舅救我！"贾顾皂帽人曰："东灵非他，屈临寒舍。"二人乃入。贾重揖皂帽人，且嘱青眼（好好照顾）。俄顷，出酒食，团坐相饮。贾问："舍甥何事，遂烦勾致（拘捕）？"皂帽人曰："大王驾诣浮罗君，遇令甥颠冒，使我捽得来。"贾问："见王未？"曰："浮罗君会花子案，驾未归。"又问："阿甥将得何罪？"答言："未可知也。然大王颇怒此等辈。"缪在侧，闻二人言，觳觫（hú sù，恐惧害怕的样子）汗下，杯箸不能举。无何，皂帽人起，谢曰："叨盛酌，已径醉矣。即以令甥相付托。驾归，再容登访。"乃去。

贾谓缪曰："甥别我兄弟，父母爱如掌上珠，常不忍一诃。十六七岁时，每三杯后，喃喃寻人疵；小不合，辄挝（敲打）门裸骂。犹谓稚齿（年龄小）。不意别十馀年，甥了（完全）不长进。今且奈何！"缪伏地哭，惟言悔无及。贾曳之曰："舅在此业酤，颇有小声望，必合极力。适（刚才）饮者乃东灵使者，舅常饮之酒，与舅颇相善。大王日万几，亦未必便能记忆。我委曲（婉转）与言，浼（恳托）以私意释甥去，或可允从。"即又转念曰："此事担负颇重，非十万不能了也。"缪谢，锐然自任，诺之。缪即就舅氏宿。次日，皂帽人早来觇（chān，暗中察看）望。贾请间，语移时，来谓缪曰："谐矣。少顷即复来。我先罄（尽）所有，用压契（立约书契的押金或保证费）；馀待甥归，从容凑致之。"缪喜曰："共得几何？"曰："十万。"曰："甥何处得如许？"贾曰："只金币钱纸百提（一百挂。每挂抵世间千钱，故百挂总数为十万钱），足矣。"缪喜曰："此易办耳。"

待将停午（正午），皂帽人不至。缪欲出市上，少游瞩。贾嘱勿远荡，诺而出。见街里贸贩，一如人间。至一所，棘垣峻绝，似是囹圄。对门一酒肆，纷纷者往来颇伙。肆外一带长溪，黑潦（lǎo，沟中的流水）涌动，深不可底。方仁足窥探，闻肆内一人呼曰："缪君何来？"缪急视之，则邻村翁生，故十年前文字交。趋出握手，欢若平生。即就肆内小酌，各道契阔（离

— 182 —

别之情）。缪庆幸中，又逢故知，倾怀尽醲。酣醉，顿忘其死，旧态复作，惭絮絮瑕疵翁。翁曰："数载不见，若复尔耶？"缪素厌人道其酒德（指喝酒之后的行为举止），闻翁言，益愤，击桌顿骂。翁睨（nì，斜着眼睛看）之，拂袖竟出。缪追至溪头，捋翁帽。翁怒曰："是真妄人！"乃推缪颠堕溪中。溪水殊不甚深，而水中利刃如麻，刺穿胁胫，坚难动摇，痛彻骨脑。黑水半杂溲秽，随吸入喉，更不可过。岸上人观笑如堵，并无一引援者。时方危急，贾忽至。望见大惊，提携以归，曰："子不可为也！死犹弗悟，不足复为人！请仍从东灵受斧锧（fǔ zhì，古代斩人的刑具，像铡刀）。"缪大惧，泣言："知罪矣。"贾乃曰："适（恰好）东灵至，候汝为券，汝乃饮荡不归。渠忙迫不能待。我已立券，付千缗（一千串。缗，mín，穿钱用的绳子）令去；馀者以旬尽为期。子归，宜急措置，夜于村外旷莽中，呼舅名焚之，此愿可结也。"缪悉应之。乃促之行。送之郊外，又嘱曰："必勿食言累我。"乃示途令归。

时缪已僵卧三日，家人谓其醉死，而鼻息隐隐如悬丝。是日苏，大呕，呕出黑瀋（黑汁。瀋，shěn）数斗，臭不可闻。吐已，汗湿裀褥，身始凉爽。告家人以异。旋觉刺处痛肿，隔夜成疮，犹幸不大溃腐。十日惭能杖行。家人共乞偿冥负。缪计所费，非数金不能办，颇生吝惜，曰："曩或醉梦之幻境耳。纵其不然，伊以私释我，何敢复使冥主知？"家人劝之，不听。然心惕惕（惊恐不安、心绪不宁的情状）然，不敢复纵饮。里党咸喜其进德（品德有所长进），稍稍与共酌。年馀，冥报渐忘，志渐肆，故状亦渐萌。一日，饮于子姓之家，又骂主人座。主人摈斥出，阖户径去。缪噪逾时，其子方知，将扶而归。入室，面壁长跪，自投无数，曰："便偿尔负！便偿尔负！"言已，仆地。视之，气已绝矣。

库　官

邹平（今山东省邹平县）张华东公，奉旨祭南岳。道出江淮间，将宿驿亭。

前驱（先头部队；先锋）白（告诉；陈述）："驿中有怪异，宿之必致纷纭（纠纷）。"张弗听。宵分，冠剑而坐。俄闻靴声入，则一颁（通"斑"）白叟，皂纱黑带。怪而问之。叟稽首（qǐ shǒu，古时的一种礼节，跪下，拱手至地，头也至地）曰："我库官也。为大人典藏（管理库存财物。藏，zàng）有日矣。幸节钺（钦差官员的仪仗，代指钦差）遥临，下官释此重负。"问："库存几何？"答言："二万三千五百金。"公虑多金累缀（通"赘"），约归时盘验，叟唯唯而退。

张至南中，馈遗颇丰。及还，宿驿亭，叟复出谒。及问库物，曰："已拨辽东兵饷矣。"深讶其前后之乖。叟曰："人世禄命，皆有额数，锱铢（zī zhū，旧制锱为一两的四分之一，铢为一两的二十四分之一。比喻极其微小的数量）不能增损。大人此行，应得之数已得矣，又何求？"言已，竟去。张乃计其所获，与所言库数适（恰好）相吻合。方叹饮啄有定，不可以妄求也。

狐　谐

万福，字子祥，博兴（山东省青州市）人也。幼业儒。家少有而运殊蹇（jiǎn，不顺利），行年二十有奇，尚不能掇（取得）一芹（指秀才资格）。乡中浇俗（浮薄之俗），多报富户役，长厚者至碎破其家。万适报充役，惧而逃，如（去）济南，税居（租赁房屋）逆旅（客店）。夜有奔女，颜色颇丽。万悦而私之，请其姓氏。女自言："实狐，但不为君祟耳。"万喜而不疑。女嘱勿与客共（一起），遂日至，与共卧处。凡日用所需，无不仰给于狐。

居无何，二三相识，辄来造访，恒信宿（连住两夜）不去。万厌之，而不忍拒，不得已，以实告客。客愿一睹仙容。万白（告诉）于狐。狐谓客曰："见我何为哉？我亦犹人耳。"闻其声，呖呖在目前，四顾即又不见。客有孙得言者，善俳谑（pái xuè，诙谐戏谑），固请见，且谓："得听娇音，魂魄飞越。何吝容华，徒使人闻声相思？"狐笑曰："贤哉孙子！欲为高曾母作行乐图

（画个人画像）耶？"诸客俱笑。狐曰："我为狐，请与客言狐典，颇愿闻之否？"众唯唯。狐曰："昔某村旅舍，故多狐，辄出祟行客。客知之，相戒不宿其舍，半年，门户萧索。主人大忧，甚讳言狐。忽有一远方客，自言异国人，望门休止（停止，入宿）。主人大悦，甫（刚）邀入门，即有途人阴（暗中）告曰：'是家有狐。'客惧，白（告诉）主人，欲他徙。主人力白其妄，客乃止。入室方卧，见群鼠出于床下。客大骇，骤奔，急呼：'有狐！'主人惊问。客怒曰：'狐巢于此，何诳我言无？'主人又问：'所见何状？'客曰：'我今所见，细细幺麽（yāo mó，细小），不是狐儿，必当是狐孙子？'"言罢，座客为之粲然（露齿而笑的样子）。孙曰，"既不赐见，我辈留宿，宜勿去，阻其阳台（男女欢好）。"狐笑曰："寄宿无妨。倘有小迕（wǔ，冒犯）犯，幸勿滞怀（在乎，在意）。"客恐其恶作剧，乃共（一起）散去，然数日必一来，索狐笑骂。狐谐甚，每一语，即颠倒宾客，滑稽（huá jī，言语、动作或事态令人发笑）者不能屈也。群戏呼为"狐娘子"。

一日。置酒高会，万居主人位，孙与二客分左右座，上设一榻屈狐。狐辞不善酒。咸请坐谈，许之。酒数行，众掷骰为瓜蔓之令（酒令之一）。客值瓜色，会当饮，戏以觥移上座曰："狐娘子太清醒，暂借一觞。"狐笑曰："我故不饮，愿陈一典，以佐诸公饮。"孙掩耳不乐闻。客皆言曰："骂人者当罚。"狐笑曰："我骂狐何如？"众曰："可。"于是倾耳共听。狐曰："昔一大臣，出使红毛国，着狐腋冠，见国王。王见而异之，问：'何皮毛，温厚乃尔？'大臣以狐对。王言：此物生平未曾得闻。狐字字（笔）画何等？使臣书空（用手指向空中写字）而奏曰：'右边是一大瓜，左边是一小犬。'"主客又复哄堂。二客，陈氏兄弟，一名所见，一名所闻。见孙大窘，乃曰："雄狐何在，而纵雌流毒若此？"狐曰："适一典，谈犹未终，遂为群吠所乱，请终之。国王见使臣乘一骡，甚异之。使臣告曰：'此马之所生。'又大异之。使臣曰：'中国马生骡，骡主驹驹。'王细问其状。使臣曰：'马生骡，乃"臣所见"，骡生驹驹（骡不能生育，此为狐女所编造的一种动物名），是"臣所闻"。'"举坐又大笑。众知不敌，乃相约：后有开谑端者，罚作东道主。顷之，酒酣，孙戏谓万曰："一联请君属（zhǔ，属对）之。"万曰："何如？"孙曰："妓者出门访情人，来时'万福'（旧时女子向客行礼时的祝颂之词），去时'万福'。"众座属思不能对。狐笑曰："我有之矣。"众共（一起）听之，曰："龙王下诏求直谏，鳖也'得言'，龟也'得言'。"四座无不绝倒。孙大恚（huì，愤怒）曰："适与尔盟，何复犯戒？"狐笑曰："罪诚在我，但非此，不能确对耳。明日设席，以赎吾过。"相笑而罢。狐之诙谐。不可殚述。

居数月，与万偕归。及博兴界，告万曰："我此处有葭莩（jiā fú，远亲。葭莩，芦苇中的薄膜，喻关系疏远）亲，往来久梗（阻隔），不可不一讯。日且暮，与君同寄宿，待旦而行可也。"万询其处，指言"不远。"万疑前此故无村落，姑从之。二里许，果见一庄，生平所未历。狐往叩关，一苍头（奴仆）出应门。入则重门叠阁，宛然世家。俄见主人，有翁与媪，揖万而坐。列筵丰盛，待万以姻娅（亲家和连襟，泛指姻亲），遂宿焉。狐早谓曰："我遽（jù，仓促）偕君归，恐骇闻听。君宜先往，我将继至。"万从其言，先至，预白于家人。未几，狐至，与万言笑，人尽闻之，而不见其人。逾年，万复事于济，狐又与俱。忽有数人来，狐从与语，备极寒暄。乃语万曰："我本陕中人，与君有夙因，遂从尔许时。今我兄弟至矣，将从以归，不能周事。"留之不可，竟去。

雨　钱

滨州（今山东省滨县）一秀才，读书斋中。有款门（敲门）者，启视，则皤（pó，白色）然一翁，形貌甚古。延之入，请问姓氏。翁自言："养真，姓胡，实狐仙。慕君高雅，愿共晨夕。"秀才故旷达，亦不为怪。遂与评驳今古。翁殊博洽，镂花雕缋（指辞藻华美。缋，huì），粲于牙齿；时抽（引取）经义，则名理湛深，尤觉非意所及。秀才惊服，留之甚久。一日，密祈翁曰："君爱我良厚。顾我贫若此，君但一举手，金钱宜可立致。何不小周给（助济）？"翁默然，似不以为可。少间，笑曰："此大易事。但须得十数钱作母（本钱）。"生如其请。翁乃与共入密室中，禹步（道士在祷神仪礼中常用的一种步法动作）作咒。俄顷，钱有数十百万，从梁间锵锵而下，势如骤雨，转瞬没膝；拔足而立，又没踝。广丈之舍，约深三四尺已来。乃顾语秀才："颇厌君意否？"曰："足矣。"翁一挥，钱即画然而止，乃相与扃（jiōng，从外面关门的闩）户出。秀才窃喜，自谓暴富。顷之，入室取用，则满室阿堵物皆为乌有，惟母钱十馀枚寥寥尚在。秀才失望，盛气向翁，颇怼其诳。翁怒曰："我本与君文字交，不谋与君作贼！便如秀才意，只合寻梁上君交好得，老夫不能承命！"遂拂衣去。

驱　怪

　　长山（今属山东省邹平县）徐远公，故明诸生也。鼎革（改朝换代，这里指明废清立）后，弃儒访道，稍稍学敕勒之术，远近多耳其名。某邑一巨公，具（准备）币，致诚款书，招之以骑（坐骑）。徐问："召某何意？"仆辞以"不知。但嘱小人务屈临降耳。"徐乃行。

　　至则中庭宴馔（zhuàn），礼遇甚恭，然终不道其所以致迎之旨。徐不耐，因问曰："实欲何为？"幸祛疑抱（指心中的疑惑）。主人辄言："无何也。"但劝杯酒。言辞闪烁，殊所不解。言话之间，不觉向（临近，将近）暮，邀徐饮园中。园构造颇佳胜，而竹树蒙翳，景物阴森，杂花丛丛，半没草莱中。抵一阁，覆板之上悬蛛错缀，大小上下，不可以数。酒数行，天色曛暗，命烛复饮。徐辞不胜酒，主人即罢酒呼茶。诸仆仓皇撤肴器，尽纳阁之左室几上。茶啜未半，主人托故竟去。仆人便持烛引宿左室，烛置案上，遽返身去，颇甚草草。徐疑或携襆被来伴，久之，人声殊杳，即自起扃（jiōng，从外面关门的闩）

户寝。窗外皎月，入室侵床，夜鸟秋虫，一时啾唧，心中怛然（惊惧害怕的样子。怛，dá），不成梦寝。

顷之，板上橐橐（tuó tuó，此处是象声词），似踏蹴声，甚厉。俄下护梯，俄近寝门。徐骇，毛发蝟立，急引被覆首，而门已豁然顿开。徐展被角微伺之，则一物，兽首人身；毛周（遍）其体，长如马鬣，深黑色；牙粲群蜂，目炯双炬。及几，伏饴（tiǎn）器中剩肴；舌一过，连数器辄净如扫。已而趋近榻，嗅徐被。徐骤起，翻被幂（遮盖）怪头，按之狂喊。怪出不意，惊脱，启外户窜去。徐披衣起遁，则园门外扃（jiōng，从外面关门的闩），不可得出。缘墙而走，择短垣逾，则主人马厩也。厩人惊；徐告以故，即就乞宿。

将旦，主人使伺徐，失所在，大骇。已而得之厩中。徐出，大恨，怒曰："我不惯作驱怪术；君遣我，又秘不一言；我橐（tuó，口袋）中蓄如意钩一，又不送达寝所；是死我也！"主人谢曰："拟即相告，虑君难之。初亦不知橐有藏钩。幸宥（yòu）十死！"徐终怏怏，索骑归。自是而怪遂绝。主人宴集园中，辄笑向客曰："我不忘徐生功也。"

异史氏曰："'黄狸黑狸，得鼠者雄。'此非空方也。假令翻被狂喊之后，隐其所骇惧，而公然以怪之遁为己能，天下必将谓徐生真神人不可及。"

捉鬼射狐

李公著明，睢宁令襟卓先生公子也。为人豪爽无馁怯，为新城王季良先生内弟。先生家多楼阁，往往（常常）睹怪异。公常暑月寄宿，爱阁上晚凉。或（有人）告之异，公笑不听，固命设榻。主人如请。嘱仆辈伴公寝，公辞，言："喜独宿，生平不解怖。"主人乃使爇息香于炉，请衽何趾（旧时询问客人卧息习惯，然后为之设榻。请，询问。衽，rèn，卧席。何趾，足向何方），始息烛覆扉而去。公即枕移时，于月色中，见几上茗瓯，倾侧旋转，不堕亦不休。公咄（duō）之，铿然立止。即若有人拔香炷，炫摇空际，纵横作花缕。公起叱曰："何物鬼魅敢尔！"裸裼（来不及穿衣服。裼，xī，不加外衣）下榻，欲就捉之。以足觅床下，仅得一履；不暇冥搜，赤足挝（敲）摇处，炷顿插炉，竟寂无兆。公俯身遍摸暗陬（zōu，角落），忽一物腾击颊上，觉似履状；索之，亦殊不得。乃启覆（开门）下楼，呼从人爇（ruò，烧）火以烛，空无一物，乃复就寝。既明，使数人搜屦（jù，古代用麻葛制成的一种鞋。汉以前叫屦），翻席倒榻，不知所在。主人为公易屦。越日，偶一仰首，见一履夹塞椽间；挑拨而下，则公履也。

公益都人，侨居于淄川孙氏第。第綦（qí，极，很）阔，皆置闲旷，公仅居其半。南院临高阁，止隔一堵，时见阁扉自启闭，公亦不置念。偶与家人话于庭，阁开门，忽有一小人，面北而坐，身不盈三尺，绿袍白袜。众指顾之，亦不动。公曰："此狐也。"急取弓矢，对关（阁门）欲射。小人见之，哑哑作揶揄声，遂不复见。公捉刀登阁，且骂且搜，竟无所睹，乃返。异遂绝。公居数年，安妥无恙。公长公友三（大儿子李友三），为余姻家，其所目触。

异史氏曰："予生也晚，未得奉公杖屦（侍奉、追随。屦，jù）。然闻之父老，大约慷慨刚毅丈夫也。观此二事，大概可睹。浩然中存，鬼狐何为乎哉！"

续黄粱

福建曾孝廉，高捷南宫（即会试中试。清初会试中试的贡士不经复试，故高捷南宫也指考中进士）时，与二三新贵，邀游郊郭。偶闻毗卢禅院，寓一星者，因并骑往诣问卜。入揖而坐。星者见其意气，稍佞谀（nìng yú，好话奉承）之。曾摇箑（shà，扇子）微笑，便问："有蟒玉分（指有当高官的福分。蟒玉，蟒袍、玉带，古时高官服饰）否？"星者正容许二十年太平宰相。曾大悦，气益高。值小雨，乃与游侣避雨僧舍。舍中一老僧，深目高鼻，坐蒲团上，淹蹇（高傲）不为礼。众一举手，登榻自话，群以宰相相贺。曾心气殊高，指同游曰："某为宰相时，推张年丈作南抚，家中表为参、游，我家老苍头亦得小千把，于愿足矣。"一坐大笑。

俄闻门外雨益倾注，曾倦伏榻间。忽见有二中使（官中派出的使者。多指宦官），赍天子手诏，召曾太师决国计。曾得意，疾趋入朝。天子前席，温语良久。命三品以下，听其黜陟。赐蟒玉名马。曾被服稽拜以出。入家，则非旧所居第，绘栋雕榱，穷极壮丽。自亦不解，何以遽（仓促）至于此。然拈须微呼，则应诺雷动。俄而公卿赠海物，伛偻足恭者，叠出其门。六卿来，倒屣而迎（急忙起身迎接。倒屣，把鞋穿倒）；侍郎辈，揖与语；下此者，颔之而已。晋抚馈女乐十人，皆是好女子。其尤者为嫋嫋（niǎo niǎo），为仙仙，二人尤蒙宠顾。科头休沐，日事声歌。一日，念微时尝得邑绅王子良周济，我今置身青云，渠尚蹉跎仕路，何不一引手？早旦一疏，荐为谏议，即奉俞旨，立行擢用。又念郭太仆（古代官名，掌管皇帝舆马和马政之官）曾睚眦我，即传吕给谏及侍御陈昌等，授以意旨；越日，弹章交至，奉旨削职以去。恩怨了了，颇快心意。偶出郊衢，醉人适触卤簿，即遣人缚付京尹，立毙仗下。接第连阡者，皆畏势献沃产。自此，富可埒（liè，等同；并立；相比）国。无何而嫋嫋（niǎo niǎo）、仙仙，以次殂谢（死亡），朝夕遐想。忽忆曩年见东家女绝美，每思购充媵御，辄以绵薄违宿愿，今日幸可适志。乃使干仆数辈，强纳资于其家。俄顷，藤舆舁（yú，抬）至，则较昔之望见时，尤艳绝也。自顾生平，于愿斯足。

又逾年，朝土窃窃，似有腹非之者。然各为立仗马；曾亦高情盛气，不以置怀。有龙图学士包上疏，其略曰："窃以曾某，原一饮赌无赖，市井小人。一言之合，荣膺圣眷（有幸得到皇帝恩宠），父紫儿朱（父子都是高官。唐制，穿紫色朝服的是三品以上官员，穿朱色朝服的是五品以上官员），恩宠为极。不思捐躯摩顶，以报万一；反恣胸臆，擅作威福。可死之罪，擢发难数！朝廷名器，居为奇货，量缺肥瘠，为价重轻。因而公卿将士，尽奔走于门下，估计夤缘（yín yuán，攀附上升，后喻攀附权贵，向上巴结），俨如负贩，仰息望尘，不可算数。或有杰士贤臣，不肯阿附，轻则置之闲散，重则褫以编氓（革职为民。褫，chǐ，剥夺，指革除官职。氓，百姓）。甚且一臂不袒，辄迕鹿马之奸；片语方干，远窜豺狼之地。朝士为之寒心，朝廷因而孤立。又且平民膏腴，任肆蚕食；良家女子，强委禽妆（强聘为妻）。沴（lì，灾害）气冤氛，暗无天日！奴仆一到，则守、令承颜；书函一投，则司、院枉法。或有厮养之儿，瓜葛之亲，出则乘传（官府驿站的车马。传，zhuàn），风行雷动。地方之供给稍迟，马上之鞭挞立至。荼毒人民，奴隶官府，扈从所临，野无青草。而某方炎炎赫赫，怙（hù，依仗，凭借）宠无悔。召对方承于阙下，妻菲辄进于君前，委蛇才退于自公，声歌已起于后苑。声色狗马，昼夜荒淫；国计民生，罔存念虑。世上宁有此宰相乎！内外骇讹，人情汹汹。若不急加斧锧之诛，势必酿成操、莽之祸。臣夙夜祗惧，不敢宁处，冒死列款，仰达宸听。伏祈断奸佞之头，籍贪冒之产，上回天怒，下快舆情。如果臣言虚谬，刀锯鼎镬（huò），即加臣身。"云云。疏上，曾闻之，气魄悚骇，如饮冰水。幸而皇上优容，留中不发。又继而科、道、九卿，交章劾奏；即昔之拜门墙（即师门）、称假父者，亦反颜相向。奉旨籍家，充云南军。子任平阳太守，已差员前往提问。曾方闻旨惊怛，旋有武士数十人，带剑操戈，直抵内寝，褫（chǐ，剥夺）其衣冠，与妻并系。俄见数夫运资于庭，金银钱钞以数百万，珠翠瑙玉数百斛（hú，量器，古代以十斗为斛，后改五斗为斛），幄幕帘榻之属，又数千事，以至儿褓女舄（xì，鞋），遗坠庭阶。曾一一视之，酸心刺目。又俄而一人掠美妾出，披发娇啼，玉容无主。悲火烧心，含愤不敢言。俄楼阁仓库，并已封志。立叱曾出。监者牵罗曳而出。夫妻吞声就道，求一下驷劣车，少作代步，亦不得。十里外，妻足弱，欲倾跌，曾时以一手相攀引。又十馀里，已亦困惫。欻见高山，直插霄汉，自忧不能登越，时挽妻相对泣。而监者狞目来窥，不容稍停驻。又顾斜日已坠，无可投止，不得已，参差蹩躠（bié xuè，跛行貌）而行。比至山腰，妻力已尽，泣坐路隅。曾亦憩止，任监者叱骂。忽闻百声齐噪，有群盗各操利刀，跳梁而前。监者大骇，逸去。

曾长跪，言："孤身远谪，囊中无长物。"哀求宥（yòu，宽恕）免。群盗裂眦宣言："我辈皆被害冤民，只乞得佞贼头，他无素取。"曾叱怒曰："我虽待罪，乃朝廷命官，贼子何敢尔！"贼亦怒，以巨斧挥曾项。觉头堕地作声，魂方骇疑，即有二鬼来，反接其手，驱之行。

行逾数刻，入一都会。顷之，睹宫殿；殿上一丑形王者，凭几决罪福。曾前，匍伏请命。王者阅卷，才数行，即震怒曰："此欺君误国之罪，宜置油鼎！"万鬼群和，声如雷霆。即有巨鬼捽（zuó，揪，抓）至墀（chí，台阶）下。见鼎高七尺已来，四围炽炭，鼎足尽赤。曾觳觫（hú sù，恐惧颤抖的样子）哀啼，窜迹无路。鬼以左手抓发，右手握踝，抛置鼎中。觉块然一身，随油波而上下；皮肉焦灼，痛彻于心；沸油入口，煎烹肺腑。念欲速死，而万计不能得死。约食时，鬼方以巨叉取曾出，复伏堂下。王又检册籍，怒曰："倚势凌人，合受刀山狱！"鬼复捽去。见一山，不甚广阔；而峻削壁立，利刃纵横，乱如密笋。先有数人胃肠刺腹于其上，呼号之声，惨绝心目。鬼促曾上，曾大哭退缩。鬼以毒锥刺脑，曾负痛乞怜。鬼怒，捉曾起，望空力掷。觉身在云霄之上，晕然一落，刃交于胸，痛苦不可言状。又移时，身躯重赘，刀孔渐阔；忽焉脱落，四支蜷屈。鬼又逐以见王。王命会计生平卖爵鬻（yù，卖）名，枉法霸产，所得金钱几何。即有髯须人持筹握算，曰："三百二十一万。"王曰："彼既积来，还令饮去！"少间，取金钱堆阶上，如丘陵。渐入铁釜，熔以烈火。鬼使数辈，更以杓灌其口，流颐则皮肤臭裂，入喉则脏腑腾沸。生时患此物之少，是时患此物之多也。半日方尽。玉者令押去甘州（今甘肃省张掖市）为女。

行数步，见架上铁梁，围可数尺，绾一火轮，其大不知几百由旬（古代印度计算里数的单位名称，有大、中、小之别），焰生五采，光耿云霄。鬼挞使登轮。方合眼跃登，则轮随足转，似觉倾坠，遍体生凉。开目自顾，身已婴儿，而又女也。视其父母，则悬鹑（衣服破烂）败絮。土室之中，瓢杖犹存。心知为乞人子。日随乞儿托钵，腹辘辘然常不得一饱。着败衣，风常刺骨。

十四岁，鬻与顾秀才备媵妾，衣食粗足自给。而冢室悍甚，日以鞭箠从事，辄用赤铁烙胸乳。幸良人颇怜爱，稍自宽慰。东邻恶少年，忽逾墙来逼与私。乃自念前身恶孽，已被鬼责，今那得复尔。于是大声疾呼。良人与嫡妇尽起，恶少年始窜去。居无何，秀才宿诸其室，枕上喋喋，方自诉冤苦。忽震厉一声，室门大辟，有两贼持刀入，竟决秀才首，囊括衣物。团伏被底，不敢复作声。既而贼去，乃喊奔嫡室。嫡大惊，相与泣验。遂疑妾以奸夫杀良人，因以状白刺史。刺史严鞫（yán jū，严厉审问），竟以酷刑诬服，依律凌迟处死。縶赴刑所，胸中冤气扼塞，距踊（跳跃、踩脚）声屈，觉九幽十八狱，无此黑黯也。

正悲号间，闻游者呼曰："兄梦魇耶？"豁然而寤，见老僧犹跏趺（jiā fū，佛教用语，俗称"打坐"，双足交叉，盘腿而坐）座上。同侣竞相谓曰："日暮腹枵，何久酣睡？"曾乃惨淡而起。僧微笑曰："宰相之占验否？"曾益惊异，拜而请教。僧曰："修德行仁，火坑中有青莲也。山僧何知焉。"曾胜气而来，不觉丧气而返。台阁（指朝廷重臣）之想，由此淡焉。入山不知所终。

异史氏曰："福善祸淫，天之常道。闻作宰相而忻然于中者，必非喜其鞠躬尽瘁可知矣。是时方寸中，宫室妻妾，无所不有。然而梦固为妄，想亦非真。彼以虚作，神以幻报。黄粱将熟，此梦在所必有，当以附之邯郸之后。"

辛十四娘

广平（县名，在今河北省）冯生，正德间人。少轻脱，纵酒。昧爽（拂晓；黎明）偶行，遇一少女，着红帔，容色娟好。从小奚奴（婢女），蹀露奔波，履袜沾濡。心窃好之。薄暮醉归，道侧故有兰若（寺庙），久芜废（wú fèi，荒废），有女子自内出，则向（从前）丽人也，忽见生来，即转身入。阴（暗地）念：丽者何得在禅院中？縶（拴）驴于门，往觇（chān，暗中察看）其异。入则断垣零落，阶上细草如毯。彷徨间，一斑白叟出，衣帽整洁，问："客何来？"生曰："偶过古刹，欲一瞻仰。翁何至此？"叟曰："老夫流寓无所，暂借此安顿细小（家人）。既承宠降，有山茶可以当酒。"乃肃宾入。见殿后一院，石路光明，无复榛莽。入其室，则帘幌床幕，香雾喷人。坐展姓字，云："蒙叟姓辛。"生乘醉遽（急忙）问曰："闻有女公子，未遭良匹（好的人家。匹，配偶），窃不自揣，愿以镜台自献（自荐求婚）。"辛笑曰："容谋之荆人。"生即索笔为诗曰："千金觅玉杵，殷勤手自将。云英如有意，亲为捣玄霜。①"主人笑付左右。少间，有婢与辛耳语。辛起慰客耐坐，牵幕入，隐约三数语，即趋出。生意必有佳报，而辛乃坐与喔噱（wà jué，说笑），不复有他言。生不能忍，问曰："未审意旨，幸释疑抱（疑虑）。"辛曰："君卓荦士，倾风已久，但有私衷，所不敢言耳。"生固请之，辛曰："弱息十九人，嫁者十有二。醮命（许嫁之权）任之荆人（谦称自己的妻子），老夫不与焉。"生曰："小生只要得今朝领小奚奴（婢女）带露行者。"辛不应，相对默然。闻房内嘤嘤腻语，生乘醉搴（qiān，撩起）帘曰："伉俪既不可得，当一见颜色，以消吾憾。"内闻钩动，群立愕顾。果有红衣人，振袖倾鬟（huán），亭亭拈带。望见生入，遍室张皇。辛怒，命数人捽（zuó，抓）生出。酒愈涌上，倒榛芜中，瓦石乱落如雨，幸不着体。

卧移时，听驴子犹龁（hé，咬、吃）草路侧，乃起跨驴，踉跄而行。夜色迷闷，误入涧谷，狼奔鸱（chī）叫，竖毛寒心。踟蹰四顾，并不知其何所。遥望苍林中，灯火明灭，疑必村落，竟驰投之。仰见高闳，以策（鞭子）挝（击）门，内有问者曰："何处郎君，半夜来此？"生以失路告，问者曰："待达主人。"生累足鹄俟。忽闻振管辟扉（打开锁开门），一健仆出，代客捉驴。生入，见室甚华好，堂上张灯火。少坐，有妇人出，问客姓氏，生以

---

①这是用裴航的故事，表示求婚。唐代裴航路过蓝桥驿，遇见少女云英。裴向其祖母求婚。祖母说，神仙曾给我长生不老的灵丹，但须用玉杵臼去捣一百天，方可服用，你若找到玉杵和臼，我就把云英许给你。后来，裴航果然购得玉杵臼，并亲自捣药百天。两人终成眷属。

告。逾刻，青衣数人扶一老妪出，曰："郡君至。"生起立，肃身欲拜。妪止之，坐谓生曰："尔非冯云子之孙耶？"曰："然。"妪曰："子当是我弥甥。老身钟漏并歇（暗示死期已到。钟与漏，古时的报时工具。歇，停止），残年向尽，骨肉之间，殊所乖阔（远离，疏远）。"生曰："儿少失怙（hù，父母的合称），与我祖父处者，十不识一焉。素未拜省，乞便指示。"妪曰："子自知之。"生不敢复问，坐对悬想。妪曰："甥深夜何得来此？"生以胆力自矜诩，遂一一历陈所遇。妪笑曰："此大好事。况甥名士，殊不玷于姻娅，野狐精何得强自高？甥勿虑，我能为若致之。"生谢唯唯。妪顾左右曰："我不知辛家女儿，遂如此端好。"青衣人曰："渠有十九女，都翩翩有风格，不知官人所聘（迎娶）行几？"生曰："年约十五馀矣。"青衣曰："此是十四娘。三月间，曾从阿母寿郡君，何忘却？"妪笑曰："是非刻莲瓣为高履，实以香屑，蒙纱而步者乎？"青衣曰："是也。"妪曰："此婢大会作意（别出心裁，花样百出），弄媚巧。然果窈窕，阿甥赏鉴不谬。"即谓青衣曰："可遣小狸奴唤之来。"青衣应诺去。移时，入白（告诉）："呼得辛家十四娘至矣。"旋见红衣女子，望妪俯拜。妪曳之曰："后为我家甥妇，勿得修婢子礼。"女子起，娉娉（pīng pīng）而立，红袖低垂。妪理其鬓发，捻其耳环，曰："十四娘近在闺中作么生？"女低应曰："闲来只挑绣。"回首见生，羞缩不安。妪曰："此吾甥也。盛意与儿作姻好，何便教迷途，终夜窜溪谷？"女俛首（低头，表示服从。俛，fǔ）无语。妪曰："我唤汝非他，欲为吾甥作伐耳。"女默默而已。妪命扫榻展裍褥，即为合卺（古代结婚仪式之一，因代指结婚。卺，jǐn）。女觍（tiǎn）然曰："还以告之父母。"妪曰："我为汝作冰（媒人），有何舛谬（chuǎn miù，差错）？"女曰："郡君之命，父母当不敢违，然如此草草，婢子即死，不敢奉命！"妪笑曰："小女子志不可夺，真吾甥妇也！"乃拔女头上金花一朵，付生收之。命归家检历（查阅日历），以良辰为定。乃使青衣送女去。听远鸡已唱，遣人持驴送生出。数步外，欻（xū，忽然）一回顾，则村舍已失，但见松楸浓黑，蓬颗（长有蓬草的土块）蔽冢而已。定想移时（一会儿），乃悟其处为薛尚书墓。薛故生祖母弟，故相呼以甥。心知遇鬼，然亦不知十四娘何人。咨嗟（叹息）而归，漫检历（查阅日历）以待之，而心恐鬼约难恃。再往兰若（寺庙），则殿宇荒凉，问之居人，则寺中往往见狐狸云。阴（暗地里）念：若得丽人，狐亦自佳。至日，除舍扫途，更仆眺望，夜半犹寂，生已无望。顷之，门外哗然，蹝屣（xǐ xǐ，趿着鞋走）出窥，则绣幰（xiǎn）已驻于庭，双鬟扶女坐青庐中。妆奁亦无长物，惟两长鬣（liè，胡须）奴扛一扑满（我国古代人民储钱的一种盛具），大如瓮，息肩置堂隅。生喜得佳丽偶，并不疑其异类。问女曰："一死鬼，卿家何帖服之甚？"女曰："薛尚书今作五都巡环使，数百里鬼狐皆备扈从，故归墓时常少。"生不忘謇修（指媒妁），翼日，往祭其墓。归见二青衣，持贝锦为贺，竟委几上而去。生以告女，女视之曰："此郡君物也。"

邑有楚银台之公子，少与生共笔砚，相狎。闻生得狐妇，馈遗为餪（nuǎn，古代的一种礼仪，女儿嫁后第三日，娘家送食物给女儿），即登堂称觞。越数日，又折简来招饮。女闻，谓生曰："曩（nǎng，以往）公子来，我穴壁窥之，其人猿睛鹰準，不可与久居也。宜勿往。"生诺之。翼日，公子造门，问负约之罪，且献新什。生评涉嘲笑，公子大惭，不欢而散。生归，笑述于房，女惨然曰："公子豺狼，不可狎也！子不听吾言，将及于难！"生笑谢之。后与公子辄相谀嘘（yú xué，诏笑），前郄（xì）渐释。会提学试，公子第一，生第二。公子沾沾自喜，走伻（bēng，使者）来邀生饮，生辞；频招乃往。至则知为公子初度，客从满堂，列筵甚盛。公子出试卷示生，亲友叠肩叹赏。酒数行，乐奏于堂，鼓吹伧伫（形容音调粗浊嘈杂），宾主甚乐。公子忽谓生曰："谚云：'场中莫论文。'①此言今知其谬。小生所以忝出君上者，以起处数语，略高一筹耳。"公子言已，一座尽赞。生醉不能忍，大笑曰："君到于今，尚以为

---

① 在考场中靠的是命运，不是富有文采的文章。场，科举考场。

文章至是耶！"生言已，一座失色。公子惭忿气结。客渐去，生亦遁。醒而悔之，因以告女。女不乐曰："君诚乡曲之儇子（没有见识的轻薄之人。儇子，轻薄耍小聪明的人）也！轻薄之态，施之君子，则丧吾德；施之小人，则杀吾身。君祸不远矣！我不忍见君流落，请从此辞。"生惧而涕，且告之悔。女曰："如欲我留，与君约：从今闭户绝交游，勿浪饮。"生谨受教。十四娘为人勤俭洒脱，日以纴（rèn，纺织）织为事。时自归宁（回娘家省亲），未尝逾夜。又时出金帛作生计，日有赢馀，辄投扑满（我国古代人民储钱的一种盛具）。日杜门户，有造访者辄嘱苍头（仆役）谢去。一日，楚公子驰函来，女焚蓺不以闻。翼日，出吊于城，遇公子于丧者之家，捉臂苦邀，生辞以故。公子使圉人（马夫）挽辔，拥之以行。至家，立命洗腆（指设置丰盛洁净的酒食。腆，tiǎn，丰盛）。继辞凤退。公子要遮无已，出家姬弹筝为乐。生素不羁，向闭置庭中，颇觉闷损，忽逢剧饮，兴顿豪，无复萦念。因而酣醉，颓卧席间。公子妻阮氏，最悍妒，婢妾不敢施脂泽。日前，婢入斋中，为阮掩执，以杖击首，脑裂立毙。公子以生嘲慢故衔生，日思所报，遂谋醉以酒而诬之。乘生醉寐，扛尸床间，合扉径去。生五更醒解（酒醒。醒，chéng），始觉身卧几上，起寻枕榻，则有物腻然，绁绊（xiè bàn，缠绕羁绊）步履。摸之，人也。意主人遣僮伴睡。又蹴之不动而僵，大骇，出门怪呼。厮役尽起，蓺（ruò，点燃）之，见尸，执生怒闹。公子出验之，诬生逼奸杀婢，执送广平。隔日，十四娘始知，潸然曰："早知今日矣！"因按日以金钱遗生。生见府尹，无理可伸，朝夕掠（péng lüè，答击，拷打），皮肉尽脱。女自诣问（前往叩问），生见之，悲气塞心，不能言说。女知陷阱已深，劝令诬服，以免刑宪。生泣听命。女还往之间，人咫尺（形容距离近）不相窥。归家咨怆，遽遣婢子去。独居数日，又托媒媪购良家女，名禄儿，年及笄（jí jī，女子到了结婚的年龄），容华颇丽，与同寝食，抚爱异于群小。生认误杀拟绞。苍头（仆役）得信归，恸述不成声。女闻，坦然若不介意。既而秋决有日，女始皇皇躁动，昼去夕来，无停履。每于寂所，於邑（同"呜咽"，於，wū）悲哀，至损眠食。一日，日晡（申时，指午后三至五点），狐婢忽来。女顿起，相引屏语。出则笑色满容，料理门户如平时。翼日，苍头（仆役）至狱，生寄语娘子一往永诀。苍头（仆役）复命，女漫应之，亦不怆恻，殊落落置之；家人窃议其忍。忽道路沸传：楚银台革职，平阳观察奉特旨治冯生案。苍头（仆役）闻之，喜告主母。女亦喜，即遣入府探视，则生已出狱，相见悲喜。俄捕公子至，一鞫（jū，审问），尽得其情。生立释宁家。归见闺中人，泫然流涕，女亦相对怆楚，悲已而喜，然终不知何以得达上听。女笑指婢曰："此君之功臣也。"生愕问故。先是，女遣婢赴燕都，欲达宫闱，为生陈冤。婢至，则宫中有神守护，徘徊御沟间，数月不得入。婢惧误事，方欲归谋，忽闻今上将幸大同，婢乃预往，伪作流妓。上至构栏（妓院），极蒙宠眷。疑婢不似风尘人，婢乃垂泣。上问："有何冤苦？"婢对："妾原籍直隶广平，生员冯某之女。父以冤狱将死，遂鬻（yù，卖）妾构栏中。"上惨然，赐金百两。临行，细问颠末，以纸笔记姓名；且言欲与共富贵。婢言："但得父子团聚，不愿华朊（华丽的衣服，美味的食物，指富贵。朊，wǔ，美味的肉食）也。"上颔之，乃去。婢以此情告生。生急拜，泪眦双荧。

　　居无几何，女忽谓生曰："妾不为情缘，何处得烦恼？君被逮时，妾奔走戚眷间，并无一人代一谋者。尔时酸衷，诚不可以告愬（sù，通"诉"，诉说）。今视尘俗益厌苦。我已为君蓄良偶，可从此别。"生闻，泣伏不起，女乃止。夜遣禄儿侍生寝，生拒不纳。朝视十四娘，容光顿减；又月馀，渐以衰老；半载，黯黑如村姬：生敬之，终不替。女忽复言别，且曰："君自有佳侣，安用此鸠盘为？"生哀泣如前日。又逾月，女暴疾，绝饮食，羸卧闺闼（guī tà，小屋）。生侍汤药，如奉父母。巫医无灵，竟以溘（kè，突然；忽然）逝。生悲悼（悲伤，痛苦。悼，dá）欲绝。即以婢赐金，为营斋葬。数日，婢亦去，遂以禄儿为室。逾年，举一子。然比岁不登（连年欠收），家益落。夫妻无计，对影长愁。忽忆堂陬（zōu）扑满（我国古代人民储钱的一种盛具），常见十四娘投钱于中，不知尚在否。近临之，则豉具盐盎，罗列殆满。头头置去，箸探其中，坚不可入。扑而碎之，金钱溢出。由此顿大充裕。后苍头

（仆役）至太华、遇十四娘，乘青骡，婢子跨蹇（毛驴）以从，问："冯郎安否？"且言："致意主人，我已名列仙籍矣。"言讫，不见。

异史氏曰："轻薄之词，多出于士类，此君子所悼惜也。余尝冒不韪（wěi，是，对）之名，言冤则已迁，然未尝不刻苦自励，以勉附于君子之林，而祸福之说不与焉。若冯生者，一言之微，几至杀身，苟非室有仙人，亦何能解脱囹圄，以再生于当世耶？可惧哉？"

姊妹易嫁

掖县（地名，在今山东省）相国毛公，家素微（本来贫寒卑微）。其父常为人牧牛。时邑世族张姓者，有新阡（坟墓）在东山之阳。或（有人）经其侧，闻墓中叱咤声曰："若等（你们）速避去，勿久溷（hùn，打扰）贵人宅！"张闻，亦未深信。既又频得梦，警曰："汝家墓地，本是毛公佳城，何得久假（占据）此？"由是家数不利。客劝徙葬吉，张听之，徙焉。一日，相国父牧，出张家故墓，猝遇雨，匿身废圹（废弃不用的墓穴）中。已而雨益倾盆，潦（lǎo，雨水盛大的样子）水奔穴，崩洶（bēng hōng，水奔涌声）灌注，遂溺以死。相国时尚孩童。母自诣张，愿丐（乞求）咫尺地，掩儿父。张徵（zhēng，询问）知其姓氏，大异之。行视溺死所，俨当置棺处，又益骇。乃使就故圹窆（biǎn，埋葬）焉。且令携若儿来。葬已，母偕儿诣张谢。张一见，辄喜，即留其家，教之读，以齿（列）子弟行。又请以长女妻儿。母不敢应。张妻云："既已有言，奈何中改！"卒许之。

然此女甚薄（看不起）毛家，怨惭之意，形于言色。有人或道及，辄掩其耳；每向人曰："我死不从牧牛儿！"及亲迎，新郎入宴，彩舆在门，而女掩袂（mèi，袖子）向隅而哭。催之妆，不妆；劝之亦不解。俄而新郎告行，鼓乐大作，女犹眼零雨而首飞蓬也。父止婿，自入劝女，女涕若罔闻。怒而逼之，益哭失声。父无奈之。又有家人传白：新郎欲行。父急出，言："衣妆未竟，乞郎少停待。"即又奔入视女。往来者，无停履。迁延少时，事愈急，女终无回意。父无计，周张（焦躁急迫，不知所措）欲自死。其次女在侧，颇非其姊，苦逼劝之。姊怒曰："小妮子，亦学人喋聒！尔何不从他去？"妹曰："阿爷原不曾以妹子属毛郎；若以妹子属毛郎，何烦妹姊劝驾也？"父以其言慷爽，因与伊母窃议，以次易长。母即向女曰："忤逆（不听从父母的安排）婢不遵父母命，今欲以儿代若姊，儿肯之否？"女慨然曰："父母教儿往，即乞丐不敢辞；且何以见毛家郎便终身饿莩（piǎo）死乎？"父母闻其言，大喜，即以姊妆妆女，仓猝登车而去。入门，夫妇雅敦逑好。然女素病赤鬝（头发稀疏。鬝，qiān），稍稍介公意。久之浸知易嫁之说，益以知己德女。居无何，公补博士弟子，应秋闱试。道经王舍人店，店主人先一夕梦神曰："旦夕当有毛解元（唐代后因称乡试为"解试"，故称乡试第一名为"解元"）来，后且脱汝于厄。"以故晨起，崦伺察东来客。及得公，甚喜。供具殊丰善，不索直。特以梦兆厚自托。公亦颇自负；私以细君发鬜鬜（lián lián，头发稀疏的样子），虑为显者笑，富贵后念当易之。已而晓榜既揭，竟落孙山，咨嗟蹇步，懊惋丧志。心赧（nǎn，因惭愧而脸红）旧主人，不敢复由王舍，以他道归。后三年，再赴试，店主人延候如初。公曰："尔言初不验，殊惭祗（zhī，恭敬）奉。"主人曰："秀才以阴欲易妻，故被冥司黜落，岂妖梦不足以践？"公愕而问故。盖别后复梦而云。公闻之，惕然（惶恐的样子。惕，tì）悔惧，木立若偶。主人谓："秀才宜自爱，终当作解首。"未几，果举贤书第一人。夫人发亦寻长，云鬟委绿，转更增媚。

　　姊适（旧称女子出嫁）里中富室儿，意气颇自高。夫荡惰，家渐陵夷（衰落），空舍无烟火。闻妹为孝廉妇，弥增惭怍。姊妹辄避路而行。又无何，良人卒，家落。顷之，公又擢（选拔。科举时代考试及第，称"擢第"）进士。女闻，刻骨自恨，遂忿然废身为尼。及公以宰相归，强遣女行者诣府谒问，冀有所贻（赠送）。比至，夫人馈以绮縠（hú，有褶皱的纱）罗绢若干疋（pǐ，通"匹"），以金纳其中，而行者不知也。携归见师。师失所望，恚曰："与我金钱，尚可作薪米费；此等仪物我何须尔！"遂令将回。公及夫人疑之。启视而金具在，方悟见却之意。发金笑曰："汝师百馀金尚不能任，焉有福泽从我老尚书也。"遂以五十金付尼去，曰："将去作尔师用度。多恐福薄人难承荷耳。"行者归，具以告。师嘿然自叹，念平生所为，辄自颠倒，美恶避就，繄岂由人耶？后店主人以人命逮系囹圄，公为力解释罪。

异史氏曰："张家故墓，毛氏佳城，斯已奇矣。余闻时人有'大姨夫作小姨夫，前解元为后解元'之戏，此岂慧黠者所能较计耶？呜呼！彼苍者天，久不可问，何至毛公，其应如响？"

妾击贼

益都（地名，属山东省青州市）西鄙有贵家某者，富有巨金，蓄一妾，颇婉丽。而冢室（嫡妻；正妻。冢，zhǒng）凌折（欺凌折磨）之，鞭挞横施。妾奉事之惟谨。某怜之，往往私语慰抚。妾殊未尝有怨言。一夜，数十人逾垣入，撞其屋扉几坏。某与妻惶遽（jù，就；竟）丧魄，摇战不知所为。妾起，默无声息，暗摸屋中，得挑水木杖（即扁担）一，拔关遽（jù，急忙）出。群贼乱如蓬麻。妾舞杖动，风鸣钩响，击四五人仆地；贼尽靡，骇愕乱奔墙，急不得上，倾跌咿哑，亡魂失命。妾拄杖于地，顾笑曰："此等物事，不直下手插打（亲自参加厮打）得，亦学作贼！我不汝杀，杀嫌辱我。"悉纵之逸去。某大惊，问："何自能尔？"则妾父故枪棒师，妾尽传其术，殆不啻（chì，止）百人敌也。"妻尤骇甚，悔向之迷于物色。由是善颜视妾，妾终无纤毫失礼。邻妇或谓妾："嫂击贼若豚犬，顾奈何俯首受挞楚？"妾曰："是吾分（名分）耳，他何敢言。"闻者益贤之。

异史氏曰："身怀绝技，居数年而人莫之知，而卒之捍患御灾，化鹰为鸠（改变正妻强悍可恶的性格）。呜呼！射雉既获，内人展笑；握槊方胜，贵主同车。技之不可以已也如是夫！"

阳武侯

阳武侯薛公禄，胶薛家岛人。父薛公最贫，牧牛乡先生（指年老辞官居乡的人）家。先生有荒田，公牧其处，辄见蛇兔斗草莱中，以为异；因请于主人为宅兆，构茅而居。后数年，太夫人临蓐（临产），值雨骤至；适（恰巧）二指挥使奉命稽海，出其途，避雨户中。见舍上鸦鹊群集，竞以翼覆（遮盖）漏处，异之。既而翁出，指挥问："适（刚才）何作？"因以产告。又询所产，曰："男也。"指挥又益愕，曰："是必极贵。不然，何以得我两指挥护守门户也？"咨嗟（zī jiē，赞叹）而去。

侯既长，垢面垂鼻涕，殊不聪颖。岛中薛姓，故隶军籍。是年应翁家出一丁口戍辽阳，翁长子深以为忧。时候十八岁，人以太憨生，无与为婚。忽自谓兄曰："大哥啾唧（低声说话），得无以遣戍无人耶？"曰："然。"笑曰："若肯以婢子妻我，我当任此役。"兄喜，即配婢。侯遂携室赴戍所。行方（才）数十里，暴雨忽集。途侧有危崖，夫妻奔避其下。少间，雨止，始复行。才及数武（没多远），崖石崩坠。居人遥望两虎跃出，逼附（逼近依附）两人而没。侯自此勇健非常，丰采顿异。后以军功封阳武侯世爵。

至启、祯间，袭侯某公薨，无子，止有遗腹，因暂以旁支代。凡世封家进御者，有娠即以上闻，官遣媪伴守之，既产乃已。年馀，夫人生女。产后，腹犹震动，凡十五年，更数媪，又生男。应以嫡派赐爵。旁支噪之，以为非薛产。官收（拘捕）诸媪，械梏（指刑讯）百端，皆无异言。爵乃定。

赵城虎

赵城（今山西省洪洞县赵城镇西南）妪，年七十馀，止一子。一日入山，为虎所噬。妪悲痛，几不欲活，号啼而诉之宰。宰笑曰："虎何可以官法制之乎？"妪愈号啕，不能制之。宰叱之，亦不畏惧。又怜其老，不忍加威怒，遂诺为捉虎。妪伏不去，必待勾牒（捉拿犯人的公文）出，乃肯行。宰无奈之。即问诸役，谁能往者。一隶名李能，醺醉，诣座下，自言："能之。"持牒下，妪始（才）去。隶醒而悔之；犹谓宰之伪局，姑以解妪扰耳，因亦不甚为意。持牒报缴（没能完成任务），宰怒曰："固言能之，何容复悔？"隶窘甚，请牒拘猎户。宰从之。隶集诸猎人，日夜伏山谷，冀得一虎，庶可塞责。月馀，受杖数百，冤苦罔控。遂诣（到）东郭岳庙，跪而祝之，哭失声。无何，一虎自外来。隶错愕（仓促间感到惊愕），恐被咥噬。虎入，殊不他顾，蹲立门中。隶祝曰："如杀某子者尔也，其俯听吾缚。"遂出缧索（缉拿犯人的绳索。缧，léi）萦虎项，虎帖耳受缚。牵达县署，宰问虎曰："某子尔噬之耶？"虎颔（点头以示同意）之。宰曰："杀人者死，古之定律。且妪止一子，而尔杀之，彼残年垂尽，何以生活？倘尔能为若子也。我将赦之。"虎又颔之。乃释缚令去。

　　妪方怨宰之不杀虎以偿子也，迟旦，启扉，则有死鹿；妪货其肉革，用以资度。自是以为常，时衔金帛掷庭中。妪从此致丰裕，奉养过于其子。心窃德虎。虎来，时卧檐下，竟日不去。人畜相安，各无猜忌。数年，妪死，虎来吼于堂中。妪素所积，绰可营葬（置办丧事），族人共瘗（yì，埋葬）之。坟垒方成，虎骤奔来，宾客尽逃。虎直赴冢前，嗥鸣雷动，移时始去。土人立"义虎祠"于东郊，至今犹存。

武　技

　　李超，字魁吾，淄之西鄙（淄川县之西乡）人。豪爽，好施。偶一僧来托钵（化缘），李饱啖之。僧甚感荷（感谢），乃曰："吾少林出也。有薄技，请以相授。"李喜，馆（安排居住）之客舍，丰其给，旦夕从学。三月，艺颇精，意得甚。僧问："汝益乎？"曰："益矣。师所能者，我已尽能之。"僧笑，命李试其技。李乃解衣唾手，如猿飞，如鸟落，腾跃移时，诩诩（骄傲自大）然交人而立。僧又笑曰："可矣。子既尽吾能，请一角低昂（高下）。"李忻然，即各交臂作势。既而支撑格拒，李时时蹈僧瑕；僧忽一脚飞掷，李已仰跌丈馀。僧抚掌曰："子尚未尽吾能也。"李以掌致地，惭沮请教。又数日，僧辞去。

李由此以武名，遨游南北，罔（无）有其对。偶适（到，往）历下（在今山东省济南市），见一少年尼僧（指尼姑），弄艺于场，观者填溢。尼告众客曰："颠倒一身，殊大冷落。有好事者，不妨下场一扑为戏。"如是三言。众相顾，讫无应者。李在侧，不觉技痒，意气而进。尼便笑与合掌。才一交手，尼便呵止曰："此少林宗派也。"即问："尊师何人？"李初不言。固诘之，乃以僧告。尼拱手曰："憨和尚汝师耶？若尔，不必交手足，愿拜下风。"李请之再四，尼不可。众怂恿之，尼乃曰："既是憨师弟子，同是个中人（指精通武术的内行人），无妨一戏。但两相会意可耳。"李诺之。然以其文弱故，易之；又年少喜胜，思欲败之，以要（博取）一日之名。方颉颃（xié háng，原指鸟上下翻飞，此以之喻比武的腾跃进退）间，尼即遽止。李问其故，但笑不言。李以为怯，固请再角。尼乃起。少间，李腾一踝（脚跟）去，尼骈（并）五指下削其股；李觉膝下如中刀斧，蹶仆不能起。尼笑谢曰："孟浪迕（冒犯）客，幸勿罪！"李昇（抬）归，月馀始愈。

后年馀，僧复来，为述往事。僧惊曰："汝大卤莽！惹他何为？幸先以我名告之；不然，股已断矣！"

鸦 头

诸生（儒生）王文，东昌（在今山东省聊城市）人。少诚笃。薄游于楚，过六河，休于旅舍，仍步门外。遇里戚赵东楼，大贾也，常数年不归。见王，相执

甚欢，便邀临存（去家里看看）。至其所，有美人坐室中，愕怪却步。赵曳之，又隔窗呼妮子去，王乃入。赵具酒馔（zhuàn，饭食），话温凉。王问："此何处所？"答云："此是小构栏。余因久客，暂假床寝。"话间，妮子频来出入。王踧促不安，离席告别。赵强捉令坐。俄见一少女，经门外过，望见王，秋波频顾，眉目含情，仪容娴婉，实神仙也。王素方直，至此惘然若失，便问："丽者何人？"赵曰："此媪次女，小字鸦头，年十四矣。

缠头者（指嫖客）屡以重金啖媪，女执不愿，致母鞭楚，女以齿稚哀免。今尚待聘耳。"王闻言，俯首默然痴坐，酬应悉乖。赵戏之曰："君倘垂意，当作冰斧（媒人）。"王怃然曰："此念所不敢存。"然日向夕，绝不言去。赵又戏请之。王曰："雅意极所感佩，囊涩奈何！"赵知女性激烈，必当不允，故许以十金为助。王拜谢趋出，馨资而至，得五数，强赵致媪，媪果少之。鸦头言于母曰："母日责我不作钱树子，今请得如母所愿。我初学作人，报母有日，勿以区区放却财神去。"媪以女性拗执，但得允从，即甚欢喜。遂诺之，使婢邀王郎。赵难中悔，加金付媪。王与女欢爱甚至。既，谓王曰："妾烟花下流，不堪匹敌（匹配）；既蒙缱绻（qiǎn quǎn，情意缠绵，难舍难分），义即至重。君倾囊博此一宵欢，明日如何？"王泫然（眼泪下滴的样子）悲哽。女曰："勿悲。妾委风尘，实非所愿。顾未有敦笃可托如君者。请以宵遁。"王喜，遽起；女亦起。听谯鼓（城楼夜里报时的鼓声。谯，谯楼，登之能望远）已三下矣。女急易男装，草草偕出，叩主人扉。王故从双卫，托以急务，命仆便发。女以符系仆股并驴耳上，纵辔极驰，目不容启，耳后但闻风鸣；平明至汉江口，税（租赁）屋而止。王惊其异，女曰："言之，得无惧乎？妾非人，狐耳。母贪淫，日遭虐遇，心所积懑。今幸脱苦海。百里外，即非所知，可幸无恙。"王略无疑贰，从容曰："室对芙蓉（在家里面对美丽的妻子），家徒四壁，实难自慰，恐终见弃置。"女曰："何为此虑。今市货皆可居，三数口，淡薄（没有很多欲望的穷困生活）亦可自给。可鬻（yù，卖）驴子作资本。"王如言，即门前设小肆，王与仆人躬同操作，卖酒贩浆其中。女作披肩，刺荷囊，日获赢馀，顾赡甚优。积年馀，渐能蓄婢媪。王自是不着犊鼻（不亲自操作），但课督而已。

女一日悄然忽悲，曰："今夜合有难作，奈何！"王问之，女曰："母已知妾消息，必见凌逼。若遣姊来，吾无忧；恐母自至耳。"夜已央，自庆曰："不妨，阿姊来矣。"居无何，妮子排闼（开门）入，女笑逆（迎）之。妮子骂曰："婢子不羞，随人逃匿！老母令我缚去。"即出索子絷女颈。女怒曰："从一者得何罪？"妮子益忿，捽女断袊。家中婢媪皆集。妮子惧，奔出。女曰："姊归，母必自至。大祸不远，可速作计。"乃急办装，将更播迁。媪忽掩入，怒容可掬，曰："我固知婢子无礼，须自来也！"女迎跪哀啼。媪不言，揪发提去。王徘徊怆恻（悲痛），眠食都废。急诣六河，冀得贿赎。至则门庭如故，人物已非。问之居人，俱不知其所徙。悼丧而返。于是俵散客旅，囊资东归。

后数年，偶入燕都，过育婴堂（收养遗弃婴儿的机构），见一儿，七八岁。仆人怪似其主，反复凝注之。王问："看儿何说？"仆笑以对。王亦笑。细视儿，风度磊落。自念乏嗣，因其肖己，爱而赎之。诘其名，自称王孜。王曰："子弃之襁褓，何知姓氏？"曰："本师（育婴堂的老师）尝言，得我时，胸前有字，书山东王文之子。"王大骇曰："我即王文，乌得有子？"念必同己姓名者，心窃喜，甚爱惜之。及归，见者不问而知为王生子。孜渐长，孔（很）武有力，喜田猎，不务生产，乐斗好杀。王亦不能箝制之。又自言能见鬼狐，悉不之信。会里中有患狐者，请孜往觇（chān，暗中察看）之。至则指狐隐处，令数人随指处击之，即闻狐鸣，毛血交落，自是遂安。由是人益异之。

王一日游市廛（集市中的店铺。廛，chán），忽遇赵东楼，巾袍不整，形色枯黯。惊问所来。赵惨然请间。王乃偕归，命酒。赵曰："媪得鸦头，横施楚掠（拷打）。既北徙，又欲夺其志。女矢死不二，因囚置之。生一男，弃诸曲巷；闻在育婴堂，想已长成。此君遗体也。"王出涕曰："天幸孽儿已归。"因述本末。问："君何落拓至此？"叹曰："今而知青楼之好，不可过认真也。夫何言！"先是，媪北徙，赵以负贩从之。货重难迁者，悉以贱售。途中脚直供亿（运输费用和生活供应），烦费不赀，因大亏损。妮子索取尤奢。数年，万金荡然。媪见床头金尽，旦夕加白眼。妮子渐寄贵家宿，恒数夕不归。赵愤激不可耐，然亦无奈之。适（恰好）媪他出，鸦头自窗中呼赵曰："构栏中原无情好，所绸缪者，钱耳。君依恋不去，将掇奇祸。"赵惧，如梦初醒。临行，窃往视女，女授书使达王，赵乃归。因以此情为王述之。即出鸦头书。书云："知孜儿已在膝下（指儿女在父母跟前）矣。妾之厄难，东楼君自能缅悉。前世之孽，夫何可言！妾幽室之中，暗无天日，鞭创裂肤，饥火煎心，易一晨昏，如历年岁。君如不忘汉上（汉口）雪夜单衾，迭互暖抱时，当与儿谋，必能脱妾于厄。母姊虽忍，要是骨肉，但嘱勿致伤残，是所愿耳。"王读之，泣不自禁。以金帛赠赵而去。时孜年十八矣。王为述前后，因示母书。孜怒眦欲裂，即日赴都，询吴媪居，则车马方盈。孜直入，妮子方与湖客饮，望见孜，愕立变色。孜骤进杀之，宾客大骇，以为寇。及视女尸，已化为狐。孜持刃迳入，见媪督婢作羹。孜奔近室门，媪忽不见。孜四顾，急抽矢，望屋梁射之；一狐贯心而堕，遂决其首。寻得母所，投石破扃（jiōng，从外面关门的闩），母子各失声。母问媪，曰："已诛之。"母怨曰："儿何不听吾言！"命持葬郊野。孜伪诺之，剥其皮而藏之。检媪箱箧（箱子。箧，qiè），尽卷金资，奉母而归。夫妇重谐，悲喜交至。既问吴媪，孜言："在吾囊中。"惊问之，出两革以献。母怒，骂曰："忤逆儿！何得此为！"号恸自挝，转侧欲死。王极力抚慰，叱儿瘗（yì，掩埋，埋葬）革。孜忿曰："今得安乐所，顿忘挞楚耶？"母益怒，啼不止。孜葬皮反报，始稍释。

王自女归,家益盛。心德赵,报以巨金。赵始知媪母子皆狐也。孜承奉甚孝;然误触之,则恶声暴吼。女谓王曰:"儿有拗筋,不刺去之,终当杀人倾产。"夜伺孜睡,潜絷(拴)其手足。孜醒曰:"我无罪。"母曰:"将医尔虐,其勿苦。"孜大叫,转侧不可开。女以巨针刺踝骨侧,三四分许,用刀掘断,崩然有声;又于肘间脑际并如之。已,乃释缚,拍令安卧。天明,奔候父母,涕泣曰:"儿早夜忆昔所行,都非人类!"父母大喜,从此温和如处女,乡里贤之。

异史氏曰:"妓尽狐也。不谓有狐而妓者;至狐而鸨,则兽而禽矣。灭理伤伦,其何足怪?至百折千磨,之死靡他(到死也没变心),此人类所难,而乃于狐也得之乎?唐君谓魏徵更饶妩媚,吾于鸦头亦云。"

封三娘

范十一娘,曛城祭酒之女。少艳美,骚雅尤绝。父母钟爱之,求聘者辄令自择;女恒少可。会上元日(唐人称农历的正月、七月、十月的十五日为上元、中元、下元),水月寺中诸尼,作"盂兰盆会"。是日,游女如云,女亦诣之。方随喜(佛教用语。后泛指一般游览寺院)间,一女子步趋相从,屡(多次)望颜色,似欲有言。审(仔细)视之,二八绝代姝也。悦而好之,转用盼注。女子微笑曰:"姊非范十一娘乎?"答曰:"然。"女子曰:"久闻芳名,人言果不虚谬。"十一娘亦审里居。女笑言:"妾封氏,第三,近在邻村。"把臂欢笑,词致(言辞的意趣和情调)温婉,于是大相爱悦,依恋不舍。十一娘问:"何无伴侣?"曰:"父母早逝,家中止一老妪,留守门户,故不得来。"十一娘将归,封凝眸欲涕,十一娘亦惘然,遂邀过从。封曰:"娘子朱门绣户,妾素无葭莩亲(远亲),虑致讥嫌。"十一娘固邀之。答:"俟异日。"十一娘乃脱金钗一股赠之,封亦摘髻上绿簪为报。十一娘既归,倾想殊切。出所赠簪,非金非玉,家人都不之识,甚异之。日望其来,怅然遂病。父母讯得故，使人于近村谘访，并无知者。

时值重九（农历九月初九日，也称"重阳"），十一娘羸顿无聊，倩侍儿强扶窥园，设褥东篱下。忽一女子攀垣来窥，觇（chān，暗中察看）之，则封女也。呼曰："接我以力？"侍儿从之，蓦然遂下。十一娘惊喜，顿起，曳坐褥间，责其负约，且问所来。答云："妾家去此尚远，时来舅家作耍。前言近村者，缘舅家耳。别后悬思颇苦；然贫贱者与贵人交，足未登门，先怀惭怍，恐为婢仆下眼觑（看不起），是以不果来。适（刚才）经墙外过，闻女子语，便一攀望，冀是小姐，今果如愿。"十一娘因述病源。封泣下如雨，因曰："妾来当须秘密。造言生事者，飞短流长，所不堪受。"十一娘诺。偕归同榻，快与倾怀。病寻愈。订为姊妹，衣服履舄（单底的鞋为履，衬以木底的鞋为舄。舄，xì），辄互易着。见人来，则隐匿夹幕间。积五六月，公及夫人颇闻之。一日，两人方对弈，夫人掩入。谛视，惊曰："真吾儿友也！"因谓十一娘："闺中有良友，我两人所欢，胡不早白？"十一娘因达封意。夫人顾谓三娘："伴吾儿，极所忻慰，何昧之？"封羞晕满颊，默然拈带而已。夫人去，封乃告别。十一娘苦留之，乃止。一夕，自门外匆皇奔入，泣曰："我固谓不可留，今果遭此大辱！"惊问之。曰："适（刚才）出更衣，一少年丈夫，横来相干，幸而得逃。如此，复何面目！"十一娘细诘形貌，谢曰："勿须怪，此妾痴兄。会告夫人，杖责之。"封坚辞欲去。十一娘请待天曙。封曰："舅家咫尺（形容距离近），但须以梯度我过墙耳。"十一娘知不可留，使两婢逾垣送之。行半里许，辞谢自去。婢返，十一娘伏床悲惋，如失伉俪。

后数月，婢以故至东村，暮归，遇封女从老妪来。婢喜，拜问。封亦恻恻（心情非常悲伤），讯十一娘兴居（起居）。婢捉袂（衣袖）曰："三姑过我。我家姑姑盼欲死！"封曰："我亦思之，但不乐使家人知。归启园门，我自至。"婢归告十一娘；十一娘喜，从其言，则封已在园中矣。相见，各道间阔（久别之情），绵绵不寐。视婢子眠熟，乃起，移与十一娘同枕，私语曰：

"妾固知娘子未字。以才色门地，何患无贵介婿；然纨袴儿（富贵人家子弟），敖不足数。如欲得佳偶，请无以贫富论。"十一娘然之。封曰："旧年邂逅处，今复作道场，明日再烦一往，当令见一如意郎君。妾少读相人书，颇不参差。"昧爽（破晓），封即去，约俟兰若。十一娘果往，封已先在。眺览一周，十一娘便邀同车。携手出门，见一秀才，年可十七八，布袍不饰，而容仪俊伟。封潜指曰："此翰苑才（能入翰林院的人才）也。"十一娘略睨（nì，斜着眼睛看）之。封别曰："娘子先归，我即继至。"入暮，果至，曰："我适（刚才）物色甚详，其人即同里孟安仁也。"十一娘知其贫，不以为可。封曰："娘子何亦堕世情哉！此人苟长贫贱者，予当抉眸子（戳穿眼睛），不复相天下士矣。"十一娘曰："且为奈何？"曰："愿得一物，持与订盟。"十一娘曰："姊何草草？父母在，不遂如何？"封曰："妾此为，正恐其不遂耳。志若坚，生死何可夺也？"十一娘必不可。封曰："娘子姻缘已动，而魔劫未消。所以故，来报前好耳。请即别，即以所赠金凤钗，矫命赠之。"十一娘方谋更商（再商量），封已出门去。时孟生贫而多才，意将择耦，故十八犹未聘也。是日，忽睹两艳，归涉冥想。一更向尽，封三娘款门入。烛之，识为日中所见，喜致诘问。曰："妾封氏，范十一娘之女伴也。"生大悦，不暇（来不及）细审，遽前拥抱。封拒曰："妾非毛遂，乃曹丘生。十一娘愿缔永好，请倩冰（请托媒人）也。"生愕然不信。封乃以钗示生。生喜不自已，矢曰："劳眷注若此，仆不得十一娘，宁终鳏（guān，没有妻子，独居的人）耳。"封遂去。生诘旦，浼邻媪诣范夫人。夫人贫之，竟不商女，立便却去。十一娘知之，心失所望，深怨封之误己也；而金钗难返，只须以死矢之。又数日，有某绅为子求婚，恐不谐（成功），浼邑宰作伐。时某方居权要，范公心畏之。以问十一娘，十一娘不乐。母诘之，嘤嘤不言，但有涕泪。使人潜告夫人，非孟生，死不嫁。公闻，益怒，竟许某绅家。且疑十一娘有私意于生，遂涓吉（选好吉利的日子）速成礼。十一娘忿不食，日惟耽卧。至亲迎之前夕，忽起，揽镜自妆。夫人窃喜。俄侍女奔白："小姐自经！"举宅惊涕，痛悔无所复及。三日遂葬。

孟生自邻媪反命，愤恨欲绝。然遥遥探访，妄冀复挽。察知佳人有主，忿火中烧，万虑俱断矣。未几，闻玉葬香埋，憷然（悲恨的样子。憷，sè）悲丧，恨不从丽人俱死。向晚出门，意将乘昏夜一哭十一娘之墓。欻（xū，忽然）有一人来，近之，则封三娘。向生曰："喜姻好可就矣。"生泫然曰："卿不知十一娘亡耶？"封曰："我所谓就者，正以其亡。可急唤家人发冢，我有异药，能令苏。"生从之，发墓破棺，复掩其穴。生自负尸，与三娘俱归，置榻上；投以药，逾时（不久）而苏。顾见三娘，问："此何所（哪里）？"封指生曰："此孟安仁也。"因告以故，始知梦醒。封惧漏泄，相将（相送）去五十里，避匿山村。封欲辞去，十一娘泣留作伴，使别院居。因货殉葬之饰，用为资度，亦称小有。封每遇生来，辄走避。十一娘从容曰："吾姊妹骨肉不啻也，然终无百年聚。计不如效英、皇。"封曰："妾少得异诀，吐纳（道家之养生术）可以长生，故不愿嫁耳。"十一娘笑曰："世传养生术，汗牛充栋，行而效者谁也？"封曰："妾所得非人世所知。世传并非真诀，惟华陀五禽图差为不妄。凡修炼家，无非欲血气流通耳。若得厄逆症（气逆打嗝），作虎形立止，非其验耶？"十一娘阴与生谋，使伪为远出者。入夜，强劝以酒；既醉，生潜入污之。三娘醒曰："妹子害我矣！倘色戒不破，道成当升第一天。今堕奸谋，命耳！"乃起告辞。十一娘告以诚意而哀谢之。封曰："实相告：我乃狐也。缘瞻丽容，忽生爱慕，如茧自缠，遂有今日。此乃情魔之劫，非关人力。再留，则魔更生，无底止矣。娘子福泽正远，珍重自爱。"言已而逝。夫妻惊叹久之。

逾年，生乡、会果捷，官翰林。投刺（名帖）谒范公，公愧悔不见。固请之，乃见。生入，执子婿礼，伏拜甚恭。公愧怒，疑生儇薄（xuān bó，巧佞轻佻）。生请间，具道情事。公不深信，使人探诸其家，方大惊喜。阴戒勿宣，惧有祸变。又二年，某绅以关节发觉，父子充辽海军。十一娘始归宁（回娘家省亲）焉。

狐　梦

余友毕怡庵，倜傥不群，豪纵自喜。貌丰肥，多髭（zī，嘴上边的胡子）。士林知名。尝以故至叔刺史（清"知州"的别称）公之别业（即别墅），休憩楼上。传言楼中故多狐。毕每读青凤传，心辄向往，恨不一遇。因于楼上，摄想凝思。既而归斋，日已寝暮。时暑月燠热（闷热。燠，yù），当户而寝。睡中有人摇之。醒而却视，则一妇人，年逾不惑（代指四十岁），而风雅犹存。毕惊起，问其谁何。笑曰："我狐也。蒙君注念，心窃感纳。"毕闻而喜，投以嘲谑。妇笑曰："妾齿加长矣，纵人不见恶，先自渐沮。有小女及笄（已到了结婚的年龄），可侍巾栉（侍奉梳洗；指充当侍妾。栉，zhì，梳发）。明宵，无寓人于室，当即来。"言已而去。至夜，焚香坐伺，妇果携女至。态度娴婉，旷世无匹。妇谓女曰："毕郎与有夙缘，即须留止。明旦早归，勿贪睡也。"毕与握手入帏，款曲（殷勤诚挚的心意）备至。事已，笑曰："肥郎痴重，使人不堪。"未明即去。

既夕自来，曰："姊妹辈将为我贺新郎，明日即屈同去。"问："何所？"曰："大姊作筵主，去此不远也。"毕果候之。良久不至，身渐倦惰。才伏案头，女忽入曰："劳君久伺矣。"乃握手而行。奄至一处，有大院落。直上中堂，则见灯烛荧荧，灿若星点。俄而主人至，年近二旬，淡妆绝美。敛衽（整理衣饰表示尊重）称贺已，将践席，婢入白："二娘子至。"见一女子入，年可十八九，笑向女曰："妹子已破瓜矣。新郎颇如意否？"女以扇击背，白眼视之。二娘曰："记儿时与妹相扑为戏（指相互打闹着玩），妹畏人数胁骨，遥呵手指，即笑不可耐。便怒我，谓我当嫁僬侥国（传说中的矮人国。侥，jiǎo）小王子。我谓婢子他日嫁多髭（zī，嘴上边的胡子）郎，刺破小吻，今果然矣。"大娘笑曰："无怪三娘子怒诅也！新郎在侧，直尔憨跳（竟然这样胡闹）！"顷之，合尊促坐，宴笑甚欢。忽一少女，抱一猫至，年可十一二，雏发未燥（干），而艳媚入骨。大娘曰："四妹妹亦要见姊丈耶？此无坐处。"因提抱膝头，取肴果饵之。移时，转置二娘怀中，曰："压我胫股瘐痛！"二姊曰："婢子许大，身如百钧（古代重量单位，三十斤曰一"钧"）重，我脆弱不堪。既欲见姊丈，姊丈故壮伟，肥膝耐坐。"乃捉置毕怀。入怀香耎（ruǎn，同"软"），轻若无人。毕抱与同杯饮，大娘曰："小婢勿过饮，醉失仪容，恐姊丈所笑。"少女孜孜展笑，以手弄猫，猫戛然鸣。大娘曰："尚不抛却，抱走蚤虱矣！"二娘曰："请以狸奴为令，执箸交传，鸣处则饮。"众如其教。至毕辄鸣；毕故豪饮，连举数觥（gōng，酒杯）。乃知小女子故捉令鸣也，因大喧笑。二姊曰。"小妹子归休！压杀郎君，恐三姊怨人。"小女郎乃抱猫去。大姊见毕善饮，乃摘髻子（古代妇女发式，或名"缬子髻"）贮酒以劝。视髻仅容升许；然饮之，觉有数斗之多。比干视之，则荷盖也。二娘亦欲相酬。毕辞不胜酒。二娘出一口脂合子，大于弹丸，酌曰："既不胜酒，聊以示意。"毕视之，一吸可尽；接吸百口，更无干时。女在傍以小莲杯易合子去，曰："勿为奸人所弄。"置合案上，则一巨钵。二娘曰："何预汝事！三日郎君，便如许亲爱耶！"毕持杯向口立尽。把之腻软；审之，非杯，乃罗袜（绣鞋）一钩，衬饰工绝。二娘夺骂曰："猾婢！何时盗人履子去，怪足冰冷也！"遂起，入室易舄（xì，鞋子）。女约毕离席告别。女送出村，使毕自归。瞥然醒寤，竟是梦景；而鼻口醺醺，酒气犹浓，异之。至暮，女来，曰："昨宵未醉死耶？"毕言："方疑是梦。"女曰："姊妹怖君狂噪，故托之梦，实非梦也。"

女每与毕弈，毕辄负（败）。女笑曰："君日嗜此，我谓必大高着。今视之，只平平耳。"毕求指诲。女曰："弈之为术，在人自悟，我何能益君？朝夕渐染，或当有异。"居数月，毕觉稍进。女试之，笑曰："尚未，尚未。"毕出，与所尝共弈者游，则人觉其异，咸（都）奇之。毕为人坦直，胸无宿物（心里无事可藏），微泄之。女已知，责曰："无惑乎同道者不交狂生也。屡（多次）嘱慎密，何尚尔尔！"怫（忿怒，生气）然欲去。毕谢过不遑（来得及），女乃稍解；然由此来寝疏矣。

积年馀，一夕来，兀坐相向。与之弈，不弈；与之寝，不寝。怅然良久，曰："君视我孰如青凤？曰："殆过之。"曰："我自惭弗如。然聊斋与君文字交（以诗文相交的朋友），请烦作小传，未必千载下无爱忆如君者。"毕曰："夙有此志；曩（以前）遵旧嘱，故秘之。"女曰："向为是嘱，今已将别，复何讳？"问："何往？"曰："妾与四妹妹为西王母征作花鸟使，不复得来。曩有姊行（姐辈），与君家叔兄，临别已产二女，今尚未醮（jiào，出嫁）；妾与君幸无所累。"毕求赠言。曰："盛气平，过自寡。"遂起，捉手曰："君送我行。"至里许，洒涕分手，曰："彼此有志，未必无会期也。"乃去。

康熙二十一年腊月十九日，毕子与余抵足（脚对着脚，同榻而睡。形容关系亲密，情意深厚）绰然堂，细述其异。余曰："有狐若此，则聊斋之笔墨有光荣矣。"遂志之。

布　客

长清（今山东省长清区）某，贩布为业，客于泰安。闻有术人工（精通）星命之学，诣问休咎（吉凶）。术人推之曰："运数大恶，可速归。"某惧，囊资北下。途中遇一短衣人，似是隶胥（差役）。渐渍（逐渐）与语，遂相知悦。屡市餐饮，呼与共啜。短衣人甚德之。某问所干营，答言："将适（到，往）长清，有所勾致（拘捕）。"问为何人，短衣人出牒，示令自审（看）；第一即己姓名。骇曰："何事见勾？"短衣人曰："我非生人，乃蒿里山（本叫高里山，在长清西南）东四司隶役。想子寿数尽矣。"某出涕求救。鬼曰："不能。然牒上名多。拘集尚需时日。子速归，处置后事，我最后相招，此即所以报交好耳。"无何，至河际，断绝桥梁，行人艰涉。鬼曰："子行死矣，一文亦将不去。请即建桥，利行人；虽颇烦费，然于子未必无小益。"某然之。

某归，告妻子作周身具（指棺材等丧葬用具）。尅日（定期，尅，通"刻"，约定）鸠工建桥。久之，鬼竟不至。心窃疑之。一日，鬼忽来曰："我已以建桥事上报城隍，转达冥司矣。谓此一节可延寿命。今牒名已除，敬以报命（复命）。"某喜感谢。后再至泰山，不忘鬼德，敬赍（jī，带着）楮锭（chǔ dìng，纸钱），呼名酹奠。既出，见短衣人匆遽而来曰："子几祸我！适（碰巧）司君方莅事，幸不闻知。不然，奈何！"送之数武，曰："后勿复来。倘有事北往，自当迂道过访。"遂别而去。

农　人

有农人芸（通"耘"，除草）于山下，妇以陶器为饷。食已，置器垄畔。向暮视之，器中馂粥尽空。如是者屡。心疑之，因睨（nì，斜着眼睛看）注以觇（chān，暗中察看）之。有狐来，探首器中。农人荷锄潜往，力击之。狐惊窜走。器囊（náng，覆盖；蒙住）头，苦不得脱；狐颠蹶，触器碎落，出首，见农人，窜益急，越山而去。

后数年，山南有贵家女，苦狐缠祟，勒勒（驱祟符箓）无灵。狐谓女曰："纸上符咒，能奈我何！"女绐（欺骗）之曰："汝道术良深，可幸永好。顾不知生平亦有所畏者否？"狐曰："我罔（无）所怖。但十年前在北山时，尝窃食田畔，被一人戴阔笠，持曲项兵（指锄头。兵，兵器），几为所戮，至今犹悸。"女告父。父思投其所畏，但不知姓名、居里，无从问讯。

会仆以故至山村，向人偶道。旁一人惊曰："此与吾曩（以前）年事适相符同，将无（莫非）向（从前）所逐狐，今能为怪耶？"仆异之，归告主人。主人喜，即命仆马招农人来，敬白所求。农人笑曰："曩（以前）所遇诚有之，顾未必即为此物。且既能怪变，岂复畏一农人？"贵家固强之，使披戴如尔日状，入室以锄卓（竖立）地：咤曰："我日觅汝不可得，汝乃逃匿在此耶！今相值，决杀不宥（饶恕）！"言已，即闻狐鸣于室。农人益作威怒。狐即哀言乞命。农人叱曰："速去，释汝。"女见狐捧头鼠窜而去。自是遂安。

章阿端

卫辉（在今河南省汲县）戚生，少年蕴藉，有气敢任。时大姓有巨第，白昼见鬼，死亡相继，愿以贱售。生廉其直，购居之。而第阔人稀，东院楼亭，蒿艾成林，亦姑废置。家人夜惊，辄相哗以鬼。两月馀，丧一婢。无何，生妻以暮至楼亭，既归得疾，数日寻（即）毙。家人益惧，劝生他徙。生不听。而块然（孤独的样子）无偶，憭慄自伤。婢仆辈又时以怪异相聒。生怒，盛气襆被，独卧荒亭中，留烛以觇（chān，暗中察看）其异。久之无他，亦竟睡去。

忽有人以手探被，反复扪掭（mén sūn，摸索）。生醒视之，则一老大婢，挛耳蓬头，臃肿无度。生知其鬼，捉臂推之，笑曰："尊范（尊容）不堪承教！"婢惭，敛手蹀躞（dié xiè，小步走路的样子）而去。少顷，一女郎自西北隅出，神情婉妙。闯然至灯下，怒骂："何处狂生，居然高卧！"生起笑曰："小生此间之第主，候卿讨房税（租金）耳。"遂起，裸而捉之。女急遁。生先趋西北隅，阻其归路。女既穷，便坐床上。近临之，对烛如仙；渐拥诸怀。女笑曰："狂生不畏鬼耶？将祸尔死！"生强解裙襦（裙子与短袄。襦，rú），则亦不甚抗拒。已而自白曰："妾章氏，小字阿端。误适（旧称女子出嫁）荡子，刚愎不仁，横加折辱，愤悒夭逝，瘗（yì，埋葬）此二十馀年矣。此宅下皆坟冢也。"问："老婢何人？"曰："亦一故鬼，从妾服役。上有生人居，则鬼不安于夜室，适（方才）令驱君耳。"问："扪捹（mén sūn，摸索）何为？"笑曰："此婢三十年未经人道，其情可悯；然亦太不自量矣。要之：馁怯者，鬼益侮弄之；刚肠者，不敢犯也。"听邻钟响断，着衣下床，曰："如不见猜，夜当复至。"

入夕，果至，绸缪益欢。生曰："室人不幸殂谢（死亡），感悼不释于怀。卿能为我致之否？"女闻之益戚，曰："妾死二十年，谁一致念忆者！君诚多情，妾当极力。然闻投生有地矣，不知尚在冥司否。"逾夕，告生曰："娘子将生贵人家。以前生失耳环，挞婢，婢自缢死，此案未结，以故迟留。今尚寄药王（佛教菩萨名。据传为施良药治除众生身心两种病苦的菩萨）廊下，有监守者。妾使婢往行贿，或将来也。"生问："卿何闲散？"曰："凡枉死鬼不自投见，阎摩天子（阎罗王）不及知也。"二鼓向尽，老婢果引生妻而至。生执手大悲，妻含涕不能言。女别去，曰："两人可话契阔（久别之情），另夜请相见也。"生慰问婢死事。妻曰："无妨，行结矣。"上床偎抱，款若平生之欢。由此遂以为常。后五日，妻忽泣曰："明日将赴山东，乖离苦长，奈何！"生闻言，挥涕流离，哀不自胜。女劝曰："妾有一策，可得暂聚。"共收涕询之。女请以钱纸十提（串。纸钱一串为一提），焚南堂杏树下，持贿押生者，俾缓时日。生从之。至夕，妻至，曰："幸赖端娘，今得十日聚。"生喜，禁女勿去，留与连床，暮以暨晓，惟恐欢尽。过七八日，生以限期将满，夫妻终夜哭。问计于女，女曰："势难再谋。然试为之，非冥资百万不可。"生焚之如数。女来，喜曰："妾使人与押生者关说（疏通关节、说人情），初甚难；既见多金，心始摇。今已以他鬼代生矣。"自此，白日亦不复去，令生塞户牖，灯烛不绝。

如是年余，女忽病，瞀闷懊憹（目眩晕厥，烦闷。瞀，mào。憹，nóng），恍惚如见鬼状。妻抚之曰："此为鬼病。"生曰："端娘已鬼，又何鬼之能病？"妻曰："不然。人死为鬼，鬼死为聻（jiàn）。鬼之畏聻，犹人之畏鬼也。"生欲为聘巫医。曰："鬼何可以人疗？邻媪王氏，今行术于冥间，可往召之。然去此十馀里，妾足弱不能行，烦君焚刍马（草扎的纸马）。"生从之。马方爇（ruò，点燃），即见女婢牵赤骝，授绥（授予马的缰绳。绥，suí）庭下，转瞬已杳。少间，与一老妪叠骑而来，萦马廊柱。妪入，切女十指。既而端坐，首僛俅作态。仆地移时，蹶而起曰："我黑山大王也。娘子病大笃，幸遇小神，福泽不浅哉！此业鬼为殃，不妨，不妨！但是病有瘳，须厚我供养，金百锭、钱百贯，盛筵一设，不得少缺。"妻一一嗷应（高声答应。嗷，jiào）。妪又仆而苏，向病者呵叱，乃已。既而欲去。妻送诸庭外，赠之以马，欣然而去。入视女郎，似稍清醒。夫妻大悦，抚问之。女忽言曰："妾恐不得再履人世矣。合目辄见冤鬼，命也！"因泣下。越宿，病益沉殆，曲体战栗，妄有所睹。拉生同卧，以首入怀，似畏扑捉。生一起，则惊叫不宁。如此六七日，夫妻无所为计。会生他出，半日而归，闻妻哭声。惊问，则端娘已毙床上，委蜕（蝉等所蜕之皮，喻遗留下来的迹象）犹存。启之，白骨俨然。生大恸，以生人礼葬于祖墓之侧。一夜，妻梦中呜咽。摇而问之，答云："适（刚才）梦端娘来，言其夫为厉鬼，怒其改节泉下，衔恨索命去，乞我作道场。"生早起，即将如教。妻止之曰："度鬼非君所可与力也。"乃起去。逾刻而来，曰："余已命人邀僧侣。当先焚钱纸作用度。"生从之。日方落，僧众毕集，金铙法鼓（举行法会所用的打击乐器），一如人世。妻每谓其聒耳，生殊不闻。道场既毕，妻又梦端娘来谢，言："冤已解矣，将生作城隍之女。烦为转致。"

居三年，家人初闻而惧，久之渐习。生不在，则隔窗启禀。一夜，向生啼曰："前押生者，今情弊漏泄，按责甚急，恐不能久聚矣。"数日，果疾，曰："情之所钟，本愿长死，不乐生也。今将永诀，得非数乎！"生皇遽（惊恐。皇，通"惶"）求策。曰："是不可为也。"问："受责乎？"曰："薄有所罚。然偷生罪大，偷死罪小。"言讫，不动。细审之，面庞形质，渐就渐灭（消失）矣。生每独宿亭中，冀有他遇，终亦寂然，人心遂安。

花姑子

安幼舆，陕之拨贡。生，为人挥霍好义，喜放生。见猎者获禽，辄不惜重直，买释之。会舅家丧葬，往助执绋。暮归，路经华岳，迷窜山谷中。心大恐。一矢之外，忽见灯火，趋投之。数武中，欻（xū，忽然）见一叟，伛偻曳杖，斜径疾行。安停足，方欲致问，叟先诘谁何。安以迷途告；且言灯火处必是山村，将以投止。叟曰："此非安乐乡。幸老夫来，可从去，茅庐可以下榻（寄居；住宿）。"安大悦，从行里许，睹小村。叟扣荆扉，一妪出，启关曰："郎子来耶？"叟曰："诺。"既入，则舍宇湫隘（jiǎo ài，低洼狭小）。叟挑灯促坐，便命随事具食。又谓妪曰："此非他，是吾恩主。婆子不能行步，可唤花姑子来酾酒（滤酒，后世指斟酒。酾，shāi）。"俄女郎以馔（zhuàn，饭食）具入，立叟侧，秋波斜盼。安视之，芳容韶齿，殆类天仙。叟顾令煨（用小火慢慢地煮）酒。房西隅有煤炉，女郎入房拨火。安问："此公何人？"答云："老夫章姓。七十年止有此女。田家少婢仆，以君非他人，遂敢出妻见子，幸勿哂也。"安问："婿家何里？"答言："尚未。"安赞其惠丽，称不容口。叟方谦挹（谦逊退让。挹，通"抑"），忽闻女郎惊号。叟奔入，则酒沸火腾。叟乃救止，诃曰："老大婢，燸猛（猝然酒沸）不知耶！"回首，见炉旁有蜀（chú，高粱秆）心插紫姑未竟，又诃曰："发蓬蓬许，裁如婴儿！"持向安曰："贪此生涯，致酒腾沸。蒙君子奖誉，岂不羞死！"安审谛之，眉目袍服，制甚精工。赞曰："虽近儿戏，亦见慧心。"斟酌移时，女频来行酒，嫣然含笑，殊不羞涩。安注目情动。忽闻妪呼，叟便去。安觑无人，谓女曰："睹仙容，使我魂失。欲通媒妁，恐其不遂，如何？"女把壶向火，默若不闻；屡问不对。生渐入室。女起，厉色曰："狂郎入闼（门，此指内室），将何为！"生长跽（跪）哀之。女夺门欲去。安暴起要遮，狎接腃朒。女颤声疾呼，叟匆遽入问。安释手而出，殊切愧惧。女从容向父曰："酒复涌沸，非郎君来，壶子融化矣。"安闻女言，心始安妥，益德之。魂魄颠倒，丧所怀来。

于是伪醉离席，女亦遂去。叟设裯褥，阖扉乃出。安不寐，未曙，呼别。

至家，即浼交好者造庐求聘，终日而返，竟莫得其居里。安遂命仆马，寻途自往。至则绝壁巉岩，竟无村落；访诸近里，则此姓绝少。失望而归，并忘食寝。由此得昏瞀（神志昏乱。瞀，mào）之疾：强啖汤粥，则喱喀欲吐；溃乱中，辄呼花姑子。家人不解，但终夜环伺之，气势阽危。一夜，守者困怠并寐，生曚瞳中，觉有人揣而拚之（摇晃他。拚，yǎn）。略开眸，则花姑子立床下，不觉神气清醒。熟视女郎，潸潸涕堕。女倾头笑曰："痴儿何至此耶?"乃登榻，坐安股上，以两手为按太阳穴。安觉脑麝奇香，穿鼻沁骨。按数刻，忽觉汗满天庭（前额），渐达肢体。小语曰："室中多人，我不便住。三日当复相望。"又于绣袪（qū，衣袖）中出数蒸饼置床头，悄然遂去。安至中夜，汗已思食，扪饼啖之。不知所苞何料，甘美非常，遂尽三枚。又以衣覆馀饼，憪憪（téng）酣睡，辰分始醒，如释重负。三日，饼尽，精神倍爽。乃遣散家人。又虑女来不得其门而入，潜出斋庭，悉脱扃（jiōng，从外面关门的闩）键。未几，女果至，笑曰："痴郎子！不谢巫耶？"安喜极，抱与绸缪，恩爱甚至。已而曰："妾冒险蒙垢，所以故，来报重恩耳。实不能永谐琴瑟，幸早别图。"安默默良久，乃问曰："素昧生平，何处与卿家有旧？实所不忆。"女不言，但云："君自思之。"生固求永好。女曰："屡屡夜奔，固不可；常谐伉俪，亦不能。"安闻言，邑邑（同"悒悒"，忧郁不乐貌）而悲。女曰："必欲相谐，明宵请临妾家。"安乃收悲以忻，问曰："道路辽远，卿纤纤之步，何遂能来？"曰："妾固未归。东头聋媪我姨行，为君故，淹留至今，家中恐所疑怪。"安与同衾，但觉气息肌肤，无处不香。问曰："熏何芳泽（xiāng zé，香泽；香气。芗，通"香"），致侵肌骨？"女曰："妾生来便尔，非由熏饰。"安益奇之。女早起言别。安虑迷途，女约相候于路。安抵暮驰去，女果伺待，偕至旧所。叟媪欢逆。酒肴无佳品，杂具藜藿（lí huò，指粗劣的饭菜）。既而请客安寝。女子殊不瞻顾，颇涉疑念。更既深，女始至，曰："父母絮絮不寝，致劳久待。"浃洽（jiā qià，和洽）终夜，谓安曰："此宵之会，乃百年之别。"安惊问之。答曰："父以小村孤寂，故将远徙。与君好合，尽此夜耳。"安不忍释，俯仰悲怆。依恋之间，夜色渐曙。叟忽闯然入，骂曰："婢子玷我清门，使人愧怍欲死！"女失色，草草奔去。叟亦出，且行且詈。安惊屡遌怯，无以自容，潜奔而归。

数日徘徊，心景殆不可过。因思夜往，逾墙以观其便。叟固言有恩，即令事泄，当无大谴。遂乘夜宵往，蹀躞（dié xiè，小步走路的样子）山中，迷闷不知所往。大惧。方觅归途，见谷中隐有舍宇；喜诣之，则闬闳（hàn hóng，里门；巷门）高壮，似是世家，重门尚未扃（jiōng，从外面关门的闩）也。安向门者讯章氏之居。有青衣人出，问："昏夜何人询章氏？"安曰："是吾亲好，偶迷居向。"青衣曰："男子无问章也。此是渠妗家，花姑即今在此，容传白之。"入未几，即出邀安。才登廊舍，花姑趋出迎，谓青衣曰："安郎奔波中夜，想已困殆，可伺床寝。"少间，携手入帏。安问："妗家何别无人？"女曰："妗他出，留妾代守。幸与郎遇，岂非夙缘？"然偎傍之际，觉甚膻腥，心疑有异。女抱安颈，遽以舌舐（shì，舔）鼻孔，彻脑如刺。安骇绝，急欲逃脱，而身若巨绠之缚。少时，闷然不觉矣。

安不归，家中逐者穷人迹。或言暮遇于山径者。家人入山，则见裸死危崖下。惊怪莫察其由，舁（yú，抬）归。众方聚哭，一女郎来吊，自门外嗷啕（高声号哭）而入。抚尸捪鼻，涕洟其中，呼曰："天乎，天乎！何愚冥至此！"痛哭声嘶，移时乃已。告家人曰："停以七日，勿殓也。"众不知何人，方将启问；女傲不为礼，含涕径出，留之不顾。尾其后，转眄已渺。群疑为神，谨遵所教。夜又来，哭如昨。至七夜，安忽苏，反侧以呻。家人尽骇。女子入，相向呜咽。安举手，挥众令去。女出青草一束，燂（tán，加热）汤升许，即床头进之，顷刻能言。叹曰："再杀之惟卿，再生之亦惟卿矣！"因述所遇。女曰："此蛇精冒妾也。前迷道时，所见灯光，即是物也。"安曰："卿何能起死人而肉白骨（起死回生）也？勿乃仙乎？"曰："久欲言之，恐致惊怪。君五年前，曾于华山道上买猎獐而放之否？"曰："然，其有之。"

曰："是即妾父也。前言大德，盖以此故。君前日已生西村王主政家。妾与父讼诸阎摩王，阎摩王弗善也。父愿坏道代郎死，哀之七日，始得当。今之邂逅，幸耳。然君虽生，必且痿痹（肢体萎缩麻木）不仁；得蛇血合酒饮之，病乃可除。"生唧恨切齿，而虑其无术可以擒之。女曰："不难。但多残生命，累我百年不得飞升。其穴在老崖中，可于晡时（指午后三时至五时）聚茅焚之，外以强弩戒备，妖物可得。"言已，别曰："妾不能终事，实所哀惨。然为君故，业行（指修行的道业）已损其七，幸悯宥也。月来觉腹中微动，恐是孽根。男与女，岁后当相寄耳。"流涕而去。

安经宿，觉腰下尽死，爬抓无所痛痒。乃以女言告家人。家人往，如其言，炽火穴中。有巨白蛇冲焰而出。数弩齐发，射杀之。火熄入洞，蛇大小数百头，皆焦臭。家人归，以蛇血进。安服三日，两股渐能转侧，半年始起。后独行谷中，遇老媪以绷席抱婴儿授之，曰："吾女致意郎君。"方欲问讯，瞥不复见。启襁视之，男也。抱归，竟不复娶。

异史氏曰："人之所以异于禽兽者几希，此非定论也。蒙恩唧结，至于没齿（终身），则人有惭于禽兽者矣。至于花姑，始而寄慧于憨，终而寄情于恝（jiá，淡漠；不在意），乃知憨者慧之极，恝者情之至也。仙乎，仙乎！"

武孝廉

武孝廉石某，囊资赴都，将求铨叙。至德州，暴病，唾血不起，长卧舟中。仆篡金亡去。石大患，病益加，资粮断绝。榜人（舟子，船家）谋委弃之。会有女子乘船，夜来临泊，闻之，自愿以舟载石。榜人悦，扶石登女舟。石视之，妇四十余，被服灿丽，神采犹都。呻以感谢。妇临审曰："君夙有瘵（zhài，肺病）根，今魂魄已游墟墓。"石闻之，嗷然（放声痛哭。嗷，jiào，高声呼叫）哀哭。妇曰："我有丸药，能起死。苟病瘳，勿相忘。"石洒泣矢盟。妇乃以药饵石；半日，觉少瘳。妇即榻供甘旨，殷勤过于夫妇。石益德之。月

馀，病良已。石膝行而前，敬之如母。妇曰："妾茕独无依，如不以色衰见憎，愿侍巾栉（奉梳洗，指做妻室。栉，zhì）。"时石三十馀，丧偶经年，闻之，喜惬过望，遂相燕好。妇乃出藏金，使入都营干，相约返与同归。

石赴都夤缘（喻攀附权要。夤，yín），选得本省司阃（门卫武官。阃，kǔn，门槛，门限）；馀金市鞍马，冠盖赫奕。因念妇腊已高，终非良偶，因以百金聘王氏女为继室。心中悚怯，恐妇闻知，遂避德州道，

迂途履任。年馀，不通音耗。有石中表，偶至德州，与妇为邻。妇知之，诣问石况。某以实对，妇大骂，因告以情。某亦代为不平，慰解曰："或署中务冗（事物繁多），尚未暇遑。乞修尺一书，为嫂寄之。"妇如其言。某敬以达石，石殊不置意。又年馀，妇自往归石，止于旅舍，托官署司宾者通姓氏。石令绝之。一日，方燕饮，闻喧詈声；释杯凝听，则妇已搴帘入矣。石大骇，面色如土。妇指骂曰："薄情郎！安乐耶？试思富若贵何所自来？我与汝情分不薄，即欲置婢妾，相谋何害？"石累足屏气，不能复作声。久之，长跽（跪）自投，诡辞乞宥。妇气稍平。石与王氏谋，使以妹礼见妇。王氏雅不欲，石固哀之，乃往。王拜，妇亦答拜。曰："妹勿惧，我非悍妒者。曩事，实人情所不堪，即妹亦当不愿有是郎。"遂为王缅述本末。王亦愤恨，因与交詈石。石不能自为地，惟求自赎，遂相安帖。

初，妇之未入也，石戒阍人（守门人。阍，hūn）勿通。至此，怒阍人（守门人。阍，hūn），阴诘让之。阍人固言管钥未发，无入者，不服。石疑之而不敢问妇，两虽言笑，而终非所好也。幸妇娴婉，不争夕。三餐后，掩闼早眠，并不问良人夜宿何所。王初犹自危；见其如此，益敬之。厌旦（天刚亮，即黎明时

分）往朝，如事姑嫜（婆婆公公）。妇御下宽和有体，而明察若神。一日，石失印绶（印信，官印），合署沸腾，屑屑还往，无所为计。妇笑言："勿忧，竭井可得。"石从之，果得之。叩其故，辄笑不言。隐约间，似知盗者姓名，然终不肯泄。居之终岁，察其行多异。石疑其非人，常于寝后使人眴（jiàn，偷看）听之，但闻床上终夜作振衣声，亦不知其何为。妇与王极相怜爱。一夕，石以赴臬司（此指臬司衙门）未归，妇与王饮，不觉过醉，就卧席间，化而为狐。王怜之，覆以锦褥。未几，石入，王告以异。石欲杀之。王曰："即狐，何负于君？"石不听，急觅佩刀。而妇已醒，骂曰："虺蝮（huǐ fù，毒蛇名）之行，而豺狼之心，必不可以久居！曩所啖药，乞赐还也！"即唾石面。石觉森寒如浇冰水，喉中习习作痒；呕出，则丸药如故。妇拾之，忿然迳出，追之已杳。石中夜旧症复作，血嗽不止，半岁而卒。

异史氏曰："石孝廉，翩翩若书生。或言其折节能下士，语人如恐伤。壮年殂谢（死亡），士林悼之。至闻其负狐妇一事，则与李十郎何以少异？"

西湖主

陈生弼教，字明允，燕人也。家贫，从副将军贾绾作记室（古代官名。代称掌管文书的官员），泊舟洞庭。适（遇到）猪婆龙（鼍的别称，即"扬子鳄"）浮水面，贾射之中背。有鱼衔龙尾不去，并获之。锁置楬间，奄存气息；而龙吻张翕，似求援拯。生恻然心动，请于贾而释之。携有金创药，戏敷患处，纵之水中，浮沉逾刻而没。

后年馀，生北归，复经洞庭，大风覆舟。幸扳一竹篓（lù，用竹篾编的盛零碎东西的小篓），漂泊终夜，绁木而止。援岸方升，有浮尸继至，则其僮仆。力引出之，已就毙矣。惨怛（忧伤。怛，dá）无聊，坐对憩息。但见小山耸翠，细柳摇青，行人绝少，无可问途。自迟明以至辰后，怅怅靡之（往）。忽僮仆肢体微动，喜而扪之。无何，呕水数斗，醒然顿苏。相与曝衣石上，近午始燥可着。而枵肠辘辘（肚子饿得辘辘叫，形容十分饥饿。枵，xiāo，空虚），饥不可堪。于是越山疾行，冀有村落。才至半山，闻鸣镝（响箭）声。方疑听所，有二女郎乘骏马来，骋如撒菽（马跑得非常急促，蹄声就像撒豆一样）。各以红绡抹额，髻插雉尾；着小袖紫衣，腰束绿锦；一挟弹，一臂青韝（臂上套着青色套袖。韝，gōu，皮质的袖套）。度过岭头，则数十骑猎于榛莽，并皆姝丽，装束若一。生不敢前。有男子步驰，似是驭卒，因就问之。答曰："此西湖主猎首山也。"生述所来，且告之馁（饿）。驭卒解裹粮授之，嘱云："宜即远避，犯驾当死！"生惧，疾趋下山。

茂林中隐有殿阁，谓是兰若。近临之，粉垣围沓，溪水横流；朱门半启，石桥通焉。攀扉一望，则台榭环云，拟于上苑，又疑是贵家园亭。逡巡（徘徊不前，迟疑）而入，横藤碍路，香花扑人。过数折曲栏，又是别一院宇，垂杨数十株，高拂朱檐。山鸟一鸣，则花片齐飞；深苑微风，则榆钱自落。怡目快心，殆非人世。穿过小亭，有秋千一架，上与云齐；而胃索（秋千架上的绳索。胃，juàn）沉沉，杳无人迹。因疑地近闺阁（内室。阁，gé，通"阁"），惴怯未敢深入。俄闻马腾于门，似有女子笑语。生与僮潜伏丛花中。未几，笑声渐近，闻一女子曰："今日猎兴不佳，获禽绝少。"又一女曰："非是公主射得雁落，几空劳仆马也。"无何，红妆数辈，拥一女郎至亭上坐。秃袖（指窄袖）戎装，年可（约）十四五。鬟多敛雾，腰细惊风，玉蕊琼英，未足方喻。诸女子献茗熏香，灿如堆锦。移时，女起，历阶而下。一女曰："公主鞍马劳顿，尚能秋千否？"公主笑诺。遂有驾肩者，捉臂者，褰裙者，持履者，挽扶而上。公主舒皓腕，蹑利屣（舞屣。头小而尖的薄底鞋，缀珠，多有花纹），轻如飞燕，蹴入云霄。已而扶下。群曰："公主真仙人也！"嘻笑而去。生睨（nì，斜着眼睛看）良久，神志飞扬。迨人声既寂，出诣秋千下，徘徊凝想。见篱下有红巾，知为群美所遗，喜纳袖中。登其亭，见案上设有文具，遂题巾曰："雅戏何人拟半仙？分明琼女散金莲。广寒队里应相妒，莫信凌波上九天。"题已，吟诵而出。复寻故径，则重门扃（jiōng，从外面关门的闩）锢矣。

踟蹰罔计，反而楼阁亭台，涉历几尽。一女掩入，惊问："何得来此？"生揖之曰："失路之人，幸能垂救。"女问："拾得红巾否？"生曰："有之。然已玷染，如何？"因出之。女大惊曰："汝死无所矣！此公主所常御，涂鸦若此，何能为地？"生失色，哀求脱免。女曰："窃窥宫仪，罪已不赦。念汝儒冠（指读书人）蕴藉，欲以私意相全；今孽乃自作，将何为计！"遂皇皇持巾去。生心悸肌栗，恨无翅翎，惟延颈俟死。迁久，女复来，潜贺曰："子有生望矣！公主看巾三四遍，辗然（笑的样子。辗，chǎn）无怒容，或当放君去。宜姑耐守，勿得攀树钻垣，发觉不宥（饶恕）矣。"日已投暮，凶祥不能自必；而饿焰中烧，忧煎欲死。无何，女子挑灯至。一婢提壶榼，出酒食饷生。生急问消息，女云："适（刚才）我乘间言：'园中秀才，可恕则放之；不然，饿且死。'公主沉思云：'深夜教渠何之？'遂命馈君食。此非恶耗也。"生徊徨终夜，危不自安。辰刻向尽，女子又饷之。生哀求缓颊，女曰："公主不言杀，亦不言放。我辈下人，何敢屑屑渎告？"既而斜日西转，眺望方殷，女子坌息（喘粗气。坌，bèn）急奔而入，曰："殆矣！多言者泄其事于王妃；妃展巾抵地，大骂狂伧，祸不远矣！"生大惊，面如灰土，长跽请教。忽闻人语纷拏（很混乱。拏，ná），女摇手避去。数人持索，汹汹入户。内一婢熟视曰："将谓何人，陈郎耶？"遂止持索者，曰："且勿，待白王妃来。"返身急去。少间来，曰："王妃请陈郎入。"生战惕（恐惧）从之。经数十门户，至一宫殿，碧箔银钩。即有美姬揭帘，唱："陈郎至。"上一丽者，袍服炫冶。生伏地稽首（古时的一种礼节，跪下，拱手至地，头也至地。稽，qǐ）曰："万里孤臣，幸恕生命。"妃急起自曳之，曰："我非君子，无以有今日。婢辈无知，致迕（wǔ，冒犯）佳客，罪何可赎！"即设华筵，酌以镂杯。生茫然不解其故。妃曰："再造之恩，恨无所报。息女蒙题巾之爱，当是天缘，今夕即遣奉侍。"生意出非望，神惝恍而无着。

日方暮，一婢前白："公主已严妆讫。"遂引生就帐。忽而笙管敖曹，阶上悉践花罽（jì，羊毛织物，此指毯子）；门堂藩溷，处处皆笼烛。数十妖姬，扶公主交拜。麝兰之气，充溢殿庭。既而相将入帏，两相倾爱。生曰："羁旅之臣，生平不省拜侍。点污芳巾，得免斧锧，幸矣；反赐姻好，实非所望。"公主曰："妾母，湖君妃子，乃扬江王女。旧岁归宁（回娘家省亲），偶游湖上，为流矢所中。蒙君脱免，又赐刀圭（古代量药的微小用具）之药，一门戴佩，常不去心。郎勿以非类见疑。妾从龙君得长生诀，愿与郎共之。"生乃悟为神人，因问："婢子何以相识？"曰："尔日洞庭舟上，曾有小鱼衔尾，即此婢也。"又问："既不见诛，何迟迟不赐纵脱？"笑曰："实怜君才，但不自主。颠倒终夜，他人不及知也。"生叹曰："卿，我鲍叔也。馈食者谁？"曰："阿念，亦妾腹心。"生曰："何以报德？"笑曰："侍君有日，徐图塞责未晚耳。"问："大王何在？"曰："从关圣征蚩尤未归。"

居数日，生虑家中无耗，悬念綦（qí，极，很）切，乃先以平安书遣仆归。家中闻洞庭舟覆，妻子缞绖（cuī dié，古时的丧服）已年馀矣。仆归，始知不死；而音问梗塞，终恐漂泊难返。又半载，生忽至，裘马甚都，囊中宝玉充盈。由此富有巨万，声色豪奢，世家所不能及。七八年间，生子五人。日日宴集宾客，宫室饮馔之奉，穷极丰盛。或问所遇，言之无少讳。

有童稚之交梁子俊者，宦游南服十馀年。归过洞庭，见一画舫，雕槛朱窗，笙歌幽细，缓荡烟波。时有美人推窗凭眺。梁目注舫中，见一少年丈夫，科头叠股其上；傍有二八姝丽，接莎交摩。念必楚襄贵官，而驺从殊少。凝眸审谛，则陈明允也。不觉凭栏酬叫。生闻呼罢棹，出临鹢首（指船头。鹢，yì，古代船头上画有鹢鸟的图像，故称船头为"鹢首"），邀梁过舟。见残肴满案，酒雾犹浓。生立命撤去。顷之，美婢三五，进酒烹茗，山海珍错，目所未睹。梁惊曰："十年不见，何富贵一至于此！"笑曰："君小觑穷措大不能发迹耶？"问："适（刚才）共饮何人？"曰："山荆耳。"梁又异之。问："携家何往？"答："将西渡。"梁欲再诘，生遽命歌以侑酒。一言甫（刚）毕，旱雷聒耳，肉竹（歌声和音乐声）嘈杂，不复可闻言笑。梁见佳丽满前，乘醉大言曰："明允公，能令我真个销魂否？"生笑云："足下醉矣！然有一美妾之资，可赠故人。"遂命侍儿进明珠一颗，曰："绿珠不难购，明我非吝惜。"乃趣（cù，催促）别曰："小事忙迫，不及与故人久聚。"送梁归舟，开缆径去。

梁归，探诸其家，则生方与客饮，益疑。因问："昨在洞庭，何归之速？"答曰："无之。"梁乃追述所见，一座尽骇。生笑曰："君误矣，仆岂有分身术耶？"众异之，而究莫解其故。后八十一岁而终。迫殡，讶其棺轻；开之，则空棺耳。

异史氏曰："竹篰不沉，红巾题句，此其中具有鬼神；而要皆恻隐之一念所通也。迨宫室妻妾，一身而两享其奉，即又不可解矣。昔有愿娇妻美妾、贵子贤孙，而兼长生不死者，仅得其半耳。岂仙人中亦有汾阳（指唐代郭子仪）、季伦耶？"

彭海秋

莱州诸生彭好古，读书别业，离家颇远。中秋未归，岑寂无偶。念村中无可共语；惟丘生是邑名士，而素有隐恶，彭常鄙之。月既上，倍益无聊，不得已，折简（裁纸写信）邀丘。饮次，有剥啄（敲门声）者。斋僮出应门，则一书生，将谒主人。彭离席，肃客人。相揖环坐，便询族居。客曰："小生广陵（旧郡。今江苏省扬州市一带）人，与君同姓，字海秋。值此良夜，旅邸（旅舍）倍苦。闻君高雅，遂乃不介（没经介绍）而见。"视其人，布衣洁整，谈笑风流。彭大喜曰："是我宗人。今夕何夕，遘（gòu，相遇）此嘉客！"即命酌，款若夙好。察其意，似甚鄙丘；丘仰与攀谈，辄傲不为礼。彭代为之惭，因挠乱其词，请先以俚歌侑饮（劝酒。侑，yòu）。乃仰天再咳，歌"扶风豪士之曲"。相与欢笑。客曰："仆不能韵（唱歌），莫报阳春。倩代者可乎？"彭言："如教。"客问："莱城有名妓无也？"彭答云："无。"客默然良久，谓斋僮曰："适唤一人，在门外，可导入之。"僮出，果见一女子逡巡（徘徊

— 229 —

不前，迟疑）户外。引之入，年二八已来，宛然若仙。彭惊绝，掖坐。衣柳黄
帔，香溢四座。客便慰问："千里颇烦跋涉也。"女含笑唯唯。彭异之，便致
研诘。客曰："贵乡苦无佳人，适于西湖舟中唤得来。"谓女曰："适舟中所
唱'薄倖郎曲'，大佳。请再反之。"女歌云："薄倖郎，牵马洗春沼。人声
远，马声杳；江天高，山月小。掉头去不归，庭中生白晓。不怨别离多，但愁
欢会少。眠何处？勿作随风絮。便是不封侯，莫向临邛（指不要另找新欢。邛，
qióng）去！"客于袜中出玉笛，随声便串（演奏）。曲终笛止，彭惊叹不已，
曰："西湖至此，何止千里，咄嗟（呼吸之间，以示时间之短）招来，得非仙
乎？"客曰："仙何敢言，但视万里犹庭户耳。今夕西湖风月，尤盛曩时（以
前），不可不一观也，能从游否？"彭留心欲觇（chān，暗中察看）其异，诺
曰："幸甚。"客问："舟乎，骑乎？"彭思舟坐为逸，答言："愿舟。"客
曰："此处呼舟较远，天河中当有渡者。"乃以手向空中招曰："舡（chuán，
船）来！舡来！我等要西湖去，不吝偿也。"无何，彩船一只，自空飘落，烟
云绕之。众俱登。见一人持短棹，棹末（船桨的末端）密排修翎，形类羽扇；
一摇羽，清风习习。舟渐上入云霄，望南游行，其驶如箭。

逾刻，舟落水中。但闻弦管敖曹，鸣声嘈聒。出舟一望，月印烟波，游船
成市。榜人（船夫。榜，bàng）罢棹，任其自流。细视，真西湖也。客于舱后，
取异肴佳酿，欢然对酌。少间，一楼船渐近，相傍而行。隔窗以窥，中有二三
人，围棋喧笑。客飞一觥向女曰："引（喝酒）此送君行。"女饮间，彭依恋
徘徊，惟恐其去，蹑之以足。女斜波送盼。彭益动，请要后期。女曰："如相
见爱，但问娟娘名字，无不知者。"客即以彭绫巾授女，曰："我为若代订三
年之约。"即起，托女子于掌中，曰："仙乎，仙乎！"乃扳邻窗，捉女人；
窗目如盘，女伏身蛇游而进，殊不觉隘。俄闻邻舟曰："娟娘醒矣。"舟即荡
去。遥见舟已就泊，舟中人纷纷并去，游兴顿消。遂与客言，欲一登崖，略同
眺瞩。

才作商榷，舟已自拢。因而离舟翔步（安步，缓步），觉有里馀。客后

至，牵一马来，令彭捉之。即复去，曰："待再假两骑来。"久之不至。行人已稀；仰视斜月西转，天色向曙。丘亦不知何往。捉马营营（徘徊的样子），进退无主。振辔（抖动马缰绳）至泊舟所，则人船俱失。念腰囊空匮，倍益忧皇。天大明，见马上有小错囊（金线绣制的袋子）；探之，得白金三四两。买食凝待，不觉向午。计不如暂访娟娘，可以徐察丘耗（音信）。比讯娟娘名字，并无知者，兴转萧索。次日遂行。马调良，幸不蹇劣（驽钝），半月始归。

方三人之乘舟而上也，斋僮归白："主人已仙去。"举家哀涕，谓其不返。彭归，系马而入。家人惊喜集问，彭始具白其异。因念独还乡井，恐丘家闻而致诘，戒家人勿播。语次（言谈之间），道马所由来。众以仙人所遗，便悉诣厩（jiù，马棚）验视。及至，则马顿渺，但有丘生，以草缰絷枥边。骇极，呼彭出视。见丘垂首栈下，面色灰死，问之不言，两眸启闭而已。彭大不忍，解扶榻上，若丧魂魄。灌以汤酏（yì，稀粥），稍稍能咽。中夜少苏，急欲登厕；扶掖而往，下马粪数枚。又少饮啜，始能言。彭就榻研问之，丘云："下船后，彼引我闲语。至空处，戏拍项领，遂迷闷颠踣。伏定少刻，自顾已马。心亦醒悟，但不能言耳。是大辱耻，诚不可以告妻子，乞勿泄也！"彭诺之，命仆马驰送归。

彭自是不能忘情于娟娘。又三年，以姊丈判扬州（为扬州府通判），因往省视。州有梁公子，与彭通家，开筵邀饮。即席有歌姬数辈，俱来祗谒（拜见。祗，恭敬）。公子问娟娘，家人白以病。公子怒曰："婢子声价自高，可将索子系之来！"彭闻娟娘名，惊问其谁。公子云："此娼女，广陵第一人。缘有微名，遂倨而无礼。"彭疑名字偶同，然突突自急，极欲一见之。无何，娟娘至，公子盛气排数（斥责，数落）。彭谛视，真中秋所见者也。谓公子曰："是与仆有旧，幸垂原恕。"娟娘向彭审顾，似亦错愕。公子未遑（来得及）深问，即命行觞。彭问："'薄倖郎曲'犹记之否？"娟娘更骇，目注移时，始度旧曲。听其声，宛似当年中秋时。酒阑，公子命侍客寝。彭捉手曰："三年之约,今始践耶?"娟娘曰:"昔日从人泛西湖,饮不数卮(zhī,古代盛酒的器皿),忽若醉。矇眬间,被一人携去,置一村中。一僮引妾入;席中三客,君其一焉。后乘舼至西湖,送妾自窗棂归,把手殷殷。每所凝念,谓是幻梦;而绫巾宛在,今犹什袭(将物品层层包裹)藏之。"彭告以故,相共叹咤。娟娘纵体入怀,哽咽而言曰:"仙人已作良媒,君勿以风尘可弃,遂舍念此苦海人。"彭曰:"舟中之约,一日未尝去心。卿倘有意,则泻囊货马,所不惜耳。"诘旦,告公子;又称贷于别驾,千金削其籍(把她的名字从乐籍中去掉;指为娟娘赎身),携之以归。偶至别业,犹能识当年饮处云。

异史氏曰:"马而人,必其为人而马者也;使为马,正恨其不为人耳。狮象鹤鹏,悉受鞭策,何可谓非神人之仁爱乎?即订三年约,亦度苦海也。"

堪 舆

沂州(今山东省临沂市)宋侍郎君楚家,素尚堪舆(kān yú,后世称相地形、看风水为堪舆);即闺阁中亦能读其书,解其理。宋公卒,两公子各立门户,为父卜兆。闻有善青乌之术者,不惮千里,争罗致之。于是两门术士,召致盈百;日日连骑遍郊野,东西分道出入,如两旅(两支军队。古代以士卒五百人为一旅)。经月馀,各得牛眠地(俗称"吉地",即风水好之墓地),此言封侯,彼言拜相。兄弟两不相下,因负气不为谋,并营寿域,锦棚彩幢,两处俱备。灵舆至歧路,兄弟各率其属以争,自晨至于日昃(太阳偏西。昃,zè),不能决。宾客尽引去。舁夫凡十易肩,困惫不举,相与委柩路侧。因止不葬,鸠工构庐,以

蔽风雨。兄建舍于旁，留役居守，弟亦建舍如兄；兄再建之，弟又建之：三年而成村焉。

积多年，兄弟继逝；嫂与娣（弟妻）始合谋，力破前人水火之议，并车入野，视所择两地，并言不佳，遂同修聘赀（聘礼），请术人另相之。每得一地，必具图呈闺闼，判其可否。日进数图，悉疵摘（指出毛病。疵，cī）之。旬馀，始卜一域。嫂览图，喜曰："可矣。"示娣。娣曰："是地当先发一武孝廉。"葬后三年，公长孙果以武庠领乡荐。

异史氏曰："青乌之术，或有其理；而癖而信之，则痴矣。况负气相争，委枢路侧，其于孝弟之道不讲，奈何冀以地理福儿孙哉！如闺中宛若（妯娌），真雅而可传者矣。"

窦 氏

南三复，晋阳世家也。有别墅，去所居十里馀，每驰骑日一诣之。适（恰巧）遇雨，途中有小村，见一农人家，门内宽敞，因投止焉。近村人固皆威重南。少顷，主人出邀，踧踖（jú jí，小心而惶恐的样子）甚恭。入其舍，斗如。客既坐，主人始操篲（huì，扫帚），殷勤汜（fàn，洒水）扫。既而泼蜜为茶。命之坐，始敢坐。问其姓名，自言："廷章，姓窦。"未几，进酒烹雏，给奉周至。有笄女（古以女子十五岁为"及笄"）行炙，时止户外，稍稍露其半体，年十五六，端妙无比。南心动。雨歇既归，系念綦（qí，极，很）切。越日，具粟帛往酬，借此阶进。是后常一过窦，时携肴酒，相与留连。女渐稔，不甚避忌，辄奔走其前。睇之，则低鬟微笑。南益惑焉，无三日不往者。一日，值窦不在，坐良久，女出应客。南捉臂狎之。女惭急，峻拒曰："奴虽贫，要嫁，何贵倨凌人也！"时南失偶，便揖之曰："倘获怜眷，定不他娶。"女要誓；南指矢天日，以坚永约，女乃允之。

自此为始，瞰窦他出，即过缱绻。女促之曰："桑中之约，不可长也。

日在帡幪（píng méng，本指古代帐幕之类的物品。后亦引申为覆盖、庇护。这里指南三复的管辖、统治）之下，倘肯赐以姻好，父母必以为荣，当无不谐（成功）。宜速为计！"南诺之。转念农家岂堪匹偶，姑假其词以因循之。会媒来为议姻于大家，初尚踟躇；既闻貌美财丰，志遂决。女以体孕，催并益急，南遂绝迹不往。无何，女临蓐（rù，产），产一男。父怒搒女。女以情告，且言："南要我矣。"窦乃释女，使人问南；南立却不承。窦乃弃儿，益扑女。女暗哀邻妇，告南以苦。南亦置之。女夜亡，视弃儿犹活，遂抱以奔南。款关而告阍者曰："但得主人一言，我可不死。彼即不念我，宁不念儿耶？"阍人具以达南，南戒勿内。女倚户悲啼，五更始不复闻。质明视之，女抱儿坐僵矣。

窦忿，讼之上官，悉以南不义，欲罪南。南惧，以千金行赂得免。大家梦女披发抱子而告曰："必勿许负心郎；若许，我必杀之！"大家贪南富，卒许之。既亲迎，而奁妆丰盛，新人亦娟好。然善悲，终日未尝睹欢容；枕席之间，时复有涕洟。问之，亦不言。过数日，妇翁来，入门便泪，南未遑问故，相将入室。见女而骇曰："适于后园，见吾女缢死桃树上；今房中谁也？"女闻言，色暴变，仆然而死。视之，则窦女。急至后园，新妇果自经死。骇极，往报窦。窦发女冢，棺启尸亡。前忿未镌（juān，消除），倍益惨怒，复讼于官。官以其情幻，拟罪未决。南又厚饵窦，哀令休结；官亦受其赇嘱，乃罢。而南家自此稍替。又以异迹传播，数年无敢字（许婚）者。

南不得已，远于百里外聘曹进士女。未及成礼，会民间讹传，朝廷将选良家女充掖庭（宫中旁舍，代指宫女），以故有女者，悉送归夫家。一日，有妪导一舆至，自称曹家送女者。扶女入室，谓南曰："选嫔之事已急，仓卒不能如礼，且送小娘子来。"问："何无客？"曰："薄有奁妆，相从在后耳。"妪草草径去。南视女亦风致，遂与谐笑。女俯颈引带，神情酷类窦女。心中作恶，第未敢言。女登榻，引被幪首而眠。亦谓是新人常态，弗为意。日敛昏，曹人不至，始疑。捋被（揭开被子。捋，luō）问女，而女亦奄然冰绝。惊怪莫知其故，驰伻（bēng，使者）告曹，曹竟无送女之事。相传为异。时有姚孝廉女新葬，隔宿为盗所发，破材失尸。闻其异，诣南所征之，果其女。启衾一视，四体裸然。姚怒，质状于官。官以南屡无行，恶之，坐发冢见尸，论死。

异史氏曰："始乱之而终成之，非德也；况誓于初而绝于后乎？挞于室，听之；哭于门，仍听之：抑何其忍！而所以报之者，亦比李十郎惨矣！"

马介甫

　　杨万石，大名（今河北省大名县）诸生也。生平有"季常之惧"（喻丈夫惧内）。妻尹氏，奇悍，少迕（wǔ，冒犯）之，辄以鞭挞从事。杨父年六十馀而鳏（没有妻子独自生活的男人），尹以齿（列）奴隶数。杨与弟万锺常窃饵翁，不敢令妇知。然衣败絮，恐贻讪笑，不令见客。万石四十无子，纳妾王，旦夕不敢通一语。兄弟候试郡中，见一少年，容服都雅。与语，悦之。询其姓字，自云："介甫，姓马。"由此交日密，焚香为昆季（兄弟；长者为昆，幼者为季）之盟。

　　既别，约半载，马忽携僮仆过杨。值杨翁在门外，曝阳扪虱。疑为佣仆，通姓氏使达主人。翁披絮去。或告马："此即其翁也。"马惊讶，杨兄弟岸帻（头巾束得很高，露出前额，即装束简单，不拘常理。帻，zé）出迎。登堂一揖，便请朝父。万石辞以偶恙。促坐笑语，不觉向夕。万石屡言具食，而终不见至。兄弟迭互出入，始有瘦奴持壶酒来。俄顷引（斟酒）尽。坐伺良久，万石频起催呼，额颊间热汗蒸腾。俄瘦奴以馔具出，脱粟失饪（糙米没煮熟。饪，rèn，熟），殊不甘旨。食已，万石草草便去。万锺襆被（fú bèi，用包袱裹束衣被，意为整理行装）来伴客寝。马责之曰："曩（以前）以伯仲高义，遂同盟好。今老父实不温饱，行道者羞之！"万锺泫然曰："在心之情，卒（仓猝）难申致（说明）。家门不吉，蹇（jiǎn，不幸）遭悍嫂，尊长细弱，横被摧残。非沥血之好，此丑不敢扬也。"马骇叹移时，曰："我初欲早旦而行，今得此异闻，不可不一目见之。请假闲舍，就便自炊。"万锺从其教，即除室为马安顿。夜深窃馈蔬稻，惟恐妇知。马会其意，力却之。且请杨翁与同食寝。自诣城肆，市（买）布帛，为易袍裤。父子兄弟皆感泣。万锺有子喜儿，方七岁，夜从翁眠。马抚之曰："此儿福寿过于其父，但少年孤苦耳。"

妇闻老翁安饱，大怒，辄骂，谓马强预人家事。初恶声尚在闺闼，渐近马居，以示瑟歌之意。杨兄弟汗体徘徊，不能制止；而马若弗闻也者。妾王，体妊五月，妇始知之，褫衣惨掠（剥去衣服，重重拷打。褫，chǐ，剥衣）已，乃唤万石跪受巾帼，操鞭逐出。值马在外，惭懅（惭愧害怕。懅，jù）不前。又追逼之，始出。妇亦随出，叉手顿足，观者填溢。马指妇叱曰："去，去！"妇即反奔，若被鬼逐。裤履俱脱，足缠萦绕于道上；徒跣（赤脚）而归，面色灰死。少定，婢进袜履。着已，嗷啕（jiào táo，高声）大哭。家无敢问者。马曳万石为解巾帼。万石耸身定息，如恐脱落；马强脱之。而坐立不宁，犹惧以私脱加罪。探妇哭已，乃敢入，次且（zī jū，也作"趑趄"，畏惧不敢向前的样子）而前。妇殊不发一语，遽起，入房自寝。万石意始舒，与弟窃奇焉。家人皆以为异，相聚偶语。妇微有闻，益羞怒，遍挞奴婢。呼妾，妾创剧不能起。妇以为伪，就榻搒之，崩注堕胎。万石于无人处，对马哀啼。马慰解之。呼僮具牢馔（zhuàn，饭食），更筹再唱，不放万石归。

妇在闺房，恨夫不归，方大恚忿（愤怒）；闻撬扉声，急呼婢，则室门已辟。有巨人入，影蔽一室，狰狞如鬼。俄又有数人入，各执利刃。妇骇绝欲号。巨人以刀刺颈曰："号便杀却！"妇急以金帛赎命。巨人曰："我冥曹使者，不要钱，但取悍妇心耳！"妇益惧，自投（求饶）败颡（磕破额头。颡，sǎng）。巨人乃以利刃画妇心而数之曰："如某事，谓可杀否？"即一画。凡一切凶悍之事，责数（数落）殆尽，刀画肤革，不啻数十。末乃曰："妾生子，亦尔宗绪，何忍打堕？此事必不可宥（饶恕）！"乃令数人反接其手，剖视悍妇心肠。妇叩头乞命，但言知悔。俄闻中门启闭，曰："杨万石来矣。既已悔过，姑留馀生。"纷然尽散。无何，万石入，见妇赤身绷系，心头刀痕，纵横不可数。解而问之，得其故，大骇，窃疑马。明日，向马述之。马亦骇。由是妇威渐敛，经数月不敢出一恶语。马大喜，告万石曰："实告君，幸勿宣泄：前以小术惧之。既得好合，请暂别也。"遂去。

妇每日暮，挽留万石作侣，欢笑而承迎之。万石生平不解此乐，遽（突然）遭之，觉坐立皆无所可。妇一夜忆巨人状，瑟缩摇战。万石思媚妇意，微露其假。妇遽（突然）起，苦致穷诘（诘问）。万石自觉失言，而不可悔，遂实告之。妇勃然大骂。万石惧，长跽床下。妇不顾，哀至漏三下（三更天）。妇曰："欲得我恕，须以刀画汝心头如干数，此恨始（才）消。"乃起捉厨刀。万石大惧而奔，妇逐之。犬吠鸡腾，家人尽起。万锺不知何故，但以身左右翼兄。妇方诟詈，忽见翁来，睹袍服，倍益烈怒；即就翁身条条割裂，批颊而摘翁髭（zī，嘴上边的胡子）。万锺见之怒，以石击妇，中颅，颠蹶（跌倒。蹶，jué）而毙。万锺曰："我死而父兄得生，何憾！"遂投井中，救之已死。移时妇苏，闻万锺死，怒亦遂解。既殡，弟妇恋儿，矢不嫁。妇唾骂不与食，醮（jiào，改嫁）去之。遗孤儿，朝夕受鞭楚。俟家人食讫，始唦以冷块。积半岁，儿尪羸（wāng léi，瘦弱），仅存气息。

一日，马忽至。万石嘱家人，勿以告妇。马见翁褴缕如故，大骇；又闻万锺殒谢，顿足悲哀。儿闻马至，便来依恋，前呼马叔。马不能识，审顾始辩，惊曰："儿何憔悴至此！"翁乃嗫嚅具道情事。马忿然谓万石曰，我曩（以前）道兄非人，果不谬（错）。两人止此一线，杀之，将奈何？"万石不言，惟伏首帖耳而泣。坐语数刻，妇已知之，不敢自出逐客，但呼万石入，批（打耳光）使绝马。含涕而出，批痕俨然。马怒之曰："兄不能威，独不能断'出'（休妻）耶？殴父杀弟，安然忍受，何以为人！"万石欠伸，似有动容。马又激之曰："如渠（他）不去，理须威劫；即杀却，勿惧。仆有二三知交，都居要地，必合极力，保无亏也。"万石诺，负气疾行，奔而入。适与妇遇，叱问："何为？"万石皇遽（惊恐）失色，以手据地曰："马生教余出妇。"妇益恚（怒），顾寻刀杖，万石惧而却步。马唾之曰："兄真不可教也已！"遂开箧，出刀圭药（一小匙药），合水授万石饮。曰："此丈夫再造散。所以不轻用者，以能病人故耳。今不得已，暂试之。"饮下，少顷，万石觉忿气填胸，如烈焰中烧，刻不容忍。直抵闺闼，叫喊雷动。妇未及诘，万石以足腾起，妇颠去数尺有咫。即复握石成拳，擂击无算。妇体几无完肤，嗷唏

（zhā）犹骂。万石于腰中出佩刀。妇骂曰："出刀子，敢杀我耶？"万石不语，割股上肉，大如掌，掷地下；方欲再割，妇哀鸣乞恕。万石不听，又割之。家人见万石凶狂，相集，死力掖出。马迎去，捉臂相用慰劳。万石馀怒未息，屡欲奔寻，马止之。少间，药力渐消，嗒焉若丧（失魂落魄的样子）。马嘱曰："兄勿馁。乾纲（夫权）之振，在此一举。夫人之所以惧者，非朝夕之故，其所由来者渐矣。譬昨死而今生，须从此涤故更新；再一馁，则不可为矣。"遣万石入探之。妇股栗心慑（shè，同"慴"，害怕），倩婢扶起，将以膝行。止之，乃已。出语马生，父子交贺。马欲去，父子共挽之。马曰："我适（正好）有东海之行，故便道相过，还时可复会耳。"月馀，妇起，宾事良人（丈夫）。久觉黔驴无技，渐狎，渐嘲，渐骂；居无何，旧态全作矣。翁不能堪，宵遁，至河南，隶道士籍。万石亦不敢寻。

年馀，马至，知其状，怫（fú，愤怒貌）然责数已，立呼儿至，置驴子上，驱策径去。由此乡人皆不齿万石。学使案临，以劣行黜名。又四五年，遭回禄，居室财物，悉为煨烬；延烧邻舍。村人执以告郡，罚锾（即罚金。锾，huán，古重量单位，六两）烦苛。于是家产渐尽，至无居庐。近村相戒，无以舍舍万石。尹氏兄弟，怒妇所为，亦绝拒之。万石既穷，质（抵押）妾于贵家，偕妻南渡。至河南界，资斧已绝。妇不肯从，聒夫再嫁。适（恰巧）有屠而鳏者（没有妻子的男人），以钱三百货去。万石一身，丐食于远村近郭间。至一朱门，阍人（守门人。阍，hūn）呵拒不听前。少间，一官人出，万石伏地啜泣。官人熟视久之，略诘姓名，惊曰："是伯父也！何一贫至此？"万石细审，知为喜儿，不觉大哭。从之入，见堂中金碧焕映。俄顷，父扶童子出，相对悲哽。万石始述所遭。初，马携喜儿至此，数日，即出寻杨翁来，使祖孙同居。又延师教读。十五岁入邑庠（取得生员资格，考中秀才），次年领乡荐（考中举人），始为完婚。乃别欲去。祖孙泣留之。马曰："我非人，实狐仙耳。道侣相候已久。"遂去。孝廉言之，不觉恻楚。因念昔与庶伯母同受酷虐，倍益感伤。遂以與马赍金赎王氏归。年馀，生一子，因以为嫡。

尹从屠半载，狂悖犹昔。夫怒，以屠刀孔（穿透）其股，穿以毛绠（gěng，粗绳），犹梁上，荷肉竟出。号极声嘶，邻人始知。解缚抽绠；一抽则呼痛之声，震动四邻。以是见屠来，则骨毛皆竖。后胫创虽愈，而断芒遗肉内，终不良于行；犹夙夜服役，无敢少懈。屠既横暴，每醉归，则挞詈不情。至此，始悟昔之施于人者，亦犹是也。

一日，杨夫人及伯母烧香普陀寺，近村农妇并来参谒。尹在中怅立不前。王氏故问："此伊谁？"家人进白："张屠之妻。"便诃使前，与太夫人稽首（古时的一种礼节，跪下，拱手至地，头也至地。稽，qǐ）。王笑曰："此妇从屠，当不乏肉食，何羸瘠乃尔？"尹愧恨，归欲自经，绠弱不得死。屠益恶之。岁馀，屠死。途遇万石，遥望之，以膝行，泪下如縻（mí，牛鼻绳。此形容涕泪涟涟状）。万石碍仆，未通一言。归告侄，欲谋珠还（物归原主）。侄固不肯。妇为里人所唾弃，久无所归，依群乞以食。万石犹时就尹废寺中。侄以为玷，阴教群乞窘辱之，乃绝。此事余不知其究竟，后数行，乃毕公权撰成之。

异史氏曰："惧内，天下之通病也。然不意天壤之间，乃有杨郎！宁非变异？余常作妙音经之续言，谨附录以博一噱（jué，大笑）：

'窃以天道化生万物，重赖坤成；男儿志在四方，尤须内助（妻子）。同甘独苦，劳尔十月呻吟；就湿移干，苦矣三年嚬（pín）笑。此顾宗祧（宗庙）而动念，君子所以有伉俪之求；瞻井臼（指家务）而怀思，古人所以有鱼水之爱也。第阴教（妻子的号令）之旗帜日立，遂乾纲之体统无存。始而不逊之声，或大施而小报；继则如宾之敬，竟有往而无来。只缘儿女深情，遂使英雄短气。床上夜叉坐，任金刚亦须低眉（俯首顺从）；釜底毒烟生，即铁汉无能强项。秋砧之杵可掬，不捣月夜之衣；麻姑之爪能搔，轻试莲花之面。小受大走，直将代孟母投梭；妇唱夫随，翻欲起周婆制礼。婆娑跳掷，停观满道行人；嘲啁鸣嘶，扑落一群娇鸟。恶乎哉！呼天吁地，忽尔披发向银床。丑矣夫！转目摇头，猥欲投缳延玉颈。当是时也：地下已多碎胆，天外更有惊魂。

北宫黝未必不逃，孟施舍焉能无惧？将军气同雷电，一入中庭，顿归无何有之乡；大人面若冰霜，比到寝门，遂有不可问之处。岂果脂粉之气，不势而威？胡乃肮脏（kàng zàng，同"抗髒"，刚直不屈）之身，不寒而栗？犹可解者：魔女翘鬟来月下，何妨俯伏皈依？最冤枉者：鸠盘蓬首到人间，也要香花供养。闻怒狮之吼，则双孔撩天；听牝鸡之鸣，则五体投地。登徒子淫而忘丑，回波词怜而成嘲。设为汾阳之婿，立致尊荣，媚卿卿（媚，讨好。卿卿，旧时妻子的昵称）良有故；若赘（入赘，旧指男子就婚于女家）外黄之家，不免奴役，拜仆仆将何求？彼穷鬼自觉无颜，任其斫树摧花，止求包荒于悍妇；如钱神可云有势，乃亦婴鳞犯制，不能借助于方兄。岂缚游子之心，惟兹鸟道？抑消霸王之气，恃此鸿沟？然死同穴，生同衾，何尝教吟"白首"？而朝行云，暮行雨，辄欲独占巫山。恨煞"池水清（代指恋妓忘家的丈夫）"，空按红牙玉板；怜尔妾命薄，独支永夜寒更。蝉壳（为蝉之脱壳，即是说解脱）鹭滩，喜骊龙之方睡；犊车麈尾，恨驽马之不奔。榻上共卧之人，挞去方知为舅；床前久系之客，牵来已化为羊。需之殷者仅俄顷，毒之流者无尽藏。买笑缠头（古时歌舞的人把锦帛缠在头上作妆饰，叫"缠头"），而成自作之孽，太甲必曰难违；俯首帖耳，而受无妄之刑，李阳亦谓不可。酸风凛冽，吹残绮阁之春；醋海汪洋，淹断蓝桥之月。又或盛会忽逢，良朋即坐，斗酒藏而不设，且由房出逐客之书；故人疏而不来，遂自我广绝交之论。甚而雁影分飞，涕空沾于荆树；鸾胶再觅，变遂起于芦花。故饮酒阳城，一堂中惟有兄弟；吹竽商子，七旬馀并无室家。古人为此，有隐痛矣。呜呼！百年鸳偶，竟成附骨之疽；五两鹿皮，或买剥床之痛。犀如戟者如是，胆似斗者何人？固不敢于马栈下断绝祸胎，又谁能向蚕室中斩除孽本？娘子军肆其横暴，苦疗妒之无方；胭脂虎啖尽生灵，幸渡迷之有楫（是说佛法可以超度）。天香夜爇，全澄汤镬（古代酷刑之一的烹刑）之波；花雨晨飞，尽灭剑轮之火。极乐之境，彩翼双栖；长舌之端，青莲并蒂。拔苦恼于优婆之国，立道场于爱河之滨。咦！愿此几章贝叶文，洒为一滴杨枝水！'"

河间生

河间（属今河北省）某生，场中积麦穰（铡碎的麦秆）如丘，家人日取为薪，洞之。有狐居其中，常与主人相见，老翁也。一日，屈（屈驾）主人饮，拱生入洞。生难之，强而后入。入则廊舍华好。即坐，茶酒香烈。但日色苍皇，不辨中夕。筵罢既出，景物俱杳。翁每夜往夙归，人莫能迹。问之，则言友朋招饮。生请与俱，翁不可；固请之，翁始诺。挽生臂，疾如乘风，可（大约）炊黍时（做一顿饭的时间），至一城市。入酒肆（酒馆），见坐客良多，聚饮颇哗，乃引生登楼上。下视饮者，几案柈（同"盘"）餐，可以指数。翁自下楼，任意取案上酒果，抔（póu，用双手捧着）来供生。筵中人曾莫之禁。移时，生视一朱衣人前列金橘，命翁取之。翁曰："此正人，不可近。"生默念：狐与我游，必我邪也。自今以往，我必正！方一注想，觉身不自主，眩堕楼下。饮者大骇，相哗以妖。生仰视，竟非楼上，乃梁间耳。以实告众。众审其情确，赠而遣之。问其处，乃鱼台（县名，今属山东省），去河间千里云。

云翠仙

梁有才，故晋（山西省的简称）人，流寓于济（今山东省济南市），作小负贩。无妻子田产。从村人登岱（指泰山）。岱，四月交，香侣杂沓。又有优婆夷、塞（佛教信徒），率众男子以百十，杂跪神座下，视香炷为度，名曰："跪香"。才视众中有女郎，年十七八而美，悦之。诈为香客，近女郎跪；

又伪为膝困无力状，故以手据女郎足。女回首似嗔，膝行而远之。才又膝行近之；少间，又据之。女郎觉，遽起，不跪，出门去。才亦起，亦出，履其迹，不知其往。心无望，怏怏而行。途中见女郎从媪，似为女也母者。才趋之。媪女行且语。媪云："汝能参礼娘娘，大好事！汝又无弟妹，但获娘娘冥加护，护汝得快（称心如意）婿。但能相孝顺，都不必贵公子、富王孙也。"才窃喜，渐渍诘媪。媪自言为云氏，女名翠仙，其出也。家西山四十里。才曰："山路涩，母如此蹒跚，妹如此纤纤，何能便至？"曰："日已晚，将寄舅家宿耳。"才曰："适言相婿，不以贫嫌，不以贱鄙，我又未婚，颇当母意否？"媪以问女，女不应。媪数问，女曰："渠寡福，又荡无行，轻薄之心，还易翻覆。儿不能为遢伎儿（举止轻薄的人。遢，tā）作妇。"才闻，朴诚自表，切矢皦日。媪喜，竟诺之。女不乐，勃然而已。母又强拍咻之。才殷勤，手于橐（把手放到钱袋里，意思是掏出钱来。橐，tuó），觅山兜二，舁（yú，抬）媪及女。己步从，若为仆。过隘，辄诃兜夫不得颠摇动，良殷。俄抵村舍，便邀才同入舅家。舅出翁，妗出媪也。云兄之嫂之。谓："才吾婿。日适良，不须别择，便取今夕。"舅亦喜，出酒肴饵才。既，严妆翠仙出，拂榻促眠。女曰："我固知郎不义，迫母命，漫（随便）相随。郎若人也，当不须忧偕活。"才唯唯听受。明日早起，母谓才："宜先去，我以女继至。"

　　才归，扫户闼。媪果送女至。入视室中，虚无有，便云："似此何能自给？老身速归，当小助汝辛苦。"遂去。次日，有男女数辈，各携服食器具，布一室满之。不饭俱去，但留一婢。才由此坐温饱，惟日引里无赖朋饮竞赌，渐盗女郎簪珥（古时女子的首饰）佐博。女劝之，不听；颇不耐之，惟严守箱奁，如防寇。一日，博党款门访才，窥见女，适适惊。戏谓才曰："子大富贵，何忧贫耶？"才问故，答曰："曩见夫人，实仙人也。适与子家道不相称。货为媵（yìng，本指为诸侯之女作陪嫁的人，后泛指妾），金可得百；为妓，可得千。千金在室，而听饮博无资耶？"才不言，而心然之。归，辄向女欷歔，时时言贫不可度。女不顾，才频频击桌，抛匕箸，骂婢，作诸态。

一夕，女沽酒与饮。忽曰："郎以贫故，日焦心。我又不能御穷，分郎忧，中岂不愧怍？但无长物，止有此婢，鬻（yù，卖）之，可稍稍佐经营（帮助筹谋家事）。"才摇首曰："其值几许！"又饮少时，女曰："妾于郎，有何不相承？但力竭耳。念一贫如此，便死相从，不过均此百年苦，有何发迹？不如以妾鬻贵家，两所便益，得直或较婢多。"才故愕言："何得至此！"女固言之，色作庄。才喜曰："容再计之。"遂缘中贵人（本指在官中而贵幸的人，后专指宦官），货隶乐籍（乐户的名籍）。中贵人亲诣才，见女大悦。恐不能即得，立券八百缗（mín，穿钱的绳子。一般一千钱为一串，称一缗），事濒就矣。女曰："母日以婿家贫，常常萦念，今意断矣，我将暂归省；且郎与妾绝，何得不告母？"才虑母阻。女曰："我顾自乐之，保无差贷。"才从之。夜将半，始抵母家。挝阖入，见楼舍华好，婢仆辈往来憧憧。才日与女居，每请诣母，女辄止之，故为甥馆（做女婿）年馀，曾未一临岳家。至此大骇，以其家巨，恐媵妓所不甘也。女引才登楼上。媪惊问："夫妻何来？"女怨曰："我固道渠（他）不义，今果然。"乃于衣底出黄金二铤，置几上，曰："幸不为小人赚脱，今仍以还母。"母骇问故，女曰："渠将鬻（yù，卖）我，故藏金无用处。"乃指才骂曰："豺鼠子！曩（以前）日负肩担，面沾尘如鬼。初近我，熏熏作汗腥，肤垢欲倾塌，足手皴（cūn，皮肤上绽裂的积垢）一寸厚，使人终夜恶。自我归汝家，安坐餐饭，鬼皮始脱。母在前，我岂诬耶？"才垂首，不敢少出气。女又曰："自顾无倾城姿，不堪奉贵人；似若辈男子，我自谓犹相匹。有何亏负，遂无一念香火情？我岂不能起楼宇、买良沃？念汝儇薄骨（轻薄相）、乞丐相，终不是白头侣！"言次，婢妪连衿臂，旋旋围绕之。闻女责数，便都唾骂，共言："不如杀却，何须复云。"才大惧，据地自投，但言知悔。女又盛气曰："鬻妻子已大恶，犹未便是剧；何忍以同衾人赚作娼！"言未已，众眦裂（瞪眼），悉以锐簪、剪刀股攒刺胁腴。才号悲乞命。女止之，曰："可暂释却。渠便无仁义，我不忍觳觫（hú sù，恐惧得发抖，恐惧颤抖的样子）。"乃率众下楼去。

才坐听移时，语声俱寂，思欲潜遁。忽仰视，见星汉，东方已白，野色苍莽；灯亦寻灭。并无屋宇，身坐削壁上。俯瞰绝壑，深无底。骇绝，惧堕。身稍移，塌然一声，堕石崩坠。壁半有枯横焉，罥（juàn）不得堕。以枯受腹，手足无着。下视茫茫，不知几何寻（长度单位，古时以八尺为"寻"）丈。不敢转侧，嗥怖声嘶，一身尽肿，眼耳鼻舌身力俱竭。日渐高，始有樵人望见之；寻绠来，缒而下，取置崖上，奄将溘毙。舁归其家。至则门洞敞，家荒荒如败寺，床簏什器俱杳，惟有绳床败案，是己家旧物，零落犹存。嗒然自卧。饥时，日一乞食于邻。既而肿溃为癞。里党薄其行，悉唾弃之。才无计，货屋而穴居，行乞于道，以刀自随。或劝以刀易饵；才不肯，曰："野居防虎狼，用自卫耳。"后遇向劝鬻妻者于途，近而哀语，遽出刀擘而杀之，遂被收。官廉得其情，亦未忍酷虐之，系狱中，寻瘐死（囚犯因饥寒或疾病在狱中死亡。瘐，yǔ）。

异史氏曰："得远山芙蓉，与共四壁，与以南面王岂易哉！己则非人，而怨逢恶之友；故为友者不可不知戒也。凡狭邪子诱人淫博，为诸不义，其事不败，虽则不怨亦不德。迨于身无襦，妇无裤，千人所指，无疾将死，穷败之念，无时不萦于心；穷败之恨，无时不切于齿。清夜牛衣（也称"牛被"，编草而成，给牛御寒的。此指非常穷困）中，辗转不寐。夫然后历历想未落时，历历想将落时，又历历想致落之故，而因以及发端致落之人。至于此，弱者起，拥絮坐诅（咒骂）；强者忍冻裸行，篝火索刀，霍霍磨之，不待终夜矣。故以善规人，如赠橄榄；以恶诱人，如馈漏脯（腐败变质的干肉）也。听者固当省，言者可勿惧哉！"

跳　神

济（今济南地区）俗：民间有病者，闺（闺阁，女子居卧处）中以神卜。倩老巫击铁环单面鼓，婆娑作态，名曰"跳神"。而此俗都中（北京）尤盛。良家少妇，时自为之。堂中肉于案，酒于盆，甚设几上。烧巨烛，明于昼。妇束短幅裙，屈一足，作"商羊舞"（一足着地而舞。商羊，传说中的一种鸟，知雨而屈一足起舞）。两人捉臂，左右扶掖之。妇刺刺琐絮，似歌，又似祝；字多寡参差，无律带腔。室数鼓乱挝如雷，蓬蓬聒人耳。妇吻辟翕，杂鼓声，不甚辨了。既而首垂，目斜睨（nì，斜着眼睛看）；立全须人，失扶则仆。旋忽伸颈巨跃，离地尺有咫（一尺多。咫，古长度单位，周制八寸，合今市尺六寸二分二厘）。室中诸女子，凛然愕顾曰："祖宗来吃食矣。"便一嘘，吹灯灭，内外冥黑。人慑息（害怕得不敢弄出声响。慑，dié）立暗中，无敢交一语；语亦不得闻，鼓声乱也。食顷，闻妇厉声呼翁姑及夫嫂小字，始共爇烛，伛偻问休咎。视樽中、盆中、案中，都复空空。望颜色，察嗔喜。肃肃罗问之，答若响。中有腹诽者，神已知，便指某姗笑我，大不敬，将褫（chǐ，脱去）汝裤。诽者自顾，莹然已裸，辄于门外树头觅得之。满洲妇女，奉事尤虔。小有疑，必以决。时严妆，骑假虎、假马，执长兵，舞榻上，名曰"跳虎神"。马、虎势作威怒，尸者（跳神者。尸，托为神灵附体之巫）声伧伫。或言关、张、元坛，不一号。赫气惨凛，尤能畏怖人。有丈夫穴窗来窥，辄被长兵破窗刺帽，挑入去。一家媪媳姊若妹，森森蹜蹜，雁行立，无歧念，无懈骨。

吴门画工

吴门（古吴县的别称，即今江苏省苏州市）画工某，忘其名，喜绘吕祖（即吕洞宾），每想象而神会之，希幸一遇。虔结在念，靡（无）刻不存。一日，值群丐饮郊郭间，内一人敝衣露肘，而神采轩豁。心忽动，疑为吕祖。谛（仔细）视，觉愈确，遽捉其臂曰："君吕祖也。"丐者大笑。某坚执为是，伏拜不起。丐者曰："我即吕祖，汝将奈何？"某叩头，但祈指数。丐者曰："汝能相识，可谓有缘。然此处非语所，夜间当相见也。"再欲遮问，转盼已杳（yǎo，消失）。骇叹而归。至夜，果梦吕祖来，曰："念子志虑专凝，特来一见。但汝骨气贪吝，不能为仙。我使子见一人可也。"即向空一招，遂有一丽人蹑空而下，服饰如贵嫔，容光袍仪，焕映一室。吕祖曰："此乃董娘娘（即董鄂妃），子审志之。"既而又问："记得否？"答："已记之。"又曰："勿忘却。"俄而丽者去，吕祖亦去。醒而异之，即梦中所见，肖（描画其肖像）而藏之，终亦不解所谓。后数年，偶游于都。会董妃薨（古称诸侯或后妃死去，叫"薨"），上念其贤，将为肖像。诸工群集，口授心拟，终不能似。某忽触念梦中人，得无是耶？以图呈进。宫中传览，皆谓神肖。由是授官中书，辞不受；赐万金。于是名大噪。贵戚家争遗重币，乞为先人传影（临摹的肖像）。但悬空摹写，罔不曲似。浃辰（古以干支记日，称自子至亥一周十二日为"浃辰"）之间，累数巨万。莱芜朱拱奎曾见其人。

萧 七

徐继长，临淄（今为山东省淄博市临淄区）人，居城东之磨房庄。业儒未成，去而为吏。偶适（到，往）姻家（亲家），道出于氏殡宫。薄暮醉归，过其处，见楼阁繁丽，一叟当户坐。徐酒渴思饮，揖叟求浆。叟起，邀客入，升堂授饮。饮已，叟曰："曛暮难行，姑留宿，早旦而发如何也？"徐亦疲殆，乐遵所请。叟命家具酒奉客，即谓徐曰："老夫一言，勿嫌孟浪（即鲁莽）：郎君清门令望（有威望），可附婚姻。有幼女未字，欲充下陈（后列侍女），幸垂援拾。"徐踧踖（cù jí，恭敬而不安的样子）不知所对。叟即遣伻（bēng，使者）告其亲族，又传语令女郎妆束。顷之，峨冠博带者四五辈，先后并至。女郎亦炫妆出，姿容绝俗。于是交坐宴会。徐神魂眩乱，但欲速寝。酒数行，坚辞不任。乃使小鬟引夫妇入帏，馆同爰止。徐问其族姓，女自言："萧姓，行七。"又细审门阀。女曰："身虽陋贱，配吏胥当不辱寞（辱没），何苦研穷？"徐溺其色，款昵备至，不复他疑。女曰："此处不可为家。审知汝家姊姊甚平善，或不拗阻，归除一舍，行将自至耳。"徐应之。既而加臂于身，奄忽就寐。

既觉，则抱中已空。天色大明，松阴翳晓，身下籍（通"藉"，衬垫）黍穰（黍秆）尺许厚。骇叹而归，告妻。妻戏为除馆，设榻其中，阖门出，曰："新娘子今夜至矣。"因与共笑。日既暮，妻戏曳徐启门，曰："新人得无已在室耶？"既入，则美人华妆坐榻上。见二人入，桥起（快速起来）逆之。夫妻大愕。女掩口局局而笑，参拜恭谨。妻乃治具，为之合欢。女早起操作，不待驱使。一日谓徐："姊姨辈俱欲来吾家一望。"徐虑仓卒无以应客。女曰："都知吾家不饶，将先赍馔（zhuàn，饭食）具来，但烦吾家姊姊烹饪而已。"徐告妻，妻诺之。晨炊后，果有人荷酒蔵来，释担而去。妻为职庖人之役。晡后（黄昏傍晚之后。晡，bū），六七女郎至，长者不过四十以来，围坐并饮，喧笑盈室。徐妻伏窗以窥，惟见夫及七姐相向坐，他客皆不可睹。北斗挂屋角，欢然始去。女送客未返。妻入视案上，杯柈（同"盘"）俱空。笑曰："诸婢想俱饿，遂如狗舐（shì，舔）砧。"少间，女还，殷殷相劳，夺器自涤，促嫡安眠。妻曰："客临吾家，使自备饮馔，亦大笑话。明日合另邀致。"

逾数日，徐从妻言，使女复召客。客至，恣意饮啖；惟留四簋（guǐ，古代盛食物器具，圆口，双耳），不加匕箸。群笑曰："夫人谓吾辈恶，故留以待'调人'。"座间一女，年十八九，素舄（xì，鞋子）缟裳，云是新寡，女呼为六姊；情态妖艳，善笑能口。与徐渐洽，辄以谐语相嘲。行觞政（即酒令），徐为录事，禁笑谑。六姊频犯，连引十馀爵，酡然（饮酒后脸色变红的样子。酡，tuó）径醉。芳体娇懒，苶弱难持。无何，亡去。徐烛而觅之，则酣寝暗帏中。近接其吻，亦不觉。以手探裤，私处坟起。心旌方摇，席中纷唤徐郎；乃急理其衣，见袖中有绫巾，窃之而出。迨于夜央，众客离席，六姊未醒。七姐入摇之，始呵欠而起，系裙理发从众去。徐拳拳怀念，不释于心，将于空处展玩遗巾，而觅之已渺。疑送客时遗落途间，执灯细照阶除，都复乌有，意项项（xū xū，失意貌）不自得。女问之，徐漫（随意）应之。女笑曰："勿诳语，巾子人已将去，徒劳心目。"徐惊，以实告，且言怀思。女曰："彼与君无宿分，缘止此耳。"问其故，曰："彼前身曲中女；君为士人，见而悦之，为两亲所阻，志不得遂，感疾阽危（临近危险。阽，diàn）。使人语之曰：'我已不起。但得若来，获一扪其肌肤，死无憾！'彼感此意，诺如所请。适（恰巧）以冗羁，未遽往；过夕而至，则病者已殒；是前世与君有一扪之缘也。过此即非所望。"后设筵再招诸女，惟六姊不至。徐疑女妒，颇有怨怼（duì，恨）。

女一日谓徐曰："君以六姊之故，妄相见罪。彼实不肯至，于我何尤？今八年之好，行将别矣，请为君极力一谋，用解从前之惑。彼虽不来，宁禁我不往？登门就之，或人定胜天，不可知。"徐喜，从之。女握手，飘若履虚，顷刻至其家。黄甓（pì，砖）广堂，门户曲折，与初见时无少异。岳父母并出，曰："拙女久蒙温煦。老身以残年衰慵，有疏省问，或当不怪耶？"即张筵作会。女便问诸姊妹。母云："各归其家，惟六姊在耳。"即唤婢请六娘子来，久之不出。女入，曳之以至。俯首简默（沉默寡言），不似前此之谐。少时，叟媪辞去。女谓六姊曰："姐姐高自重，使人怨我！"六姊微哂（讥笑）曰："轻薄郎何宜相近！"女执两人残卮，强使易饮，曰："吻已接矣，作态何为？"少时，七姐亡去，室中止馀二人。徐遽起相逼，六姊宛转撑拒。徐牵衣长跽而哀之，色渐和，相携入室。裁缓襦结，忽闻喊嘶动地，火光射闼（门）。六姊大惊，推徐起曰："祸事忽临，奈何！"徐忙迫不知所为，而女郎已窜避无迹矣。徐怅然少坐，屋宇并失。猎者十馀人，按鹰操刃而至，惊问："何人夜伏于此？"徐托言迷途，因告姓字。一人曰："适（刚刚）逐一狐，见之否？"答云："不见。"细认其处，乃于氏殡宫也。怏怏而归。尤冀七姊复至，晨占雀喜，夕卜灯花，而竟无消息矣。董玉玹谈。

蓁蛇

泗水（今属山东省）山中，旧有禅院，四无村落，人迹罕及，有道士栖止其中。或言内多大蛇，故游人益远之。一少年入山罗鹰。入既深，无所归宿；

遥见兰若（泛指一般佛寺），趋投之。道士惊曰："居士何来？幸不为儿辈所见！"即命坐，具饘（zhān，稠粥）粥。食未已，一巨蛇入，粗十馀围，昂首向客，怒目电瞤（cōng，目光）。客大惧。道士以掌击其额，呵曰：去！蛇乃俯首入东室。蜿蜒移时，其躯始尽；盘伏其中，一室尽满。客大惧，摇战。道士曰："此平时所豢养。有我在，不妨；所患者，客自遇之耳。"客甫（刚）坐，又一蛇入，较前略小，约可五六围。见客遽（突然）止，睒（shǎn）眒吐舌如前状。道士又叱之，亦入室去。室无卧处，半绕梁间，壁上土摇落有声。客益惧，终夜不寝。早起欲归，道士送之。出屋门，见墙上阶下，大如盎盏者，行卧不一。见生人，皆有吞噬状。客惧，依道士肘腋而行，使送出谷口，乃归。

余乡有客中州（今河南省一带）者，寄居蛇佛寺。寺僧具晚餐，肉汤甚美，而段段皆圆，类鸡项。疑，问寺僧："杀鸡几何遂得多项？"僧曰："此蛇段耳。"客大惊，有出门而哇者。既寝，觉胸上蠕蠕；摸之，则蛇也。顿起骇呼。僧起曰："此常事，乌足骇怪！"因以火照壁间，大小满墙，榻上下皆是也。次日，僧引入佛殿。佛座下有巨井，井中有蛇，粗如巨瓮，探首井边而不出。爇（ruò，点燃）火下视，则蛇子蛇孙以数百万计，族居其中。僧云，"昔蛇出为害，佛坐其上以镇之，其患始平"云。

菱　角

胡大成，楚人。其母素奉佛。成从塾师读，道由观音祠（供奉观音的庙），母嘱过必入叩。一日至祠，有少女挽儿遨戏其中，发裁掩颈，而风致娟然。时成年十四，心好之。问其姓氏，女笑云："我祠西焦画工女菱角也。问将何为？"成又问："有婿家无？"女酡然（饮酒后脸色变红的样子。此指因害羞而脸红）曰："无也。"成言："我为若婿，好否？"女惭云："我不能自主。"而眉目澄澄，上下睨（nì，斜着眼睛看）成，意似欣属焉。成乃出。女追而遥告曰：“崔尔诚，吾父所善，用为媒，无不谐。”成曰：“诺。”因念其慧而多情，益倾慕之。归，向母实白心愿。母止此儿，常恐拂之，即浼（měi，请求）崔作冰。焦责聘财奢，事已不就。崔极言成清族美才，焦始许之。

成有伯父，老而无子，授教职（被任为教官）于湖北。妻卒任所，母遣成往奔其丧。数月将归，伯又病，亦卒。淹留既久，适（恰巧）大寇据湖南，家耗（家信）遂隔。成窜民间，吊影孤惶而已。一日，有媪年四十八九，萦回村中，日昃（日头偏西。昃，zè）不去。自言：“离乱罔归，将以自鬻（卖）。”或问其价，言：“不屑为人奴，亦不愿为人妇，但有母我者，则从之，不较直。”闻者皆笑。成往视之，面目间有一二颇肖其母，触于怀而大悲。自念只身无缝纫者，遂邀归，执子礼焉。媪喜，便为炊饭织屦（jù，古代用麻葛制成的一种鞋。汉以前叫屦），劬劳若母。拂意辄谴之；而少有疾苦，则濡煦（体恤、爱护）过于所生。忽谓曰：“此处太平，幸可无虞。然儿长矣，虽在羁旅（长久寄居他乡），大伦不可废。三两日，当为儿娶之。”成泣曰：“儿自有妇，但间阻南北耳。”媪曰：“大乱时，人事翻覆，何可株待？”成又泣曰：“无论结发之盟不可背，且谁以娇女付萍梗人（漂泊无定的人）？”媪不答，但为治帘幌衾枕，甚周备。亦不识所自来。

一日，日既夕，戒成曰：“烛坐勿寐，我往视新妇来也未。”遂出门去。三更既尽，媪不返，心大疑。俄闻门外哗，出视，则一女子坐庭中，蓬首（头发乱蓬蓬的样子）啜泣。惊问：“何人？”亦不语。良久，乃言曰：“娶我来，即亦非福，但有死耳！”成大惊，不知其故。女曰：“我少受聘于胡大成；不意胡北去，音信断绝。父母强以我归汝家。身可致，志不可夺也！”成闻而哭曰：“即我是胡某。卿菱角耶？”女收涕而骇，不信。相将入室，即灯审顾，曰：“得无梦耶？”于是转悲为喜，相道离苦。

先是乱后，湖南百里，涤地无类（全被洗劫杀戮一空。类，活人）。焦携家窜长沙之东，又受周生聘。乱中不能成礼，期是夕送诸其家。女泣不盥栉，家中强置车中。至途次，女颠堕车下。遂有四人荷肩舆至，云是周家迎女者，即扶升舆，疾行若飞，至是始停。一老姥曳入，曰："此汝夫家，但入勿哭。汝家婆婆，且晚将至矣。"乃去，成诘知情事，始悟媪神人也。夫妻焚香共祷，愿得母子复聚。

母自戎马戒严，同侪（伴侣）人妇奔伏涧谷。一夜，噪言寇至，即并张皇四匿。有童子以骑授母。母急不暇问，扶肩而上，轻迅剽遬（piào sù，迅疾），瞬息至湖上。马踏水奔腾，蹄下不波。无何，扶下，指一户云："此中可居。"母将启谢；回视其马，化为金毛犼（传说中佛门菩萨的坐骑），高丈馀，童子超乘（跳跃上坐骑）而去。母以手挝（敲）门，豁然启扉。有人出问，怪其音熟，视之，成也。母子抱哭。妇亦惊起，一门欢慰。疑媪为大士现身。由此持观音经咒益虔。遂流寓湖北，治田庐焉。

饿 鬼

马永，齐人，为人贪，无赖，家卒屡空（常常贫困），乡人戏而名之"饿鬼"。年三十馀，日益窭（jù，贫困），衣百结鹑（破烂不堪），两手交其肩，在市上攫食。人尽弃之，不以齿（谈及）。

邑有朱叟者，少携妻居于五都之市，操业不雅。暮岁归其乡，大为士类所口；而朱洁行为善，人始稍稍礼貌之。一日，值马攫食不偿，为肆人所苦。怜之，代给其直。引归，赠以数百，俾（使）作本。马去，不肯谋业，坐而食。无何，资复匮（空），仍蹈旧辙。而常惧与朱遇，去之临邑。暮宿学宫，冬夜凛寒，辄摘圣贤颠上旒而煨其板。学官知之，怒欲加刑。马哀免，愿为先生生财。学官喜，纵之去。马探某生殷富，登门强索资，故挑其怒，乃以刀自劙（lí，割），诬而控诸学。学官勒取

重赂，始免申黜。诸生因而共愤，公质县尹（让县令给评理）。尹廉得实，笞四十，梏其颈，三日毙焉。

是夜，朱叟梦马冠带而入，曰："负公大德，今来相报。"既寤，姜举子。叟知为马，名以马儿。少不慧，喜其能读。二十馀，竭力经纪，得入邑泮（即县学。学童考进县学为生员，叫入泮）。后考试寓旅邸，昼卧床上，见壁间悉糊旧艺；视之，有"犬之性"四句题，心畏其难，读而志之。入场，适是其题，录之，得优等，食饩（领取饩廪。即成为廪生）焉。六十馀，补临邑训导。官数年，曾无一道义交。惟袖中出青蚨（一种传说中虫子的名称。蚨，fú），则作鸲鹆笑（指贪慕钱财者的笑）；不则睫毛一寸长，棱棱若不相识。偶大令（对县令的敬称）以诸生小故，判令薄惩，辄酷掠如治盗贼。有讼士子（县学生员）者，即富来叩门矣。如此多端，诸生不复可耐。而年近七旬，臃肿聋瞆，每向人物色乌须药。有狂生某，锉茜根绐（欺骗）之。天明共视，如庙中所塑灵官状。大怒，拘生；生已早夜亡去。以此愤气中结，数月而死。

聂 政

怀庆（今河南省沁阳市）潞王，有昏德。时行民间，窥有好女子，辄夺之。有王生妻，为王所睹，遣舆马直入其家。女子号泣不伏，强舁（yú，抬）而出。王亡去，隐身聂政之墓，冀妻经过，得一遥诀。无何，妻至，望见夫，大哭投地。王恻动（犹悲感）心怀，不觉失声。从人知其王生，执之，将加搒掠（拷打）。忽墓中一丈夫出，手握白刃，气象威猛，厉声曰："我聂政也！良家子岂可强占！念汝辈不能自由，姑且宥（饶恕）恕。寄语无道王：若不改行，不日将抉（通"决"，砍）其首！"众大骇，弃车而走。丈夫亦入墓中而没。夫妻叩墓归，犹惧王命复临。过十馀日，竟无消息，心始安。王自是淫威亦少杀云。

异史氏曰："余读刺客传，而独服膺于轵深井里也：其锐身而报知己也，

有豫之义；白昼而屠卿相，有鱄之勇；皮面自刑（毁坏），不累骨肉，有曹之智。至于荆轲，力不足以谋无道秦，遂使绝裾而去，自取灭亡；轻借樊将军之头，何日可能还也？此千古之所恨，而聂政之所嗤者矣。闻之野史：其坟见掘于羊、左（指战国羊角哀、左伯桃）之鬼。果尔，则生不成名，死犹丧义，其视聂之抱义愤而惩荒淫者，为人之贤不肖何如哉！噫！聂之贤，于此益信。"

江　城

临江（今属江西省）高蕃，少慧，仪容秀美。十四岁入邑庠（取得生员资格）。富室争女之；生选择良苛，屡梗父命。父仲鸿，年六十，止此子，宠惜之，不忍少拂。东村有樊翁者，授童蒙于市肆，携家僦生屋。翁有女，小字江城，与生同甲，时皆八九岁，两小无猜，日共嬉戏。后翁徙去，积四五年，不复闻问。一日，生于隘巷中，见一女郎，艳美绝俗。从以小鬟，仅六七岁。不敢倾顾，但斜睨（nì，斜着眼睛看）之。女停睇，若欲有言。细视之，江城也。顿大惊喜。各无所言，相视呆立，移时始别，两情恋恋。生故以红巾遗地而去。小鬟拾之，喜以授女。女入袖中，易以己巾，伪谓鬟曰："高秀才非他人，勿得讳其遗物，可追还之。"小鬟果追付生。生得巾大喜。归见母，请与论婚。母曰："家无半间屋，南北流寓，何足匹偶？"生曰："我自欲之，固当无悔。"母不能决，以商仲鸿；鸿执不可。

生闻之闷，嗌（yì，咽喉阻塞）不容粒。母大忧之，谓高曰："樊氏虽贫，亦非狙侩无赖者比。我请过其家，倘其女可偶，当亦无害。"高曰："诺。"母托烧香黑帝（即玄帝）祠，诣之。见女明眸秀齿，居然娟好，心大爱悦。遂以金帛厚赠之，实告以意。樊媪谦抑而后受盟。归述其情，生始解颜为笑。逾岁，择吉迎女归，夫妻相得甚欢。而女善怒，反眼若不相识；词舌嘲啁（cháo zhōu，形容语声细碎繁杂），常聒于耳。生以爱故，悉含忍之。翁媪闻之，心弗善也，潜责其子。为女所闻，大恚，诟骂弥加。生稍稍反其恶声，女益怒，挞逐出户，阖其扉。生嗫嚅门外，不敢叩关，抱膝宿檐下。女从此视若仇。其初，长跪犹可以解；渐至屈膝无灵，而丈夫益苦矣。翁姑薄让之，女抵牾（dǐ wǔ，也作"抵忤"、"抵梧"，冲突顶撞）不可言状。翁姑忿怒，逼令大归（嫁出去的妇女被夫家逐弃）。攀惭惧，浼交好者请于仲鸿；仲鸿不许。

年馀，生出遇岳；岳邀归其家，谢罪不遑。妆女出见，夫妇相看，不觉恻楚。樊乃沽酒款婿，酬劝甚殷。日暮，坚止宿留，扫别榻，使夫妇并寝。既曙辞归，不敢以情告父母，掩饰弥缝。自此三五日，暂一寄岳家宿，而父母不知也。樊一日自诣仲鸿。初不见，迫而后见之。樊膝行而请。高不承，诿诸其子。樊曰："婿昨夜宿仆家，不闻有异言。"高惊问："何时寄宿？"樊具以告。高赧谢曰："我固不知。彼爱之，我独何仇乎？"樊既去，高呼子而骂。生但俯首，不少出气。言间，樊已送女至。高曰："我不能为儿女任过，不如各立门户，即烦主析爨（分立门户，即分家。爨，cuàn，灶）之盟。"樊劝之，不听。遂别院居之，遣一婢给役焉。月馀，颇相安，翁妪窃慰。未几，女渐肆，生面上时有指爪痕；父母明知之，亦忍不置问。一日，生不堪挞楚，奔避父所，芒芒然如鸟雀之被鹯殴者。翁媪方怪问，女已横梃追入，竟即翁侧捉而筐之。翁姑涕噪，略不顾瞻，挞至数十，始悻悻以去。高逐子曰："我惟避嚣，故析尔。尔固乐此，又焉逃乎？"生被逐，徙倚（xǐ yǐ，徘徊，来回地走）无所归。母恐其折挫行死，令独居而给之食。又召樊来，使教其女。樊入室，开谕万端，女终不听，反以恶言相苦。樊拂衣去，誓相绝。无何，樊翁愤生病，与妪相继死。女恨之，亦不临吊，惟日隔壁噪骂，故使翁姑闻。高悉置不知。

生自独居，若离汤火，但觉凄寂。暗以金啖媒媪李氏，纳妓斋中，往来皆以夜。久之，女微闻之，诣斋嫚骂。生力白其诬，矢以天日，女始归。自此，日伺生隙。李媪自斋中出，适相遇，急呼之；媪神色变异，女愈疑，谓媪曰："明告所作，或可宥免；若有隐秘，撮毛尽矣！"媪战而告曰："半月来，惟构栏（妓院）李云娘过此两度耳。适公子言，曾于玉笥山见陶家妇，爱其双翘，嘱奴招致之。渠虽不贞，亦未便作夜度娘，成否故未必也。"女以其言诚，姑从宽恕。媪欲去，又强止之。日既昏，呵之曰："可先往灭其烛，便言陶家至矣。"媪如其言。女即遽入。生喜极，挽臂促坐，具道饥渴。女默不语。生暗中索其足，曰："山上一觐仙容，介介独恋是耳。"女终不语。生曰："夙昔之愿，今始得遂，何可觌面而不识也？"躬自促火一照，则江城也。大惧失色，堕烛于地，长跪觳觫，若兵在颈。女摘耳提归，以针刺两股殆遍，乃卧以下床，醒则骂之。生以此畏若虎狼；即偶假以颜色，枕席之上，亦震慑不能为人。女批颊而叱去之，益厌弃不以人齿。生日在兰麝之乡，如犴狴（àn bì，传说中的凶兽，又作牢狱的代称）中人，仰狱吏之尊也。

女有两姊，俱适诸生。长姊平善，讷于口，常与女不相洽。二姊适葛氏，为人狡黠善辩，顾影弄姿，貌不及江城，而悍妒与埒。姊妹相逢无他语，惟各以阃威（谓悍妇的气焰。阃，kǔn，闺门）自鸣得意。以故二人最善。生适戚友，女辄嗔怒；惟适葛所，知而不禁。一日，饮葛所。既醉，葛嘲曰："子何畏之甚？"生笑曰："天下事颇多不解：我之畏，畏其美也；乃有美不及内人，而畏甚于仆者，惑不滋甚哉？"葛大惭，不能对。婢闻，以告二姊。二姊怒，操杖遽出。生见其凶，踟躇欲走。杖起，已中腰膂（lǚ，脊梁骨）；三杖三蹶而不能起。误中颅，血流如瀋。二姊去，生蹒跚而归。妻惊问之。初以迕（wǔ，冒犯）姨故，不敢遽告；再三研诘，始具陈之。女以帛束生首，忿然曰："人家男子，何烦他挞楚耶！"更短袖裳，怀木杵，携婢径去。抵葛家，二姊笑语承迎。女不语，以杵击之，仆；裂裤而痛楚焉。齿落唇缺，遗失溲便。女返，二姊羞愤，遣夫赴诉于高。生趋出，极意温恤。葛私语曰："仆此来，不得不尔。悍妇不仁，幸假手而惩创之，我两人何嫌焉。"女已闻之，遽出，指骂曰："醓醢贼！妻子亏苦，反窃窃与外人交好！此等男子，不宜打煞耶！"疾呼觅杖。葛大窘，夺门窜去。生由此往来全无一所。

　　同窗王子雅过之，宛转留饮。饮间，以闺阁相谑，频涉狎亵。女适窥客，伏听尽悉，暗以巴豆投汤中而进之。未几，吐利（上吐下泻。利，通"痢"）不可堪，奄存气息。女使婢问之曰："再敢无礼否？"始悟病之所自来，呻吟而哀之。则绿豆汤已储待矣。饮之乃止。从此同人相戒，不敢饮于其家。王有酤肆，肆中多红梅，设宴招其曹侣（同一辈的友人）。生托文社，禀白而往。日暮，既酣，王生曰："适有南昌名妓，流寓此间，可以呼来共饮。"众大悦。惟生离席，兴辞。群曳之曰："闺中耳目虽长，亦听睹不至于此。"因相矢缄口。生乃复坐。少间，妓果出。年十七八，玉珮丁冬，云鬟掠削。问其姓，云："谢氏，小字芳兰。"出词吐气，备极风雅，举座若狂。而芳兰犹属意生，屡以色授。为众所觉，故曳两人连肩坐。芳兰阴把生手，以指书掌作"宿"字。生于此时，欲去不忍，欲留不敢，心如乱丝，不可言喻。而倾头耳语，醉态益狂，榻上胭脂虎（凶悍的妇女），亦并忘之。少选，听更漏已动，肆中酒客愈稀；惟遥座一美少年，对烛独酌，有小僮捧巾侍焉。众窃议其高雅。无何，少年罢饮，出门去。僮返身入，向生曰："主人相候一语。"众则茫然，惟生颜色惨变，不遑告别，匆匆便去。盖少年乃江城，僮即其家婢也。生从至家，伏受鞭扑。从此禁锢益严，吊庆皆绝。文宗下学，生以误讲降为青。一日，与婢语，女疑与私，以酒坛囊婢首而挞之。已而缚生及婢，以绣剪剪腹间肉互补之，释缚令其自束。月馀，补处竟合为一云。女每以白足踏饼尘土中，叱生摭食之。如是种种。

　　母以忆子故，偶至其家，见子柴瘠，归而痛哭欲死。夜梦一叟告之曰："不须忧烦，此是前世因。江城原静业和尚所养长生鼠，公子前生为士人，偶游其地，误毙之。今作恶报，不可以人力回也。每早起，虔心诵观音咒一百遍，必当有效。"醒而述于仲鸿，异之，夫妻遵教。虔诵两月馀，女横如故，益之狂纵。闻门外钲鼓（锣鼓。钲，zhēng），辄握发出，憨然引眺，千人指视，恬不为怪。翁姑共耻之，而不能禁。忽有老僧在门外宣佛果，观者如堵。

僧吹鼓上革作牛鸣。女奔出，见人众无隙，命婢移行床（椅凳之类。床，指坐具），翘登其上。众目集视，女如弗觉。逾时，僧敷衍将毕，索清水一盂，持向女而宣言曰："莫要嗔，莫要嗔！前世也非假，今世也非真。咄！鼠子缩头去，勿使猫儿寻。"宣已，吸水噀射（喷射。噀，xùn）女面，粉黛淫淫，下沾衿袖。众大骇，意女暴怒，女殊不语，拭面自归。僧亦遂去。女入室痴坐，嗒然若丧（茫然若失，心境空虚的样子），终日不食，扫榻遽寝。中夜，忽唤生醒。生疑其将遗，捧进溺盆。女却之，暗把生臂，曳入衾。生承命，四体惊悚，若奉丹诏。女慨然曰："使君如此，何以为人！"乃以手抚扪生体，每至刀杖痕，嘤嘤啜泣，辄以爪甲自掐，恨不即死。生见其状，意良不忍，所以慰藉之良厚。女曰："妾思和尚必是菩萨化身。清水一洒，若更腑肺。今回忆曩昔所为，都如隔世。妾向时得毋非人耶？有夫妇而不能欢，有姑嫜而不能事，是诚何心！明日可移家去，仍与父母同居，庶便定省。"絮语终夜，如话十年之别。昧爽即起，折衣敛器，婢携篓（lù，竹篾编的盛物器），躬襆被，促生前往叩扉。母出骇问，告以意。母尚迟回有难色，女已偕婢入。母从入。女伏地哀泣，但求免死。母察其意诚，亦泣曰："吾儿何遽如此？"生为细述前状，始悟曩昔之梦验也。喜，唤厮仆为除旧舍。女自是承颜顺志，过于孝子。见人，则觍如新妇。或戏述往事，则红涨于颊。且勤俭，又善居积；三年翁媪不问家计，而富称巨万矣。生是岁乡捷（考中举人）。每谓生曰："当日一见芳兰，今犹忆之。"生以不受荼毒，愿已至足，妄念所不敢萌，唯唯而已。会以应举入都，数月乃返。入室，见芳兰方与江城对弈。惊而问之，则女以数百金出其籍矣。此事浙中王子雅言之甚详。

异史氏曰："人生业果，饮啄必报，而惟果报之在房中者，如附骨之疽，其毒尤惨。每见天下贤妇十之一，悍妇十之九，亦以见人世之能修善业者少也。观自在愿力宏大，何不将盂中水洒大千世界也？"

孙 生

　　孙生，娶故家（世代仕宦之家）女辛氏。初入门，为穷裤，多其带，浑身纠缠甚密，拒男子不与共榻。床头常设锥簪之器以自卫。孙屡被刺剟（duō，刺），因就别榻眠。月馀，不敢问鼎（喻指夺取政权。此处隐喻和妻子同房）。即白昼相逢，女未尝假（给予）以言笑。同窗某知之，私谓孙曰："夫人能饮否？"答云："少饮。"某戏之曰："仆有调停之法，善而可行。"问："何法？"曰："以迷药入酒，给使饮焉，则惟君所为矣。"孙笑之，而阴服其策良。询之医家，敬以酒煮乌头，置案上。入夜，孙酾别酒，独酌数觥（gōng，酒杯）而寝。如此三夕，妻终不饮。一夜，孙卧移时，视妻犹寂坐，孙故作鼾声；妻乃下榻，取酒煨炉上。孙窃喜。既而满饮一杯；又复酌，约尽半杯许，以其馀仍内壶中，拂榻遂寝。久之无声，而灯煌煌尚未灭也。疑其尚醒，故大呼："锡檠（qíng，灯架，烛台）熔化矣！"妻不应，再呼仍不应。白身往视，则醉睡如泥。启衾潜入，层层断其缚结。妻固觉之，不能动，亦不能言，任其轻薄而去。既醒，恶之，投缳自缢。孙梦中闻喘吼声，起而奔视，舌已出两寸许。大惊，断索，扶榻上，逾时（过了一会儿）始苏。孙自此殊厌恨之，夫妻避道而行，相逢则俯其首。积四五年，不交一语。妻或在室中，与他人嬉笑；见夫至，色则立变，凛如霜雪。孙尝寄宿斋中，经岁不归；即强之归，亦面壁移时，默然就枕而已。父母甚忧之。

　　一日，有老尼至其家，见妇，亟加赞誉。母不言，但有浩叹。尼诘其故，具以情告。尼曰："此易事耳。"母喜曰："倘能回妇意，当不靳（jìn，吝惜）酬也。"尼窥室无人，耳语曰："购春宫一帧（一幅），三日后，为若厌之。"尼去，母即购以待之。三日，尼果来，嘱曰："此须甚密，勿令夫妇知。"乃剪下图中人，又针三枚、艾一撮，并以素纸包固，外绘数画如蚓状，使母赚（骗）妇出，窃取其枕，开其缝而投之；已而仍合之，返归故处。尼乃去。至晚，母强子归宿。媪往窃听。二更将残，闻妇呼孙小字，孙不答。少间，妇复语，孙厌气作恶声。质明（天刚亮的时候），母入其室，见夫妇面首相背，知尼之术诬也。呼子于无人处，委谕（委婉地劝服）之。孙闻妻名，便怒，切齿。母怒骂之，不顾而去。越日，尼来，告之罔（无）效，尼大疑。媪因述所听。尼笑曰："前言妇憎夫，故偏厌之。今妇意已转，所未转者男耳。请作两制之法，必有验。"母从之，索子枕如前缄置讫，又呼令归寝。更馀，犹闻两榻上皆有转侧声，时作咳，都若不能寐。久之，闻两人在一床上唧唧语，但隐约不可辨。将曙，犹闻嬉笑，吃吃不绝。媪以告母，母喜。尼来，厚馈之。孙由是琴瑟和好（比喻夫妇情深和美）。生一男两女，十馀年从无角口（争吵）之事。同人私问其故，笑曰："前此顾影生怒，后此闻声而喜，自亦不解其何心也。"

异史氏曰："移憎而爱，术亦神矣。然能令人喜者，亦能令人怒，术人之神，正术人之可畏也。先哲云：'六婆（指牙婆、媒婆、师婆、虔婆、药婆、稳婆）不入门。'有见矣夫！"

八大王

临洮（今属甘肃省）冯生，盖贵介裔而凌夷（衰落）矣。有渔鳖者，负其债，不能偿，得鳖辄献之。一日，献巨鳖，额有白点。生以其状异，放之。后自婿家归，至恒河（今河北之横河）之侧，日已就昏，见一醉者，从二三僮，颠跛（行走时脚不平稳）而至。遥见生，便问："何人？"生漫应（随便答应）："行道者。"醉人怒曰："宁无姓名，胡言行道者？"生驰驱心急，置不答，径过之。醉人益怒，捉袂（mèi，袖子）使不得行，酒臭熏人。生更不耐，然力解不能脱。问："汝何名？"吃然而对曰："我南都旧令尹（掌握政治事务，发号施令的最高官）也。将何为？"生曰："世间有此等令尹，辱没世界矣！幸是旧令尹；假新令尹，将无途人耶？"醉人怒甚，势将用武。生大言曰："我冯某非受人挝打者！"醉人闻之，变怒为欢，踉蹡下拜曰："是我恩主，唐突

（鲁莽）勿罪！"起唤从人，先归治具。

生辞之不得。握手行数里，见一小村。既入，则廊舍华好，似贵人家。醉人醒（chéng，喝醉了神志不清）稍解，生始询其姓字。曰："言之勿惊，我洮水八大王也。适（刚才）西山青童招饮，不觉过醉，有犯尊颜，实切愧悚。"生知其妖，以其情辞殷渥（恳切），遂不畏怖。俄而设筵丰盛，促坐欢饮。八大王最豪，连举数觥（酒杯）。生恐其复醉，再作萦扰，伪醉求寝。八大王已喻其意，笑曰："君得无畏我狂耶？但请勿惧。凡醉人无行，谓隔夜不复记者，欺人耳。酒徒之不德，故犯者十之九。仆虽不齿于侪偶（同类。侪，chái），顾未敢以无赖之行，施之长者，何遂见拒如此？"生乃复坐，正容而谏曰："既自知之，何勿改行？"八大王曰："老夫为令尹时，沉湎尤过于今日。自触帝怒，谪归岛屿，力返前辙者十余年矣。今老将就木，潦倒不能横飞，故态复作，我自不解耳。兹敬闻命矣。"

倾谈间，远钟已动。八大王起，捉臂曰："相聚不久。蓄有一物，聊报厚德。此不可以久佩，如愿后，当见还也。"口中吐一小人，仅寸许。因以爪掐生臂，痛若肤裂；急以小人按捺其上，释手已入革里（皮肤下面），甲痕尚在，而漫漫坟起，类痰核状。惊问之，笑而不答。但曰："君宜行矣。"送生出，八大王自返。回顾村舍全渺，惟一巨鳖，蠢蠢入水而没。错愕久之。自念所获，必鳖宝也。由此目最明，凡有珠宝之处，黄泉下皆可见；即素所不知之物，亦随口而知其名。于寝室中，掘得藏镪（qiǎng，借指银钱）数百，用度颇充。后有货故宅者，生视其中有藏镪无算，遂以重金购居之。由此与王公埒富（同等富有。埒，liè，等同）矣。火齐木难（珍宝名称）之类皆蓄焉。得一镜，背有凤纽，环水云湘妃之图，光射里馀，须眉皆可数。佳人一照，则影留其中，磨之不能灭也；若改妆重照，或更一美人，则前影消矣。

时肃府第三公主绝美，雅慕其名。会主游崆峒（山名，属甘肃省六盘山），乃往伏山中，伺其下舆，照之而归，设置案头。审视之，见美人在中，拈巾微笑，口欲言而波欲动。喜而藏之。年馀，为妻所泄，闻之肃府。王怒，收之（拘捕到监狱）。追镜去，拟斩。生大贿中贵人（宦官），使言于王曰："王如见赦，天下之至宝，不难致也。不然，有死而已，于王诚无所益。"王欲籍（抄没）其家而徙之。三公主曰："彼已窥我，十死亦不足解此忿，不如嫁之。"王不许。公主闭户不食。妃子大忧，力言于王。王乃释生囚，命中贵以意示生。生辞曰："糟糠之妻不下堂，宁死不敢承命。王如听臣自赎，倾家可也。"王怒，复逮之。妃召生妻入宫，将鸩之。既见，妻以珊瑚镜台纳妃，词意温恻（言辞温柔恳切）。妃悦之，使参公主。公主亦悦之，订为姊妹，转使谕生。生告妻曰："王侯之女，不可以先后论嫡庶也。"妻不听，归修聘币纳王邸，赍（jī，赠送）送者迨（dài，达到）千人。珍石宝玉之属，王家不能知其名。王大喜，释生归，以公主嫔焉。公主仍怀镜归。生一夕独寝，梦八大王轩然入曰："所赠之物，当见还也。佩之若久，耗人精血，损人寿命。"生诺之，即留宴饮。八大王辞曰："自聆药石，戒杯中物，已三年矣。"乃以口啮生臂，痛极而醒。视之，则核块消矣。后此遂如常人。

异史氏曰："醒则犹人，而醉则犹鳖，此酒人之大都（大概）也。顾鳖虽日习于酒狂乎，而不敢忘恩；不敢无礼于长者，鳖不过人远哉？若夫己氏则醒不如人，而醉不如鳖矣。古人有龟鉴，盍以为鳖鉴乎？乃作'酒人赋'。赋曰：

'有一物焉，陶情适（适合）口；饮之则醺醺腾腾，厥名为"酒"。其名最多，为功已久：以宴嘉宾，以速父舅，以促膝而为欢，以合卺（古代结婚仪式之一，因代指结婚。卺，jǐn）而成偶；或以为"钓诗钩"，又以为"扫愁帚"。故麴生频来，则骚客之金兰友；醉乡深处，则愁人之逋逃薮（此指逃避愁烦者聚集之处。逋逃，本指逃亡罪人）。糟丘之台既成，鸱夷之功不朽；齐臣遂能一石，学士亦称五斗。则酒固以人传，而人或以酒丑。若夫落帽之孟嘉，荷锸之伯伦，山公之倒其接䍦，彭泽之漉以葛巾。酣眠乎美人之侧也，或察其无心；濡首于墨汁之中也，自以为有神。井底卧乘船之士，槽边缚珥玉之臣。甚至效鳖囚而玩世，亦犹非害物而不仁。至如雨宵雪夜，月旦花晨，风定尘短，客旧妓新，履舄（鞋子。舄，xì）交错，兰麝香沉，细批薄抹，低唱浅斟；忽清商兮一奏，则寂若兮无人。雅谑则飞花粲齿，高吟则戛玉敲金。总陶然而大醉，亦魂清而梦真。果尔，即一朝一醉，当亦名教之所不嗔。尔乃嘈杂不韵，俚词并进；坐起谨哗（喧哗。谨，huān），呶呶成阵。涓滴忿争，势将投刃；伸颈攒眉，引杯若鸩；倾潘（把最后一滴酒也喝尽）碎觥，拂灯灭烬。绿醑葡萄，狼藉不斩；病叶狂花，觞政（酒令）所禁。如此情怀，不如弗饮。又有酒隔咽喉，间不盈寸；呐呐呢呢，犹讥主吝。坐不言行，饮复不任（堪）：酒客无品，于斯为甚。甚有狂药下，客气粗；努石棱，磔聹（zhé níng，形容喝酒至佳处，须发散张的情状。磔，张开。聹，须发散乱的样子）须；袒两臂，跃双趹。尘蒙蒙兮满面，哇浪浪（吐酒的情状）兮沾裾；口狺狺（yín）兮乱吠，发蓬蓬兮若奴。其吁地而呼天也，似李郎之呕其肝脏；其扬手而掷足也，如苏相之裂于牛车。舌底生莲者，不能穷其状；灯前取影者，不能为之图。父母前而受忤，妻子弱而难扶。或以父执之良友，无端而受骂于灌夫。婉言以警，倍益眩瞑。此名"酒凶"，不可救拯。惟有一术，可以解酩。厥术维何？只须一梃。萦（捆）其手足，与斩豕等。止困其臀（打屁股），勿伤其顶；捶至百馀，豁然顿醒。'"

鸽 异

鸽类甚繁，晋有坤星，鲁有鹤秀，黔有腋蝶，梁（古九州之一，约为陕西秦岭以南及汉水一带）有翻跳，越（今江浙一带）有诸尖：皆异种也。又有靴头、点子、大白、黑石、夫妇雀、花狗眼之类，名不可屈以指，惟好事者能辨之也。邹平（县名，在今山东省）张公子幼量，癖好之，按经（《鸽经》之类）而求，务尽其种。其养之也，如保婴儿：冷则疗以粉草，热则投以盐颗。鸽善睡，睡太甚，有病麻痹而死者。张在广陵（扬州），以十金购一鸽，体最小，善走，置地上，盘旋无已时，不至于死不休也，故常须人把握之。夜置群中使惊诸鸽，可以免痹股之病，是名"夜游"。齐鲁养鸽家，无如公子最；公子亦以鸽自诩。

一夜，坐斋中，忽一白衣少年叩扉入，殊不相识。问之，答曰："漂泊之人，姓名何足道。遥闻畜鸽最盛，此亦生平所好，愿得寓目（过目）。"张乃尽出所有，五色俱备，灿若云锦。少年笑曰："人言果不虚，公子可谓养鸽之能事矣。仆亦携有一两头，颇愿观之否？"张喜，从少年去。月色冥漠（昏暗不明朗），野圹萧条，心窃疑惧。少年指曰："请勉行，寓屋不远矣。"又数武（古半步为武，一武合三尺），见一道院，仅两楹。少年握手入，昧无灯火。少年立庭中，口中作鸽鸣。忽有两鸽出：状类常鸽，而毛纯白；飞与檐齐，且鸣且斗，每一扑，必作觔（jīn，通"筋"）斗。少年挥之以肱，连翼而去。复撮口作异声，又有两鸽出：大者如鹜，小者裁如拳；集阶上，学鹤舞。大者延颈立，张翼作屏，宛转鸣跳，若引之；小者上下飞鸣，时集其顶，翼翩翩如燕子落蒲叶上，声细碎，类鼗鼓（长柄的摇鼓，俗称"拨浪鼓"。鼗，táo）；大者伸颈不敢动，鸣愈急，声变如磬，两两相和（hè），间杂中节。既而小者飞起，大者又颠倒引呼之。张嘉叹不已，自觉望洋可愧（大开眼界，惭愧不如）。遂揖少年，乞求分爱；少年不许。又固求之，少年乃叱鸽去，仍作前声，招二白鸽来，以手把之，曰："如不嫌憎，以此塞责。"接而玩之：睛映月作琥珀色，两目通透，若无隔阂，中黑珠圆于椒粒；启其翼，胁肉晶莹，脏腑可数。张甚奇之，而意犹未足，跪求不已。少年曰："尚有两种未献，今不敢复请观矣。"方竞论间，家人燎麻炬（用麻秆做的火把）入寻主人。回视少年，化白鸽，大如鸡，冲霄而去。又目前院宇都渺，盖一小墓，树二柏焉。与家人抱鸽，骇叹而归。试使飞，驯异如初。虽非其尤，人世亦绝少矣。于是爱惜臻至。积二年，育雌雄各三。虽戚好求之，不得也。

有父执（父亲的友人）某公，为贵官。一日，见公子，问："畜（养）鸽几许？"公子唯唯以退。疑某意爱好之也，思所以报而割爱良难。又念长者之求，不可重拂（过分为违逆）。且不敢以常鸽应，选二白鸽，笼送之，自以千金之赠不訾也。他日见某公，颇有德色；而其殊无一申谢语。心不能忍，问："前禽佳否？"答云："亦肥美。"张惊曰："烹之乎？"曰："然。"张大惊曰："此非常鸽，乃俗所言'靼（dá）鞑'者也！"某回思曰："味亦殊无异处。"张叹恨而返。至夜，梦白衣少年至，责之曰："我以君能爱之，故遂托以子孙。何以明珠暗投，致残鼎镬（古代烹饪器皿。镬，huò）！今率儿辈去矣。"言已，化为鸽，所养白鸽皆从之，飞鸣径去。天明视之，果俱亡矣。心甚恨之，遂以所畜，分赠知交，数日而尽。

异史氏曰："物莫不聚于所好，故叶公好龙，则真龙入室；而况学士之于良友，贤君之于良臣乎？而独阿堵之物（即金钱），好者更多，而聚者特少，亦以见鬼神之怒贪，而不怒痴也。"

向有友人馈朱鲫于孙公子禹年，家无慧仆，以老佣往。及门，倾水出鱼，索样（同"盘"）而进之。及达主所，鱼已枯毙。公子笑而不言，以酒犒佣，即烹鱼以飨。既归，主人问："公子得鱼颇欢慰否？"答曰："欢甚。"问："何以知？"曰："公子见鱼便欣然有笑容，立命赐酒，且烹数尾以犒小人。"主人骇甚，自念所赠，颇不粗劣，何至烹赐下人。因责之曰："必汝蠢顽无礼，故公子迁怒耳。"佣扬手力辩曰："我固陋拙，遂以为非人也！登公子门，小心如许，犹恐筲斗不文（用小水桶盛鱼以献，不够体面。筲，shāo），敬索样出，一一匀排而后进之，有何不周详也？"主人骂而遣之。

灵隐寺（在浙江省杭州西湖畔）僧某，以茶得名，铛臼（煎茶、碎茶用具。这里指制茶的技巧）皆精。然所蓄茶有数等，恒视客之贵贱以为烹献；其最上者，非贵客及知味者，不一奉也。一日，有贵官至，僧伏谒甚恭，出佳茶，手自烹进，冀得称誉。贵官默然。僧惑甚，又以最上一等烹而进之。饮已将尽，并无赞语。僧急不能待，鞠躬曰："茶何如？"贵官执盏一拱曰："甚热。"此两事，可与张公子之赠鸽同一笑也。

冷 生

平城（今山西省大同市东）冷生，少最钝，年二十馀，未能通一经。忽有狐来，与之燕处（和睦共处）。每闻其终夜语，即兄弟诘（jié，追问）之，亦不肯泄。如是多日，忽得狂易病（精神病）：每得题为文，则闭门枯坐；少时，哗然大笑。窥之，则手不停草，而一艺成矣。脱稿，又文思精妙。是年入泮（入县学做秀才），明年（第二年）食饩（指明清时经考试取得廪生资格的生员享受廪膳补贴。亦即成为廪生。饩，xì）。每逢场作笑，响彻堂壁，由此"笑生"之名大噪。幸学使（主管一省学政的官员）退休（退出考场休息），不闻。后值某学使规矩严肃，终日危坐堂上。忽闻笑声，怒执之，将以加责。执事官代白（陈述；告诉）其颠。学使怒稍息，释之，而黜（chù，废除；取消）其名。从此佯狂诗酒。著有"颠草"四卷，超拔可诵。

异史氏曰："闭门一笑，与佛家顿悟时何殊间哉！大笑成文，亦一快事，何至以此褫革（剥夺。此指被除去生员名籍。褫，chǐ）？如此主司，宁非悠悠（荒谬）！"

学师孙景夏，往访友人。至其窗外，不闻人语，但闻笑声嗤然，顷刻数作。意其与人戏耳。入视，则居之独也。怪之。始大笑曰："适（正好）无事，默熟笑谈耳。"

邑宫生，家畜（养）一驴，性蹇劣。每途中逢徒步客，拱手谢曰："适（刚才）忙，不遑（不能，引申为来不及）下骑，勿罪！"言未已，驴已蹶然（突然）伏道上，屡试不爽。宫大惭恨，因（于是）与妻谋，使伪作客。已乃跨驴周于庭，向妻拱手，作遇客语。驴果伏。便以利锥毒刺之。适有友人相访，方欲款关（敲门），闻宫言于内曰："不遑下骑，勿罪！"少顷，又言之。心大怪异，叩扉问其故，以实告，相与捧腹。

此二则，可附冷生之笑并传矣。

胡大姑

益都（今属山东省）岳于九，家有狐祟，布帛器具，辄被抛掷邻堵（墙）。蓄细葛，将取作服；见捆卷如故，解视，则边实而中虚，悉被剪去。诸如此类，不堪其苦。乱诟骂之。岳戒止曰："恐狐闻。"狐在梁上曰："我已闻之矣。"由是祟益甚。

一日，夫妻卧未起，狐摄衾服去。各白身蹲床上，望空哀祝之。忽见好女子自窗入，掷衣床头。视之，不甚修长；衣绛红，外袭（穿）雪花比甲。岳着衣，揖之曰："上仙有意垂顾，即勿相扰。请以为女，如何？"狐曰："我齿（年龄）较汝长，何得妄自尊？"又请为姊妹，乃许之。于是命家人皆呼以胡大姑。

时颜镇张八公子家，有狐居楼上，恒与人语。岳问："识之否？"答云："是吾家喜姨，何得不识？"岳曰："彼喜姨曾不扰人，汝何不效（模仿）之？"狐不听，扰如故。犹不甚祟他人，而专祟其子归：履袜簪珥，往往弃道上；每食，辄于粥碗中埋死鼠或粪秽。妇辄掷碗骂骚狐，并不祷免。岳祝曰："儿女辈皆呼汝姑，何略无尊长体耶？"狐曰："教汝子出若妇，我为汝媳，便相安矣。"子妇骂曰："淫狐不自惭，欲与人争汉子耶？"时妇坐衣笥（sì，一种盛饭食或衣物的竹器）上，忽见浓烟出尻下，熏热如笼。启视，藏裳俱烬；剩一二事，皆姑服也。又使岳子出其妇，子不应。过数日，又促之，仍不应。狐怒以石击之，额破裂，血流，几毙。岳益患之。

西山李成爻，善符水，因币聘之。李以泥金写红绢作符，三日始成。又以镜缚梃（tǐng，棍）上，捉作柄，遍照宅中。使童子随视，有所见，即急告。至一处，童曰："墙上若犬伏。"李即戟手（手臂微屈，以食指指斥人。因手形像戟，故称。此处谓以食指和中指悬空写符）写符其处。既而禹步（跛行。巫师作法步态之一）庭中，咒移时，即见家中犬豕并来，帖耳戢尾，若听教命。李挥曰："去！"即纷然鱼贯而去。又咒，群鸭即来，又挥去之。已而鸡至。李指一鸡，大叱之。他鸡俱去，此鸡独伏，交翼长鸣，曰："予不敢矣！"李曰："此物是家中所作紫姑（厕神名，也叫"坑三姑娘"）也。"家人并言不曾作。李曰："紫姑今尚在。"因共（一同，一起）忆三年前，曾为此戏，怪异即自尔日始矣。遍搜之，见刍偶在厩梁上。李取投火中。乃出一酒瓻（chī），三咒三叱，鸡起径去。闻瓻（chī）口言曰："岳四狠哉！数年后，当复来。"岳乞付之汤火；李不可，携去。或见其壁间挂数十瓶，塞口者皆狐也。言其以次纵之，出为祟，因此获聘金，居为奇货云。

刘亮采

闻济南怀利仁言：刘公亮采，狐之后身也。初，太翁居南山，有叟造其庐，自言胡姓。问所居，曰："只在此山中。闲处人少，惟我两人，可与数晨夕（朝夕相处。数，shuò），故来相拜识。"因与接谈，词旨便利，悦之。治酒相欢，醺（xūn，酒醉）而去。越日复来，愈益款厚。刘云："自蒙下交，分即最深。但不识家何里，焉所问兴居？"胡曰："不敢讳，实山中之老狐也。与若（你）有夙因，故敢内交门下。固不能为君福，亦不敢为君祸，幸相信勿骇。"刘亦不疑，更相契重（器重）。即叙年齿（排序年纪），胡作兄，往来如昆季（兄弟）。有小休咎（吉凶；善恶），亦以告。时刘乏嗣，叟忽云："公勿忧，我当为君后。"刘讶其言怪。胡曰："仆算数已尽，投生有期矣。与其他适，何如生故人家？"刘曰："仙寿万年，何遽及此？"叟摇首云："非汝所知。"遂去。夜果梦叟来，曰："我今至矣。"既醒，夫人生男，是为刘公。公既长，身短，言词敏谐，绝类（像）胡。少有才名，壬辰〔明神宗万历二十年（1592）〕成进士。为人任侠，急人之急，以故秦、楚、燕、赵之客，趾错于门；货酒卖饼者，门前成市焉。

蕙　芳

　　马二混，居青州东门内，以货面为业。家贫，无妇，与母共作苦。一日，媪独居，忽有美人来，年可十六七，椎布（椎髻布衣）甚朴，而光华照人。媪惊顾穷诘，女笑曰："我以贤郎诚笃，愿委身（嫁）母家。"媪益惊曰："娘子天人，有此一言，则折我母子数年寿！"女固请之。意必为侯门亡人，拒益力。女乃去。越三日，复来，留连不去。问其姓氏。曰："母肯纳我，我乃言；不然，固无庸问。"媪曰："贫贱佣保骨，得妇如此，不称亦不祥。"女笑坐床头，恋恋殊殷。媪辞之，言："娘子宜速去，勿相祸。"女乃出门，媪窥之西去。

　　又数日，西巷中吕媪来，谓母曰："邻女董蕙芳，孤而无依，自愿为贤郎妇，胡弗纳？"母以所疑虑具白（告诉）之。吕曰："乌有此耶？如有乖谬，咎在老身。"母大喜，诺之。吕既去，媪扫室布席，将待子归往娶之。日将暮，女飘然自至。入室参母，起拜尽礼。告媪曰："妾有两婢，未得母命，不敢进也。"媪曰："我母子守穷庐，不解役婢仆。日得蝇头利，仅足自给。今增新妇一人，娇嫩坐食，尚恐不充饱；益之二婢，岂吸风所能活耶？"女笑曰："婢来，亦不费母度支（开支），皆能自得食。"问："婢何在？"女乃呼："秋月、秋松！"声未及已，忽如飞鸟堕，二婢已立于前。即令伏地叩母。既而马归，母迎告之。马喜。入室，见翠栋雕梁，侔（móu，如同）于宫殿；中之几屏帘幕，光耀夺视。惊极，不敢入。女下床迎笑，睹之若仙。益骇，却退。女挽之，坐与温语。马喜出非分，形神若不相属（依附）。即起，欲出行沽。女曰：勿须。"因命二婢治具。秋月出一革袋，执向扉后，格格撼摆之。已而以手探入，壶盛酒，桦（同"盘"）盛炙，触类熏腾。饮已而寝，则花罽（jì，用毛做成的毡子一类的东西）锦裀，温腻非常。天明出门，则茅庐依旧。母子共奇之。媪诣吕所，将迹所由。入门，先谢其媒合之德。吕讶云："久不拜访，何邻女之曾托乎？"媪益疑，具言端委。吕大骇，即同媪来视新妇。女笑逆（迎接）之，极道作合之义。吕见其惠丽，愕眙（瞪着眼睛，很惊讶的样子。眙，chì）良久，即亦不辨，唯唯而已。女赠白木搔具一事，曰："无以报德，姑奉此为姥姥爬背耳。"吕受以归，审视则化为白金。马自得妇，顿更旧业，门户一新。笥中貂锦无数，任马取着；而出室门，则为布素，但轻暖耳。女所自衣亦然。

积四五年，忽曰："我谪降人间十馀载，因与子有缘，遂暂留止。今别矣。"马苦留之。女曰："请别择良偶，以承庐墓（指承宗接代。古礼，遇君父、尊长之丧，在其墓旁搭草庐守墓，称"庐墓"或"依庐"）。我岁月当一至焉。"忽不见。马乃娶秦氏。后三年，七夕，夫妻方共语，女忽入，笑曰："新偶良欢，不念故人耶？"马惊起，怆然曳坐，便道衷曲。女曰："我适送织女渡河，乘间一相望耳。"两相依依，语无休止。忽空际有人呼"蕙芳"，女急起作别。马问其谁，曰："余适同双成（董双成，神话传说中西王母的侍女）姊来，彼不耐久伺矣。"马送之，女曰："子寿八旬，至期，我来收尔骨。"言已，遂逝。今马六十馀矣。其人但朴讷（敦厚而拙于言辞。讷，nè），并无他长。

异史氏曰："马生其名混，其业亵，蕙芳奚（为什么）取哉？于此见仙人之贵朴讷诚笃也。余尝谓友人：若我与尔，鬼狐且弃之矣。所差不愧于仙人者，惟'混'耳。"

![卷七]

罗　祖

罗祖，即墨（今属山东省）人也。少贫。总族（合族，全族。总，合）中应出一丁（成年人能任赋役者称"丁"。明、清以来，十六岁为丁）戍北边，即以罗往。罗居边数年，生一子。驻防守备（清为五品武官，隶属于参将、游击之下）雅（表示程度，很、甚，相当于"很"、"极"）厚遇（优厚地对待）之。会（恰巧，正好）守备迁陕西参将（清绿营正三品武官，位次于副将，掌理本营军务），欲携与俱去。罗乃托妻子于其友李某者，遂西。自此三年不得反。适参将欲致书北塞，罗乃自陈，请以便道省（xǐng，探视，看望）妻子。参将从之。

罗至家，妻子无恙，良慰。然床下有男子遗舄（留下的鞋子。舄，xì），心疑之。即而至李申谢。李致酒殷勤；妻又道李恩义，罗感激不胜。明日谓妻曰："我往致主命，暮不能归，勿伺（不要等候）也。"出门跨马而去。匿身近处，更定（一更之后）却归。闻妻与李卧语，大怒，破扉。二人俱，膝行乞死。罗抽刃出，已复韬之（谓将刀收入鞘中）曰："我始以汝为人也，今如此，杀之污吾刀耳！与汝约：妻子而（通"尔"，你）受之，籍名（军籍中之姓名）亦而充之，马匹械器具在。我逝矣。"遂去。乡人共闻于官。官咎李，李以实告。而事无验见，莫可质凭，远近搜罗，则绝匿名迹。官疑其因奸致杀，益械李及妻；逾年，并桎梏（刑具，手铐脚镣）以死。乃驿送其子归即墨。

后石匣营有樵人入山，见一道人坐洞中，未尝求食。众以为异，赍粮（送给粮

食。赍，jī）供之。或有识者，盖即罗也。馈遗（kuì wèi，馈赠）满洞，罗终不食，意似厌嚣，以故来者渐寡。积数年，洞外蓬蒿成林。或潜窥之，则坐处不曾少移。又久之，见其出游山上，就之已杳；往瞰洞中，则衣上尘蒙如故。益奇之。更数日而往，则玉柱（佛道两教称人死后下垂的鼻涕，据说这是成道的征象）下垂，坐化（佛教用语，谓修行有素的人，端坐安然而命终）已久。土人为之建庙；每三月间，香楮（香烛、纸锭，均为供神用品。楮，chǔ）相属于道。其子往，人皆呼以小罗祖，香税悉归之；今其后人，犹岁一往，收税金焉。沂水刘宗玉向予言之甚详。予笑曰："今世诸檀越（tán yuè，指施主），不求为圣贤，但望成佛祖。请遍告之：若要立地成佛，须放下刀子去。"

刘　姓

邑刘姓，虎而冠者（谓凶暴似虎之人）也。后去淄居沂（沂水，县名，今属山东省），习气不除，乡人咸畏恶之。有田数亩，与苗某连陇。苗勤，田畔多种桃。桃初实，子往攀摘；刘怒驱之，指为己有。子啼而告诸父（告诉给父亲。诸，兼词，"之于"的意思）。父方骇怪，刘已诟骂在门，且言将讼。苗笑慰之。怒不解，忿而去。

时有同邑李翠石（名永康，字翠石，淄川人。见于《淄川县志·义厚传》）作典商（开当铺的商人。典，典当，抵押）于沂，刘持状（状词，状纸）入城，适与之遇。以同乡故相熟，问："作何干？"刘以告。李笑曰："子声望众所共知；我素识苗甚平善，何敢占骗。将毋反言之也！"乃碎其词纸，曳入肆（店铺），将与调停。刘恨恨不已，窃肆中笔，复造状，藏怀中，期以必告。未几，苗至，细陈所以，因哀李为之解免，言："我农人，半世不见官长。但得罢讼，数株桃何敢执为己有。"李呼刘出，告以退让之意。刘又指天画地，叱骂不休；苗惟和色卑词，无敢少辩。

既罢，逾四五日，见其村中人，传刘已死，李为惊叹。异日他适，见杖

（拄着拐杖）而来者，俨然刘也。比至，殷殷问讯，且请顾临。李逡巡问曰："日前忽闻凶讣，一何妄也？"刘不答，但挽入村，至其家，罗浆酒焉。乃言："前日之传，非妄也。曩（nǎng，以往，从前）出门见二人来，捉见官府。问何事，但言不知。自思出入衙门数十年，非怯见官长者，亦不为怖。从去，至公廨（旧时官吏办公的场所。廨，xiè），见南面者（此指坐于正座上的官员）有怒容曰：'汝即某耶？罪恶贯盈，不自悛悔（改悔。悛，quān）；又以他人之物，占为己有。此等横暴，合置铛鼎（谓应受冥间烹刑。铛鼎，釜鼎一类烹饪器。此指烹刑所用的三足烹器）！'一人稽（核查）簿曰：'此人有一善，合不死。'南面者阅簿，其色稍霁（怒气消除）。便云：'暂送他去。'数十人齐声呵逐。余曰：'因何事勾我来？又因何事遣我去？还祈明示。'吏持簿下，指一条示之。上记：崇祯十三年（明思宗年号，即公元1640年），用钱三百，救一人夫妇完聚。吏曰：'非此，则今日命当绝，宜堕畜生道。'（佛家谓生前作恶，即轮回转生为畜生，便堕入畜生道。据佛教说，众生根据其生前善恶行为，死后有五种轮回转生的趋向，即地狱、饿鬼、畜生、人、天等。道教亦袭用此说，称"五道"）骇极，乃从二人出。二人索贿。怒告曰：'不知刘某出入公门二十年，专勒人财者，何得向老虎讨肉吃耶？'二人乃不复言。送至村，拱手曰：'此役不曾啖（dàn，吃）得一掬水。'二人既去，入门遂苏，时气绝已隔日矣。"

李闻而异之，因诘其善行颠末（始末）。初，崇祯十三年，岁大凶（谓荒年，农田颗粒无收。岁，农业收成），人相食。刘时在淄，为主捕隶（旧时州县官署中捕役的班头）。适见男女哭甚哀，问之。答云："夫妇聚裁年余，今岁荒，不能两全，故悲耳。"少时，油肆（卖油的店铺）前复见之，似有所争。近诘之。肆主马姓者便云："伊夫妇饿将死，日向我讨麻酱以为活。今又欲卖妇于我。我家中已买十馀口矣。此何要紧？贱则售之，否则已耳。如此可笑，生来（方言，犹言硬来、硬是）缠人！"男子因言："今粟如珠，自度非得三百数，不足供逃亡之费。本欲两生，若卖妻而不免于死，何取焉？非敢言直（价钱），但求作阴骘（意为积阴德。骘，zhì）行之耳。"刘怜之，便问马出几何。

马言："今日妇口，止直百许耳。"刘请勿短其数，且愿助以半价之资。马执不可。刘少负气，便谓男子："彼鄙琐不足道，我请如数相赠。若能逃荒，又全夫妇，不更佳耶？"遂发囊（打开口袋）与之。夫妻泣拜而去。刘述此事，李大加奖叹。

刘自此前行顿改，今七旬犹健。去年，李诣周村（地名，今属山东省淄博市），遇刘与人争，众围劝不能解。李笑呼曰："汝又欲讼桃树耶？"刘茫然改容，呐呐（形容难为情时说话吞吞吐吐）敛手而退。

异史氏曰："李翠石兄弟，皆称素封（无官爵封邑而富有资财的人）。然翠石又醇谨（淳厚谨慎），喜为善，未尝以富自豪，抑然诚笃君子也。观其解纷劝善，其生平可知矣。古云：'为富不仁。'吾不知翠石先仁而后富者耶？抑先富而后仁者耶？"

邵九娘

柴廷宾，太平（明清府名，辖境相当于今安徽省当涂、繁昌、芜湖等县地）人。妻金氏，不育，又奇妒。柴百金买妾，金暴遇之（非常残暴地虐待她），经岁（一年）而死。柴忿出，独宿数月，不践闺闼（特指夫妇的居室）。一日，柴初度（指生日），金卑词庄礼，为丈夫寿。柴不忍拒，始通言笑。金设筵内寝，招柴。柴辞以醉。金华妆自诣柴所，曰："妾竭诚终日，君即醉，请一盏而别。"柴乃入，酌酒话言。妻从容曰："前日误杀婢子，今甚悔之。何便仇忌，遂无结发情（谓夫妻之情。此兼指男初娶女始嫁，即原配夫妻）耶？后请纳金钗十二（谓娶众多姬妾），妾不汝瑕疵（不瑕疵汝，谓不把纳妾看作你的过失。瑕疵，喻缺点或过失）也。"柴益喜，烛尽见跋（火炬或蜡烛燃尽残余的部分，叫跋），遂止宿焉。由此敬爱如初。金便呼媒妪来，嘱为物色佳媵（yìng，此指姬妾）；而阴（暗地里）使迁延勿报，己则故督促之。如是年馀。柴不能待，遍嘱戚好为之购致，得林氏之养女。金一见，喜形于色，饮食共之，脂泽花钿，任其所取。然林固燕产（燕地人。燕，指今河北北部一带地区），不习女红，绣履之外，须人而成（依靠别人来完成。须，待）。金曰："我素勤俭，非似王侯家，买作画图看者。"于是授美锦，使学制（学习制作衣服），若严师诲弟子。初犹呵骂，继而鞭楚。柴痛切于心，不能为地（不能为之设法改变其受虐待的环境）。而金之怜爱林，尤倍于昔，往往自为汝束，匀铅黄（为其匀脸。铅黄，铅粉、雌黄。此泛指面部化妆品）焉。但履跟稍有折痕，则以铁杖击双弯（指双脚。旧时妇女裹足，使双足弯小，故称）；发少乱，则批（用手掌打）两颊：林不堪其虐，自经（上吊自杀）死。柴悲惨心目，颇致怨怼（怨怼即怨恨的意思。怼，duì）。妻怒曰："我代汝教娘子，有何罪过？"柴始悟其奸，因复反目，永绝琴瑟之好（即夫妻之好）。阴于别业修房闼（寝室；闺房），思购丽人而别居之。

　　荏苒半载，未得其人。偶会友人之葬，见二八女郎，光艳溢目，停睇神驰。女怪其狂顾，秋波斜转之。询诸人，知为邵氏。邵贫士，止此女，少聪慧，教之读，过目能了。尤喜读《内经》（"内经"有三部，即《黄帝内经》、《扁鹊内经》、《白氏内经》；今仅存《黄帝内经》。此处泛指医书）及冰鉴书（指相书。冰鉴，以冰为鉴，谓能鉴别人物）。父爱溺之，有议婚者，辄令自择，而贫富皆少所可，故十七岁犹未字（旧时称女子出嫁）也。柴得其端末，知不可图，然心低徊之。又冀其家贫，或可利动。谋之数媪，无敢媒者，遂亦灰心，无所复望。忽有贾媪者，以货珠过柴。柴告所愿，赂以重金，曰："止求一通诚意，其成与否，所勿责也。万一可图，千金不惜。"媪利其有，诺之。登门，故与邵妻絮语。睹女，惊赞曰："好个美姑姑！假到昭阳院（即昭阳殿，汉代宫殿名。成帝时为以美貌著称的妃子赵飞燕及其妹合德居处。此泛指皇宫内苑），赵家姊妹何足数得！"又问："婿家阿谁？"邵妻答："尚未。"媪言："若个娘子，何愁无王候作贵客也！"邵妻叹曰："王侯家所不敢望；只要个读书种子（本指在文化上能承先启后的读书人，此处指读书人），便是佳耳。我家小鹜冤，翻复遴选（lín xuǎn，审慎择选），十无一当，不解是何意向。"媪曰："夫人勿须烦怨。恁个丽人，不知前身修何福泽，才能消受得。昨一大笑事，柴家郎君

云：于某家莹边，望见颜色，愿以千金为聘。此非饿鸱作天鹅（意即饥饿的鸱
枭想吃天鹅肉。鸱，chī，鸱枭，俗称猫头鹰）想耶？早被老身呵斥去矣！"邵妻微
笑不答。媪曰："便是秀才家，难与较计；若在别个，失尺而得丈，宜若可为
矣。"邵妻复笑不言。媪抚掌曰："果尔，则为老身计亦左（计议失当，不恰当
的谋划）矣。日蒙夫人爱，登堂便促膝赐浆酒；若得千金，出车马，入楼阁，
老身再到门，则阍者呵叱及之矣。"邵妻沉吟良久，起而去，与夫语；移时
（一会儿），唤其女；又移时，三人并出。邵妻笑曰："婢子奇特，多少良匹
悉不就，闻为贱媵（yìng，此指姬妾）则就之。但恐为儒林笑也！"媪曰："倘
入门，得一小哥子，大夫人便如何耶！"言已，告以别居之谋。邵益喜，唤
女曰："试同贾姥言之。此汝自主张，勿后悔，致怼（怼，duì，怨恨的意思）父
母。"女腆然（羞怯的样子。腆，tiǎn）曰："父母安享厚奉，则养有济矣。况
自顾命薄，若得佳偶，必减寿数，少受折磨，未必非福。前见柴郎亦福相，子
孙必有兴者。"媪大喜，奔告。

柴喜出非望，即置千金，备舆马，娶女于别业（即别墅），家人无敢言
者。女谓柴曰："君之计，所谓燕巢于幕（燕子将巢筑于飞幕之上，喻处境危险。
飞幕，飞动摇荡的帐幕），不谋朝夕者也。塞口防舌，以冀不漏，何可得乎？请
不如早归，犹速发而祸小。"柴虑摧残。女曰："天下无不可化之人。我苟无
过，怒何由起？"柴曰："不然。此非常之悍，不可情理动者。"女曰："身
为贱婢，摧折亦自分（自己的本分）耳。不然，买日为活，何可长也？"柴以
为是，终踌躇而不敢决。一日，柴他往。女青衣（汉代以后为卑贱者的服装）而
出，命苍头（此指仆人。苍，青色。汉时仆隶以青色巾包头，因称）控老牝马，一妪
携襆（pú，铺盖卷，行李）从之，竟诣嫡所，伏地而陈。妻始而怒；既念其自
首可原，又见容饰兼卑，气亦稍平。乃命婢子出锦衣衣之，曰："彼薄幸（薄
情、负心，用于形容对爱情不专一的男人）人播恶于众，使我横被口语（指枉遭非
议。横，枉。口语，指众口非议）。其实皆男子不义，诸婢无行，有以激之。汝
试念背妻而立家室，此岂复是人矣？"女曰："细察渠（他）似稍悔之，但不

肯下气耳。谚云：'大者不伏小。'以礼论：妻之于夫，犹子之于父，庶之于嫡也。夫人若肯假以词色，则积怨可以尽捐。"妻云："彼自不来，我何与焉？"即命婢媪为之除舍。心虽不乐，亦暂安之。

　　柴闻女归，惊惕（jīng tì，惊惕即惊惧，恐惧）不已，窃意羊入虎群，狼藉已不堪矣。疾奔而至，见家中寂然，心始稳贴。女迎门而劝，令诣嫡所。柴有难色。女泣下，柴意少纳。女往见妻曰："郎适归，自惭无以见夫人，乞夫人往一姗笑（讥笑，嘲笑；姗，古"讪"字）之也。"妻不肯行，女曰："妾已言：夫之于妻，犹嫡之于庶。孟光举案（东汉时期孟光"举案齐眉"的故事，出自《后汉书·梁鸿传》，在古代封建社会中一直被人们视为妻子敬爱丈夫的典范。案，食器），而人不以为诮，何哉？分在则然（名分所在即应如此）耳。"妻乃从之，见柴曰："汝狡兔三窟，何归为？"柴俯不对。女肘之，柴始强颜笑。妻色稍霁（怒气消除），将返。女推柴从之，又嘱庖人备酌。自是夫妻复和。女早起青衣往朝；盥已，授帨（送上面巾拭手。帨，shuì，佩巾。古时妇女用以擦拭不洁，此指擦拭手脸的面巾），执婢礼甚恭。柴入其室，苦辞之，十馀夕始肯一纳。妻亦心贤之；然自愧弗如。积惭成忌。但女奉侍谨，无可蹈瑕（无由寻隙施暴。蹈瑕，因其过失而加以责罚）；或薄施呵谴，女惟顺受。一夜，夫妇少有反唇，晓妆犹含盛怒。女捧镜，镜堕，破之。妻益恚（huì，怨恨，愤怒），握发裂眦（手握头发，瞪着眼睛，为愤怒之状。裂眦，眼眶瞪裂，极言愤怒时眼球暴出时的情状）。女惧，长跪哀免。怒不解，鞭之至数十。柴不能忍，盛气奔入，曳女出。妻呶呶（náo náo，唠叨，多言，喋喋不休）逐击之。柴怒，夺鞭反扑，面肤绽裂，始退。由是夫妻若仇。柴禁女无往。女弗听，早起，膝行伺幕外。妻搥床怒骂，叱去，不听前。日夜切齿，将伺柴出而后泄愤于女。柴知之，谢绝人事，杜门不通吊庆（吊唁或庆贺）。妻无如何，惟日挞婢媪以寄其恨，下人皆不可堪。自夫妻绝好，女亦莫敢当夕，柴于是孤眠。妻闻之，意亦稍安。有大婢素狡黠，偶与柴语，妻疑其私，暴之尤苦。婢辄于无人处，疾首（头痛。此谓怨恨之甚）怨骂。一夕，轮婢值宿，女嘱柴，禁无往，曰："婢面有杀机，叵测也。"柴如其言，招之来，诈问："何作？"婢惊惧，无所措词。柴益疑，检其衣，得利刃焉。婢无言，惟伏地乞死。柴欲挞之，女止之曰："恐夫人所闻，此婢必无生理。彼罪固不赦，然不如鬻（yù，卖）之，既全其生，我亦得直（得到报酬。直，同"值"，价值）焉。"柴然之。会有买妾者，急货之。妻以其不谋故，罪柴，益迁怒女，诟骂益毒。柴忿，顾女曰："皆汝自取。前此杀却，乌有（怎么会有。乌，何）今日！"言已而走。妻怪其言，遍诘左右，并无知者；问女，女亦不言。心益闷怒，捉裾（牵衣。裾，衣襟）浪骂。柴乃返，以实告。妻大惊，向女温语；而心转恨其言之不早。柴以为嫌却尽释，不复作防。适远出，妻乃召女而数之曰："杀主者罪不赦，汝纵之何心？"女造次（仓促之间）不能以词自达。妻烧赤铁烙女面，欲毁其容。婢媪皆为之不平。每号痛一声，则家人皆哭，愿代受死。妻乃不烙，以针刺胁二十馀下，始挥去之。柴归，见面创，大怒，欲往寻之。女捉襟曰："妾明知火坑而固蹈之。当嫁君时，岂以君家为天堂耶？亦自顾薄命，聊以泄造化（指自然的创造化育。此指命运之神）之怒耳。安心忍受，尚有满时；若再触焉，是坎已填而复掘之（把已填平的火坑重新掘深；谓使自己重陷火坑之中）也。"遂以药糁（sǎn，泛指颗粒状的东西，此处意为撒放）患处，数日寻愈。忽揽镜喜曰："君今日宜为妾贺，彼烙断我晦纹矣！"朝夕事嫡，一如往日。

金前见众哭，自知身同独夫，略有愧悔之萌，时时呼女共事，词色平善。月馀，忽病逆，害饮食。柴恨其不死，略不顾问。数日，腹胀如鼓，日夜浸（jìn，逐渐）困。女侍伺不遑（huáng，空闲，闲暇）眠食，金益德之。女以医理自陈；金自觉畴昔过惨，疑其怨报，故谢（辞，婉言拒绝）之。金为人持家严整，婢仆悉就约束；自病后，皆散诞无操作者。柴躬自经理（亲自经营管理），劬劳（劳苦、苦累的意思。劬，qú）甚苦，而家中米盐，不食自尽。由是慨然兴中馈之思（产生了对妻子的思念。中馈，古时指妇女在家主持饮食之事。此代指妻室），聘医药之。金对人辄自言为"气蛊"（亦称"气鼓"，中医认为由怒气郁结而致腹部肿胀的一种疾病），以故医脉之，无不指为气郁者。凡易数医，卒罔

— 278 —

效，亦濒危矣。又将烹药，女进曰："此等药，百裹无益，只增剧耳。"金不信。女暗撮别剂易之。药下，食顷三遗（一顿饭的工夫，大便三次。遗，遗矢，大便），病若失。遂益笑女言妄，呻而呼之曰："女华陀（应作"华佗"，汉末名医。精于方药、针灸及外科手术，首创麻沸散及"五禽戏"），今如何也？"女及群婢皆笑。金问故，始实告之。泣曰："妾日受子之覆载（天覆地载之恩）而不知也！今而后，请惟家政，听子而行。"

无何，病痊，柴整设为贺。女捧壶侍侧；金自起夺壶，曳与连臂，爱异常情。更阑，女托故离席；金遣二婢曳还之，强与连榻。自此，事必商，食必偕，即姊妹无其和也。无何，女产一男。产后多病，金亲为调视，若奉老母。后金患心痗（心病。痗，mèi），痛起，则面目皆青，但欲觅死。女急取银针数枚，比至，则气息瀕尽，按穴刺之，画然（同"划然"，忽然）痛止。十馀日复发，复刺；过六七日又发。虽应手奏效，不至大苦，然心常惴惴，恐其复萌。夜梦至一处，似庙宇，殿中鬼神皆动。神问："汝金氏耶？汝罪过多端，寿数合尽；念汝改悔，故仅降灾，以示微谴。前杀两姬，此其宿报（前世作恶的报应）。至邵氏何罪，而惨毒如此？鞭打之刑，已有柴生代报，可以相准（相准折。准，折算）；所欠一烙、二十三针，今三次止偿零数，便望病根除耶？明日又当作矣！"醒而大惧，犹冀为妖梦之诬。食后果病，其痛倍苦。女至，刺之，随手而瘥（chài，病除；病有好转）。疑曰："技止此类，病本（病根）何以不拔？请再灼之。此非烂烧不可，但恐夫人不能忍受。"金忆梦中语，以故无难色。然呻吟忍受之际，默思欠此十九针，不知作何变症，不如一朝受尽，庶免后苦。炷尽，求女再针。女笑曰："针岂可以汜（泛）常施用耶？'金曰："不必论穴，但烦十九刺。"女笑不可。金请益坚，起跪榻上。女终不忍。实以梦告。女乃约略经络，刺之如数。自此平复，果不复病。弥自忏悔，临下亦无戾色（对待下人也无凶恶的脸色。下，下人，指奴婢。戾，凶暴）。子名曰俊，秀惠绝伦。女每曰："此子翰苑相（有跻身翰林院的骨相。相，骨相。古时迷信，认为人的命运可从其形貌测出来）也。"八岁有神童之目，十五岁以进士授翰林。是时柴夫妇年四十，如夫人（妾的别称）三十有二三耳。舆马归宁，乡里荣之。邵翁自鬻女后，家暴富，而士林（犹前文“儒林”，指儒者，读书人）羞与为伍；至是，始有通往来者。

异史氏曰："女子狡妒，其天性然也。而为妾媵者，又复炫美弄机，以增其怒。呜呼！祸所由来矣。若以命自安，以分自守，百折而不移其志，此岂梃刃（棍棒与刀。梃，tǐng）所能加乎？乃至于再拯其死，而始有悔悟之萌。呜呼！岂人也哉！如数以偿，而不增之息，亦造物之恕矣。顾以仁术作恶报，不亦慎（diān，同"颠"，颠倒）乎！每见愚夫妇抱疴终日，即招无知之巫，任其刺肌灼肤而不敢呻，心尝怪之，至此始悟。"

闽人有纳妾者，夕入妻房，不敢便去，伪解屦（jù，用麻、葛等制成的一种鞋，后泛指鞋子）作登榻状。妻曰："去休！勿作态！"夫尚徘徊，妻正色曰："我非似他家妒忌者，何必尔尔。"夫乃去。妻独卧，辗转不得寐，遂起，往伏门外潜听之。但闻妾声隐约，不甚了了；惟"郎罢"二字，略可辨识。郎罢，闽人呼父也。妻听逾刻，痰厥而踣（因气使积痰上涌而致晕厥，向前仆倒。踣，bó），首触扉作声。夫惊起，启户，尸倒入。呼妾火之，则其妻也。急扶灌之。目略开，即呻曰："谁家郎罢被汝呼！"妒情可哂。

巩　仙

巩道人，无名字，亦不知何里（犹言何乡）人。尝求见鲁王（明太祖朱元璋第十子朱檀封鲁王，洪武十八年就藩兖州），阍人（守门人。阍，hūn）不为通（传报）。有中贵人（宫中的宦官）出，揖求之。中贵见其鄙陋，逐去之；已而复来。中贵怒，且逐且扑。至无人处，道人笑出黄金二百两，烦逐者覆中贵："为言我亦不要见王；但闻后苑花木楼台，极人间佳胜，若能导我一游，生平足矣。"又以白金赂逐者。其人喜，反命（复命，回报）。中贵亦喜，引道人自后宰门（指鲁王府的后门）入，诸景俱历（游历）。又从登楼上。中贵方凭窗，道人一推，但觉身堕楼外，有细葛（一种藤本植物）绷（捆束，缠绕）腰，悬于空际；下视，则高深晕目，葛隐隐作断声。惧极，大号。无何，数监（内监，指王府监奴）至，骇极。见其去地绝远，登楼共视，则葛端系楔上；欲解援之，则葛细不堪用力。遍索道人，已杳矣。束手无计，奏之鲁王。王诣视（临视，即亲去看视）；大奇之。命楼下藉茅铺絮，将因而断之。甫毕，葛崩然自绝，去地乃不咫耳。相与失笑。

王命访道士所在。闻馆（寓居）于尚秀才家，往问之，则出游未复。既，遇于途，遂引见王。王赐宴坐，便请作剧（此指表演幻术）。道士曰："臣草野之夫，无他庸能。既承优宠，敢献女乐（歌舞伎。乐，yuè）为大王寿。"遂探袖中出美人，置地上，向王稽拜已。道士命扮"瑶池宴"本（瑶池，古代传说中昆仑山上的池名，西王母所居之地。此处借此剧为鲁王祝寿），祝王万年。女子吊场（戏剧术语。一出戏中一个场面结束，由某一演员说几句说白，转到另一个场面）数语。道士又出一人，自白"王母"。少间，董双成、许飞琼（都是神话传说中西王母的侍女），一切仙姬，次第俱出。末有织女（星名。此指神话人物，传说她长年织造云锦，故称织女）来谒，献天衣一袭，金彩绚烂，光映一室。王意其伪，索观之。道士急言："不可！"王不听，卒观之，果无缝之衣（指神仙之衣），非人工所能制也。道士不乐曰："臣竭诚以奉大王，暂而假诸天孙，今则浊气所染，何以还故主乎？"王又意歌者必仙姬，思欲留其一二；细视之，则皆宫中乐伎耳。转疑此曲，非所夙谙（不是以前所熟悉的。指并非官中乐妓所演习之乐曲），问之，果茫然不自知。道士以衣置火烧之，然后纳诸袖中，再搜之，则已无矣。王于是深重道士，留居府内。道士曰："野人之性，视宫殿如藩笼，不如秀才家得自由也。"每至中夜，必还其所；时而坚留，亦遂宿止。辄于筵间，颠倒四时花木为戏。王问曰："闻仙人亦不能忘情（不动情），果否？"对曰："或仙人然耳；臣非仙人，故心如枯木矣。"一夜，宿府中，王遣少妓往试之。入其室，数呼不应；烛之，则瞑坐榻上。摇之，目一闪即复合；再摇之，齁声作矣。推之，则遂手而倒，酣卧如雷；

弹其额，逆指作铁釜声。返以白王。王使刺以针，针弗入。推之，重不可摇；加十馀人举掷床下，若千斤石堕地者。旦而窥之，仍眠地上。醒而笑曰："一场恶睡，堕床下不觉耶！"后女子辈每于其坐卧时，按之为戏：初按犹软，再按则铁石矣。

　　道士舍秀才家，恒中夜不归。尚锁其户，及旦启扉，道士已卧室中。初，尚与曲妓惠哥善，矢志嫁娶。惠雅善歌，弦索倾一时（谓演奏技艺超群出众）。鲁王闻其名，召入供奉，遂绝情好。每系念之，苦无由通。一夕，问道士："见惠哥否？"答言："诸姬皆见，但不知其惠哥为谁。"尚述其貌，道其年，道士乃忆之。尚求转寄一语。道士笑曰："我世外人，不能为君塞鸿（当信使）。"尚哀之不已。道士展其袖曰："必欲一见，请入此。"尚窥之，中大如屋。伏身入，则光明洞彻，宽若厅堂；几案床榻，无物不有。居其内，殊无闷苦。道士入府，与王对弈。望惠哥至，阳（同"佯"，装作）以袍袖拂尘，惠哥已纳袖中，而他人不之睹也。尚方独坐凝想时，忽有美人自檐间堕，视之，惠哥也。两相惊喜，绸缪臻至。尚曰："今日奇缘，不可不志。请与卿联之。"书壁上曰："侯门似海久无踪①。"惠续云："谁识萧郎（旧时诗词中女子对所爱恋的男子的称呼）今又逢。"尚曰："袖里乾坤真个大。"惠曰："离人思妇尽包容。"书甫毕，忽有五人入，八角冠，淡红衣，认之，都与无素（平日没有交往）。默然不言，捉惠哥去。尚惊骇，不知所由。道士既归，呼之出，问其情事，隐讳不以尽言。道士微笑，解衣反袂（把衣袖翻过来。袂，mèi）示之。尚审视，隐隐有字迹，细裁如虮（jǐ，虱子的卵），盖即所题句也。后十数日，又求一入。前后凡三入。惠哥谓尚曰："腹中震动，妾甚忧之，常以紧帛束腰际。府中耳目较多，倘一朝临蓐（rù），何处可容儿啼？烦与巩仙谋，见妾三叉（指拇指与中指伸开，两指端之间距，俗称一叉）腰时，便一拯救。"尚

---

①侯门似海久无踪：意谓惠哥被召入鲁王府就不见踪影。《全唐诗话·崔郊》：唐代诗人崔郊与其姑母的侍婢相恋，后婢被卖于连帅。寒食日崔郊与她相遇，赠诗云："公子王孙逐后尘，绿珠垂泪滴罗巾。侯门一入深如海，从此萧郎是路人。"

诺之。归见道士，伏地不起。道士曳之曰："所言，予已了了（知晓）。但请勿忧。君宗祧赖此一线，何敢不竭绵薄。但自此不必复入。我所以报君者，原不在情私也。"后数月，道士自外入，笑曰："携得公子至矣。可速把襁褓来！"尚妻最贤，年近三十，数胎而存一子；适生女，盈月而殇。闻尚言，惊喜自出。道士探袖出婴儿，醋然若寐，脐梗犹未断也。尚妻接抱，始呱呱而泣。道士解衣曰："产血溅衣，道家最忌。今为君故，二十年故物（此指为产血溅污的道服），一旦弃之。"尚为易衣。道士嘱曰："旧物勿弃却，烧钱许（一钱多重），可疗难产，堕死胎。"尚从其言。

居之又久，忽告尚曰："所藏旧衲，当留少许自用，我死后亦勿忘也。"尚谓其言不祥。道士不言而去。入见王曰："臣欲死！"王惊问之，曰："此有定数，亦复何言。"王不信，强留之。手谈（下围棋）一局，急起；王又止之。请就外舍，从之。道士趋卧，视之已死。王具棺木，以礼葬之。尚临哭尽哀，如悟曩（nǎng，以往，从前）言盖先告之也。遗衲用催生，应如响（如声响相应；喻极为灵验），求者踵接于门。始犹以污袖与之；既而剪领衿，罔不效。及闻所嘱，疑妻必有产厄，断血布如掌，珍藏之。会鲁王有爱妃临盆，三日不下，医穷于术。或有以尚生告者，立召入，一剂而产。王大喜，赠白金、彩缎良厚，尚悉辞不受。王问所欲，曰："臣不敢言。"再请之，顿首曰："如推天惠（施予恩惠），但赐旧妓惠哥足矣。"王召之来，问其年，曰："妾十八入府，今十四年矣。"王以其齿加长，命遍呼群妓，任尚自择；尚一无所好。王笑曰："痴哉书生！十年前定婚嫁耶？"尚以实对。乃盛备舆马，仍以所辞彩缎为惠哥作妆，送之出。惠所生子，名之秀生——秀者袖也——是时年十一矣。日念仙人之恩，清明则上其墓。

有久客川中（指四川）者，逢道人于途，出书一卷曰："此府中物，来时仓猝，未暇璧返（归还借用之物的敬词），烦寄去（捎去）。"客归，闻道人已死，不敢达王；尚代奏之。王展视，果道士所借。疑之，发其冢，空棺耳。后尚子少殇，赖秀生承继，益服巩之先知云。

异史氏曰：“袖里乾坤，古人之寓言耳，岂真有之耶？抑何其奇也！中有天地、有日月，可以娶妻生子，而又无催科（催办缴纳赋税）之苦，人事之烦，则袖中蚍蜉，何殊桃源鸡犬哉！设容人常住，老于是乡可耳。”

二　商

莒（jǔ，古邑名，今山东省莒县）人商姓者，兄富而弟贫，邻垣而居（两家住宅相邻，仅隔着一道垣墙）。康熙间，岁大凶（荒年），弟朝夕不自给。一日，日向午，尚未举火，枵腹（空腹。谓饥饿。枵，xiāo）蹀躞（dié duó，小步徘徊），无以为计。妻令往告兄。商曰：“无益。脱兄怜我贫也，当早有以处此矣。”妻固强之，商便使其子往。少顷，空手而返。商曰：“何如哉！”妻详问阿伯云何，子曰：“伯踌躇目视伯母；伯母告我曰：‘兄弟析居（分居），有饭各食，谁复能相顾也。’”夫妻无言，暂以残盎败榻（指破烂家具），少易糠秕而生。

里中三四恶少，窥大商饶足，夜逾垣入。夫妻警寤（警醒。寤，wù），鸣盥器而号。邻人共嫉之，无援者。不得已，疾呼二商。商闻嫂鸣，欲趋救。妻止之，大声对嫂曰：“兄弟析居，有祸各受，谁复能相顾也！”俄，盗破扉，执大商及妇，炮烙（殷代的一种酷刑。此指用烧红的铁器炙烙）之，呼声綦（qí，极，很）惨。二商曰：“彼固无情，焉有坐视兄死而不救者！”率子越垣，大声疾呼。二商父子故武勇，人所畏惧，又恐惊致他援，盗乃去。视兄嫂，两股焦灼。扶榻上，招集婢仆，乃归。大商虽被创，而金帛无所亡失，谓妻曰：“今所遗留，悉出弟赐，宜分给之。”妻曰：“汝有好兄弟，不受此苦矣！”商乃不言。二商家绝食（断炊），谓兄必有一报；久之，寂不闻。妇不能待，使子捉囊往从贷（向人借贷），得斗粟而返。妇怒其少，欲反；二商止之。逾两月，贫馁愈不可支。二商曰：“今无术可以谋生，不如鬻宅于兄。兄恐我他去，或不受券（不接受宅契，指不忍心买其住宅）而恤焉，未可知；纵或不然，得十馀金，亦可存活。"妻以为然，遣子操券诣大商。大商告之妇，且曰："弟即不仁，我手足也。彼去则我孤立，不如反其券而周之。"妻曰："不然。彼言去，挟我也；果尔，则适堕其谋（恰好中了他的计谋）。世间无兄弟者，便都死却耶？我高茸墙垣，亦足自固。不如受其券，从所适，亦可以广吾宅。"计定，令二商押署券尾（在卖契上签字画押），付直而去。二商于是徙居邻村。

乡中不逞之徒，闻二商去，又攻之。复执大商，榜楚并兼（鞭抽，棍打），梏毒（用毒刑折磨）惨至，所有金资，悉以赎命。盗临去，开廪（米仓）呼村中贫者，恣所取，顷刻都尽。次日，二商始闻，及奔视，则兄已昏愦不能语；开目见弟，但以手抓床席而已。少顷遂死。二商忿诉邑宰。盗首逃窜，莫可缉获。盗粟者十馀人，皆里中贫民，州守（知州，州的主管官员）亦莫如何。大商遗幼子，才五岁，家既贫，往往自投叔所，数日不归；送之归，则啼不止。二商妇颇不加青眼（白眼相待，谓不喜爱）。二商曰："渠（他，他的）父不义，其子何罪？"因市蒸饼数枚，自送之。过数日，又避妻子，阴负斗粟于嫂，使养儿。如此以为常。又数年，大商妇卖其田宅，母得直足自给，二商乃不复至。

后岁大饥，道殣相望（路上饿死的人，到处可见。殣，jìn），二商食指益烦，不能他顾。侄年十五，荏弱（柔弱，体弱）不能操业，使携篮从兄货胡饼（馕）。一夜，梦兄至，颜色惨戚曰："余惑于妇言，遂失手足之义。弟不念前嫌，增我汗羞。所卖故宅，今尚空闲，宜僦（jiù，租赁）居。屋后蓬颗下，藏有窖金，发之，可以小阜。使丑儿相从；长舌妇余甚恨之，勿顾也。"既醒，异之。以重直啗（dàn，拿利益引诱人）第主，始得就，果发得五百金。从此弃贱业，使兄弟设肆廛间（在街市上开个店铺。廛，chán，商业区）。侄颇慧，记算无讹；又诚悫（què，忠厚），凡出入一锱铢，必告。二商益爱之。一日，泣为母请粟（乞粮）。商妻欲勿与；二商念其孝，按月廪给之。数年家益富。大商妇病死，二商亦老，乃析侄，家资割半与之。

异史氏曰："闻大商一介不轻取与，亦狷洁自好（耿直守分，洁身自好）者也。然妇言是听，愦愦不置一词，恝情骨肉（对亲兄弟漠不关心。恝，jiá），卒以吝死。呜呼！亦何怪哉！二商以贫始，以素封终。为人何所长？但不甚遵阃教（听老婆话。阃，kǔn，阃闱，妇女所居的内室，借指妇人、妻子）耳。呜呼！一行不同，而人品遂异。"

沂水秀才

沂水（县名，今属山东省）某秀才，课业（学业。此谓攻读学业）山中。夜有二美人入，含笑不言，各以长袖拂榻，相将坐（彼此相扶而坐。将，持，扶），衣奘（ruǎn，同"软"）无声。少间，一美人起，以白绫巾展几上，上有草书三四行，亦未尝审其何词。一美人置白金一铤，可三四两许；秀才掇内（拾取放入。内，同"纳"）袖中。美人取巾，握手笑出，曰："俗不可耐！"秀才扪（抚摸）金，则乌有（没有。乌，同"无"）矣。丽人在坐，投以芳泽（本指妇女润发的香油，此指美人手迹，即题字的白绫巾），置不顾；而金是取，是乞儿相也，尚可耐哉！狐子可儿（可意人儿），雅态可想。

友人言此，并思不可耐事，附志之：对酸俗客。市井人作文语（故装谈吐斯文）。富贵态状。秀才装名士。旁观诌态。信口谎言不倦。揖坐苦让上下（谓主客见面本应相揖分宾主而坐，却故作斯文苦苦地互相逊让）。歪诗文强人观听。财奴哭穷。醉人歪缠。作满洲调（谓汉人模仿满洲人的腔调说官话）。体气若逼人语（谓身有狐臭，却死死地挨近人说话）。市井恶谑（谓开有损人格的玩笑）。任憨儿登筵抓肴果。假人馀威装模样。歪科甲（指科甲出身的人）谈诗文。语次（谈话之间）频称贵戚。

梅 女

封云亭，太行（山名，在山西高原与河北平原之间。这里指太行山地区）人。偶至郡，昼卧寓屋。时年少丧偶，岑寂之下，颇有所思。凝视间，见墙上有女子影，依稀如画。念必意想所致。而久之不
动，亦不灭。异之。起视转真；再近之，
俨然少女，容蹙舌伸，索环秀领。惊顾未
已，冉冉欲下。知为缢鬼，然以白昼壮
胆，不大畏怯。语曰："娘子如有奇冤，
小生可以极力。"影居然下，曰："萍水
之人，何敢遽以重务浼（měi，恳托）君子。
但泉下槁骸，舌不得缩，索不得除，求断
屋梁而焚之，恩同山岳矣。"诺之，遂
灭。呼主人来，问所见状。主人言："此
十年前梅氏故宅，夜有小偷入室，为梅所
执，送诣典史（官名，知县的属官）。典史受盗钱五百，诬其女与通，将拘审
验。女闻自经（上吊自杀）。后梅夫妻相继卒，宅归于余。客往往见怪异，而
无术可以靖（平息）之。"封以鬼言告主人。计毁舍易楹，费不赀（费用太多。
不赀，不可计量），故难之；封乃协力助作。

　　既就而复居之。梅女夜至，展谢已，喜气充溢，姿态嫣然。封爱悦之，
欲与为欢。瞒然（惭愧的样子）而惭曰："阴惨之气，非但不为君利；若此之
为，则生前之垢（指典史诬陷之辱），西江不可濯（zhuó，洗涤）矣。会合有时，
今日尚未。"问："何时？"但笑不言。封问："饮乎？"答曰："不饮。"
封曰："对佳人闷眼相看，亦复何味？"女曰："妾生平戏技，惟谙打马（古
代博戏名）。但两人寥落，夜深又苦无局（棋盘）。今长夜莫遣，聊与君为交线
之戏（一种小儿游戏，俗称"翻线"）。"封从之。促膝戟指（食指和拇指伸直，如
戟形。此用以架线。戟，jǐ），翻变良久，封迷乱不知所从；女辄口道而颐指（用
下巴示意以指挥人）之，愈出愈幻，不穷于术。封笑曰："此闺房之绝技。"女
曰："此妾自悟，但有双线，即可成文（文采、纹理；指翻线的花样），人自不
之察耳。"更阑颇急，强使就寝，曰："我阴人不寐，请自休。妾少解按摩之

术，愿尽技能，以侑（助）清梦。"封从其请。女叠掌为之轻按，自顶及踵皆遍；手所经，骨若醉。既而握指细擂，如以团絮相触状，体畅舒不可言；擂至腰，口目皆慵；至股，则沉沉睡过矣。及醒，日已向巳，觉骨节轻和，殊于往日。心益爱慕，绕屋而呼之，并无响应。日夕，女始至。封曰："卿居何所，使我呼欲遍？"曰："鬼无所，要在地下。"问："地下有隙可容身乎？"曰："鬼不见地，犹鱼不见水也。"封握腕曰："使卿而活，当破产购致之。"女笑曰："无须破产。"戏至半夜，封苦逼之。女曰："君勿缠我。有浙娼爱卿者，新寓北邻，颇极风致。明夕，招与俱来，聊以自代，若何？"封允之。次夕，果与一少妇同至，年近三十已来，眉目流转，隐含荡意。三人狎坐，打马为戏。局终，女起曰："嘉会方殷（欢会正盛），我且去。"封欲挽之，飘然已逝。两人登榻，于飞（比翼而飞，以喻男女欢会，两情相得）甚乐。诘其家世，则含糊不以尽道，但曰："郎如爱妾，当以指弹北壁，微呼曰：'壶卢子'，即至。三呼不应，可知不暇，勿更招也。"天晓，入北壁隙中而去。次日，女来。封问爱卿。女曰："被高公子招去侑酒，以故不得来。"因而剪烛共话。女每欲有所言，吻已启而辄止（意谓话到唇边总是不说）；固诘之，终不肯言，唏嘘而已。封强与作戏，四漏始去。自此二女频来，笑声彻宵旦，因而城社（犹言全城。社，里社）悉闻。

典史某，亦浙（浙江省）之世族，嫡室以私仆（与仆人私通）被黜（此处指休弃）。继娶顾氏，深相爱好；期月（满一月。期，jī）夭殂，心甚悼之。闻封有灵鬼，欲以问冥世之缘，遂跨马造（拜访）封。封初不肯承，某力求不已。封设筵与坐，诺为招鬼妓。日及曛，叩壁而呼，三声未已，爱卿即入。举头见客，色变欲走。封以身横阻之。某审视，大怒，投以巨碗，溘然（忽然）而灭。封大惊，不解其故，方将致诘。俄暗室中一老妪出，大骂曰："贪鄙贼！坏我家钱树子！三十贯索要（索取）偿也！"以杖击某，中颡。某抱首而哀曰："此顾氏，我妻也。少年而殒，方切哀痛；不图为鬼不贞。于姥乎何与？"妪怒曰："汝本浙江一无赖贼，买得条乌角带（明代最低级官员的腰饰），鼻骨倒竖（谓其仰面朝天，傲气十足）矣！汝居官有何黑白？袖有三百钱，便而翁也！神怒人怨，死期已迫。汝父母代哀冥司，愿以爱媳入青楼，代汝偿贪债，不知耶？"言已，又击。某宛转哀鸣。方惊诧无从救解，旋见梅女自房中出，张目吐舌，颜色变异，近以长簪刺其耳。封惊极，以身幛客。女愤不已。封劝曰："某即有罪，倘死于寓所，则咎在小生。请少存投鼠之忌（意谓免得使我受到牵连）。"女乃曳妪曰："暂假馀息（暂且留他一命），为我顾封郎也。"某张皇鼠窜而去。至署，患脑痛，中夜遂毙。

次夜，女出笑曰："痛快！恶气出矣！"问："何仇怨？"女曰："曩（nǎng，以往，从前）已言之：受贿诬奸。衔恨已久，每欲浼君，一为昭雪。自愧无纤毫之德，故将言而辄止。适闻纷拏（纷乱，犹言纷攘。拏，ná），窃以伺听，不意其仇人也。"封讶曰："此即诬卿者耶？"曰："彼典史于此，十有八年；妾冤殁十六寒暑矣。"问："妪为谁？"曰："老娼也。"又问爱卿，曰："卧病耳。"因辗然（笑的样子。辗，chǎn）曰："妾昔谓会合有期，今真不远矣。君尝愿破家相赎，犹记否？"封曰："今日犹此心也。"女曰："实告君：妾殁日，已投生延安展孝廉家。徒以大怨未伸，故迁延于是。请以新帛作鬼囊，俾（bǐ，使）妾得附君以往，就展氏求婚，计必允谐。"封虑势分（家势与身份）悬殊，恐将不遂。女曰："但去无忧。"封从其言。女嘱曰："途中慎勿相唤；待合卺之夕，以囊挂新人首，急呼曰：'勿忘勿忘！'"封诺之。才启囊，女跳身已入。

携至延安，访之，果有展孝廉，生一女，貌极端好；但病痴，又常以舌出唇外，类犬喘日（在烈日下伸舌喘息）。年十六岁，无问名（古代婚礼程序之一。这里指作媒、提亲）者。父母忧念成痗（mèi，忧愁之病）。封到门投刺，具通族阀（家世）。既退，托媒。展喜，赘封于家。女痴绝，不知为礼，使两婢扶曳归所。群婢既去，女解衿露乳，对封憨笑。封覆囊呼之。女停眸审顾，似有疑思。封笑曰："卿不识小生耶？"举之囊而示之。女乃悟，急掩衿，喜共燕笑（欢笑）。诘旦（平明，清晨），封入谒岳。展慰之曰："痴女无知，既承青眷（青眼相看，指看中、喜爱），君倘有意，家中慧婢不乏，仆不靳（吝惜）相赠。"封力辨其不痴。展疑之。无何，女至，举止皆佳，因大惊异。女但掩口微笑。展细诘之，女进退而惭于言；封为略述梗概。展大喜，爱悦逾于平时。使子大成与婿同学，供给丰备。年馀，大成渐厌薄（厌恶鄙视）之，因而郎舅不相能（郎，妻称丈夫曰"郎"。舅，夫称妻的兄弟为"舅"。不相能，不相容）；厮仆亦刻疵（刻薄地诽谤）其短。展惑于浸润（日积月累的谗言，如水浸润），礼稍懈。女觉之，谓封曰："岳家不可久居；凡久居者，尽葛藟也。及今未大决裂，宜速归。"封然之，告展。展欲留女，女不可。父兄尽怒，不给舆马。女自出妆资赁马归。后展招令归宁，女固辞不往。后封举孝廉，始通庆好。

异史氏曰："官卑者愈贪，其常情然乎？三百诬奸，夜气之牿亡尽（意谓良心丧尽。牿，gù，同"梏"）矣。夺嘉偶，入青楼，卒用（因而）暴死。吁！可畏哉！"

康熙甲子（指康熙二十三年，即公元一六八四年），贝丘（古地名，在今山东博兴东南）典史最贪诈，民咸怨之。忽其妻被狡者诱与偕亡。或代悬招状（寻人招贴）云："某官因自己不慎，走失夫人一名。身无馀物，止有红绫七尺，包裹元宝一枚，翘边细纹，并无阙坏（残缺）。"亦风流之小报（小小的果报；指惩罚）。

郭秀才

东粤（地区名，古粤族居浙、闽及两广，故两广称两粤，今广东省）士人郭某，暮自友人归，入山迷路，窜榛莽（zhēn mǎng，杂乱丛生的草木）中。更许，闻山头笑语，急趋之。见十馀人，藉地（坐在地上）饮。望见郭，哄然曰："坐中正欠一客，大佳，大佳！"郭既坐，见诸客半儒巾（谓客中一半是秀才。儒巾，古时儒生所戴的一种头巾），便请指迷（指点使不迷途。即请其指明前行的方向、道路）。一人笑曰："君真酸腐！舍此明月不赏，何求道路？"即飞一觥来。郭饮之，芳香射鼻，一引遂尽。又一人持壶倾注。郭故善饮，又复奔驰吻燥（口渴），一举十觥。众人大赞曰："豪哉！真吾友也！"

郭放达喜谑，能学禽语，无不酷肖。离坐起溲（qǐ sōu，排泄），窃作燕子鸣。众疑曰："半夜何得此耶？"又效杜鹃，众益疑。郭坐，但笑不言。方纷议间，郭回首为鹦鹉鸣曰："郭秀才醉矣，送他归也！"众惊听，寂不复闻。少顷，又作之。既而悟其为郭，始大笑。皆撮口从学，无一能者。一人曰："可惜青娘子未至。"又一人曰："中秋还集于此，郭先生不可不来。"郭敬诺。一人起曰："客有绝技；我等亦献踏肩之戏，若何？"于是哗然并起。前一人挺身矗立；即有一人飞登肩上，亦矗立；累至四人，高不可登；继至者，攀肩踏臂，如缘梯状；十馀人，顷刻都尽，望之可接霄汉。方惊顾间，挺然倒地，化为修道（长长的道路）一线。

郭骇立良久，遵道（沿着这条道路。遵，循，沿）得归。翼日（明日，次日。翼，通"翌"），腹大痛；溺绿色，似铜青，着物能染，亦无溺气，三日乃已。往验故处，则看骨狼藉，四围丛莽，并无道路。至中秋，郭欲赴约，朋友谏止之。设斗胆再往一会青娘子，必更有异，惜乎其见（识见、胆。）之摇（动摇，不坚定）也！

死　僧

某道士，云游日暮，投止野寺（野外庙宇）。见僧房扃（jiōng，上闩，关门，从里面把门关上）闭，遂藉蒲团，趺坐（俗称盘腿打坐。趺，fū）廊下。夜既静，闻启阖（开门。阖，hé，门扇）声。旋见一僧来，浑身血污，目中若不见道士，道士亦若不见之。僧直入殿，登佛座，抱佛头而笑，久之乃去。及明，视室，门扃如故。怪之，入村道所见。众如寺，发扃验之，则僧杀死在地，室中席箧

（qiè，小箱子，藏物之具。大曰箱，小曰箧）掀腾，知为盗劫。疑鬼笑有因；共验佛首，见脑后有微痕，刓（wán，剜，用利刃抠出）之，内藏三十馀金。遂用以葬之。

异史氏曰："谚有之：'财连于命。'不虚哉！夫人俭啬封殖（聚敛财货。殖，生利息），以予所不知谁何之人，亦已痴矣；况僧并不知谁何之人而无之哉！生不肯享，死犹顾而笑之，财奴之可叹如此。佛云：'一文将不去，惟有孽（佛教名词，罪业，恶因；恶因得恶报）随身。'其僧之谓夫！"

阿 英

甘玉，字璧人，庐陵（郡名，治所在今江西省吉安市）人。父母早丧。遗弟珏，字双璧，始五岁，从兄鞠养（抚养）。玉性友爱，抚弟如子。后珏渐长，丰姿秀出（秀美出众），又惠能文。玉益爱之，每曰："吾弟表表（卓异；不同寻常），不可以无良匹。"然简拔（选择；挑选。简，选）过刻，姻卒不就。适读书匡山（今江西省庐山）僧寺，夜初就枕，闻窗外有女子声。窥之，见三四女郎席地坐，数婢陈设酒，皆殊色也。一女曰："秦娘子，阿英何不来？"下坐者曰："昨自函谷（即函谷关。在河南省灵宝市附近，关城在谷中）来，被恶人伤右臂，不能同游，方用恨恨（正因此而感到遗憾。用，因）。"一女曰："前宵一梦大恶，今犹汗悸。"下坐者摇手曰："莫道，莫道！今宵姊妹欢会，言之吓人不快。"女笑曰："婢子何胆怯尔！便有虎狼衔去耶？若要勿言，须歌一曲，为娘行（犹言"咱们"，妇女们自称之词。娘，妇女的通称，多指青年妇女。行，háng）侑酒（劝酒；为饮酒者助兴）。"女低吟曰："闲阶桃花取次（随便；任意）开，昨日踏青小约未应乖（违背，此指爽约）。嘱付东邻女伴少待莫相催，着得凤头鞋子即当来。"吟罢，一座无不叹赏。谈笑间，忽一伟丈夫（成年男子）岸然自外入，鹘睛（鹰样的眼睛。鹘，hú，一种鹰类的猛禽，一说即隼）荧荧，其貌狞丑。众啼曰："妖至矣！"仓卒哄然，殆如鸟散。惟歌者婀娜（体态柔弱。这里指行走摇曳不稳）不前（指逃跑落在后面），被执哀啼，强与支撑。丈夫吼怒，龁（hé，咬）手断指，就便嚼食。女郎踣地若死。玉怜恻不可复忍，乃急抽剑拔关出，挥之，中股；股落，负痛逃去。扶女入室，面如尘土，血淋衿袖；验其手，则右拇断矣。裂帛代裹之。女始呻曰："拯命之德，将何以报？"玉自初窥时，心已隐为弟谋，因告以意。女曰："狼疾之人（狼疾为"狼藉"。指肢体残缺之人），不能操箕帚矣。当别为贤仲图之。"诘其姓氏，答言："秦氏。"玉乃展衾，俾（bǐ，使）暂休养；自乃襆被（用包袱包裹衣被。襆，pú）他所。晓而视之，则床已空，意其自归。而访察近村，殊少此姓；广托戚朋，并无确耗。归与弟言，悔恨若失。

珏一日偶游涂野（即旷野。涂，同"途"），遇一二八女郎，姿致娟娟（姿致，风姿情态。娟娟，美好的样子），顾之微笑，似将有言。因以秋波四顾而后问曰："君甘家二郎否？"曰："然。"曰："君家尊（您家令尊。指甘珏的父亲）曾与妾有婚姻之约，何今日欲背前盟，另订秦家？"珏云："小生幼孤，凤好都不曾闻，请言族阀（即家世），归当问兄。"女曰："无须细道，但得一言，妾当自至。"珏以未禀兄命为辞。女笑曰："骏（ái，痴呆，愚蠢）郎君！遂如此怕哥子耶？妾陆氏，居东山望村。三日，当候玉音（您的回音。玉，尊敬对方之词）。"乃别而去。珏归，述诸兄嫂。兄曰："此大谬语！父殁时，我二十馀岁，倘有是说，那得不闻？"又以其独行旷野，遂与男儿交语，愈益鄙之。因问其貌。珏红彻面颈，不出一言。嫂笑曰："想是佳人。"玉曰："童子何辨妍媸（yán chī，美和丑）？纵美，必不及秦；待秦氏不谐，图之未晚。"珏默而退。逾数日，玉在途，见一女子零涕前行。垂鞭按辔而微睨之，人世殆无其匹（世间无双。匹，匹敌）。使仆诘焉，答曰："我旧许甘家二郎；因家贫远徙，遂绝耗问（消息；音信）。近方归，复闻郎家二三其德（三心二意），背弃前盟。往问伯伯（大伯子；夫兄）甘璧人，焉置妾也？"玉惊喜曰："甘璧人，即我是也。先人曩（nǎng，以往，从前，过去的）约，实所不知。去家不远，请即归谋。"乃下骑授辔，步御（步行御马。御，牵马）以归。女自言："小字阿英，家无昆季（兄弟。长为昆，幼为季），惟外姊秦氏同居。"始悟丽者即其人也。玉欲告诸其家，女固止之。窃喜弟得佳妇，然恐其佻达（轻浮、不庄重）招议。久之，女殊矜庄（端庄），又娇婉善言。母事嫂，嫂亦雅爱慕之。

值中秋，夫妻方狎宴，嫂招之。珏意怅惘。女遣招者先行，约以继至；而端坐笑言良久，殊无去志。珏恐嫂待久，故连促之。女但笑，卒不复去。质旦，晨妆甫竟，嫂自来抚问："夜来相对，何尔怏怏？"女微哂之。珏觉有异，质对参差（意谓经过质询查问，发现了破绽。参差，不齐，喻破绽）。嫂大骇："苟非妖物，何得有分身术？"玉亦惧，隔帘而告之曰："家世积德，曾无怨仇。如其妖也，请速行，幸勿杀吾弟！"女觍然曰："妾本非人，只以阿翁夙盟，故秦家姊以此劝驾（古时举送贤者出仕，且为之备车驾，称"劝驾"。此指劝促阿英去甘家完婚）。自分不能育男女，尝欲辞去，所以恋恋者，为兄嫂待我不薄耳。今既见疑，请从此诀。"转眼化为鹦鹉，翩然逝矣。初，甘翁在时，蓄一鹦鹉甚慧，尝自投饵。时珏四五岁，问："饲鸟何为？"父戏曰："将以为汝妇。"间鹦鹉乏食，则呼珏云："不将饵去，饿煞媳妇矣！"家人亦皆以此为戏。后断锁亡去。始悟旧约云即此也。然珏明知非人，而思之不置；嫂悬情犹切，且夕啜泣。玉悔之而无如何。

后二年为弟聘姜氏女，意终不自得。有表兄为粤（广东、广西地区，古为"百粤"之地，故名）司李（即司理，各州主管狱讼之官），玉往省之，久不归。适土寇为乱，近村里落，半为丘墟。珏大惧，率家人避山谷。山上男女颇杂，都不知其谁何。忽闻女子小语，绝类英。嫂促珏近验之，果英。珏喜极，捉臂不释。女乃谓同行者曰："姊且去，我望嫂嫂来。"既至，嫂望见悲哽。女慰劝再三，又谓："此非乐土。"因劝令归。众惧寇至，女固言："不妨。"乃相将俱归。女撮土拦户，嘱安居勿出，坐数语，反身欲去。嫂急握其腕，又令两婢捉左右足，女不得已，止焉。然不甚归私室；珏订之三四，始为之一往。

嫂每谓新妇不能当叔意。女遂早起为姜理妆，梳竟，细匀铅黄（细心地为她搽匀脂粉。铅和黄，都是化妆品），人视之，艳增数倍；如此三日，居然丽人。嫂奇之，因言："我又无子。欲购一妾，姑未遑暇。不知婢辈可涂泽（修饰容貌，即化妆）否？"女曰："无人不可转移，但质美者易为力耳。"遂遍相诸婢，惟一黑丑者，有宜男相。乃唤与洗濯，已而以浓粉杂药末涂之，如是三日，面色渐黄；四七日，脂泽沁入肌理，居然可观。日惟闭门作笑，并不计及兵火。一夜，噪声四起，举家不知所谋。俄闻门外人马鸣动，纷纷俱去。既明，始知村中焚掠殆尽；盗纵群队穷搜，凡伏匿（躲藏）岸穴者，悉被杀掳。遂益德女，目之以神。女忽谓嫂曰："妾此来，徒以嫂义难忘，聊分离乱之忧。阿伯行至，妾在此，如谚所云，非李非桃（犹言不伦不类；谓处境尴尬），可笑人也。我姑去，当乘间一相望耳。"嫂问："行人无恙乎？"曰："近中有大难。此无与他人事，秦家姊受恩奢，意必报之，固当无妨。"嫂挽之过宿，未明已去。

玉自东粤（指广东）归，闻乱，兼程进。途遇寇，主仆弃马，各以金束腰间，潜身丛棘中。一秦吉了（鸟名，即八哥）飞集棘上，展翼覆之。视其足，缺一指，心异之。俄而群盗四合，绕莽殆遍，似寻之。二人气不敢息。盗既散，鸟始翔去。既归，各道所见，始知秦吉了即所救丽者也。

后值玉他出不归，英必暮至；计玉将归而早出。珏或会于嫂所，间邀之，则诺而不赴。一夕，玉他往，珏意英必至，潜伏候之。未几，英果来，暴起，要遮（拦截）而归于室。女曰："妾与君情缘已尽，强合之，恐为造物所忌。少留有馀，时作一面之会，如何？"珏不听，卒与狎。天明，诣嫂，嫂怪之。女笑云："中途为强寇所劫，劳嫂悬望（盼望，挂念）矣。"数语趋出。居无何，有巨狸衔鹦鹉经寝门过。嫂骇绝，固疑是英。时方沐（洗头发），辍洗急号，群起噪击，始得之。左翼沾血，奄存馀息（仅存一丝微弱气息）。把置膝头，抚摩良久，始渐醒。自以喙理其翼。少选，飞绕中室，呼曰："嫂嫂，别矣！吾怨珏也！"振翼遂去，不复来。

橘 树

陕西（陕西省，辖境与今省区略同）刘公，为兴化令（兴化县令。兴化，今福建省莆田市）。有道士来献盆树，视之，则小橘，细裁（才）如指，摈弗受（拒绝不受）。刘有幼女，时六七岁，适值初度（生日）。道士云："此不足供大人清玩（称对方玩赏的敬词。清，清雅），聊祝女公子福寿耳。"乃受之。女一见，不胜爱悦。置诸闺闼（未嫁女子的居室），朝夕护之惟恐伤。刘任满，橘盈把矣。是年初结实。简装将行，以橘重赘，谋弃之。女抱树娇啼。家人绐（dài，欺骗）之曰："暂去，且将复来。"女信之，涕始止。又恐为大力者负之而去，立视家人移栽墀（chí，台阶）下，乃行。

女归（旧时指女子出嫁），受庄氏聘。庄丙戌（康熙四十五年，1706年）登进士，释褐（脱去布衣，换上官服，指做官）为兴化令。夫人大喜。窃意十馀年，橘不复存，及至，则橘已十围，实（果实）累累以千计。问之故役，皆云："刘公去后，橘甚茂而不实，此其初结也。"更奇之。庄任三年，繁实不懈；第四年，憔悴无少华。夫人曰："君任此不久矣。"至秋，果解任。异史氏曰："橘其有夙缘（前世的因缘。夙，通"宿"）于女与？何遇之巧也。其实也似感恩，其不华也似伤离。物犹如此，而况于人乎？"

牛成章

牛成章，江西（即江西省，清时辖境与今省区略同）之布商也。娶郑氏，生子、女各一。牛三十三岁病死。子名忠，时方十二；女八九岁而已。母不能贞（谓不能守节寡居），货产（典卖财产）入囊，改醮（改嫁。醮，jiào）而去。遗两孤，难以存济。有牛从嫂（叔伯嫂），年已六袠（六十岁。十年为一秩），贫寡无归，遂与居处。

数年，妪死，家益替（衰败，衰落）。而忠渐长，思继父业而苦无资。妹适毛姓，毛富贾也。女衰婿假数十金付兄。兄从人适（去，往）金陵，途中遇寇，资斧尽丧，飘荡不能归。偶趋典肆（当铺），见主肆者绝类其父；出而潜察之，姓字皆符。骇异不谕（明白，理解）其故。惟日流连其傍，以窥意旨，而其人亦略不顾问。如此三日，觇其言笑举止，真父无讹。即又不敢拜识；乃自陈于群小（向其仆自我介绍。群小，此指仆人），求以同乡之故，进身为佣。立券（订立契约文书）已，主人视其里居、姓氏，似有所动，问所从来。忠泣诉父名。主人怅然若失。久之，问："而（同"尔"，你，你的）母无恙乎？"忠又不敢谓父死，婉应曰："我父六年前经商不返，母醮而去。幸有伯母抚育，不然，葬沟渎（沟渠。渎，dú）久矣。"主人惨然曰："我即是汝父也。"于是握手悲哀。又导入参（拜见）其后母。后母姬，年三十馀，无出，得忠喜，设宴寝门（泛指内室之门）。牛终欷歔不乐，即欲一归故里。妻虑肆中乏人，故止之。牛乃率子纪理肆务；居之三月，乃以诸籍委子（把各类账册交付其子），取装西归。

既别，忠实以父死告母。姬乃大惊，言："彼负贩于此，曩所与交好者，留作当商；娶我已六年矣。何言死耶？"忠又细述之。相与疑念，不谕其由。逾一昼夜，而牛已返，携一妇人，头如蓬葆（头发如乱草）。忠视之，则其所生母也。牛摘耳顿骂："何弃吾儿！"妇慑伏不敢少动。牛以口龁（hé，咬）其项。妇呼忠曰："儿救吾！儿救吾！"忠大不忍，横身蔽鬲（遮挡，遮蔽。鬲，隔）其间。牛犹忿怒，妇已不见。众大惊，相哗以鬼。旋视牛，颜色惨变，委衣于地，化为黑气，亦寻灭矣。母子骇叹，举衣冠而瘗（yì，掩埋，埋葬）之。忠席（继承）父业，富有万金。后归家问之，则嫁母于是日死，一家皆见牛成章云。

青　娥

霍桓，字匡九，晋人也。父官县尉（掌管一县刑狱缉捕的官员。明代后改称

"典史"），早卒。遗生最幼，聪惠绝人。十一岁，以神童入泮（此指幼年考中秀才，因唐宋时科举考试特设有童子科，应试者称"应神童试"。而霍桓十一岁入泮，故称之为"神童"。泮，pàn）。而母过于爱惜，禁不令出庭户，年十三尚不能辨叔伯甥舅焉。同里有武评事（官名，掌管评审刑狱）者，好道，入山不返。有女青娥，年十四，美异常伦。幼时窃读父书，慕何仙姑（道教八仙之一）之为人。父既隐，立志不嫁。母无奈之。一日，生于门外瞥见之。童子虽无知，只觉爱之极，而不能言；直告母，使委禽（致送聘女的礼物，此指通媒求婚。禽，指雁，古代订婚纳采用雁）焉。母知其不可，故难之。生郁郁不自得。母恐拂儿意，遂托往来者致意武，果不谐。生行思坐筹，无以为计。

会有一道士在门，手握小镵（chán，一种铁制掘土工具），长裁尺许。生借阅一过，问："将何用？"答云："此劚（zhú，锄；掘）药之具；物虽微，坚石可入。"生未深信。道士即以斫墙上石，应手落如腐。生大异之，把玩不释于手。道士笑曰："公子爱之，即以奉赠。"生大喜，酬之以钱，不受而去。持归，历试砖石，略无隔阂。顿念穴墙（在墙上掘洞）则美人可见，而不知其非法也。更定，逾垣而出，直至武第；凡穴两重垣，始达中庭（正院）。见小厢中，尚有灯火，伏窥之，则青娥卸晚装矣。少顷，烛灭，寂无声。穿堵（墙壁）入，女已熟眠。轻解双履，悄然登榻；又恐女郎惊觉，必遭呵逐，遂潜伏绣被之侧，略闻香息，心愿窃慰。而半夜经营，疲殆颇甚，少一合眸，不觉睡去。女醒，闻鼻气休休；开目，见穴隙亮入。大骇，暗摇婢醒，拔关轻出，敲窗唤家人妇，共爇（ruò，烧，点燃）火操杖以往。则见一总角（古代男女未成年前，束发为两结，形如角，故称总角）书生，酣眠绣榻；细审，识为霍生。抚之始觉，遽起，目灼灼如流星，似亦不大畏惧，但靦然不作一语。众指为贼，恐呵之。始出涕曰："我非贼，实以爱娘子故，愿以近芳泽（指女子仪容）耳。"众又疑穴数重垣，非童子所能者。生出镵（chán，一种铁制掘土工具）以言异。共试之，骇绝，讶为神授。将共告诸夫人。女俯首沉思，意似不以为可。众窥知女意，因曰："此子声名门第，殊不辱玷。不如纵之使去，俾复求媒焉。诘旦（明早），假盗以告夫人，如何也？"女不答。众乃促生行。生索镵。共笑曰："騃（ái，痴呆，愚笨）儿童！犹不忘凶器耶？"生觑枕边，有凤钗一股，阴纳袖中。已为婢子所窥，急白之。女不言亦不怒。一媪拍颈曰："莫道他騃，若小意念乖绝（极为机灵）也。"乃曳之，仍自窦中出。既归，不敢实告母，但嘱母复媒致之。母不忍显拒，惟遍托媒氏，急为别觅良姻。青娥知之，中情皇急，阴使腹心者风示（暗示，用言语示意）媪。媪悦，托媒往。会小婢漏泄前事，武夫人辱之，不胜恚愤（愤怒。恚，huì）。媒至，益触其怒，以杖画地，骂生并及其母。媒惧窜归，具述其状。生母亦怒曰："不肖儿所为，我都梦梦（mèng mèng，昏昧糊涂的样子。指一无所知）。何遂以无礼相加！当交股时，何不将荡儿淫女一并杀却？"由是见其亲属，辄便披诉（公开宣扬）。女闻，愧欲死。武夫人大悔，而不能禁之使勿言也。女阴使人婉致生母，且矢之以不他（誓不他嫁。矢，通"誓"），其词悲切。母感之，乃不复言；而论亲之媒，亦遂辍矣。会秦中（古地区名。指今陕西中部平原地区）欧公宰是邑，见生文，深器（器重）之，时召入内署，极意优宠。一日，问生："婚乎？"答言："未。"细诘之，对曰："凤与故武评事女小有盟约；后以微嫌（嫌隙；怨恨），遂致中寝（中止）。"问："犹愿之否？"生觍然不言。公笑曰："我当为子成之。"即委县尉、教谕（官名。明清以教谕为各县教职，负责县学的管理及课业），纳币（古代婚制六礼之一）于武。夫人喜，婚乃定。逾岁，娶女归。女入门，乃以镵（chán，一种铁制掘土工具）掷地曰："此寇盗物，可将去！"生笑曰："勿忘媒妁。"珍佩之，恒不去身。

　　女为人温良寡默（温厚善良，沉默寡言），一日三朝其母；馀惟闭门寂坐，不甚留心家务。母或以吊庆（吊唁或庆贺）他往，则事事经纪（料理，安排），罔不井井。年馀，生一子孟仙。一切委之乳保（乳娘、保姆），似亦不甚顾惜。又四五年，忽谓生曰："欢爱之缘，于兹八载。今离长会短，可将奈何！"生惊问之，即已默默，盛妆拜母，返身入室。追而诘之，则仰眠榻上而气绝矣。母子痛悼，购良材而葬之。母已衰迈，每每抱子思母，如摧肺肝，由是遘病（遭病，成疾），遂惫不起。逆害饮食，但思鱼羹，而近地则无，百里外始可购致。时厮骑皆被差遣；生性纯孝，急不可待，怀资独往，昼夜无停趾。返至山中，日已沉冥，两足跋踦（脚有毛病，走路歪瘸），步不能咫。后一叟至，问曰："足得毋泡乎？"生唯唯。叟便曳坐路隅，敲石取火，以纸裹药末，熏生两足讫。试使行，不惟痛止，兼益矫健。感极申谢。叟问："何事汲汲（急切的样子）？"答以母病，因历道所由。叟问："何不另娶？"答云："未得佳者。"叟遥指山村曰："此处有一佳人，倘能从我去，仆当为君作伐（作媒）。"生辞以母病待鱼，姑不遑暇。叟乃拱手，约以异日入村，但问老王，乃别而去。生归，烹鱼献母。母略进，数日寻瘳（chōu，病愈，痊愈）。乃命仆马往寻叟。

　　至旧处，迷村所在。周章（彷徨）逾时，夕暾（即夕阳。暾，tún，本指初升的太阳，此指阳光）渐坠；山谷甚杂，又不可以极望。乃与仆上山头，以瞻里落；而山径崎岖，苦不可复骑，跋履而上，昧色笼烟（暮色苍茫。笼烟，烟雾笼罩）矣。蹀躞（dié xiè，小步行走）四望，更无村落。方将下山，而归路已迷。心中燥火如烧。荒窅间，冥堕绝壁。幸数尺下有一线荒台，坠卧其上，阔仅容身，下视黑不见底。惧极，不敢少动。又幸崖边皆生小树，约体如栏。移时，见足傍有小洞口；心窃喜，以背着石，蟛（像蛴蟛那样曲背蠕动。蛴蟛，qí cáo）行而入。意稍稳，冀天明可以呼救。少顷，深处有光如星点。渐近之，约三四里许，忽睹廊舍，并无釭烛（灯烛），而光明若昼。一丽人自房中出，视之，则青娥也。见生，惊曰："郎何能来？"生不暇陈，抱祛（qū，袖子）呜恻。女劝止之。问母及儿，生悉述苦况，女亦惨然。生曰："卿死年馀，此得无冥间耶？"女曰："非也，此乃仙府。曩（nǎng，以往，从前）时非死，所瘗（yì，掩埋，埋葬），一竹杖耳。郎今来，仙缘有分也。"因导令朝父，则一修髯（长髯。髯，rán，两颊上的胡须）丈夫，坐堂上；生趋拜。女曰："霍郎来。"翁惊起，握手略道平素（谈说家常）。曰："婿来大好，分当留此。"生辞以母望，不能久留。翁曰："我亦知之。但迟三数日，即亦何伤。"乃饵以肴酒，即令婢设榻于西堂，施锦裀（锦褥）焉。生既退，约女同榻寝。女却之曰："此何处，可容狎亵？"生捉臂不舍。窗外婢子笑声嗤然，女益惭。方争拒间，翁入，叱曰："俗骨污吾洞府！宜即去！"生素负气，愧不能忍，作色曰："儿女之情，人所不免，长者何当伺我？无难即去，但令女须便将去。"翁无辞，招女随之，启后户送之；赚生离门，父子阖扉去。回首峭壁巉岩，无少隙缝，只影茕茕，罔所归适。视天上斜月高揭（悬），星斗已稀。怅怅良久，悲已而恨，面壁叫号，迄无应者。愤极，腰中出镵，凿石攻进，且攻且骂。瞬息洞入三四尺许。隐隐闻人语曰："孽障哉！"生奋力凿益急。忽洞底豁开二扉，推娥出曰："可去，可去！"壁即复合。女怨曰："既爱我为妇，岂有待丈人如此者？是何处老道士，授汝凶器，将人缠混欲死？"生得女，意愿已慰，不复置辩；但忧路险难归。女折两枝，各跨其一，即化为马，行且驶，俄顷至家。时失生已七日矣。

初，生之与仆相失也，觅之不得，归而告母。母遣人穷搜山谷，并无踪绪。正忧惶无所，闻子自归，欢喜承迎。举首见妇，几骇绝。生略述之，母益忻慰（欣慰）。女以形迹诡异，虑骇物听，求即播迁。母从之。异郡有别业（即别墅），刻期徙往，人莫之知。偕居十八年，生一女，适同邑李氏。后母寿终。女谓生曰："吾家茅田中，有雉菢（bào，鸟伏卵）八卵，其地可葬。汝父子扶榇归窆（扶榇，fú chèn，扶柩；归窆，归葬。窆，biǎn，下葬）。儿已成立，宜即留守庐墓（服丧期间，在先人墓旁搭盖草庐，守护坟墓），无庸复来。"生从其言，葬后自返。月馀，孟仙往省之，而父母俱杳。问之老奴，则云："赴葬未还。"心知其异，浩叹而已。孟仙文名甚噪，而困于场屋，四旬不售。后以拔贡入北闱（以拔贡的资格，参加在顺天举行的乡试），遇同号生（考场中同一号舍的考生），年可十七八，神采俊逸，爱之。视其卷，注顺天廪生（明清两代称由公家给以膳食的生员）霍仲仙。瞪目大骇，因自道姓名。仲仙亦异之，便问乡贯，孟悉告之。仲仙喜曰："弟赴都时，父嘱文场中如逢山右霍姓者，吾族也，宜与款接，今果然矣。顾何以名字相同如此？"孟仙因诘高、曾并严、慈姓讳，已而惊曰："是我父母也！"仲仙疑年齿之不类。孟仙曰："我父母皆仙人，何可以貌信其年岁乎？"因述往迹，仲仙始信。场后不暇休息，命驾同归。才到门，家人迎告，是夜失太翁及夫人所在。两人大惊。仲仙入而询诸妇，妇言："昨夕尚共杯酒，母谓：'汝夫妇少不更事。明日大哥来，吾无虑矣。'早旦入室，则阒（qù，寂静）无人矣。"兄弟闻之，顿足悲哀。仲仙犹欲追觅，孟仙以为无益，乃止。是科仲领乡荐（乡试考中）。以晋中祖墓所在，从兄而归。犹冀父母尚在人间，随在探访，而终无踪迹矣。

异史氏曰："钻穴眠榻，其意则痴；凿壁骂翁，其行则狂；仙人之撮合之者，惟欲以长生报其孝耳。然既混迹人间，狎生子女，则居而终焉，亦何不可？乃三十年而屡弃其子，抑独何哉？异已！"

牛 癀

陈华封，蒙山（山名。在今山东省费县、平邑和蒙阴三县交界处）人。以盛暑烦热，枕藉（交错地躺在一起）野树下。忽一人奔波而来，首着围领，疾趋树阴，掬石（两手捧石）而座，挥扇不停，汗下如流瀋（汁）。陈起坐，笑曰："若除围领，不扇可凉。"客曰："脱之易，再着难也。"就与倾谈，颇极蕴藉。既而曰："此时无他想，但得冰浸良酝，一道冷芳（冷香，清香），度下十二重楼（指人咽喉管之十二节），暑气可消一半。"陈笑曰："此愿易遂，仆当为君偿之。"因握手曰："寒舍伊迩（我家就在附近），请即迁步（枉步，移步。迁，迁曲）。"客笑而从之。

至家，出藏酒于石洞，其凉震齿。客大悦，一举十觥。日已就暮，天忽雨；于是张灯于室，客乃解除领巾，相与磅礴（谓彼此不拘形迹，开怀痛饮）。语次（交谈之间），见客脑后，时漏灯光，疑之。无何，客酩酊，眠榻上。陈移灯窃窥之，见耳后有巨穴，盏大；数道膜间离如楗；楗外輭革（软皮。輭，ruǎn，同"软"）垂蔽，中似空空。骇极，潜抽鬐簪，拨膜觇之，有一物状类小牛，随手飞出，破窗而去。益骇，不敢复拨。方欲转步，而客已醒。惊曰："子窥见吾隐矣！放牛瘟（牛瘟。瘟，huáng，瘟疫）出，将为奈何？"陈拜诘其故，客曰："今已若此，尚复何讳。实相告：我六畜瘟神耳。适所纵者牛瘟（牛瘟。瘟，huáng，瘟疫），恐百里内牛无种矣。"陈故以养牛为业，闻之大恐，拜求术解。客曰："余且不免于罪，其何术之能解？惟苦参散（用苦参制作的方药）最效，其广传此方，勿存私念可也。"言已，谢别出门。又掬土堆壁龛中，曰："每用一合（容量单位。十合为一升）亦效。"拱不复见。

居无何，牛果病，瘟疫大作。陈欲专利，秘其方，不肯传；惟传其弟。弟试之神验。而陈自剉（cuò，切割，此言将苦参切碎成剂）啖牛，殊罔所效（一点效果也没有）。有牛二百蹄躈（古时用以计算牲畜的头数。蹄躈五，即算一头牲畜。此处二百蹄躈即四十头牛。躈，qiào），倒毙殆尽；遗老牝（雌性的鸟或兽，与"牡"相对）牛四五头，亦逡巡（顷刻，即刻）就死。中心懊恼，无所用力。忽忆龛中掬土，念未必效，姑妄投之。经夜，牛乃尽起。始悟药之不灵，乃神罚其私也。后数年，牝牛繁育，渐复其故。

仙人岛

王勉，字黾斋，灵山人。有才思，屡冠文场（科举考场），心气颇高；善诮骂（诘责辱骂），多所凌折（很多人被其欺侮伤害）。偶遇一道士，视之曰："子相极贵，然被'轻薄孽'折除几尽矣（其富贵被其轻薄罪孽准折得差不多了）。以子智慧，若反身修道，尚可登仙籍。"王嗤曰："福泽诚不可知，然世上岂有仙人！"道士曰："子何见之卑？无他求，即我便是仙耳。"王乃益笑其诬（欺骗，骗人）。道士曰："我何足异。能从我去，真仙数十，可立见之。"问："在何处？"曰："咫尺耳。"遂以杖夹股间，即以一头授生，令如己状。嘱合眼，呵曰："起！"觉杖粗如五斗囊，凌空翕飞（一收一鼓地飞行），潜扪之，鳞甲齿齿（排列如齿，有次序的样子）焉。骇惧，不敢复动。移时，又呵曰："止！"即抽杖去，落巨宅中，重楼延阁（绵延的阁道），类帝王居。有台高丈馀，台上殿十一楹，弘丽无比。道士曳客上，即命童子设筵招宾。殿上列数十筵，铺张炫目。道士易盛服以伺。少顷，诸客自空中来，所骑或龙、或虎、或鸾凤，不一类。又各携乐器。有女子，有丈夫，有赤其两足。中独一丽者，跨彩凤；宫样妆束，有侍儿代抱乐具，长五尺以来，非琴非瑟，不知其名。酒既行，珍肴杂错，入口甘芳，并异常馐。王默然寂坐，惟目注丽者；然心爱其人，而又欲闻其乐，窃恐其终不一弹。酒阑，一叟倡言曰："蒙崔真人雅召，今日可云盛会，自宜尽欢。请以器之同者，共队为曲（共为一部奏曲）。"于是各合配旅（谓乐器相同者，各各相聚，配合有序。旅，次序）。丝竹之声，响彻云汉。独有跨凤者，乐伎（通"技"）无偶。群声既歇，侍儿始启绣囊，横陈几上。女乃舒玉腕，如挡筝状，其亮数倍于琴，烈足开胸，柔可荡魄。弹半炊许（约有煮半顿饭的工夫），合殿寂然，无有咳者。既阕（一曲奏完之后），铿尔一声，如击清磬。共赞曰："云和夫人绝技哉！"大众皆起告别，鹤唳龙吟，一时并散。

道士设宝榻锦衾，备生寝处。王初睹丽人，心情已动；闻乐之后，涉想尤劳（就对其更加思念不已）。念己才调，自合芥拾青紫（取高官如从地上拾取芥草一样轻易。青紫，汉三公官印上的绶带），富贵后何求弗得。顷刻百绪，乱如蓬麻。道士似已知之，谓曰："子前身与我同学，后缘意念不坚，遂坠尘网。仆不自他于君，实欲拔出恶浊；不料迷晦已深，梦梦（昏乱，糊涂）不可提悟。今当送君行。未必无复见之期，然作天仙，须再劫（遭两次劫数）矣。"遂指阶下长石，令闭目坐，坚嘱无视。已，乃以鞭驱石。石飞起，风声灌耳，不知所行几许。忽念下方景界，未审何似；隐将两眸微开一线，则见大海茫茫，浑无边际。大惧，即复合，而身已随石俱堕，砰然一响，汩没若鸥（像海鸥沉潜水中）。幸凤近海，略谙泅浮。闻人鼓掌曰："美哉跌乎！"危殆方急，一女子援登舟上，且曰："吉利，吉利，秀才'中湿'（"中湿"为"中式"的谐音。科举考试被录取叫"中式"）矣！"视之，年可十六七，颜色艳丽。王出水寒栗，求火燎之。女子言："从我至家，当为处置。苟适意，勿相忘。"王曰："是何言哉！我中原才子，偶遭狼狈，过此图以身报，何但不忘！"女子以棹催艇，疾如风雨，俄已近岸。于舱中携所采莲花一握，导与俱去。半里许入村，见朱户南开，进历数重门，女子先驰入。少间，一丈夫出，是四十许人，揖王升阶，命侍者取冠袍袜履，为王更衣。既，询邦族。王曰："某非相欺，才名略可听闻。崔真人切切眷恋，招升天阙。自分功名反掌，以故不愿栖隐。"丈夫起敬曰："此名仙人岛，远绝人世。文若，姓桓。世居幽僻，何幸得近名流。"因而殷勤置酒。又从容而言曰："仆有二女，长者芳云，年十六矣，只今未遭良匹。欲以奉侍高人，如何？"王意必采莲人，离席称谢。桓命于邻党（乡党，邻里）中，招二三齿德（年高而有德者。齿，年齿，年龄）来。顾左右，立唤女郎。无何，异香浓射，美姝十馀辈，拥芳云出，光艳明媚，若芙蕖之映朝日。拜已，即坐。群姝列侍，则采莲人亦在焉。酒数行，一垂髫女自内出，仅十馀龄，而姿态秀曼，笑依芳云肘下，秋波流动。桓曰："女子不在闺中，出作何务？"乃顾客曰："此绿云，即仆幼女。颇惠，能记典坟（"三坟五典"的省称。泛指各种古籍）矣。"因令对客吟诗。遂诵竹枝词三章，娇婉可听。便令傍姊隅坐。桓因谓："王郎天才，宿构（谓预先构思。此指旧作）必富，可使鄙人得闻教乎？"王即慨然颂近体一作，顾盼自雄。中二句云："一身剩有须眉在，小饮能令块磊消。[1]"邻叟再三诵之。芳云低告曰："上句是孙行者离火云洞，下句是猪八戒过子母河也。[2]"一座抚掌。桓请其他。王述水鸟诗云："潴头鸣格磔（潴，zhū，水停积处，指陂塘。潴头谓"猪

----

[1] "一身"二句：这两句上下思理不相连属，而各句文意亦不通。上句本要说自己具有刚强不屈的须眉男子气概，却说"一身"只剩下"须眉"；下句所写以酒浇愁，应是"痛饮"，却说"小饮"。所以引起芳云的讥笑。须眉，胡须和眉毛。古人以须眉为男性美，因以指男子。块磊，心中郁结不平。

[2] "上句是"二句：孙行者离火云洞，见《西游记》四十一回，谓孙悟空在号山村松林涧火云洞被红孩儿妖火所烧。此借以讽刺"剩有须眉"。猪八戒过子母河，见《西游记》五十三回，谓猪八戒过西梁女国子母河，喝了河水，成了胎气，腹中长了血团肉块，后来吃了一口"落胎泉"里的水，才消了胎气。此借以讽刺"小饮能令块磊消"。

头"。格磔，gē zhé，是鹧鸪鸟叫声，非关水鸟），……"忽忘下句。甫一沉吟，芳云向妹咕咕（chè chè，轻声小语貌）耳语，遂掩口而笑。绿云告父曰："渠为姊夫续下句矣。云："狗腚响弸巴（字面与"潴（猪）头鸣格磔"相对，即放狗屁。腚，山东方言，屁股）。'"合席粲然。王有惭色。桓顾芳云，怒之以目。王色稍定，桓复请其文艺（本指写作方面的学问。此指八股文）。王意世外人必不知八股业，乃炫其冠军之作，题为"孝哉闵子骞"二句，破（破题，为八股文程式之一。起首两句必须概括剖析全题，因称）云："圣人赞大贤之孝……"绿云顾父曰："圣人无字门人者，'孝哉……'一句，即是人言。"王闻之，意兴索然。桓笑曰："童子何知！不在此，只论文耳。"王乃复诵。每数句，姊妹必相耳语，似是月旦（品评）之词，但嗫嗫不可辨。王诵至佳处，兼述文宗（清代用以誉称省级学官提督学政）评语，有云："字字痛切。"绿云告父曰："姊云：'宜删"切"字。'"众都不解。桓恐其语嫚（màn，言辞轻慢），不敢研诘。王诵毕，又述总评，有云："羯鼓一挝，则万花齐落（谓其文意旨高远，文采斐然）。"芳云又掩口语妹，两人皆笑不可仰。绿云又告曰："姊云：'羯鼓当是四挝。'"众又不解。绿云启口欲言，芳云忍笑诃之曰："婢子敢言，打煞矣！"众大疑，互有猜论。绿云不能忍，乃曰："去'切'字，言'痛'则'不通'。鼓四挝，其声云'不通又不通'也。"众大笑。桓怒诃之。因而自起泛卮（斟满酒。卮，圆形酒器），谢过不遑。王初以才名自诩，目中实无千古；至此，神气沮丧，徒有汗淫（汗水淫淫。淫，汗水直流的样子）。桓谀而慰之曰："适有一言，请席中属对（对对子。属，shǔ）焉：'王子身边，无有一点不似玉。'"众未措想，绿云应声曰："黾翁头上，再着半夕即成龟。"芳云失笑，呵手扭胁肉数四。绿云解脱而走，回顾曰："何预汝事！汝骂之频频，不以为非；宁他人一句，便不许耶？"桓咄之，始笑而去。邻叟辞别。诸婢导夫妻入内寝，灯烛屏榻，陈设精备。又视洞房中，牙签（象牙制作的图书标签，因以指书函）满架，靡书不有。略致问难，响应（回答，应答）无穷。王至此，始觉望洋（仰视的样子）堪羞。女唤"明珰"，则采莲者趋应，由是始识其名。屡受诮辱，自恐不见重于闺闼（guī tà，内室。此处代指妻子芳云）；幸芳云语言虽虐，而房帏之内，犹相爱好。王安居无事，辄复吟哦。女曰："妾有良言，不知肯嘉纳否？"问："何言？"曰："从此不作诗，亦藏拙之一法也。"王大惭，遂绝笔。久之，与明珰渐狎。告芳云曰："明珰与小生有拯命之德，愿少假以辞色（稍微给以好言语、好脸色！意谓另眼相待）"芳云乃即许之。每作房中之戏，招与共事，两情益笃，时色授而手语（眉目传情，手势示意）之。芳云微觉，责词重叠；王惟喋喋，强自解免。一夕，对酌，王以为寂，劝招明珰。芳云不许。王曰："卿无书不读，何不记'独乐乐'数语？"芳云曰："我言君不通，今益验矣。句读尚不知耶？'独要，乃乐于人要；问乐，孰要乎？曰：不。'（此五句，意在强调"与人乐乐"；芳云将原文添字换字，故意读错断错，戏言不能"要"那种快乐）"一笑而罢。适芳云姊妹赴邻女之约，王得间，急引明珰，绸缪备至。当晚，觉小腹微痛；痛已，而前阴尽肿。大惧，以告芳云。云笑曰："必明珰之恩报矣！"王不敢隐，实供之。芳云曰："自作之殃，实无可以方略（没有解决的办法。方略，办法）。既非痛痒。听之可矣。"数日不瘳，忧闷寡欢。芳云知其意，亦不问讯，但凝视之，秋水盈盈，朗若曙星。王曰："卿所谓'胸中正，则眸子瞭焉'（谓心术端正，则眼光是明亮的）。"芳云笑曰："卿所谓'胸中不正，则瞭子眸焉'。"盖"没有"之"没"，俗读似"眸"，故以此戏之也。王失笑，哀求方剂。曰："君不听良言，前此未必不疑妾为妒意。不知此婢，原不可近。曩实相爱，而君若东风之吹马耳，故唾弃不相怜。无已，为若治之。然医师必审患处。"乃探衣而咒曰："'黄鸟黄鸟，无止于楚！'"王不觉大笑，笑已而瘳（chōu，病愈，痊愈）。

逾数月，王以亲老子幼，每切怀忆，以意告女。女曰："归即不难，但会合无日耳。"王涕下交颐，哀与同归。女筹思再三，始许之。桓翁张筵祖饯。绿云提篮入，曰："姊姊远别，莫可持赠。恐至海南，无以为家，夙夜代营宫室，勿嫌草创。"芳云拜而受之。近而审谛，则用细草制为楼阁，大如橼（yuán，果名。似橘，柠檬之一种），小如橘，约二十馀座，每座梁栋榱题（屋檐的椽子头，即出檐。榱，cuī），历历可数；其中供帐床榻，类麻粒焉。王儿戏视之，而心窃叹其工。芳云曰："实与君言：我等皆是地仙（方士称住在人间的仙人）。因有夙分（旧缘，往世的缘分），遂得陪从。本不欲践红尘，徒以君有老父，故不忍违。待父天年，须复还也。"王敬诺。桓乃问："陆耶？舟耶？"王以风涛险，愿陆。出则车马已候于门。谢别而迈，行踪骛骀（急驰。骛，疾。骀，马行迅速）。俄至海岸，王心虑其无途。芳云出素练一匹，望南抛去，化为长堤，其阔盈丈。瞬息驰过，堤亦渐收。至一处，潮水所经，四望辽邈。芳云止勿行，下车取篮中草具，偕明珰数辈，布置如法，转眼化为巨第。并入解装，则与岛中居无稍差殊，洞房内几榻宛然。时已昏暮，因止宿焉。早旦，命王迎养（迎父母供养。养，供养，事奉）。王命骑趋诣故里，至则居宅已属他姓。问之里人，始知母及妻皆已物故（死亡），惟老父尚存。子善博，田产并尽，祖孙莫可栖止，暂僦居于西村。王初归时，尚有功名之念，不恝于怀（犹言不释于怀。恝，jiá，不经心，不介意）；及闻此况，沉痛大悲，自念富贵纵可携取，与空花（虚幻之花）何异。驱马至西村见父，衣服滓敝（肮脏破旧），衰老堪怜。相见，各哭失声。问不肖子，则出赌未归。王乃载父而还。芳云朝拜已毕，燀汤（烧热水）请浴，进以锦裳，寝以香舍。又遥致故老与谈宴，享奉过于世家。子一日寻至其处，王绝之，不听入，但予以廿金，使人传语曰："可持此买妇，以图生业。再来，则鞭打立毙矣！"子泣而去。王自归，不甚与人通礼；然故人偶至，必延接盘桓，挖抑（谦逊）过于平时。独有黄子介，夙与同门学，亦名士之坎坷者，王留之甚久，时与秘语，赂遗甚厚。居三四年，王翁卒，王万钱卜兆（卜坟兆，即以占卜择定墓地），营葬尽礼。时子已娶妇，妇束男子严，子赌亦少间矣；是日临丧，始得拜识姑嫜（公婆）。芳云一见，许其能家，赐三百金为田产之费。翼日，黄及子同往省视，则舍宇全渺，不知所在。

异史氏曰："佳丽所在，人且于地狱中求之，况享受无穷乎？地仙许携姝丽，恐帝阙下虚无人矣。轻薄减其禄籍（登记禄位的簿册。此指福禄名位），理固宜然，岂仙人遂不之忌哉？彼妇之口，抑何其虐也！"

阎罗薨

巡抚（明清时代与总督同为地方最高长官；清为省级地方政府的长官，总揽一省的军政大权，地位略次于总督）某公父，先为南服（南方）总督，殂谢（死亡）已久。公一夜梦父来，颜色惨栗（极度悲痛），告曰："我生平无多孽愆（罪过），只有镇师一旅（所属镇的军队五百人），不应调而误调之，途逢海寇，全军尽覆。今讼于阎君，刑狱酷毒，实可畏凛。阎罗非他，明日有经历（官名。掌出纳、移文等事）解粮至，魏姓者是也。当代哀之，勿忘！"醒而异之，意未深信。既寐，又梦父让（责备）之曰："父罹厄难（遭受危难），尚弗镂心（刻在心上），犹妖梦置之耶？"公大异之。

明日，留心审阅，果有魏经历，转运初至，即刻传入，使两人捺坐（强按于座），而后起拜，如朝参礼。拜已，长跽涟洏（直挺挺地跪着，两眼垂泪。长跽，犹长跪，上身挺直而跪）而告以故。魏不自任，公伏地不起。魏乃云："然，其有之。但阴曹之法，非若阳世懵懵（měng měng，犹瞢瞢，昏暗不明。懵，通"瞢"），可以上下其手（串通作弊），即恐不能为力。"公哀之益切。魏不得已，诺之。公又求其速理。魏筹回（反复谋画）虑无静所，公请为粪除宾廨（清扫接待宾客的官舍。粪除，扫除。廨，xiè），许之。公乃起。又求一往窥听，魏不可。强之再四，嘱曰："去即勿声。且冥刑虽惨，与世不同，暂置若死，其实非死。如有所见，无庸骇怪。"

至夜，潜伏廨侧，见阶下囚人，断头折臂者，纷杂无数。墀（chí，殿前台阶上的空地，台阶）中置火锅油镬（烹刑刑具，即下文所云"油鼎"），数人炽薪（将柴草烧旺）其下。俄见魏冠带出，升座，气象威猛，迥与曩殊（迥然与日间所见不同）。群鬼一时都伏，齐鸣冤苦。魏曰："汝等命戕于寇，冤自有主，何得妄告官长？"众鬼哗言曰："例不应调，乃被妄檄（传递军令的公文）前来，遂遭凶害，谁贻（给与）之冤？"魏又曲为解脱，众鬼嗥冤，其声汹动。魏乃唤鬼役："可将某官赴油鼎，略入一煠（zhá，食物放入油或汤中，一沸而出称"煠"，此谓将某公父放入油锅一炸），于理亦当。"察其意，似欲借此以泄众忿。即有牛首阿旁（佛教中指地狱牛头、牛脚的鬼卒），执公父至，即以利叉刺入油鼎。公见之，中心惨怛（悲痛），痛不可忍，不觉失声一号，庭中寂然，万形俱灭矣。公叹咤而归。及明，视魏，则已死于廨中。松江（县名，今属上海市）张禹定言之。以非佳名，故讳其人。

颠道人

颠（疯癫）道人，不知姓名，寓蒙山（指山东蒙山，在山东中部）寺。歌哭不常，人莫之测，或见其煮石为饭者。会重阳，有邑贵（本县中有权势的人）载酒登临，舆盖（坐轿张伞）而往，宴毕过寺，甫及门，则道人赤足着破衲，自张黄盖，作警跸（jǐng bì，古代帝王出入时，于所经路途侍卫警戒，清道止行，谓之"警跸"。出为警，入为跸）声而出，意近玩弄。邑贵乃惭怒，挥仆辈逐骂之。道人笑而却走。逐急，弃盖，共毁裂之，片片化为鹰隼（鹰和雕。泛指猛禽。隼，sǔn），四散群飞。众始骇。盖柄转成巨蟒，赤鳞耀目。众哗欲奔，有同游者止之曰："此不过翳眼之幻术（迷惑他人视觉的幻术，俗称"障眼法"。翳，yì）耳，乌能噬人！"遂操刃直前。蟒张吻怒逆，吞客咽之。众骇，拥贵人急奔，息于三里之外。使数人逡巡往探，渐入寺，则人蟒俱无。方将返报，闻老槐内喘急如驴，骇甚。初不敢前；潜踪移近之，见树杇中空，有窍如盘。试一攀窥，则斗蟒者倒植其中，而孔大仅容两手，无术可以出之。急以刀劈树，比树开而人已死。逾时少苏，异归。道人不知所之矣。

异史氏曰："张盖游山，厌气（令人憎恶的俗气）浃（浸透）于骨髓。仙人游戏三昧，一何可笑！余乡殷生文屏，毕司农（户部尚书的别称）之妹夫也，为人玩世不恭。章丘有周生者，以寒贱起家，出必驾肩（坐轿。肩，肩舆，即轿子）而行。亦与司农有瓜葛之旧（辗转相连的远亲）。值太夫人寿，殷料其必来，先候于道，着猪皮靴，公服持手本。俟周至，鞠躬道左，唱曰："淄川生员，接章丘生员！"周惭，下舆，略致数语而别。少间，同聚于司农之堂，冠裳（犹言衣冠，官吏士绅的代称）满座，视其服色，无不窃笑；殷傲睨自若（傲慢睥睨，态度自如）。既而筵终出门，各命舆马。殷亦大声呼："殷老爷独龙车何在？有二健仆，横扁杖于前，腾身跨之。致声拜谢，飞驰而去。殷亦仙人之亚（类型相近）也。"

胡四娘

程孝思，剑南（唐置剑南道，治所在今四川省成都市）人。少惠能文。父母俱早丧，家赤贫，无衣食业，求佣为胡银台司笔札。胡公试使文，大悦之，曰："此不长贫，可妻也。"银台有三子四女，皆襁中论亲于大家；止有少女四娘，孽出（庶出；妾生），母早亡，笄年未字（年已及笄，尚未许人），遂赘程（招程孝思为赘婿）。或非笑之，以为惛眊（hūn máo，年老神志不清）之乱命，而公弗之顾也。除馆馆生（整理馆舍，让程生居住），供备丰隆。群公子鄙不与同食，婢仆咸揶揄焉。生默默不较短长，研读甚苦。众从旁厌讥之，程读弗辍；群又以鸣钲锽聒（鸣钲：犹言敲锣。锽聒：像金属制打击乐器的洪亮声似的吵闹）其侧，程携卷去，读于闺中。

初，四娘之未字也，有神巫知人贵贱，遍观之，都无谀词；惟四娘至，乃曰："此真贵人也！"及赘程，诸姊妹皆呼之"贵人"以嘲笑之；而四娘端重寡言，若罔闻之。渐至婢媪，亦率相呼。四娘有婢名桂儿，意颇不平，大言曰："何知吾家郎君，便不作贵官耶？"二姊闻而嗤之曰："程郎如作贵官，当抉（挖掉）我眸子去！"桂儿怒而言曰："到尔时，恐不舍得眸子也！"二姊婢春香曰："二娘食言，我以两睛代之。"桂儿益恚，击掌为誓曰："管教两丁盲也！"二姊忿其语侵，立批（手击；打耳光）之。桂儿号哗。夫人闻知，即亦无所可否，但微哂焉。桂儿噪诉四娘；四娘方绩（捻麻线），不怒亦不言，绩自若。会公初度（生日），诸婿皆至，寿仪充庭。大妇嘲四娘曰："汝家祝仪何物？"二妇曰："两肩荷一口（意谓只送来一张嘴。讽刺其贫穷不送寿礼而白吃白喝）！"四娘坦然，殊无惭怍。人见其事事类痴，愈益狎（轻侮）之。独有公爱姜李氏，三姊所自出也，恒礼重四娘，往往相顾恤。每谓三娘曰："四娘内慧外朴，聪明浑而不露，诸婢子皆在其包罗中，而不自知。况程郎昼夜攻苦，夫岂久为人下者？汝勿效尤，宜善之，他日好相见也。"故三娘每归宁，辄加意相欢。

是年，程以公力，得入邑庠（县学）。明年，学使科试士，而公适薨（hōng，指诸侯或二品以上官员死，叫"薨"，后来则用以恭维有地位的官员之死），程缞（着重孝服。缞，cuī）哀如子，未得与试。既离苦块（指居丧期满），四娘赠以金，使趋入遗才籍（清代科举制度，生员因故未参加科试者，在科考完毕后可集中在省城举行一次补考。这种考试叫"录科"，也称"遗才"试）。嘱曰："曩久居，所不被呵逐者，徒以有老父在；今万分不可矣！倘能吐气，庶回时尚有家耳。"临别，李氏、三娘赂遗优厚。程入闱，砥志研思，以求必售。无何，放榜，竟被黜。愿乖气结，难于旋里，幸囊资小泰（稍稍宽裕），携卷入都。时妻党（妻室的亲族）多任京秩（做京官），恐见诮讪，乃易旧名，诡托里居，求潜身于大人之门。东海李兰台（御史。东汉时称御史台为兰台）见而器之，收诸幕中，资以膏火（灯火；代指求学的费用），为之纳贡，使应顺天举；连战皆捷，授庶吉士（官名，清代于翰林院设庶常馆，进士殿试后，朝考前列者得选用为庶吉士。三年后再经考试，根据成绩另授官职）。自乃实言其故。李公假千金，先使纪纲赴剑南，为之治第。时胡大郎以父亡空匮，货其沃墅，因购焉。既成，然后贷舆马，往迎四娘。

先是，程擢第后，有邮报者，举宅皆恶闻之；又审其名字不符，叱去之。适三郎完婚，戚眷登堂为馂（nuǎn，旧时女儿嫁后三日，母家馈送食物），姊妹诸姑咸在，惟四娘不见招于兄嫂。忽一人驰入，呈程寄四娘函信；兄弟发视，相顾失色。筵中诸眷客，始请见四娘。姊妹惴惴，惟恐四娘衔恨不至。无何，翩然竟来。申贺者，捉坐者，寒暄者，喧杂满屋。耳有听，听四娘；目有视，视四娘；口有道，道四娘也：而四娘凝重如故。众见其靡所短长（无所计较。靡，无），稍就安帖，于是争把盏酹四娘。方宴笑间，门外啼号甚急，群致怪问。俄见春香奔入，面血沾染。共诘之，哭不能对。二娘呵之，始泣曰："桂儿逼索眼睛，非解脱，几抉去矣！"二娘大惭，汗粉交下。四娘漠然；合坐寂无一语，各始告别。四娘盛妆，独拜李夫人及三姊，出门登车而去。众始知买墅者，即程也。四娘初至墅，什物多阙。夫人及诸郎各以婢仆、器具相赠遗，四娘一无所受；惟李夫人赠一婢，受之。

居无何，程假归展墓（扫墓），车马扈从如云。诣岳家，礼公枢，次参李夫人。诸郎衣冠既竟，已升舆矣。胡公殁，群公子日竞资财，枢之弗顾。数年，灵寝（寄放灵枢的内堂。古时往往停枢屋内，择吉待葬）漏败，渐将以华屋作山丘（意谓临时寄放灵枢的内堂，将毁败成为埋葬灵枢的荒丘）矣。程睹之悲，竟不谋于诸郎，刻期营葬，事事尽礼。殡日，冠盖相属，里中咸嘉叹焉。

程十馀年历秩清显（历任清要显达的官位），凡遇乡党厄急，罔不极力。二郎适以人命被逮，直指巡方者（受命为巡按御史的这位官员），为程同谱，风规（执法）甚烈。大郎浼（měi，恳托）妇翁王观察（官名，观察使）函致之，殊无裁答（指回信），益惧。欲往求妹，而自觉无颜，乃持李夫人手书往。至都，不敢遽进，觇程入朝，而后诣之。冀四娘念手足之义，而忘睚眦之嫌。阍人（守门人。阍，hūn）既通，即有旧媪出，导入厅事，具酒馔，亦颇草草。食毕，四娘出，颜温霁（喻脸色温和），问："大哥人事大忙，万里何暇枉顾？"大郎五体投地，泣述所来。四娘扶而笑曰："大哥好男子，此何大事，直复尔尔？妹子一女流，几曾见呜呜向人？"大郎乃出李夫人书。四娘曰："诸兄家娘子，都是天人，各求父兄，即可了矣，何至奔波到此？"大郎无词，但顾哀之。四娘作色曰："我以为跋涉来省妹子，乃以大讼求贵人耶！"

拂袖径入。大郎惭愤而出。归家详述，大小无不诟詈（辱骂）；李夫人亦谓其忍。逾数日，二郎释放宁家，众大喜，方笑四娘之徒取怨谤也。俄而四娘遣价（jiè，送信、传话的仆人）候李夫人。唤入，仆陈金币，言："夫人为二舅事，遣发甚急，未遑字覆。聊寄微仪，以代函信。"众始知二郎之归，乃程力也。后三娘家渐贫，程施报逾于常格。又以李夫人无子，迎养若母焉。

僧　术

　　黄生，故家子。才情颇赡（富足，富），夙志高骞（一向志在高飞，喻指飞黄腾达。骞，qiān，飞）。村外兰若，有居僧某，素与分（情分）深。既而僧云游，去十馀年复归。见黄，叹曰："谓君腾达已久，今尚白纻（细而洁白的夏布。纻，zhù）耶？想福命固薄耳。请为君贿冥中主者（指所谓阴世主持福禄之神。冥中，指阴世）。能置十千否？"答言："不能。"僧曰："请勉办其半，馀当代假之。三日为约。"黄诺之，竭力典质如数。

　　三日，僧果以五千来付黄。黄家旧有汲水井，深不竭，云通河海。僧命束置井边，戒曰："约我到寺，即推堕井中。候半炊时，有一钱泛起，当拜之。"乃去。黄不解何术，转念效否未定，而十千可惜。乃匿其九，而以一千投之。少间，巨泡突起，铿然而破，即有一钱浮出，大如车轮。黄大骇。既拜，又取四千投焉。落下，击触有声，为大钱所隔，不得沉。日暮，僧至，谯让（同"诮让"，责备）之曰："胡不尽投？"黄云："已尽投矣。"僧曰："冥（暗中）中使者止将（持，拿）一千去，何乃妄言？"黄实告之，僧叹曰："鄙吝者必非大器。此子之命合以明经（明清时代对贡生的敬

称）终；不然，甲科（明清时代指进士）立致矣。"黄大悔，求再禳（ráng，祈祷、祈求神鬼）之。僧固辞而去。黄视井中钱犹浮，以绠（gěng，井绳）钓上，大钱乃沉。是岁，黄以副榜准贡（即副贡），卒如僧言。

异史氏曰："岂冥中亦开捐纳（封建时代政府准许士民以捐资纳粟得官之法，按例纳款为监生）之科耶？十千而得一第（一次及第。此指甲科及第），直（同"值"）亦廉矣。然一千准贡，犹昂贵耳。明经不第，何值一钱！"

柳　生

周生，顺天宦裔（顺天府官宦人家的后代）也。与柳生善。柳得异人之传，精袁许之术（谓相人之术）。尝谓周曰："子功名无分，万锺（极言资财之多。锺，古容量单位）之资，尚可以人谋。然尊阃（对别人妻子的尊称，即尊夫人）薄相，恐不能佐君成业。"未几，妇果亡。家室萧条，不可聊赖。因诣柳，将以卜姻。入客舍，坐良久，柳归内不出。呼之再三，始方出，曰："我日为君物色佳偶，今始得之。适在内作小术，求月老系赤绳耳。"周喜，问之。答曰："甫有一人携囊出，遇之否？"曰："遇之。褴褛若丐。"曰："此君岳翁，宜敬礼之。"周曰："缘相交好，遂谋隐密，何相戏之甚也！仆即式微（家世衰落），犹是世裔，何至下昏于市侩（降低身分与商人的女儿成亲。昏，古"婚"字。市侩，此泛指商贩）？"柳曰："不然。犁牛尚有子（见于《论语》，意思是说，耕牛所生之子如果够得上作牺牲的条件，山川之神也一定会享用，不会拒绝。这里借以说明虽其人低贱，其子却不一定不好），何害？"周问："曾见其女耶？"答曰："未也。我素与无旧，姓名亦问讯知之。"周笑曰："尚未知犁牛，何知其子？"柳曰："我以数（命数，运数）信之。其人凶而贱，然当生厚福之女。但强合之必有大厄，容复禳之。"周既归，未肯以其言为信，诸方觅之，迄无一成。

一日，柳生忽至，曰："有一客，我已代折简（代为邀请。折简，书信，此指请帖）矣。"问："为谁？"曰："且勿问，宜速作黍（备酒饭）。"周不谕其故，如命治具。俄客至，盖傅姓营卒（指驻防京城的营兵）也。心内不合，阳浮道与之（表面上虚与应付）；而柳生承应甚恭。少间，酒肴既陈，杂恶草具进。柳起告客："公子向慕已久，每托某代访，曩夕始得晤。又闻不日远征，立刻相邀，可谓仓卒主人（仓促之间作主人。意谓不及措办美食）矣。"饮间，傅忧马病，不可骑。柳亦俯首为之筹思。既而客去，柳让（责备）周曰："千金不能买此友，何乃视之漠漠？"借马骑归，因假命周，登门持赠傅。周既知，稍稍不快，已无如何。过岁，将如（往，到）江西，投臬司幕。诣柳问卜。柳言："大吉！"周笑曰："我意无他，但薄有所猎（谓稍微得到一些钱财），当购佳妇，几幸前言之不验也，能否？"柳云："并如君愿。"及至江西，值大寇叛乱，三年不得归。后稍平，选日遵路（循路而行），中途为土寇所掠，同难人七八位，皆劫其金资，释令去；惟周被掳至巢。盗首诘其家世，因曰："我有息女（女儿），欲奉箕帚（供洒扫之役，作人妻室的谦词），当即无辞。"周不答。盗怒，立命枭斩。周惧，思不如暂从其请，因从容而弃之。遂告曰："小生所以踟蹰者，以文弱不能从戎，恐益为丈人累耳。如使夫妇得相将俱去，恩莫厚焉。"盗曰："我方忧女子累人，此何不可从也。"引入内，妆女出见，年可十八九，盖天人也。当夕合卺（成婚），深过所望。细审姓氏，乃知其父，即当年荷囊人也。因述柳言，为之感叹。

过三四日，将送之行，忽大军掩至，全家皆就执缚。有将官三员监视，已将妇翁斩讫，寻次及周。周自分已无生理。一员审视曰："此非周某耶？"盖傅卒已军功授副将军矣。谓僚曰："此吾乡世家名士，安得为贼。"解其缚，问所从来。周诡曰："适从江臬娶妇而归，不意途陷盗窟，幸蒙拯救，德戴二天（感谢再生之恩）！但室人离散，求借洪威，更赐瓦全。"傅命列诸俘，令其自认，得之。饷以酒食，助以资斧，曰："曩受解骖之惠（此指周生赠马救其困急之事），旦夕不忘。但抢攘间，不遑修礼，请以马二匹、金五十两，助君北旋（北归。旋，回归）。"又遣二骑持信矢（作为凭证的令箭）护送之。途中，女告周曰："痴父不听忠告，母氏死之。知有今日久矣。所以偷生旦暮者，以少时曾为相者所许，冀他日能收亲骨耳。某所窖藏巨金，可以发赎父骨；馀者携归，尚足谋生产。"嘱骑者候于路，两人至旧处，庐舍已烬，于灰火中取佩刀掘尺许，果得金；尽装入橐（tuó，口袋），乃返。以百金赂骑者，使瘗（yì，掩埋，埋葬）翁尸；又引拜母冢，始行。至直隶（清置行政区，辖境略与今河北省相当）界，厚赐骑者而去。

周久不归，家人谓其已死，恣意侵冒，粟帛器具，荡无存者。闻主人归，大惧，哄然尽逃；只有一妪、一婢、一老奴在焉。周以出死得生，不复追问。及访柳，则不知所适矣。女持家逾于男子，择醇笃者授以资本，而均其息。每诸商会计于檐下，女垂帘听之；盘（算盘）中误下一珠，辄指其讹。内外无敢欺。数年，伙商盈百，家数十巨万矣。乃遣人移亲骨，厚葬之。

异史氏曰："月老可以贿嘱，无怪媒妁之同于牙侩（即牙人。集市上为买卖双方说合成交，从中赚取佣金的经纪人）矣。乃盗也而有是女耶？培塿（小土丘）无松柏，此鄙人之论耳。妇人女子犹失之，况以相天下士哉！"

甄　后

洛城（指洛阳，即今河南省洛阳市）刘仲堪，少钝而淫于典籍（沉湎于古代典籍。淫，沉浸，沉湎），恒杜门攻苦，不与世通。一日，方读，忽闻异香满室；少间，珮声甚繁。惊顾之，有美人入，簪珥（泛指首饰。簪，插定发髻的长针。珥，耳饰）光采；从者皆宫妆。刘惊伏地下。美人扶之曰："子何前倨而后恭也？"刘益惶恐，曰："何处天仙，未曾拜识。前此几时有侮？"美人笑曰："相别几何，遂尔梦梦（就这样胡涂起来）！危坐磨砖者，非子耶？"乃展锦荐（锦绣坐垫），设瑶浆，捉坐对饮，与论古今事，博洽非常。刘茫茫不知所对。美人曰："我止赴瑶池一回宴耳；子历几生，聪明顿尽矣！"遂命侍者，以汤沃水晶膏进之。刘受饮讫，忽觉心神澄沏。既而曛黑（黄昏过后），从者尽去，息烛解襦，曲尽欢好。未曙，诸姬已复集。美人起，妆容如故，鬓发修整，不再理也。刘依依苦诘姓字，答曰："告郎不妨，恐益君疑耳。妾，甄氏〔甄宓，中山无极（今河北无极县）人，建安中为袁绍中子熙妻，曹操平冀州，改嫁曹丕〕；君，公幹后身。当日以妾故罹罪，心实不忍，今日之会，亦聊以报情痴也。"问："魏文（魏文帝曹丕）安在？"曰："丕，不过贼父之庸子耳。妾偶从游嬉富贵者数载，过即不复置念。彼曩以阿瞒（曹操小字）故，久滞幽冥，今未闻知。反是陈思为帝典籍（曹植为天帝掌管典籍。陈思，指曹植），时一见之。"旋见龙舆（帝后所乘之车）止于庭中。乃以玉脂合赠刘，作别登车，云推而去。

刘自是文思大进。然追念美人，凝思若痴。历数月，渐近赢殆（消瘦不堪）。母不知其故，忧之。家一老姬，忽谓刘曰："郎君意颇有思否？"刘以言隐中情（所言暗合自己思恋之情），告之。姬曰："郎试作尺一书（即书信），我能邮致之。"刘惊喜曰："子有异术，向日昧于物色（过去未曾发现其才而加以访求）。果能之，不敢忘也。"乃折柬为函，付姬便去。半夜而返曰："幸不误事。初至门，门者以我为妖，欲加缚絷。我遂出郎君书，乃将去。少顷唤入，夫人亦欷歔，自言不能复会。便欲裁答。我言：'郎君赢惫（病弱疲惫），非一字所能瘳（chōu，病愈，痊愈）。'夫人沉思久，乃释笔云：'烦先报刘郎，当即送一佳妇去。'濒行，又嘱：'适所言，乃百年计；但无泄，便可永久矣。'"刘喜，伺之。明日，果一老姥率女郎，诣母所，容色绝世，自言陈氏；女其所出，名司香，愿求作妇。母爱之，议聘；更不索资，坐待成礼而去。惟刘心知其异，阴问女："系夫人何人？"答云："妾铜雀故妓也。"刘疑为鬼。女曰："非也。妾与夫人俱隶仙籍，偶以罪过谪人间。夫人已复旧位；妾谪限未满，夫人请之天曹（道家所称天上的官府），暂使给役，去留皆在夫人，故得长侍床箦（zé，竹编床席，此处泛指床）耳。"一日，有瞽媪（瞎的，盲人；媪，对老年妇女的敬称。瞽，gǔ）牵黄犬丐食其家，拍板俚歌。女出窥，立未定，犬断索咋女。女骇走，罗衿断。刘急以杖击犬。犬犹怒，龁断幅，顷刻碎如麻，嚼吞之。瞀媪捉领毛，缚以去。刘入视女，惊颜未定，曰："卿仙人，何乃畏犬？"女曰："君自不知：犬乃老瞒所化，盖怒妾不守分香戒（即守节之戒）也。"刘欲买犬杖毙。女不可，曰："上帝所罚，何得擅诛？"

居二年，见者皆惊其艳，而审所从来，殊恍惚，于是共疑为妖。母诘刘，刘亦微道其异。母大惧，戒使绝之。刘不听。母阴觅术士来，作法于庭。方规地为坛（划地筑坛。坛，高出地面的土台，此指法坛），女惨然曰："本期白首；今老母见疑，分义（夫妻的情义）绝矣。要我去，亦复非难，但恐非禁咒可遣耳！"乃束薪爇（ruò，点燃，烧）火，抛阶下。瞬息烟蔽房屋，对面相失。忽有声震如雷。已而烟灭，见术士七窍流血死矣。入室，女已渺。呼妪问之，妪亦不知所去。刘始告母："妪盖狐也。"

异史氏曰："始于袁，终于曹，而后注意（即属意，情意归向）于公幹，仙人不应若是。然平心而论：奸瞒之篡子（指曹操的儿子曹丕），何必有贞妇哉？犬睹故妓，应大悟分香卖履（曹操《遗令》有云"馀香可分与诸夫人，诸舍中无所为，学作履组卖也。"）之痴，固犹然妒之耶？呜呼！奸雄不暇自哀，而后人哀之已！"

宦 娘

温如春，秦（古地区名，指今陕西省中部一带地区）之世家也。少癖嗜琴，虽逆旅未尝暂舍。客晋，经由古寺，系马门外，暂憩止。入则有布衲道人，趺坐（"跏趺坐"的略称，即打坐，双足交迭而坐。趺，fú）廊间，筇杖（竹杖。筇竹可做杖，因称杖为"筇"。筇，qióng）倚壁，花布囊琴。温触所好，因问："亦善此也？"道人云："顾不能工（精通），愿就善者学之耳。"遂脱囊授温，视之，纹理佳妙，略一勾拨，清越异常。喜为抚一短曲。道人微笑，似未许可（赞许认可），温乃竭尽所长。道人哂曰："亦佳，亦佳！但未足为贫道师也。"温以其言夸，转请之。道人接置膝上，裁拨动，觉和风自来；又顷之，百鸟群集，庭树为满。温惊极，拜请受业。道人三复之。温侧耳倾心，稍稍会其节奏。道人试使弹，**点正疏节**（指点纠正不合节奏之处），曰："此尘间已无对矣。"温由是精心刻画（此指严格按其节奏练琴），遂称绝技。

后归程，离家数十里，日已暮，暴雨莫可投止。路旁有小村，趋之。不遑审择，见一门，匆匆遽入。登其堂，阒（qù，寂静）无人。俄一女郎出，年十七八，貌类神仙。举首见客，惊而走入。温时未偶，系情殊深。俄一老妪出问客。温道姓名，兼求寄宿。妪言："宿当不妨，但少床榻；不嫌屈体，便可藉藁（用草铺地代床。藉，垫。藁，gǎo，干草）。"少旋，以烛来，展草铺地，意良殷。问其姓氏，答云："赵姓。"又问："女郎何人？"曰："此宦娘，老身之犹子也。"温曰："不揣寒陋，欲求援系（攀附高门，结为姻亲），如何？"妪颦蹙曰："此即不敢应命。"温诘其故，但云难言，怅然遂罢。妪既去，温视藉草腐湿，不堪卧处，因危坐鼓琴，以消永夜。雨既歇，冒夜遂归。

邑有林下部郎（退隐家居的部郎。林下，古时做官退休叫归林）葛公，喜文士。温偶诣之，受命弹琴。帘内隐约有眷客窥听，忽风动帘开，见一及笄人，丽绝一世。盖公有一女，小字良工，善词赋，有艳名。温心动，归与母言，媒通之；而葛以温势式微（指事物衰落、衰微），不许。然女自闻琴以后，心窃倾慕，每冀再聆雅奏；而温以姻事不谐，志乖意沮（愿望不遂，心情沮丧。乖，违），绝迹于葛氏之门矣。一日，女于园中，拾得旧笺一折，上书《惜馀春》词云："因恨成痴，转思作想，日日为情颠倒。海棠带醉，杨柳伤春，同是一般怀抱。甚得新愁旧愁，划尽还生，便如青草。自别离，只在奈何天里，度将昏晓。今日个蹙损春山，望穿秋水，道弃已拚弃了！芳衾妒梦，玉漏惊魂，要睡何能睡好？漫说长宵似年，侬视一年，比更犹少：过三更已是三年，更有何人不老！"女吟咏数四，心悦好之。怀归，出锦笺，庄书一通（端端正正地书写了一遍），置案间；逾时索之，不可得，窃意为风飘去。适葛经闺门过，拾之；谓良工作，恶其词荡（词意放荡。荡，淫荡），火之而未忍言，欲急醮之（把她嫁出去。醮，嫁）。临邑刘方伯（古时诸侯一方之长称方伯。明清时也称布政使为方伯）之公子，适来问名（古婚礼六礼之一，指求婚），心善之，而犹欲一睹其人。公子盛服而至，仪容秀美。葛大悦，款延（热诚接待）优渥。既而告别，坐下遗女舄一钩（古代一种复底鞋。一钩，犹言一只；因女鞋尖弯，故曰"钩"。舄，xì）。心顿恶其儇薄（轻薄。儇，xuān），因呼媒而告以故。公子呕辩其诬，葛弗听，卒绝之。

先是，葛有绿菊种，吝不传，良工以植闺中。温庭菊忽有一二株化为绿，同人闻之，辄造庐观赏；温亦宝之。凌晨趋视，于畦畔得笺写《惜馀春》词，反覆披读，不知其所自至。以"春"为己名，益惑之，即案头细加丹黄（详细地加上一些批语。丹黄，红色和黄色，古时批校书籍所用的两种颜色），评语亵嫚（轻慢不庄重，侮辱）。适葛闻温菊变绿，讶之，躬诣其斋，见词便取展读。温以其评亵，夺而挼莎（nuó suō，用手揉搓）之。葛仅读一两句，盖即闺门所拾者也。大疑，并绿菊之种，亦猜良工所赠。归告夫人，使逼诘良工。良工涕欲死，而事无验见，莫有取实。夫人恐其迹益彰，计不如以女归温。葛然之，遥致温。温喜极。是日，招客为绿菊之宴，焚香弹琴，良夜方罢。既归寝，斋童闻琴自作声，初以为僚仆（同主之仆）之戏也；既知其非人，始白温。温自诣之，果不妄。其声梗涩，似将效己而未能者。爇（ruò，点燃）火暴入，杳无所见。温携琴去，则终夜寂然。因意为狐，固知其愿拜门墙（拜于门下为弟子。门墙，师门）也者，遂每夕为奏一曲，而设弦任操若师，夜夜潜伏听之。至六七夜，居然成曲，雅足听闻。

温既亲迎（古代婚礼仪式之一，新婿亲至女家迎娶），各述曩词，始知缔好之由，而终不知所由来。良工闻琴鸣之异，往听之，曰："此非狐也，调凄楚，有鬼声。"温未深信。良工因言其家有古镜，可鉴魑魅（鉴，照见。魑魅，chī mèi，古谓能害人的山泽之神怪。亦泛指鬼怪）。翌日，遣人取至，伺琴声既作，握镜遽入；火之，果有女子在，仓皇室隅，莫能复隐。细审之，赵氏之宦娘也。大骇，穷诘之。泫然曰："代作蹇修（媒人的代称），不为无德，何相逼之甚也？"温请去镜，约勿避；诺之。乃囊镜。女遥坐曰："妾太守之女，死百年矣。少喜琴筝；筝已颇能谙（通晓）之，独此技未能嫡传（指正宗乐师的传授），重泉（即九泉，指地下）犹以为憾。惠顾时，得聆雅奏，倾心向往；又恨以异物（指死者）不能奉裳衣（即伺候生活起居，指嫁与为妇），阴为君脯合（撮合）佳偶，以报眷顾之情。刘公子之女舄（女鞋），《惜馀春》之俚词，皆妾为之也。酬师者不可谓不劳矣。”夫妻咸拜谢之。宦娘曰："君之业（学业，这里指琴艺），妾思过半矣；但未尽其神理。请为妾再鼓之。"温如其请，又曲陈其法。宦娘大悦曰："妾已尽得之矣！"乃起辞欲去。良工故善筝，闻其所长，愿以披聆（诚心聆听）。宦娘不辞，其调其谱，并非尘世所能。良工击节，转请受业。女命笔为绘谱十八章，又起告别。夫妻挽之良苦。宦娘凄然曰："君琴瑟之好，自相知音；薄命人乌有此福。如有缘，再世可相聚耳。"因以一卷授温曰："此妾小像。如不忘媒妁，当悬之卧室，快意时焚香一炷，对鼓一曲，则儿（古时年轻女子的自称）身受之矣。"出门遂没。

阿 绣

海州（此处当指辽宁省的海州卫，治所在今辽宁省海城市）刘子固，十五岁时，至盖（即盖平县；即今辽宁省盖县）省其舅。见杂货肆中一女子，姣丽无双，心爱好之。潜至其肆，托言买扇。女子便呼父。父出，刘意沮，故折阅（指亏本，此指压低售价。阅，卖）之而退。遥睹其父他往，又诣之。女将觅父，刘止之曰："无须，但言其价，我不靳直（不计较价钱。靳，吝惜）耳。"女如言，固昂之（故意提高价格）。刘不忍争，脱贯（从钱串上取下钱来，意思是付钱。贯，古时穿钱的绳索）竟去。明日复往，又如之。行数武，女追呼曰："返来！适伪言耳，价奢过当（价钱高得太多）。"因以半价返之。刘益感其诚，蹈隙（利用机会）辄往，由是日熟。女问："郎居何所？"以实对。转诘之，自言："姚氏。"临行，所市物，女以纸代裹完好，已而以舌舐粘之。刘怀归不敢复动，恐乱其舌痕也。积半月，为仆所窥，阴与舅力要之归。意惓惓（quán quán，恳切的样子，忠谨的样子）不自得。以所市香帕脂粉等类，密置一箧（qiè，小箱子。大曰箱，小曰箧），无人时，辄阖户（关上门）自捡一过，触类凝想。

次年，复至盖，装甫解，即趋女所；至则肆宇阒焉，失望而返。犹意偶出未返，蚤又诣之，扃如故。问诸邻，始知姚原广宁（旧县名，在今辽宁省北镇市）人，以贸易无重息，故暂归去；又不审何时可复来。神志乖丧。居数日，怏怏而归。母为议婚，屡梗之，母怪且怒。仆私以曩事告母，母益防闲（防范禁止）之，盖之途由是绝。刘忽忽（失意的样子）遂减眠食。母忧思无计，念不如从其志。于是刻日办装，使如盖，转寄语舅媒合之。舅即承命诣姚。逾时而返，谓刘曰："事不谐矣！阿绣已字（女子许嫁）广宁人。"刘低头丧气，心灰绝望。既归，捧箧啜泣，而徘徊顾念，冀天下有似之者。

适媒来，艳称（夸赞地称道。艳，艳羡，羡慕）复州（治所在今辽宁省复县西北）黄氏女。刘恐不确，命驾至复。入西门，见北向一家，两扉半开，内一女郎，怪似阿绣；再属目之，且行且盼而入，真是无讹。刘大动，因僦（jiù，租赁）其东邻居，细诘知为李氏。反复疑念：天下宁有此酷肖者耶？居数日，莫可夤缘（yín，攀附；指寻找因由与之亲近），惟目眈眈候其门，以冀女或复出。一日，日方西，女果出。忽见刘，即返身走，以手指其后；又复掌及额，而入。刘喜极，但不能解。凝思移时，信步诣舍后，见荒园寥廓，西有短垣，略可及肩。豁然顿悟，遂蹲伏露草中。久之，有人自墙上露其首，小语曰："来乎？"刘诺而起，细视，真阿绣也。因大恸（tōng，悲痛，伤心），涕堕如绠（犹言泪落如雨。绠，gěng，井绳）。女隔堵探身，以巾拭其泪，深慰之。刘曰："百计不遂，自谓今生已矣，何期复有今夕？顾卿何以至此？"曰："李氏，妾表叔也。"刘请逾垣。女曰："君先归，遣从人他宿，妾当自至。"刘如言，坐伺之。少间，女悄然入，妆饰不甚炫丽，袍裤犹昔。刘挽坐，备道艰苦，因问："卿已字（女子许嫁），何未醮（出嫁）也？"女曰："言妾受聘者，妄也。家君以道里赊远（遥远），不愿附公子婚，此或托舅氏诡词，以绝君望耳。"既就枕席，宛转万态，款接之欢，不可言喻。四更遽起，过墙而去。刘自是不复措意（在意）黄氏矣。旅居忘返，经月不归。一夜，仆起饲马，见室中灯犹明；窥之，见阿绣，大骇，顾不敢诘主人。旦起，访市肆，始返而诘刘曰："夜与还往者，何人也？"刘初讳之。仆曰："此第岑寂，狐鬼之薮，公子宜自爱。彼姚家女郎，何为而至此？"刘始觍然曰："西邻是其表叔，有何疑沮？"仆言："我已访之审：东邻止一孤媪，西家一子尚幼，别无密戚。所遇当是鬼魅；不然，焉有数年之衣，尚未易者？且其面色过白，两颊少瘦，笑处无微涡，不如阿绣美。"刘反复思，乃大惧曰："然且奈何？"仆谋伺其来，操兵入共击之。至暮，女至，谓刘曰："知君见疑，然妾亦无他，不过了夙分耳。"言未已，仆排闼（推开门扇）入。女呵之曰："可弃兵！速具酒来，当与若主别。"仆便自投，若或夺焉。刘益恐，强设酒馔。女谈笑如常，举手向刘曰："君心事，方将图效绵薄，何竟伏戎（犹伏兵，指仆人暗中操兵伺击）？妾虽非阿绣，颇自谓不亚，君视之犹昔否耶？"刘毛发俱竖，嗫不语。女听漏三下，把盏一呷，起立曰："我且去，待花烛后，再与新妇较优劣也。"转身遂杳。

刘信狐言，竟如盖。怨舅之诳己也，不舍其家；寓近姚氏，托媒自通，啖以重赂（用丰厚财礼打动对方）。姚妻乃言："小郎（旧时妇女称丈夫的弟弟为小郎）为觅婿广宁，若翁（乃父。指阿绣的父亲）以是故去，就否未可知。须旋日方可计校。"刘闻之，彷徨无以自主，惟坚守以伺其归。逾十馀日，忽闻兵警，犹疑讹传；久之，信益急，乃趣装行。中途遇乱，主仆相失，为侦者（军队的前哨）所掠。以刘文弱，疏其防，盗马亡去。至海州界，见一女子，蓬鬘垢耳，出履蹉跌，不可堪。刘驰过之，女遽呼曰："马上人非刘郎乎？"刘停鞭审顾，则阿绣也。心仍讶其为狐，曰："汝真阿绣耶？"女问："何为出此言？"刘述所遇。女曰："妾真阿绣也。父携妾自广宁归，遇兵被俘，授马屡堕。忽一女子，握腕趣遁（催促快逃。趣，cù，催促），荒窜军中，亦无诘者。女子健步若飞隼（sǔn，鹰类的一种），苦不能从，百步而屦（jù，古代用麻葛制成的一种鞋）屦褪焉。久之，闻号嘶渐远，乃释手曰：'别矣！前皆坦途，可缓行，爱汝者将至，宜与同归。'"刘知其狐，感之。因述其留盖之故。女言其叔为择婿于方氏，未委禽而乱始作。刘始知舅言非妄。携女马上，叠骑归。入门则老母无恙，大喜。系马入，俱道所以。母亦喜，为女盥濯，竟妆，容光焕发。母抚掌曰："无怪痴儿魂梦不置也！"遂设裀褥，使从己宿。又遣人赴盖，寓书（寄信）于姚。不数日，姚夫妇俱至，卜吉成礼乃去。

　　刘出藏箧，封识俨然。有粉一函，启之，化为赤土。刘异之。女掩口曰："数年之盗，今始发觉矣。尔日见郎任妾包裹，更不及审真伪，故以此相戏耳。"方嬉笑间，一人搴（qiān，撩起，揭开）帘入曰："快意如此，当谢蹇修（媒人的代称）否？"刘视之，又一阿绣也，急呼母。母及家人悉集，无有能辨识者。刘回眸亦迷；注目移时，始揖而谢之。女子索镜自照，赧然趋出，寻之已杳。夫妇感其义，为位（牌位）于室而祀之。一夕，刘醉归，室暗无人，方自挑灯，而阿绣至。刘挽问："何之？"笑曰："醉臭熏人，使人不耐！如此盘诘，谁作桑中逃（指外出幽会）耶？"刘笑捧其颊。女曰："郎视妾与狐姊孰胜？"刘曰："卿过之。然皮相者（只看外表的人）不辨也。"已而合扉相狎。俄有叩门者，女起笑曰："君亦皮相者也。"刘不解，趋启门，则阿绣入，大愕。始悟适与语者，狐也。暗中又闻笑声。夫妻望空而祷，祈求现像。狐曰："我不愿见阿绣。"问："何不另化一貌？"曰："我不能。"问："何故不能？"曰："阿绣，吾妹也，前世不幸夭殂。生时，与余从母至天宫，见西王母，心窃爱慕，归则刻意效之。妹较我慧，一月神似；我学三月而后成，然终不及妹。今已隔世，自谓过之，不意犹昔耳（仍如往昔，意谓和前世一样仍不能超过她）。我感汝两人诚，故时复一至，今去矣。"遂不复言。自此三五日辄一来，一切疑难悉决之。值阿绣归宁，来常数日住，家人皆惧避之。每有亡失，则华妆端坐，插玳瑁簪长数寸，朝家人（召集家中仆婢。朝，会集，召集）而庄语之："所窃物，夜当送至某所；不然，头痛大作，悔无及！"天明，果于某所获之。三年后，绝不复来。偶失金帛，阿绣效其妆，吓家人，亦屡效焉。

杨疤眼

一猎人，夜伏山中，见一小人，长二尺已来，踽踽（jǔ jǔ，孤独的样子）行涧底。少间，又一人来，高亦如之（高矮也相等）。适相值，交问何之（彼此相问到哪里去。之，到）。前者曰："我将往望杨疤眼。前见其气色晦黯，多罹不吉。"后人曰："我亦为此，汝言不谬。"猎者知其非人，厉声大叱，二人并无有矣。夜获一狐，左目上有瘢痕，大如钱。

小　翠

王太常（官名，掌管宫廷祭祀礼乐等事），越（指今浙江地区）人。总角时，昼卧榻上。忽阴晦，巨霆（迅雷）暴作，一物大于猫，来伏身下，展转不离。移时晴霁，物即径出。视之，非猫，始怖，隔房呼兄。兄闻，喜曰："弟必大贵，此狐来避雷霆劫也。"后果少年登进士，以县令入为侍御（殿中侍御史、监察御史为侍御）。生一子，名元丰，绝痴，十六岁不能知牝牡（pìn mǔ，雌雄，指男女性别），因而乡党无与为婚。王忧之。适有妇人率少女登门，自请为妇。视其女，嫣然展笑，真仙品也。喜问姓名。自言："虞氏。女小翠，年二八矣。"与议聘金。曰："是从我糠覈（粗粝的饭食。覈，hé，通"核"，果核）不得饱，一旦置身广厦，役婢仆，厌膏粱（厌，通"餍"，饱食。膏粱，肥脂与细粮，指美食），彼意适，我愿慰矣，岂卖菜也而索直乎！"夫人大悦，优厚之。妇即命女拜王及夫人，嘱曰："此尔翁姑（公婆），奉侍宜谨。我大忙，且去，三数日当复来。"王命仆马送之。妇言："里巷不远，无烦多事。"遂出门去。小翠殊不悲恋，便即奁中翻取花样。夫人亦爱乐之。

数日，妇不至。以居里问女，女亦憨然不能言其道路。遂治别院，使夫妇成礼。诸戚闻拾得贫家儿作新妇，共笑姗（嘲笑）之；见女皆惊，群议始息。

女又甚慧，能窥翁姑喜怒。王公夫妇，宠惜过于常情，然惕惕（担心、忧虑）焉，惟恐其憎子痴；而女殊欢笑，不为嫌。第（但）善谑，剌布作圆（缝布作球），蹋踘（俗名踢球。类似蹴鞠的玩具）为笑。着小皮靴，蹴去数十步，给公子奔拾之，公子及婢恒流汗相属。一日，王偶过，圆碻然来，直中面目。女与婢俱敛迹去，公子犹踊跃奔逐之。王怒，投之以石，始伏而啼。王以告夫人；夫人往责女，女俯首微笑，以手刓（wán，划刻）床。既退，憨跳如故，以脂粉涂公子，作花面如鬼。夫人见之，怒甚，呼女诟骂。女倚几弄带，不惧，亦不言。夫人无奈之，因杖其子。元丰大号，女始色变，屈膝乞宥。夫人怒顿解，释杖去。女笑拉公子入室，代扑衣上尘，拭眼泪，摩挲杖痕，饵以枣栗。公子乃收涕以忻（止住眼泪而欢喜高兴。忻，xīn）。女阖庭户，复装公子作霸王（扮演楚汉相争时霸王和虞姬），作沙漠人（扮演的是汉王昭君出塞和亲）；已乃艳服，束细腰，婆娑作帐下舞；或髻插雉尾，拨琵琶，丁丁缕缕（形容弹奏琵琶所发出的连续不断的声响。丁丁，zhēng zhēng；形容声音响亮。缕缕，形容声细不绝）然，喧笑一室，日以为常。王公以子痴，不忍过责妇；即微闻焉，亦若置之。

同巷有王给谏（官名，给事中的别称）者，相隔十馀户，然素不相能（向来不相容）。时值三年大计（对外官的考绩）吏，忌公握河南道篆，思中伤之。公知其谋，忧虑无所为计。一夕，早寝。女冠带，饰冢宰（在六部指吏部尚书）状，剪素丝作浓髭（素丝，白色生丝。浓髭，密集的胡须），又以青衣饰两婢为虞候（此指侍卫、随员），窃跨厩马而出，戏云："将谒王先生。"驰至给谏之门，即又鞭挝从人，大言曰："我谒侍御王（指王太常），宁谒给谏王耶！"回辔而归。比至家门，门者误以为真，奔白王公。公急起承迎，方知为子妇之戏。怒甚，谓夫人曰："人方蹈我之瑕（寻找我的过错），反以闺阁之丑，登门而告之。余祸不远矣！"夫人怒，奔女室，诟让（责骂。让，责备）之。女惟憨笑，并不一置词。挞之，不忍；出（休弃）之，则无家：夫妻懊怨，终夜不寝。时冢宰某公赫甚，其仪采服从（仪容、风采、服饰和扈从），与女伪装无少殊别，王给谏亦误为真。屡侦公门，中夜而客未出，疑冢宰与公有阴谋。次日早朝，见而问曰："夜，相公（此指上文所说的"冢宰"）至君家耶？"公疑其相讥，惭言唯唯，不甚响答。给谏愈疑，谋遂寝（停止、中止），由此益交欢公。公探知其情，窃喜，而阴嘱夫人，劝女改行（xíng，改变其所作所为）；女笑应之。

逾岁，首相（也指上文所说的"冢宰"）免，适有以私函致公者，误投给谏。给谏大喜，先托善公者往假万金，公拒之。给谏自诣公所。公觅巾袍（寻找官服，拟穿戴出见宾客），并不可得；给谏伺候久，怒公慢，愤将行。忽见公子衮衣旒冕（此指穿戴帝王冠服。衮衣，皇帝所穿的龙袍。旒冕，前后悬垂玉串的皇冠。衮，gǔn，旒，liú），有女子自门内推之以出。大骇；已而笑抚之，脱其服冕而去。公急出，则客去远。闻其故，惊颜如土，大哭曰："此祸水也！指日赤吾族（不久就将诛灭我家全族。赤族，全家族被杀）矣！"与夫人操杖往。女已知之，阖扉任其诟厉。公怒，斧其门。女在内含笑而告之曰："翁无烦怒。有新妇在，刀锯斧钺，妇自受之，必不令贻害双亲。翁若此，是欲杀妇以灭口耶？"公乃止。给谏归，果抗疏（上疏直陈）揭王不轨（越出常轨，不守法度），衮冕作据。上惊验之，其旒冕乃梁藨心所制，袍则败布黄袱也。上怒其诬。又召元丰至，见其憨状可掬，笑曰："此可以作天子耶？"乃下之法司（把王给谏交付法司审理。明清时代，以刑部、都察院、大理寺为三法司，负责审理重大案件）。给谏又讼公家有妖人，法司严诘臧获（奴婢。骂奴曰臧，骂婢为获），并言无他，惟颠妇痴儿，日事戏笑；邻里亦无异词。案乃定，以给谏充云南军。王由是奇女。又以母久不至，意其非人。使夫人探诘之，女但笑不言。再复穷问，则掩口曰："儿玉皇女，母不知耶？"

无何，公擢京卿。五十馀，每患无孙。女居三年，夜夜与公子异寝，似未尝有所私。夫人异榻去，嘱公子与妇同寝。过数日，公子告母曰："借榻去，悍不还！小翠夜夜以足股加腹上，喘气不得；又惯掐人股里。"婢妪无不粲然。夫人呵拍令去。一日，女浴于室，公子见之，欲与偕；女笑止之，谕使姑待。既去，乃更泻热汤于瓮，解其袍袴，与婢扶之入。公子觉蒸闷，大呼欲出。女不听，以衾蒙之。少时，无声，启视，已绝（气绝）。女坦笑不惊，曳置床上，拭体干洁，加复被焉。夫人闻之，哭而入，骂曰："狂婢何杀吾儿！"女輶然（笑的样子）曰："如此痴儿，不如勿有。"夫人益恚，以首触女；婢辈争曳劝之。方纷噪间，一婢告曰："公子呻矣！"辍涕抚之，则气息休休，而大汗浸淫（浸渍，逐步扩大），沾浃裀褥。食顷，汗已，忽开目四顾，遍视家人，似不相识，曰："我今回忆往昔，都如梦寐，何也？"夫人以其言语不痴，大异之。携参其父，屡试之，果不痴。大喜，如获异宝。至晚，还榻故处，更设衾枕以觇之。公子入室，尽遣婢去。早窥之，则榻虚设。自此痴颠皆不复作，而琴瑟静好，如形影焉。

年馀，公为给谏之党奏劾免官，小有罣（guà，因过失或牵连而受到处分）误。旧有广西中丞所赠玉瓶，价累千金，将出以贿当路。女爱而把玩之，失手堕碎，惭而自投。公夫妇方以免官不快，闻之，怒，交口呵骂。女忿而出，谓公子曰："我在汝家，所保全者不止一瓶，何遂不少存面目？实与君言：我非人也。以母遭雷霆之劫，深受而翁庇翼；又以我两人有五年夙分，故以我来报曩恩、了夙愿耳。身受唾骂，擢发不足以数，所以不即行者，五年之爱未盈。今何可以暂止乎！"盛气而出，追之已杳。公爽然自失（意谓深为内疚。爽然，茫然。自失，内心空虚），而悔无及矣。公子入室，睹其剩粉遗钩，恸哭欲死；寝食不甘，日就羸瘁。公大忧，急为胶续（指续娶。旧时以琴瑟谐和比喻夫妇，因此俗谓丧妻为断弦，再娶曰续弦）以解之，而公子不乐。惟求良工画小翠像，日夜浇祷其下，几二年。

偶以故自他里归，明月已皎，村外有公家亭园，骑马墙外过，闻笑语声，停辔，使厩卒捉鞚（马夫抓住有嚼口的马络头。鞚，kòng）；登鞍一望，则二女郎游戏其中。云月昏蒙，不甚可辨，但闻一翠衣者曰："婢子当逐出门！"一红衣者曰："汝在吾家园亭，反逐阿谁？"翠衣人曰："婢子不羞！不能作妇，被人驱遣，犹冒认物产也？"红衣者曰："索胜（总还胜过）老大婢无主顾者！"听其音，酷类小翠，疾呼之。翠衣人去曰："姑不与若争，汝汉子来矣。"既而红衣人来，果小翠。喜极。女令登垣承接而下之，曰："二年不见，骨瘦一把矣！"公子握手泣下，具道相思。女言："妾亦知之，但无颜复见家人。今与大姊游戏，又相邂逅，足知前因不可逃也。"请与同归，不可；请止园中，许之。公子遣仆奔白夫人。夫人惊起，驾肩舆而往，启钥入亭。女即趋下迎拜；夫人捉臂流涕，力白前过，几不自容，曰："若不少记榛梗（草木丛生，阻塞不通；喻隔阂，前嫌），请偕归，慰我迟暮。"女峻辞不可。夫人虑野亭荒寂，谋以多人服役。女曰："我诸人悉不愿见，惟前两婢朝夕相从，不能无眷注耳；外惟一老仆应门，馀都无所复须。"夫人悉如其言。托公子养疴园中，日供食用而已。

女每劝公子别婚，公子不从。后年馀，女眉目音声，渐与曩异，出像质之，迥若两人。大怪之。女曰："视妾今日，何如畴昔美？"公子曰："二十馀岁，何得速老。"女笑而焚图，救之已烬。一日，谓公子曰："昔在家时，阿翁谓妾抵死不作茧（到老不生育）。今亲老君孤，妾实不能产，恐误君宗嗣。请娶妇于家，且晚侍奉公姑，君往来于两间，亦无所不便。"公子然之，纳币（下聘礼）于锺太史（古史官。明清时，因修史之事归于翰林院，因称翰林为"太史"）之家。吉期将近，女为新人制衣履，赍送母所。及新人入门，则言貌举止，与小翠无毫发之异。大奇之。往至园亭，则女亦不知所在。问婢，婢出红巾曰："娘子暂归宁，留此贻公子。"展巾，则结玉玦（玉饰，形为环而有缺口，古时常用以赠人表示决绝）一枚，心知其不返，遂携婢俱归。虽顷刻不忘小翠，幸而对新人如觌旧好焉。始悟锺氏之姻，女预知之，故先化其貌，以慰他日之思云。

异史氏曰："一狐也，以无心之德，而犹思所报；而身受再造之福者，顾失声于破甑（东汉孟敏荷甑而行，甑堕地破裂，孟敏不顾而去，认为"甑已破矣，视之何益"。这里反用其意，借以指责王太常毫无涵养，竟然惋惜已碎的玉瓶，诟骂对王家有再造之德的小翠），何其鄙哉！月缺重圆，从容而去，始知仙人之情，亦更深于流俗也！"

金和尚

金和尚，诸城（今属潍坊）人。父无赖，以数百钱鬻（卖）于五莲山寺。小顽钝，不能肄清业（佛教指和尚诵经、打坐等），牧猪赴市，若佣保。后本师（佛教指释迦牟尼，意即祖师）死，稍有遗金，卷怀（收藏）离寺，作负贩去。饮羊、登垄（泛指欺诈牟利、独霸市场的卑劣行为），计最工。数年暴富，买田宅于水坡里。弟子繁有徒，食指日千计。绕里膏田千百亩。里中起第数十处，皆僧，无人；即有，亦贫无业，携妻子，僦（jiù，租赁）屋佃田者也。每一门内，四缭连屋，皆此辈列而居。僧舍其中：前有厅事（此指私宅所设处理家务的处所），梁楹节桷（即屋梁、楹柱、柱端斗拱、梁上短柱。桷，zhuō），绘金碧，射人眼；堂上几屏，晶光可鉴；又其后为内寝，朱帘绣幕，兰麝充溢喷人；螺钿雕檀为床，床上锦茵褥（锦绣的褥子。茵，坐垫，褥子。褥，rù），褶叠厚尺有咫；壁上美人、山水诸名迹，悬粘几无隙处。一声长呼，门外数十人轰应如雷。细缨革靴者（指仆人），皆乌集鹄立（犹言群集恭立）；受命皆掩口语，侧耳以听。客仓卒至，十馀筵可咄嗟办（立即办好。咄嗟，犹呼吸之间，谓时间短暂），肥醴（肥肉、甜酒）蒸薰，纷纷狼藉如雾霈。但不敢公然蓄歌妓；而狡童（此指美貌的少年）十数辈，皆慧黠能媚人，皂纱缠头，唱艳曲，听睹亦颇不恶。金若一出，前后数十骑，腰弓矢相摩戛（碰撞。戛，击）。奴辈呼之皆以"爷"；即邑人之若民，或"祖"之，"伯、叔"之，不以"师"，不以"上人"，不以禅号也。其徒出，稍稍杀（减）于金，而风鬃云辔，亦略于贵公子等。金又广结纳，即千里外呼吸亦可通，以此挟方面短长，偶气触之，辄惕自惧（谓惊惧不安）。而其为人，鄙不文，顶趾无雅骨（浑身无一点文雅气）。生平不奉一经，持一咒，迹不履寺院，室中亦未尝蓄铙鼓（未置法事之具）；此等物，门人辈弗及见，并弗及闻。凡僦屋者，妇女浮丽如京都，脂泽金粉，皆取给于僧；僧亦不之靳（吝惜），以故里中不田而农者以百数。时而恶佃决（割断）僧首瘗（yì，掩埋，埋葬）床下，亦不甚穷诘，但逐去之，其积习然也。金又买异姓儿，私子之。延儒师，教帖括（明清时代，指科举考试的八股文为帖括）业。儿聪慧能文，因令入邑庠；旋援例（谓援例捐纳作监生）作太学生；未几，赴北闱（清代指称顺天即今北京市的乡试），领乡荐（谓考中举人）。由是金之名以"太公"噪。向之"爷"之者"太"之（过去称爷的，现在称太爷），膝席者皆垂手执儿孙礼。

无何，太公僧薨。孝廉缞绖卧苫块（穿孝服，守丧制，如丧父母。卧苫块，古人居父母之丧，铺草席，枕土块。缞绖，cuī dié），北面称孤（跪于灵前，自称孤子）；诸门人释杖满床榻；而灵帏后嘤嘤细泣，惟孝廉夫人一而已。士大夫妇咸华妆来，搴帏（揭开灵帏。搴，qiān，揭）吊唁，冠盖舆马塞道路。殡日，棚阁云连，旛幢（此指用于丧仪的旌旗）翳日。殉葬刍灵（茅草扎成的人马，古时殉葬用品），饰以金帛；舆盖仪仗数十事（件）；马千匹，美人百袂（谓美人五十。袂，衣袖），皆如生。方弼、方相（本古代驱疫避邪的神像，殡葬时：将其用纸、竹等糊扎成高大狰狞的形象，作为开路神），以纸壳制巨人，皂帕金铠；空中而横以木架，纳活人内负之行。设机转动，须眉飞舞；目光铄闪，如将叱咤。观者惊怪，或小儿女遥望之，辄啼走。冥宅壮丽如宫阙，楼阁房廊连垣数十亩，千门万户，入者迷不可出。祭品象物，多难指名。会葬者盖相摩（车盖相碰撞），上自方面，皆伛偻入，起拜如朝仪；下至贡监（明制，生员入监读书者，谓之贡监）簿史，则手据地以叩，不敢劳公子，劳诸师叔也。当是时，倾国瞻仰，男女喘汗属于道（zhǔ，相接于道）；携妇襁儿（背负哺乳幼童。襁，襁褓），呼兄觅妹者声鼎沸。杂以鼓乐喧豗（xuān huī，嘈杂的响声），百戏鞺鞳（散乐杂技的锣鼓喧闹。鞺鞳，tāng tà），人语都不可闻。观者自肩以下皆隐不见，惟万顶攒动而已。有孕妇痛急欲产，诸女伴张裙为幄，罗守之；但闻儿啼，不暇问雌雄，断幅绷怀中，或扶之，或曳之，蹩躠（bié sà，此谓歪歪倒倒，如跛行一般）以去。奇观哉！葬后，以金所遗资产，瓜分而二之：子一，门人一。孝廉得半，而居第之南、之北、之东西，尽缁党（全是和尚。缁，黑色。僧服色尚黑，因以指僧人）。然皆兄弟叙，痛痒又相关云。

异史氏曰："此一派也，两宗未有，六祖无传，可谓独辟法门（佛教指修行者入道的门径）者矣。抑闻之：五蕴（也称"五阴"、"五众"。佛教指色、受、想、行、识）皆空，六尘（佛教指色、声、香、味、触、法）不染，是谓'和尚'；口中说法，座上参禅（佛教修行方法，即默坐静思，悟求佛理），是谓'和样'；鞋香楚地，笠重吴天（指僧人履地戴天，云游四方），是谓'和撞'；鼓钲锽聒（钟鼓之声震耳），笙管敖曹（喧闹），是谓'和唱'；狗苟钻缘，蝇营淫赌，是谓'和幛'。金也者，'尚'耶？'样'耶？'唱'耶？'撞'耶？抑地狱之'幛'耶？"

龙戏蛛

徐公为齐东（县名，在今山东省济阳、章丘、高青三县之间）令。署中有楼，用藏肴饵，往往被物窃食，狼藉于地。家人屡受谯责（谴责；责问。谯，qiáo），因伏伺之。见一蜘蛛，大如斗。骇走白（禀告）公。公以为异，日遣婢辈投饵焉。蛛益驯，饥辄出依人，饱而后去。积年馀，公偶阅案牍，蛛忽来伏几上。疑其饥，方呼家人取饵；旋见两蛇夹蛛卧，细裁如箸，蛛爪踡腹缩，若不胜惧。转瞬间，蛇暴长，粗于卵。大骇，欲走。巨霆大作，合家震毙。移时，公苏；夫人及婢仆击死者七人。公病月馀，寻卒。公为人廉正爱民，柩发之日，民敛钱以送，哭声满野。

异史氏曰："龙戏蛛，每意是里巷之讹言耳，乃真有之乎？闻雷霆之击，必于凶人，奈何以循良之吏，罹此惨毒？天公之愦愦（胡涂），不已多乎！"

阎罗宴

静海（县名，今属天津市）邵生，家贫。值母初度（生日），备牲酒祀于庭；拜已而起，则案上肴馔皆空。甚骇，以情告母。母疑其困乏不能为寿，故诡言之。邵默然无以自白。无何，学使案临，苦无资斧（指旅费、盘缠），薄贷而往。途遇一人，伏候道左，邀请甚殷。从去，见殿阁楼台，弥亘街路（远接街路。弥亘，远远相接。街路，临街之路）。既入，一王者坐殿上，邵伏拜。王者霁颜（和颜悦色）命坐，即赐宴饮，因曰："前过华居，厮仆辈道路饥渴，有叨盛馔。"邵愕然不解。王者曰："我忤官王（俗称"十殿阎罗"之一）也。不记尊堂设帨之辰（指其母寿辰。尊堂，对人父母的敬称。设帨之辰，指称女子生日）乎？"筵终，出白镪一裹（白金一包），曰："豚蹄之扰，聊以相报。"受之而出，则宫殿人物，一时都渺；惟有大树数章（量词，株），萧然道侧。视所赠，则真金，秤之得五两。考终，止耗其半，犹怀归以奉母焉。

细　柳

细柳娘，中都（古邑名，在今河南省沁阳市东北）之士人女也。或以其腰嫚袅（轻捷袅娜。嫚，轻捷的样子。嫚，piāo）可爱，戏呼之"细柳"云。柳少慧，解文字，喜读相人书。而生平简默（沉默少言），未尝言人臧否（善恶，得失）；但有问名者，必求一亲窥其人。阅人甚多，俱未可，而年十九矣。父母怒之曰："天下迄无良匹，汝将以丫角老（终身做姑娘，犹言做老处女、老姑娘。丫角，未出嫁少女头上梳作两髻，像分叉的两只角，因称）耶？"女曰："我实欲以人胜天；顾久而不就，亦吾命也。今而后，请惟父母之命是听。"

时有高生者，世家名士，闻细柳之名，委禽（送聘礼，表示定婚）焉。既醮（jiào，结婚），夫妇甚得。生前室遗孤，小字长福，时五岁，女抚养周至。女或归宁，福辄号啼从之，呵遣所不能止。年余，女产一子，名之长怙。生问名字之义，答言："无他，但望其长依膝下耳。"女于女红疏略，常不留意；而于亩之东南（田亩耕作之事），税之多寡，按籍而问，惟恐不详。久之，谓生曰："家中事请置勿顾，待妾自为之，不知可当家否？"生如言，半载而家无废事，生亦贤之。

一日，生赴邻村饮酒，适有追逋赋者（追讨拖欠赋税者。逋，拖欠），打门而谇（suì，责骂）；遣奴慰之，弗去。乃趣（通"促"，促使）童召生归。隶既去，生笑曰："细柳，今始知慧女不若痴男耶？"女闻之，俯首而哭。生惊挽而劝之，女终不乐。生不忍以家政累之，仍欲自任，女又不肯。晨兴夜寐，经纪（料理；安排）弥勤。每先一年，即储来岁之赋，以故终岁未尝见催租者一至其门；又以此法计衣食，由此用度益纾（越发宽裕）。于是生乃大喜，尝戏之曰："细柳何细哉：眉细、腰细、凌波细（谓脚小。凌波，原指女子轻盈步态），且喜心思更细。"女对曰："高郎诚高矣：品高、志高、文字高，但愿寿数尤高。"村中有货美材（优质棺木）者，女不惜重直致之；价不能足，又多方乞贷于戚里。生以其不急之物，固止之，卒弗听。蓄之年馀，富室有丧者，以倍资赎诸其门（以比原价多一倍的价钱到其家买取）。生因利而谋诸女，女不可。问其故，不语；再问之，荧荧欲涕。心异之，然不忍重拂焉，乃罢。

又逾岁，生年二十有五，女禁不令远游；归稍晚，僮仆招请者，相属于道。于是同人咸戏谤之。一日，生如友人饮，觉体不快而归，至中途堕马，遂卒。时方溽暑，幸衣衾皆所夙备。里中始共服细娘智。福年十岁，始学为文。父既殁，娇惰不肯读，辄亡去从牧儿遨（逃去跟牧童玩耍）。谯诃（qiáo hē，呵斥谴让）不改，继以夏楚（夏和楚本为教学的体罚工具。此处是鞭打的意思。夏，jiǎ），而顽冥如故。母无奈之，因呼而谕之曰："既不愿读，亦复何能相强？但贫家无冗人（闲散之人），便更若衣，使与僮仆共操作。不然，鞭挞勿悔！"于是衣以败絮，使牧豕；归则自掇陶器，与诸仆啖饭粥。数日，苦之，泣跪庭下，愿仍读。母返身面壁，置不闻。不得已，执鞭啜泣而出。残秋向尽，桁（hàng，衣架）无衣，足无履，冷雨沾濡，缩头如丐。里人见而怜之，纳继室者，皆引细娘为戒，啧有烦言（本谓言语发生争执。此谓里人对细娘有许多非议）。女亦稍稍闻之，而漠不为意。福不堪其苦，弃豕逃去；女亦任之，殊不追问。积数月，乞食无所，憔悴自归；不敢遽入，哀求邻媪往白母。女曰："若能受百杖，可来见；不然，早复去。"福闻之，骤入，痛哭愿受杖。

母问："今知改悔乎？"曰："悔矣。"曰："既知悔，无须挞楚，可安分牧豕，再犯不宥！"福大哭曰："愿受百杖，请复读。"女不听。邻姬怂恿之，始纳焉。濯发授衣，令与弟怙同师。勤身锐虑，大异往昔，三年游泮（进县学，成为秀才）。中丞（巡抚）杨公，见其文而器之，月给常廪（即使其为廪生），以助灯火。怙最钝，读数年不能记姓名。母令弃卷而农。怙游闲惮于作苦。母怒曰："四民（指士、农、工、商）各有本业，既不能读，又不能耕，宁不沟瘠死（谓辗转沟壑饥饿而死。瘠，饿死）耶？"立杖之。由是率奴辈耕作，一朝晏起，则诟骂从之；而衣服饮食，母辄以美者归兄。怙虽不敢言，而心窃不能平。农工既毕，母出资使学负贩。怙淫（放纵，沉溺）赌，入手丧败，诡托盗贼运数，以欺其母。母觉之，杖责濒死。福长跪哀乞，愿以身代，怒始解。自是一出门，母辄探察之。怙行稍敛，而非其心之所得已也。

一日，请母，将从诸贾入洛；实借远游，以快所欲，而中心惕惕，惟恐不遂所请。母闻之，殊无疑虑，即出碎金三十两，为之具装；末又以铤金（金锭）一枚付之，曰："此乃祖宦囊（指做官所得财物）之遗，不可用去，聊以压装，备急可耳。且汝初学跋涉，亦不敢望重息，只此三十金得无亏负足矣。"临又嘱之。怙诺而出，欣欣意自得。至洛，谢绝客侣，宿名娼李姬之家。凡十馀夕，散金渐尽。自以巨金在橐，初不意空匮在虑；及取而斫之，则伪金耳。大骇，失色。李媪见其状，冷语侵客。怙心不自安，然囊空无所向往，犹翼姬念夙好，不即绝之。俄有二人握索入，骤絷项领。惊惧不知所为。哀问其故，则姬已窃伪金去首公庭矣。至官，不能置辞，梏掠几死。收狱中，又无资斧，大为狱吏所虐，乞食于囚，苟延馀息。初，怙之行也，母谓福曰："记取廿日后，当遣汝之洛。我事烦，恐忽忘之。"福不知所谓，黯然欲悲，不敢复请而退。过二十日而问之。叹曰："汝弟今日之浮荡，犹汝昔日之废学也。我不冒恶名，汝何以有今日？人皆谓我忍，但泪浮枕簟，而人不知耳！"因泣下。福侍立敬听，不敢研诘。泣已，乃曰："汝弟荡心不死，故授之伪金以挫折之，今度已在缧绁（léi xiè，捆绑犯人的黑绳索。借指监狱）中矣。中丞待汝厚，汝往求焉，可以脱其死难，而生其愧悔也。"福立刻而发。比入洛，则弟被逮三日矣。即狱中而望之，怙奄然面目如鬼，见兄涕不可仰。福亦哭。时福为中丞所宠异，故遐迩皆知其名。邑宰知为怙兄，急释之。怙至家，犹恐母怒，膝行而前。母顾曰："汝愿遂耶？"怙零涕不敢复作声，福亦同跪，母始叱之起。由是痛自悔，家中诸务，经理（料理）维勤；即偶惰，母亦不呵问之。凡数月，并不与言商贾，意欲自请而不敢，以意告兄。母闻而喜，并力质贷而付之，半载而息倍焉。是年，福秋捷（秋闱告捷，谓考中举人），又三年登第（登进士第，谓中进士）；弟货殖累巨万矣。邑有客洛者，窥见太夫人，年四旬，犹若三十许人，而衣妆朴素，类常家云。

异史氏曰："《黑心符》（《黑心符》，书名，唐代莱州长史于义方撰，书内论述时人续娶继室之害，以劝诫子孙。后因以指暴虐不仁的继室）出，芦花变生（为孔门弟子闵子骞受继母虐待的故事），古与今如一丘之貉，良可哀也！或有避其谤者，又每矫枉过正，至坐视儿女之放纵而不一置问，其视虐遇者几何哉？独是日挞所生，而人不以为暴；施之异腹儿，则指摘从之矣。夫细柳固非独忍于前子也；然使所出贤，亦何能出此心以自白于天下？而乃不引嫌，不辞谤，卒使二子一富一贵，表表（特出，卓立）于世。此无论闺阃（内室。此代指妇女），当亦丈夫之铮铮者（佼佼者）矣！"

画 马

临清（县名，即今山东省临清市）崔生，家綦贫。围垣（指围绕住宅修建的垣墙）不修。每晨起，辄见一马卧露草间，黑质白章；惟尾毛不整，似火燎断者。逐去，夜又复来，不知所自。崔有好友，官于晋（山西省的简称），欲往就之，苦无健步（指可供骑乘的大牲口马、骡之类。步，代步，坐骑），遂捉马施勒乘去，嘱家人曰："倘有寻马者，当如晋以告。"

既就途，马骛驶（急驰），瞬息百里。夜不甚饯刍豆（饯，同"啖"，吃。刍豆，犹言草料），意其病。次日紧衔（拉紧马嚼子）不令驰，而马蹄嘶喷沫，健怒如昨。复纵之，午已达晋。时骑入市廛（指店铺集中的市区。廛，chán），观者无不称叹。晋王闻之，以重直购之。崔恐为失者所寻，不敢售。居半年，无耗（音讯，消息），遂以八百金货于晋邸，乃自市健骡归。

后王以急务，遣校尉（武官名，清制八品以下为校尉，也指称卫士）骑赴临清。马逸（受惊狂奔），追至崔之东邻，入门，不见。索诸主人。主曾姓，实莫之睹。及入室，见壁间挂子昂画马一帧，内一匹毛色浑似，尾处为香炷所烧，始知马，画妖也。校尉难复王命，因讼曾。时崔得马资，居积盈万，自愿以直贷曾，付校尉去。曾甚德之，不知崔即当年之售主也。

局 诈

某御史（官名，明清指监察御史，别称侍御）家人，偶立市间，有一人衣冠华好，近与攀谈。渐问主人姓字、官阀（官阶门第），家人并告之。其人自言："王姓，贵主（对公主的尊称）家之内使也。"语渐款洽，因曰："宦途险恶，显者皆附贵戚之门，尊主人所托何人也？"答曰："无之。"王曰："此所谓惜小费而忘大祸者也。"家人曰："何托而可？"王曰："公主待人以礼，能覆翼（荫庇，保护）人。某侍郎系仆阶进（某侍郎就是通过我而进见公主的。侍郎，官名，明清时为中央六部的副长官。仆，自我谦称。阶进，当台阶使之进）。倘不惜千金赀，见公主当亦不难。"家人喜，问其居止。便指其门户曰："日同巷不知耶？"家人归告侍御。侍御喜，即张盛筵，使家人往邀王。王欣然来。筵间道公主情性及起居琐事甚悉，且言："非同巷之谊，即赐百金赏，不肯效牛马。"御史益佩戴之。临别，订约，王曰："公但备物，仆乘间言之，旦晚当有报命。"

越数日始至，骑骏马甚都（美好），谓侍御曰："可速治装行。公主事大烦，投谒者踵相接，自晨及夕，不得一间。今得一间，宜急往，误则相见无期矣。"侍御乃出兼金（价值倍于常金的好金子）重币，从之去。曲折十馀里，始至公主第，下骑祇候（恭候、敬候）。王先持赘入。久之，出，宣言："公主召某御史。"即有数人接递传呼。侍御伛偻而入，见高堂上坐丽人，姿貌如仙，服饰炳耀；侍姬皆着锦绣，罗列成行。侍御伏谒尽礼，传命赐坐檐下，金碗进茗。主略致温旨，侍御肃而退。自内传赐缎靴、貂帽。

既归，深德（感激）王，持刺（名片）谒谢，则门阖无人。疑其侍主未复。三日三诣，终不复见。使人询诸贵主之门，则高扉扃锢（大门关闭。扃锢，jiōng gù）。访之居人，并言："此间曾无贵主。前有数人僦（jiù，租赁）屋而居，今去已三日矣。"使反命，主仆丧气而已。

副将军（武官名。位在将军之下，参将之上）某，负资入都，将图握篆（谋作将军。握篆，掌印之官，即任正职的官员），苦无阶。一日，有裘马者（衣裘乘马者。裘马，谓衣饰、坐骑华贵）谒之，自言："内兄为天子近侍。"茶已，请间（即请避人私下交谈。间，间语，私语）云："目下有某处将军缺，倘不吝重金，仆嘱内兄游扬（宣扬，传扬。此谓在皇帝面前称道其能）圣主之前，此任可致，大力者不能夺也。"某疑其妄。其人曰："此无须踟蹰。某不过欲抽小数于内兄，于将军锱铢无所望。言定如干数，署券为信。待召见后，方求实给；不效，则汝金尚在，谁从怀中而攫之耶？"某乃喜，诺之。次日，复来引某去，见其内兄，云："姓田。"煊赫如侯家。某参谒，殊傲睨不甚为礼。其人持券向某曰："适与内兄议，率（大约，大概）非万金不可，请即署尾（在文件末尾签署）。"某从之。田曰："人心叵测，事后虑有反复。"其人笑曰："兄虑之过矣。既能予之，宁不能夺之耶？且朝中将相，有愿纳交而不可得者。将军前程方远，应不丧心（丧失理智）至此。"某亦力矢而去。其人送之，曰："三日即复公命。"

逾两日，日方西，数人吼奔而入，曰："圣上坐待矣！"某惊甚，疾趋入朝。见天子坐殿上，爪牙（鸟兽用以自卫的爪和牙，此引申指守卫宫廷的武士）森立。某拜舞已。上命赐坐，慰问殷勤，顾左右曰："闻某武烈非常，今见之，真将军才也！"因曰："某处险要地，今以委卿，勿负朕意，侯封有日耳。"某拜恩出。即有前日裘马者从至客邸，依券兑付而去。于是高枕待绶（印绶。此代指官印），日夸荣于亲友。过数日，探访之，则前缺已有人矣。大怒，忿争于兵部（隋唐以后，中央六部之一，掌全国武官选用、兵籍、军械、军令之政，长官为兵部尚书）之堂，曰："某承帝简，何得授之他人？"司马（官名，后世用作兵部尚书的别称）怪之。及述宠遇，半如梦境。司马怒，执下廷尉。始供其引见者之姓名，则朝中并无此人。又耗万金，始得革职而去。异哉！武弁（即武冠，借指武官、武士。弁，biàn）虽骏（ái，痴呆，愚蠢），岂朝门亦可假耶？疑其中有幻术存焉，所谓"大盗不操矛弧（善于偷盗的人并不手持武器。矛，武器。弧，木弓）"者也。

嘉祥（县名，今属山东省）李生，善琴。偶适东郊，见工人（古时指从事劳役的人）掘土得古琴，遂以贱直得之。拭之有异光；安弦而操，清烈非常。喜极，若获拱璧（古代一种大型玉璧。用于祭祀。因其须双手拱执，故名），贮以锦囊，藏之密室，虽至戚不以示也。

邑丞（县丞，县令的佐官）程氏，新莅任，投刺（名片）谒李。李故寡交游，以其先施故（因其首先拜谒的缘故。施，先加礼致敬叫施），报之。过数日，又招饮，固请乃往。程为人风雅绝伦，议论潇洒，李悦焉。越日，折柬酬之，欢笑益洽。从此月夕花晨，未尝不相共也。年馀，偶于丞廨中，见绣囊裹琴置几上，李便展玩。程问："亦谙此否？"李曰："生平最好。"程讶曰："知交非一日，绝技胡不一闻？"拨炉爇沉香，请为小奏。李敬如教。程曰："大高手！愿献薄技，勿笑小巫也。"遂鼓"御风曲"，其声泠泠（líng líng，形容音调清脆悦耳），有绝世出尘之意。李更倾倒，愿师事之。

自此二人以琴交，情分益笃。年馀，尽传其技。然程每诣李，李以常琴供之，未肯泄所藏也。一夕，薄醉。丞曰："某新肄（学习，练习）一曲，亦愿闻之乎？"为奏"湘妃"（琴曲名，即《湘妃怨》），幽怨若泣。李亟赞之。丞曰："所恨无良琴；若得良琴，音调益胜。"李欣然曰："仆蓄一琴，颇异凡品。今遇锺期（今遇知音。锺期，即锺子期，春秋时楚国人，精于音律，与善琴者伯牙相知），何敢终密？"乃启椟负囊而出。程以袍袂拂尘，凭几再鼓，刚柔应节，工妙入神。李击节不置。丞曰："区区拙技，负此良琴。若得荆人（谦指自己的妻子）一奏，当有一两声可听者。"李惊曰："公闺中亦精之耶？"丞笑曰："适此操（琴曲曰操）乃传自细君（古代诸侯之妻称小君，又称细君。后通指妻。）者。"李曰："恨在闺阁，小生不得闻耳。"丞曰："我辈通家（本谓世代交谊之家。这里是说一家人，极言其关系亲密），原不以形迹相限。明日，请携琴去，当使隔帘为君奏之。"李悦。次日，抱琴而往。丞即治具欢饮。少间，将琴入，旋出即坐。俄见帘内隐隐有丽妆，顷之，香流户外。又少时，弦声细作，听之，不知何曲；但觉荡心媚骨，令人魂魄飞越。曲终便来窥帘，竟二十馀绝代之姝也。丞以巨白（大酒杯）劝釂（jiào，饮尽杯中酒），内复改弦为"闲情之赋"，李形神益惑。倾饮过醉，离席兴辞（起身告辞。兴，起），索琴。丞曰："醉后防有磋跌（失足跌倒，失坠）。明日复临，当令闺人尽其所长。"

李归。次日诣之，则廨舍寂然，惟一老隶应门。问之，云："五更携眷去，不知何作，言往复可三日耳。"如期往伺之，日暮，并无音耗。吏皂皆疑，白令，破扃而窥其室；室尽空，惟几榻犹存耳。达之上台（将此事报告上官。达，通禀，报告。上台，犹上官），并不测其何故。李丧琴，寝食俱废，不远数千里访诸其家。程故楚产（楚地人。楚，泛指今湖北、湖南及河南南部地区），三年前，捐资授嘉祥（即通过向政府捐纳金钱被授为嘉祥县丞）。执其姓名，询其居里，楚中并无其人。或云：“有程道士者，善鼓琴；又传其有点金术。三年前，忽去不复见。”疑即其人。又细审其年甲、容貌，吻合不谬。乃知道士之纳官，皆为琴也。知交年馀，并不言及音律；渐而出琴，渐而献技，又渐而惑以佳丽；浸渍三年，得琴而去。道士之癖，更甚于李生也。天下之骗机多端，若道士，骗中之风雅者矣。

放　蝶

长山（旧县名，今山东省邹平县一带）王进士峚生（峚生，字子凉，明末进士，曾任如皋县知县。生平见《长山县志》）为令时，每听讼，按罪之轻重，罚令纳蝶自赎；堂上千百齐放，如风飘碎锦，王乃拍案大笑。一夜，梦一女子，衣裳华好，从容而入，曰：“遭君虐政，姊妹多物故（死亡）。当使君先受风流之小谴耳。”言已，化为蝶，回翔而去。明日，方独酌署中，忽报直指使（官名。也称直指使者，朝廷特派巡视地方的官员。明清时代，指巡按御史）至，皇遽而出，闺中戏以素花（白色的花）簪冠上，忘除之。直指见之，以为不恭，大受诟骂而返。由是罚蝶令遂止。

青城（地名，即今山东省高青县）于重寅，性放诞。为司理（也称“司李”，明清指推官，掌狱讼）时，元夕（农历正月十五日）以火花爆竹缚驴上，首尾并满，牵登太守（此指知府）之门，击柝（敲着木梆。柝，旧时巡夜者击以报更的木梆）而请，自白：“某献火驴，幸出一览。”时太守有爱子患痘，心绪方恶，辞之。于固请之。太守不得已，使阍人（守门人）启钥。门甫辟，于火发机，推驴入。爆震驴惊，蹄趹（tí jué，用蹄踢）狂奔；又飞火射人，人莫敢近。驴穿堂入室，破瓯毁甄，火触成尘，窗纱都烬。家人大哗。痘儿惊陷，终夜而死。太守痛恨，将揭劾（检举其过错而弹劾）。于浼诸司道（向司道官长求情。浼，měi，请托，央求。司道，指布政使司、按察使司及道员），登堂负荆，乃免。

钟　生

钟庆馀，辽东〔郡名，今辽阳市，清顺治十年（1653年）曾于此置辽阳府〕名士。应济南乡试。闻藩邸（藩王府邸。明德王邸，在今济南市珍珠泉一带）有道士知人休咎，心向往之。二场后，至趵突泉，适相值。年六十馀，须长过胸，一皤然（头发斑白的样子。皤，pó）道人也。集问灾祥者如堵（群集而问祸福的人，像墙壁一样围在四周），道士悉以微词（此指隐含预测祸福的言辞）授之。于众中见生，忻然（喜悦貌；愉快貌）握手，曰："君心术德行，可敬也！"挽登阁上，屏人语（避人语），因问："莫欲知将来否？"曰："然。"曰："子福命至薄，然今科乡举可望。但荣归后，恐不复见尊堂矣。"生至孝，闻之泣下，遂欲不试而归。道士曰："若过此已往，一榜亦不可得矣。"生云："母死不见，且不可复为人，贵为卿相，何加焉？"道士曰："某夙世与君有缘，今日必合尽力。"乃以一丸授之曰："可遣人夙夜将去，服之可延七日。场毕而行，母子犹及见也。"生藏之，匆匆而出，神志丧失。因计终天有期（母丧有日。终天，谓父母之丧，悲痛至于终身而无穷极），早归一日，则多得一日之奉养，携仆赁（shì，租借）驴，即刻东迈。驱里许，驴忽返奔，下之不驯，控之则蹶。生无计，燥汗如雨。仆劝止之，生不听。又赁他驴，亦如之。日已衔山，莫知为计。仆又劝曰："明日即完场矣，何争此一朝夕乎？请即先主而行，计亦良得。"不得已，从之。

次日，草草竣事，立时遂发，不遑啜息（意即顾不上吃喝休息，日夜趱行。啜，吃、喝），星驰而归。则母病绵惙（病势危重，将要断气。惙，chuò），下丹药，渐就痊可。入视之，就榻泫泣。母摇首止之，执手喜曰："适梦之阴司，见王者颜色和霁。谓稽（查核，考核）尔生平，无大罪恶；今念汝子纯孝，赐寿一纪（十二岁的年寿。岁星（木星）绕太阳一周约需十二年，古时因称十二年为一纪）。"生亦喜。历数日，果平健如故。未几，闻捷，辞母如济。因赂内监（宦官、太监），致意道士。道士欣然出，生便伏谒。道士曰："君既高捷，太夫人又增寿数，此皆盛德所致，道人何力焉！"生又讶其先知，因而拜问终身。道士云："君无大贵，但得耄耋（mào dié，高寿。）足矣。君前身与我为僧侣，以石投犬，误毙一蛙，今已投生为驴。论前定数，君当横折（意外地早死。横，意外，突然。折，夭折）；今孝德感神，已有解星入命，固当无恙。但夫人前世为妇不贞，数（命数，命运）应少寡。今君以德延寿，非其所耦，恐岁后瑶台倾（即妻死）也。"生恻然良久，问继室所在。曰："在中州（即豫州居中，在今河南），今十四岁矣。"临别嘱曰："倘遇危急，宜奔东南。"

　　后年馀，妻病果死。钟舅令于西江（泛指今广东省西部地区），母遣往省，以便途过中州，将应继室之谶（验合当娶后妻之预言。谶，chèn，谶语，预言）。偶适一村，值临河优戏（在河边演戏。优，扮演杂戏的人），士女甚杂。方欲整辔趋过，有一失勒牡驴（失去控制的公驴），随之而行，致骡蹄跌（骡马用后蹄踢人。跌，jué），生回首，以鞭击驴耳；驴惊，大奔。时有王世子（诸侯王之嫡子）方六七岁，乳媪抱坐堤上；驴冲过，扈从皆不及防，挤堕河中。众大哗，欲执之。生纵骡绝驰（飞驰），顿忆道士言，极力趋东南。约三十馀里，入一山村，有叟在门，下骑揖之。叟邀入，自言"方姓"，便诘所来。生叩伏在地，具以情告。叟言："不妨。请即寄居此间，当使徼者（指巡捕一类的吏役。徼，jiào）去。"至晚得耗，始知为世子，叟大骇曰："他家可以为力，此真爱莫能助矣！"生哀不已。叟筹思曰："不可为也。请过一宵，听其缓急，倘可再谋。"生愁怖，终夜不枕。次日侦听，则已行牒讥察（行文稽察），收藏者弃市（古代在闹市执行死刑，并将尸体暴露街头示众，称"弃市"）。叟有难色，无言而入。生疑惧，无以自安。中夜叟来，入坐便问："夫人年几何矣？"生以鳏对。叟喜曰："吾谋济矣。"问之，答云："余姊夫慕道，挂锡南山（在南山出家做和尚）；姊又谢世。遗有孤女，从仆鞠养，亦颇慧。以奉箕帚（供洒扫之役，女儿为人作妻室的谦词）如何？"生喜符道士之言，而又冀亲戚密迩，可以得其周谋，曰："小生诚幸矣。但远方罪人，深恐贻累丈人。"叟曰："此为君谋也。姊夫道术颇神，但久不与人事矣。合卺（jǐn，成婚）后，自与甥女筹之，必合有计。"生喜极，赘焉。

女十六岁，艳绝无双。生每对之欷歔。女云："妾即陋，何遽遽见嫌恶？"生谢曰："娘子仙人，相耦（相配，结为夫妇）为幸。但有祸患，恐致乖违。"因以实告。女怨曰："舅乃非人！此弥天之祸，不可为谋，乃不明言，而陷我于坎窞（坑穴，喻险境。窞，dàn）！"生长跪曰："是小生以死命哀舅，舅慈悲而穷于术，知卿能生死人而肉白骨也。某诚不足称好逑，然家门幸不辱寞（即辱没。寞，通"没"）。倘得再生，香花供养（如佛般供敬）有日耳。"女叹曰："事已至此，夫复何辞？然父自削发招提（指出家作和尚。招提，为寺院的别称），儿女之爱已绝。无已，同往哀之，恐担挫辱不浅也。"乃一夜不寐，以毡绵厚作蔽膝（跪拜时所用护膝的围裙），各以隐着衣底；然后唤肩舆，入南山十馀里。山径拗折绝险，不复可乘。下舆，女跰步甚艰，生挽臂拽扶之，竭蹶（力竭仆跌，极言劳苦之状）始得上达。不远，即见山门，共坐少憩。女喘汗淫淫（汗流不断的样子），粉黛交下。生见之，情不可忍，曰："为某事，遂使卿罹此苦！"女愀然曰："恐此尚未是苦！"困少苏（疲劳稍微减轻一点），相将入兰若（指寺庙），礼佛而进。曲折入禅堂，见老僧趺坐（即打坐，将双足背交叉于左右股上而坐），目若瞑，一僮执拂（掸尘土的用具）侍之。方丈（佛寺长老及住持说法的处所）中，扫除光洁；而坐前悉布沙砾，密如星宿。女不敢择，入跪其上；生亦从诸其后。僧开目一瞻，即复合去。女参曰："久不定省（昏定晨省），今女已嫁，故偕婿来。"僧久之，启视曰："妮子大累人！"即不复言。夫妻跪良久，筋力俱殆，沙石将压入骨，痛不可支。又移时，乃言曰："将骡来未？"女答曰："未。"曰："夫妻即去，可速将来。"二人拜而起，狼狈而行。

既归，如命，不解其意，但伏听之。过数日，相传罪人已得，伏诛讫。夫妻相庆。无何，山中遣僮来，以断杖付生云："代死者，此君也。"便嘱瘗（yì，掩埋，埋葬）葬致祭，以解竹木之冤。生视之，断处有血痕焉。乃祝而葬之。夫妻不敢久居，星夜归辽阳。

三朝元老

某中堂（指宰相。明清即指内阁大学士），故明相也。曾降流寇（封建统治阶级对农民起义军的蔑称，此指李自成、张献忠所领导的农民起义军），世论非之。老归林下，享堂（供奉祖宗的祠堂）落成，数人直宿其中。天明，见堂上一匾云："三朝元老。"一联云："一二三四五六七，孝弟忠信礼义廉。"不知何时所悬。怪之，不解其义。或测之云："首句隐亡八，次句隐无耻也。"

洪经略（指洪承畴，字彦演，福建南安人。明万历进士）南征，凯旋。至金陵，醮荐（祭悼。醮，jiào，祭祀）阵亡将士。有旧门人谒见，拜已，即呈文艺。洪久厌文事，辞以昏眊（年老眼睛昏花。眊，mào）。其人云：但烦坐听，容某颂达上闻。"遂探袖出文，抗声（高声）朗读，乃故明思宗（即明崇祯帝朱由检，公元1628~1644年在位）御制祭洪辽阳死难文也。读毕，大哭而去。

医　术

张氏者，沂之贫民。途中遇一道士，善风鉴（相术），相之曰："子当以术业（某种技艺）富。"张曰："宜何从？"又顾之，曰："医可也。"张曰："我仅识'之无'（只认识"之无"二字。史载白居易生后六七月，就能辨认"之"、"无"二字。后因以指不识字或识字不多）耳，乌能是（怎么能从事这种职业）？"道士笑曰："迂哉！名医何必多识字乎？但行之耳。"

既归，贫无业，乃摭拾海上方（检取各地流传的方药。摭，zhí），即市廛中除地作肆（就在集市上摆地摊），设鱼牙蜂房（指张设鱼牙细制作的、分格储药象蜂房一样的小摊），谋升斗于口舌之间，而人亦未之奇也。会青州太守（此指青州府知府）病嗽，牒檄（下达紧急文书）所属征医。沂固山僻，少医工；而令惧无以塞责，又责里中使自报。于是共举张。令立召之。张方痰喘，不能自疗，闻命大惧，固辞。令弗听，卒邮送去。路经深山，渴极，咳愈甚。入村求水，而山中水价与玉液等，遍乞之，无与者。见一妇漉（淘洗）野菜，菜多水寡，盎中浓浊如涎。张燥急难堪，便乞馀潘（此指洗菜剩余的水）饮之。少间，渴解，嗽亦顿止。阴念：殆良方也。

比至郡，诸邑医工，已先施治，并未痊减。张入，求得密所，伪出药目，传示内外；复遣人于民间索诸藜藿（两种野菜。藿，huò），如法淘汰讫，以汁进太守。一服，病良已。太守大悦，赐赉甚厚，旌以金扁。由此名大噪，门常如市，应手无不悉效。有病伤寒者，言症求方。张适醉，误以疟剂予之。醒而悟之，不敢以告人。三日后，有盛仪造门（带着丰盛的礼物到他家）而谢者，问之，则伤寒之人，大吐大下而愈矣。此类甚多。张由此称素封（古代指称无爵位封邑而富有资财的人），益以声价自重，聘者非重资安舆（即安车）不至焉。

益都（县名，今属山东省）韩翁，名医也。其未著（著名，闻名）时，货药于四方。暮无所宿，投止一家，则其子伤寒将死，因请施治。韩思不治则去此莫适，而治之诚无术。往复踟蹰（dié duó，忽进忽退），以手搓体，而汗泥成片，捻之如丸。顿思以此绐（欺骗）之，当亦无所害。晓而不愈，已赚得寝食安饱矣。遂付之。中夜，主人挝门甚急。意其子死，恐被侵辱，惊起，逾垣疾遁。主人追之数里，韩无所逃，始止。乃知病者汗出而愈矣。挽回，款宴丰隆；临行，厚赠之。

梦　狼

白翁，直隶（旧省名。今河北京津一带）人。长子甲，筮仕南服（在南方做官），二年无耗（音信）。适有瓜葛（喻远戚）丁姓造谒，翁款之。丁素走无常（旧时迷信所谓当阴差）。谈次，翁辄问以冥事，丁对语涉幻；翁不深信，但微哂之。

别后数日，翁方卧，见丁又来，邀与同游。从之去，入一城阙。移时，丁指一门曰："此间君家甥也。"时翁有姊子为晋令，讶曰："乌在此？"丁曰："倘不信，入便知之。"翁入，果见甥，蝉冠豸绣（此指穿着官服。豸，zhì）坐堂上，戟幢行列（指成行排列于堂前的仪仗），无人可通（转达）。丁曳之出，曰："公子衙署，去此不远，亦愿见之否？"翁诺。少间，至一第，丁曰："入之。"窥其门，见一巨狼当道，大惧，不敢进。丁又曰："入之。"又入一门，见堂上、堂下，坐者、卧者，皆狼也。又视墀（chí，堂前台阶上面的空地。又指台阶）中，白骨如山，益惧。丁乃以身翼（遮蔽、掩护）翁而进。公子甲，方自内出，见父及丁良喜。少坐，唤侍者治肴蔌（菜肴。蔌，sù）。忽一巨狼，衔死人入。翁战惕（惊惧的样子）而起，曰："此胡为者？"甲曰："聊充庖厨。"翁急止之。心怔忡不宁，辞欲出，而群狼阻道。进退方无所主，忽见诸狼纷然嗥避，或窜床下，或伏几底。错愕不解其故，俄有两金甲猛士努目入，出黑索（官府捆绑犯人的绳索）索甲。甲扑地化为虎，牙齿巉巉（山岩高峭险峻，借以形容牙齿尖锐锋利）。一人出利剑，欲枭其首（斩其头。枭首，旧时酷刑，斩头而悬挂木上）。一人曰："且勿，且勿，此明年四月间事，不如姑敲齿去。"乃出巨锤锤齿，齿零落堕地。虎大吼，声震山岳。翁大惧，忽醒，乃知其梦。心异之，遣人招丁，丁辞不至。

翁志其梦，使次子诣甲，函戒哀切。既至，见兄门齿尽脱；骇而问之，醉中坠马所折。考其时，则父梦之日也。益骇。出父书。甲读之变色，间曰：
"此幻梦之适符耳，何足怪。"时方赇当路者（即当道者，指掌大权的人物）
得首荐，故不以妖梦为意。弟居数日，见其蠹役（害民的吏役，对衙门差役的贬
称）满堂，纳贿关说者中夜不绝，流涕谏止之。甲曰："弟日居衡茅（衡门茅
屋，指简陋的房屋），故不知仕途之关窍耳。黜陟（指官吏的罢黜和提升）之权，
在上台（指上官）不在百姓。上台喜，便是好官；爱百姓，何术能令上台喜
也？"弟知不可劝止，遂归，告父。翁闻之大哭。无可如何，惟捐家济贫，
日祷于神，但求逆子之报，不累妻孥。次年，报甲以荐举作吏部（此指为吏部
属官），贺者盈门；翁惟欷歔，伏枕托疾不出。未几，闻子归途遇寇，主仆殒
命。翁乃起，谓人曰："鬼神之怒，止及其身，祐我家者不可谓不厚也。"因
焚香而报谢之。慰藉翁者，咸以为道路讹传，惟翁则深信不疑，刻日为之营兆
（卜寻墓葬之地。兆，墓地）。而甲固未死。

先是，四月间，甲解任（卸任），甫离境，即遭寇，甲倾装以献之。诸
寇曰："我等来，为一邑之民泄冤愤耳，宁专为此哉！"遂决其首。又问家
人："有司大成者，谁是？"司故甲之腹心，助纣为虐者。家人共指之。贼
亦杀之。更有蠹役四人，甲聚敛臣（代长官搜刮钱财的帮凶。臣，奴仆）也，将
携入都。一并搜决讫，始分资入囊，骛驰而去。甲魂伏道旁，见一宰官过，
问："杀者何人？"前驱者曰："某县白知县也。"宰官曰："此白某之
子，不宜使老后见此凶惨，宜续其头。"即有一人掇头置腔上，曰："邪人
不宜使正，以肩承颔可也。"遂去。移时复苏。妻子往收其尸，见有馀息，
载之以行；从容灌之，以受饮。但寄旅邸，贫不能归。半年许，翁始得确
耗，遣次子致之而归。甲虽复生，而目能自顾其背，不复齿人数矣。翁姊子
有政声，是年行取为御史，悉符所梦（前谓梦其甥"蝉冠豸绣"，今果然补授御
史，故如此说）。

异史氏曰："窃叹天下之官虎而吏狼者，比比也。即官不为虎，而吏且将
为狼，况有猛于虎（比虎还凶猛。此谓贪吏甚至比贪官凶狠）者耶！夫人患不能自

顾其后耳；苏而使之自顾，鬼神之教微（幽深、精妙）矣哉！"

邹平李进士匡九，居官颇廉明。常有富民为人罗织（被人诬陷。罗织，虚构罪名，进行陷害），役吓之曰："官索汝二百金，宜速办；不然，败矣！"富民惧，诺备半数。役摇手不可。富民苦哀之，役曰："我无不极力，但恐不允耳。待听鞫时，汝目睹我为若白之，其允与否，亦可明我意之无他也。"少间，公按（审讯）是事。役知李戒烟，近问："饮烟否？"李摇其首。役即趋下曰："适言其数，官摇首不许，汝见之耶？"富民信之，惧，许如数。役知李嗜茶，近问："饮茶否？"李颔之。役托烹茶，趋下曰："谐矣！适首肯，汝见之耶？"既而审结，富民果获免，役即收其苞苴（行贿的财物。苴，jū），且索谢金。呜呼！官自以为廉，而骂其贪者载道焉，此又纵狼（喻放纵吏役作恶）而不自知者矣。世之如此类者更多，可为居官者备一鉴也。

又邑宰杨公，性刚鲠，撄（接触，触犯）其怒者必死。尤恶隶皂，小过不宥。每凛坐堂上，胥吏之属，无敢咳者。此属间有所白，必反而用之。适有邑人犯重罪，惧死。一吏索重贿，为缓颊。邑人不信，且曰："若能之，我何靳（吝惜）报焉！"乃与要盟。少顷，公鞫是事。邑人不肯服。吏在侧呵语曰："不速实供，大人械梏（用刑具拷掠）死矣！"公怒曰："何知我必械梏之耶？想其赂未到耳。"遂责吏，释邑人。邑人乃以百金报吏。要知狼诈多端，少释觉察，即为所用，正不止肆其爪牙以食人于乡而已也。此辈败我阴骘，甚至丧我身家。不知居官者作何心腑，偏要以赤子饲麻胡也！

夏　雪

丁亥年（当指清圣祖康熙四十六年）七月初六日，苏州大雪。百姓皇骇（惊恐不安。皇，通"惶"），共祷诸大王之庙（此盖指金龙四大王庙，在苏州阊门北）。大王忽附人而言曰："如今称老爷者，皆增一大字；其以我神为小，消不得（承受不起）一大字耶？"众悚然，齐呼"大老爷"，雪立止。由此观之，神亦喜谄，宜乎治下部者之得车多（讥刺谄媚者品格愈低劣则待遇愈优厚）矣。

异史氏曰："世风之变也，下者益谄，上者益骄。即康熙四十馀年中，称谓之不古，甚可笑也。举人称爷，二十年始；进士称老爷，三十年始；司、院（两司、抚院，即各省布政使司、按察使司和巡抚）称大老爷，二十五年始。昔者大令（古时对县令的敬称）谒中丞（明清巡抚的别称），亦不过老大人而止；今则此称久废矣。即有君子，亦素谄媚行乎谄媚，莫敢有异词也。若缙绅（退职乡居之官）之妻呼太太，裁数年耳。昔惟缙绅之母，始有此称；以妻而得此称者，惟淫史中有乔林耳，他未之见也。唐时，上欲加张说（字道济，唐河南洛阳人。历任至兵部侍郎同中书门下平章事、左丞相等职，封燕国公）大学士。说辞曰：'学士从无大名，臣不敢称。'今之大，谁大之？初由于小人之谄，而因得贵倨者之悦，居之不疑，而纷纷者遂遍天下矣。窃意数年以后，称爷者必进而老，称老爷者必进而大，但不知大上造何尊称？匪夷所思已！"

丁亥年六月初三日，河南归德府（即今河南省商丘市）大雪尺馀，禾皆冻死，惜乎其未知媚大王之术也。悲夫！

禽 侠

天津（地名，天津卫，即今天津市）某寺，鹳鸟巢于鸱尾（鹳鸟将巢筑在屋脊之端的鸱尾上。鸱尾，我国古建筑屋脊两端的饰物，以外形略似鸱尾，故称。鹳，guàn）。殿承尘（天花板）上，藏大蛇如盆，每至鹳雏团翼（垂翼，谓雏羽毛初长成，未习飞之前。团，下垂貌）时，辄出吞食净尽。鹳悲鸣数日乃去。如是三年，人料其必不复至，而次岁巢如故。约雏长成，即径去，三日始还。入巢哑哑，哺子如初。蛇又蜿蜒而上。甫近巢，两鹳惊，飞鸣哀急，直上青冥（青天）。俄闻风声蓬蓬，一瞬间，天地似晦。众骇异，共视一大鸟翼蔽天日，从空疾下，骤如风雨，以爪击蛇，蛇首立堕，连催殿角数尺许，振翼而去。鹳从其后，若将送之。巢既倾，两雏俱堕，一生一死。僧取生者置钟楼上。少顷，鹳返，仍就哺之，翼成而去。

异史氏曰："次年复至，盖不料其祸之复也；三年而巢不移，则报仇之计已决；三日不返，其去作秦庭之哭（谓哀求支援。史载楚人伍员为报父仇，哭求秦出兵助楚），可知矣。大鸟必羽族之剑仙（谓为鸟类之中能救助弱小的一种禽鸟。羽族，指鸟类）也，飙然而来，一击而去，妙手空空儿（唐传奇小说中的剑客名，其剑术神妙）何以加此？"

济南有营卒，见鹳鸟过，射之，应弦而落。喙中衔鱼，将哺子也。或劝拔矢放之，卒不听。少顷，带矢飞去。后往来郭（城郭）间，两年馀，贯矢如故。一日，卒坐辕门下，鹳过，矢坠地。卒拾视曰："矢固无恙耶？"耳适痒，因以矢搔耳。忽大风催门，门骤合，触矢贯脑而死。

象

粤中（指今广东省）有猎兽者，挟矢如山（往山里去。如，往）。偶卧憩息，不觉沉睡，被象来鼻摄而去。自分必遭残害。未几，释置树下，顿首一鸣，群象纷至，四面旋绕，若有所求。前象伏树下，仰视树而俯视人，似欲其登。猎者会意，即足踏象背，攀援而升。虽至树巅，亦不知其意向所存。少时，有狻猊（suān ní，即狮子）来，众象皆伏。狻猊择一肥者，意将搏噬。象战栗，无敢逃者，惟共仰树上，似求怜拯。猎者会意，因望狻猊发一弩，狻猊立殪（即刻而死。殪，yì，死）。诸象瞻空，意若拜舞。猎者乃下，象复伏，以鼻牵衣，似欲其乘。猎者随跨身其上，象乃行。至一处，以蹄穴地，得脱牙无算（无数，不可计量）。猎人下，束治置象背。象乃负送出山，始返。

周克昌

淮上（淮水之滨）贡生周天仪，年五旬，止一子，名克昌，爱昵（溺爱）之。至十三四岁，丰姿益秀；而性不喜读，辄逃塾（逃学。塾，私塾），从群儿戏，恒终日不返。周亦听之。一日，既暮不归，始寻之，殊竟乌有。夫妻号咷，几不欲生。

年馀，昌忽自至，言："为道士迷去，幸不见害。值其他出，得逃归。"周喜极，亦不追问。及教以读，慧悟倍于曩畴（昔日，从前）。逾年，文思大进，既入郡庠试（到府城参加选拔生员的考试），遂知名。世族争婚，昌颇不愿。赵进士女有姿，周强为娶之。既入门，夫妻调笑甚欢；而昌恒独宿，若无所私。逾年，秋战而捷（指参加秋季举行的乡试，中了举人）。周益慰。然年渐暮，日望抱孙，故尝隐讽（以隐约的言辞暗示）昌。昌漠若不解。母不能忍，朝夕多絮语。昌变色，出曰："我久欲亡去，所不遽舍者，顾复（指父母养育之恩）之情耳。实不能探讨房帏，以慰所望。请仍去，彼顺志者且复来矣。"追曳之，已踣（bó，向前扑倒），衣冠如蜕（衣帽如同蜕下的皮壳，人不见了）。大骇，疑昌已死，是必其鬼也。悲叹而已。

次日，昌忽仆马而至，举家惶骇。近诘之，亦言：为恶人掠卖（劫掠出卖）于富商之家；商无子，子焉。得昌后，忽生一子。昌思家，遂送之归。问所学，则顽钝如昔。乃知此为真昌；其入泮、捷者（进入县学为生员、乡试中举的人），鬼之假（是鬼假借周克昌的名字）也。然窃喜其事未泄，即使袭孝廉（举人）之名。入房，妇甚狎熟；而昌觍然有怍色，似新婚。甫周年，生子矣。

异史氏曰："古言庸福人（平庸而使人得福），必鼻口眉目间具有少庸（少许平庸的标志），而后福随之；其精光陆离者（容貌不平庸的人，指才智超轶者。精光，仪容），鬼所弃也。庸之所在，桂籍可以不入闱而通（指不进考场而可以得到科举功名），佳丽可以不亲迎而致；而况少有凭借，益之以钻窥（钻穴隙相窥，指男女不经媒合而私会，喻仕宦不由正当途径而取得）者乎！"

嫦　娥

太原宗子美，从父游学，流寓广陵（寄居广陵。广陵，明清为扬州府。今江苏省扬州市东北）。父与红桥（桥名，在个江苏扬州市）下林姬有素（平素有交往）。一日，父子过红桥，遇之，固请过诸其家，瀹茗（煮茶。瀹，yuè）共话。有女在旁，殊色也。翁亟赞之。姬顾宗曰：“大郎温婉如处子，福相也。若不鄙弃，便奉箕帚（服洒扫之役，作人妻室的谦词），如何？”翁笑，促子离席，使拜媪曰：“一言千金矣！”先是，姬独居，女忽自至，告诉孤苦。问其小字，则名嫦娥。姬爱而留之，实将奇货居（作为资本，等待时机，以捞取名利地位）之也。时宗年十四，睨女窃喜，意翁必媒定之；而翁归若忘。心灼热（心情焦灼，躁急），隐以白母。翁笑曰：“曩与贪婆子戏耳。彼不知将卖黄金几何矣，此何可易言（怎能说得这么容易）！”

逾年，翁媪并卒。子美不能忘情嫦娥，服将阕（居丧之期将满。古时丧礼规定，父母死服丧三年，期满除服，称服阕。服，丧服。阕，终了），托人示意林姬。姬初不承。宗忿曰：“我生平不轻折腰，何媪视之不值一钱？若负前盟，须见还也！”姬乃云：“曩或与而翁戏约，容有之。但无成言，遂都忘却。今既云云，我岂留嫁天王（此处犹言天子）耶？要日日装束，实望易千金；今请半焉，可乎？”宗自度难办，亦遂置之。适有寡媪僦（jiù，租赁）居西邻，有女及笄，小名颠当。偶窥之，雅丽不减嫦娥。向慕之，每以馈遗阶进（以馈送礼品作为进其家门的理由）；久而渐熟，往往送情以目，而欲语无间。一夕，逾垣乞火。宗喜挽之，遂相燕好。约为嫁娶，辞以兄负贩未归。由此蹈隙往来，形迹周密（交往显得更加亲密）。一日，偶经红桥，见嫦娥适在门内，疾趋过之。嫦娥望见，招之以手，宗驻足；女又招之，遂入。女以背约让宗，宗述其故。女入室，取黄金一铤付之。宗不受，辞曰："自分永与卿绝，遂他有所约。受金而为卿谋，是负人也；受金而不为卿谋，是负卿也：诚不敢有所负。"女良久曰："君所约，妾颇知之。其事必无成；即成之，妾不怨君之负心也。其速行，媪将至矣。"宗仓卒无以自主，受之而归。隔夜，告之颠当。颠当深然其言，但劝宗专心嫦娥。宗不语。愿下之（情愿居于其下，即作妾），而宗乃悦。即遣媒纳金林妪，妪无辞，以嫦娥归宗。入门后，悉述颠当言。嫦娥微笑，阳怂恿之。宗喜，急欲一白颠当，而颠当迹久绝。嫦娥知其为己，因暂归宁，故予之间（故意给他一个间隙），嘱宗窃其佩囊。已而颠当果至，与商所谋，但言勿急。及解衿狎笑，胁下有紫荷囊，将便摘取。颠当变色，起曰："君与人一心，而与妾二！负心郎！请从此绝。"宗曲意挽解，不听，竟去。一日，过其门探察之，已另有吴客僦居其中；颠当子母迁去已久，影灭迹绝，莫可问讯。

　　宗自娶嫦娥，家暴富，连阁长廊，弥亘街路（犹言远接街路）。嫦娥善谐谑，适见美人画卷，宗曰："吾自谓，如卿天下无两，但不曾见飞燕、杨妃（赵飞燕、杨贵妃。赵飞燕，汉成帝后，因体轻善舞，故名飞燕。杨贵妃，名玉环，号太真。唐玄宗时封为贵妃）耳。"女笑曰："若欲见之，此亦何难。"乃执卷细审一过，便趋入室，对镜修妆，效飞燕舞风（言体态轻盈。据载，赵飞燕顺风扬袖起舞，几乎被风吹起），又学杨妃带醉（慵懒娇媚的醉态）。长短肥瘦，随时变更；风情态度，对卷逼真。方作态时，有婢自外至，不复能识，惊问其僚（同僚，此指其他婢女）；复向审注（仔细端详），恍然始笑。宗喜曰："吾得一美人，而千古之美人，皆在床闼矣！"

　　一夜，方熟寝，数人撬扉而入，火光射壁。女急起，惊言："盗入！"宗初醒，即欲鸣呼。一人以白刃加颈，惧不敢喘。又一人掠嫦娥负背上，哄然而去。宗始号，家役毕集，室中珍玩，无少亡者。宗大悲，恇然失图（吓得没了主意。恇然，kuāng，惊惧的样子。图，谋略，主张），无复情地。告官追捕，殊无音息。荏苒三四年，郁郁无聊，因假（借，借着）赴试入都。居半载，占验询察，无计不施。偶过姚巷，值一女子，垢面敝衣，恇儴（kuāng ráng，惶遽不安的样子）如丐。停趾相之，乃颠当也。骇曰："卿何憔悴至此？"答云："别后南迁，老母即世（去世），为恶人掠卖旗下（旗人居住之地），挞辱冻馁，所不忍言。"宗泣下，问："可赎否？"曰："难矣。耗费烦多，不能为力。"宗曰："实告卿：年来颇称小有，惜客中资斧有限，倾装货马，所不敢辞。如所需过奢，当归家营办之。"女约明日出西城，相会丛柳下；嘱独往，勿以人从。宗曰："诺。"

次日，早往，则女先在，袿衣（妇女上衣。此盖指袍服。袿，guī）鲜明，大非前状。惊问之，笑曰："曩试君心耳，幸绨袍之意（犹故人之情意。绨，tí）犹存。请至敝庐，宜必得当以报。"北行数武，即至其家，遂出肴酒，相与谈宴。宗约与俱归。女曰："妾多俗累（谦言为生活琐事所牵累），不能从。嫦娥消息，固颇闻之。"宗急询其何所，女曰："其行踪缥缈，妾亦不能深悉。西山（山名，在今北京市西郊）有老尼，一目眇，问之，当自知。"遂止宿其家。天明示以径。宗至其处，有古寺，周垣尽颓；丛竹内有茅屋半间，老尼缀衲（缝补僧衣。衲，百衲衣，僧尼之服）其中。见客至，漫不为礼。宗揖之，尼始举头致问。因告姓氏，即白所求。尼曰："八十老瞽（gǔ，盲人，瞎子），与世睽绝（隔绝。睽，kuí），何处知佳人消息？"宗固求之。乃曰："我实不知。有二三戚属，来夕相过，或小女子辈识之，未可知。汝明夕可来。"宗乃出。次日再至，则尼他出，败扉扃（闭门。扃，jiōng）焉。伺之既久，更漏已催，明月高揭（高举，高挂），徘徊无计，遥见二三女郎自外入，则嫦娥在焉。宗喜极，突起，急揽其袪（袖口，此指衣袖）。嫦娥曰："莽郎君！吓煞妾矣！可恨颠当饶舌，乃教情欲缠人。"宗曳坐，执手款曲（叙衷情），历诉艰难，不觉恻楚。女曰："实相告：妾实姮娥（嫦娥）被谪，浮沉俗间，其限已满；托为寇劫，所以绝君望耳。尼亦王母守府者，妾初谪时，蒙其收恤，故暇时常一临存（省问。指地位或辈份高的人，探视、问候地位或辈份低的人）。君如释妾，当为代致颠当。"宗不听，垂首陨涕。女遥顾曰："姊妹辈来矣。"宗方四顾，而嫦娥已杳。宗大哭失声，不欲复活，因解带自缢。恍惚觉魂已出舍，怅怅靡适（迷迷糊糊地不知向哪里去）。俄见嫦娥来，捉而提之，足离于地；入寺，取树上尸推挤之，唤曰："痴郎，痴郎！嫦娥在此。"忽若梦醒。少定，女恚曰："颠当贱婢！害妾而杀郎君，我不能恕之也！"下山赁舆而归。既命家人治装，乃返身而出西城，诣谢颠当；至则舍宇全非，愕叹而返。窃幸嫦娥不知。入门，嫦娥迎笑曰："君见颠当耶？"宗愕然不能答。女曰："君背嫦娥，乌得颠当？请坐待之，当自至。"未几，颠当果至，仓皇伏榻下。嫦娥叠指弹之，曰："小鬼头陷人不浅！"颠当叩头，但求赊死（缓期处死。求饶的委婉说法）。嫦娥曰："推人坑中，而欲脱身天外耶？广寒（广寒宫，即月宫）十一姑不日下嫁，须绣枕百幅、履百双，可从我去，相共操作。"颠当恭白："但求分工，按时赍送。"女不许，谓宗曰："君若缓颊（求情），即便放却。"颠当目宗，宗笑不语。颠当目怒之。乃乞还告家人，许之，遂去。宗问其生平，乃知其西山狐也。买舆待之。次日，果来，遂俱归。

　　然嫦娥重来，恒持重不轻谐笑。宗强使狎戏，惟密教颠当为之。颠当慧绝，工媚。嫦娥乐独宿，每辞不当夕。一夜，漏三下，犹闻颠当房中，吃吃不绝。使婢窃听之。婢还，不以告，但请夫人自往。伏窗窥之，则见颠当凝妆（盛妆）作己状，宗拥抱，呼以嫦娥。女哂而退。未几，颠当心暴痛，急披衣，曳宗诣嫦娥所，入门便伏。嫦娥曰："我岂医巫厌胜者（犹言治病除邪之人）？汝欲自捧心效西子（此谓颠当妄自模仿嫦娥）耳。"颠当顿首，但言知罪。女曰："愈矣。"遂起，失笑而去。颠当私谓宗："吾能使娘子学观音。"宗不信，因戏相赌。嫦娥每跌坐（结跏跌坐的略称。俗称盘腿打坐），眸含若瞑。颠当悄以玉瓶插柳，置几上；自乃垂发合掌，侍立其侧，樱唇半启，瓠犀（葫芦中子，洁白整齐；因以喻美女之齿。瓠，hù）微露，睛不少瞬。宗笑之。嫦娥开目问之，颠当曰："我学龙女（神话中龙王之女）侍观音耳。"嫦娥笑骂之，罚使学童子拜。颠当束发，遂四面朝参（此谓向上参拜）之，伏地翻转，逞诸变态，左右侧折，袜能磨乎其耳。嫦娥解颐，坐而蹴之（用脚踢她）。颠当仰首，口衔凤钩（对嫦娥之足的美称。钩，言其足小而弓弯如钩），微触以齿。嫦娥方嬉笑间，忽觉媚情一缕，自足趾而上，直达心舍，意荡思淫，若不自主。乃急敛神，呵曰："狐奴当死！不择人而惑之耶？"颠当惧，释口投地。嫦娥又厉责之，众不解。嫦娥谓宗曰："颠当狐性不改，适间几为所愚。若非凤根（前生的灵根）深者，堕落何难！"自是见颠当，每严御（严加管教）之。颠当惭惧，告宗曰："妾于娘子一肢一体，无不亲爱；爱之极，不觉媚之甚。谓妾有异心，不惟不敢，亦不忍。"宗因以告嫦娥，嫦娥遇之如初。然以狎戏无节，数戒宗，宗不听；因而大小婢妇，竞相狎戏。

一日，二人扶一婢，效作杨妃。二人以目会意，赚婢懈骨作酣态（谓模仿贵妃醉酒后倦怠慵懒的样子），两手遽释；婢暴颠墀下，声如倾堵。众方大哗；近抚之，而妃子已作马嵬薨（意即跌死）矣。众大惧，急白主人。嫦娥惊曰："祸作矣！我言如何哉！"往验之，不可救。使人告其父。父某甲，素无行，号奔而至，负尸入厅事（此指私宅堂屋），叫骂万端。宗闭户惝恐，莫知所措。嫦娥自出责之，曰："主即虐婢至死，律无偿法；且邂逅暴殂（偶然暴死。殂，死），焉知其不再苏（苏醒，复活）？"甲噪言："四支（同"肢"）已冰，焉有生理！"嫦娥曰："勿哗。纵不活，自有官在。"乃入厅事抚尸，而婢已苏，抚之随手而起。嫦娥返身怒曰："婢幸不死，贼奴何得无状！可以草索絷送官府！"甲无词，长跪哀免。嫦娥曰："汝既知罪，姑免究处。但小人无赖，反复何常，留汝女终为祸胎，宜即将去。原价如干数，当速措置来。"遣人押出，俾浼二三村老，券证署尾（在券证的末尾署名。此指让村老署名画押作保）。已，乃唤婢至前，使甲自问之："无恙乎？"答曰："无恙。"乃付之去。已，遂召诸婢，数责遍扑（打）。又呼颠当，为之厉禁（禁卫）。谓宗曰："今而知为人上者，一笑嚬亦不可轻。谲端开之自妾，而流弊遂不可止。凡哀者属阴，乐者属阳；阳极阴生，此循环之定数。婢子之祸，是鬼神告之以渐（把出现祸患的迹象告诉你）也。荒迷不悟，则倾覆及之矣。"宗敬听之。颠当泣求拔脱（从迷悟中超拔、解脱出来）。嫦娥乃掐其耳；逾刻释手，颠当怅然为间（怅然若失了一会儿），忽若梦醒，据地自投，欢喜欲舞。由此闺阁清肃，无敢哗者。婢至其家，无疾暴死。甲以赎金莫偿，浼村老代求怜恕，许之。又以服役之情，施以材木而去。宗常患无子。嫦娥腹中忽闻儿啼，遂以刃破左胁出之，果男；无何，复有身，又破右胁而出一女。男酷类父，女酷类母，皆论昏于世家。

异史氏曰："阳极阴生，至言哉！然室有仙人，幸能极我之乐，消我之灾，长我之生，而不我之死。是乡乐，老焉可矣，而仙人顾忧之耶？天运循环之数，理固宜然；而世之长困而不亨（不顺利。亨，通）者，又何以为解哉？昔宋人有求仙不得者，每曰：'作一日仙人，而死亦无憾。'我不复能笑之也。"

褚　生

顺天（明清朝两代称北京地区为顺天府）陈孝廉，十六七岁时，尝从塾师读于僧寺，徒侣（门徒学友）綦繁。内有褚生，自言山东人，攻苦讲求（攻苦，攻读。讲求，研讨），略不暇息；且寄宿斋中，未尝一见其归。陈与最善，因诘之。答曰："仆家贫，办束金（束修之金。旧时入塾的学费）不易，即不能惜寸阴，而加以夜半，则我之二日，可当人三日。"陈感其言，欲携榻来与共寝。褚止之曰："且勿，且勿！我视先生，学非吾师也。阜城门（即"阜成门"，北京城门之一）有吕先生，年虽耄，可师，请与俱迁之。"盖都中设帐者（指塾师）多以月计，月终束金完，任其留止。于是两生同诣吕。吕，越之宿儒（老成博学的读书人），落魄不能归，因授童蒙（幼稚不懂事的孩童），实非其志也。得两生甚喜；而褚又甚慧，过目辄了，故尤器重之。两人情好款密，昼同几，夜同榻。

月既终，褚忽假归，十馀日不复至。共疑之。一日，陈以故至天宁寺，遇褚廊下，劈茼淬硫（把茼劈成束缕，在缕端淬上硫黄，遇火星即燃，可用作引火之用。茼，qǐng，草本，茎皮纤维可以做绳），作火具焉。见陈，忸怩不安。陈问："何遽废读？"褚握手请间，戚然曰："贫无以遗先生，必半月贩（做小买卖），始能一月读。"陈感慨良久，曰："但往读，自合极力（自当尽力；指尽力相助）。"命从人收其业，同归塾。戒陈勿泄，但托故以告先生。陈父固肆贾（开店铺者，即坐商），居物致富，陈辄窃父金，代褚遗师。父以亡金责陈，陈实告之。父以为痴，遂使废学。褚大惭，别师欲去。吕知其故，让之曰："子既贫，胡不早告？"乃悉以金返陈父，止褚读如故，与共饔飧（共食。饔，yōng，早餐。飧，sūn，晚餐），若子焉。陈虽不入馆，每邀褚过酒家饮。褚固以避嫌不往；而陈要之弥坚，往往泣下，褚不忍绝，遂与往来无间。

逾二年，陈父死，复求受业。吕感其诚，纳之；而废学既久，较褚悬绝矣。居半年，吕长子自越来，丐食寻父。门人辈敛金助装，褚惟洒涕依恋而已。吕临别，嘱陈师事褚。陈从之，馆褚于家。未几，入邑庠，以"遗才"应试（通过"遗才试"，取得资格参加乡试）。陈虑不能终幅（犹言"终篇"，指完成全篇的八股文），褚请代之。至期，褚偕一人来，云是表兄刘天若，嘱陈暂从去。陈方出，褚忽自后曳之，身欲蹭，刘急挽之而去。览眺一过，相携宿于其家。家无妇女，即馆客于内舍。居数日，忽已中秋。刘曰："今日李皇亲园中，游人甚夥（huǒ，多），当往一豁积闷，相便送君归。"使人荷茶鼎（担烧茶的炊具）、酒具而往。但见水肆梅亭，喧啾（喧哗嘈杂，形容人多拥挤）不得入。过水关，则老柳之下，横一画桡（漂浮着一条画舫。桡，ráo，船桨，代指小船），相将登舟。酒数行，苦寂。刘顾僮曰："梅花馆近有新姬，不知在家否？"僮去少时，与姬俱至。盖勾栏李遏云也。李，都中名妓，工诗善歌，陈曾与友人饮其家，故识之。相见，略道温凉。姬戚戚有忧容。刘命之歌，为歌《蒿里》（古乐府曲名，送葬时用的挽歌）。陈不悦，曰："主客即不当卿意，何至对生人歌死曲？"姬起谢，强颜欢笑，乃歌艳曲。陈喜，捉腕曰："卿向日（从前）《浣溪纱》读之数过，今并忘之。"姬吟曰："泪眼盈盈对镜台，开帘忽见小姑来，低头转侧看弓鞋（旧时缠足妇女所穿的鞋）。强解绿蛾（妇女的蛾眉。以黛染画，眉呈微绿痕采，故云）开笑面，频将红袖拭香腮，小心犹恐被人猜。"陈反复数四。已而泊舟，过长廊，见壁上题咏甚多，即命笔记词其上。日已薄暮，刘曰："闱中人（考场的人）将出矣。"遂送陈归。入门，即别去。陈见室暗无人，俄延间，褚已入门；细审之，却非褚生。方疑，客遽近身而仆。家人曰："公子惫矣！"共扶拽之。转觉仆者非他，即己也。既起，见褚生在旁，惚惚若梦。屏人而研究之。褚曰："告之勿惊：我实鬼也。久当投生，所以因循于此者，高谊所不能忘，故附君体，以代捉刀（旧时，代人作文称"捉刀"）；三场（科举时代考试须经三次，叫初场、二场、三场）毕，此愿了矣。"陈复求赴春闱（明清时，会试在春天举行，故称"春闱"）。曰："君先世福薄，悭吝之骨，诰赠所不堪（意思是无福受封赠。诰赠，皇帝封赠的命令。朝廷推恩大官重臣，赠官爵给其父母，父母在者称"封"，已殁者称"赠"）也。"问："将何适？"曰："吕先生与仆有父子之分，系念常不能置。表兄为冥司典簿（掌管生死簿），求白地府主者，或当有说。"遂别而去。

陈异之。天明，访李姬，将问以泛舟之事，则姬死数日矣。又至皇亲园，见题句犹存，而淡墨依稀，若将磨灭。始悟题者为魂（指成鬼的李姬），作者为鬼（作词的人是已经死去的李姬）。至夕，褚喜而至，曰："所谋幸成，敬与君别。"遂伸两掌，命陈书褚字于上以志之。陈将置酒为饯，摇首曰："勿须。君如不忘旧好，放榜后，勿惮修阻（惮：怕；畏。修阻：路途遥远、艰难）。"陈挥涕送之。见一人伺候于门，褚方依依，其人以手按其项，随手而匾（同"扁"），掬入囊，负之而去。过数日，陈果捷（指乡试中举）。于是治装如越。吕妻断育几十年，五旬馀，忽生一子，两手握固不可开。陈至，请相见，便谓掌中当有文曰"褚"。吕不深信。儿见陈，十指自开，视之果然。惊问其故，具告。共相欢异。陈厚贻之，乃返。后吕以岁贡廷试（此指岁贡生免于坐监（就学国子监），直接参加廷试，考职录用）入都，舍于陈（住于陈孝廉家）；则儿十三岁，入泮矣。

异史氏曰："吕老教门人，而不知自教其子。呜呼！作善于人，而降祥于己，一间（非常接近，所差无几。间，间隙）也哉！褚生者，未以身报师，先以魂报友，其志其行，可贯日月，岂以其鬼故奇之与！"

盗　户

顺治间（清世祖福临年号），滕、峄之区（指今山东省滕州市、邹县一带），十人而七盗，官不敢捕。后受抚（接受招抚，即归顺官府），邑宰别之为"盗户"。凡值与良民争，则曲意左袒（偏袒）之，盖恐其复叛也。后讼者辄冒称盗户，而怨家则力攻其伪；每两造具陈（常常被告和原告双方都进行申诉。两造，诉讼双方），曲直且置不辨，而先以盗之真伪，反复相苦，烦有司稽籍（查证盗户名籍）焉。适官署多狐，宰有女为所惑，聘术士来，符捉入瓶，将炽以火。狐在瓶内大呼曰："我盗户也！"闻者无不匿笑。

异史氏曰："今有明火劫人（公开行劫。明火，手执火把）者，官不以为盗而以为奸；逾墙行淫者，每不自认奸而自认盗：世局又一变矣。设今日官署有狐，亦必大呼曰'吾盗'无疑也。"

章丘漕粮（水道运送公粮）徭役，以及征收火耗（损耗，谓碎银火熔铸锭而受的损耗），小民尝数倍于绅衿（乡绅和学中生员，泛指地方上有地位权势的人），故有田者争求托焉。虽于国课（国税）无伤，而实于官橐（宦囊。指官吏的收入。橐，tuó）有损。邑令锺，牒请厘弊（发文书请求改革弊政），得可。初使自首；既而奸民以此要士（要挟士人），数十年鬻去之产，皆诬托诡挂，以讼售主。令悉左袒之，故良懦者（善良懦性之人）多丧其产。有李生亦为某甲所讼，同赴质审。甲呼之"秀才"；李厉声争辩，不居秀才之名。喧不已。令诘左右，共指为真秀才。令问："何故不承？"李曰："秀才且置高阁（弃置不用），待争地后，再作之不晚也。"噫！以盗之名，则争冒之；以秀才之名，则争辞之：

变异矣哉！有人投匿名状云：告状人原壤（春秋鲁国人。相传因其母死不哭而歌，被孔子杖击其胫），为抗法吞产事：身以年老不能当差，有负郭田（近城肥沃的田地）五十亩，于隐公元年（即公元前722年），暂挂恶衿（贪暴的秀才）颜渊名下。今功令（古时课功的法令，即考核、选拔学者的法令）森严，理合自首。讵恶久假不归，霸为己有。身往理说，被伊师率恶党七十二人，毒杖交加，伤残胫股；又将身锁置陋巷，日给箪食瓢饮，囚饿几死。互乡约地证，叩乞革顶严究（革去功名，严加查办），俾血产（俾：使。血产：辛苦经营所置的地产）归主，上告。"此可以继柳跖之告夷、齐（此指柳跖告夷齐的匿名状）矣。

某 乙

邑西某乙，故梁上君子也。其妻深以为惧，屡劝止之；乙遂翻然自改。居二三年，贫窭（贫困。窭，jù）不能自堪，思欲一作冯妇（再偷盗一次）而后已之，乃托贸易，就善卜者，以决趋向。术者曰："东南吉，利小人，不利君子。"兆隐与心合，窃喜。遂南行，抵苏、松（苏，苏州府。治所在今江苏省苏州市。松，松江府。治所在今上海市松江区）间，日游村郭，凡数月。偶入一寺，见墙隅堆石子二三枚，心知其异，亦以一石投之。径趋龛后卧。日既暮，寺中聚语，似有十馀人。忽一人数石，讶其多，因共搜之，龛后得乙。问："投石者汝耶？"乙诺。诘里居、姓名，乙诡对之。乃授以兵，率与俱去。至一巨第，出夹梯，争逾垣入。以乙远至，径不熟，俾伏墙外，司传递、守囊橐（本意口袋，代指财物。橐，tuó）焉。少顷，掷一裹下；又少顷，缒一箧（qiè，小箱子）下。乙举箧知有物，乃破箧，以手揣取，凡沉重物，悉纳一囊，负之疾走，竟取道归。由此建楼阁、买良田，为子纳粟。邑令匾其门（在其门上挂匾）曰"善士"。后大案发，群寇悉获；惟乙无名籍，莫可查诘，得免。事寝既久，乙醉后时自述之。

曹（治所在今山东省菏泽市）有大寇某，得重资归，肆然（犹言坦然，毫无顾忌地）安寝。有二三小盗，逾垣入，捉之，索金。某不与；灼箠（烧灼，敲打）并施，罄（夺尽）所有，乃去。某向人曰："吾不知炮烙之苦如此！"遂深恨盗，投充马捕（即捕快。旧时州县官署专事捕捉犯人的差役），捕邑寇殆尽。获曩寇，亦以所施者施之。

霍 女

朱大兴，彰德（旧府名，即今河南省安阳市）人。家富有而吝啬已甚，非儿女婚嫁，座无宾，厨无肉。然佻达喜渔色（追求女色。渔，猎取），色所在，冗费不惜。每夜，逾垣过村，从荡妇眠。一夜，遇少妇独行，知为亡者，强胁之，引与俱归。烛之，美绝。自言："霍氏"。细致研诘。女不悦，曰："既加收齿（接纳），何必复盘察？如恐相累，不如早去。"朱不敢问，留与寝处。顾女不能安粗粝（甘心粗食），又厌见肉臛（肉羹。臛，huò），必燕窝、鸡心、鱼肚白作羹汤，始能餍饱。朱无奈，竭力奉之。又善病，日须参汤一碗。朱初不肯。女呻吟垂绝（将死），不得已，投之，病若失。遂以为常。女衣必锦绣，数日，即厌其故。如是月馀，计费不赀，朱渐不供。女啜泣不食，求去。朱惧，又委曲承顺之。每苦闷，辄令十数日一招优伶（旧时称演员为"优伶"）为戏。戏时，朱设凳帘外，抱儿坐观之；女亦无喜容，数相消骂（经常对朱加以责骂。数，频繁），朱亦不甚分解（分辩）。居二年，家渐落。向女婉言，求少减；女许之，用度皆损其半。久之，仍不给，女亦以肉糜（煮烂的肉糊）相安；又渐而不珍亦御（用）矣。朱窃喜。忽一夜，启后扉亡去。朱怊怅若失，遍访之，乃知在邻村何氏家。

何大姓，世胄（世家子弟。胄，后裔）也，豪纵好客，灯火达旦。忽有丽人，半夜入闺闼。诘之，则朱家之逃妾也。朱为人，何素藐之；又悦女美，竟纳焉。绸缪数日，益惑之，穷极奢欲，供奉一如朱。朱得耗，坐索之，何殊不为意。朱质于官。官以其姓名来历不明，置不理。朱货产行赇（变卖田产，贿赂官府），乃准拘质。女谓何曰："妾在朱家，原非采礼媒定者，胡畏之？"何喜，将与质成（争讼。在公堂对质）。座客顾生谏曰："收纳逋逃（逃亡的人。逋，bū），已干国纪（干，犯。国纪，国法）；况此女入门，日费无度，即千金之家，何能久也？"何大悟，罢讼，以女归朱。过一二日，女又逃。

有黄生者，故贫士，无偶。女叩扉入，自言所来。黄见艳丽忽投，惊惧不知所为。黄素怀刑（守法），固却之。女不去。应对间，娇婉无那（同"婀娜"，柔美）。黄心动，留之，而虑其不能安贫。女早起，躬操家苦（亲自操作家中劳苦之事），劬劳（劳苦，劳累）过旧室（旧妻，此指结婚多年的妻子）焉。黄为人蕴藉潇洒，工于内媚，因恨相得之晚；止恐风声漏泄，为欢不久。而朱自讼后，家益贫；又度女不能安，遂置不究。

女从黄数岁，亲爱甚笃。一日，忽欲归宁，要黄御（驾御车马）送之。黄曰："向言无家，何前后之舛（chuǎn，乖违；矛盾）？"曰："曩漫言之（随便说的）。妾镇江人。昔从荡子（浪游在外的男子），流落江湖，遂至于此。妾家颇裕，君竭资而往，必无相亏。"黄从其言，赁舆同去。至扬州（今江苏省扬州市，在长江北岸，与镇江隔江相望）境，泊舟江际。女适凭窗，有巨商子过，惊其艳，反舟缀（尾随）之，而黄不知也。女忽曰："君家綦（qí，极，很）贫，今有一疗贫之法，不知能从否？"黄诘之，女曰："妾相从数年，未能为君育男女，亦一不了事。妾虽陋，幸未老耄，有能以千金相赠者，便鬻妾去，此中妻室、田庐皆备焉。此计如何？"黄失色，不知何故。女笑曰："君勿急，天下固多佳人，谁肯以千金买妾者？其戏言于外，以觇其有无。卖不卖，固自在君耳。"黄不肯。女自与榜人（船夫，舟子。榜，bàng）妇言之，妇目黄，黄漫应焉。妇去无几，返言："邻舟有商人子，愿出八百。"黄故摇首以难之。未几，复来，便言如命，即请过船交兑。黄微哂。女曰："教渠（他）姑待，我嘱黄郎，即令去。"女谓黄曰："妾日以千金之躯事君，今始知耶？"黄问："以何词遣（推托）之？"女曰："请即往署券（签署卖身契约），去不去固自在我耳。"黄不可。女逼促之，黄不得已诣焉。立刻兑付。黄令封志之（将兑金封存加上印记），曰："遂以贫故，竟果如此，遽相割舍。倘室人（犹言"内人"，指妻子）必不肯从，仍以原金璧赵（完璧归赵。此谓将财物归还原主）。"方运金至舟，女已从榜人妇从船尾登商舟，遥顾作别，并无凄恋。黄惊魂离舍，嗌（ài，噎；气结喉塞）不能言。俄商舟解缆，去如箭激。黄大号，欲追傍之。榜人不从，开舟南渡矣。瞬息达镇江，运资上岸。榜人急解舟去。黄守装闷坐，无所适归，望江水之滔滔，如万镝之丛体（万箭穿心。万镝，万箭丛体；聚射于身）。方掩泣间，忽闻娇声呼"黄郎"。愕然回顾，则女已在前途。喜极，负装从之，问："卿何遽得来？"女笑曰："再迟数刻，则君有疑心矣。"黄乃疑其非常，固诘其情。女笑曰："妾生平于吝者则破之，于邪者则诳之也。若实与君谋，君必不肯，何处可致千金者？错囊充牣（钱袋充盈。指黄生得千金。牣，rèn），而合浦珠还（常比喻失物复得。指霍女去而复回），君幸足矣，穷问何为？"乃雇役荷囊，相将俱去。

至水门内，一宅南向，径入。俄而翁媪男妇，纷出相迎，皆曰："黄郎来也！"黄入参公姥（翁媪，指霍女父母。姥，mǔ）。有两少年揖坐与语，是女兄弟大郎、三郎也。筵间味无多品，玉柈（即玉盘。柈，pán，同"盘"）四枚，方几已满。鸡蟹鹅鱼，皆脔（luán，切碎，切割）切为簌。少年以巨碗行酒，谈吐豪放。已而导入别院，俾夫妇同处。衾枕滑奭，而床则以熟革代棕藤焉。日有婢媪馈致三餐，女或时竟日不出。黄独居闷苦，屡言归，女固止之。一日，谓黄曰："今为君谋：请买一人，为子嗣计。然买婢媵则价奢；当伪为妾也兄者，使父与论婚，良家子不难致。"黄不可。女弗听。有张贡士之女新寡，议聘金百缗（铜钱千文为一缗。穿铜钱之绳叫缗。缗，mín），女强为娶之。新妇小名阿美，颇婉妙。女嫂呼之；黄瑟踧（sè dí，犹局促。形容拘束的样子）不安，女殊坦坦（坦然；平静）。他日，谓黄曰："妾将与大姊至南海（指今珠江三角洲），一省阿姨，月馀可返，请夫妇安居。"遂去。

夫妻独居一院，按时给饮食，亦甚隆备（隆重而完美）。然自入门后，曾无一人复至其室。每晨，阿美人觐媪，一两言辄退。娣姒（妯娌。姒，sì）在旁，惟相视一笑。既流连久坐，亦不款曲（诚挚殷勤的心意）。黄见翁，亦如之。偶值诸郎聚语，黄至，既都寂然。黄疑闷莫可告语。阿美觉之，诘曰："君既与诸郎伯仲（兄弟。旧时兄弟排行常以伯、仲、叔、季为序，故以"伯仲"代指兄弟），何以月来都如生客？"黄仓猝不能对，吃吃（形容说话结结巴巴）而言曰："我十年于外，今始归耳。"美又细审翁姑阀阅（指世家门第。原指世宦门前旌表功绩的柱子，在门左曰"阀"，在右曰"阅"），及姒娌里居。黄大窘，不能复隐，底里尽露。女泣曰："妾家虽贫，无作贱媵者，无怪诸宛若（后世用为妯娌的代称）鄙不齿数矣！"黄惶怖莫知筹计，惟长跪一听女命。美收涕挽之，转请所处。黄曰："仆何敢他谋，计惟子身自去耳。"女曰："既嫁复归，于情何忍？渠虽先从，私也；妾虽后至，公也。不如姑俟其归，问彼既出此谋，将何以置妾也？"居数月，女竟不返。一夜，闻客舍喧饮。黄潜往窥之，见二客戎装上座：一人裹豹皮巾，凛若天神；东首一人，以虎头革作兜牟（也作"兜鍪"，头盔），虎口衔额，鼻耳悉具焉。惊异而返，以告阿美，竟莫测霍父子何人。夫妻疑惧，谋欲僦（jiù，租赁）寓他所，又恐生其猜度（引起霍家父子的猜疑）。黄曰："实告卿：即南海人（指赴南海省亲的霍女）还，折证（对证，辩白）已定，仆亦不能家此也。今欲携卿去，又恐尊大人别有异言。不如姑别，二年中当复至。卿能待，待之；如欲他适，亦自任也。"阿美欲告父母而从之，黄不可。阿美流涕，要以信誓，乃别而归。黄入辞翁姑。时诸郎皆他出，翁挽留以待其归，黄不听而行。登舟凄然，形神丧失。至瓜州（镇名，在镇江对岸，江北运河入长江处），忽回首见片帆来，驶如飞；渐近，则船头按剑而坐者，霍大郎也。遥谓曰："君欲遄返（急归），胡再不谋（为何不加商量。再，加）？遗夫人去，二三年谁能相待也？"言次，舟已逼近。阿美自舟中出，大郎挽登黄舟，跳身径去。先是，阿美既归，方向父母泣诉，忽大郎将舆（带着轿子。舆，肩舆）登门，按剑相胁，逼女风走（指随夫远去。风，奔逸）。一家慑息（怕得不敢粗声喘气），莫敢遮问。女述其状，黄不解何意，而得美良喜，开舟遂发。

至家，出资营业，颇称富有。阿美常悬念父母，欲黄一往探之；又恐以霍女来，嫡庶复有参差（指妻妾之间再出现争执。参差，不齐，矛盾）。居无何，张翁访至，见屋宇修整，心颇慰，谓女曰："汝出门后，遂诣霍家探问，见门户已扃，第主亦不之知，半年竟无消息。汝母日夜零涕，谓被奸人赚去，不知流离何所。今幸无恙耶？"黄实告以情，因相猜为神。后阿美生子，取名仙赐。至十馀岁，母遣诣镇江，至扬州界，休于旅舍，从者皆出。有女子来，挽儿入他室，下帘，抱诸膝上，笑问何名。儿告之。问："取名何义？"答云："不知。"女曰："归问汝父当自知。"乃为挽髻，自摘髻上花代簪（插）之；出金钏（手镯）束腕上。又以黄金内（同"纳"，装入）袖，曰："将去买书读。"儿问其谁，曰："儿不知更有一母耶？归告汝父：朱大兴死无棺木，当助之，勿忘也。"老仆归舍，失少主；寻至他室，闻与人语，窥之，则故主母。帘外微嗽，将有咨白（禀告）。女推儿榻上，恍惚已杳。问之舍主，并无知者。数日，自镇江归，语黄，又出所赠。黄感叹不已。及询朱，则死裁三日，露尸未葬，厚恤之。

异史氏曰："女其仙耶？三易其主不为贞。然为吝者破其悭（qiān，吝啬），为淫者速（促使）其荡，女非无心者也。然破之则不必其怜之矣，贪淫鄙吝之骨，沟壑何惜焉？"

司文郎

平阳（明代府名，治所在今山西省临汾市）王平子，赴试北闱（明、清科举制对顺天（今北京市）乡试的通称），赁居报国寺。寺中有馀杭（县名，在今浙江省杭州市北部）生先在，王以比屋居（邻屋而居。比，并列），投刺（投递名帖，指前去拜访）焉。生不之答（馀杭生没有回访他）。朝夕遇之，多无状。王怒其狂悖，交往遂绝。一日，有少年游寺中，白服裙帽，望之傀然（魁梧的样子。傀，guī）。近与接谈，言语谐妙，心爱敬之。展问邦族，云："登州宋姓。"因命苍头设座，相对噱谈（谈笑。噱，xué，大笑）。馀杭生适过，共起逊坐（让坐）。生居然上座，更不挥挹（huī yì，谦逊）。卒然（通"猝"；突然；冒失而无礼貌的样子。卒，cù）问宋："亦入闱者耶？"答曰："非也。驽骀（驽和骀都是劣马，比喻才能平庸。骀，tái）之才，无志腾骧（马昂首奔腾，喻奋力上进。骧，马首昂举）久矣。"又问："何省？"宋告之。生曰："竟不进取，足知高明。山左、右（指山东省和山西省。山左，山东省在太行山的左边，故称山左，这是针对宋生而言。山右，山西省在太行山之右，故称山右，这是针对王平子而言）并无一字通者（没有通晓文墨的人）。"宋曰："北人固少通者，而不通者未必是小生；南人固多通者，然通者亦未必是足下（旧时同辈间相称的敬词）。"言已，鼓掌。王和之，因而哄堂。生惭忿，轩眉攘腕（扬眉捋袖，形容忿怒）而大言曰："敢当前命题，一校文艺（校通"较"。文艺，指八股文）乎？"宋他顾而哂曰："有何不敢！"便趋寓所，出经（指四书、五经等儒家经书）授王。王随手一翻，指曰："'阙党童子将命。'"（阙党，即阙里，孔子居处。将命，奉命奔走。孔子说这个童子不是求上进而是一个想走捷径的人，宋生借题发挥，以之奚落馀杭生）生起，求笔札。宋曳之曰："口占可也。我破（即破题。八股文开头用两句说破题目要义，称"破题"）已成：'于宾客往来之地，而见一无所知之人焉。'"王捧腹大笑。生怒曰："全不能文，徒事嫚骂，何以为人！"王力为排难（调解纠纷），请另命佳题。又翻曰："'殷有三仁焉（摘自《论语·微子》的一句话，指微子、箕子、比干）。'"宋立应曰："三子者不同道（指对待纣王暴政的表现不同），其趋一（其目的是一致的）也。夫一者何也？曰：仁也。君子亦仁而已矣，何必同？"生遂不作，起曰："其为人也小有才。"遂去。

王以此益重宋。邀入寓室，款言移晷（亲切谈心。移晷，日影移动，指时间很长。晷，guǐ），尽出所作质宋（质疑问难；请教的意思）。宋流览绝疾，逾刻（指较短的时间。古代用漏壶计时，一昼夜共一百刻）已尽百首，曰："君亦沉深于此道者？然命笔时，无求必得之念，而尚有冀倖得之心，即此已落下乘。"遂取阅过者一一诠说。王大悦，师事之；使庖人以蔗糖作水角（水饺）。宋啖而甘之，曰："生平未解此味，烦异日更（再）一作也。"从此相得甚欢。宋三五日辄一至，王必为之设水角焉。馀杭生时一遇之，虽不甚倾谈，而傲睨之气顿减。一日，以窗艺（平时作的八股文）示宋。宋见诸友圈赞（古时阅读文章，遇有佳句，往往在旁边加圈，表示称赞）已浓，目一过，推置案头，不作一语。生疑其未阅，复请之。答已览竟。生又疑其不解。宋曰："有何难解？但不佳耳！"生曰："一览丹黄（仅仅看一下圈赞。丹黄，旧时批校书籍，用朱笔书写，遇误字用雌黄涂抹，因以"丹黄"代称对文章的评点），何知不佳？"宋便诵其文，如夙读者，且诵且訾（zǐ，毁，批评）。生踽蹐（jú jí，局促不安）汗流，不言而去。移时，宋去；生入，坚请王作（一定要拜读王生所作的文章）。王拒之。生强搜得，见文多圈点，笑曰："此大似水角子！"王故朴讷，觍然而已。次日，宋至，王具以告。宋怒曰："我谓'南人不复反矣'（见《三国志·诸葛亮传》。宋生风趣地引用此话，比喻原以为"南人"馀杭生已经降服），伧楚（鄙陋的家伙）何敢乃尔！必当有以报之！"王力陈轻薄之戒以劝之，宋深感佩。

既而场后，以文示宋，宋颇相许。偶与涉历殿阁，见一瞽僧坐廊下，设药卖医。宋讶曰："此奇人也！最能知文，不可不一请教。"因命归寓取文。遇馀杭生，遂与俱来。王呼师而参之。僧疑其问医者，便诘症候。王具白请教之意。僧笑曰："是谁多口？无目何以论文？"王请以耳代目。僧曰："三作两千馀言，谁耐久听！不如焚之，我视以鼻可也。"王从之。每焚一作，僧嗅而颔之曰："君初法大家（法，师法，仿效。大家，名家之最者），虽未逼真，亦近似矣。我适受之以脾。"问："可中否？"曰："亦中得。"馀杭生未深信，先以古大家文烧试之。僧再嗅曰："妙哉！此文我心受之矣，非归、胡（指明代归有光和胡友信。归、胡为明嘉靖、隆庆间精于八股文之"大家"）何解办此！"生大骇，始焚己作。僧曰："适领一艺，未窥全豹，何忽另易一人来也？"生托言："朋友之作，止此一首；此乃小生作也。"僧嗅其馀灰，咳逆数声，曰："勿再投矣！格格而不能下，强受之以膈（gé，胸腔和腹腔间的隔膜）；再焚，则作恶矣。"生惭而退。数日榜放，生竟领荐（领乡荐，指中举）；王下第（落榜）。宋与王走告僧。僧叹曰："仆虽盲于目，而不盲于鼻；帘中人（清代举行乡试时，贡院办公分内帘外帘，外帘管事务，内帘管阅卷。帘中人指阅卷官员）并鼻盲矣。"俄馀杭生至，意气发舒，曰："盲和尚，汝亦啖人水角耶？今竟何如？"僧曰："我所论者文耳，不谋（没有打算）与君论命。君试寻诸试官之文，各取一首焚之，我便知孰为尔师。"生与王并搜之，止得八九人。生曰："如有舛（chuǎn，错误）错，以何为罚？"僧愤曰："剜我盲瞳去！"生焚之，每一首，都言非是；至第六篇，忽向壁大呕，下气如雷。众皆粲然。僧拭目向生曰："此真汝师也！初不知而骤嗅之，刺于鼻，棘于腹，膀胱所不能容，直自下部出矣！"生大怒，去，曰："明日自见！勿悔！勿悔！"越二二日，竟不至；视之，已移去矣。乃知即某门生也。

宋慰王曰："凡吾辈读书人，不当尤人（怨恨别人），但当克己（严格要求自己）；不尤人则德益弘（光大），能克己则学益进。当前蹎落（失意。蹎，cù），固是数之不偶（命运不佳。不偶，遭遇不顺利，没有成就）；平心而论，文亦未便登峰，其由此砥砺，天下自有不盲之人。"王肃然起敬。又闻次年再行乡试，遂不归，止而受教。宋曰："都中薪桂米珠（柴价贵如桂，米价贵如珠，比喻生活费用昂贵），勿忧资斧。舍后有窖镪（窖埋在地下的钱财。后多指白银。镪，qiǎng），可以发用。"即示之处。王谢曰："昔窦、范贫而能廉（窦，窦仪，渔阳人。范，范仲淹，宋朝吴县人。廉，廉洁自守），今某幸能自给，敢自污乎？"王一日醉眠，仆及庖人窃发之。王忽觉，闻舍后有声；窃出，则金堆地上。情见事露，并相惭伏。方诃责间，见有金爵，类多镌款（凿刻的文字），审视，皆大父字讳（大父，祖父。字讳，名字。旧时对尊长不直称其名，谓之避讳，因也以"讳"指所避讳的名字）。盖王祖曾为南部郎，入都寓此，暴病而卒，金其所遗也。王乃喜，秤得金八百馀两。明日告宋，且示之爵，欲与瓜分，固辞乃已。以百金往赠瞽僧，僧已去。积数月，敦习（勤勉学习）益苦。及试，宋曰："此战不捷，始真是命矣！"

俄以犯规被黜。王尚无言；宋大哭，不能止。王反慰解之。宋曰："仆为造物所忌，困顿至于终身，今又累及良友。其命也夫！其命也夫！"王曰："万事固有数在。如先生乃无志进取，非命也。"宋拭泪曰："久欲有言，恐相惊怪。某非生人，乃飘泊之游魂也。少负才名，不得志于场屋。佯狂（诈为病狂。狂，纵情任性）至都，冀得知我者，传诸著作。甲申之年（指崇祯十七年，这一年李自成领导的农民起义军攻陷北京），竟罹于难，岁岁飘蓬（随风飘荡的蓬草，喻游荡无定所）。幸相知爱，故极力为'他山'之攻（意谓尽力勉励朋友上进。化用"它山之石，可以攻玉。"），生平未酬之愿，实欲借良朋一快之耳。今文字之厄若此，谁复能漠然哉！"王亦感泣，问："何淹滞？"曰："去年上帝有命，委宣圣（指孔子）及阎罗王核查劫鬼（遭遇劫难而死的鬼魂），上者备诸曹任用，馀者即俾转轮（佛教用语，即所谓"轮回转生"）。贱名已录，所未投到者，欲一见飞黄（传说中的神马，以神马飞驰，喻科举得志）之快耳。今请别矣！"王问："所考何职？"曰："梓潼府（道教主宰功名禄位之帝君之府）中缺一司文郎（官名，唐置，司文局之佐郎。此指主管文运之神），暂令聋僮署篆（昏聩的仆役代掌官印），文运所以颠倒。万一侥得此秩，当使圣教昌明。"明日，忻忻而至，曰："愿遂矣！宣圣命作'性道论'，视之色喜，谓可司文。阎罗稽簿（稽查簿籍），欲以'口孽（佛教用语，也称"口业"。此指言语的恶业，即言论过失）'见弃。宣圣争之，乃得就。某伏谢已，又呼近案下，嘱云：'今以怜才，拔充清要；宜洗心供职，勿蹈前愆。'此可知冥中重德行更甚于文学也。君必修行未至，但积善勿懈可耳。"王曰："果尔，余杭其德行何在？"曰："不知。要冥司赏罚，皆无少爽。即前日瞽僧，亦一鬼也，是前朝名家。以生前抛弃字纸过多，罚作瞽。彼自欲医人疾苦，以赎前愆，故托游廛肆（市肆。亦泛指街市。廛，chán）耳。"王命置酒。宋曰："无须。终岁之扰，尽此一刻，再为我设水角足矣。”王悲怆不食，坐令自啖。顷刻，已过三盛（犹言三碗或三盘。盛，杯盘之类的盛器），捧腹曰：“此餐可饱三日，吾以志君德耳。向所食，都在舍后，已成菌矣。藏作药饵，可益儿慧。”王问后会，曰：“既有官责，当引嫌也。”又问：“梓潼祠中，一相酹祝（祭奠祝告。酹，lèi），可能达否？”曰：“此都无益。九天甚远，但洁身力行，自有地司牒报，则某必与知之。”言已，作别而没。

王视舍后，果生紫菌，采而藏之。旁有新土坟起，则水角宛然在焉。王归，弥自刻厉（更加刻苦自励。弥，更，甚）。一夜，梦宋舆盖而至，曰：“君向以小忿，误杀一婢，削去禄籍；今笃行已折除（抵消）矣。然命薄不足任仕进也。”是年，捷于乡；明年，春闱又捷。遂不复仕。生二子，其一绝钝，啖以菌，遂大慧。后以故诣金陵，遇馀杭生于旅次，极道契阔（久别重逢，互诉离情。契阔，久别的情怀），深自降抑（卑恭；谦虚），然鬓毛斑矣。

异史氏曰：“馀杭生公然自诩，意其为文，未必尽无可观；而骄诈之意态颜色，遂使人顷刻不可复忍。天人之厌弃已久，故鬼神皆玩弄之。脱能增修厥德，则帘内之‘刺鼻棘心’者（指只会作臭文章的考官。刺鼻棘心，这里是借瞽僧之言，讽刺考官之文，臭不可闻。言外之意，只有不通的考官才能录取不通的考生），遇之正易，何所遭之仅也。”

丑　狐

穆生，长沙（府名，治所在今湖南省长沙市）人，家清贫，冬无絮衣。一夕枯坐，有女子入，衣服炫丽（鲜丽。炫，光彩闪耀）而颜色黑丑，笑曰：“得毋寒乎？”生惊问之，曰：“我狐仙也。怜君枯寂，聊与共温冷榻耳。”生惧其狐，而厌其丑，大号。女以元宝置几上，曰：“若相谐好，以此相赠。”生悦而从之。床无裀褥，女代以袍。将晓，起而嘱曰：“所赠，可急市软帛作卧具；馀者絮衣作馔（zhuàn，陈设或准备食物），足矣。倘得永好，勿忧贫也。”

遂去。生告妻，妻亦喜，即市帛为之缝纫。女夜至，见卧具一新，喜曰："君家娘子劬劳（劳苦、苦累的意思。劬，qú）哉！"留金以酬之。从此至无虚夕。每去，必有所遗。

年馀，屋庐修洁，内外皆衣文锦绣，居然素封（无官爵封邑而富有资财的人）。女赂贻渐少，生由此心厌之，聘术士至，画符于门。女啮折而弃之，入指生曰："背德负心，至君已极！然此奈何我！若相厌薄（厌弃，鄙薄），我自去耳。但情义既绝，受于我者，须要偿也！"忿然而去。生惧，告术士。术士作坛，陈设未已，忽颠地下，血流满颊；视之，割去一耳。众大惧，奔散；术士亦掩耳窜去。室中掷石如盆，门窗釜甑，无复全者。生伏床下，撤缩汗耸（身体抽搐，汗水直冒）。俄见女抱一物入，猫首猧尾（疑指猫狸，也称狸猫、豹猫。猧，wō），置床前，嗾（sǒu，唤狗咬人的声音。此谓唆使猫狸咬人）之曰："嘻嘻！可嚼奸人足。"物即龁履，齿利于刃。生大惧，将屈藏之，四肢不能动。物嚼指，爽脆有声。生痛极，哀祝。女曰："所有金珠，尽出勿隐。"生应之。女曰："呵呵！"物乃止。生不能起，但告以处。女自往搜括，珠钿衣服之外，止得二百馀金。女少之，又曰："嘻嘻！"物复嚼。生哀鸣求恕。女限十日，偿金六百，生诺之，女乃抱物去。久之，家人渐聚，从床下曳生出，足血淋漓，丧其二指。视室中，财物尽空，惟当年破被存焉。遂以覆生，令卧。又惧十日复来，乃货婢鬻衣，以足其数。至期，女果至；急付之，无言而去。自此遂绝。

生足创，医药半年始愈，而家清贫如初矣。狐适近村于氏。于业农，家不中资（家里没有中等人家的资财）；三年间，援例纳粟（引用成例捐作监生），夏屋连蔓（高大的房屋接连不断。夏屋，大屋），所衣华服，半生家物。生见之，亦不敢问。偶适野，遇女于途，长跪道左。女无言，但以素巾裹五六金，遥掷之，反身径去。后于氏早卒，女犹时至其家，家中金帛辄亡去。于子睹其来，拜参之，遥祝："父即去世，儿辈皆若子，纵不抚恤，何忍坐令贫也？"女去，遂不复至。

异史氏曰："邪物之来，杀之亦壮；而既受其德，即鬼物不可负也。既贵而杀赵孟（富贵而忘恩变心之意），则贤豪非之矣。夫人非其心之所好，即万锺（本指大量的粮食，此指优厚的俸禄，或大量的财富。锺，古量度单位）何动焉。观其见金色喜，其亦利之所在，丧身辱行而不惜者欤？伤哉贪人，卒取残败！"

吕无病

洛阳（指今河南省洛阳市）孙公子，名麒，娶蒋太守女，甚相得。二十夭殂（少壮而死），悲不自胜。离家，居山中别业（即别墅）。适阴雨，昼卧，室无人。忽见复室帘下，露妇人足，疑而问之。有女子褰帘（撩起帘子，掀开帘子。褰，qiān）入，年约十八九，衣服朴洁，而微黑多麻，类贫家女。意必村中僦（jiù，租赁）屋者，呵曰："所须宜白家人，何得轻入！"女微笑曰："妾非村中人，祖籍山东，吕姓。父文学士（博学之士）。妾小字无病。从父客迁，早离顾复（谓父母早亡）。慕公子世家名士，愿为康成文婢（指东汉经学大师郑玄家的奴婢。康成，郑玄字。此处以"康成"喻称孙生）。"孙笑曰："卿意良佳。但仆辈杂居，实所不便，容旋里后，当舆聘之。"女次且（zī jū，通"趑趄"。欲前不前，犹豫不决的样子。此谓言辞闪烁，欲言又止）曰："自揣陋劣，何敢遂望敌体（指处于对等地位的妻子）？聊备案前驱使，当不至倒捧册卷。"孙曰："纳婢亦须吉日。"乃指架上，使取通书（此指历书）第四卷——盖试之也。女翻检得之。先自涉览，而后进之，笑曰："今日河魁不曾在房。"孙意少动，留匿室中。女闲居无事，为之拂几整书，焚香拭鼎，满室光洁。孙悦之。至夕，遣仆他宿。女俯眉承睫，殷勤臻至（犹言备至。臻，至）。命之寝，始持烛去，中夜睡醒，则床头似有卧人；以手探之，知为女，捉而撼焉。女惊起，立榻下。孙曰："何不别寝，床头岂汝卧处也？"女曰："妾善惧。"孙怜之，俾施枕床内。忽闻气息之来，清如莲蕊，异之；呼与共枕，不觉心荡；渐于同衾，大悦之。念避匿非策，又恐同归招议。孙有母姨，近隔十馀门，谋令遁诸其家，而后再致之。女称善，便言："阿姨，妾熟识之，无容先达，请即去。"孙送之，逾垣而去。

孙母姨，寡媪也。凌晨起户，女掩入（乘其不备而进入）。媪诘之，答云："若甥遣问阿姨。公子欲归，路赊（遥远）乏骑，留奴暂寄此耳。"媪信之，遂止焉。孙归，矫谓姨家有婢，欲相赠，遣人舁之而还，坐卧皆以从。久益嬖（bì，宠爱）之，纳为妾。世家论婚，皆勿许，殆有终焉之志。女知之，苦劝令娶；乃娶于许，而终嬖爱无病。许甚贤，略不争夕；无病事许益恭：以此嫡庶偕好。许举一子阿坚，无病爱抱如己出。儿甫三岁，辄离乳媪，从无病宿，许唤不去。无何，许病卒。临诀，嘱孙曰："无病最爱儿，即令子之可也；即正位（正其妻子之位。古代富贵人家娶妻纳妾，妻为正室，妾为侧室。按封建礼教，妻、妾名分有定，不能逾越。妻死，以妾作妻，称"扶正"）焉亦可也。"既葬，孙将践其言，告诸宗党，佥谓不可；女亦固辞，遂止。

邑有王天官（官名。明清吏部尚书的别称）女，新寡，来求婚。孙雅不欲娶，王再请之。媒道其美，宗族仰其势，共怂恿之。孙惑焉，又娶之。色果艳；而骄已甚，衣服器用，多厌嫌，辄加毁弃。孙以爱敬故，不忍有所拂。入门数月，擅宠专房，而无病至前，笑啼皆罪。时怒迁夫婿，数相闹斗。孙患苦之，以多独宿。妇又怒。孙不能堪，托故之都（假托事由赴京。都，京城），逃妇难也。妇以远游咎无病。无病鞠躬屏气（恭敬而小心。屏气，犹屏息，抑制呼吸，不敢出声，极言恭谨畏惧之状），承望颜色，而妇终不快。夜使直（当值）宿床下，儿奔与俱。每唤起给使，儿辄啼。妇厌骂之。无病急呼乳媪来抱之，不去；强之，益号。妇怒起，毒挞无算，始从乳媪去。儿以是病悸，不食。妇禁无病不令见之。儿终日啼，妇叱媪，使弃诸地。儿气竭声嘶，呼而求饮；妇戒勿与。日既暮，无病窥妇不在，潜饮儿。儿见之，弃水捉衿，号咷不止。妇闻之，意气（犹怒气，发怒时所表现出的情绪）汹汹而出。儿闻声辍涕，一跃遂绝。无病大哭。妇怒曰："贱婢丑态！岂以儿死胁我耶！无论孙家襁褓物；即杀王府世子，王天官女亦能任之！"无病乃抽息忍涕，请为葬具。妇不许，立命弃之。

妇去，窃抚儿，四体犹温，隐语媪曰："可速将去，少待于野，我当继至。其死也，共弃之；活也，共抚之。"媪曰："诺。"无病入室，携簪珥出，追及之。共视儿，已苏。二人喜，谋趋别业，往依姨。媪虑其纤步为累，无病乃先趋以俟之，疾若飘风，媪力奔始能及。约二更许，儿病危，不复可前。遂斜行入村（即由叉道走进村子），至田叟家，侍门待晓，扣扉借室，出簪珥易资，巫医并致，病卒不瘳（chōu，病愈）。女掩泣曰："媪好视儿，我往寻其父也。"媪方惊其谬妄，而女已杳矣。骇诧不已。是日，孙在都，方憩息床上，女悄然入。孙惊起曰："才眠已入梦耶！"女握手哽咽，顿足不能出声。久之久之，方失声而言曰："妾历千辛，与儿逃于杨——"句未终，纵声大哭，倒地而灭。孙骇绝，犹疑为梦；唤从人共视之，衣履宛然，大异不解。即刻趣装（疾速治办行装。趣，通"促"，急，从速），星驰而归。

既闻儿死妾遁，抚膺大悲。语侵妇，妇反唇相稽。孙忿，出白刃；婢妪遮救，不得近，遥掷之。刀脊中额，额破血流，披发嗥叫而出，将以奔告其家。孙捉还，杖挞无数，衣皆若缕，伤痛不可转侧。孙命舁（yú，抬）诸房中护之，将待其瘥（chài，病除，好转）而后出之。妇兄弟闻之，怒，率多骑登门；孙亦集健仆械御之。两相叫骂，竟日始散。王未快意，讼之。孙捍卫（此指让家仆执器械护卫着）入城，自诣质审（亲自到官府请求审判是非。质，诉讼双方对质），诉妇恶状。宰不能屈，送广文（明清泛指儒学教官）惩戒以悦王。广文朱先生，世家子，刚正不阿。廉得情（查考得知实情。廉，查访，考察），怒曰："堂上公以我为天下之龌龊教官，勒索伤天害理之钱，以吮人痛痔（指为人舔吸疮痔上的脓血。比喻卑劣地奉承人）者耶！此等乞丐相，我所不能！"竟不受命。孙公然归。王无奈之，乃示意朋好，为之调停，欲生谢过其家。孙不肯，十反不能决。妇创渐平，欲出之，又恐王氏不受，因循而安之。妾亡子死，夙夜伤心，思得乳媪，一问其情。因忆无病言"逃于杨"，近村有杨家疃，疑其在是；往问之，并无知者。或言五十里外有杨谷，遣骑诣讯，果得之。儿渐平复；相见各喜，载与俱归。儿望见父，嗷然（哀号貌。嗷，áo）大啼，孙亦泪下。妇闻儿尚存，盛气奔出，将致诮骂。儿方啼，开目见妇，惊投父怀，若求藏匿。抱而视之，气已绝矣。急呼之，移时始苏。孙恚曰："不知如何酷虐，遂使吾儿至此！"乃立离婚书，送妇归。王果不受，又异还孙。孙不得已，父子别居一院，不与妇通。乳媪乃备述无病情状，孙始悟其为鬼。感其义，葬其衣履，题碑曰"鬼妻吕无病之墓"。无何，妇产一男，交手于项而死之。孙益忿，复出妇；王又异还之。孙乃具状，控诸上台（即上官），皆以天官故，置不理。后天官卒，孙控不已，乃判令大归（此指已嫁妇女被休弃而归母家）。孙由此不复娶，纳婢焉。

妇既归，悍名噪甚，三四年无问名者。妇顿悔，而已不可复挽。有孙家旧媪，适至其家。妇优待之，对之流涕；揣其情，似念故夫。媪归告孙，孙笑置之。又年馀，妇母又卒，孤无所依，诸娣姒（dì sì，兄妻为姒，弟妻为娣）颇厌嫉之；妇益失所；日辄涕零。一贫士丧偶，兄议厚其奁妆而遣之，妇不肯。每阴托往来者致意孙，泣告以悔，孙不听。一日，妇率一婢，窃驴跨之，竟奔孙。孙方自内出，迎跪阶下，泣不可止。孙欲去之，妇牵衣复跪之。孙固辞曰："如复相聚，常无间言（闲话，非议之言）则已耳；一朝有他，汝兄弟如虎狼，再求离逷（远离。此谓离婚，两不相关。逷，tì），岂可复得！"妇曰："妾窃奔而来，万无还理。留则留之，否则死之！且妾自二十一岁从君，二十三岁被出，诚有十分恶，宁无一分情？"乃脱一腕钏，并两足而束之，袖覆其上，曰："此时香火之誓（指结婚时相约永好的誓言），君宁不忆之耶？"孙乃荧眦欲泪（眼中闪着泪花。眦，眼眶），使人挽扶入室；而犹疑王氏诈谖（欺诈。谖，xiān），欲得其兄弟一言为证据。妇曰："妾私出，何颜复求兄弟？如不相信，妾藏有死具在此，请断指以自明。"遂于腰间出利刃，就床边伸左手一指断之，血溢如涌。孙大骇，急为束裹。妇容色痛变，而更不呻吟，笑曰："妾今日黄粱之梦已醒，特借斗室为出家计，何用相猜？"孙乃使子及妾另居一所，而己朝夕往来于两间。又日求良药医指创，月馀寻愈。妇由此不茹荤酒，闭户诵佛而已。居久，见家政废弛，谓孙曰："妾此来，本欲置他事于不问；今见如此用度，恐子孙有饿莩（饿死。莩，piǎo）者矣。无已，再腆颜一经纪（管理，经营）之。"乃集婢媪，按日责其绩织。家人以其自投也，慢之，窃相诮讪，妇若不闻。既而课工，惰者鞭挞不贷，众始惧之。又垂帘课主计仆（亲自考察主管财务的仆人。垂帘，谓女主人在帘内主持家政。课，考核。主计，主管财务，计算出入），综理微密。孙乃大喜，使儿及妾皆朝见之。阿坚已九岁，妇加意温恤，朝入塾，常留甘饵以待其归；儿亦渐亲爱之。一日，儿以石投雀，妇适过，中颅而仆，逾刻不语。孙大怒，挞儿。妇苏，力止之，且喜曰："妾昔虐儿，中心每不自释，今幸销一罪案矣。"孙益嬖爱之，妇每拒，使就妾宿。居数年，屡产屡殇，曰："此昔日杀儿之报也。"阿坚既娶，遂以外事委儿，内事委媳。一日曰："妾某日当死。"孙不信。妇自理葬具，至日，更衣入棺而卒。颜色如生，异香满室；既殓，香始渐灭。

异史氏曰："心之所好，原不在妍媸（美和丑）也。毛嫱、西施（毛嫱、西施，皆古代美女名。毛嫱，古美人，一云越王美姬。西施，春秋时越国美女），焉知非自爱之者美之乎？然不遭悍妒，其贤不彰，几令人与嗜痂者并笑矣。至锦屏之人（泛指深闺女子。此指王氏），其夙根（谓前生的灵根）原厚，故豁然一悟，立证菩提（即刻证得佛果。菩提，梵语音译。意译正觉，即明辨善恶、觉悟真理之意）；若地狱道（佛教所谓生死轮回，"六道"之一）中，皆富贵而不经艰难者矣。"

钱卜巫

夏商，河间（府名。治所在今河北省河间市）人。其父东陵，豪富侈汰（奢侈无度），每食包子，辄弃其角，狼藉满地。人以其肥重，呼之"丢角太尉"。暮年，家綦（qí，极，很）贫，日不给餐；两肱瘦，垂革（皮肤）如囊，人又呼"募庄僧（指沿村庄募化的僧人。募。募化，僧尼等求人施舍财物）"——谓其挂袋也。临终，谓商曰："余生平暴殄天物，上干（冒犯）天怒，遂至饥冻以死。汝当惜福力行，以盖父愆（过失）。"商恪遵治命（指父亲临终前清醒时所留的遗言），诚朴无二，躬耕自给。乡人咸爱敬之。富人某翁哀其贫，假以资，使学负贩，辄亏其母（本钱）。愧无以偿，请为佣。翁不肯。商瞿然（吃惊的样子）不自安，尽货其田宅，往酬翁。翁诘得情，益怜之，强为赎还旧业；又益贷以重金，俾作贾。商辞曰："十数金尚不能偿，奈何结来生驴马债（迷信谓此生欠债不还，来世变作驴马偿还）也？"翁乃招他贾与偕。数月而返，仅能不亏；翁不收其息，使复之。年馀，货资盈辇（购置的财货，装满一车。盈辇，满车），归至江，遭飓（大风），舟几覆，物半丧失。归计所有，略可偿主，遂语贾曰："天之所贫，谁能救之？此皆我累君也！"乃稽簿付贾，奉身而退（恭敬地退出）。翁再强之，必不可，躬耕如故。每自叹曰："人生世上，皆有数年之享，何遂落拓如此？"

会有外来巫，以钱卜，悉知人运数。敬诣之。巫，老妪也。寓室精洁，中设神座，香气常熏。商入朝拜讫，巫便索资。商授百钱，巫尽内木筒中，执跪座下，摇响如祈祷状。已而起，倾钱入手，而后于案上次第摆之。其法以字为否，幕为亨；数至五十八皆字，以后则尽幕矣。遂问："庚甲（年岁的代称）几何？"答："二十八岁。"巫摇首曰："早矣！早矣！官人现行者先人运，非本身运。五十八岁，方交本身运，始无盘错（盘曲交错）也。"问："何谓先人运？"曰："先人有善，其福未尽，则后人享之；先人有不善，其祸未尽，则后人亦受之。"商屈指曰："再三十年，齿已老耄，行就木矣。"巫曰："五十八以前，便有五年回闰，略可营谋；然仅免饥寒耳。五十八之年，当有巨金自来，不须力求。官人生无过行，再世享之不尽也。"

别巫而返，疑信半焉。然安贫自守，不敢妄求。后至五十三岁，留意验之。时方东作（当开始春耕之时），病痁（患疟疾。痁，shān）不能耕。既痊，天大旱，早禾尽枯。近秋方雨，家无别种，田数亩悉以种谷。既而又旱，荞菽（荞麦、豆类）半死，惟谷无恙；后得雨勃发，其丰倍焉。来春大饥，得以无馁。商以此信巫，从翁贷资，小权子母（此指做生意），辄小获；或劝作大贾，商不肯。迨五十七岁，偶葺墙垣，掘地得铁釜；揭之，白气如絮，惧不敢发。移时，气尽，白镪满瓮。夫妻共运之，秤计一千三百二十五两。窃议巫术小舛（差错）。邻人妻入商家，窥见之，归告夫。夫忌焉，潜告邑宰。宰最贪，拘商索金。妻欲隐其半，商曰："非所宜得，留之贾祸（招致祸患）。"尽献之。宰得金，恐其漏匿，又追贮器，以金实之，满焉，乃释商。居无何，宰迁南昌同知（南昌，府名，治所即今江西省南昌市。同知，为知府、知州的佐官）。逾岁，商以懋迁（犹贸易。懋，通"贸"）至南昌，则宰已死。妻子将归，货其粗重；有桐油若干篓，商以直贱，买之以归。既抵家，器有渗漏，泻注他器，则内有白金二铤；遍探皆然。兑之，适得前掘镪（银子或银锭。镪，qiǎng）之数。商由此暴富，益赡贫穷，慷慨不吝。妻劝积贻子孙，商曰："此即所以遗子孙也。"邻人赤贫至为丐，欲有所求，而心自愧。商闻而告之曰："昔日事，乃我时数未至，故鬼神假子手以败之，于汝何尤？"遂周给之。邻人感泣。后商寿八十，子孙承继，数世不衰。

异史氏曰："汰侈已甚，王侯不免，况庶人乎！生暴天物，死无含饭，可哀矣哉！幸而鸟死鸣哀，子能干蛊，穷败七十年，卒以中兴；不然，父孽累子，子复累孙，不至乞丐相传不止矣。何物老巫，遂发天之秘？呜呼！怪哉！"

姚 安

姚安，临洮（县名，今属甘肃省）人，美丰标（风度仪态）。同里宫姓，有女字绿娥，艳而知书，择偶不嫁。母语人曰："门族风采，必如姚某始字（旧称女子许嫁为字）之。"姚闻，给妻窥井，挤堕之，遂娶绿娥。雅甚亲爱。然以其美也，故疑之：闭户相守，步辄缀焉；女欲归宁，则以两肘支袍，覆翼以出，入舆封志（待其坐入轿中，即在轿门加上封条。舆，此指轿），而后驰随其后，越宿，促与俱归。女心不能善，忿曰："若有桑中约（男女私会），岂琐琐（卑微、细小的样子）所能止也！"姚以故他往，则扃女室中。女益厌之，俟其去，故以他钥置门外以疑之。姚见大怒,问所自来。女愤言:"不知!"姚愈疑,伺察弥严。

一日,自外至,潜听久之,乃开锁启扉,惟恐其响,悄然掩入。见一男子貂冠卧床上,忿怒,取刀奔入,力斩之。近视,则女昼眠畏寒,以貂覆面也。大骇,顿足自悔。宫翁忿质官。官收姚,褫衿苦械(扒掉学子衿服,施以酷刑)。姚破产,以巨金赂上下,得不死。由此精神迷惘,若有所失。适独坐,见女与髯丈夫(长有络腮胡子的男子),狎亵榻上,恶之,操刀而往,则没矣;反坐,又见之。怒甚,以刀击榻,席褥断裂。愤然执刀,近榻以伺之,见女面立(对面而立),视之而笑。遽斫之,立断其首;既坐,女不移处,而笑如故。夜间灭烛,则闻淫溺之声,亵不可言。日日如是,不复可忍,于是鬻其田宅,将卜居他所。至夜,偷儿穴壁入,劫金而去。自此贫无立锥,忿恚而死。里人藁葬(gǎo zàng,草草埋葬)之。

异史氏曰:"爱新而杀其旧,忍乎哉!人止知新鬼为厉(恶鬼),而不知故鬼之夺其魄也。呜呼!截指而适其屦(即"截趾适履",指,脚指,即"趾"。足大履小,截趾而适其屦,喻本末倒置,勉强求合。屦,jù),不亡何待!"

采薇翁

明鼎革(改朝换代。革,去故也;鼎,取新也),干戈蜂起(到处发生战乱。蜂起,如群蜂同时飞起,喻众多)。於陵(古地名。在今山东省邹平市境内。於,wū)刘芝生先生,聚众数万,将南渡。忽一肥男子诣栅门(指军营之门。栅,栅栏。军队驻地结木为栅,以作营墙),敞衣露腹,请见兵主。先生延入与语,大悦之。问其姓名,自号采薇翁。刘留参帷幄(谓参谋军事。帷幄,军帐,幕府),赠以刃。翁言:"我自有利兵,无须矛戟。"问:"兵何在?"翁乃捋衣露腹,脐大可容鸡子;忍气鼓之,忽脐中塞肤嗤然,突出剑跗(剑柄。跗,fū);握而抽之,白刃如霜。刘大惊,问:"止此乎?"笑指腹曰:"此武库也,何所不有。"命取弓矢，又如前状，出雕弓一具；略一闭息，则一矢飞堕，其出不穷。已而剑插脐中，即都不见。刘神之，与同寝处，敬礼甚备。

时营中号令虽严，而乌合之群，时出剽掠（掳掠，抢劫）。翁曰："兵贵纪律；今统数万之众，而不能镇慑人心，此败亡之道也。"刘喜之，于是纠察卒伍，有掠取妇女财物者，枭以示众。军中稍肃，而终不能绝。翁不时乘马出，遨游部伍间，而军中悍将骄卒，辄首自堕地，不知何因。因共疑翁。前进严饬之策，兵士已畏恶之；至此益相憾怨。诸部领潜于刘曰："采薇翁，妖术也。自古名将，止闻以智，不闻以术。浮云、白雀（指剑侠及神仙）之徒，终致灭亡。今无辜将士，往往自失其首，人情汹惧；将军与处，亦危道也，不如图之。"刘从其言，谋俟其寝而诛之。使觇翁，翁坦腹方卧，鼻息如雷。众大喜，以兵绕舍，两人持刀入，断其头；及举刀，头已复合，息如故，大惊。又砍其腹；腹裂无血，其中戈矛森聚（密集），尽露其颖（尖）。众益骇，不敢近；遥拨以矟（shuò，同"槊"），而铁弩大发，射中数人。众惊散，白刘。刘急诣之，已杳矣。

崔　猛

崔猛，字勿猛，建昌（明清府名，治所在今江西省南城县）世家子。性刚毅，幼在塾中，诸童稍有所犯，辄奋拳殴击，师屡戒不悛；名、字皆先生所赐也。至十六七，强武绝伦，又能持长竿跃登夏屋（大屋。夏，大）。喜雪不平，以是乡人共服之，求诉禀白者（前来诉冤陈事的人）盈阶满室。崔抑强扶弱，不避怨嫌；稍逆之，石杖交加，支体为残。每盛怒，无敢劝者。惟事母孝，母至则解。母谴责备至，崔唯唯听命，出门辄忘。比邻有悍妇，日虐其姑。姑饿濒死，子窃啖之（暗地里送饭给母亲吃）；妇知，诟厉万端（怒斥辱骂，没完没了），声闻四院。崔怒，逾垣而过，鼻耳唇舌尽割之，立毙。母闻大骇，呼邻子极意温恤（好言劝慰），配以少婢，事乃寝。母愤泣不食。崔惧，跪请受杖，且告以悔。母泣不顾。崔妻周，亦与并跪。母乃杖子，而又针刺其臂，作十字纹，朱（红色染料）涂之，俾勿灭。崔并受之。母乃食。

母喜饭（施饭）僧道，往往餍饱之。适一道士在门，崔过之。道士目之曰："郎君多凶横之气，恐难保其令终（善终，平安地终其天年。令，善，美）。积善之家，不宜有此。"崔新受母戒，闻之，起敬曰："某亦自知；但一见不平，苦不自禁。力改之，或可免否？"道士笑曰："姑勿问可免不可免，请先自问能改不能改。但当痛自抑（严格地克制自己）；如有万分之一（万一，指万一惹下杀身之祸），我告君以解死之术。"崔生平不信厌禳（yàn ráng，以巫术祈祷鬼神除灾降福，或致灾祸于人，或降伏某物），笑而不言。道士曰："我固知君不信。但我所言，不类巫觋（装神弄鬼、代人祈祷消灾的人。巫，女巫。觋，xí，男巫），行之亦盛德（指天地间旺盛之气）；即或不效，亦无妨碍。"崔请教，乃曰："适门外一后生，宜厚结之，即犯死罪，彼亦能活之也。"呼崔出，指示其人。盖赵氏儿，名僧哥。赵，南昌（旧府名，治所在今江西省南昌市）人，以岁祲饥（饥荒。祲，jìn），侨寓建昌。崔由是深相结，请赵馆于其家，供给优厚。僧哥年十二，登堂拜母，约为弟昆。逾岁东作（春耕生产），赵携家去。音问遂绝。

崔母自邻妇死，戒子益切，有赴诉者，辄摈斥（斥退，拒绝）之。一日，崔母弟卒，从母往吊。途遇数人，絷（zhí，捆绑）一男子，呵骂促步（急步，快走），加以捶扑。观者塞途，舆不得进。崔问之，识崔者竞相拥告。先是，有巨绅子某甲者，豪横一乡，窥李申妻有色，欲夺之，道无由（找不到因由。道，理）。因命家人诱与博赌，贷以资而重其息，要使署妻于券（签署契约，注明以妻为抵押），资尽复给。终夜，负债数千；积半年，计子母三十馀千。申不能偿，强以多人篡取其妻。申哭诸其门。某怒，拉系树上，榜笞刺剟（duō，古代的一种酷刑，以铁器刺人身体），逼立"无悔状"。崔闻之，气涌如山，鞭马前向，意将用武。母搴帘（撩起帘子，掀起帘子。搴，qiān）而呼曰："嗟（jiè，嗟叹）！又欲尔耶！"崔乃止。既吊而归，不语亦不食，兀坐（独自端坐）直视若有所嗔。妻诘之，不答。至夜，和衣卧榻上，辗转达旦。次夜复然，忽启户出，辄又还卧。如此三四，妻不敢诘，惟慑息以听之。既而迟久乃反，掩扉熟寝矣。是夜，有人杀某甲于床上，刳腹流肠；申妻亦裸尸床下。官疑申，捕治之。横被残梏，踝骨皆见，卒无词（始终没有招承。词，供词）。积年馀，不堪刑，诬服（谓无辜而服罪），论辟（判处死刑。辟，大辟，斩首）。会崔母死。既殡，告妻曰："杀甲者，实我也。徒以有老母故，不敢泄。今大事已了，奈何以一身之罪殃他人？我将赴有司死耳！"妻惊挽之，绝裾（断绝襟袖，以示去意坚决）而去，自首于庭（公庭，官府）。官愕然，械送狱，释申。申不可，坚以自承。官不能决，两收之（两人均入狱。收，拘押）。戚属皆诮让申。申曰："公子所为，是我欲为而不能者也。彼代我为之，而忍坐视其死乎？今日即谓公子未出也可。"执不异词，固与崔争。久之，衙门皆知其故，强出之，以崔抵罪，濒就决矣。会恤刑官（分赴各道，审理囚犯。恤刑，慎用刑罚）赵部郎，案临阅囚（也称"录囚"，审察并复勘已定罪的囚犯），至崔名，屏人而唤之。崔入，仰视堂上，僧哥也。悲喜实诉。赵徘徊良久，仍令下狱，嘱狱卒善视之。寻以自首减等（减刑。等，量刑的等级），充云南军。申为服役而去。未期年，援赦（根据赦令）而归；皆赵力也。

既归，申终从不去，代为纪理生业。予之资，不受。缘橦技击之术，颇以关怀。崔厚遇之，买妇授田焉。崔由此力改前行，每抚臂上刺痕，泫然流涕。以故乡邻有事，申辄矫命排解，不相禀白。有王监生者，家豪富，四方无赖不仁之辈，出入其门。邑中殷实者，多被劫掠；或迕（wǔ，违反；违背）之，辄遣盗杀诸途。子亦淫暴。王有寡婶，父子俱烝（zhēng，同母辈通奸，叫"烝"）之。妻仇氏，屡沮王，王缢杀之。仇兄弟质诸官，王赇嘱（qiú zhǔ，贿赂请托），以告者坐诬（治以诬陷之罪）。兄弟冤愤莫伸，诣崔求诉。申绝之使去。过数日，客至，适无仆，使申瀹茗。申默然出，告人曰："我与崔猛朋友耳，从徙（徙边，流放。指上文所谓"充云南军"）万里，不可谓不至矣；曾无廪给（给以粮米，犹言给予工钱），而役同厮养（役使如同奴仆。厮养，旧时对仆役的贱称），所不甘也！"遂忿而去。或以告崔。崔讶其改节，而亦未之奇也。申忽讼于官，谓崔三年不给佣值。崔大异之，亲与对状，申忿相争。官不直之，责逐而去。又数日，申忽夜入王家，将其父子婶妇并杀之，粘纸于壁，自书姓名；及追捕之，则亡命无迹。王家疑崔主使，官不信。崔始悟前此之讼，盖恐杀人之累己也。关行附近州邑（发出公函到附近州县），追捕甚急。会闯贼犯顺（指闯王李自成起义反明。犯顺，以逆反顺，造反作乱），其事遂寝。

及明鼎革（指清朝取代明朝），申携家归，仍与崔善如初。时土寇啸聚，王有从子得仁，集叔所招无赖，据山为盗，焚掠村疃。一夜，倾巢而至，以报仇为名。崔适他出；申破扉始觉，越墙伏暗中。贼搜崔、李不得，掳崔妻，括（囊括）财物而去。申归，止有一仆，忿极，乃断绳数十段，以短者付仆，长者自怀之。嘱仆越贼巢，登半山，以火爇绳，散挂荆棘，即反勿顾。仆应而去。申窥贼皆腰束红带，帽系红绢，遂效其装。有老牝马初生驹，贼弃诸门外。申乃缚驹跨马（指缚驹于家，跨牝马而去），衔枚（古代行军时口中衔着枚，以防出声）而出，直至贼穴。贼据一大村，申萦马村外，逾垣入。见贼众纷纭，操戈未释。申窃问诸贼，知崔妻在王某所。俄闻传令，俾各休息，轰然噭应。忽一人报东山有火，众贼共望之；初犹一二点，既而多类星宿（多得像天上的星星）。申垒息（bèn，积聚气息，提起气息）急呼东山有警。王大惊，束装率众而出。申乘间漏出其右，返身入内。见两贼守帐，绐之曰："王将军遗佩刀。"两贼竞觅。申自后斫之，一贼踣；其一回顾，申又斩之。竟负崔妻越垣而出。解马授辔，曰："娘子不知途，纵马可也。"马恋驹奔驶，申从之。出一隘口（险要的关口），申灼火于绳，遍悬之，乃归。

次日，崔还，以为大辱，形神跳躁（暴跳如雷，情绪烦躁），欲单骑往平贼。申谏止之。集村人共谋，众恇（kuāng，懦弱，胆怯）怯莫敢应。解谕再四，得敢往二十馀人，又苦无兵（兵器）。适于得仁族姓家获奸细二，崔欲杀之，申不可；命二十人各持白梃，具列于前，乃割其耳而纵之。众怨曰：

"此等兵旅，方惧贼知，而反示之。脱其倾队而来，阖村不保矣！"申曰："吾正欲其来也。"执匿盗者诛之。遣人四出，各假弓矢火铳，又诣邑借巨炮二。日暮，率壮士至隘口，置炮当其冲；使二人匿火而伏，嘱见贼乃发。又至谷东口，伐树置崖上。已而与崔各率十馀人，分岸（指山谷两侧）伏之。一更向尽，遥闻马嘶，贼果大至，缧属不绝（连续不断）。俟尽入谷，乃推堕树木，断其归路。俄而炮发，喧腾号叫之声，震动山谷。贼骤退，自相践踏；至东口，不得出，集无隙地。两岸铳矢夹攻，势如风雨，断头折足者，枕藉沟中。遗二十馀人，长跪乞命。乃遣人縶送以归。乘胜直抵其巢。守巢者闻风奔窜，搜其辎重而还。崔大喜，问其设火之谋。曰："设火于东，恐其西追也；短，欲其速尽，恐侦知其无人也；既而设于谷口，口甚隘，一夫可以断之，彼即追来，见火必惧：皆一时犯险之下策也。"取贼鞫之，果追入谷，见火惊退。二十馀贼，尽劓刖（yì yuè，割鼻、断足，均为古代酷刑）而放之。由此威声大震，远近避乱者从之如市，得土团（即乡团、乡勇）三百馀人。各处强寇无敢犯，一方赖之以安。

异史氏曰："快牛必能破车（意谓刚勇盛气之人，必然惹祸招灾。快牛，快而有力的牛，喻盛气的人），崔之谓哉！志意慷慨，盖鲜俪（并列，比并）矣。然欲天下无不平之事，宁非意过其通（主观所想超过常理。通，通常的道理）者与？李申，一介细民，遂能济美。缘橦飞入，剪禽兽于深闺；断路夹攻，荡幺魔于隘谷。使得假五丈之旗（古时武臣出镇则建军前大旗：此谓朝廷授以军权），为国效命，乌在不南面而王哉！"

诗 谳

青州居民范小山，贩笔为业，行贾（在外经商）未归。四月间，妻贺氏独居，夜为盗所杀。是夜微雨，泥中遗诗扇一柄，乃王晟之赠吴蜚卿者。晟，不知何人；吴，益都之素封，与范同里，平日颇有佻达之行，故里党共信之。

郡县拘质，坚不伏，惨被械梏，诬以成案；驳解往复（指地方及上级官府反复审理。驳，驳勘，指上级官府驳回原判，重行复审），历十馀官，更无异议。吴亦自分必死，嘱其妻罄竭所有，以济茕独（指行善。济，救济）。有向其门诵佛千者，给以絮裤（棉裤）；至万者絮袄。于是乞丐如市，佛号声闻十馀里。因而家骤贫，惟日货田产以给资斧。阴赂监者使市鸩（买毒酒；谓意欲自尽）。夜梦神人告之曰："子勿死，曩日'外边凶'，目下'里边吉'矣。"再睡，又言，以是不果死。

未几，周元亮〔明末清初人，名亮工，字栎园，河南省祥符（今开封市）人，明崇祯十三年进士，授监察御史〕先生分守是道，录囚（皇帝和各级官吏定期或不定期巡视监狱，对在押犯的情况进行审录）至吴，若有所思。因问："吴某杀人，有何确据？"范以扇对。先生熟视扇，便问："王晟何人？"并云不知。又将爰书（古时记录囚犯供词的文书。爰，yuán）细阅一过，立命脱其死械，自监移之仓（由内牢移至外监）。范力争之。怒曰："尔欲妄杀一人便了却耶？抑将得仇人而甘心耶？"众疑先生私吴，俱莫敢言。先生标朱签（标，书写。指写上欲拘者姓名、地址。朱签，红色竹签，为旧时官府交给差役拘捕犯人的凭证），立拘南郭某肆主人。主人惧，莫知所以。至则问曰："肆壁有东莞（古县名，属山东省莒县）李秀诗，何时题耶？"答云："旧岁提学案临，有日照（县名）二三秀才，饮醉留题，不知所居何里。"遂遣役至日照，坐拘（立即拘捕。坐，坐等、坐致）李秀。数日，秀至。怒曰："既作秀才，奈何谋杀人？"秀顿首错愕，曰："无之！"先生掷扇下，令其自视，曰："明系尔作，何诡托王晟？"秀审视，曰："诗真某作，字实非某书。"曰："既知汝诗，当即汝友。谁书者？"秀曰："迹似沂州王佐。"乃遣役关拘（发公函拘捕）王佐。佐至，呵问如秀状。佐供："此益都铁商张成索某书者，云晟其表兄也。"先生曰："盗在此矣。"执晟至，一讯遂伏。

先是，晟窥贺美，欲挑之，恐不谐。念托于吴，必人所共信，故伪为吴扇，执而往。谐则自认，不谐则嫁名于吴，而实不期至于杀也。逾垣入，逼妇。妇因独居，常以刃自卫。既觉，捉晟衣，操刀而起。晟惧，夺其刀。妇力挽，令不得脱，且号。晟益窘，遂杀之，委（丢弃）扇而去。三年冤狱，一朝而雪，无不诵神明者。吴始悟"里边吉"乃"周"字也。然终莫解其故。

后邑绅乘间请之（找个机会请教于周元亮），笑曰："此最易知。细阅爰书，贺被杀在四月上旬；是夜阴雨，天气犹寒，扇乃不急之物，岂有忙迫之时，反携此以增累者，其嫁祸可知。向避雨南郭，见题壁诗与箑头（扇上。箑，shà）之作，口角相类，故妄度李生，果因是而得真盗。"闻者叹服。

异史氏曰："天下事入之深者，当其无有有之用。词赋文章，华国之具也，而先生以相天下士，称孙阳焉。岂非入其中深乎？而不谓相士之道，移于折狱。《易》曰：'知几其神。'先生有之矣。"

邢子仪

滕（县名，今属山东省）有杨某，从白莲教党，得左道之术。徐鸿儒诛后，杨幸漏脱，遂挟术以遨（游）。家中田园楼阁，颇称富有。至泗上（泗水之滨。泗水，也叫泗河，源于山东省泗水县陪尾山，古时流经山东曲阜、江苏徐州入淮）某绅家，幻法为戏，妇女出窥。杨睨其女美，归谋摄取之。其继室朱氏，亦风韵，饰以华妆，伪作仙姬；又授木鸟，教之作用（启动、使用之法）；乃自楼头推堕之。朱觉身轻如叶，飘飘然凌云而行。无何，至一处，云止不前，知已至矣。是夜，月明清洁，俯视甚了。取木鸟投之，鸟振翼飞去，直达女室。女见彩禽翔入，唤婢扑之，鸟已冲帘出。女追之，鸟堕地作鼓翼声；近逼之，扑入裙底；展转间，负女飞腾，直冲霄汉。婢大号。朱在云中言曰："下界人勿须惊怖，我月府姮娥（即月中女神嫦娥）也。渠是王母第九女，偶谪尘世。王母日切怀念，暂招去一相会聚，即送还耳。"遂与结襟而行。方及泗水（县名，今属山东省）之界，适有放飞爆者，斜触鸟翼；鸟惊堕，牵朱亦堕，落一秀才家。

秀才邢子仪，家赤贫而性方鲠（正直。鲠，通"耿"，刚直。鲠，gěng）。曾有邻妇夜奔，拒不纳。妇衔愤去，譖（zèn，诬陷）诸其夫，诬以挑引。夫固无赖，晨夕登门诟辱之。邢因货产，僦居别村。有相者顾某，善决人福寿，刑踵门叩之（亲自上门叩问）。顾望见笑曰："君富足千钟，何着败絮见人？岂谓某无瞳耶？"邢嗤妄之。顾细审曰："是矣。固虽萧索，然金穴不远矣。"邢又妄之。顾曰："不惟暴富，且得丽人。"邢终不以为信。顾推之出，曰："且去且去，验后方索谢耳。"是夜，独坐月下，忽二女自天降，视之，皆丽姝。诧为妖，诘问之，初不肯言。邢将号召乡里，朱惧，始以实告，且嘱勿泄，愿终从焉。邢思世家女不与妖人妇等，遂遣人告其家。其父母自女飞升，零涕惶惑；忽得报书，惊喜过望，立刻命舆马星驰而去。报邢百金，携女归。

邢得艳妻，方忧四壁，得金甚慰。往谢顾。顾又审曰："尚未尚未。泰运（好运）已交，百金何足言！"遂不受谢。先是，绅归，请于上官捕杨。杨预遁，不知所之，遂籍其家（抄没其家产。籍，簿册，抄家时将其家产一一登记入册），发牒追朱。朱惧，牵邢饮泣。邢亦计窘，始赂承牒者，赁车骑携朱诣绅，哀求解脱。绅感其义，为竭力营谋，得赎免；留夫妻于别馆，欢如戚好。绅女幼受刘聘；刘，显秩（显要之官）也，闻女寄邢家信宿（再宿，两宿），以为辱，反婚书，与女绝姻。绅将议姻他族；女告父母，誓从邢。邢闻之喜；朱亦喜，自愿下之。绅忧邢无家，时杨居宅从官货，因代购之。夫妻遂归，出囊金，粗治器具，蓄婢仆，旬日耗费已尽。但冀女来，当复得其资助。一夕，朱谓邢曰："孽夫杨某，曾以千金埋楼下，惟妾知之。适视其处，砖石依然，或窖藏无恙。"往共发之，果得金。因信顾术之神，厚报之。后女于归（出嫁），妆资丰盛，不数年，富甲一郡矣。

异史氏曰："白莲歼灭而杨独不死，又附益之，几疑恢恢者疏而且漏矣。孰知天留之，盖为邢也。不然，邢即否极而泰，亦恶能仓卒起楼阁、累巨金哉？不爱一色，而天报之以两。呜呼！造物无言，而意可知矣。"

李 生

商河（县名，今属山东省）李生，好道（此指佛法）。村外里馀，有兰若（佛寺）；筑精舍三楹（此指居士诵经修行的斋舍。三楹，三间），趺坐其中。游食缁黄〔指四方云游的僧道。僧人缁（黑色）服，道士黄冠，合称"缁黄"〕，往来寄宿，辄与倾谈，供给不厌。一日，大雪严寒，有老僧担囊借榻，其词玄妙。信宿（两宿）将行，固挽之，留数日。适生以他故归，僧嘱早至，意将别生。鸡鸣而往，扣关不应。逾垣入，见室中灯火荧荧，疑其有作，潜窥之。僧趣装矣，一瘦驴萦灯檠（照明用具。檠，qíng）上。细审，不类真驴，颇似殉葬物；然耳尾时动，气咻咻然。俄而装成，启户牵出。生潜尾之。门外原有大池，僧系驴池树，裸入水中，遍体掬濯已；着衣牵驴入，亦濯之。既而加装超乘（本指跳跃上车，以显示勇武，此指腾身跨上驴背），行绝驰。生始呼之。僧但遥拱致谢，语不及闻，去已远矣。王梅屋言：李其友人。曾至其家，见堂上额书"待死堂"，亦达士也。

陆押官

赵公，湖广武陵（指湖南省常德府武陵县，即今湖南常德市）人，官宫詹（太子詹事），致仕（一般指告老辞官，还归乡里）归。有少年伺门下，求司笔札（主管文书之事）。公召入，见其人秀雅；诘其姓名，自言陆押官。不索佣值。公留之，慧过凡仆（一般的奴仆）。往来笺奏（书信、奏疏），任意裁答（裁笺作答），无不工妙。主人与客弈，陆睨之，指点辄胜。赵益优宠之。

诸僚仆见其得主人青目（看重，另眼相看。意同"青眼"），戏索作筵。押官许之，问："僚属几何？"会别业（即别墅）主计者（主管财物账目的仆人）约三十馀人，众悉告之数以难之。押官曰："此大易。但客多，仓卒不能遽办，肆中可也。"遂遍邀诸侣，赴临街店。皆坐。酒甫行，有按壶起者曰："诸君姑勿酌，请问今日谁作东道主？宜先出资为质，始可放情饮啖；不然，一举数千，哄然都散，向何取偿也？"众目押官。押官笑曰："得无谓我无钱耶？我固有钱。"乃起，向盆中捻湿面如拳，碎掐置几上；随掷，遂化为鼠，窜动满案。押官任捉一头，裂之，啾然腹破，得小金；再捉，亦如之。顷刻鼠尽，碎金满前，乃告众曰："是不足供饮耶？"众异之，乃共恣饮。既毕，会直三两馀。众秤金，适符其数。众索一枚怀归，白其异于主人。主人命取金，搜之已亡。反质肆主，则偿资悉化蒺藜（一年生草本植物，茎横生在地面上，开小黄花，果实也叫蒺藜。此处指这种果实）。仆白赵，赵诘之。押官曰："朋辈逼索酒食，囊空无资。少年学作小剧（即小戏法，今称魔术），故试之耳。"众复责偿。押官曰："某村麦穰中，再一簸扬，可得麦二石，足偿酒价有馀也。"因浼一人同去。某村主计者将归，遂与偕往。至则净麦数斛，已堆场中矣。众以此益奇押官。

一日，赵赴友筵，堂中有盆兰甚茂，爱之。归犹赞叹之。押官曰："诚爱此兰，无难致者。"赵犹未信。凌晨至斋，忽闻异香蓬勃，则有兰花一盆，箭叶多寡，宛如所见。因疑其窃，审之。押官曰："臣家所蓄，不下千百，何须窃焉？"赵不信。适某友至，见兰惊曰："何酷肖寒家（寒微的家世，谦词）物！"赵曰："余适购之，亦不识所自来。但君出门时，见兰花尚在否？"某曰："我实不曾至斋，有无固不可知。然何以至此？"赵视押官，押官曰：“此无难辨：公家盆破，有补缀处；此盆无也。”验之始信。夜告主人曰：“向言某家花卉颇多，今屈玉趾，乘月往观。但诸人皆不可从，惟阿鸭无害。”——鸭，宫詹僮也。遂如所请。公出，已有四人荷肩舆（小轿），伏候道左。赵乘之，疾于奔马。俄顷入山，但闻奇香沁骨。至一洞府，见舍宇华耀，迥异人间；随处皆设花石，精盆佳卉，流光散馥，即兰一种，约有数馀盆，无不茂盛。观已，如前命驾归。

押官从赵十馀年。后赵无疾卒，遂与阿鸭俱出，不知所往。

顾　生

江南〔省名，今江苏省南京市。康熙六年（1667）分置为江苏、安徽两省。后仍称这两省为江南〕顾生，客稷下（即今山东省济南市），眼暴肿，昼夜呻吟，罔所医药。十馀日，痛少减。乃（才）合眼时，辄睹巨宅：凡四五进，门皆洞辟（敞开）；最深处有人往来，但遥睹不可细认。一日，方凝神注之，忽觉身入宅中，三历门户，绝无人迹。有南北厅事（私人住宅的堂屋），内以红毡贴地。略窥之，见满屋婴儿，坐者、卧者、膝行者，不可数计。愕疑间，一人自舍后出，见之曰：“小王子谓有远客在门，果然。”便邀之。顾不敢入，强之乃入。问：“此何所？”曰：“九王世子居。世子疟疾新瘥（chài，病愈），今日亲宾作贺，先生有缘也。”言未已，有奔至者，督促速行。

俄至一处，雕榱朱栏，一殿北向，凡九楹。历阶而升，则客已满座。见一少年北面坐，知是王子，便伏堂下。满堂尽起。王子曳顾东向坐。酒既行，鼓乐暴作，诸妓升堂，演《华封祝》（剧名，即“华封三祝”。华封人祝帝尧长寿、富有、多子，后人因称“华封三祝”）。才过三折（元杂剧剧本结构的一个段落），逆旅（客店）主人及仆唤进午餐，就床头频呼之。耳闻甚真，心恐王子知，遂托更衣而出。仰视日中夕，则见仆立床前，始悟未离旅邸。心欲急返，因遣仆阖扉去。甫交睫，见宫舍依然，急循故道而入。路经前婴儿处，并无婴儿，有数十媪蓬首驼背，坐卧其中。望见顾，出恶声曰："谁家无赖子，来此窥伺！"顾惊惧，不敢置辩，疾趋后庭，升殿即坐。见王子颔下添髭尺馀矣。见顾，笑问："何往？剧本过七折矣。"因以巨觥示罚。移时曲终，又呈齣目（犹言戏单。齣，chū）。顾点《彭祖娶妇》。妓即以椰瓢行酒，可容五斗许。顾离席辞曰："臣目疾，不敢过醉。"王子曰："君患目，有太医在此，便合诊视。"东座一客，即离坐来，两指启双眦，以玉簪点白膏如脂，嘱合目少睡。王子命侍儿导入复室，令卧；卧片时，觉床帐香软，因而熟眠。居无何，忽闻鸣钲锽聒（谓锣鼓乱响。锽，huáng），即复惊醒。疑是优戏未毕，开目视之，则旅舍中狗舐油铛也。然目疾若失。再闭眼，一无所睹矣。

陈锡九

陈锡九，邳（pī，州名，治所在今江苏省邳市境内）人。父子言，邑名士。富室周某，仰其声望，订为婚姻。陈累举不第，家业萧条，游学于秦（地名，指今陕西省），数年无信。周阴有悔心。以少女适王孝廉为继室；王聘仪丰盛，仆马甚都（华美）。以此愈憎锡九贫，坚意绝婚；问女，女不从。怒，以恶服饰遣归锡九。日不举火，周全不顾恤。一日，使佣媪以榼饷（以食盒送饭。榼，kē，此指食盒）女，入门向母曰："主人使某视小姑姑饿死否。"女恐母惭，强笑以乱其词。因出榼中肴饵，列母前。媪止之曰："无须尔！自小姑入人家，何曾交换出一杯温凉水？吾家物，料姥姥亦无颜啖噉（dàn dàn，吃）得。"母大恚，声色俱变。媪不服，恶语相侵。纷纭间，锡九自外入，讯知大怒，撮毛批颊（拎起头发打耳光），挞逐出门而去。次日，周来逆女，女不肯归；明日又来，增其人数，众口呶呶，如将寻斗。母强劝女去。女潸然拜母，登车而去。过数日，又使人来逼索离婚书，母强锡九与之。惟望子言归，以图别处。周家有人自西安来，知子言已死，陈母哀愤成疾而卒。

锡九哀迫中，尚望妻归；久而渺然，悲愤益切。薄田数亩，鬻治葬具。葬毕，乞食赴秦，以求父骨。至西安，遍访居人，或言数年前有书生死于逆旅，葬之东郊，今冢已没。锡九无策，惟朝丐市廛（白天在街市乞食），暮宿野寺，冀有知者。会晚经丛葬处，有数人遮道，逼索饭价。锡九曰："我异乡人，乞食城郭，何处少人饭价？"共怒，捽（zuó，揪打）之仆地，以埋儿败絮塞其口。力尽声嘶，渐就危殆。忽共惊曰："何处官府至矣！"释手寂然。俄有车马至，便问："卧者何人？"即有数人扶至车下。车中人曰："是吾儿也。孽鬼何敢尔！可悉缚来，勿致漏脱。"锡九觉有人去其塞，少定，细认，真其父也。大哭曰："儿为父骨良苦。今固尚在人间耶！"父曰："我非人，太行总管（此指冥官。太行，山名，在今河北、山西交界处）也。此来亦为吾儿。"锡九哭益哀。父慰谕之。锡九泣述岳家离婚。父曰："无忧，今新妇亦在母所。母念儿甚，可暂一往。"遂与同车，驰如风雨。移时，至一官署，下车入重门，则母在焉。锡九痛欲绝，父止之。锡九啜泣听命。见妻在母侧，问母曰："儿妇在此，得毋亦泉下耶？"母曰："非也，是汝父接来，待汝归家，当便送去。"锡九曰："儿侍父母，不愿归矣。"母曰："辛苦跋涉而来，为父骨耳。汝不归，初志为何也？况汝孝行已达天帝，赐汝金万斤，夫妻享受正远，何言不归？"锡九垂泣。父数数（屡屡；一再）促行，锡九哭失声。父怒曰："汝不行耶！"锡九惧，收声，始询葬所。父挽之曰："子行，我告之：去丛葬处百馀步，有子母白榆是也。"挽之甚急，竟不遑别母。门外有健仆，捉马待之。既超乘（跳上坐骑），父嘱曰："日所宿处，有少资斧（旅费，盘缠），可速办装归，向岳索妇；不得妇，勿休也。"锡九诺而行。马绝驶（飞驰），鸡鸣至西安。仆扶下，方将拜致父母，而人马已杳。寻至旧宿处，倚壁假寐，以待天明。坐处有拳石硌股；晓而视之，白金也。市棺赁舆，寻双榆下，得父骨而归。合厝（合葬）既毕，家徒四壁。幸里中怜其孝，共饭之。将往索妇，自度不能用武，与族兄十九往。及门，门者绝之。十九素无赖，出语秽亵。周使人劝锡九归，愿即送女去，锡九还。

初，女之归也，周对之骂婿及母，女不语，但向壁零涕。陈母死，亦不使闻。得离书，掷向女曰："陈家出（休弃）汝矣！"女曰："我不曾悍逆，何为出我？"欲归质其故，又禁闭之。后锡九如西安，遂造凶讣，以绝女志。此信一播，遂有杜中翰（清代内阁中书之称，也称"内翰"）来议姻，竟许之。亲迎有日，女始知，遂泣不食，以被韬面（蒙面。韬，藏），气如游丝。周正无法，忽闻锡九至，发语不逊，意料女必死，遂异归锡九，意将待女死以泄其愤。锡九归，而送女者已至；犹恐锡九见其病而不内，甫入门，委之而去。邻里代忧，共谋舁（yú，抬）还；锡九不听，扶置榻上，而气已绝。始大恐。正遑迫间，周子率数人持械入，门窗尽毁。锡九逃匿，苦搜之。乡人尽为不平；十九纠十馀人锐身急难，周子兄弟皆被夷伤（创伤），始鼠窜而去。周益怒，讼于官，捕锡九、十九等。锡九将行，以女尸嘱邻媪。忽闻榻上若息，近视之，秋波微动矣；少时，已能转侧。大喜，诣官自陈。宰怒周讼诬。周惧，赂以重赂，始得免。

锡九归，夫妻相见，悲喜交并。先是，女绝食奄（气息微弱）卧，自矢必死。忽有人捉起曰："我陈家人也，速从我去，夫妻可以相见；不然，无及矣！"不觉身已出门，两人扶登肩舆。顷刻至官廨（官署，官吏办公的房舍），见翁姑（锡九的父母）具在，问："此何所？"母曰："不必问，容当送汝归。"一日，见锡九至，甚喜。一见遽（jù，急速）别，心颇疑怪。翁不知何事，恒数日不归。昨夕忽归，曰："我在武夷（山名，在今福建省崇安县西南），迟归二日，难为保儿矣，可速送儿归去。"遂以舆马送女。忽见家门，遂如梦醒。女与锡九共述曩事，相与惊喜。从此夫妻相聚，但朝夕无以自给。

锡九于村中设童蒙帐（即做启蒙教师。童蒙，蒙昧无知的儿童），兼自攻苦，每私语曰："父言天赐黄金，今四堵空空，岂训读（讲解诵读，即教小孩识字读书）所能发迹耶？"一日，自塾中归，遇二人，问之曰："君陈某耶？"

锡九曰："然"。二人即出铁索絷之。锡九不解其故。少间，村人毕集，共诘之，始知郡盗所牵。众怜其冤，醵钱（凑钱。醵，jù，聚合）赂役，途中得无苦。至郡见太守，历述家世。太守愕然曰："此名士之子，温文尔雅，乌能作贼！"命脱缧绁（捆绑犯人的黑绳索。借指监狱；囚禁。缧绁，léi xiè），取盗严梏之，始供为周某贿嘱。锡九又诉翁婿反面之由，太守更怒，立刻拘提。即延（请）锡九至署，与论世好，盖太守旧邸宰韩公之子，即子言受业门人也。赠灯火之费（学习费用的委婉说法）以百金；又以二骡代步，使不时趋郡，以课文艺（此指八股文）。转于各上官游扬（宣扬；传扬）其孝，自总制（总督。总督别称制府、制军、制台）而下，皆有馈遗。锡九乘骡而归，夫妻慰甚。一日，妻母哭至，见女伏地不起。女骇问之，始知周已被械在狱矣。女哀哭自咎，但欲觅死。锡九不得已，诣郡为之缓颊（说情）。太守释令自赎，罚谷一百石，批赐孝子陈锡九。放归，出仓粟，杂糠秕而辇运之。锡九谓女曰："尔翁以小人之心度君子矣。乌知我必受之，而琐琐杂糠覈（谷糠及米屑。覈，hé）耶？"因笑却之。

　　锡九家虽小有，而垣墙陋蔽。一夜，群盗入。仆觉，大号，止窃两骡而去。后半年馀，锡九夜读，闻挝门声，问之寂然。呼仆起视，则门一启，两骡跃入，乃向所亡也。直奔枥（lì，马槽）下，咻咻汗喘。烛之，各负革囊；解视，则白镪（指银子或银锭。镪，qiǎng）满中。大异，不知其所自来。后闻是夜大盗劫周，盈装出，适防兵追急，委其捆载而去。骡认故主，径奔至家。周自狱中归，刑创犹剧；又遭盗劫，大病而死。女夜梦父囚系而至，曰："吾生平所为，悔已无及。今受冥谴（阴间责罚），非若翁（你公公）莫能解脱，为我代求婿，致一函焉。"醒而呜泣。诘之，具以告。锡九久欲一诣太行，即日遂发。既至，备牲物酹祝（祭奠祝告。酹，lèi）之，即露宿其处，冀有所见，终夜无异，遂归。周死，母子逾贫，仰给于次婿。王孝廉考补县尹（县的长官），以墨（贪墨，贪污受贿）败，举家徙沈阳（今辽宁省沈阳市），益无所归。锡九时顾恤之。

异史氏曰："善莫大于孝，鬼神通之，理固宜然。使为尚德之达人也者，即终贫，犹将取之，乌论后此之必昌哉？或以膝下之娇女，付诸颁白之叟（颁发花白的老翁。颁白，通作"斑白"，也作"班白"，半白，花白），而扬扬曰：'某贵官，吾东床（指女婿，东晋祁鉴至王家选婿，选中了坦腹东床的王羲之，后因称人婿为东床）也。'呜呼！宛宛婴婴者（娇小、柔美的女儿）如故，而金龟婿以谕葬（奉旨归葬）归，其惨已甚矣；而况以少妇从军乎？"

于去恶

北平陶圣俞，名下士（有盛名之士）。顺治（清世祖年号）间，赴乡试（明、清时在各省省城和京城举行的科举考试。照例每三年举行一次），寓居郊郭。偶出户，见一人负笈彽儴（kuāng ráng，惶急不安），似卜居（寻找住处）未就者。略诘之，遂释负于道，相与倾语，言论有名士风。陶大说之，请与同居。客喜，携囊入，遂同栖止（寄居。栖，qī）。客自言："顺天人，姓于，字去恶。"以陶差长（年龄略大），兄之。于性不喜游瞩，常独坐一室，而案头无书卷。陶不与谈，则默卧而已。陶疑之，搜其囊箧（náng qiè，犹囊箪。古代读书人多用以装书籍文稿），则笔研之外，更无长物。怪而问之，笑曰："吾辈读书，岂临渴始掘井耶？"一日，就陶借书去，闭户抄甚疾，终日五十馀纸，亦不见其折叠成卷。窃窥之，则每一稿脱，则烧灰吞之。愈益怪焉。诘其故，曰："我以此代读耳。"便诵所抄书，倾刻数篇，一字无讹。陶悦，欲传其术；于以为不可。陶疑其吝，词涉诮让（言语之间流露责怪之意。诮让，谴责）。于曰："兄诚不谅我之深矣。欲不言，则此心无以自剖；骤言之，又恐惊为异怪。奈何？"陶固谓："不妨。"于曰："我非人，实鬼耳。今冥中以科目授官（按科目考试，授与相应官职。科目，封建时代分科取士的项目），七月十四日奉诏考帘官（科举时代，乡、会试贡院内之官。有内外帘官之称。外帘官管事务；内帘官管阅卷），十五日士子入闱，月尽（月底）榜放矣。"陶问："考帘官为何？"曰："此上帝慎重之意，无论鸟吏鳖官（传说古代帝王即位，凤鸟来临，于是以鸟名其百官。这里所说的"鸟"、"鳖"，实以粗话骂官员），皆考之。能文者以内帘用，不通者不得与焉。盖阴之有诸神，犹阳之有守令（太守和县令，指州、县官员）也。得志诸公，目不睹坟典（即"三坟五典"，泛指古代典籍），不过少年持敲门砖（清代径称八股文为敲门砖），猎取功名，门既开，则弃去；再司簿书（管理官署中的文书簿册）十数年，即文学士，胸中尚有字耶！阳世所以陋劣幸进，而英雄失志者，惟少此一考耳。"陶深然之，由是益加敬畏。

一日，自外来，有忧色，叹曰："仆生而贫贱，自谓死后可免；不谓迍邅先生（这是拟人化的说法，犹言"倒霉鬼"。迍邅，迟缓难行，喻命运不佳。迍邅，zhūn zhān），相从地下。"陶请其故，曰："文昌（神名，即梓潼帝君，掌管文昌府及人间功名禄位之事）奉命都罗国封王，帝官之考遂罢。数十年游神（游食之神。喻奔走干禄，借八股而幸进的试官）耗鬼（耗乱不明的鬼，喻糊涂试官），杂入衡文（混杂进来审阅考卷），吾辈宁有望耶？"陶问："此辈皆谁何人？"曰："即言之，君亦不识。略举一二人，大概可知：乐正师旷、司库和峤（乐正，官名，周时乐官之长。师旷，春秋时晋国的乐师盲人。司库，主管钱库之官。和峤，晋人，家极富而性至吝，这两个人，一个瞎眼，一个爱钱，由他们作试官，必然是盲目评文或贪财受贿）是也。仆自念命不可凭，文不可恃，不如休（罢休）耳。"言已怏怏，遂将治任（即治装，整理行装，表示要离去）。陶挽而慰之，乃止。至中元（旧时以农历七月十五日为中元节）之夕，谓陶曰："我将入闱。烦于昧爽（拂晓，黎明）时，持香炷（点香使燃）于东野，三呼去恶，我便至。"乃出门去。陶沽酒烹鲜以待之。东方既白，敬如所嘱。无何，于偕一少年来。问其姓字，于曰："此方子晋，是我良友，适于场中相邂逅。闻兄盛名，深欲拜识。"同至寓，秉烛为礼。少年亭亭似玉，意度（识见与气度）谦婉。陶甚爱之，便问："子晋佳作，当大快意。"于曰："言之可笑！闱中七则（指科举考试乡试考题的七篇时文），作过半矣；细审主司（这里指主考官）姓名，裹具（包裹起文具）径出。奇人也！"陶扇炉进酒，因问："闱中何题？去恶魁解否（犹言是否考中）？"于曰："书艺、经论（指根据"四书"、"五经"所出的八股文试题）各一，夫人而能之。策问（提出有关史事或时政等问题，以简策发问的形式，征求对答，叫"策问"）：'自古邪僻（不正当的行为）固多，而世风至今日，奸情丑态，愈不可名（说），不惟十八狱所不得尽，抑非十八狱所能容。是果何术而可？或谓宜量加一二狱，然殊失上帝好生之心。其宜增与、否与，或别有道以清其源，尔多士（指应考的众生员）其悉言（尽其所言）勿隐。'弟策虽不佳，颇为痛快。表：'拟天魔殄灭，赐群臣龙马（骏马）天衣有差（天衣，御衣，指帝王所赐的冠带朝服。有差，cī，分等级）。'次则'瑶台应制诗'、'西池桃花赋'。此三种，自谓场中无两矣！"言已鼓掌。方笑曰："此时快心，放兄独步（任您超群领先。放，放任）矣；数辰后（几天之后；意谓放榜之时），不痛哭始为男子（男子汉，好汉）也。"天明，方欲辞去。陶留与同寓，方不可，但期（约定）暮至。三日，竟不复来。陶使于往寻之。于曰："无须。子晋拳拳（忠谨恳切的样子），非无意者。"日既西，方果来。出一卷授陶，曰："三日失约，敬录旧艺百馀作，求一品题。"陶捧读大喜，一句一赞，略尽一二首，遂藏诸笥。谈至更深，方遂留，与于共榻寝。自此为常。方无夕不至，陶亦无方不欢也。

一夕，仓皇而入，向陶曰："地榜已揭，于五兄落第矣！"于方卧，闻言惊起，泫然流涕。二人极意慰藉，涕始止。然相对默默，殊不可堪。方曰："适闻大巡环（虚拟的官名；取巡回视察之意）张桓侯（三国时蜀汉名将张飞。张飞，字益德，死后谥号桓侯。故虚拟张飞巡视试场，以消士子不平）将至，恐失志者之造言（故意传播的流言）也；不然，文场尚有翻覆。"于闻之，色喜。陶询其故，曰："桓侯翼德，三十年一巡阴曹，三十五年一巡阳世，两间之不平，待此老而一消也。"乃起，拉方俱去。两夜始返，方喜谓陶曰："君不贺五兄耶？桓侯前夕至，裂碎地榜，榜上名字，止存三之一。遍阅遗卷（没被录取者的试卷），得五兄甚喜，荐作交南巡海使，且晚舆马可到。"陶大喜，置酒称贺。酒数行，于问陶曰："君家有闲舍否？"问："将何为？"曰："子晋孤无乡土，又不忍恝然（淡漠忘怀。恝，jiá）于兄。弟意欲假馆相依。"陶喜曰："如此，为幸多矣。即无多屋宇，同榻何碍。但有严君，须先关白（禀告，通告。关，通）。"于曰："审知尊大人慈厚可依。兄场闱有日，子晋如不能待，先归何如？"陶留伴逆旅，以待同归。次日，方暮，有车马至门，接于莅任。于起，握手曰："从此别矣。一言欲告，又恐阻锐进之志。"问："何言？"曰："君命淹蹇（艰难窘迫，坎坷不顺。蹇，jiǎn），生非其时。此科之分十之一；后科桓侯临世，公道初彰，十之三；三科始可望也。"陶闻，欲中止。于曰："不然，此皆天数。即明知不可，而注定之艰若，亦要历尽耳。"又顾方曰："勿淹滞，今朝年、月、日、时皆良，即以舆盖送君归。仆驰马自去。"方忻然拜别。陶中心迷乱，不知所嘱，但挥涕送之。见舆马分途，顷刻都散。始悔子晋北旋，未致一字，而已无及矣。

三场毕（此指乡试完毕。明清时，乡试和会试都连考三场，每场三天），不甚满志，奔波而归。入门问子晋，家中并无知者。因为父述之，父喜曰："若然，则客至久矣。"先是陶翁昼卧，梦舆盖止于其门，一美少年自车中出，登堂展拜。讶问所来，答云："大哥许假一舍，以入闱不得偕来。我先至矣。"言已，请入拜母。翁方谦却，适家媪入曰："夫人产公子矣。"恍然而醒，大奇之。是日陶言，适与梦符，乃知儿即子晋后身也。父子各喜，名之小晋。儿初生，善夜啼，母苦之。陶曰："倘是子晋，我见之，啼当止。"俗忌客忤（旧时习俗，禁忌生人进入产妇卧室，以免冲犯。忤，wǔ），故不令陶见。母患啼不可耐，乃呼陶入。陶呜（抚弄；抚儿声）之曰："子晋勿尔！我来矣！"儿啼正急，闻声辍止，停睇不瞬，如审顾状。陶摩顶（以手抚其头顶。传说宋仁宗初生时，昼夜啼哭不止。娄道者"摩其顶曰：莫叫莫叫，何如当初莫笑。"啼遂止）而去。自是竟不复啼。数月后，陶不敢见之：一见，则折腰索抱；走去，则啼不可止。陶亦狎爱之。四岁离母，辄就兄眠；兄他出，则假寐以俟其归。兄于枕上教"毛诗"，诵声呢喃，夜尽四十馀行。以子晋遗文授之，欣然乐读，过口成诵；试之他文，不能也。八九岁，眉目朗彻，宛然一子晋矣。陶两入闱，皆不第。丁酉，文场事发（指清顺治十四年，江南、顺天、山东、山西、河南等地发生的乡试科场案。当年的南北闱中式举人，都传京复试于太和门），帘官多遭诛遣，贡举之途一肃，乃张巡环力也。陶下科中副车（清代乡试有正副两榜。中副榜的称副车），寻贡（不久被举为贡生）。遂灰志前途，隐居教弟。尝语人曰："吾有此乐，翰苑不易（做个翰林也比不上）也。"

异史氏曰："余每至张夫子（指张飞）庙堂，瞻其须眉，凛凛有生气。又其生平喑哑（发怒呵斥之声）如霹雳声，矛马所至，无不大快，出人意表。世以将军好武，遂置与绛、灌伍（把他同周勃、灌婴放在同等地位。绛，指汉初名将周勃，曾封为绛侯。灌，灌婴，也是汉初名将。这两个人都勇武无文）；宁知文昌事繁，须侯固多哉！呜呼！三十五年，来何暮（晚，迟）也！"

狂 生

刘学师言：济宁有狂生某，善饮；家无儋石（又作"担石"，百斤之量。"无儋石"，常以喻口粮储备不足。儋，dàn），而得钱辄沽，初不以穷厄为意。值新刺史莅任，善饮无对。闻生名，招与饮而悦之，时共谈宴。生恃其狎（亲昵，熟悉），凡有小讼求直（要求胜诉；求官判己有理）者，辄受薄贿为之缓颊（为人说情）；刺史每可其请（答应他的请求）。生习为常，刺史心厌之。一日早衙，持刺登堂。刺史览之微笑。生厉声曰："公如所请，可之；不如所请，否之。何笑也！闻之：士可杀而不可辱。他固不能相报，岂一笑不能报耶？"言已，大笑，声震堂壁。刺史怒曰："何敢无礼！宁不闻灭门令尹（即俗语"灭门知县"。这里形容县官威权之大）耶！"生掉臂（甩动两臂。谓大摇大摆走路，表示傲视上官）竟下，大声曰："生员无门之可灭！"刺史益怒，执之。访其家居，则并无田宅，惟携妻在城堞（城上的矮墙。此当指城上望楼等可栖止处）上住。刺史闻而释之，但逐不令居城垣。朋友怜其狂，为买数尺地，购斗室焉。入而居之，叹曰："今而后畏令尹矣！"

异史氏曰："士君子奉法守礼，不敢劫人于市，南面者（南向而治的统治者。泛指各级官员）奈我何哉！然仇之犹得而加者，徒以有门在耳；夫至无门可灭，则怒者更无以加之矣。噫嘻！此所谓'贫贱骄人（指身虽贫贱而不屈于富贵之人）'者耶！独是君子虽贫，不轻干人。乃以口腹之累，喋喋公堂，品斯下矣。虽然，其狂不可及。"

凤 仙

刘赤水，平乐（旧县名，今广西壮族自治区东部）人，少颖秀（聪明秀雅）。十五入郡庠。父母早亡，遂以游荡自废（自暴自弃，不求上进）。家不中资，而性好修饰，衾榻皆精美。一夕，被人招饮，忘灭烛而去。酒数行，始忆之，急返。闻室中小语，伏窥之，见少年拥丽者眠榻上。宅临贵家废第，恒多怪异，心知其狐，亦不恐，入而叱曰："卧榻岂容鼾睡！"二人遑遽，抱衣赤身遁去。遗紫绔裤一，带上系针囊。大悦，恐其窃去，藏衾中而抱之。俄一蓬头婢自门罅入，向刘索取。刘笑要偿（要挟酬报。要，yāo）。婢请遗以酒，不应；赠以金，又不应。婢笑而去。旋返曰："大姑言：如赐还，当以佳偶为报。"刘问："伊谁？"曰："吾家皮姓，大姑小字八仙，共卧者胡郎也；二姑水仙，适富川（县名）丁官人；三姑凤仙，较两姑尤美，自无不当意者。"刘恐失信，请坐待好音。婢去复返曰："大姑寄语官人：好事岂能猝合？适与之言，反遭诟厉；但缓时日以待之，吾家非轻诺寡信（随便应许而不守信用）者。"刘付之。过数日，渺无信息。薄暮，自外归，闭门甫坐，忽双扉自启，两人以被承女郎，手捉四角而入，曰："送新人至矣！"笑置榻上而去。近视之，酣睡未醒，酒气犹芳，赪颜（因羞愧或酒醉而脸红。赪，chēng）醉态，倾绝人寰。喜极，为之捉足解袜，抱体缓裳。而女已微醒，开目见刘，四肢不能自主，但恨曰："八仙淫婢卖我矣！"刘狎抱之。女嫌肤冰，微笑曰："今夕何夕，见此凉人[①]！"刘曰："子兮子兮，如此凉人何！"遂相欢爱。既而曰："婢子无耻，玷人床寝，而以妾换裤耶！必小报之！"从此无夕不至，绸缪甚殷。袖中出金钏一枚，曰："此八仙物也。"又数日，怀绣履一双来，珠嵌金绣，工巧殊绝，且嘱刘暴扬（暴露、宣扬。暴，bào）之。刘出夸示亲宾，求观者皆以资酒为贽，由此奇货居之。

---

① "今夕何夕，见此凉人"语出《诗·唐风·绸缪》："今夕何夕，见此良人。子兮子兮，如此良人何。"这是一首欢庆新婚的诗。这里借用其意，并谐"良"为"凉"，以相戏谑。

女夜来，作别语。怪问之，答云："姊以履故恨妾，欲携家远去，隔绝我好。"刘惧，愿还之。女云："不必。彼方以此挟妾，如还之，中其机（计谋）矣。"刘问："何不独留？"曰："父母远去，一家十馀口，俱托胡郎经纪，若不从去，恐长舌妇造黑白也。"从此不复至。

逾二年，思念綦（qí，极，很）切。偶在途中，遇女郎骑款段马（慢行的马。款段，形容马行平稳舒缓），老仆鞚之，摩肩过；反启障纱相窥，丰姿艳艳。顷，一少年后至。曰："女子何人？似颇佳丽。"刘亟赞之。少年拱手笑曰："太过奖矣！此即山荆也。"刘惶愧谢过。少年曰："何妨。但南阳三葛，君得其龙（意指三姊妹，你得到的是其中最美的。南阳三葛，指三国时诸葛亮、诸葛瑾、诸葛诞兄弟三人。分别仕于蜀、吴、魏。《世说新语·品藻》谓："于时以

为：蜀得其龙，吴得其虎，魏得其狗。"），区区者又何足道！"刘疑其言。少年曰："君不认窃眠卧榻者耶？"刘始悟为胡。叙僚婿（连襟，姊妹丈夫的互称）之谊，嘲谑甚欢。少年曰："岳新归，将以省觐，可同行否？"刘喜，从入荥山。山上故有邑人避乱之宅，女下马入。少间，数人出望，曰："刘官人亦来矣。"入门谒见翁姬。又一少年先在，靴袍炫美。翁曰："此富川丁婿。"并揖就坐。少时，酒炙纷纶（行酒上菜纷繁忙碌。纶，忙碌），谈笑颇洽。翁曰："今日三婿并临，可称佳集。又无他人，可唤儿辈来，作一团圝（团圆。圝，luán）之会。"俄，姊妹俱出。翁命设坐，各傍其婿。八仙见刘，惟掩口而笑；凤仙辄与嘲弄；水仙貌少亚，而沉重温克，满座倾谈，惟把酒含笑而已。于是履舄交错（意谓男女同席，人数众多。古时席地而坐，脱鞋就席，所以鞋子错杂），兰麝熏人，饮酒乐甚。刘视床头乐具毕备，遂取玉笛，请为翁寿。翁喜，命善者各执一艺（献一艺。艺，技艺，这里指演奏乐器），因而合座争取；惟

丁与凤仙不取。八仙曰："丁郎不谙可也，汝宁指屈不伸者？"因以拍板掷凤仙怀中。便串繁响（几种乐器合奏）。翁悦曰："家人之乐极矣！儿辈俱能歌舞，何不各尽所长？"八仙起，捉水仙曰："凤仙从来金玉其音（珍视自己的歌声，不轻易歌唱），不敢相劳；我二人可歌'洛妃'一曲。"二人歌舞方已，适婢以金盘进果，都不知其何名。翁曰："此自真腊（古国名，明后期改名为柬埔寨）携来，所谓'田婆罗'（一种水果，即波罗蜜）也。"因掬数枚送丁前。凤仙不悦曰："婿岂以贫富为爱憎耶？"翁微哂不言。八仙曰："阿爹以丁郎异县，故是客耳。若论长幼，岂独凤妹妹有拳大酸婿耶？"凤仙终不快，解华妆，以鼓拍授婢，唱"破窑"一折，声泪俱下；既阕（乐曲终了叫"阕"），拂袖径去，一座为之不欢。八仙曰："婢子乔性（个性乖戾）犹昔。"乃追之，不知所往。刘无颜，亦辞而归。至半途，见凤仙坐路旁，呼与并坐，曰："君一丈夫，不能为床头人吐气耶？黄金屋自在书中（这是劝人读书上进的话，意思是读书作官就能够住上高堂大厦。语出来真宗《劝学篇》："安居不用架高堂，书中自有黄金屋。"），愿好为之。"举足云："出门匆遽，棘刺破复履矣。所赠物，在身边否？"刘出之。女取而易之。刘乞其敝者。辗然（笑的样子。辗，chǎn）曰："君亦大无赖矣！几见自己衾枕之物，亦要怀藏者？如相见爱，一物可以相赠。"旋出一镜付之曰："欲见妾，当于书卷中觅之；不然，相见无期矣。"言已，不见。怊怅而归。

视镜，则凤仙背立其中，如望去人于百步之外者。因念所嘱，谢客下帷（即闭门读书）。一日，见镜中人忽现正面，盈盈欲笑，益重爱之。无人时，辄以共对。月馀，锐志渐衰，游恒忘返。归见镜影，惨然若涕；隔日再视，则背立如初矣：始悟为己之废学也。乃闭户研读，昼夜不辍；月馀，则影复向外。自此验之：每有事荒废，则其容戚；数日攻苦，则其容笑。于是朝夕悬之，如对师保（古时教导贵族子弟的官员，有师有保，统称"师保"。这里是老师的意思）。如此二年，一举而捷。喜曰："今可以对我凤仙矣！"揽镜视之，见画黛弯长，瓠犀（指女子牙齿。瓠犀是瓠瓜的种子，因其浩白整齐，常用以比喻女子的牙齿。瓠犀，hù xī）微露，喜容可掬，宛在目前。爱极，停睇不已。忽镜中人笑曰："'影里情郎，画中爱宠'（指相爱的人只能在影中、画中相见），今之谓矣。"惊喜四顾，则凤仙已在座右。握手问翁媪起居，曰："妾别后，不曾归家，伏处岩穴，聊与君分苦耳。"刘赴宴郡中，女请与俱；共乘而往，人对面不相窥。既而将归，阴与刘谋，伪为娶于郡也者。女既归，始出见客，经理家政。人皆惊其美，而不知其狐也。

刘属富川令门人，往谒之。遇丁，殷殷邀至其家，款礼优渥，言："岳父母近又他徙。内人归宁，将复。当寄信往，并诣申贺。"刘初疑丁亦狐，及细审邦族，始知富川大贾子也。初，丁自别业暮归，遇水仙独步，见其美，微睨之。女请附骥（本谓依附他人以成名，这里是追随、跟从的意思。骥，千里马）以行。丁喜，载至斋，与同寝处。楀隙可入，始知为狐。女言："郎勿见疑。妾以君诚笃，故愿托之。"丁嬖（bì，宠爱）之，竟不复娶。刘归，假贵家广宅，备客燕寝（闲居之处所），洒扫光洁，而苦无供帐（陈设供宴会用的帷帐、用具、饮食等物）；隔夜视之，则陈设焕然矣。过数日，果有三十馀人，赍旗采酒礼而至，舆马缤纷，填溢（布满）阶巷。刘揖翁及丁、胡入客舍，凤仙逆姁及两姨入内寝。八仙曰："婢子今贵，不怨冰人矣。钏履犹存否？"女搜付之，曰："履则犹是也，而被千人看破矣。"八仙以履击背，曰："挞汝寄于刘郎。"乃投诸火，祝曰："新时如花开，旧时如花谢；珍重不曾着，姮娥来相借①。"水仙亦代祝曰："曾经笼玉笋（指曾被女子穿过。笼，罩。玉笋，喻女子的尖足），着出万人称；若使姮娥见，应怜太瘦生（过于窄小）。"凤仙拨火曰："夜夜上青天，一朝去所欢；留得纤纤影，遍与世人看。"遂以灰捻桦中，堆作十馀分，望见刘来，托以赠之。但见绣履满桦，悉如故款（原来的式样。款，款式）。八仙急出，推桦堕地；地上犹有一二只存者，又伏吹之，其迹始灭。次日，丁以道远，夫妇先归。八仙贪与妹戏，翁及胡屡督促之，亭午（中午）

① "珍重不曾着"二句：李商隐《袜》诗："常闻闷妃袜，渡水欲生尘。好借嫦娥着，清秋踏月轮。"此借用其意。姮（héng）娥，即"嫦娥"，传说中的月中女神。

始出，与众俱去。

初来，仪从过盛，观者如市。有两寇窥见丽人，魂魄丧失（指为美色所迷，心神不能自主），因谋劫诸途。侦其离村，尾之而去。相隔不盈一矢（不到一箭之地。盈，满），马极奔，不能及。至一处，两崖夹道，舆行稍缓；追及之，持刀吼咤，人众都奔。下马启帘，则老妪坐焉。方疑误掠其母；才他顾，而兵（兵器）伤右臂，顷已被缚。凝视之，崖并非崖，乃平乐城门也；舆中则李进士母，自乡中归耳。一寇后至，亦被断马足而絷之。门丁执送太守，一讯而伏。时有大盗未获，诘之，即其人也。明春，刘及第（此指进士及第）。凤仙以招祸，故悉辞内戚之贺。刘亦更不他娶。及为郎官（指六部的郎中、员外郎之类的官员），纳妾，生二子。

异史氏曰："嗟乎！冷暖之态，仙凡固无殊哉！'少不努力，老大徒伤①'。惜无好胜佳人，作镜影悲笑耳。吾愿恒河沙数（佛经中语，形容数量多得无法计算。恒河，印度著名大河）仙人，并遣娇女婚嫁人间，则贫穷海中，少苦众生矣。"

佟　客

董生，徐州（州名。清代治所即今江苏省徐州市）人。好击剑，每慷慨自负。偶于途中遇一客，跨蹇（谓骑着蹇驴或驽马。蹇，jiǎn）同行。与之语，谈吐豪迈。诘其姓字，云："辽阳佟姓。"问："何往？"曰："余出门二十年，适自海外归耳。"董曰："君遨游四海，阅人綦（qí，极，很）多，曾见异人（有不寻常技艺的人）否？"佟曰："异人何等？"董乃自述所好，恨不得异人之传。佟曰："异人何地无之，要必忠臣孝子，始得传其术也。"董又毅然自许；即出佩剑，弹之而歌（弹剑作歌。此为怀志莫伸的表示）；又斩路侧小树，以矜（夸耀）其利。佟掀髯微笑，因便借观。董授之。展玩一过，曰："此甲

---

① "少不努力，老大徒伤"：《汉乐府·长歌行》："少壮不努力，老大徒伤悲"的省语。徒，空白。

铁（指废旧铠甲之铁）所铸，为汗臭所蒸（薰蒸，污染），最为下品。仆虽未闻剑术，然有一剑，颇可用。"遂于衣底出短刃尺许，以削董剑，毚如瓜瓠，应手斜断，如马蹄。董骇极，亦请过手（传玩；接过观赏），再三拂拭而后返之。邀佟至家，坚留信宿。叩以剑法，谢不知。董按膝雄谈（高谈阔论），惟敬听而已。

更既深，忽闻隔院纷拏（谓互相争持，不可开交。纷，纷坛，杂乱貌。拏，ná）。隔院为生父居，心惊疑。近壁凝听，但闻人作怒声曰："教汝子速出即刑，便赦汝！"少顷，似加搒掠（péng lüè，笞击，拷打），呻吟不绝者，真其父也。生捉戈欲往。佟止之曰："此去恐无生理（活命的希望），宜审万全。"生皇然请教，佟曰："盗坐名（指名）相索，必将甘心（谓必加残害，以快心意。甘心，称心，快意）焉。君无他骨肉，宜嘱后事于妻子；我启户，为君警厮仆。"生诺，入告其妻。妻牵衣泣。生壮念顿消，遂共登楼上，寻弓觅矢，以备盗攻。仓皇未已，闻佟在楼檐上笑曰："贼幸去矣。"烛之，已杳。逡巡出，则见翁赴邻饮，笼烛方归；惟庭前多编菅遗灰焉。乃知佟异人也。

异史氏曰："忠孝，人之血性；古来臣子而不能死君父（为君父而死）者，其初岂遂无提戈壮往（拿起武器，勇敢赴敌）时哉，要皆一转念误之耳。昔解缙（字大绅，江西吉水人）与方孝孺（字希直，浙江宁海人。燕兵入京，孝孺被执下狱。朱棣即位，使草诏告天下，孝孺投笔于地，且哭且骂，谓"死即死耳，诏不可草！"朱棣怒，命磔诸市）相约以死，而卒食其言；安知矢约归后，不听床头人鸣泣哉？"

邑有快役（又称"快手"、"捕快"，旧时州县官署掌缉捕、行刑等职事的差役）某，每数日不归，妻遂与里中无赖通。一日归，值少年自房中出，大疑，苦诘妻。妻不服。既于床头得少年遗物，妻窘无词，惟长跪哀乞。某怒甚，掷以绳，逼令自缢。妻请妆服而死，许之。妻乃入室理妆；某自酌以待之，呵叱频催。俄妻炫服出，含涕拜曰："君果忍令奴死耶？"某盛气咄之。妻返走入房，方将结带，某掷盏呼曰："咍（hāi，叹词，常用以表示强忍、自宽），返矣！一顶绿头巾（元明娼妓及乐人家男子着青碧头巾；后因指妻子有外遇，丈夫为"着绿头巾"），或不能压人死耳。"遂为夫妇如初。此亦大绅者类也，一笑。

爱 奴

河间（府名，府治在今河北省河间市）徐生，设教（办学）于恩（旧县名，故治在山东省西北部马颊河西岸。现已撤销）。腊初（农历十二月初）归，途遇一叟，审视曰："徐先生撤帐（古称教书为"设帐"，称年终散馆为"撤帐"）矣。明岁授教何所？"答曰："仍旧。"叟曰："敬业（此为施叟名字）姓施。有舍甥延求明师，适托某至东疃聘吕子廉，渠已受贽稷门（接受稷门的聘请。贽，指送给教师的聘金）。君如苟就（屈就；敬辞），束仪（教学的酬金）请倍于恩。"徐以成约为辞。叟曰："信行（行事遵守信义）君子也。然去新岁尚远，敬以黄金一两为贽，暂留教之，明岁另议何如？"徐可之。叟下骑呈礼函（致送聘金的函封；类似今之聘书。礼，贽币），且曰："敝里不遥矣。宅綦（qí，极，很）隘，饲畜为艰，请即遣仆马去，散步亦佳。"徐从之，以行李寄叟马上。行三四里许，日既暮，始抵其宅，沤钉兽环（贵族府第的门饰。沤钉，门上水泡形的黄色铆钉。兽环，铸有兽口衔环图像的门环），宛然世家。呼甥出拜，十三四岁童子也。叟曰："妹夫蒋南川，旧为指挥使（官名，军卫之长官。明代内外各卫皆置指挥使等官）。止遗此儿，颇不钝，但娇惯耳。得先生一月善诱，当胜十年。"未几，设筵，备极丰美；而行酒下食（添菜让客。下，布），皆以婢媪。一婢执壶侍立，年约十五六，风致韵绝，心窃动之。席既终，叟命安置床寝，始辞而去。天未明，儿出就学。徐方起，即有婢来捧巾侍盥，即执壶人也。日给三餐，悉此婢；至夕，又来扫榻。徐问："何无僮仆？"婢笑不言，布衾径去。次夕复至。入以游语（戏谑的言辞；挑逗的言辞），婢笑不拒，遂与狎。因告曰："吾家并无男子，外事则托施舅。妾名爱奴。夫人雅敬（非常尊敬）先生，恐诸婢不洁，故以妾来。今日但须缄密，恐发觉，两无颜也。"一夜，共寝忘晓，为公子所遭，徐惭怍不自安。至夕，婢来曰："幸夫人重君，不然败矣！公子入告，夫人急掩其口，若恐君闻。但戒妾勿得久留斋馆而已。"言已，遂去。徐甚德之。然公子不善读，诃责之，则夫人辄为缓颊（为人说情）。初犹遣婢传言；渐亲出，隔户与先生语，往往零涕。顾每晚必问公子日课（每天按照规定所学的课业）。徐颇不耐，作色曰："既从儿懒，又责（责成；要求）儿工（指精于所学），此等师我不惯作！请辞。"夫人遣婢谢过，徐乃止。自入馆以来，每欲一出登眺，辄锢闭之。一日，醉中怏闷，呼婢问故。婢言："无他，恐废学耳。如必欲出，但请以夜。"徐怒曰："受人数金，便当淹禁（约束）死耶！教我夜窜何之乎？久以素食（不劳而食，白吃）为耻，赀固犹在囊耳。"遂出金置几上，治装欲行。夫人出，脉脉不语，惟掩袂哽咽，使婢返金，启钥送之。徐觉门户偪侧（同"逼仄"，狭窄）；走数步，日光射入，则身自陷冢中出，四望荒凉，一古墓也。大骇。然心感其义，乃卖所赐金，封堆植树（聚土为坟，植树为记）而去。

过岁，复经其处，展拜而行。遥见施叟，笑致温凉，邀之殷切。心知其鬼，而欲一问夫人起居，遂相将入村，沽酒共酌。不觉日暮，叟起偿酒价，便言："寒舍不远，舍妹亦适归宁，望移玉趾，为老夫祓除不祥（古时除灾求福的一种祭仪，一般于岁首行之。祓，fú）。"出村数武，又一里落，叩扉入，秉烛向客。俄，蒋夫人自内出，始审视之，盖四十许丽人也。拜谢曰："式微（衰微；式，发语辞。微，衰落）之族，门户零落，先生泽及枯骨，真无计可以偿之。"言已，泣下。既而呼爱奴，向徐曰："此婢，妾所怜爱，今以相赠，聊慰客中寂寞。凡有所须，渠亦略能解意。"徐唯唯。少间，兄妹俱去，婢留侍寝。鸡初鸣，叟即来促装送行；夫人亦出，嘱婢善事先生。又谓徐曰："从此尤宜谨秘，彼此遭逢诡异，恐好事者造言也。"徐诺而别，与婢共骑。至馆，独处一室，与同栖止。或客至，婢不避，人亦不之见也。偶有所欲，意一萌，而婢已致之。又善巫，一挼挲（ruó suō，揉搓，按摩）而疴（病）立愈。清明归，至墓所，婢辞而下。徐嘱代谢夫人。曰："诺。"遂没。数日返，方拟展墓（谒墓），见婢华妆坐树下，因与俱发。终岁往还，如此为常。欲携同归，执不可。岁杪（年终。杪，miǎo），辞馆归，相订后期。婢送至前坐处，指石堆曰："此妾墓也。夫人未出阁时，便从服役，夭殂（短命而死）瘗（yì，掩埋，埋葬）此。如再过，以炷香相吊，当得复会。"

别归，怀思颇苦，敬往祝之，殊无影响。乃市椟（买棺。椟，棺材）发冢，意将载骨归葬，以寄恋慕。穴开自入，则见颜色如生。肤虽未朽，衣败若灰；头上玉饰金钏，都如新制。又视腰间，裹黄金数铤，卷怀之。始解袍覆尸，抱入材内，赁舆载归；停诸别第，饰以绣裳，独宿其旁，冀有灵应。忽爱奴自外入，笑曰："劫坟贼在此耶！"徐惊喜慰问。婢曰："向从夫人往东昌（府名，府治在今山东省聊城），三日既归，则舍宇（宅舍，这里指墓穴）已空。频蒙相邀，所以不肯相从者，以少受夫人重恩，不忍离逷（远离。逷，tì）耳。今既劫我来，即速瘗葬，便见厚德。"徐问："有百年复生者，今芳体如故，何不效之？"叹曰："此有定数。世传灵迹，半涉幻妄。要欲复起动履（举步，指行走），亦复何难？但不能类生人，故不必也。"乃启棺入，尸即自起，亭亭可爱。探其怀，则冷若冰雪。遂将入棺复卧，徐强止之。婢曰："妾过蒙夫人宠，主人自异域来，得黄金数万，妾窃取之，亦不甚追问。后濒危（指病危。濒，迫近），又无戚属，遂藏以自殉。夫人痛妾夭谢，又以宝饰入殓。身所以不朽者，不过得金宝之馀气耳。若在人世，岂能久乎？必欲如此，切勿强以饮食；若使灵气一散，则游魂亦消矣。"徐乃构精舍，与共寝处。笑语一如常人；但不食不息，不见生人。年馀，徐饮薄醉，执残沥（杯中剩酒。沥，清酒）强灌之；立刻倒地，口中血水流溢，终日而尸已变。哀悔无及，厚葬之。

异史氏曰："夫人教子，无异人世，而所以待师者何厚也！不亦贤乎！余谓艳尸不如雅鬼，乃以措大（旧时对贫寒读书人的轻慢称呼）之俗莽（庸俗鲁莽），致灵物不享其长年，惜哉！"

章丘朱生，素刚鲠（刚正耿直），设帐于某贡士家。每谴弟子，内辄遣婢为乞免。不听。一日，亲诣窗外，与朱关说（讲情）。朱怒，执界方（也称"戒方"，旧时塾师对学童施行体罚的界尺）大骂而出。妇惧而奔；朱迫之，自后横击臀股，锵然作皮肉声。令人笑绝！

长山某，每延师，必以一年束金，合终岁之虚盈（指全年的实际天数。虚盈，指月小月大），计每日得如干数；又以师离斋、归斋之日，详记为籍；岁终，则公同按日而乘除之。马生馆其家，初见操珠盘来，得故甚骇；既而暗生一术，反嗔为喜，听其复算不少校。翁大悦，坚订来岁之约。马辞以故。遂荐一生乖谬者自代。及就馆，动辄诟骂，翁无奈，悉含忍之。岁杪，携珠盘至。生勃然忿极，姑听其算。翁又以途中日，尽归于西（把塾师就馆时在路上的日数都算在塾师的账上，不给工资），生不受，拨珠归东（拨动算盘珠，算在主人的账上。东，东家，旧时塾师对主人的称呼）。两争不决，操戈（指动武。操，持。戈，兵器）相向，两人破头烂额而赴公庭焉。

大　鼠

万历（明神宗朱翊钧年号）间，宫中有鼠，大与猫等，为害甚剧。遍求民间佳猫捕制之，辄被噉食。适异国来贡狮猫（猫的一种，俗称狮子猫。长毛巨尾，较名贵），毛白如雪。抱投鼠屋，阖其扉，潜窥之。猫蹲良久，鼠逡巡（犹豫不前。窥探警觉的样子）自穴中出，见猫，怒奔之。猫避登几上，鼠亦登，猫则跃下。如此往复，不啻百次。众咸谓猫怯，以为是无能为者。既而鼠跳掷（跳跃）渐迟，硕腹似喘，蹲地上少休。猫即疾下，爪掬顶毛，口龁首领，辗转争持，猫声呜呜，鼠声啾啾。启扉急视，则鼠首已嚼碎矣。然后知猫之避，非怯也，待其惰也。彼出则归，彼归则复（语出《左传·昭公三十年》讲的是用运动战术敝敌制胜。此化用其意），用此智耳。噫！匹夫按剑（指庸人斗狠，勇而无谋。匹夫，庸人。按剑，怒貌），何异鼠乎！

牧　竖

两牧竖（牧童。竖，童仆）入山至狼穴，穴有小狼二，谋分捉之。各登一树，相去数十步。少顷，大狼至，入穴失子，意甚仓皇。竖于树上扭小狼蹄耳故令嗥；大狼闻声仰视，怒奔树下，号且爬抓。其一竖又在彼树致小狼鸣急；狼辍声四顾，始望见之，乃舍此趋彼，跑号如前状。前树又鸣，又转奔之。口无停声，足无停趾，数十往复，奔渐迟，声渐弱；既而奄奄僵卧，久之不动。竖下视之，气已绝矣。今有豪强子（强梁霸道的人），怒目按剑，若将搏噬（攫而食之。搏，攫取）；为所怒者，乃阖扇（关门）去。豪力尽声嘶，更无敌者，岂不畅然自雄（得意地自命为英雄）？不知此禽兽之威，人故弄之（捉弄他）以为戏耳。

王司马

新城王大司马霁宇（即王象乾，从明代万历二十年至天启、崇祯间，王象乾四度总督宣大、蓟辽军务，力主款抚，边境以安）镇北边时，常使匠人铸一大杆刀（长柄大刀），阔盈尺，重百钧。每按边（巡视边防。按，巡行），辄使四人扛之。卤簿（古代帝王出外时扈从的仪仗队）所止，则置地上，故令北人捉之，力撼不可少动。司马阴（暗中）以桐木依样为刀，宽狭大小无异，贴以银箔（银纸），时于马上舞动。诸部落望见，无不震悚。又于边外埋苇薄（苇帘；以绳编芦苇为之。薄，帘、席）为界，横斜十馀里，状若藩篱，扬言曰："此吾长城也。"北兵至，悉拔而火之。司马又置之。既而三火，乃以炮石（古代用炮抛射的石头）伏机其下，北兵焚薄，药石尽发，死伤甚众。既遁去，司马设薄如前。北兵遥望皆却走，以故帖服若神。后司马乞骸（古代官吏自请退职）归，塞上复警。召再起；司马时年八十有三，力疾陛辞。上慰之曰："但烦卿卧治（意谓借助重望，不劳而治。卧治：安卧治享，即不劳而治）耳。"于是司马复至边。每止处，辄卧幛（通"帐"。指军中营帐）中。北人闻司马至，皆不信，因假议和，将验真伪。启帘，见司马坦卧（坦然高卧，安卧），皆望榻伏拜，挢舌（翘舌不能出声。形容惊讶或畏惧。挢，jiǎo）而退。

小　梅

　　蒙阴（县名，明清属山东省青州府）王慕贞，世家子也。偶游江浙，见媪哭于途，诘之。言："先夫止遗一子，今犯死刑，谁有能出之者？"王素慷慨，志其姓名，出橐中金为之斡旋，竟释其罪。其人出，闻王之救己也，茫然不解其故；访诣旅邸，感泣谢问。王曰："无他，怜汝母老耳。"其人大骇曰："母故已久。"王亦异之。抵暮，媪来申谢，王咎其谬诬。媪曰："实相告：我东山老狐也。二十年前，曾与儿父有一夕之好，故不忍其鬼之馁（鬼魂挨饿。指无后嗣，祭享无人）也。"王悚然起敬，再欲诘之，已杳（无影无踪）。

　　先是，王妻贤而好佛，不茹荤酒；治洁室，悬观音像，以无子，日日焚祷其中。而神又最灵，辄示梦，教人趋避，以故家中事皆取决焉。后有疾，綦（qí，极，很）笃（病重），移榻其中；又别设锦裀于内室而扃其户，若有所伺。王以为惑，而以其疾势昏瞀（昏乱；神志不清。瞀，mào），不忍伤之。卧病二年，恶嚣（厌恶喧闹），常屏人独寝。潜听之，似与人语；启门视之，又寂然。病中他无所虑，有女十四岁，惟日催治装遣嫁。既醮，呼王至

榻前，执手曰："今诀矣！初病时，菩萨告我命当速死；念不了者，幼女未嫁，因赐少药，俾延息以待。去岁，菩萨将回南海，留案前侍女小梅，为妾服役。今将死，薄命人（王妻自称，意谓自己福运单薄）又无所出（指未曾生育）。保儿，妾所怜爱，恐娶悍怒之妇，令其子母失所。小梅姿容秀美，又温淑，即以为继室可也。"盖王有妾，生一子，名保儿。王以其言荒唐，曰："卿素敬者神，今出此言，不已亵乎（岂不太亵渎神明么。已，太，过分）？"答云："小梅事我年馀，相忘形骸（指彼此不拘形迹，无所顾忌），我已婉求之矣。"问："小梅何处？"曰："室中非耶？"方欲再诘，闭目已逝。

王夜守灵帏（灵幢。遮隔灵床的帐幔），闻室中隐隐啜泣，大骇，疑为鬼。唤诸婢妾启钥视之，则二八丽者，缞服（服丧三年者之服：白衣，胸前披麻。缞，cuī）在室。众以为神，共罗拜之。女敛涕扶掖（自肋下搀扶）。王凝注之，俯首而已。王曰："如果亡室（亡妻）之言非妄，请即上堂，受儿女朝谒（拜见）；如其不可，仆亦不敢妄想，以取罪过。"女觍然（羞惭的样子。觍，tiǎn）出，竟登北堂（堂屋；正房）。王使婢为设坐南向，王先拜，女亦答拜；下而长幼卑贱，以次伏叩，女庄容坐受；惟妾至，则挽之。自夫人卧病，婢惰奴偷（奴婢们懈怠苟且。偷，苟且，偷懒），家久替。众参（参拜）已，肃肃（恭敬的样子；严整的样子）列侍。女曰："我感夫人盛意，羁留人间，又以大事相委，汝辈宜各洗心（洗涤邪恶之心；犹言改过自新），为主效力，从前愆尤（过失，罪过），悉不计较；不然，莫谓室无人也！"共视座上，真如悬观音图像，时被微风吹动。闻言悚惕（惶恐戒惧），哄然并诺。女乃排拨（安排指挥）丧务，一切井井。由是大小无敢懈者。女终日经纪（管理）内外，王将有作，亦禀白而行；然虽一夕数见，并不交一私语。既殡，王欲申前约，不敢径告，嘱妾微示意。女曰："妾受夫人谆嘱（恳切嘱托），义不容辞；但匹配大礼，不得草草。年伯（对与父同年登科者的尊称。明清泛称父辈友人）黄先生，位尊德重，求使主秦晋之盟（春秋时秦、晋两国世为婚姻，后因以"秦晋"称两姓联姻之好），则惟命是听。"时沂水黄太仆，致仕闲居，于王为父执（父亲的朋友），往来最善。王即亲诣，以实告。黄奇之，即与同来。女闻，即出展拜。黄一见，惊为天人，逊谢（谦逊推辞）不敢当礼；既而助妆（赠助妆奁之费；指赠送婚礼贺仪）优厚，成礼乃去。女馈遗枕履，若奉舅姑，由此交益亲。合卺（成婚）后，王终以神故，衷中带肃，时研诘菩萨起居（日常生活）。女笑曰："君亦太愚，焉有正直之神，而下婚尘世者？"王力审所自（来历）。女曰："不必研穷（即追根究底），既以为神，朝夕供养，自无殃咎（灾患）。"女御下常宽，非笑不语；然婢贱戏狎时，遥见之，则默默无声。女笑谕曰："岂尔辈尚以我为神耶？我何神哉！实为夫人姨妹，少相交好；姊病见思，阴使南村王姥招我来。第以日近姊夫，有男女之嫌，故托为神道（神术或神意），闭内室中，其实何神。"众犹不信。而日侍边傍，见其举动，不少异于常人，浮言渐息。然即顽奴钝婢，王素挞楚所不能化者，女一言无不乐于奉命。皆云："并不自知。实非畏之；但睹其貌，则心自柔，故不忍拂其意耳。"以此百废具举。数年中，田地连阡（阡陌相连；谓地产增多），仓廪万石矣。

　　又数年，妾产一女。女生一子——子生，左臂有朱点，因字小红。弥月（指婴儿出生满月之庆），女使王盛筵招黄。黄贺仪丰渥，但辞以耄（mào，年高），不能远涉；女遣两媪强邀之，黄始至。抱儿出，袒其左臂，以示命名之意。又再三问其吉凶。黄笑曰："此喜红也，可增一字，名喜红。"女大悦，更出展叩（相见叩谢）。是日，鼓乐充庭，贵戚如市。黄留三日始去。忽门外有舆马来，逆女归宁。向十馀年，并无瓜葛，共议之，而女若不闻。理妆竟，抱子于怀，要王相送，王从之。至二三十里许，寂无行人，女停舆，呼王下骑，屏人与语，曰："王郎，会短离长，谓可悲否？"王惊问故，女曰："君谓妾何人也？"答曰："不知。"女曰："江南拯一死罪，有之乎？"曰："有。"曰："哭于路者吾母也；感义而思所报，乃因夫人好佛，附为神道，实将以妾报君也。今幸生此襁褓物，此愿已慰。妾视君晦运将来，此儿在家，恐不能育，故借归宁，解儿危难。君记取：家有死口时，当于晨鸡初唱，诣西河柳堤上，见有挑葵花灯来者，遮道苦求，可免灾难。"王曰："诺。"因讯归期，女云："不可预定。要当牢记吾言，后会亦不远也。"临别执手，怆然交涕。俄登舆，疾若风；王望之不见，始返。

经六七年，绝无音问。忽四乡瘟疫流行，死者甚众，一婢病三日死。王念曩嘱，颇以关心。是日与客饮，大醉而睡。既醒，闻鸡鸣，急起至堤头，见灯光闪烁，适已过去。急追之，止隔百步许，愈追愈远，渐不可见，懊恨而返。数日暴病，寻卒。王族多无赖，共凭凌（侵夺）其孤寡，田禾树木，公然伐取，家日凌替（衰落）。逾岁，保儿又殇，一家更无所主。族人益横，割裂田产，厩中牛马俱空；又欲瓜分第宅，以妾居故，遂将数人来，强夺鬻之。妾恋幼女，母子环泣，惨动邻里。方危难间，俄闻门外有肩舆入，共觇，则女引小郎自车中出。四顾人纷如市，问："此何人？"妾哭诉其由。女颜色惨变，便唤从来仆役，关门下钥。众欲抗拒，而手足若痿（筋肉萎缩，偏枯之疾。此谓瘫软无力）。女令一一收缚，系诸廊柱，日与薄粥三瓯。即遣老仆奔告黄公，然后入室哀泣。泣已，谓妾曰："此天数也。已期前月来，适以母病耽延，遂至于今。不谓转盼间已成丘墟！"问旧时婢媪，则皆被族人掠去，又益欷歔。越日，婢仆闻女至，皆自遁归，相见无不流涕。所絷族人，共噪儿非慕贞体胤（亲生骨肉。胤，yìn），女亦不置辩。既而黄公至，女引儿出迎。黄握儿臂，便捋左袂，见朱记宛然，因袒示众人，以证其确。乃细审失物，登簿记名，亲诣邑令。令拘无赖辈，各笞四十，械禁（桎梏手足而禁闭之）严追；不数日，田地马牛，悉归故主。黄将归，女引儿泣拜曰："妾非世间人，叔父所知也。今以此子委（委托。遗累）叔父矣。"黄曰："老夫一息尚在，无不为区处（分别处置，筹划安排）。"黄去，女盘查就绪，托儿于妾，乃具馔为夫祭扫，半日不返。视之，则杯馔犹陈，而人杳矣。

异史氏曰："不绝人嗣者，人亦不绝其嗣，此人也而实天也。至座有良朋，车裘可共；迨宿莽既滋，妻子陵夷（衰败，衰落；走下坡路），则车中人望望然去之矣。死友而不忍忘，感恩而思所报，独何人哉！狐乎！倘尔多财，吾为尔宰（管家）。"

于中丞

于中丞成龙，按部（谓巡视属下州县）至高邮（明清时州名，属扬州府，即今江苏省高邮市）。适巨绅家将嫁女，装奁甚富，夜被穿窬（穿壁逾墙。指偷窃行为。窬，yú）席卷而去。刺史（知州的别称）无术。公令诸门尽闭，止留一门放行人出入，吏目（官名。明清州置吏目，职掌缉捕、守狱及文书等事）守之，严搜装载。又出示，谕阖城户口各归第宅，候次日查点搜掘，务得赃物所在。乃阴嘱吏目：设有城门中出入至再（两次）者，捉之。过午得二人，一身之外，并无行装。公曰："此真盗也。"二人诡辩不已。公令解衣搜之，见袍服内着女衣二袭（两身。衣裳一套叫一袭），皆奁中物也。盖恐次日大搜，急于移置，而物多难携，故密着而屡出之也。

又公为宰时，至邻邑。早旦，经郭外，见二人以床舁（yú，抬）病人，覆大被；枕上露发，发上簪凤钗一股，侧眠床上。有三四健男夹随之，时更番（轮换）以手拥（推而塞之）被，令压身底，似恐风入。少顷，息肩路侧，又使二人更相为荷。于公过，遣隶回问之，云是妹子垂危，将送归夫家。公行二三里，又遣隶回，视其所入何村。隶尾之，至一村舍，两男子迎之而入。还以白公。公谓其邑宰："城中得无有劫寇否？"宰（知县。本段记述于成龙初任广西罗城县佃县时事）曰："无之。"时功令（朝廷考核官员的有关条例）严，上下讳盗，故即被盗贼劫杀，亦隐忍而不敢言。公就馆舍，嘱家人细访之，果有富室被强寇入家，炮烙而死。公唤其子来，诘其状。子固不承。公曰："我已代捕大盗在此，非有他也。"子乃顿首哀泣，求为死者雪恨。公叩关往见邑宰，差健役四鼓（四更天，谓天未明）出城，直至村舍，捕得八人，一鞫而伏。诘其病妇何人，盗供："是夜同在勾栏，故与妓女合谋，置金床上，令抱卧至窝处

— 419 —

（窝藏赃物之所。藏匿罪犯或赃物的主家，称为"窝主"）始瓜分耳。"共服于公之神（神明；明察）。或问所以能知之故，公曰："此甚易解，但人不关心耳。岂有少妇在床，而容入手衾底者？且易肩（指换人扛抬）而行，其势甚重；交手护之，则知其中必有物矣。若病妇昏愦（昏迷不醒，谓病重）而至，必有妇人倚门而迎；止见男子，并不惊问一言，是以确知其为盗也。"

绩 女

绍兴（县名，即今浙江省绍兴市）有寡媪夜绩（析理丝麻，搓纺成线），忽一少女推扉入，笑曰："老姥（mǔ，对老妇的尊称）无乃劳乎？"视之，年十八九，仪容秀美，袍服炫丽。媪惊问："何来？"女曰："怜媪独居，故来相伴。"媪疑为侯门亡人（指从富贵人家逃出的人，文中指婢女），苦相诘。女曰："媪勿惧。妾之孤，亦犹媪也。我爱媪洁，故相就。两免岑寂，固不佳耶？"媪又疑为狐，黯然犹豫。女竟升床代绩，曰："媪无忧，此等生活，妾优为（擅长）之，定不以口腹相累（即不须寡媪供给饮食。累，lèi）。"媪见其温婉可爱，遂安之。

夜深，谓媪曰："携来衾枕，尚在门外，出溲时，烦代捉（提）之。"媪出，果得衣一裹。女解陈榻上，不知是何等锦绣，香滑无比。媪亦设布被，与女同榻。罗袜甫解，异香满室。既寝，媪私念：遇此佳人，可惜身非男子。女子枕边笑曰："姥七旬，犹妄想耶？"媪曰："无之。"女曰："既不妄想，奈何欲作男子？"媪愈知为狐，大惧。女又笑曰："愿作男子何心，而又惧我耶？"媪益恐，股战摇床。女曰："嗟乎！胆如此大，还欲作男子！实相告：我真仙人（狐精的婉称），然非祸汝者。但须谨言，衣食自足。"媪早起，拜于床下。女出臂挽之，臂腻如脂，热香喷溢；肌一着人，觉皮肤松快。媪心动，复涉遐想。女哂曰："婆子战栗才止，心又何处去矣！使作丈夫，当为情死。"媪曰："使是丈夫，今夜那得不死！"由是两心浃洽（融洽），日同操作。视所绩，匀细生光；织为布，晶莹如锦，价较常三倍。媪出，则扃其户；有访媪者，辄于他室应之。居半载，无知者。

后媪渐泄于所亲，里中姊妹行皆托媪以求见。女让（斥责）曰："汝言不慎，我将不能久居矣。"媪悔失言，深自责；而求见者日益众，至有以势迫媪者。媪涕泣自陈。女曰："若诸女伴，见亦无妨；恐有轻薄儿，将见狎侮。"媪复哀恳，始许之。越日，老媪少女，香烟相属于道。女厌其烦，无贵贱，悉不交语；惟默然端坐，以听朝参而已。乡中少年闻其美，神魂倾动，媪悉绝之。

有费生者，邑之名士，倾其产，以重金啖（拿利益引诱人）媪。媪诺，为之请。女已知之，责曰："汝卖我耶？"媪伏地自投。女曰："汝贪其赂，我感其痴，可以一见。然而缘分尽矣。"媪又伏叩。女约以明日。生闻之，喜，具香烛而往，入门长揖。女帘内与语，问："君破产相见，将何以教妾也？"生曰："实不敢他有所干。只以王嫱、西子，徒得传闻；如不以冥顽见弃，俾得一阔眼界，不愿已足。若休咎自有定数，非所乐闻。"忽见布幕之中，容光射露，翠黛朱樱（翠眉红唇），无不毕现，似无帘幌之隔者。生意炫神驰，不觉倾拜。拜已而起，则厚幕沉沉，闻声不见矣。悒怅间，窃恨未睹下体；俄见帘下绣履双翘（指旧时女子尖足绣鞋翘起的鞋尖），瘦不盈指。生又拜。帘中语曰："君归休！妾体惰矣！"媪延生别室，烹茶为供。生题《南乡子》（为词牌名，有单调、双调两体。此为双调）一调于壁云："隐约画帘前，三寸凌波玉笋尖；点地分明莲瓣落，纤纤，再着重台更可怜。花衬凤头弯，入握应知软似绵；但愿化为蝴蝶去，裙边，一嗅馀香死亦甘。"题毕而去。女览题不悦，谓媪曰："我言缘分已尽，今不妄矣。"媪伏地请罪。女曰："罪不尽在汝。我偶堕情障，以色身示人，遂被淫词污亵，此皆自取，于汝何尤。若不速迁，恐陷身情窟，转劫难出矣。"遂襆被（用包袱包裹衣被）出。媪追挽之，转瞬已失。

张鸿渐

张鸿渐，永平（府名，府治在今河北省卢龙县）人，年十八，为郡名士。时卢龙令赵某贪暴，人民共苦之。有范生被杖毙，同学忿其冤，将鸣部院（鸣冤于部院。部院，指巡抚衙门），求张为刀笔之词（撰写讼状。刀笔，古时称主办文案的官吏为刀笔吏；后世也称讼师为刀笔），约其共事。张许之。妻方氏，美而贤，闻其谋，谏曰："大凡秀才作事，可以共胜，而不可以共败：胜则人人贪天功（喻指贪他人之功为己有），一败则纷然瓦解，不能成聚。今势力世界，曲直难以理定；君又孤，脱（假如）有翻覆，急难（急人之难；此指兄弟相助）者谁也！"张服其言，悔之，乃宛谢诸生，但为创词（起草讼词。创，草创）而去。质审一过，无所可否。赵以巨金纳大僚，诸生坐结党（治以结党之罪。坐，定罪）被收（逮捕入狱），又追捉刀人（捉刀，握刀。后称代人写文者为捉刀人）。

张惧，亡去。至凤翔（府名，治所在今陕西省凤翔县）界，资斧断绝。日既暮，踟蹰旷野，无所归宿。欻（xū，忽然）睹小村，趋之。老妪方出阖扉，见生，问所欲为。张以实告，妪曰："饮食床榻，此都细事；但家无男子，不便留客。"张曰："仆亦不敢过望，但容寄宿门内，得避虎狼足矣。"妪乃令入，闭门，授以草荐，嘱曰："我怜客无归，私容止宿，未明宜早去，恐吾家小娘子闻知，将便怪罪。"妪去，张倚壁假寐。忽有笼灯晃耀，见妪导一女郎出。张急避暗处，微窥之，二十许丽人也。及门，见草荐，诘妪。妪实告之，女怒曰："一门细弱（指老、幼、妇女），何得容纳匪人（不是亲近的人）！"即问："其人焉往？"张惧，出伏阶下。女审诘邦族，色稍霁，曰："幸是风雅士，不妨相留。然老奴竟不关白（禀告），此等草草，岂所以待君子。"命妪引客入舍。俄顷，罗酒浆，品物精洁；既而设锦裯于榻。张甚德之，因私询其姓氏。妪曰："吾家施氏，太翁夫人俱谢世，止遗三女。适所见，长姑舜华也。"妪去。张视几上有《南华经》（《南华经》即《庄子》）注，因取就枕上，伏榻翻阅。忽舜华推扉入。张释卷，搜觅冠履。女即榻捺坐曰："无须，无须！"因近榻坐，腆然曰："妾以君风流才士，欲以门户相托（托付家事，支撑门户。指招男人入赘），遂犯瓜李之嫌（此谓私相会见，指处在嫌疑的境况），得不相遐弃（远弃）否？"张皇然不知所对，但云："不相诳，小生家中，固有妻耳。"女笑曰："此亦见君诚笃，顾（不过）亦不妨。既不嫌憎，明日当烦媒妁。"言已，欲去。张探身挽之，女亦遂留。未曙即起，以金赠张曰："君持作临眺（登高望远；指游览）之资；向暮，宜晚来，恐傍人所窥。"张如其言，早出晏（晚）归，半年以为常。

一日，归颇早，至其处，村舍全无，不胜惊怪。方徘徊间，闻妪云："来何早也！"一转盼间，则院落如故，身固已在室中矣，益异之。舜华自内出，笑曰："君疑妾耶？实对君言：妾，狐仙也，与君固有夙缘。如必见怪，请即别。"张恋其美，亦安之。夜谓女曰："卿既仙人，当千里一息（千里之遥，呼吸之间即可到达。息，气息、呼吸）耳。小生离家三年，念妻孥不去心，能携我一归乎？"女似不悦，曰："琴瑟之情，妾自分于君为笃；君守此念彼，是相对绸缪者，皆妄也！"张谢曰："卿何出此言。谚云：'一日夫妻，百日恩义。'后日归念卿时，亦犹今日之念彼也。设得新忘故，卿何取焉？"女乃笑曰："妾有褊心：于妾，愿君之不忘；于人，愿君之忘之也。然欲暂归，此复何难：君家咫尺耳！"遂把袂出门，见道路昏暗，张逡巡不前。女曳之走，无几时，曰："至矣。君归，妾且去。"张停足细认，果见家门。逾垝垣（guǐ yuán，毁坏了的墙）入，见室中灯火犹荧。近以两指弹扉。内问为谁，张具道所来。内秉烛启关，真方氏也。两相惊喜，握手入帏。见儿卧床上，慨然曰："我去时儿才及膝，今身长如许矣！"夫妇依倚，恍如梦寐。张历述所遭。问及讼狱，始知诸生有瘐死（病死狱中。瘐，yǔ，囚徒病曰"瘐"）者，有远徙者，益服妻之远见。方纵体入怀，曰："君有佳偶，想不复念孤衾中有零涕人矣！"张曰："不念，胡以来也？我与彼虽云情好，终非同类；独其恩义难忘耳。"方曰："君以我何人也？"张审视，竟非方氏，乃舜华也。以手探儿，一竹夫人（夏天置于床上的取凉用具，竹制，圆柱形，中空，周围有洞，可以通风）耳。大惭无语。女曰："君心可知矣！分当自此绝矣，犹幸未忘恩义，差足自赎（勉强可以赎罪。自赎，将功折罪。差，chā）。"

过二三日，忽曰："妾思痴情恋人，终无意味。君日怨我不相送，今适欲至都，便道可以同去。"乃向床头取竹夫人共跨之，令闭两眸，觉离地不远，风声飕飕。移时，寻落。女曰："从此别矣。"方将订嘱，女去已渺。怅立少时，闻村犬鸣吠，苍茫中见树木屋庐，皆故里景物，循途而归。逾垣叩户，宛若前状。方氏惊起，不信夫归；诘证确实，始挑灯呜咽而出。既相见，涕不可仰（哭泣得不能仰视。仰，抬头）。张犹疑舜华之幻弄也；又见床卧一儿，如昨夕，因笑曰："竹夫人又携入耶？"方氏不解，变色曰："妾望君如岁（此谓盼您如盼年岁丰登。岁，一年的农业收成），枕上啼痕固在也。甫能相见，全无悲恋之情，何以为心矣！"张察其情真，始执臂欷歔，具言其详。问讼案所结，并如舜华言。方相感慨，闻门外有履声，问之不应。盖里中有恶少甲，久窥方艳，是夜自别村归，遥见一人逾垣去，谓必赴淫约者，尾之入。甲故不甚识张，但伏听之。及方氏呕问，乃曰："室中何人也？"方讳言："无之。"甲言："窃听已久，敬将以执奸也。"方不得已，以实告。甲曰："张鸿渐大案未消，即使归家，亦当缚送官府。"方苦哀之，甲词益狎逼。张忿火中烧，把刀直出，剁甲中颅。甲踣，犹号；又连剁之，遂死。方曰："事已至此，罪益加重。君速逃，妾请任其辜。"张曰："丈夫死则死耳，焉肯辱妻累子以求活耶！卿无顾虑，但令此子勿断书香（意谓令其子继承父业，读书上进），目即瞑矣。"天明，赴县自首。赵以钦案（皇帝下令审办的案件。钦，旧时对皇帝行事的敬称）中人，姑薄惩之。寻由郡解都，械禁颇苦。

途中遇女子跨马过，一老妪捉鞚，盖舜华也。张呼妪欲语，泪随声堕。女返辔，手启障纱（即面纱），讶曰："表兄也，何至此？"张略述之。女曰："依兄平昔，便当掉头不顾；然予不忍也。寒舍不远，即邀公役同临，亦可少助资斧。"从去二三里，见一山村，楼阁高整。女下马入，令妪启舍延客。

既而酒炙丰美，似所凤备。又使妪出曰："家中适无男子，张官人即向公役多劝数觞，前途倚赖多矣。遣人措办数十金为官人作费，兼酬两客，尚未至也。"二役窃喜，纵饮，不复言行。日渐暮，二役径醉矣。女出，以手指械，械立脱；曳张共跨一马，驶如龙。少时，促下，曰："君止此。妾与妹有青海（古称仙海，中有海心山，传说为求仙访道之地）之约，又为君逗留一晌，久劳盼注矣。"张问："后会何时？"女不答，再问之，推堕马下而去。既晓，问其地，太原也。遂至郡，赁屋授徒焉。托名宫子迁。居十年，访知捕亡寝息，乃复逡巡东向。既近里门，不敢遽入，俟夜深而后入。及门，则墙垣高固，不复可越，只得以鞭挝门。久之，妻始出问。张低语之。喜极，纳入，作呵叱声，曰："都中少用度，即当早归，何得遣汝半夜来？"入室，各道情事，始知二役逃亡未返。言次，帘外一少妇频来，张问伊谁，曰："儿妇耳。"问："儿安在？"曰："赴郡大比（乡试）未归。"张涕下曰："流离数年，儿已成立，不谓能继书香，卿心血殆尽矣！"话未已，子妇已温酒炊饭，罗列满几。张喜慰过望。居数日，隐匿屋榻，惟恐人知。一夜，方卧，忽闻人语腾沸，捶门甚厉。大惧，并起。闻人言曰："有后门否？"益惧，急以门扇代梯，送张夜度垣而出；然后诣门问故，乃报新贵者（向新贵人报喜的人。新贵，新任高官的人；此指新登科第的人）也。方大喜，深悔张遁，不可追挽。

张是夜越莽穿榛，急不择途；及明，困殆已极。初念本欲向西，问之途人，则去京都通衢不远矣。遂入乡村，意将质衣而食。见一高门，有报条（告知升迁、及第等喜讯的报单）粘壁上；近视，知为许姓，新孝廉也。顷之一翁自内出，张迎揖而告以情。翁见仪容都雅，知非赚食者，延入相款。因诘所往，张托言："设帐都门，归途遇寇。"翁留诲其少子。张略问官阀，乃京堂林下者（退休的京官）；孝廉，其犹子也。月馀，孝廉偕一同榜（科举时代同榜取中的人叫"同榜"或"同科"）归，云是永平张姓，十八九少年也。张以乡谱（乡贯门族）俱同，暗中疑是其子；然邑中此姓良多，姑默之。至晚解装，出"齿录"（也称"同年录"。科举时代，凡同登一榜者，各具姓名、年龄、籍贯、三代，汇刻成帙，称"齿录"），急借披读（翻阅），真子也。不觉泪下。共惊问之，乃指名曰："张鸿渐，即我是也。"备言其由。张孝廉抱父大哭。许叔侄慰劝，始收悲以喜。许即以金帛函字（礼品及书信），致告宪台（御史的通称。后亦用为地方官吏对知府以上长官的尊称），父子乃同归。方自闻报，日以张在亡（在逃）为悲；忽白孝廉归，感伤益痛。少时，父子并入，骇如天降，询知其故，始共悲喜。甲父见其子贵，祸心不敢复萌。张益厚遇之，又历述当年情状，甲父感愧，遂相交好。

太 医

万历间，孙评事少孤，母十九岁守节。孙举进士，而母已死。尝语人曰："我必博诰命（诰命，帝王的封赠命令。明清官五品以上授诰命，其曾祖父母、祖父母、父母及妻，存者曰诰封，殁者曰诰赠；六品以下之封赠曰敕命。此"诰命"系泛指封赠）以光泉壤，始不负萱堂（母亲的代称）苦节。"忽得暴病，綦（jí，极，很）笃。素与太医善，使人招之；使者出门，而疾益剧。张目曰："生不能扬名显亲，何以见老母地下乎！"遂卒，目不瞑。

无何，太医至，闻哭声，即入临吊。见其状，异之。家人告以故，太医曰："欲得诰命，即亦不难。今皇后旦晚临盆矣，但活十馀日，诰命可得。"立命取艾（艾炷，以艾绒为主要材料制成），灸尸一十八处。炷将尽，床上已呻；急灌以药，居然复生。嘱曰："切记勿食熊虎肉。"共志（记住）之；然以此物不常有，颇不关意。既而三日平复，仍从朝贺（群臣

在朝廷上列班向皇帝贺喜的仪式）。

　　过六七日，果生太子，召赐群臣宴。中使（太监）出异品，遍赐文武，白片朱丝（指熊掌切片。熊掌掌心有脂如玉，并筋络煮熟后皆为白色，肌肉断面则呈红色纹理，故称），甘美无比。孙啖之，不知何物。次日，访诸同僚，曰："熊蹯（熊蹯，即熊掌。蹯，fán）也。"大惊失色；即刻而病，至家遂卒。

王子安

　　王子安，东昌（明清府名，治今山东省聊城）名士，困于场屋。入闱后，期望甚切。近放榜时，痛饮大醉，归卧内室。忽有人白："报马（也称"报子"，为科举中式者报喜的人。因骑马快报故称"报马"）来。"王踉跄起曰："赏钱十千！"家人因其醉，诳而安之曰："但请睡，已赏矣。"王乃眠。俄又有入者曰："汝中进士矣！"王自言："尚未赴都（京城。明清时进士考试在京城北京举行），何得及第？"其人曰："汝忘之耶？三场（礼部会试的三场考试）毕矣。"王大喜，起而呼曰："赏钱十千！"家人又诳之如前。又移时，一人急入曰："汝殿试翰林（指殿试及第，授官翰林），长班（又称"长随"，明清时官员随身使唤的公役）在此。"果见二人拜床下，衣冠修洁。王呼赐酒食，家人又绐之，暗笑其醉而已。久之，王自念不可不出耀乡里，大呼长班；凡数十呼，无应者。家人笑曰："暂卧候，寻他去。"又久之，长班果复来。王捶床顿足，大骂："钝奴焉往！"长班怒曰："措大（旧时对贫寒读书人的轻慢称呼）无赖！向与尔戏耳，而真骂耶？"王怒，骤起扑之，落其帽。王亦倾跌。妻入，扶之曰："何醉至此！"王曰："长班可恶，我故惩之，何醉也？"妻笑曰："家中止有一媪，昼为汝炊，夜为汝温足耳。何处长班，伺汝穷骨？"子女皆笑。王醉亦稍解，忽如梦醒，始知前此之妄。然犹记长班帽落；寻至门后，得一缨帽（即红缨帽，清代的官帽，帽顶披红缨）如盏大，共疑之。自笑曰："昔人为鬼揶揄，吾今为狐奚落矣。"

异史氏曰："秀才入闱，有七似焉。初入时，白足提篮（光着脚，提着装笔砚的篮子），似丐。唱名（即点名入场。乡试入场前，先期告知士子点名入场的分路和次序，士子齐集后由差役持点名牌导入）时，官呵隶骂，似囚。其归号舍（供考生考试和住宿之所，无门）也，孔孔伸头，房房露脚，似秋末之冷蜂。其出场也，神情惝恍（chǎng huǎng，神志模糊，失意迷惘），天地异色，似出笼之病鸟。迨望报（盼望报喜的人）也，草木皆惊，梦想亦幻。时作一得志想，则顷刻而楼阁俱成；作一失志想，则瞬息而骸骨已朽。此际行坐难安，则似被絷之猱。忽然而飞骑传人（报马传送喜报给别人。飞骑，指报马），报条无我，此时神色猝变，嗒然（形容懊丧的神情。嗒，tà）若死，则似饵毒（服毒。饵，吃）之蝇，弄之亦不觉也。初失志，心灰意败，大骂司衡无目（考官瞎眼。司衡，主持衡文评卷的官员），笔墨无灵（指自己文思失灵，不能下笔有神），势必举案头物而尽炬之；炬之不已，而碎踏之；踏之不已，而投之浊流（对清流而言。此谓把案头物投之浊流，意思是摒弃八股文，不再应科举）。从此披发入山，面向石壁，再有以'且夫'、'尝谓'之文（指八股文。"且夫"、"尝谓"是八股文常用的套语）进我者，定当操戈逐之。无何，日渐远，气渐平，技又渐痒；遂似破卵之鸠，只得衔木营巢，从新另抱（孵卵，俗称"抱窝"）矣。如此情况，当局者痛哭欲死；而自旁观者视之，其可笑孰甚焉。王子安方寸（指心）之中，顷刻万绪，想鬼狐窃笑已久，故乘其醉而玩弄之。床头人醒（谓其妻旁观。比较清醒，床头人，指妻子），宁不哑然失笑哉？顾得志之况味，不过须臾；词林诸公（指翰林院的诸位先生。词林，翰林院的别称），不过经两三须臾（经历两三次短暂的得志况味；指经历乡试、会试或殿试考中的喜悦）耳。子安一朝而尽尝之，则狐之恩与荐师等。"

刁　姓

有刁姓者，家无生产，每出卖许负之术（指相术。许负，汉初河内温地老妇，善相术，曾为周亚夫相，皆中）——实无术也——数月一归，则金帛盈橐。共异之。

会里人有客于外者，遥见高门内一人，冠华阳巾（道士所戴的一种头巾，其式上下都平），言语啁哳（本指声音细碎刺耳。此谓异腔别调，使人难解），众妇丛绕之。近视，则刁也。因微窥所为。见有问者曰："吾等众人中，有一夫人（封建时代妇女封号。明清一品、二品官员之妻封夫人）在，能辨之乎？"盖有一贵人妇微服（为隐蔽身份而改着地位低下者的服装）其中，将以验其术也。里人代为刁窘。刁从容望空横指曰："此何难辨。试观贵人顶上，自有云气环绕。"众目不觉集视一人，觇（chān，窥视）其云气。刁乃指其人曰："此真贵人！"众惊以为神。

里人归，述其诈慧。乃知虽小道（相对于儒家大道而言，一般指其他学说和技能。此处犹言"小小骗术"），亦必有过人之才；不然，乌能欺耳目、赚金钱，无本而殖（没有资本而孳生财利。殖，孳生）哉！

农 妇

邑西磁窑坞（集镇名，在淄川西南乡）有农人妇，勇健如男子，辄为乡中排难解纷。与夫异县而居。夫家高苑（旧县名。今为山东省高青县的一部分），距淄百馀里；偶一来，信宿（再宿，住两晚上）便去。妇自赴颜山（又名颜神山、神头山或凤凰山），贩陶器为业。有赢余，则施丐者。一夕与邻妇语，忽起曰："腹少微痛，想孽障（即"业障"，旧时长辈严厉指责子弟不肖的话。此处作为对腹中胎儿的昵称）欲离身也。"遂去。天明往探之，则见其肩荷酿酒巨瓮二，方将入门。随至其室，则有婴儿绷卧。骇问之，盖娩后已负重百里矣。故与北庵尼善，订为姊妹。后闻尼有秽行（丑恶的行为；放荡的行为），忿然操杖，将往挞楚，众苦劝乃止。一日，遇尼于途，遽批（批颊，打嘴巴）之。问："何罪？"亦不答。拳石交施，至不能号，乃释而去。

异史氏曰："世言女中丈夫，犹自知非丈夫也，妇并忘其为巾帼矣。其豪爽自快，与古剑仙无殊（没有差别），毋亦其夫亦磨镜者（指唐人小说中女剑客聂隐娘的丈夫，是一个带有神秘色彩的人物。此指农妇之夫）流耶？"

金陵乙

金陵卖酒人某乙，每酿成，投水而置毒（酒中掺水，并且放进有害人体的药物）焉；即善饮者，不过数盏，便醉如泥。以此得"中山"（指中山酒，又名千日酒，是一种酒力很大的陈酿）之名，富致巨金。

早起，见一狐醉卧槽边；缚其四肢，方将觅刃，狐已醒，哀曰："勿见害，请如所求。"遂释之，辗转（犹言"转侧间"，形容为时不久）已化为人。时巷中孙氏，其长妇患狐为祟，因问之。答云："是即我也。"乙窥妇娣（指长妇的弟妻。兄妻为姒，弟妻为娣）尤美，求狐携往。狐难之。乙固求之。狐邀乙去，入一洞中，取褐衣授之，曰："此先兄所遗，着之当可去。"既服而归，家人皆不之见；袭（穿着）衣裳而出，始见之。大喜，与狐同诣孙氏家。

见墙上贴巨符，画蜿蜒如龙，狐惧曰："和尚大恶（太凶。很厉害），我不往矣！"遂去。乙逡巡近之，则真龙盘壁上，昂首欲飞。大惧亦出。盖孙觅一异域僧，为之厌胜（古代迷信，陈设相克器物，并通过符咒以镇压邪魅，叫厌胜），授符先归，僧犹未至也。

次日，僧来，设坛作法。邻人共观之，乙亦杂处其中。忽变色急奔，状如被捉；至门外，踣地（僵仆在地。踣，bó）化为狐，四体犹着人衣。将杀之。妻子叩请。僧命牵去，日给饮食，数月寻毙。

郭 安

孙五粒（孙秔，后改名珀龄，字五粒。明崇祯六年中举人，清顺治三年中进士），有僮仆独宿一室，恍惚被人摄去。至一宫殿，见阎罗在上，视之曰："误矣，此非是。"因遣送还。既归，大惧，移宿他所；遂有僚仆（同一主家的仆人）郭安者，见榻空闲，因就寝焉。又一仆李禄，与僮有夙怨，久将甘心（久欲报复，以求快意），是夜操刀入，扪之，以为僮也，竟杀之。郭父鸣于官。时陈其善（辽东人，贡士，顺治四年任淄川县知县）为邑宰，殊不苦之（不使李禄受刑罚之苦）。郭哀号，言："半生止此子，今将何以聊生！"陈即以李禄为之子。郭含冤而退。此不奇于僮之见鬼，而奇于陈之折狱也。

济之西邑（济南府西境某县）有杀人者，其妇讼之。令怒，立拘凶犯至，拍案骂曰："人家好好夫妇，直令寡耶！即以汝配之，亦令汝妻寡守。"遂判合之。此等明决（反语。讽其糊涂判案），皆是甲榜（明清时，习称进士为甲榜，举人为乙榜）所为，他途（指甲榜之外，其他出身选官者）不能也。而陈亦尔，何途无才！

折　狱

邑之西崖庄，有贾某被人杀于途；隔夜，其妻亦自经（自缢；上吊）死。贾弟鸣于官。时浙江费公祎祉〔费祎祉，字支崎，浙江鄞县人，顺治十五年（公元1658年）为淄川县令〕令淄，亲诣验之。见布袱裹银五钱馀，尚在腰中，知非为财也者。拘两村邻保（犹言邻居，近邻）审质一过，殊少端绪，并未搒掠，释散归农；但命约地（指乡约、地保之类的乡中小吏）细察，十日一关白（禀告，报告）而已。逾半年，事渐懈。贾弟怨公仁柔（心慈手软，不够果断），上堂屡聒。公怒曰："汝既不能指名，欲我以桎梏加良民耶！"呵逐而出。贾弟无所伸诉，愤葬兄嫂。

一日，以逋赋（拖欠赋税）故，逮数人至。内一人周成，惧责，上言钱粮（田赋所征钱和粮的合称。清代则专指田赋税款，粮食也折钱缴纳）措办已足，即于腰中出银袱（包裹银钱的包袱），禀公验视。验已，便问："汝家何里？"

答云："某村。"又问："去西崖几里？"答云："五六里。""去年被杀贾某，系汝何亲？"答曰："不识其人。"公勃然曰："汝杀之，尚云不识耶！"周力辩，不听；严梏之，果伏其罪。先是，贾妻王氏，将诣姻家，惭无钗饰（妇女的首饰。钗，由两股簪子合成），喋夫使假于邻。夫不肯；妻自假之，颇甚珍重。归途，卸而裹诸袜，内袖中；既至家，探之已亡。不敢告夫，又无力偿邻，懊恼欲死。是日，周适拾之，知为贾妻所遗，窥贾他出，半夜逾垣，将执以求合。时溽暑，王氏卧庭中，周潜就淫之。王氏觉，大号。周急止之，留袜纳钗（自己留下包袜，把钗饰给了王氏。纳，交付）。事已，妇嘱曰："后勿来，吾家男子恶，犯恐俱死！"周怒曰："我挟勾栏数宿之资，宁一度可偿耶？"妇慰之曰："我非不愿相交，渠常善病，不如从容以待其死。"周乃去，于是杀贾，夜诣妇曰："今某已被人杀，请如所约。"妇闻大哭，周惧而逃，天明则妇死矣。公廉（考察，访查）得情（案情），以周抵罪。共服其神，而不知所以能察之故。公曰："事无难辨，要在随处留心耳。初验尸时，见银袜刺万字文，周袜亦然，是出一手也。及诘之，又云无旧（无旧交），词貌诡变，是以确知其真凶也。"

异史氏曰："世之折狱（断案。折，判断。狱，讼案）者，非悠悠置之（谓长期搁置，不加处理），则缧系（囚禁。缧，léi）数十人而狼藉（折磨、作践）之耳。堂上肉鼓吹（喻拷打犯人的声响），喧阗旁午（哄闹纷杂。旁午，交错，纷繁。阗，tián），遂嚬蹙（皱眉蹙容；谓装出一副忧心的样子）曰：'我劳心民事也。'云板三敲（此指打点退堂。云板，报时报事之器，俗谓之"点"。板形刻作云朵状，故名），则声色并进，难决之词，不复置念；专待升堂时，祸桑树以烹老龟（比喻胡乱判案，滥施刑罚，使众多无辜者牵累受害）耳。呜呼！民情何由得哉！余每曰：'智者不必仁，而仁者则必智；盖用心苦则机关（计谋或计策。此指弄清案情的线索和办法）出也。''随在留心'之言，可以教天下之宰民社者（治理百姓的地方官。民社，人民与社稷）矣。"

邑人胡成，与冯安同里，世有郤（世代不和睦。郤，通"隙"，嫌隙）。胡父子强，冯屈意交欢，胡终猜之。一日，共饮薄醉，颇倾肝胆。胡大言（说大话）："勿忧贫，百金之产不难致也。"冯以其家不丰，故嗤之。胡正色曰："实相告：昨途遇大商，载厚装来，我颠越（陨坠）于南山瞀井（无水的井；枯井。瞀，yuān）中矣。"冯又笑之。时胡有妹夫郑伦，托为说合田产，寄数百金于胡家，遂尽出以炫冯。冯信之。既散，阴以状报邑。公拘胡对勘（查对核实），胡言其实，问郑及产主皆不讹。乃共验诸瞀井。一役缒下，则果有无首之尸在焉。胡大骇，莫可置辨，但称冤苦。公怒，击喙（掌嘴，打嘴巴）数十，曰："确有证据，尚叫屈耶！"以死囚具禁制之。尸戒勿出，惟晓示诸村，使尸主投状。逾日，有妇人抱状（有个妇人抱持状纸，亲诣公堂。按清制，妇女不宜出入公门，有诉讼之事，得委派亲属或仆人代替。此妇女抱状自至，甚为蹊跷），自言为亡者妻，言："夫何甲，揭数百金作贸易，被胡杀死。"公曰："井有死人，恐未必即是汝夫。"妇执言甚坚。公乃命出尸于井，视之，果不妄。妇不敢近，却立而号。公曰："真犯已得，但骸躯未全。汝暂归，待得死者首，即招报令其抵偿。"遂自狱中唤胡出，呵曰："明日不将头至，当械折股（用刑具夹断你的腿。械，刑具，此指夹棍之类的刑械）！"押去终日而返，诘之，但有号泣。乃以梏具置前作刑势，却又不刑，曰："想汝当夜扛尸忙迫，不知坠落何处，奈何不细寻之？"胡哀祈容急觅。公乃问妇："子女几何？"答曰："无。"问："甲有何戚属？""但有堂叔一人。"慨然曰："少年丧夫，伶仃如此，其何以为生矣！"妇乃哭，叩求怜悯。公曰："杀人之罪已定，但得全尸，此案即结；结案后，速醮（jiào，寡妇再嫁）可也。汝少妇，勿复出入公门。"妇感泣，叩头而下。公即票示里人，代觅其首。经宿，即有同村王五，报称已获。问验既明，赏以千钱。唤甲叔至，曰："大案已成；然人命重大，非积岁不能成结。侄既无出，少妇亦难存活，早令适人。此后亦无他务，但有上台检驳，止须汝应声耳。"甲叔不肯，飞两签（旧时官吏审案时，公案上置签筒，用刑时就拔签掷地，衙役则凭签施刑）下；再辩，又一签下。甲叔惧，应之而出。妇闻，诣谢公恩。公极意慰谕之。又谕："有买妇者，当堂关白。"既下，即有投婚状者，盖即报人头之王五也。公唤妇上，曰："杀人之真犯，汝知之乎？"答曰："胡成。"公曰："非也。汝与王五乃真犯耳。"二人大骇，力辨冤枉。公曰："我久知其情，所以迟迟而发者，恐有万一之屈耳。尸未出井，何以确信为汝夫？盖先知其死矣。且甲死犹衣败絮，数百金何所自来？"又谓王五曰："头之所在，汝何知之熟也！所以如此其急者，意在速合耳。"两人惊颜如土，不能强置一词。并械之，果吐其实。盖王五与妇私已久，谋杀其夫，而适值胡成之戏也。乃释胡。冯以诬告，重笞，徒三年。事结，并未妄刑一人。

异史氏曰："我夫子（指费祎祉。夫子，旧时对老师的专称）有仁爱名，即此一事，亦以见仁人之用心苦矣。方宰淄时，松（蒲松龄自称）才弱冠，过蒙器许（器重和赞许），而驽钝不才，竟以不舞之鹤为羊公辱（意谓自己无能，辜负了赏识者的厚望。蒲松龄以自己科举受挫，有负费祎祉的器许，故有此喻）。是我夫子生平有不哲（不明智）之一事，则某实贻之也。悲夫！

义 犬

周村（集镇名。明清属山东省长山县，今属淄博市周村区）有贾某，贸易芜湖（县名，明清属太平府。今为安徽省芜湖市），获重资。赁舟将归，见堤上有屠人缚犬，倍价赎之，养豢舟上。舟上固积寇（积年盗匪，即惯匪）也，窥客装，荡舟入莽（把船划到蒹葭、芦苇丛生的僻处），操刀欲杀。贾哀赐以全尸，盗乃以毡裹置江中。犬见之，哀嗥投水，口衔裹具，与共浮沉。流荡不知几里，达浅搁乃止。

犬泅出，至有人处，猩猩（yín yín，犬吠声）哀吠。或以为异，从之而往，见毡束水中，引出断其绳。客固未死，始言其情。复哀舟人，载还芜湖，将以伺盗船之归。登舟失犬，心甚悼焉。抵关三四日，估楫（商船）如林，而盗船不见。

适有同乡估客（估，通"贾"，商人）将携俱归，忽犬自来，望客大嗥，唤之却走。客下舟趁之。犬奔上一舟，啮人胫股，挞之不解。客近呵之，则所啮即前盗也。衣服与舟皆易，故不得而认之矣。缚而搜之，则裹金犹在。呜呼！一犬也，而报恩如是。世无心肝者，其亦愧此犬也夫！

杨大洪

大洪杨先生涟（杨涟，字文孺，别字大洪，湖北应山人，著名谏官。明万历三十五年进士。历官常熟知县、兵科右给事中等。天启间，上疏参劾魏忠贤，被其诬陷下狱，受酷刑而死），微时（指做官前地位卑微之时）为楚名儒，自命不凡。科试后，闻报优等者，时方食，含哺（口中含饭。哺，口中所含食物）出问："有杨某否？"答云："无。"不觉嗒然自丧（自感灰心沮丧。嗒，tà），咽食入鬲（通"膈"。胸腹间的膈膜），遂成病块，噎阻甚苦。众劝令录遗才（指参加录遗考试，以取得参加乡试资格。明清时，秀才参加科试，考在一、二等及三等前十名者，得录名参加乡试，称录科。录科考试未取及因故未参加者，可以参加录遗考试，其名列前茅者，亦可参加乡试）；公患无资，众醵（jù，凑钱）十金送之行，乃强就道。夜梦人告之云："前途有人能愈君疾，宜苦求之。"临去，赠以诗，有"江边柳下三弄笛（三度吹笛或吹奏三阕），抛向江心莫叹息"之句。明日途次，果见道士坐柳下，因便叩请。道士笑曰："子误矣，我何能疗病？请为三弄可也。"因出笛吹之。公触所梦，拜求益切，且倾囊献之。道士接金，掷诸江流。公以所来不易，哑然惊惜。道士曰："君未能惄然（淡然。惄，jiá，无愁貌）耶？金在江边，请自取之。"公诣视果然。又益奇之，呼为仙。道士漫指曰："我非仙，彼处仙人来矣。"赚公回顾，力拍其项曰："俗哉！"公受拍，张吻作声，喉中呕出一物，堕地堛然（犹言"噼的一声"。堛，bì，本义为土块，此处借作象声词用），俯而破之，赤丝中裹饭犹存，病若失。回视道士已杳。

异史氏曰："公生为河岳[①]，没为日星，何必长生乃为不死哉！或以未能免俗，不作天仙，因而为公悼惜。余谓天上多一仙人，不如世上多一圣贤，解者必不议予说之傎（diān，同"颠"，颠倒事理）也。"

查牙山洞

章丘（地属河南）查牙山，有石窟如井，深数尺许。北壁有洞门，伏而引领望见之。会近村数辈，九日登临（重九登高），饮其处，共谋入探之。三人受灯，缒而下。

洞高敞与夏屋（大屋）等；入数武，稍狭，即忽见底。底际一窦，蛇行（全身贴地爬行）可入。烛之，漆漆然暗深不测。两人馁而却退；一人夺火而嗤之，锐身塞而进。幸隘处仅厚于堵，即又顿高顿阔，乃立，乃行。顶上石参差危耸，将坠不坠。两壁嶙嶙峋峋（怪石重叠高耸的样子）然，类寺庙山塑，都成鸟兽人鬼形：鸟若飞，兽若走，人若坐若立，鬼罔两（古代传说中的山精水怪之类。罔两，即魍魉）示现忿怒（神色愤怒。示现，谓表情、神色）；奇奇怪怪，类多丑少妍。心凛然作怖畏。喜径夷（道路平坦），无少陂（斜坡）。逡巡几百步，西壁开石室，门左一怪石鬼，面人而立，目努，口箕张，齿舌狰恶；左手作拳，触腰际；右手叉五指，欲扑人。心大恐，毛森森似立。遥望门中有蒸灰（燃烧后的灰烬。蒸，ruò），知有人曾至者，胆乃稍壮，强入之。见地上列碗盏，泥垢其中；然皆近今物，非古窑（古代陶瓷器皿）也。傍置锡壶四，心利之，解带缚项系腰间。即又旁瞩，一尸卧西隅，两肱及股四布以横。骇极。渐审之，足蹑锐履（谓尖足女鞋），梅花刻底（指纳有梅花的鞋底。粗线刺纳使其图案鲜明，叫做刻）犹存，知是少妇。人不知何里，毙不知何年。衣色黯败，莫

---

① "公生为河岳"二句：宋文天祥《正气歌》："天地有正气，杂然赋流形；下则为河岳，上则为日星。"此借谓杨涟不论生前死后，其浩然正气经天纬地，受人景仰。

辨青红；发蓬蓬似筐许，乱丝粘着髑髅（dú lóu，死人的头骨）上；目、鼻孔各二；瓠犀（hù xī，瓠籽。喻洁白细密的牙齿）两行，白巉巉（chán chán，高峻貌，引申为锋利貌），意是口也。存想首颠当有金珠饰，以火近脑，似有口气嘘灯，灯摇摇无定，焰纁黄（谓灯光暗淡。纁，xūn），衣动掀掀。复大惧，手摇颤，灯顿灭。忆路急奔，不敢手索壁，恐触鬼者物也。头触石，仆，即复起；冷湿浸额颊，知是血，不觉痛，抑不敢呻；坌息奔至窦，方将伏，似有人捉发住，晕然遂绝。

众坐井上俟久，疑之，又缒二人下。探身入窦，见发胃（juàn，挂）石上，血淫淫已僵。二人失色，不敢入，坐愁叹。俄井上又使二人下；中有勇者，始健进，曳之以出。置山上，半日方醒，言之缕缕（谓叙述详尽）。所恨未穷其底极；穷之，必更有佳境。后章令（章丘知县）闻之，以丸泥（泥团）封窦，不可复入矣。

康熙二十六、七年间，养母峪之南石崖崩，现洞口；望之，钟乳林林如密笋。然深险，无人敢入。忽有道士至，自称钟离（钟离权。传说为道教八仙之一）弟子，言："师遣先至，粪除洞府。"居人供以膏火，道士携之而下，坠石笋上，贯腹而死。报令，令封其洞。其中必有奇境，惜道士尸解（此处作为"死"的婉称），无回音耳。

安期岛

长山刘中堂鸿训，同武弁（武官。即下文"副使"。弁，biàn）某使朝鲜。闻安期岛神仙所居，欲命舟往游。国中臣僚佥（qiān，全，都）谓不可，令待小张。盖安期不与世通，惟有弟子小张，岁辄一两至。欲至岛者，须先自白。如以为可，则一帆可至；否则飓风覆舟。逾一二日，国王召见。入朝，见一人佩剑，冠棕笠，坐殿上；年三十许，仪容修洁。问之，即小张也。刘因自述向往之意，小张许之。但言："副使不可行。"又出，遍视从人，惟二人可以从游。遂命舟导刘俱往。

水程不知远近，但觉习习如驾云雾，移时已抵其境。时方严寒，既至，则气候温煦，山花遍岩谷。导人洞府，见三叟趺坐（俗谓盘腿打坐。趺，fū）。东西者见客人，漠若罔知；惟中坐者起迎客，相为礼。既坐，呼茶。有僮将盘去。洞外石壁上有铁锥，锐没石中（锥尖插在石孔中）；僮拔锥，水即溢射，以盏承之；满，复塞之。既而托至，其色淡碧。试之，其凉震齿。刘畏寒不饮。叟顾僮颐示（用下巴动作示意）之。僮取盏去，呷其残者；仍于故处拔锥，溢取而返，则芳烈蒸腾，如初出于鼎。窃异之。问以休咎，笑曰："世外人岁月不知，何解人事？"问以却老术（即俗言"返老还童"的方术），曰："此非富贵人所能为者。"刘兴辞（起身告辞），小张仍送之归。既至朝鲜，备述其异。国王叹曰："惜未饮其冷者。此先天之玉液（相传为仙人饮料，服之可益寿长生。又叫玉浆），一盏可延百龄。"

刘将归，王赠一物，纸帛重裹，嘱近海勿开视。既离海，急取拆视，去尽数百重，始见一镜；审之，则鲛宫龙族，历历在目。方凝注间，忽见潮头高于楼阁，汹汹已近。大骇，极驰；潮从之，疾若风雨。大惧，以镜投之，潮乃顿落。

云萝公主

安大业，卢龙（县名，今河北省卢龙县）人。生而能言，母饮以犬血，始止。既长，韶秀，顾影无俦（无人能比。俦，chóu，匹，侣）；慧而能读。世家争婚之。母梦曰："儿当尚主（娶公主为妻）。"信之。至十五六，迄无验，亦渐自悔。一日，安独坐，忽闻异香。俄一美婢奔入，曰："公主至。"即以长毡贴地，自门外直至榻前。方骇疑间，一女郎扶婢肩入；服色容光，映照四堵。婢即以绣垫设榻上，扶女郎坐。安仓皇不知所为，鞠躬便问："何处神仙，劳降玉趾？"女郎微笑，以袍袖掩口。婢曰："此圣后府中云萝公主也。圣后属意郎君，欲以公主下嫁，故使自来相宅（察看宅地）。"安惊喜，不知置词；女亦俛首：相对寂然。安故好棋，楸枰（qiū píng，棋盘。因多用楸木制成，故名）尝置坐侧。一婢以红巾拂尘，移诸案上，曰："主日耽此，不知与粉侯（对帝王之婿的美称。三国时，魏国何晏面如傅粉，娶魏公主，得赐爵列侯。后世因称皇帝的女婿为"粉侯"）孰胜？"安移坐近案，主笑从之。甫三十馀着（zhāo，下围棋放棋子一枚叫一"着"），婢竟乱之，曰："驸马负矣！"敛子入盒，曰："驸马当是俗间高手，主仅能让六子。"乃以六黑子实局中，主亦从之。主坐次，辄使婢伏座下，以背受足；左足踏地，则更一婢右伏。又两小鬟夹侍之；每值安凝思时，辄曲一肘伏肩上。局阑未结（棋终未结算胜负），小鬟笑云："驸马负一子。"进曰："主惰，宜且退。"女乃倾身与婢耳语。婢出，少顷而还，以千金置榻上，告生曰："适主言宅湫隘（低湿狭小），烦以此少致修饰，落成相会也。"一婢曰："此月犯天刑（此为星相家择日的迷信术语。意谓主凶兆。天刑，犹言天罚），不宜建造；月后吉。"女起；生遮止，闭门。婢出一物，状类皮排（可以鼓动吹火的皮囊，古称"橐籥"，tuó yuè），就地鼓之；云气突出，俄顷四合，冥不见物，索之已杳。母知之，疑以为妖。而生神

驰梦想，不能复舍。急于落成，无暇禁忌；刻日敦迫（规定日期，极力督促），廊舍一新。

先是，有滦州（州名，治所在今河北省滦县）生袁大用，侨寓邻坊，投刺于门；生素寡交，托他出，又窥其亡而报之（见他外出而去回访他；仍是有意不相会面。亡，出外，不在家）。后月馀，门外适相值，二十许少年也。宫绢（丝绢，宫中所用之绢；名贵之物）单衣，丝带乌履，意甚都雅。略与倾谈，颇甚温谨。悦之，揖而入。请与对弈，互有赢亏。已而设席留连，谈笑大欢。明日，邀生至其寓所，珍肴杂进，相待殷渥。有小僮十二三许，拍板清歌，又跳掷作剧。生大醉，不能行，便令负之。生以其纤弱，恐不胜。袁强之。僮绰有馀力，荷送而归。生奇之。次日，犒以金，再辞乃受。由此交情款密，三数日辄一过从。袁为人简默（沉默寡言），而慷慨好施。市有负债鬻女者，解囊代赎，无吝色。生以此益重之。过数日，诣生作别，赠象箸（象牙筷子）、楠珠等十馀事（件，样），白金五百，用助兴作。生反金受物，报以束帛（帛五匹为一束）。后月馀，乐亭（县名，今河北省乐亭县）有仕宦而归者，橐资充牣（满盈，充实。牣，rèn）。盗夜入，执主人，烧铁钳灼，劫掠一空。家人识袁，行牒（官府发出公文）追捕。邻院屠氏，与生家积不相能（素不相容；一向不和睦。积，久），因其土木大兴，阴怀疑忌。适有小仆窃象箸，卖诸其家，知袁所赠，因报大尹（对县令的敬称。古时县令也称县尹）。尹以兵绕舍，值生主仆他出，执母而去。母衰迈受惊，仅存气息，二三日不复饮食。尹释之。生闻母耗，急奔而归，则母病已笃，越宿遂卒。收殓甫毕，为捕役执去。尹见其少年温文，窃疑诬枉，故恐喝之。生实述其交往之由。尹问："其何以暴富？"生曰："母有藏镪（qiǎng，古代称成串的钱），因欲亲迎，故治昏（同"婚"）室耳。"尹信之，具牒解郡。邻人知其无事，以重金赂监者，使杀诸途。路经深山，被曳近削壁，将推堕之。计逼情危（诡计即将施行，情势极为危急），时方急难，忽一虎自丛莽中出，啮二役皆死，衔生去。至一处，重楼叠阁，虎入，置之。见云萝扶婢出，凄然慰吊："妾欲留君，但母丧未卜窀穸（未择墓地；指没有安葬。窀穸，zhūn xī，墓穴）。可怀牒去，到郡自投，保无恙也。"因取生胸前带，连结十馀扣，嘱云："见官时，拈此结而解之，可以弭祸。"生如其教，诣郡自投。太守喜其诚信，又稽牒知其冤，销名令归。至中途，遇袁，下骑执手，备言情况。袁愤然作色，默不一语。生曰："以君风采，何自污也？"袁曰："某所杀皆不义之人，所取皆非义之财。不然，即遗于路者，不拾也。君教我固自佳，然如君家邻，岂可留在人间耶！"言已，超乘（跳跃上车。此指飞身上马。乘，shèng）而去。生归，殡母已，杜门谢客。忽一日，盗入邻家，父子十馀口，尽行杀戮，止留一婢。席卷资物，与僮分携之。临去，执灯谓婢："汝认之，杀人者我也，与人无涉。"并不启关，飞檐越壁而去。明日，告官。疑生知情，又捉生去。邑宰词色甚厉。生上堂握带，且辨且解。宰不能诘，又释之。

　　既归，益自韬晦（收敛锋芒，隐藏行迹。韬；掩蔽），读书不出，一跛妪执炊而已。服既阕（服丧期满以后。阕，尽），日扫阶庭，以待好音。一日，异香满院。登阁视之，内外陈设焕然矣。悄揭画帘，则公主凝妆（盛妆）坐，急拜之。女挽手曰："君不信数，遂使土木（指兴建宅舍）为灾，又以苫块之戚（指丧亲之悲。苫，shān，草荐。块，土块。古时居父母之丧，以草荐为席，以土块为枕），迟我三年琴瑟：是急之而反以得缓，天下事大抵然也。"生将出资治具。女曰："勿复须。"婢探椟，有肴羹热如新出于鼎（古代炊器），酒亦芳冽。酌移时，日已投暮，足下所踏婢，渐都亡去。女四肢娇惰，足股屈伸，似无所着。生狎抱之。女曰："君暂释手。今有两道，请君择之。"

生揽项问故，曰："若为棋酒之交，可得三十年聚首；若作床第之欢，可六年谐合耳。君焉取？"生曰："六年后再商之。"女乃默然，遂相燕好。女曰："妾固知君不免俗道，此亦数也。"因使生蓄婢媪，别居南院，炊爨（cuàn，烧火煮饭）纺织，以作生计。北院中并无烟火，惟棋枰、酒具而已。户常阖，生推之则自开，他人不得入也。然南院人作事勤惰，女辄知之，每使生往谴责，无不具服。女无繁言，无响笑，与有所谈，但俯首微哂（shěn，微笑）。每骈肩坐，喜斜倚人。生举而加诸膝，轻如抱婴。生曰："卿轻若此，可作掌上舞（谓体态轻盈，能舞于掌上）。"曰："此何难！但婢子之为，所不屑耳。飞燕原九姊侍儿，屡以轻佻获罪，怒谪尘间，又不守女子之贞；今已幽（囚禁）之。"阁上以锦襦（指锦面帷幕）布满，冬未尝寒，夏未尝热。女严冬皆着轻縠（hú，丝织的皱纱）；生为制鲜衣，强使着之。逾时解去，曰："尘浊之物，几于压骨成劳（瘵）！"一日，抱诸膝上，忽觉沉倍曩昔（往日，从前。曩，nǎng），异之。笑指腹曰："此中有俗种矣。"过数日，颦黛不食，曰："近病恶阻（肠胃不佳，不思饮食。此指怀孕厌食），颇思烟火之味（指人间饮食。道家以屏除谷食作为修养成仙之道，称尘世的熟食为"烟火"）。"生乃为具甘旨。从此饮食遂不异于常人。一日曰："妾质单弱，不任生产。婢子樊英颇健，可使代之。"乃脱衷服（贴身内衣）衣英，闭诸室。少顷，闻儿啼。启扉视之，男也。喜曰："此儿福相，大器（宝器，比喻有大才、能担当大事的人）也！"因名大器。绷纳（包裹好放入）生怀，俾付乳媪，养诸南院。女自免身（分娩。免，通"娩"），腰细如初，不食烟火矣。忽辞生，欲暂归宁。问返期，答以"三日"。鼓皮排如前状，遂不见。至期不来；积年馀，音信全渺，亦已绝望。生键户下帏（指闭门苦读。键户，门门。下帏，放下室内悬挂的帷幕），遂领乡荐（唐宋应试进士，由州县荐举，称

"乡荐")。终不肯娶；每独宿北院，沐其馀芳。一夜，辗转在榻，忽见灯火射窗，门亦自阖，群婢拥公主入。生喜，起问爽约之罪。女曰："妾未愆期，天上二日半耳。"生得意自诩，告以秋捷（考中举人。乡试于秋季举行，称"秋闱"），意主必喜。女愀然曰："乌用是悦来者（无意得来的东西，指功名富贵）为！无足荣辱，止折人寿数耳。三日不见，入俗幛（佛教名词，指妨碍修道的世俗贪欲。幛，同"障"）又深一层矣。"生由是不复进取。过数月，又欲归宁，生殊凄恋。女曰："此去定早还，无烦穿望（急切地想望。穿，犹言望眼欲穿）。且人生合离，皆有定数，撙节之则长，恣纵之则短也。"既去，月馀即返。从此一年半载辄一行，往往数月始还，生习为常，亦不之怪。又生一子。女举之曰："豺狼也！"立命弃之。生不忍而止，名曰可弃。甫周岁，急为卜婚。诸媒接踵，问其甲子（指生辰八字），皆谓不合。曰："吾欲为狼子治一深圈，竟不可得，当令倾败六七年，亦数也。"嘱生曰："记取四年后，侯氏生女，左胁有小赘疣，乃此儿妇。当婚之，勿较其门地也。"即令书而志之。后又归宁，竟不复返。

生每以所嘱告亲友。果有侯氏女，生有疣赘。侯贱而行恶，众咸不齿，生竟媒定焉。大器十七岁及第，娶云氏，夫妻皆孝友。父钟爱之。可弃渐长，不喜读，辄偷与无赖博赌，恒盗物偿戏债（赌债。戏，博戏，指赌博）。父怒，挞之，卒不改。相戒提防，不使有所得。遂夜出，小为穿窬（穿壁踰墙，指偷窃行为。窬，yú，通"踰"翻越）。为主所觉，缚送邑宰。宰审其姓氏，以名刺送之归。父兄共絷之，楚掠惨棘（拷打惨烈峻急。棘，通"急"），几于绝气。兄代哀免，始释之。父忿恚得疾，食锐减。乃为二子立析产书，楼阁沃田，尽归大器。可弃怨怒，夜持刀入室，将杀兄，误中嫂。先是，主有遗袴，绝轻爽，云拾作寝衣。可弃斫之，火星四射，大惧奔出。父知，病益剧，数月寻卒。可弃闻父死，始归。兄善视之，而可弃益肆。年馀，所分田产略尽，赴郡讼兄。官审知其人，斥逐之。兄弟之好遂绝。又逾年，可弃二十有三，侯女十五矣。兄忆母言，欲急为完婚。召至家，除佳宅与居；迎妇入门，以父遗良田，悉登籍（造册登记）交之，曰："数顷薄田，为若蒙死（若：你。蒙死：冒死）守之，今悉相付。吾弟无行，寸草与之，皆弃也。此后成败，在于新妇：能令改行，无忧冻馁；不然，兄亦不能填无底壑也。"侯虽小家女，然固慧丽，可弃雅畏爱之，所言无敢违。每出，限以晷刻；过期，则诟厉不与饮食。可弃以此少敛。年馀，生一子。妇曰："我以后无求于人矣。膏腴数顷，母子何患不温饱？无夫焉，亦可也。"会可弃盗粟出赌，妇知之，弯弓（拉弓）于门以拒之。大惧，避去。窥妇入，逡巡亦入。妇操刀起。可弃反奔，妇逐斫之，断幅伤臀，血沾袜履。忿极，往诉兄，兄不礼焉，冤惭而去。过宿复至，跪嫂哀泣，乞求先容于妇，妇决绝不纳。可弃怒，将往杀妇，兄不语。可弃忿起，操戈直出。嫂愕然，欲止之。兄目禁之。俟其去，乃曰："彼固作此态，实不敢归也。"使人觇之，已入家门。兄始色动，将奔赴之，而可弃已奔息（气息喷溢。气急败坏的样子。奔，bèn）入。盖可弃入家，妇方弄儿，望见之，掷儿床上，觅得厨刀；可弃惧，曳戈反走，妇逐出门外始返。兄已得其情，故诘之。可弃不言，惟向隅泣，目尽肿。兄怜之，亲率之去，妇乃内之。俟兄出，罚使长跪，要（yāo，要挟）以重誓，而后以瓦盆赐之食。自此改行为善。妇持筹握算，日致丰盈，可弃仰成（仰首等待成功，比喻坐享其成）而已。后年七旬，子孙满前，妇犹时挦白须，使膝行焉。

异史氏曰："悍妻妒妇，遭之者如疽（一种毒疮）附于骨，死而后已，岂不毒哉！然砒、附（砒霜、附子，都是毒药），天下之至毒也，苟得其用，瞑眩大瘳（意谓药性发作而使人愤闷昏乱，才可以彻底治愈疾病。瞑眩，饮烈性药而引起的头晕目眩。瘳，chōu，病愈），非参、苓（人参、茯苓，均为滋补温和之药）所能及矣。而非仙人洞见脏腑（喻看透本质），又乌敢以毒药贻子孙哉！"

章丘（县名，今山东省章丘市）李孝廉善迁，少倜傥不泥，丝竹词曲之属皆精之。两兄皆登甲榜（指会试中试。科举时代，会试之榜称为甲榜），而孝廉益佻脱。娶夫人谢，稍稍禁制之。遂亡去，三年不返，遍觅不得。后得之临清（州名，治所在今山东临清）勾栏中。家人入，见其南向坐，少姬十数左右侍，盖皆学音艺而拜门墙者也。临行，积衣累箧，悉诸妓所贻。既归，夫人闭置一室，投书满案。以长绳絷榻足，引其端自棂内出，贯以巨铃，系诸厨下。凡有所需，则蹴绳；绳动铃响，则应之。夫人躬设典肆（亲自开设当铺），垂帘纳物（指收受典当的物品）而估其直；左持筹，右握管（意谓左手打算盘，右手持笔记账。筹，筹码，代指算盘。管，毛笔）；老仆供奔走而已：由此居积致富。每耻不及诸姒（sì，嫂；弟之妻称兄之妻为姒妇）贵。锢闭三年，而孝廉捷。喜曰："三卵两成（指李氏兄弟三人只有两人登甲榜），吾以汝为鷇（duàn，卵不能孵出小鸟。《淮南子·原道训》："鸟卵不鷇。"此借喻善迁科举无成）矣，今亦尔耶？"

又，耿进士崧生，亦章丘人。夫人每以绩火（绩麻的灯火）佐读：绩者不辍，读者不敢息也。或朋旧相诣，辄窃听之：论文则瀹茗作黍；若恣谐谑，则恶声逐客矣。每试得平等（明清时岁试或科试按成绩分为六等，给予赏罚。平等，谓处于不赏不罚这一等级），不敢入室门；超等，始笑逆之。设帐（设帐授徒。此指为塾师）得金，悉内献，丝毫不敢隐匿。故东主馈遗，恒面较锱铢。人或非笑之，而不知其销算良难也。后为妇翁延教内弟。是年游泮（明清科举制度，经州县考试录取为生员者就读于学官，称游泮。泮，pàn），翁谢仪十金。耿受檻返金。夫人知之曰："彼虽周亲（也有版本作"固亲"，最亲近的人），然舌耕（旧时指教书谋生）谓何也？"追之返而受之。耿不敢争，而心终歉焉，思暗偿之。于是每岁馆金，皆短其数以报夫人。积二年馀，得如干数。忽梦一人告之曰："明日登高，金数即满。"次日，试一临眺，果拾遗金，恰符缺数，遂偿岳。后成进士，夫人犹呵谴之。耿曰："今一行作吏（一经为官），何得复尔？"夫人曰："谚云：'水长则船亦高。'即为宰相，宁便大耶（难道就大过我了吗）？"

乔 女

平原乔生，有女黑丑：罋一鼻（鼻翼的一侧有缺损，豁鼻），跛一足。年二十五六，无问名（议婚；俗言提亲。旧时婚制有六礼，第一纳彩；第二问名：男方具书派人到女家，问女之名，女家具告女之出生年月及母之姓氏。后因作议婚代称）者。邑有穆生，四十馀，妻死，贫不能续，因聘（娶为妻子）焉。三年，生一子。未几，穆生卒，家益索（萧索；衰败）；大困，则乞怜其母。母颇不耐之。女亦愤不复返，惟以纺织自给。有孟生丧耦，遗一子乌头，裁周岁，以乳哺乏人，急于求配；然媒数言，辄不当意。忽见女，大悦之，阴使人风示（暗示，用言语示意）女。女辞焉，曰："饥冻若此，从官人得温饱，夫宁不愿？然残丑不如人，所可自信者，德耳；又事二夫，官人何取焉！"孟益贤之，向慕尤殷，使媒者函金加币（封送银两缯帛，作为彩礼）而说其母。母悦，自诣女所，固要之（坚决迫使女儿改嫁。要，强迫）；女志终不夺。母惭，愿以少女字（嫁）孟；家人皆喜，而孟殊不愿。居无何，孟暴疾卒，女往临哭尽哀。

孟故无戚党（亲族戚属），死后，村中无赖悉凭陵之，家具携取一空，方谋瓜分其田产。家人又各草窃（乱窃；谓乘机窃掠）以去，惟一妪抱儿哭帷中。

女问得故，大不平。闻林生与孟善，乃踵门（登门）而告曰："夫妇、朋友，人之大伦（伦常之大端）也。妾以奇丑，为世不齿，独孟生能知我；前虽固拒之，然固已心许之矣。今身死子幼，自当有以报知己。然存孤（保全、抚育孤儿）易，御侮难；若无兄弟父母，遂坐视其子死家灭而不一救，则五伦中可以无朋友矣。妾无所多须（期待）于君，但以片纸告邑宰；抚孤，则妾不敢辞。"林曰："诺。"女别而归。林将如其所教；无赖辈怒，咸欲以白刃相仇。林大惧，闭户不敢复行。女听之数日，寂无音；及问之，则孟氏田产已尽矣。女忿甚，锐身自诣官。官诘女属孟何人，女曰："公宰一邑，所凭者理耳。如其言妄，即至戚无所逃罪；如非妄，则道路之人可听也。"官怒其言戆（zhuàng，刚直而愚），诃逐而出。女冤愤无以自伸，哭诉于搢绅（士大夫，大户人家）之门。某先生闻而义之，代剖于宰。宰按（考察）之，果真，穷治诸无赖，尽反所取。

或议留女居孟第，抚其孤；女不肯。扃其户，使媪抱乌头，从与俱归，另舍之。凡乌头日用所需，辄同妪启户出粟，为之营办；己锱铢无所沾染，抱子食贫，一如曩日（往日，从前。曩，nǎng）。积数年，乌头渐长，为延师教读；己子则使学操作。妪劝使并读，女曰："乌头之费，其所自有；我耗人之财以教己子，此心何以自明？"又数年，为乌头积粟数百石，乃聘于名族，治其第宅，析令归。乌头泣要（苦求）同居，女乃从之；然纺绩（把丝麻等纤维纺成纱或线）如故。乌头夫妇夺其具，女曰："我母子坐食，心何安矣。"遂早暮为之纪理，使其子巡行阡陌（谓督理稼穑之事），若为佣然。乌头夫妻有小过，辄斥谴（斥责，责罚）不少贷（宽恕）；稍不悛（不悔改，不停止。悛，quān），则怫然欲去。夫妻跪道悔词，始止。未几，乌头入泮（pàn，古代的学校），又辞欲归。乌头不可，捐聘币（代纳聘礼。捐，捐助，出资助人），为穆子完婚。女乃析子令归。乌头留之不得，阴使人于近村为市恒产百亩而后遣之。

后女疾求归。乌头不听。病益笃，嘱曰："必以我归葬（谓送回穆姓坟茔安葬）！"乌头诺。既卒，阴以金啗（拿利益引诱人）穆子，俾（bǐ，使）合葬于孟。及期，棺重，三十人不能举。穆子忽仆，七孔血出，自言曰："不肖儿，何得遂卖汝母！"乌头惧，拜祝之，始愈。乃复停数日，修治穆墓已，始合厝（合葬。夫妻同葬一个墓穴。厝，cuò）之。

异史氏曰："知己之感，许之以身，此烈男子之所为也。彼女子何知，而奇伟如是？若遇九方皋（春秋时善相马的人，见《列子》。后常以九方皋喻善识贤才之士），直牡（雄马，喻男子）视之矣。"

刘夫人

廉生者，彰德（明清府名，治所在今河南省安阳市）人。少笃学；然早孤，家綦贫。一日他出，暮归失途。入一村，有媪来谓曰："廉公子何之？夜得毋深乎？"生方皇惧，更不暇问其谁何，便求假榻（借宿）。媪引去，入一大第。有双鬟笼灯，导一妇人出，年四十馀，举止大家（举止风度像大家妇女）。媪迎曰："廉公子至。"生趋拜。妇喜曰："公子秀发（指人神采焕发，才华出众），何但作富家翁乎！"即设筵，妇侧坐，劝醮（jiào，喝干杯中酒）甚殷，而自己举杯未尝饮，举箸亦未尝食。生惶惑，屡审阀阅。笑曰："再尽三爵告君知。"生如命已。妇曰："亡夫刘氏，客江右（长江下游西部地区；又称江西），遭变遽殒。未亡人（旧时寡妇自称）独居荒僻，日就零落。虽有两孙，非鸥鸮，即驽骀（指两孙非凶顽即无能，都不堪委任。鸥鸮，chī xiāo；猫头鹰，古人视为恶禽，喻奸邪凶恶之人。驽骀，nú tái，驽和骀皆劣马，喻庸才）耳。公子虽异姓，亦三生骨肉（隔代骨肉至亲。暗指廉生将成为刘夫人甥婿）也；且至性纯笃，故遂觍然（羞惭的样子。觍，miǎn）相见。无他烦，薄藏数金，欲请公子持泛江湖，分其赢馀，亦胜案头萤枯死（谓勤奋好学，而清贫至死。案头萤，书案照读之萤，喻清贫好学之士）也。"生辞以少年书痴，恐负重托。妇曰："读书之计，先于谋生。公子聪明，何之不可？"遣婢运资出，交兑八百馀两。生皇恐固辞。妇曰："妾亦知公子未惯懋迁（mào qiān，贸易），但试为之，当无不利。"生虑重金非一人可任，谋合商侣（打算同其他商人合伙经营）。妇曰："勿须。但觅一朴悫谙练（朴厚谨慎，熟悉商务。悫，què，诚实，谨慎）之仆，为公子服役足矣。"遂轮纤指一卜之，曰："伍姓者吉。"命仆马囊金送生出，曰："腊尽涤盏，候洗宝装（谓于年底预备酒筵，等候廉生归来，为之洗尘）矣。"又顾仆曰："此马调良（驯顺易驭），可以乘御，即赠公子，勿须将回。"生归，夜才四鼓，仆系马自去。明日，多方觅役，果得伍姓，因厚价招之。伍老于行旅，又为人戆拙不苟（耿直固执，凡事不肯马虎。戆，zhuàng），资财悉倚付之。往涉荆襄，岁杪（年终。杪，miǎo）始得归，计利三倍。生以得伍力多，于常格外，另有馈赏，谋同飞洒（指将破格馈赏伍姓之款，杂摊于其他支出项下报账），不令主知。甫抵家，妇已遣人将迎，遂与俱去。见堂上华筵已设；妇出，备极慰劳。生纳资讫，即呈簿籍；妇置不顾。少顷即席，歌舞鼟鞳（tāng tà，钟鼓声），伍亦赐筵外舍，尽醉方归。因生无家室，留守新岁。次日，又求稽盘（查验账目，清点财物）。妇笑曰："后无须尔，妾会计久矣。"乃出册示生，登志甚悉，并给仆者，亦载其上。生愕然曰："夫人真神人也！"过数日，馆谷（本谓居其馆，食其谷，此指人对客人居住饮食的招待供应）丰盛，待若子侄。

一日，堂上设席，一东面，一南面；堂下设一筵西向。谓生曰："明日财星临照，宜可远行。今为主价（犹言店主和伙计，指廉生和伍某。价，jiè，此指店伙计）粗设祖帐（为远行者祖祭所设的帐幕，即借指饯行筵席），以壮行色。"少间，伍亦呼至，赐坐堂下。一时鼓钲鸣聒（喧闹；吵闹）。女优进呈曲目，生命唱"陶朱"（指陶朱公致富故事的戏文。陶朱公，即春秋时越国大夫范蠡。范蠡助勾践灭吴后，易名朱公，经商致富）。妇笑曰："此先兆也，当得西施作内助矣。"宴罢，仍以全金（全部资金，包括上次经商带回的所有本金和利润）付生，曰："此行不可以岁月计，非获巨万勿归也。妾与公子，所凭者在福命，所信者在腹心。勿劳计算，远方之盈绌（犹言盈亏，指盈利或亏本），妾自知之。"生唯唯而退。往客淮上（淮河沿岸。当时淮河为盐运水道，以扬州为盐运集散中心），进身为醝贾（盐商。醝，cuó），逾年，利又数倍。然生嗜读，操筹不忘书卷，所与游皆文士；所获既盈，隐思止足（谓知足而止），渐谢任（卸任；把责任转付他人）于伍。桃源（县名，属湖南，以境内有桃花源，故称）薛生与最善；适过访之，薛一门俱适别业（别墅），昏暮无所复之，阍人（守门人。阍，hūn）延生入，扫榻作炊。细诘主人起居，盖是时方讹传朝廷欲选良家女，犒边庭，民间骚动。闻有少年无妇者，不通媒妁，竟以女送诸其家，至有一夕而得两妇者。薛亦新昏于大姓，犹恐舆马喧动，为大令（对知县的敬称）所闻，故暂迁于乡。初更向尽，方将拂榻就寝，忽闻数人排闼（推门）入。阍人不知何语，但闻一人云："官人既不在家，秉烛者何人？"阍人答："是廉公子，远客也。"俄而问者已入，袍帽光洁，略一举手（拱手。相见之礼），即诘邦族（谓籍贯姓氏）。生告之。喜曰："吾同乡也。岳家谁氏？"答云："无之。"益喜，趋出，即招一少年同入，敬与为礼。卒然曰："实告公子：某慕姓。今夕此来，将送舍妹于薛官人，至此方知无益。进退维谷之际，适逢公子，宁非数乎！"生以未悉其人，故踌躇不敢应。慕竟不听其致词，急呼送女者。少间，二媪扶女郎入，坐生榻上。睨之，年十五六，佳妙无双。生喜，始整巾向慕展谢；又嘱阍人行沽，略尽款洽（略表殷勤相待之意。款洽，殷勤）。慕言："先世彰德人；母族亦世家，今陵夷矣。闻外祖遗有两孙，不知家况何似（如何）。"生问："伊谁？"曰："外祖刘，字晖若，闻在郡北（指彰德府城之北）三十里。"生曰："仆郡城东南人，去北里颇远；年又最少，无多交知。郡中此姓最繁，止知郡北有刘荆卿，亦文学士，未审是否，然贫矣。"慕曰："某祖墓尚在彰郡，每欲扶两槥（chèn，棺材）归葬故里，以资斧未办，姑犹迟迟（迁延）。今妹子从去，归计益决矣。"生闻之，锐然自任。二慕俱喜。酒数行，辞去。生却仆移灯，琴瑟之爱，不可胜言。次日，薛已知之，趋入城，除别院馆生。生诣淮，交盘（移交盘点）已，留伍居肆（留守、主持店务）；装资返桃源，同二慕启岳父母骸骨，两家细小，载与俱归。入门安置已，囊金诣主。前仆已候于途。

从去，妇逆见，色喜曰："陶朱公载得西子来矣！前日为客，今日吾甥婿（外孙女婿）也。"置酒迎尘（迎接客人，为之洗尘），倍益亲爱。生服其先知，因问："夫人与岳母远近（谓族属亲疏）？"妇云："勿问，久自知之。"乃堆金案上，瓜分为五；自取其二，曰："吾无用处，聊贻长孙。"生以过多，辞不受。凄然曰："吾家零落，宅中乔木，被人伐作薪；孙子去此颇远，门户萧条，烦公子一营办之。"生诺，而金止受其半。妇强内之。送生出，挥涕而返。生疑怪间，回视第宅，则为墟墓。始悟妇即妻之外祖母也。既归，赎墓田一顷，封植伟丽（谓经培土植树，墓田十分壮观。封植，古代士以上的葬礼风俗，聚土为坟叫封，植树为记叫植）。

刘有二孙，长即荆卿；次玉卿，饮博无赖，皆贫。兄弟诣生申谢，生悉厚赠之。由此往来最稔（rěn，熟悉）。生颇道其经商之由，玉卿窃意冢中多金，夜合博徒数辈，发墓搜之，剖棺露胔（露出腐尸。胔，zì，腐肉），竟无少获，失望而散。生知墓被发，以告荆卿。荆卿诣生同验之，入圹，见案上累累，前所分金具在。荆卿欲与生共取之。生曰："夫人原留此以待兄也。"荆卿乃囊运而归，告诸邑宰，访缉（访查捉拿）甚严。后一人卖坟中玉簪，获之，穷讯其党，始知玉卿为首。宰将治以极刑；荆卿代哀，仅得赇死（缓死）。墓内外两家并力营缮（营造修缮），较前益坚美。由此廉、刘皆富，惟玉卿如故。生及荆卿常河润（犹言"济助"。比喻施惠于人）之，而终不足供其博赌。一夜，盗入生家，执索金资。生所藏金，皆以千五百为笛（谓以一千两或五百两白银铸为一锭），发示之。盗取其二，止有鬼马（指刘夫人先前赠廉生之马）在厩，用以运之而去。使生送诸野，乃释之。村众望盗火未远，噪逐之；贼惊遁。共至其处，则金委路侧，马已倒为灰烬。始知马亦鬼也。是夜止失金钏一枚而已。先是，盗执生妻，悦其美，将就淫之。一盗带面具，力呵止之，声似玉卿。盗释生妻，但脱腕钏而去。生以是疑玉卿，然心窃德之。后盗以钏质赌（典押为赌本），为捕役所获，诘其党，果有玉卿。宰怒，备极五毒（五种酷刑）。兄与生谋，欲以重贿脱之，谋未成而玉卿已死。生狱时恤其妻子。生后登贤书（指乡试中式），数世皆素封焉。呜呼！"贪"字之点画形象，甚近乎"贫"。如玉卿者，可以鉴矣！

真 生

长安（地名，今陕西省西安市）士人贾子龙，偶过邻巷，见一客风度洒如（风度潇洒。如，然）。问之则真生，咸阳僦寓者（在咸阳赁屋而居者。咸阳，地名，即今陕西省咸阳市。僦，租赁）也。心慕之。明日，往投刺（投递名片，请求谒见。刺，名片），适值其亡（外出）；凡三谒，皆不遇。乃阴使人窥其在舍而后过之，真走避不出；贾搜之始出。促膝倾谈，大相知悦。贾就逆旅，遣僮行沽（打发仆人买酒）。真又善饮，能雅谑（雅言戏谑），乐甚。酒欲尽，真搜箧出饮器，玉卮无当（无底的玉酒杯。卮，酒器。无当，无底），注杯酒其中，盎然已满；以小盏挹（舀）取入壶，并无少减。贾异之，坚求其术。真曰："我不愿相见者，君无他短，但贪心未静耳。此乃仙家隐术，何能相授。"贾曰："冤哉！我何贪。间萌奢想者，徒以贫耳！"一笑而散。由此往来无间，形骸尽忘（谓彼此亲密无间，如同一人）。每值乏窘（缺钱，窘困），真辄出黑石一块，吹咒其上，以磨瓦砾，立刻化为白金，便以赠生；仅足所用，未尝赢馀。贾每求益，真曰："我言君贪，如何，如何！"贾思明告必不可得，将乘其醉睡，窃石而要（强迫，要挟）之。一日，饮既卧，贾潜起，搜诸衣底。真觉之，曰："子真丧心（精神失常，此指行为不端），不可处也！"遂辞别，移居而去。

后年馀，贾游河干（边），见一石莹洁，绝类真生物。拾之，珍藏若宝。过数日，真忽至，瞵然若有所失。贾慰问之，真曰："君前所见，乃仙人点金石也。曩（nǎng，以往，从前，过去的）从抱真子游，彼怜我介（有棱角，比喻节操），以此相贻。醉后失去，隐卜当在君所。如有还带之恩（归还珍贵失物之恩），不敢忘报。"贾笑曰："仆生平不敢欺友朋，诚如所卜。但知管仲（名夷吾，字仲，春秋齐国人）之贫者，莫如鲍叔（字叔牙，春秋齐国人。管仲深为鲍叔所知），君且奈何？"真请以百金为赠。贾曰："百金非少，但授我口诀，一亲试之，无憾矣。"真恐其寡信。贾曰："君自仙人，岂不知贾某宁失信于朋友者哉！"直授其诀。贾顾砌上（阶上）有巨石，将试之。真掣其肘，不听前。贾乃俯掬瓴半置砧上曰："若此者，非多耶？"真乃听之。贾不磨瓴而磨砧；真变色欲与争，而砧已化为浑金。反石于真。真叹曰："业如此，复何言。然妄以福禄加人，必遭天谴。如逭（huàn，逃避，躲过）我罪，施材（棺材）百具、絮衣百领，肯之乎？"贾曰："仆所以欲得钱者，原非欲窖藏之也。君尚视我为守财卤（即守财奴，讽讥富有而十分吝啬的人）耶？"真喜而去。

贾得金，且施且贾（一边施舍，一边经商）；不三年，施数已满。真忽至，握手曰："君信义人也！别后被福神奏帝，削去仙籍；蒙君博施，今幸以功德消罪。愿勉之，勿替（懈怠）也。"贾问真："系天上何曹？"曰："我乃有道之狐耳。出身綦微（甚为低微。綦，qí，极，很），不堪孽累（指当不起罪孽牵累），故生平自爱，一毫不敢妄作。"贾为设酒，遂与欢饮如初。贾至九十馀，狐犹时至其家。

长山某，卖解信药，即垂危，灌之无不活；然秘其方，即戚好不传也。一日，以株累被逮。妻弟饷食狱中，隐置信焉。坐待食已，而后告之。某不信。少顷，腹中溃动，始大惊，骂曰："畜产速行！家中虽有药末，恐道远难俟；急于城中物色薜荔（又名木莲，木本植物，果实形似莲房，可入药）为末，清水一盏，速将（拿）来！"妻弟如其教。迨觅至，某已呕泻欲死，急投之，立刻而安。其方自此遂传。此亦犹狐之秘其石也。

神 女

米生者闽（福建省的简称。因秦设闽中郡而得名）人，传者忘其名字、郡邑。偶入郡，醉过市廛，闻高门中箫鼓如雷。问之居人，云是开寿筵者，然门庭殊清寂。听之笙歌繁响，醉中雅爱乐之，并不问其何家，即街头市祝仪，投晚生刺（自称晚生的名帖。晚生，旧时后辈在前辈前的谦称）焉。或见其衣冠朴陋，便问：“君系此翁何亲？”答言："无之。"或言："此流寓者侨居于此，不审何官，甚贵倨也。既非亲属，将何求？"生闻而悔之，而刺已入矣。无何，两少年出逆客，华裳炫目，丰采都雅，揖生入。见一叟南向坐，东西列数筵，客六七人，皆似贵胄（贵族子弟。胄，zhòu）；见生至，尽起为礼，叟亦杖而起（扶着拐杖站起为礼）。生久立，待与周旋，而叟殊不离席。两少年致词曰："家君衰迈，起拜良艰，予兄弟代谢高贤之见枉（屈驾光临）也。"生逊谢而罢。遂增一筵于上，与叟接席。未几，女乐作于下。座后设琉璃屏，以幛内眷。鼓吹大作，座客不复可以倾谈。筵将终，两少年起，各以巨杯劝客，杯可容三斗；生有难色，然见客受，亦受。顷刻四顾，主客尽釂（jiào，喝干杯中酒），生不得已，亦强尽之。少年复斟；生觉惫甚，起而告退。少年强挽其裾。生大醉逷地（倒地。逷，dàng，跌倒），但觉有人以冷水洒面，恍然若寤。起视，宾客尽散，惟一少年捉臂送之，遂别而归。后再过其门，则已迁去矣。

自郡归，偶适市，一人自肆中出，招之饮。视之不识；姑从之入，则座上先有里人鲍庄在焉。问其人，乃诸姓，市中磨镜者（磨镜人。古时用铜镜。镜用久发黯，需磨洗使之发亮）也。问："何相识？"曰："前日上寿者，君识之否？"生曰："不识。"诸曰："予出入其门最稔（熟悉）。翁，傅姓，不知其何省、何官。先生上寿时，我方在墀下，故识之也。"日暮，饮散。鲍庄夜死于途。鲍父不识诸，执名讼生。检得鲍庄体有重伤，生以谋杀论死，备历械梏；以诸未获，罪无申证（明证。申，明白），颂系（关押在狱，不加刑具。颂，宽容）之。年馀，直指（汉代官名。朝廷直接派往地方检查吏治及司法的官员）巡方（巡行地方考察），廉（考察，查访）知其冤，出之。

家中田产荡尽，衣巾革褫（指革除功名。旧时生员犯罪，须先由学官报请革除功名，然后才能逮捕动刑。褫，chǐ），冀其可以辨复（革除功名的生员，经辨明无罪，恢复功名，称"辨复"），于是携囊入郡。日将暮，步履颇殆，休于路侧。遥见小车来，二青衣夹随之。既过，忽命停舆。车中不知何言，俄一青衣问生："君非米姓乎？"生惊起诺之。问："何贫窭（贫乏，贫穷。窭，jù）若此？"

生告以故。又问："安之？"又告之。青衣去，向车中语；俄复返，请生至车前。车中以纤手搴帘（qiān，掀起帘子），微睨之，绝代佳人也。谓生曰："君不幸得无妄之祸（意外的灾祸），闻之太息。今日学使署中，非白手（空手）可以出入者，途中无可解赠……"乃于髻上摘珠花一朵，授生曰："此物可鬻百金，请缄藏之。"生下拜，欲问官阀（官阶；门第），车行甚疾，其去已远，不解何人。执花悬想，上缀明珠，非凡物也。珍藏而行。至郡，投状，上下勒索甚苦；出花展视，不忍置去，遂归。归而无家，依于兄嫂。幸兄贤，为之经纪，贫不废读。

过岁，赴郡应童子试，误入深山。会清明节，游人甚众。有数女骑来，内一女郎，即曩年车中人也。见生停骖，问其所往。生具以对。女惊曰："君衣顶（此指生员冠服，代指生员资格）尚未复耶？"生惨然于衣下出珠花，曰："不忍弃此，故犹童子也。"女郎晕红上颊，既嘱坐待路隅。款段（马走得很慢）而去。久之，一婢驰马来，以裹物授生，曰："娘子言：今日学使之门如市（如同贸易的场所；隐指学使之门贿赂公行）；赠白金二百，为进取之资。"生辞曰："娘子惠我多矣！自分掇芹（科举时代称考取秀才为"掇芹"）非难，重金所不敢受。但告以姓名，绘一小像，焚香供之，足矣。"婢不顾，委地下而去。生由此用度颇充，然终不屑夤缘（攀附以升，喻攀附权要，以求仕进。此指贿赂学使，准予辨复。夤，yín）。后入邑庠第一。以金授兄；兄善居积，三年旧业尽复。

适闽中巡抚为生祖（米生祖父）门人，优恤甚厚，兄弟称巨家矣。然生素清鲠（清正耿直，不苟随俗），虽属大僚通家，而未尝有所干谒（对人有所求而请见，指请托）。一日，有客裘马（衣轻裘、策肥马，形容阔绰）至门，都无识者。出视，则傅公子也。揖而入，各道间阔（远隔。指久别之情）。治具相款，客辞以冗，然亦不竟言去。已而肴酒既陈，公子起而请间（请避开他人，单独谈话。间，隙）；相将入内，拜伏于地。生惊问何事。怆然曰："家君适罹大祸，欲有求于抚台（对巡抚的敬称），非兄不可。"生辞曰："渠虽世谊，而以私干人，生平所为也。"公子伏地哀泣。生厉色曰："小生与公子，一饮之知交耳，何遂以丧节（丧失品节）强人！"公子大惭，起而别去。越日，方独坐，有青衣人入，视之，即山中赠金者。生方惊起，青衣曰："君忘珠花耶？"生曰："唯唯，不敢忘。"曰："昨公子，即娘子胞兄也。"生闻之，窃喜，伪曰："此难相信。若得娘子亲见一言，则油鼎可蹈（烹人的油锅也可以下去；喻不计生死）耳；不然，不敢奉命。"青衣出，驰马而去。更半复返，扣扉入曰："娘子来矣。"言未几，女郎惨然入，向壁而哭，不出一语。生拜曰："小生非卿，无以有今日。但有驱策，敢不惟命！"女曰："受人求者常骄人，求人者常畏人。中夜奔波，生平何解此苦，只以畏人故耳，亦复何言！"生慰之曰："小生所以不遽诺（立即应允）者，恐过此一见为难耳。使卿凤夜蒙露，吾知罪矣！"因挽其袪（qū，衣袖），隐抑搔之。女怒曰："子诚敝人（德行不高的人）也！不念畴昔之义，而欲乘人之厄。予过矣！"忿然而出，登车欲去。生追出谢过，长跪而要遮之。青衣亦为缓颊（讲情）。女意稍解，就车中谓生曰："实告君：妾非人，乃神女也。家君为南岳都理司，偶失礼于地官（道教所信奉的神。道教以天官、地官、水官为三官。传说天官赐福，地官赦罪，水官解厄），将达帝（指天帝）听；非本地都人官（此指该省巡抚。都，总领）印信（官印），不可解也。君如不忘旧义，以黄纸一幅，为妾求之。"言已，车发遂去。生归，悚惧不已。乃假驱祟，言于巡抚。巡抚谓其事近巫蛊（巫师使用邪术加害于人），不许。生以厚金赂其心腹，诺之，而未得其便。既归，青衣候门，生具告之，默然遂去，意似怨其不忠。生追送之曰："归语娘子，如事不谐，我以身命殉之！"既归，终夜辗转，不知计之所出。适院署（巡抚衙门。院，抚院）有宠姬购珠，生乃以珠花献之。姬大悦，窃印为之嵌（盖印）之。怀归，青衣适至。笑曰："幸不辱命。但数年来贫贱乞食所不忍鬻者，今还为主人弃之矣！"因告以情。且曰："黄金抛置，我都不惜。寄语娘子：珠花须要偿也。"

逾数日，傅公子登堂申谢，纳黄金百两。生作色曰："所以然者，为令妹之惠我无私耳；不然，即万金岂足以易名节哉！"再强之，生色益厉。公子惭而去，曰："此事殊未了！"翼日，青衣奉女郎命，进明珠百颗，曰："此足以偿珠花否耶？"生曰："重花者，非贵珠也。设当日赠我万镒之宝（价值万金的宝物。镒，yì，古时一镒为一金，一金为二十四两），直须卖作富家翁耳；什袭（层层包裹，指珍藏）而甘贫贱，何为乎？娘子神人，小生何敢他望，幸得报洪恩于万一，死无憾矣！"青衣置珠案间，生朝拜而后却之。越数日，公子又至。生命治肴酒。公子使从人入厨下，自行烹调，相对纵饮，欢若一家。有客馈苦糯（一种米酒），公子饮而美，引尽百盏，面颊微赪（chēng，赤色），乃谓生曰："君贞介士（坚贞耿介的读书人），愚兄弟不能早知君，有愧裙钗多矣。家君感大德，无以相报，欲以妹子附为婚姻，恐以幽明（幽为阴，明为阳。这里指人神隔绝）见嫌也。"生喜惧非常，不知所对。公子辞而出，曰："明夜七月初九，新月钩辰（谓新月与钩辰星同现；为佳期之兆。钩辰，星名，在河汉之中），天孙（星名，即织女星）有少女下嫁，吉期也，可备青庐（古时婚俗，以青布幔为屋，于此交拜迎妇，称"青庐"）。"次夕，果送女郎至，一切无异常人。三日后，女自兄嫂以及婢仆大小，皆有馈赏。又最贤，事嫂如姑。

数年不育，劝纳副室，生不肯。适兄贾于江淮，为买少姬而归。姬，顾姓，小字博士，貌亦清婉，夫妇皆喜。见髻上插珠花，甚似当年故物；摘视，果然。异而诘之，答云："昔有巡抚爱妾死，其婢盗出鬻于市，先人（指已故的父亲）廉其值，买而归。妾爱之。先父无子，生妾一人，故所求无不得。后父死家落，妾寄养于顾媪之家。顾，妾姨行（远房姨母），见珠，屡欲售去，妾投井觅死，故至今犹存也。"夫妇叹曰："十年之物，复归故主，岂非数哉。"女另出珠花一朵，曰："此物久无偶矣！"因并赐之，亲为簪于髻上。姬退，问女郎家世甚悉，家人皆讳言之。阴语生曰："妾视娘子，非人间人也；其眉目间有神气。昨簪花时得近视，其美丽出于肌里，非若凡人以黑白位置中见长耳。"生笑之。姬曰："君勿言，妾将试之。如其神，但有所须，无人处焚香以求，彼当自知。"女郎绣袜精工，博士爱之，而未敢言，乃即闺中焚香祝之。女早起，忽检箧中，出袜，遣婢赠博士。生见而笑。女问故，以实告。女曰："黠哉婢乎！"因其慧，益怜爱之；然博士益恭，昧爽（黎明）时，必薰沐（薰香沐浴，消除浊秽，表示虔敬）以朝（拜见）。后博士一举两男，两人分字（养育，抚养）之。生年八十，女貌犹如处子。生抱病，女鸠匠为材，令宽大倍于寻常。既死，女不哭；男女他适（待送葬男女走后），女已入材中死矣。因合葬之。至今传为"大材冢"云。

异史氏曰："女则神矣，博士而能知之，是遵何术欤？乃知人之慧，固有灵于神者矣！"

湘　裙

晏仲，陕西延安（清代府名，治所即今陕西省延安市）人。与兄伯同居，友爱敦笃（淳厚，诚挚）。伯三十而卒，无嗣；妻亦继亡。仲痛悼之，每思生二子，则以一子为兄后。甫举（养育，生）一男，而仲妻又死。仲恐继室不恤其子，将购一妾。邻村有货婢者，仲往相之，略不称意，情绪无聊，被友人留酌，醺醉而归。途中遇故窗友（同窗学友）梁生，握手殷殷，邀至其家。醉中忘其已死，从之而去。入其门，并非旧第（旧宅），疑而问之。答云："新移此耳。"入而谋酒，则家酿已竭，嘱仲坐待，挈（用手提着）瓶往沽。仲出立门外以俟。见一妇人控（驾驭）驴而过，有童子随之，年可八九岁，面目神色，绝类（像）其兄。心恻然动，急委缀（跟从）之，便问："童子何姓？"童言："姓晏。"仲益惊，又问："汝父何名？"答言："不知。"言次（言谈之间），已至其门，妇人下驴入。仲执童子曰："汝父在家否？"童诺而入。顷之，一媪出窥，真其嫂也。讶叔何来。仲大悲，随之而入。见庐落亦复整顿，因问："兄何在？"曰："责负（索债。负，欠债）未归。"问："跨驴何人？"曰："此汝兄妾甘氏，生两男矣。长阿大，赴市未返；汝所见者阿小。"坐久，酒渐解，始悟所见皆鬼。以兄弟情切，即亦不惧。嫂温酒治具。

仲急欲见兄，促阿小觅之。良久，哭而归曰："李家负欠不还，反与父闹。"仲闻之，与阿小奔而去，见有两人方捽（zuó，泛指揪住）兄地上。仲怒，奋拳直入，当者尽踣（bó，跌倒）。急救兄起，敌已俱奔。追捉一人，捶楚无算（痛打无数），始起。执兄手，顿足哀泣；兄亦泣。既归，举家慰问，乃具酒食，兄弟相庆。居无何，一少年入，年约十六七。伯呼阿大，令拜叔。仲挽之，哭向兄曰："大哥地下有两男子，而坟墓不扫；弟又子少而鳏，奈何？"伯亦凄恻。嫂谓伯曰："遣阿小从叔去，亦得。"阿小闻之，依叔肘下，眷恋不去。仲抚之，倍益酸辛。问："汝乐从否？"答云："乐从。"仲念鬼虽非人，慰情亦胜无也，因为解颜（开颜欢笑）。伯曰："从去，但勿娇惯，宜唊以血肉，驱向日中曝之，午过乃已。六七岁儿，历春及夏，骨肉更生，可以娶妻育子；但恐不寿（不能长寿）耳。"言间，门外有少女窥听，意致温婉。仲疑为兄女，便以问兄。兄曰："此名湘裙，吾妾妹也。孤而无归，寄养十年矣。"问："已字（女子许嫁）否？"伯曰："尚未。近有媒议东村田家。"女在窗外小语曰："我不嫁田家牧牛子。"仲颇有动于中，而未便明言。既而伯起，设榻于斋，止弟宿。

仲雅不欲留，而意恋湘裙，将设法以窥兄意，遂别兄就塌。时方初春，气候犹寒，斋中凤无烟火，森然起栗。对烛冷坐，思得小饮，俄而阿小推扉入，以杯羹斗酒置案上。仲喜极，问："谁之为？"答曰："湘姨。"酒将尽，又以灰覆盆火，掷床下。仲问："爷娘寝乎？"曰："睡已久矣。"汝寝何所？"曰："与湘姨同榻耳。"阿小俟叔眠，乃掩门去。仲念湘裙惠（通"慧"）而解意，愈爱慕之；又以其能抚阿小，欲得之心益坚，辗转床头，终夜不寝。早起，告兄曰："弟孑然无偶，烦大哥留意也。"伯曰："吾家非一瓢一担（家当一担可装，食具唯有一瓢，极言贫苦之状，因指贫寒人家）者，物色当自有人。地下即有佳丽，恐于弟无所利益。"仲曰："古人亦有鬼妻，何害？"伯似会意，便言："湘裙亦佳。但以巨针刺人迎（中医切脉部位。在左手寸部），血出不止者，便可为生人妻，何得草草。"仲曰："得湘裙抚阿小，亦得。"伯但摇首。仲求不已，嫂曰："试捉湘裙强刺验之，不可乃已。"遂握针出门外，遇湘裙，急捉其腕，则血痕犹湿。盖闻伯言时，已自试之矣。嫂释手而笑，反告伯曰："渠（她）作有意乔才（坏坏子。此为戏骂语）久矣，尚为之代虑耶？"妾闻之怒，趋近湘裙，以指刺匡（通"眶"）而骂曰："淫婢不羞！欲从阿叔奔（私奔）去耶？我定不如其愿！"湘裙愧愤，哭欲觅死，举家腾沸。仲乃大惭，别兄嫂，率阿小而出。兄曰："弟姑去；阿小勿使复来，恐损其生气也。"仲诺之。

既归，伪增其年，托言兄卖婢之遗腹子。众以其貌酷类，亦信为伯遗体（旧称自身为父母遗体。因借指儿女）。仲教之读，辄遣抱一卷就日中诵之。初以为苦，久而渐安。六月中，几案灼人，而儿戏且读，殊无少怨。儿甚惠，日尽半卷，夜与叔抵足（脚靠脚睡），恒背诵之。叔甚慰。又以不忘湘裙，故不复作"燕楼"想（不再作蓄妓娶妾的打算）矣。

一日，双媒来为阿小议姻，中馈无人（无主持家务的女主人，即无妻子），心甚燥急。忽甘嫂自外入曰："阿叔勿怪，吾送湘裙至矣。缘婢子不识羞，我故挫辱之。叔如此表表（品德卓异），而不相从，更欲从何人者？"见湘裙立其后，心甚欢悦。肃（敬，敬请）嫂坐；具述有客在堂，乃趋出。少间复入，则甘氏已去。湘裙卸妆入厨下，刀砧盈耳（耳中充满切菜剁肉的声音）矣。俄而肴胾（鱼肉等比较丰盛的菜肴。胾，zì）罗列，烹饪得宜。客去，仲入，见湘裙凝妆（盛装）坐室中，遂与交拜成礼。至晚，女仍欲与阿小共宿。仲曰："我欲以阳气温之，不可离也。"因置女别室，惟晚间杯酒一往欢会而已。湘裙抚前子如己出，仲益贤之。

一夕，夫妻款洽（亲热），仲戏问："阴世有佳人否？"女思良久，答言："未见。惟邻女葳灵仙，群以为美；顾貌亦犹人，要（主要）善修饰耳。与妾往还最久，心中窃鄙其荡也。如欲见之，顷刻可致。但此等人，未可招惹。"仲急欲一见。女把笔似欲作书，既而掷管曰："不可，不可！"强之再四，乃曰："勿为所惑。"仲诺之。遂裂纸作数画若符，于门外焚之。少时，帘动钩鸣，吃吃作笑声。女起曳入，高髻云翘，殆类画图。扶坐床头，酌酒相叙间阔（远隔。指久别之情）。初见仲，犹以红袖掩口，不甚纵谈；数盏后，嬉狎无忌，渐伸一足压仲衣。仲心迷乱，不知魂之所舍。目前唯碍湘裙；湘裙又故防之，顷刻不离于侧。葳灵仙忽起，搴帘（掀起帘子。搴，qiān）而出；湘裙从之，仲亦从之。葳灵仙握仲，趋入他室。湘裙甚恨，而无可如何，愤然归室，听其所为而已。既而仲入，湘裙责之曰："不听我言，后恐却（摆脱，拒绝）之不得耳。"仲疑其妒，不乐而散。次夕，葳灵仙不召自来。湘裙甚厌见之，傲不为礼；仙竟与仲相将而去。如此数夕。女望其来，则诟辱之，而亦不能却也。月馀，仲病不起，始大悔，唤湘裙与共寝处，冀可避之；昼夜防稍懈，则人鬼已在阳台（传说中的台名，此指二人合欢之处）。湘裙操杖逐之，鬼忿与争，湘裙荏弱，手足皆为所伤。仲浸（jìn，逐渐）以沉困。湘裙泣曰："吾何以见吾姊乎！"又数日，仲冥然遂死。

初见二隶执牒入，不觉从去。至途患无资斧（旅费），邀隶便道过兄所。兄见之，惊骇失色，问："弟近何作？"仲曰："无他，但有鬼病耳。"实告之。兄曰："是矣。"乃出白金一裹，谓隶曰："姑笑纳之。吾弟罪不应死，

请释归，我使豚儿（谦称自己的儿子）从去，或无不谐。"便唤阿大陪隶饮。反身入家，便告以故。乃令甘氏隔壁唤葳灵仙。俄至，见仲欲遁。伯揪返骂曰："淫婢！生为荡妇，死为贱鬼，不齿群众（被众人鄙视，瞧不起）久矣；又祟吾弟耶！"立批（批颊，打耳光）之，云鬟蓬飞，妖容顿减。久之，一妪来，伏地哀恳。伯又责妪纵女宣淫，呵詈（lì，骂）移时，始令与女俱去。伯乃送仲出，飘忽间已抵家门，直抵卧室，豁然若寤，始知适间之已死也。伯责湘裙曰："我与若姊，谓汝

贤能，故使从吾弟；反欲促吾弟死耶！设非名分之嫌（依封建礼教，大伯不得过问弟媳之事。名分，名义地位及所应守之本分），便当挞（tà，鞭打）楚！"湘裙惭惧啜泣，望伯伏谢。伯顾阿小喜曰："儿居然生人矣！"湘裙欲出作黍，伯辞曰："弟事未办，我不遑暇。"阿小年十三，渐知恋父；见父出，零涕从之。父曰："从叔最乐，我行复来耳。"转身遂逝，自此不复通闻问矣。后阿小娶妇，生一子，亦年三十而卒。仲抚其孤，如侄生时。仲年八十，其子二十馀矣，乃析（分家产，俗谓分家）之。湘裙无所出（未生育）。一日，谓仲曰："我先驱狐狸于地下（先死去的委婉说法。狐狸居荒坟之中，为其驱狐清圹，即先进入坟墓）可乎？"盛妆上床而殁。仲亦不哀，半年亦殁。

异史氏曰："天下之友爱如仲，几人哉！宜其不死而益之以年也。阳绝（绝嗣，无子传宗接代）阴嗣，此皆不忍死兄之诚心所格；在人无此理，在天宁有此数乎？地下生子，愿承前业者，想亦不少；恐承绝产（绝嗣之人的产业）之贤兄贤弟，不肯收恤（收留抚养其孤儿）耳！"

长 亭

石太璞，泰山（汉置郡名。此指泰安府，治所在今山东省泰安市）人，好厌禳（yā ráng，谓用巫术祈祷鬼神除灾降福，或施祸于人，或降伏某物）之术。有道士遇之，赏其慧，纳为弟子。启牙签（书函套上的象牙签），出二卷——上卷驱狐，下卷驱鬼。乃以下卷授之，曰："虔奉此书，衣食佳丽皆有之。"问其姓名，曰："吾汴城（汴州城，即今河南省开封市）北村元帝观王赤城也。"留数日，尽传其诀。石由此精于符篆（符篆是道教中的一种法术，亦称"符字""墨篆""丹书"），委贽（古人始相见，必执贽为礼；"贽"因地位不同而有别。此泛指致送礼品。贽，zhì）者接踵于门。

一日，有叟来，自称翁姓，炫（夸耀）陈币帛，谓其女鬼病已殆（快死了），必求亲诣。石闻病危，辞不受贽，姑与俱往。十馀里，入山村，至其家，廊舍华好。入室，见少女卧縠幛（薄纱帐。縠，hú，绉纱。幛，通"帐"）中，婢以钩挂幛。望之，年十四五许，支缀（气息微弱之状）于床，形容已槁。近临之，忽开目云："良医至矣。"举家皆喜，谓其不语已数日矣。石乃出，因诘病状。叟曰："白昼见少年来，与共寝处，捉之已杳；少间复至，意其为鬼。"石曰："其鬼也，驱之匪难；恐其是狐，则非余所敢知矣。"叟曰："必非。"石授以符，是夕宿于其家。夜分，有少年入，衣冠整肃。石疑是主人眷属，起而问之。曰："我鬼也。翁家尽狐。偶悦其女红亭，姑止焉。鬼为狐祟，阴骘（犹阴德。骘，zhì）无伤，君何必离人之缘（破坏别人的情缘）而护之也？女之姊长亭，光艳尤绝。敬留全璧（完璧。此谓不予玷污，保其贞洁），以待高贤。彼如许字（许嫁。字，古指女子出嫁），方可为之施治；尔时我当自去。"石诺之。是夜，少年不复至，女顿醒。天明，叟喜，以告石，请石入视。石焚旧符，乃坐诊之。见绣幕有女郎，丽若天人，心知其长亭也。诊已，索水洒幛。女郎急以碗水付之，蹀躞之间（往来之间。蹀躞，dié xiè，小步行走之状），意动神流。石生此际，心殊不在鬼矣。出辞叟，托制药去，数日不返。鬼益肆，除长亭外，子妇婢女，俱被淫惑。又以仆马招石，石托疾不赴。明日，叟自至。石故作病股（腿）状，扶杖而出。叟拜已，问故，曰："此鳏之难也！曩（nǎng，从前的，过去的）夜婢子登榻，倾跌，堕汤夫人（也称"汤婆子"，铜制或锡制的一种扁壶，冬日充以热水放入被中暖足用）泡两足（烫得两足起泡）耳。"叟问："何久不续？"石曰："恨不得清门（高雅寒素之家）如翁者。"叟默而出。石走送曰："病瘥（病愈。瘥，chài）当自至，无烦玉趾（犹言不劳前来。玉趾，敬词，脚步之意）也。"又数日，叟复来，石跛而见之。叟慰问三数语，便曰："顷与荆人（妻子的谦称）言，君如驱鬼去，使举家安枕，小女长亭，年十七矣，愿遣奉事君子。"石喜，顿首于地。乃谓叟："雅意若此，病躯何敢复爱。"立刻出门，并骑而去。入视祟者既毕，石恐背约，请与媪盟。媪遽出曰："先生何见疑也？"即以长亭所插金簪，授石为信。石朝拜之，乃遍集家人，悉为袚除（本为古时除凶去秽的一种仪式；此指道家驱邪去灾的迷信行为。祓，fú）。惟长亭深匿无迹；遂写一佩符，使人持赠之。是夜寂然，鬼影尽灭，惟红亭呻吟未已，投以法水，所患若失。石欲辞去，叟挽留殷恳。至晚，肴核罗列，劝酬殊切。漏二下，主人乃辞客去。石方就枕，闻叩扉甚急；起视，则长亭掩入，辞气仓皇，言："吾家欲以白刃相仇（谓欲加害于他），可急遁！"言已，径返身去。石战惧无色，越垣急窜。遥见火光，疾奔而往，则里人夜猎者也。喜，待猎毕，乃与俱归。心怀怨愤，无之可伸，思欲之汴寻赤城。而家有老父，病废而久，日夜筹思，莫决进止。

忽一日，双舆至门，则翁媪送长亭至，谓石曰："曩（nǎng，从前的，过去的）夜之归，胡再不谋（商量）？"石见长亭，怨恨都消，故亦隐而不发。媪促两人庭拜讫。石将设筵，辞曰："我非闲人，不能坐享甘旨（香甜可口的美味）。我家老子（即老头子，指其丈夫）昏耄（年老糊涂。耄，máo），倘有不悉（不全，不周到之处），郎肯为长亭一念老身，为幸多矣。"登车遂去。盖杀婿之谋，媪不之闻；及追之不得而返，媪始知之，颇不能平，与叟日相诟谇（gòu suì，诮责、埋怨）。长亭亦饮泣不食。媪强送女来，非翁意也。长亭入门，诘之，始知其故。

过两三月，翁家取女归宁。石料其不返，禁止之。女自此时一涕零。年馀，生一子，名慧儿，买乳媪哺之。然儿善啼，夜必归母。一日，翁家又以舆来，言媪思女甚。长亭益悲，石不忍复留之。欲抱子去，石不可，长亭乃自归。别时，以一月为期，既而半载无耗。遣人往探之，则向所僦（jiù，租赁）宅久空。又二年馀，望想都绝；而儿啼终夜，寸心如割。既而石父病卒，倍益哀伤；因而病瘁，苦次弥留（居丧期间病重。苦次，居丧期间。弥留，病危），不能受宾朋之吊。方昏愦间，忽闻妇人哭入。视之，则缞绖（cuī dié，丧服，亦指服丧）者长亭也。石大悲，一恸遂绝。婢惊呼，女始啜泣，抚之良久，始渐苏。自疑已死，谓相聚于冥中。女曰："非也。妾不孝，不能得严父心，尼归（受阻不归。尼，受外力阻止）三载，诚所负心。适家人由海东经此，得翁凶问（凶信。即死亡的消息）。妾遵严命（古代尊称父亲为严君，故称父命为严命）而绝儿女之情，不敢循乱命（本指父亲将死神志昏乱时的遗命，此借指不合事理的父命）而失翁媳之礼。妾来时，母知而父不知也。"言间，儿投怀中。言已，始抚之，泣曰："我有父，儿无母矣！"儿亦嗷啕（jiào táo，号哭，啼哭不止），一室掩泣。女起，经理（料理）家政，柩前牲盛洁备（摆在灵柩前面肉食祭品洁净而周全。牲盛，牲祭、供设。盛，chéng，盛器，碗、盘之类），石乃大慰。而病久，急切不能起。女乃请石外兄款洽吊客。丧既闭，石始杖而能起，相与营谋斋葬（祭祀殡葬。斋，祭）。葬已，女欲辞归，以受背父之谴。夫挽儿号，隐忍而止。未几，有人来告母病，乃谓石曰："妾为君父来，君不为妾母放令去耶？"石许之。女使乳媪抱儿他适，涕洟（一把眼泪，一把鼻涕）出门而去。去后，数年不返。石父子渐亦忘之。

一日，昧爽（黎明）启扉，则长亭飘入。石方骇问，女戚然坐榻上，叹曰："生长闺阁，视一里为遥；今一日夜而奔千里，殆（累死）矣！"细诘之，女欲言复止。请之不已，哭曰："今为君言，恐妾之所悲，而君之所快也。迩年徙居晋界，僦（jiù，租赁）居赵缙绅之第。主客交最善，以红亭妻其公子。公子数逋荡（犹言常外出嫖赌放荡，不顾家室。逋，bū），家庭颇不相安。妹归告父；父留之，半年不令还。公子忿恨，不知何处聘一恶人来，遣神缩锁，缚老父去。一门大骇，顷刻四散矣。"石闻之，笑不自禁。女怒曰："彼虽不仁，妾之父也。妾与君琴瑟数年，止有相好而无相尤。今日人亡家败，百口流离，即不为父伤，宁不为妾吊（此指对受灾祸的人表示慰问）乎！闻之忭舞（欢欣鼓舞。忭，biàn），更无片语相慰藉，何不义也！"拂袖而出。石追谢之，亦已渺矣。怅然自悔，拚（pàn，舍弃，抛却）已决绝。过二三日，媪与女俱来，石喜慰问。母女俱伏。惊而询之，母女俱哭。女曰："妾负气而去，今不能自坚，又欲求人，复何颜矣！"石曰："岳固非人；母之惠，卿之情，所不忘也。然闻祸而乐，亦犹人情，卿何不能暂忍？"女曰："顷于途中遇母，始知絷吾父者，盖君师也。"石曰："果尔，亦大易。然翁不归，则卿之父子离散；恐翁归，则卿之夫泣儿悲也。"媪矢以自明，女亦誓以相报。石乃即刻治任如汴，询至元帝观，则赤城归未久。入而参之，便问："何来？"石视厨下一老狐，孔前股而系之（把他的小腿穿透，用绳拴系着。前股，俗称"小腿"，于狐为后肢），笑曰："弟子之来，为此老魅。"赤城诘之，曰："是吾岳也。"因以实告。道士谓其狡诈，不肯轻释。固请，乃许之。石因备述其诈，狐闻之，塞身入灶，似有惭状。道士笑曰："彼羞恶之心，未尽亡也。"石起，牵之而出，以刀断索抽之。狐痛极，齿龈龈然（咬牙出声，表示愤恨的样子。龈龈，yín yín）。石不遽抽，而顿挫之，笑问曰："翁痛乎？勿抽可耶？"狐睛睒闪（谓狐狸眼睛闪闪发亮。形容愤怒的眼神。睒，shǎn），似有愠色。既释，摇尾出观而去。

石辞归。三日前，已有人报叟信，媪先去，留女待石。石至，女逆而伏。石挽之曰："卿如不忘琴瑟之情，不在感激也。"女曰："今复迁还故居矣，村舍邻迩，音问可以不梗。妾欲归省，三日可旋，君信之否？"曰："儿生而无母，未便殇折。我日日鳏居，习已成惯。今不似赵公子，而反德报之，所以为卿者尽矣。如其不还，在卿为负义，道里虽近，当亦不复过问，何不信之与有？"女次日去，二日即返。问："何速？"曰："父以君在汴曾相戏弄，未能忘怀，言之絮絮；妾不欲复闻，故早来也。"自此闺中之往来无间，而翁婿间尚不通吊庆（谓不相往来。吊，吊死问疾。庆，贺喜祝福）云。

异史氏曰："狐情反复，谲诈已甚。悔婚之事，两女而一辙（如出一辙。谓前后做法一样），诡可知矣。然要（要挟，以不正当手段相胁迫）而婚之，是启其悔者已在初也。且婿既爱女而救其父，止宜置昔怨而仁化之（只应放弃昔日的怨恨而以仁爱之心感化他）；乃复狎弄于危急之中，何怪其没齿不忘也！天下之有冰玉之不相能（谓翁婿感情不相投合。冰玉，冰清玉润的略语，为岳父和女婿的代称）者，类如此。"

席方平

席方平，东安（旧府县名"东安"者甚多，此或指山东省沂水县南旧东安城）

人。其父名廉，性戆拙（心直口快而不识利害顾忌。戆，zhuàng）。因与里中富室羊姓有郤（嫌隙；仇恨），羊先死；数年，廉病垂危，谓人曰："羊某今贿嘱冥使（阴间的官吏）搒（péng，搒掠、拷打）我矣。"俄而身赤肿，号呼遂死。席惨怛不食，曰："我父朴讷，今见陵于强鬼，我将赴地下，代伸冤气耳。"自此不复言，时坐时立，状类痴，盖魂已离舍（指躯体。迷信认为肉身是灵魂的宅舍）矣。

席觉初出门，莫知所往，但见路有行人，便问城邑。少选（同"少旋"；一会儿），入城。其父已收狱中。至狱门，遥见父卧檐下，似甚狼狈。举目见子，潸然流涕，便谓："狱吏悉受赇嘱（同"贿嘱"。赇，qiú，贿赂），日夜搒掠，胫股摧残甚矣！"席怒，大骂狱吏："父如有罪，自有王章，岂汝等死魅所能操耶！"遂出，抽笔为词。值城隍（冥界的地方官）早衙（旧时官府的主官，每天上下午坐堂两次，处理政务或案件，叫作"坐衙"。早衙，指上午坐堂问事），喊冤以投。羊惧，内外贿通，始出质理。城隍以所告无据，颇不直席（认为席方平投诉无理）。席忿气无所复伸，冥行百馀里，至郡，以官役私状，告之郡司（府的长官）。迟之半月，始得质理。郡司扑（鞭打）席，仍批城隍复案（重审。案，考察）。席至邑，备受械梏，惨冤不能自舒（谓冤屈无处可伸。舒，伸）。城隍恐其再讼，遣役押送归家。役至门辞去。席不肯入，遁赴冥府，诉郡邑之酷贪。冥王（迷信传说中的阎王）立拘质对。二官密遣腹心（心腹之人，贴身的亲信）与席关说，许以千金。席不听。过数日，逆旅（客店）主人告曰："君负气已甚，官府求和而执不从，今闻于王前各有函进，恐事殆矣。"席以道路之口，犹未深信。俄有皂衣人唤入。升堂，见冥王有怒色，不容置词，命笞二十。席厉声问："小人何罪？"冥王漠若不闻。席受笞，喊曰："受笞允当（公允、恰当。这里是反语），谁教我无钱也！"冥王益怒，命置火床。两鬼捽（zuó，泛指揪住）席下，见东墀（chí，台阶上面的空地）有铁床，炽火其下，床面通赤。鬼脱席衣，掭置其上，反复揉捺之。痛极，骨肉焦黑，苦不得死。约一时许，鬼曰："可矣。"遂扶起，促使下床着衣，犹幸跛而能行。复至堂上，冥王问："敢再讼乎？"席曰："大怨未伸，寸心不死，若言不讼，是欺王也。必讼！"王曰："讼何词？"席曰："身所受者，皆言之耳。"冥王又怒，命以锯解其体。二鬼拉去，见立木高八九尺许，有木板二，仰置其下，上下凝血模糊。方将就缚，忽堂上大呼"席某"，二鬼即复押回。冥王又问："尚敢讼否？"答曰："必讼！"冥王命捉去速解。既下，鬼乃以二板夹席，缚木上。锯方下，觉顶脑渐辟（裂开），痛不可禁，顾亦忍而不号。闻鬼曰："壮哉此汉！"锯隆隆然寻（随即）至胸下。又闻一鬼云："此人大孝无辜，锯令稍偏，勿损其心。"遂觉锯锋曲折而下，其痛倍苦。俄顷，半身辟矣。板解，两身俱仆。鬼上堂大声以报。堂上传呼，令合身来见。二鬼即推令复合，曳使行。席觉锯缝一道，痛欲复裂，半步而踣。一鬼于腰间出丝带一条授之，曰："赠此以报汝孝。"受而束之，一身顿健，殊无少苦。遂升堂而伏。冥王复问如前；席恐再罹酷毒，便答："不讼矣。"冥王立命送还阳界。

隶率出北门，指示归途，反身遂去。席念阴曹之暗昧尤甚于阳间，奈无路可达帝听。世传灌口二郎（即民间传说中的二郎神杨戬。见《西游记》）为帝勋戚（传说杨戬是玉帝的外甥。勋戚，有功于王业的亲戚），其神聪明正直，诉之当有灵异。窃喜二隶已去，遂转身南向。奔驰间，有二人追至，曰："王疑汝不归，今果然矣。"捽（zuó，泛指揪住）回复见冥王。窃意冥王益怒，祸必更惨；而王殊无厉容，谓席曰："汝志诚孝。但汝父冤，我已为若雪之矣。今已往生富贵家，何用汝鸣呼为（哪里用得着你去喊冤）。今送汝归，予以千金之产、期颐之寿（百岁的寿数），于愿足乎？"乃注籍中，嵌以巨印，使亲视之。席谢而下。鬼与俱出，至途，驱而骂曰："奸猾贼！频频翻复，使人奔波欲死！再犯，当捉入大磨中，细细研之！"席张目叱曰："鬼子胡为者！我性耐刀锯，不耐挞楚。请反见王，王如令我自归，亦复何劳相送。"乃返奔。二鬼惧，温语劝回。席故蹇缓（jiǎn huǎn，行路艰难迟缓），行数步，辄憩路侧。鬼含怒不敢复言。约半日，至一村，一门半辟，鬼引与共坐；席便据门阈（门槛。阈，yù）。二鬼乘其不备，推入门中。惊定自视，身已生为婴儿。愤啼不乳，三日遂殇（夭亡）。魂摇摇不忘灌口，约奔数十里，忽见羽葆（以鸟羽为饰的仪仗）来，旛戟（长旛、棨戟等仪仗。旛，长幅下垂的旌旗。戟，即后文所说的"棨戟"，附有套衣的木戟，用作仪仗）横路（遮路）。越道避之，因犯卤簿（古时帝王或贵官出行时的仪仗队），为前马（仪仗队的前驱）所执，縶送车前。仰见车中一少年，丰仪瑰玮（丰姿仪态奇伟不凡）。问席："何人？"席冤愤正无所出，且意是必巨官，或当能作威福（指当权者专行赏罚，独揽威权），因缅诉（追诉）毒痛。车中人命释其缚，使随车行。俄至一处，官府十馀员，迎谒道左，车中人各有问讯。已而指席谓一官曰："此下方人，正欲往愬，宜即为之剖决。"席询之从者，始知车中即上帝殿下九王，所嘱即二郎也。席视二郎，修躯多髯（身材高大，胡须很多。髯，络腮胡），不类世间所传。

　　九王既去，席从二郎至一官廨，则其父与羊姓并衙隶俱在。少顷，槛车（囚车）中有囚人出，则冥王及郡司、城隍也。当堂对勘（对质审讯。勘，审问），席所言皆不妄。三官战栗，状若伏鼠。二郎援笔立判；顷之，传下判语，令案中人共视之。判云："勘得冥王者：职膺王爵，身受帝恩。自应贞洁以率臣僚，不当贪墨以速官谤。而乃繁缨（古时天子、诸侯的马饰）棨戟（qǐ jǐ，有缯衣或涂漆的木戟，用为仪仗。唐制，三品以上官员，得门列棨戟），徒夸品秩（官阶品级）之尊；羊狠狼贪（比喻冥王的凶狠与贪婪），竟玷人臣之节。斧敲斲，斲入木，妇子之皮骨皆空；鲸吞鱼，鱼食虾，蝼蚁之微生可悯。当掬西江（西来之江，指长江）之水，为尔湔肠（清洗冥王之污肠。指涤刷其罪。湔，jiān，清洗）；即烧东壁之床，请君入瓮。城隍、郡司，为小民父母之官，司上帝牛羊之牧（职掌代替天帝管理人民之事。此用其意，喻地方官吏应解除民困）。虽则职居下列，而尽瘁者不辞折腰；即或势逼大僚，而有志者亦应强项（不低头，喻刚直不阿）。乃上下其鹰鸷之手（意谓枉法作弊，颠倒是非。鸷，zhì），既罔念夫民贫，且飞扬（意谓任意施展）其狙狯之奸（狡猾的奸谋。狙狯，jū kuài），更不嫌乎鬼瘦。惟受赃而枉法，真人面而兽心！是宜剔髓伐毛（脱胎换骨，涤除污垢，使之改恶从善。此指致死的酷刑），暂罚冥死；所当脱皮换革，仍令胎生。隶役者：

既在鬼曹，便非人类。只宜公门修行，庶还落蓐之身（指人身。落蓐，指人的降生）；何得苦海生波，益造弥天之孽？飞扬跋扈（bá hù），狗脸（指隶役的面孔）生六月之霜；隳突（冲撞毁坏。隳，huī）叫号，虎威断九衢（指四通八达的道路。衢，大路）之路。肆淫威（肆，滥施。淫威，无节制的威权）于冥界，咸知狱吏为尊；助酷虐于昏官，共以屠伯（宰牲的能手，喻指滥杀的酷吏。伯，长）是惧。当以法场之内，剁其四肢；更向汤镬（汤锅，古代烹囚的刑具。镬，huò）之中，捞其筋骨。羊某：富而不仁，狡而多诈。金光（喻金钱的魔力）盖地，因使阎摩殿（阎王殿）上尽是阴霾；铜臭熏天，遂教枉死城（指地狱）中全无日月。馀腥犹能役鬼，大力直可通神。宜籍（没收）羊氏之家，以偿席生之孝。即押赴东岳（泰山。传说东岳泰山之神总管天地人间的生死祸福，并施行赏罚）施行。"又谓席廉："念汝子孝义，汝性良懦，可再赐阳寿三纪（古代以十二年为一纪）。"因使两人送之归里。

席乃抄其判词，途中父子共读之。既至家，席先苏；令家人启棺视父，僵尸犹冰，俟之终日，渐温而活。及索抄词，则已无矣。自此，家道日丰，三年间良沃遍野；而羊氏子孙微（衰微，败落）矣，楼阁田产，尽为席有。里人或有买其田者，夜梦神人叱之曰："此席家物，汝乌得有之！"初未深信；既而种作，则终年升斗无所获，于是复鬻于席。席父九十馀岁而卒。

异史氏曰："人人言净土（佛教认为西天佛土清净自然，是"极乐世界"，因称为"净土"），而不知生死隔世，意念都迷，且不知其所以来，又乌知其所以去；而况死而又死，生而复生者乎？忠孝志定，万劫不移，异哉席生，何其伟也！"

素 秋

俞慎，字谨庵，顺天旧家（官宦世家）子。赴试入都，舍于郊郭。时见对户一少年，美如冠玉（装饰于帽上之玉。此用以比喻美男子）。心好之，渐近与语，风雅尤绝。大悦，捉臂邀至寓所，相与款宴。问其姓氏，自言金陵人，姓俞名士忱，字恂九。公子闻与同姓，更加亲洽（和谐；融洽），因订为昆仲（结为兄弟）；少年遂以名减字为忱（指减去原名的"士"字，单名为忱）。明日，过其家，书舍光洁；然门庭蹴落（冷落。蹴，cù），更无厮仆。引公子入内，呼妹出拜，年约十三四，肌肤莹澈，粉玉无其白也。少顷，托茗献客，家中似无臧获（古代对奴婢的贱称。臧，zāng）。公子异之，数语遂出。由是友爱如胞。恂九无日不来寓所，或留共宿，则以弱妹无伴为辞。公子曰："吾弟留寓千里，曾无应门之僮，兄妹纤弱，何以为生矣？计不如从我去，有斗舍可共栖止，如何？"恂九喜，约以闱后。试毕，恂九邀公子去，曰："中秋月明如昼，妹子素秋，具有蔬酒，勿违其意。"竟挽入内。素秋出，略道温凉，便入复室，下帘治具。少间，自出行炙（端送菜肴）。公子起曰："妹子奔波，情何以忍！"素秋笑入。顷之，搴帘（掀起帘子。搴，qiān）出，则一青衣婢捧壶；又一媪托柈进烹鱼。公子讶曰："此辈何来？不早从事，而烦妹子？"恂九微哂曰："妹子又弄怪矣。"但闻帘内吃吃作笑声，公子不解其故。既而筵终，婢媪撤器，公子适嗽，误堕婢衣；婢随唾而倒，碎碗流炙。视婢，则帛剪小人，仅四寸许。恂九大笑。素秋笑出，拾之而去。俄而婢复出，奔走如故。公子大异之。恂九曰："此不过妹子幼时，卜紫姑之小技（此指其剪帛为人之幻术）耳。"公子因问："弟妹都已长成，何未婚姻？"答云："先人即世（去世），去留尚无定所，故此迟迟。"遂与商定行期，鬻宅，携妹与公子俱西。

　　既归，除舍舍之；又遣一婢为之服役。公子妻，韩侍郎（古代官名，明清时代中央各部的副长官）之犹女（侄女）也，尤怜爱素秋，饮食共之。公子与恂九亦然。而恂九又最慧，目下十行，试作一艺（制艺，指八股文），老宿（老成有名望的人。此指宿儒）不能及之。公子劝赴童试。恂九曰："姑为此业者，聊与君分苦耳。自审福薄，不堪仕进；且一入此途，遂不能不戚戚于得失，故不为也。"居三年，公子又下第（落榜）。恂九大为扼腕，奋然曰："榜上一名，何遂艰难若此！我初不欲为成败所惑，故宁寂寂耳。今见大哥不能发舒，不觉中热（躁急心热，指热心功名仕进），十九岁老童，当效驹驰也。"公子喜，试期（此指"童子试"试期）送入场，邑、郡、道皆第一（在童试中，县试、府试、院试都获得第一）。益与公子下帷攻苦。逾年科试，并为郡、邑冠军。恂九名大噪，远近争婚之，恂九悉却去。公子力劝之，乃以场后（此指参加乡试以后）为解。无何，试毕，倾慕者争录其文，相与传颂；恂九亦自觉第二人不屑居也。榜既放，兄弟皆黜。时方对酌，公子尚强作噱（意谓强作笑语，表示旷达。噱，jué，谈笑，大笑）；恂九失色，酒盏倾堕，身仆案下。扶置榻上，病已困殆。急呼妹至，张目谓公子曰："吾两人情虽如胞，实非同族。弟自分已登鬼箓（意谓必死。鬼箓，死者名册）。衔恩无可相报，素秋已长成，既蒙嫂氏抚爱，媵之（收之为姬妾。媵，指姬妾婢女，这里作动词）可也。"公子作色曰："是真吾弟之乱命（人临死前神志昏迷时留下的遗言；谓其主张荒谬）也！其将谓我人头畜鸣（外貌是人但行为像畜牲）者耶！"恂九泣下。公子即以重金为购良材（上等棺木）。恂九命舁（yú，共同用手抬）至，力疾（竭力支撑着病体）而入，嘱妹曰："我没后，即阖棺，无令一人开视。"公子尚欲有言，而目已瞑矣。公子哀伤，如丧手足。然窃疑其嘱异，俟素秋他出，启而视之，则棺中袍服如蜕（蝉、蛇之类脱下的皮）；揭之，有蠹鱼（蛀蚀书籍的小虫。蠹，dù）径尺，僵卧其中。骇异间，素秋促入，惨然曰："兄弟何所隔阂（隐瞒）？所以然者，非避兄也；但恐传布飞扬（传播声扬），妾亦不能久居耳。"公子曰："礼缘情制（礼法因人情而制定），情之所在，异族何殊焉？妹宁（难道）不知我心乎？即中馈（妻室）当无漏言，请勿虑。"遂速卜吉期，厚葬之。

初，公子欲以素秋论婚于世家，恂九不欲。既殁，公子以商素秋，素秋不应。公子曰："妹子年已二十矣，长而不嫁，人其谓我何？"对曰："若然，但惟兄命。然自顾无福相，不愿入侯门，寒士而可。"公子曰："诺。"不数日，冰媒相属，卒无所可（始终没有称心的。可，中意）。先是，公子之妻弟韩荃来吊，得窥素秋，心爱悦之，欲购作小妻（妾）。谋之姊，姊急戒勿言，恐公子知。韩去，终不能释，托媒风示（暗示，用言语示意）公子，许为买乡场关节（意谓代公子行贿，买通关节，使之乡试中试。乡场，乡试）。公子闻之，大怒诟骂，将致意者（转达意向的人，指媒者）批逐（掌嘴驱逐。批，批颊）出门，自此交往遂绝。适有故尚书孙某甲，将娶而妇忽卒，亦遣冰来。其甲第云连（甲第，旧时显贵者的宅第。云连，与云相接，形容高大众多），公子之所素识，然欲一见其人，因使媒约，使甲躬谒（亲自来见）。及期，垂帘于内，令素秋自相之。甲至，裘马驺从（zōu cóng，封建时代贵族官僚出门时所带的车马的侍从），炫耀闾里；人又秀雅如处子。公子大悦，见者咸赞美之，而素秋殊不乐。公子不听，竟许之，盛备奁装（犹妆奁，陪送嫁妆。奁，lián）计费不赀，素秋固止之，但讨一老大婢，供给使而已。公子亦不听，卒厚赠焉。既嫁，琴瑟甚敦。然兄嫂常系念之，每月辄一归宁（已嫁女子回娘家看望父母）。来时，奁中珠绣，必携数事，付嫂收贮。嫂未知其意，亦姑以之。甲少孤，寡母溺爱过于寻常，日近匪人，渐诱淫赌，家传书画鼎彝（鼎和彝都是古代青铜器，这里指珍贵的古玩），皆以鬻偿戏债（赌债）。而韩荃与有瓜葛，因招饮而窃探之，愿以两妾及五百金易素秋。甲初不肯；韩固求之，甲意似摇，然恐公子不甘。韩曰："我与彼至戚，此又非其支系（宗族的分支；此指同族），若事已成，彼亦无如何；万一有他，我身任之。有家君在，何畏一俞谨庵哉！"遂盛妆两姬出行酒，且曰："果如所约，此即君家人矣。"甲惑之，约期而去。至日，虑韩诈谖（欺诈。谖，xuān），夜候于途，果有舆来，启帘照验不虚，乃导去，姑置斋中。韩仆以五百金交兑俱明。甲奔入，伪告素秋，言："公子暴病相呼。"素秋未遑理妆，草草遂出。舆既发，夜迷不知何所，逴行（远行。逴，chuò）良远，殊不可到。忽见二巨烛来，众窃喜其可以问途。无何，至前，则巨蟒两目如灯。众大骇，人马俱窜，委舆路侧。将曙复集，则空舆存焉。意必葬于蛇腹，归告主人，垂首丧气而已。

数日后，公子遣人诣妹，始知为恶人赚（骗）去，初不疑其婿之伪也。取婢归，细诘情迹（事情的经过），微窥其变。忿甚，遍愬郡邑（向府、县都提出诉讼）。某甲惧，求救于韩。韩以金姑两亡，正复懊丧，斥绝不为力。甲呆憨无所复计，各处勾牒（传票）至，俱以赂嘱免行。月馀，金珠服饰，典货一空。公子于宪府（旧时称御史为"宪府"。此专指朝廷委驻各行省的高级官吏衙门）究理甚急，邑官皆奉严令，甲知不可复匿，始出，至公堂实情尽吐。蒙宪票拘韩对质。韩惧，以情告父。父时已休致（官吏年老去职。清制，自陈衰老，经朝廷允许休致的，称自请休致；老不称职，谕旨令其休致的，称勒令休致），怒其所为不法，执付隶。既见诸官府，言及遇蟒之变，悉谓其词枝（说话含混躲闪）；家人搒掠（笞击，拷打。搒，péng）殆遍，甲亦屡被敲楚（扑责。楚，刑杖）。幸母日鬻田产，上下营求，刑轻得不死，而韩仆已瘐毙（病死狱中。瘐，yǔ）矣。韩久困囹圄（líng yǔ，监牢），愿助甲赂公子千金，哀求罢讼。公子不许。甲母又请益以二姬，但求姑存疑案，以待寻访；妻又承叔母命，朝夕解免，公子乃许之。甲家綦贫，货宅办金，而急切不能得售，因先送姬来，乞其延缓。

逾数日，公子夜坐斋头，素秋偕一媪，蓦然忽入。公子骇问："妹固无恙耶？"笑曰："蟒变乃妹之小术耳。当夜窜入一秀才家，依于其母。彼自言识兄，今在门外。请入之也。"公子倒屣（古人席地而坐，客人来，急于出迎，把鞋子倒穿。形容热情欢迎。屣，xǐ）而出，烛之，非他，乃周生，宛平（旧县名，在今北京市南部）之名士也，素以声气相善。把臂入斋，款洽臻至。倾谈既久，始知颠末（事情的原委）。初，素秋昧爽（黎明）款（敲）生门，母纳入，诘之，知为公子妹，便欲驰报。素秋止之，因与母居。慧能解意，母悦之。以子无妇，窃属意素秋，微言之（婉转含蓄地说明心意）。素秋以未奉兄命为辞。生亦以公子交契（交情很好。契，意气相合），故不肯作无媒之合，但频频侦听。知讼事已有关说（调解说情），素秋乃告母欲归。母遣生率一媪送之，即嘱媪媒焉。公子以素秋居生家久，窃有心而未言也；及闻媪言，大喜，即与生面订为好。先是，素秋夜归，将使公子得金而后宣之。公子不可，曰："向愤无所泄，故索金以败之耳。今复见妹，万金何能易哉！"即遣人告诸两家，顿罢之（指罢讼）。又念生家故不甚丰，道赊远，亲迎殊艰，因移生母来，居以恂九旧第；生亦备币帛（作纳聘之礼）鼓乐，婚嫁成礼。一日，嫂戏素秋："今得新婚，曩年枕席之爱，犹忆之否？"素秋笑，因顾婢曰："忆之否？"嫂不解，研问之，益三年床第（zǐ），皆以婢代。每夕，以笔画其两眉，驱之去，即对烛独坐，婿亦不之辨也。益奇之，求其术，但笑不言。

次年大比（明清科举制度，每三年举行一次乡试，叫"大比"），生将与公子偕往。素秋曰："不必。"公子强挽之而去。是科，公子中式，生落第归，隐有退志。逾年，母卒，遂不复言进取矣。一日，素秋谓嫂曰："向问我术，固未肯以此骇物听也。今远别，行有日矣，请秘授之，亦可以避兵燹（兵火、战火。燹，xiǎn）。"惊而问之。答曰："三年后，此处当无人烟。妾荏弱不堪惊恐，将蹈海滨而隐。大哥富贵中人，不可以偕，故言别也。"乃以术悉授嫂。数日，又告公子。留之不得，至于泣下，问："往何所？"即亦不言。鸡鸣早起，携一白须奴，控双卫（驴的别称）而去。公子阴使人尾送之，至胶莱之界（胶州、莱州一带，今山东省东北部沿海地区），尘雾幛天，既晴，已迷所住。三年后，闯寇犯顺（指明末农民起义军李自成率众造反，反对明朝统治。李自成称李闯王。闯寇，是作者对闯王的蔑称。犯顺，以逆犯顺，谓造反作乱），村舍为墟。韩夫人剪帛置门内，寇至，见云绕韦驮（佛教护法天神，传说为四天王中南方增长天王的八将之一，居四天王三十二神将之首）高丈馀，遂骇走，以是得保无恙焉。

后村中有贾客至海上，遇一叟似老奴，而髭发尽黑，猝不能认。叟停足笑曰："我家公子尚健耶？借口寄语：秋姑亦甚安乐。"问其居何里，曰："远矣，远矣！"匆匆遂去。公子闻之，使人于所在遍访之，竟无踪迹。

异史氏曰："管城子无食肉相（意谓文墨之士没有做官的福相。管城子，这里代指读书人），其来旧矣。初念甚明，而乃持之不坚。宁知糊眼主司（糊眼：谓眼睛昏眊，喻无辨识能力。主司，主管官员，此指科场试官），固衡命不衡文耶？一击不中（借喻俞忱乡试未中），冥然遂死，蠹鱼之痴，一何可怜！伤哉雄飞（雄飞，喻奋发），不如雌伏（喻退让不争）。"

贾奉雉

贾奉雉，平凉（县名，在今甘肃省东部）人。才名冠一时，而试辄不售。一日，途中遇一秀才，自言郎姓，风格洒然，谈言微中（言谈隐约委婉，但切中事理）。因邀俱归，出课艺（制艺的习作）就正。郎读罢，不甚称许，曰："足下（称呼对方的敬辞）文，小试（参加府、县及学政的考试称小试，也称"小考"或"小场"。此指岁试或科试）取第一则有馀，闱场（也称"大场"，指乡试或会试）取榜尾（指榜上最后一名）则不足。"贾曰："奈何？"郎曰："天下事，仰而跂之（谓仰首高攀。跂，qì，踮起脚尖）则难，俯而就之（降格屈从）甚易，此何须鄙人言哉！"遂指一二人、一二篇以为标准，大率贾所鄙弃而不屑道者。闻之笑曰："学者立言，贵乎不朽，即味列八珍，当使天下不以为泰（过分）耳。如此猎取功名，虽登台阁（指宰相之类的重臣），犹为贱也。"郎曰："不然。文章虽美，贱则弗传（意谓当世重官位，如果政治地位低下，文章也就不能传世）。君欲抱卷以终也则已；不然，帘内诸官，皆以此等物事（东西；这里指陋劣的八股文）进身（发迹；升官），恐不能因阅君文，另换一副眼睛肺肠也。"贾终默然。郎起笑曰："少年盛气哉！"遂别去。是秋入闱复落，邑邑（忧郁不乐）不得志，颇思郎言，遂取前所指示者强读之。未至终篇，昏昏欲睡，心惝惑无以自主。又三年，闱场将近，郎忽至，相见甚欢。出所拟七题，使贾作之。越日，索文而阅，不以为可，又令复作；作已，又訾之。贾戏于落卷（落选的考卷）中，集其蕞茸（卑下）泛滥、不可告人之句，连缀成文，俟其来而示之。郎喜曰："得之矣！"因使熟记，坚嘱勿忘。贾笑曰："实相告；此言不由中，转瞬即去，便受榎楚（"榎"和"楚"都是古时学校的体罚用具。榎，jiǎ），不能复忆之也。"郎坐案头，强令自诵一遍；因使袒背，以笔写符而去，曰："只此已足，可以束阁群书（把群书束之高阁；意谓不用读书）矣。"验其符，濯之不下，深入肌理。至场中，七题（即"七艺"。乡试第一场试时文七篇；四书三题，经书四题）无一遗者。回思诸作，茫不记忆，惟戏缀之文，历历在心。然把笔终以为羞；欲少窜易（更改），而颠倒苦思，竟不能复更一字。日已西坠，直录而出。郎候之已久，问："何暮也？"贾以实告，即求拭符；视之，已漫灭矣。回忆场中文，遂如隔世。大奇之，因问："何不自谋？"笑曰："某惟不作此等想，故不能读此等文也。"遂约明日过诸其寓。贾诺之。郎既去，贾取文稿自阅之，大非本怀，怏怏不自得，不复访郎，嗒丧（失意，丧气。嗒，tà）而归。未已，榜发，竟中经魁（明清科举分五经取士，每科乡试及会试，于五经中各取其第一名，明代称之为五经魁首，清代称"经魁"。此指乡试经魁）。又阅旧稿，一读一汗，读竟，重衣尽湿，自言曰："此文一出，何以见天下士矣！"正惭怍间，郎忽至，曰："求中即中矣，何其闷也？"曰："仆适自念，以金盆玉碗贮狗矢（此指表面贵而实劣），真无颜出见同人。行将遁迹山丘，与世长绝矣。"郎曰："此论大高，但恐不能耳。若果能，仆引见一人，长生可得，并千载之名，亦不足恋，况傥来（意外得来，偶然得到。傥，tǎng）之富贵乎！"贾悦，留与共宿，曰："容某思之。"天明，谓郎曰："吾志决矣！"不告妻子，飘然遂去。

渐入深山，至一洞府。其中别有天地。叟坐堂上，郎使参之，呼以师。叟曰："来何早也？"郎曰："此人道念已坚，望加收齿。"叟曰："汝既来，须将此身并置度外，始得。"贾唯唯听命。郎送至一院，安其寝处，又投以饵（糕饼），始去。房亦精洁；但户无扉，窗无棂，内惟一几一榻。贾解屦（jù，用麻、葛等制成的一种鞋）登榻，月明穿射矣；觉微饥，取饵啖之，甘而易饱。窃意郎当复来。坐久寂然，杳无声响，但觉清香满室，脏腑空明，脉络皆可指数（指示点数）。忽闻有声甚厉，似猫抓痒，自牖（yǒu，窗户）睨之，则虎蹲檐下。乍见，甚惊；因忆师言，即复收神凝坐。虎似知其有人，寻入近榻，气咻咻，遍嗅足股。少顷，闻庭中噪动，如鸡受缚，虎即趋出。又坐少时，一美人入，兰麝扑人，悄然登榻，附耳小言曰："我来矣。"一言之间，口脂散馥。贾瞑然不少动。又低声曰："睡乎？"声音颇类其妻，心微动。又念曰："此皆师相试之幻术也。"瞑如故。美人笑曰："鼠子动矣！"初，夫妻与婢同室，狎亵惟恐婢闻，私约一谜曰："鼠子动，则相欢好。"忽闻是语，不觉大动，开目凝视，真其妻也。问："何能来？"答云："郎生恐君岑寂思归，遣一妪导我来。"言次，因贾出门不相告语，偎傍之际，颇有怨怼（duì，怨恨）。贾慰藉良久，始得嬉笑为欢。既毕，夜已向晨（指天将晓），闻叟谯呵（大声斥责。谯，同"诮"，责问）声，渐近庭院。妻急起，无地自匿，遂越短墙而去。俄顷，郎从叟入。叟对贾杖郎，便令逐客。郎亦引贾自短墙出，曰："仆望君奢（对您期望过高。奢，过分），不免躁进；不图情缘未断，累受扑责。从此暂去，相见行有日也。"指示归途，拱手遂别。

　　贾俯视故村，故在目中。意妻弱步（步履孱弱，指行走缓慢），必滞途间。疾趋里馀，已至家门，但见房垣零落，旧景全非，村中老幼，竟无一相识者，心始骇异。忽念刘、阮返自天台（相传东汉永平年间，剡县人刘晨、阮肇入天台山樵采，遇二仙女，留住半年，及至还乡，子孙已历七世），情景真似。不敢入门，于对户憩坐。良久，有老翁曳杖出。贾揖之，问："贾某家何所？"翁指其第曰："此即是也。得无欲问奇事耶？仆悉知之。相传此公闻捷（听到科举考中）即遁；遁时，其子才七八岁。后至十四五岁，母忽大睡不醒。子在时，寒暑为之易衣；迨殁，两孙穷蹙（贫困。蹙，cù，同"蹙"），房舍拆毁，惟以木架苫覆（用草苫盖。苫，shàn）蔽之。月前，夫人忽醒，屈指百馀年矣。远近闻其异，皆来访视，近日稍稀矣。"贾豁然顿悟，曰："翁不知贾奉雉即某是也。"翁大骇，走报其家。时长孙已死；次孙祥至，五十馀矣。以贾年少，疑有诈伪。少间，夫人出，始识之。双涕霪霪（yín yín，雨落不停；形容泪流不断），呼与俱去。苦无屋宇，暂入孙舍。大小男妇，奔入盈侧，皆

其曾、玄（曾孙、玄孙），率陋劣少文。长孙妇吴氏，沽酒具藜藿（lí huò，指粗劣的饭菜）；又使少子杲及妇，与已同室，除舍舍祖翁姑。贾入舍，烟埃儿溺，杂气熏人。居数日，懊悚殊不可耐。两孙家分供餐饮，调饪尤乖（饭菜做得更差。乖，不合意）。里中以贾新归，日日招饮；而夫人恒不得一饱。吴氏故士人女，颇娴（熟悉）闺训，承顺不衰。祥家给奉渐疏，或嘑尔与之（谓供给食饮，极不尊敬。尔，你。对祖父母径呼为"你"，为大不敬）。贾怒，携夫人去，设帐（设馆授徒）东里。每谓夫人曰："吾甚悔此一返，而已无及矣。不得已，复理旧业，若心无愧耻，富贵不难致也。"居年馀，吴氏犹时馈饷，而祥父子绝迹矣。

是岁，试入邑庠（考入县学为生员）。邑令重其文，厚赠之，由此家稍裕。祥稍稍来近就之。贾唤入，计曩（nǎng，从前的，过去的）所耗费，出金偿之，斥绝令去。遂买新第，移吴氏共居之。吴二子，长者留守旧业；次杲颇慧，使与门人辈共笔砚（指一同学习）。贾自山中归，心思益明澈，遂连捷（指乡试、会试连续考中）登进士第。又数年，以侍御出巡两浙（以御史身份巡察两浙地区。两浙，浙东和浙西），声名赫奕，歌舞楼台，一时称盛。贾为人鲠峭（耿直），不避权贵，朝中大僚，思中伤之。贾屡疏恬退（屡次上疏皇帝，要求辞官。恬退，淡泊，安于退让），未蒙俞旨（皇帝许可的旨意），未几而祸作矣。先是，祥六子皆无赖，贾虽摈斥不齿（断绝关系，不视为孙辈。摈斥，弃绝），然皆窃馀势以作威福，横占田宅，乡人共患之。有某乙娶新妇，祥次子篡娶（强娶。篡，cuàn）为妾。乙故狙诈（狡猾奸诈。狙，jū），乡人敛金助讼，以此闻于都。当道（当权的人。道，指仕路）交章攻贾。贾殊无以自剖，被收经年。祥及次子皆瘐死（病死狱中）。贾奉旨充辽阳军。时杲入泮已久，为人颇仁厚，有贤声。夫人生一子，年十六，遂以属杲，夫妻携一仆一媪而去。贾曰："十馀年之富贵，曾不如一梦之久。今始知荣华之场，皆地狱境界，悔比刘晨、阮肇，多造一重孽案（指人间经历。孽，佛家语）耳。"

数日抵海岸，遥见巨舟来，鼓乐殷作（大作），虞候（指巨舟上的侍从人员）

皆如天神。既近，舟中一人出，笑请侍御过舟少憩。贾见惊喜，踊身而过，押隶（解差）不敢禁。夫人急欲相从，而相去已远，遂愤投海中。漂泊数步，见一人垂练于水，引救而去。隶命篙师（船夫）荡舟，且追且号，但闻鼓声如雷，与轰涛相间，瞬间遂杳。仆识其人，盖郎生也。

异史氏曰："世传陈大士（名际泰，临川人，明崇祯年间进士）在闱中，书艺既成，吟诵数四，叹曰：'亦复谁人识得！'遂弃而更作（重作），以故闱墨不及诸稿（科场应试的文章不如平日的习作）。贾生羞而遁去，此处有仙骨（道家语，指升仙的资质）焉。乃再返人世，遂以口腹自贬（为生活所迫而贬抑自己；指贾奉雉随俗应举，违心而行。口腹，指饮食），贫贱之中人甚矣哉！"

胭 脂

东昌（府名，府治在今山东省聊城）卞氏，业牛医者，有女小字胭脂，才姿惠丽。父宝爱之，欲占凤（择婿）于清门（不操贱业的无官爵人家），而世族鄙其寒贱，不屑缔盟（指缔结婚约），以故及笄（指已到了结婚的年龄。笄，jī）未字。对户龚姓之妻王氏，佻脱善谑（轻佻而爱开玩笑。谑，xuè），女闺中谈友也。一日，送至门，见一少年过，白服裙帽，丰采甚都。女意似动，秋波萦转（犹言上下打量。萦，缠绕）之。少年俯其首趋而去。去既远，女犹凝眺。王窥其意，戏之曰："以娘子才貌，得配若人，庶可无恨。"女晕红上颊，脉脉不作一语。王问："识得此郎否？"女曰："不识。"曰："此南巷鄂秀才秋隼，故孝廉之子。妾向与同里，故识之。世间男子无其温婉，今衣素，以妻服未阕也。娘子如有意，当寄语使委冰焉。"女无言，王笑而去。

数日无耗，心疑王氏未往，又疑宦裔不肯俯拾（俯就，指降低身份与之联姻）。邑邑（通"悒"，忧愁不安）徘徊，萦念颇苦，渐废饮食，寝疾惙顿。王氏适来省视，研诘病由。答言："自亦不知。但尔日别后，即觉忽忽不快，延命假息，朝暮人也。"王小语曰："我家男子，负贩未归，尚无人致声鄂郎。芳体违和，非为此否？"女赪（chēng，红色）颜良久。王戏之曰："果为此者，病已至是，尚何顾忌？先令其夜来一聚，彼岂不肯可？"女叹息曰："事至此，已不能羞。若渠（他）不嫌寒贱，即遣媒来，疾当愈；若私约，则断断不可！"王颔之，遂去。王幼时与邻生宿介通，既嫁，宿侦夫他出，辄寻旧好。是夜宿适来，因述女言为笑，戏嘱致意鄂生。宿久知女美，闻之窃喜，幸其有机之可乘也。将与妇谋，又恐其妒，乃假无心之词（漫不经心的话语），问女家闺闼（内室门路）甚悉。次夜，逾垣入，直达女所，以指叩窗。内问："谁何？"答曰："鄂生。"女曰："妾所以念君者，为百年，不为一夕。郎果爱妾，但宜速倩冰人；若言私合，不敢从命。"宿姑诺之，苦求一握纤腕为信（表示诚信）。女不忍过拒，力疾启扉。宿遽入，即抱求欢。女无力撑拒，仆地上，气息不续。宿急曳之。女曰："何来恶少，必非鄂郎；果是鄂郎，其人温驯，知妾病由，当相怜恤，何遽狂暴如此！若复尔尔（如此），便当鸣呼，品行亏损，两无所益！"宿恐假迹败露，不敢复强，但请后会。女以亲迎为期。宿以为远，又请。女厌纠缠，约待病愈。宿求信物，女不许。宿捉足解绣履而出。女呼之返，曰："身已许君，复何吝惜？但恐'画虎成狗'，致贻污谤。今亵物（贴身之物。此指绣履）已入君手，料不可反。君如负心，但有一死！"宿既出，又投宿王所。既卧，心不忘履，阴揣衣袂（暗地摸摸衣袖。揣，摸索。袂，mèi，衣袖），竟已乌有。急起篝灯（以笼罩灯；此指点灯），振衣（抖擞衣服）冥（专心）索。诘之，不应。疑妇藏匿，妇故笑以疑之。宿不能隐，实以情告。言已，遍烛门外，竟不可得。懊恨归寝，犹意深夜无人，遗落当犹在途也。早起寻之，亦复杳然。

先是，巷中有毛大者，游手无籍。尝挑王氏不得，知宿与洽，思掩执以胁之。是夜，过其门，推之未扃，潜入。方至窗外，踏一物，耎若絮帛，拾视，则巾裹女舄（xì，鞋）。伏听之，闻宿自述甚悉，喜极，抽息而出。逾数夕，越墙入女家，门户不悉，误诣翁舍。翁窥窗，见男子，察其音迹，知为女来者。心忿怒，操刀直出。毛大骇，反走（跑）。方欲攀垣，而卞追已近，急无所逃，反身夺刃；媪起大呼，毛不得脱，因而杀之。女稍痊，闻喧始起。共烛之，翁脑裂不能言，俄顷已绝。于墙下得绣履，媪视之，胭脂物也。逼女，女哭而实告之；不忍贻累王氏（连累、牵累王氏），言鄂生之自至而已。天明，讼于邑。邑宰拘鄂。鄂为人谨讷。年十九岁，见客羞涩如童子。被执，骇绝。上堂不知置词，惟有战栗。宰益信其情真，横加梏械（滥施刑罚）。生不堪痛楚，以是诬服（蒙冤被迫服罪。诬，冤屈）。及解郡，敲扑如邑。生冤气填塞，每欲与女面相质；及相遭，女辄诟詈（lì，骂），遂结舌不能自伸，由是论死。往来复讯，经数官无异词。

后委济南府复案。时吴公南岱守济南（任济南太守），一见鄂生，疑其不类杀人者，阴使人从容私问之，俾（bǐ，使）尽得其词。公以是益知鄂生冤。筹思数日，始鞫（jū，审问）之。先问胭脂："订约后，有知者否？"亦答："无之。""遇鄂生时，别有人否？"亦曰："无之。"乃唤生上，温语慰之。生自言："曾过其门，但见旧邻妇王氏同一少女出，某即趋避，过此并无一言。"吴公叱女曰："适言侧无他人，何以有邻妇也？"欲刑之。女惧曰："虽有王氏，与彼实无关涉。"公罢质（停止审讯），命拘王氏。数日已至，又禁不与女通（串通），立刻出审，便问王："杀人者谁？"王曰："不知。"公诈之曰："胭脂供言，杀卞某汝悉知之，胡得隐匿？"妇呼曰："冤哉！淫婢自思男子，我虽有媒合之言，特戏之耳。彼自引奸夫入院，我何知焉！"公细诘之，始述其前后相戏之词。公呼女上，怒曰："汝言彼不知情，今何以自供撮合哉？"女流涕曰："自己不肖，致父惨死，讼结不知何年，又累他人，诚不忍耳。"公问王氏："既戏后，曾语何人？"王供："无之。"公怒曰："夫妻在床，应无不言者，何得云无？"王曰："丈夫久客未归。"公曰："虽然，凡戏人者，皆笑人之愚，以炫己之慧，更不向一人言，将谁欺？"命梏十指（指拶指之开刑。拶指是旧时的一种酷刑，用绳穿五根小木棍，夹犯人手指，用力收绳，作为刑罚）。妇不得已，实供："曾与宿言。"公于是释鄂拘宿。宿至，自供："不知。"公曰："宿妓者必非良士！"严械之。宿供曰："赚女是真。自失履后，未敢复往，杀人实不知情。"公怒曰："逾墙者何所不至！"又械之。宿不任凌藉（不堪折磨。凌藉，凌虐），遂亦自承。招成（招供既成）报上，无不称吴公之神。铁案如山，宿遂延颈以待秋决矣。

然宿虽放纵无行，故东国（指齐鲁地区。古代齐、鲁等国，因皆位于我国东方，故称东国）名士。闻学使施公愚山（即施闰章，号愚山，安徽宣城人，诗人，清初顺治进士）贤能称最，又有怜才恤士之德，因以一词控其冤枉，语言怆恻。公讨其招供，反复凝思之，拍案曰："此生冤也！"遂请于院、司（指部院和臬司。部院，即巡抚，一省的军政长官。臬司，也称按察使，省级最高司法官员），移案再鞫（jū，审问）。问宿生："鞋遗何所？"供言："忘之。但叩妇门时，犹在袖中。"转诘王氏："宿介之外，奸夫有几？"供言："无有。"公曰："淫乱之人岂得专私一个？"供言："身与宿介，稚齿交合，故未能谢绝；后非无见挑者，身实未敢相从。"因使指其人以实之，供云："同里毛大，屡挑而屡拒之矣。"公曰："何忽贞白（贞节、清白）如此？"命搒（péng，用棍棒或竹板打）之。妇顿首出血，力辨无有，乃释之。又诘："汝夫远出，宁无有托故而来者？"曰："有之。某甲、某乙，皆以借贷馈赠，曾一二次入小人家。"盖甲、乙皆巷中游荡之子，有心于妇而未发者也。公悉籍（登记）其名，并拘之。既集，公赴城隍庙，使尽伏案前。便谓："曩（nǎng，从前的，过去的）梦神人相告，杀人者不出汝等四五人中。今对神明，不得有妄言。如肯自首，尚可原宥；虚者，廉得（查出。廉，查访）无赦！"同声言无杀人之事。公以三木（古时加在犯人颈、手、足上的木制刑具）置地，将并加之；括发裸身（把头发束起来，把上衣剥下来：这是动刑前的准备），齐鸣冤苦。公命释之，谓曰："既不自招，当使鬼神指之。"使人以毡褥悉障殿窗，令无少隙；袒诸囚背，驱入暗中，始授盆水，一一命自盥讫；系诸壁下，戒令"面壁勿动，杀人者，当有神书其背"。少间，唤出验视，指毛曰："此真杀人贼也！"盖公先使人以灰涂壁，又以烟煤濯其手：杀人者恐神来书，故匿背于壁而有灰色；临出，以手护背，而有烟色也。公

— 484 —

固疑是毛，至此益信。施以毒刑，尽吐其实（吐露实情；如实招供）。判曰："宿介：蹈盆成括杀身之道（重蹈盆成括被杀的覆辙。盆成括，战国时人），成登徒子好色之名。只缘两小无猜，遂野鹜如家鸡之恋（喻指宿介把野花当作家花，把情妇当作正妻）；为因一言有漏，致得陇兴望蜀之心。将仲子而逾园墙，便如鸟堕（形容轻捷）；冒刘郎（指刘晨。此用刘晨和阮肇在天台山遇见仙女的故事，喻宿介冒充鄂生追求胭脂）而至洞口，竟赚门开。感帨惊龙（感，通"撼"。帨，shuì，佩巾。龙，máng，多毛的狗。此指其粗暴，毫无顾忌），鼠有皮胡若此？攀花折树，士无行其谓何！幸而听病燕之娇啼，犹为玉惜；怜弱柳之憔悴，未似莺狂。而释幺凤于罗中，尚有文人之意；乃劫香盟于袜底，宁非无赖之尤！蝴蝶过墙，隔窗有耳；莲花瓣卸（指胭脂的绣履被宿介强夺。莲花瓣，指女鞋），堕地无踪。假中之假以生（宿介假冒鄂生，毛大又假冒宿介，是假中之假。生，发生，指案件发生），冤外之冤（指鄂生因宿介受冤，宿介又因毛大受冤）谁信？天降祸起，酷械至于垂亡；自作孽盈，断头几于不续。彼逾墙钻隙，固有玷夫儒冠；而僵李代桃（指以此代彼或代人受过。此指宿介代毛大受刑），诚难消其冤气。是宜稍宽笞扑，折其已受之惨；姑降青衣（这是对生员的一种降级惩罚。生员着蓝衫，降为"青衣"，则由蓝衫改着青衫，称为"青生"，姑且保留其生员资格），开其自新之路。若毛大者：刁猾无籍，市井凶徒。被邻女之投梭，淫心不死；伺狂童（男女相爱的昵称，此指宿介）之入巷，贼智忽生。开户迎风，喜得履张生之迹；求浆值酒，妄思偷韩掾之香（喻男女暗中通情。这里指毛大妄想冒充情人同胭脂暗中相会。掾，yuàn）。何意魄夺自天，魂摄于鬼。浪乘槎木（意指登天），直入广寒之宫；径泛渔舟，错认桃源之路。遂使情火息焰，欲海生波（指恣意作恶）。刀横直前，投鼠无他顾之意；寇穷安往，急兔起反噬之心。越壁入人家，止期张有冠而李借；夺兵遗绣履，遂教鱼脱网而鸿离。风流道乃生此恶魔，温柔乡何有此鬼蜮哉！即断首领，以快人心。胭脂：身犹未字，岁已及笄。以月殿之仙人，自应有郎似玉；原霓裳之旧队，何愁贮屋无金？而乃感关雎而念好逑，竟绕春婆之梦（此指胭脂思念落空）；

怨摽梅而思吉士，遂离倩女之魂。为因一线缠萦（指胭脂怀春情思。一线，细微），致使群魔交至。争妇女之颜色，恐失'胭脂'；惹鸳鸟之纷飞，并托'秋隼'。莲钩摘去，难保一瓣之香（本指一炷香，焚香敬礼的意思。这里的"一瓣"，语意双关，实指"莲花卸瓣"之瓣，即一只绣鞋）；铁限敲来，几破连城之玉（喻贞操）。嵌红豆于骰子，相思骨竟作厉阶（祸端；祸患的来由）；丧乔木（喻指卞翁。乔木高大向上，象征父亲的尊严；古时以之喻父）于斧斤，可憎才真成祸水！葳蕤自守，幸白璧之无瑕；缧绁（léi xiè，拘系犯人的绳子，引申为囚禁）苦争，喜锦衾之可覆（义同宋元以来俗语"一床锦被遮盖"，意为"遮丑"）。嘉其入门之拒，犹洁白之情人；遂其掷果之心（指胭脂爱慕鄂生的心愿。掷果，晋潘岳貌美，洛阳妇女见到他，向他投掷果子，以表示爱慕），亦风流之雅事。仰（公文中上级命令下级的惯用套语，期望、责成的意思）彼邑令，作尔冰人。"

案既结，遐迩传颂焉。自吴公鞫后，女始知鄂生冤。堂下相遇，觍然（羞惭的样子。觍，tiǎn）含涕，似有痛惜之词，而未可言也。生感其眷恋之情，爱慕殊切；而又念其出身微，且日登公堂，为千人所窥指，恐娶之为人姗笑，日夜萦回（盘绕；形容反复考虑），无以自主。判牒既下，意始安帖。邑宰为之委禽（即纳采。古代结婚礼仪中六礼之一），送鼓吹焉。

异史氏曰："甚哉！听讼之不可以不慎也！纵能知李代为冤，谁复思桃僵亦屈？然事虽暗昧，必有其间（间隙，破绽），要非审思研察，不能得也。呜呼！人皆服哲人之折狱明，而不知良工之用心苦（优秀技艺家是煞费苦心的。喻哲人断案细心苦思）矣。世之居民上者，棋局消日（以下棋消磨光阴，而荒废政事），绀被放衙（谓好逸贪睡废政。放衙，官吏退衙、散值），下情民艰，更不肯一劳方寸（指心）。至鼓动衙开，巍然坐堂上，彼哓哓（xiāo xiāo，争辩声）者直以桎梏静之（使之肃静），何怪覆盆（覆置的盆，喻不见天日，沉冤莫白）之下多沉冤哉！"

愚山先生，吾师也。方见知（被赏识）时，余犹童子。窃见其奖进（奖励提拔）士子，拳拳如恐不尽。小有冤抑，必委曲呵护（呵禁作威者，护持受冤音）之，曾不肯作威学校，以媚权要。真宣圣之护法（孔子的护法者，即保护儒教的人。宣圣，指孔子，唐时曾追谥孔子为文宣王。护法，佛家语，保护佛法的人），不止一代宗匠（指学术上有重大成就、为众所推崇的人物）衡文无屈士已也。而爱才如命，尤非后世学使虚应故事者所及。尝有名士入场，作"宝藏兴"（此为考场试题。《礼记·中庸》："今夫山，一卷石之多，及其广大，草木生之，禽兽居之，宝藏兴焉。"）文，误记"水下"（误记是水下的宝藏；指与《中庸》所说的山间宝藏不合）；录毕而后悟之，料无不黜之理。作词曰："宝藏在山间，误认却在水边。山头盖起水晶殿，瑚长峰尖，珠结树颠；这一回崖中跌死撑船汉！告苍天：留点蒂儿（意谓留些面子），好与朋友看。"先生阅文至此而和（应和。这是指作词应答）之曰："宝藏将山夸，忽然见在水涯。樵夫漫说渔翁话（山上砍柴的人空自说些水中打鱼的人的话；指文不对题。漫，空自）。题目虽差，文字却佳，怎肯放在他人下。尝见他，登高怕险；那曾见，会水淹杀（哪见过，善泳者被淹死？意谓真正能文者，不会被黜）？"此亦风雅之一斑、怜才之一事也。

阿　纤

　　奚山者，高密（县名，在今山东省）人。贸贩为业，往往客蒙沂（客，客居。蒙沂，指蒙阴、沂水，均县名，在山东省中南部山区）间。一日，途中阻雨，及至所常宿处，而夜已深，遍叩肆门无有应者，徘徊庑下（屋檐下。庑，wǔ）。忽二扉豁开，一叟出，便纳客入。山喜从之。絷蹇（zhí jiǎn，拴驴。蹇，蹇卫，驽钝的驴子）登堂，堂上并无几榻。叟曰："我怜客无归，故相容纳。我实非卖食沽饮者。家中无多手指，惟有老荆弱女，眠熟矣。虽有宿肴（存馀的菜肴），苦少烹鬵（烹煮器具。鬵，xín，大釜，炊器），勿嫌冷啜也。"言已，便入。少顷，以足床（矮凳）来置地上，促客坐；又携一短足几至。拔来报往（一趟一趟地跑来跑去。拔、报，皆疾也），蹀躞（dié xiè，小步走路）

甚劳。山起坐不自安，曳令暂息。少间，一女郎出行酒。叟顾曰："我家阿纤兴（起，起床）矣。"视之，年十六七，窈窕秀弱，风致嫣然。山有少弟未婚，窃属意焉。因问叟清贯尊阀（籍贯和门第。清、尊，都是敬辞），答云："土虚，姓古。子孙皆夭折，剩有此女。适不忍搅其酣睡，想老荆唤起矣。"问："婿家阿谁？"答云："未字。"山窃喜。既而品味杂陈，似所宿具。食已，致恭而言曰："萍水之人，遂蒙宠惠，没齿所不敢忘。缘翁盛德，乃敢遽陈朴鲁（诚朴鲁钝。指真实朴直的心意）：仆有幼弟三郎，十七岁矣。读书肄业，颇不顽冥。欲求援系（攀附求亲），不嫌寒贱否？"叟喜曰："老夫在此，亦是侨寓。倘得相托，便假一庐，移家而往，庶免悬念。"山都应之，遂起展谢（申谢）。叟殷勤安置而去。鸡既唱，叟已出，呼客盥沐。束装已，酬以饭金。固辞曰："留客一饭，万无受金之理；矧（shěn，何况）附为婚姻乎？"

既别，客月馀，乃返。去村里馀，遇老媪率一女郎，冠服尽素。既近，疑似阿纤。女郎亦频转顾，因把媪袂（mèi，衣袖），附耳不知何辞。媪便停步，向山曰："君奚姓乎？"山唯唯。媪惨然曰："不幸老翁压于败堵，今将上墓。家虚无人，请少待路侧，行即还也。"遂入林去，移时始来。途已昏冥，遂与偕行。道其孤弱，不觉哀啼；山亦酸恻。媪曰："此处人情大不平善，孤孀（孤儿寡妇。孀，寡妇）难以过度（度日）。阿纤既为君家妇，过此恐迟时日，不如早夜同归。"山可之。既至家，媪挑灯供客已，谓山曰："意君将至，储粟都已粜（tiào，卖出）去；尚存二十馀石，远莫致（运送）之。北去四五里，村中第一门，有谈二泉者，是吾售主。君勿惮劳，先以尊乘（您的坐骑。乘，这里指奚山所乘的驴子）运一囊去，叩门而告之，但道南村古姥有数石粟，粜作路用，烦驱蹄躈（牲口。躈，qiào，一致之也。"即以囊粟付山。山策蹇去，叩户，一硕腹男子出，告以故，倾囊先归。俄有两夫以五骡至。媪引山至粟所，乃在窖中。山下为操量执概（用斗斛量粟。量，指斗、斛之类的量具。概，量粟时刮平斗斛溢粟的用具），母放女收（母亲往里装，女儿用容器接），顷刻盈装，付之以去。凡四返而粟始尽。既而以金授媪。媪留其一人二畜，治任遂东。行二十里，天始曙。至一市，市头赁骑，谈仆乃返。既归，山以情告父母。相见甚喜，即以别第馆媪，卜吉为三郎完婚。媪治奁装甚备。阿纤寡言少怒，或与语，但有微笑；昼夜绩织，无停晷（没有停止的时刻。晷，时间）。以是上下悉怜悦之。嘱三郎曰："寄语大伯：再过西道，勿言吾母子也。"居三四年，奚家益富，三郎入泮矣。

一日，山宿古之旧邻，偶及曩（nǎng，从前的，过去的）年无归，投宿翁媪之事。主人曰："客误矣。东邻为阿伯别第，三年前，居者辄睹怪异，故空废甚久，有何翁媪相留？"山甚讶之，而未深信。主人又曰："此宅向空十年，无敢入者。一日，第后墙倾，伯往视之，则石压巨鼠如猫，尾在外犹摇。急归，呼众共往，则已渺矣。群疑是物为妖。后十馀日，复入视，寂无形声；又年馀，始有居人。"山益奇之。归家私语，窃疑新妇非人，阴为三郎虑；而三郎笃爱如常。久之，家人纷相猜议。女微察之，夜中语三郎曰："妾从君数载，未尝少失妇德；今置之不以人齿（把我置于非人地位。齿，并列），请赐离婚书，听君自择良偶。"因泣下。三郎曰："区区寸心，宜所夙知。自卿入门，家日益丰，咸以福泽归卿（福泽，犹言幸福。归卿，归功于您），乌得有异言？"女曰："君无二心，妾岂不知；但众口纷纭，恐不免秋扇之捐（秋凉之后，扇子即弃置不用；比喻妇女年老色衰而被遗弃）。"三郎再四慰解，乃已。山终不释，日求善扑之猫，以觇（chān，暗中察看）其意。女虽不惧，然蹙蹙不快。一夕，谓媪小恙，辞三郎省侍（探望，侍候）之。天明，三郎往讯，则室已空矣。骇极，使人于四途踪迹之，并无消息。中心营营，寝食都废。而父兄皆以为幸，交慰藉之，将为续婚；而三郎殊不怿（yì，喜悦）。俟之年馀，音问已绝。父兄辄相消责，不得已，以重金买妾；然思阿纤不衰。

又数年，奚家日渐贫，由是咸忆阿纤。有叔弟岚，以故至胶（胶州，在山东省东部），迂道（绕道）宿表戚陆生家。夜闻邻哭甚哀，未遑诘问。既返，复闻之，因问主人。答云："数年前，有寡母孤女，僦（jiù，租赁）居于此。于是月前，姥死，女独处，无一线之亲，是以哀耳。"问："何姓？"曰："姓古。尝闭户不与里社通（里社，乡邻。通，交往），故未悉其家世。"岚惊曰："是吾嫂也！"因往款（敲，扣）扉。有人挥涕出，隔扉问曰："客何人？我家故无男子。"岚隙窥而遥审之，果嫂，便曰："嫂启关，我是叔家阿遂。"女闻之，拔关纳入，诉其孤苦，意凄怆悲怀。岚曰："三兄忆念颇苦，夫妻即有乖迕（不和睦。迕，wǔ），何遂远遁至此？"即欲赁舆同归。女怆然曰："我以人不齿数故，遂与母偕隐；今又返而依人，谁不加白眼？如欲复还，当与大兄分炊；不然，行乳药（烈性毒药）求死耳！"岚既归，以告三郎。三郎星夜驰去。夫妻相见，各有涕洟。次日，告其屋主。屋主谢监生，窥女美，阴欲图致为妾，数年不取其直，频风示（暗示）姥，姥绝之。姥死，窃幸可谋，而三郎忽至。通计房租以留难之。三郎家故不丰，闻金多，颇有忧色。女曰："不妨。"引三郎视仓储，约粟三十馀石，偿租有馀。三郎喜，以告谢。谢不受粟，故索金。女叹曰："此皆妾身之恶幛（佛教名词，指造成的恶果。幛，同"障"）也！"遂以其情告三郎。三郎怒，将讼于邑。陆氏止之，为散粟于里党，敛资偿谢，以车送两人归。

三郎实告父母，与兄析居。阿纤出私金，日建仓廪，而家中尚无儋石（也作"担石"，形容少量米粟。儋，dàn），共奇之。年馀验视，则仓中盈矣。不数年，家中大富；而山苦贫。女移翁姑自养之；辄以金粟周兄，狃以为常。三郎喜曰："卿可云不念旧恶矣。"女曰："彼自爱弟耳。且非渠，妾何缘识三郎哉？"后亦无甚怪异。

瑞　云

瑞云，杭（指浙江省杭州市）之名妓，色艺无双。年十四，其母蔡媪，将使出应客。瑞云告曰："此奴终身发轫（喻事情的开端；这里指初次应客。轫，rèn，止住车轮转动的闸木；车启行时须先去轫，称"发轫"）之始，不可草草。价由母定，客则听奴自择之。"媪曰："诺。"乃定价十五金，遂日见客。客求见者必以贽（zhì，见面的赠礼）：贽厚者，接以弈，酬以画；薄者，留一茶而已。瑞云名噪已久，自此富商贵介（尊贵；指富贵人家的孩子），日接于门。

　　馀杭（旧县名，明清时属杭州府）贺生，才名夙著，而家仅中赀。素仰瑞云，固未敢拟同鸳梦，亦竭微贽，冀得一睹芳泽。窃恐其阅人既多，不以寒畯（贫穷的读书人。畯，jùn）在意；及至相见一谈，而款接殊殷。坐语良久，眉目含情，作诗赠生曰："何事求浆者，蓝桥叩晓关（清晨叩门）？有心寻玉杵，端（端的、确实）只在人间。"生得之狂喜。更欲有言，忽小鬟来白"客至"，生仓猝遂别。既归，吟玩诗词，梦魂萦扰。过一二日，情不自已，修贽复往。瑞云接见良欢。移坐近生，悄然谓："能图一宵之聚否？"生曰："穷蹙（穷困。蹙，cù，通"蹙"）之士，惟有痴情可献知己。一丝之贽（微薄之礼。丝，重量的微小单位），已竭绵薄。得近芳容，意愿已足；若肌肤之亲，何敢作此梦想。"瑞云闻之，戚然不乐，相对遂无一语。生久坐不出，媪频唤瑞云以促之，生乃归。心甚邑邑，思欲罄家（拿出全部家产。罄，qìng）以博一欢，而更尽而别，此情复何可耐（忍受）？筹思及此，热念都消，由是音息遂绝。

　　瑞云择婿数月，更不得一当，媪颇恚（huì，怒），将强夺之（强迫她接客），而未发也。一日，有秀才投贽（进呈诗文或礼物求见。贽，zhì），坐语少时，便起，以一指按女额曰："可惜，可惜！"遂去。瑞云送客返，共视额上有指印黑如墨，濯之益真。过数日，墨痕渐阔；年馀，连颧彻准（谓墨痕漫延至左右颧骨及上下鼻梁。准，鼻梁）。见者辄笑，而车马之迹（指来访的贵客）以绝。媪斥去（收回）妆饰，使与婢辈伍。瑞云又荏弱（柔弱，怯懦。荏，rěn），不任驱使，日益憔悴。贺闻而过之（探望她。过，访），见蓬首厨下，丑状类鬼。起首见生，面壁自隐。贺怜之，便与媪言，愿赎作妇。媪许之。贺货田倾装（变卖田地，竭尽所有。倾装，犹言倾囊），买之而归。入门，牵衣揽涕（挥泪），不敢以伉俪自居，愿备妾媵，以俟来者（谓自惭形秽，只愿权充姬妾，等待贺生另娶正妻。媵，yìng）。贺曰："人生所重者知己：卿盛时犹能知我，我岂以衰故忘卿哉！"遂不复娶。闻者共姗笑之，而生情益笃。

居年馀，偶至苏，有和生与同主人（和他同住一处。主人，指旅居的房东），忽问："杭有名妓瑞云，近如何矣？"贺以适人对。又问："何人？"曰："其人率与仆等（与我略同。率，大致。等，相等）。"和曰："若能如君，可谓得人矣。不知价几何许？"贺曰："缘有奇疾，姑从贱售耳。不然，如仆者，何能于勾栏中买佳丽哉！"又问："其人果能如君否？"贺以其问之异，因反诘之。和笑曰："实不相欺：昔曾一觊其芳仪，甚惜其以绝世之姿，而流落不偶（不遇），故以小术晦其光而保其璞（谓遮掩其光彩，保护其纯真。晦，使其晦暗。璞，未雕琢的玉石，比喻天真、本色），留待怜才者之真鉴耳。"贺急问曰："君能点之，亦能涤之否？"和笑曰："乌得不能，但须其人一诚求（诚心求一次就可以了）耳！"贺起拜曰："瑞云之婿，即某是也。"和喜曰："天下惟真才人为能多情，不以妍媸易念（妍媸，yán chī，美丑。易念，改变心意）也。请从君归，便赠一佳人。"遂与同返。既至，贺将命酒。和止之曰："先行吾法，当先令治具者（准备酒食之人；指瑞云）有欢心也。"即令以盥器贮水，戟指而书之（指书写符箓，施行法术。戟指，屈指如戟形，施法术时所作的手势。戟，jǐ），曰："濯之当愈。然须亲出一谢医人也。"贺笑捧而去，立俟瑞云自靧（huì，洗脸）之，随手光洁，艳丽一如当年。夫妇共德之，同出展谢（致谢），而客已渺，遍觅之不得，意者其仙欤？

仇大娘

仇（qiú，姓）仲，晋人，忘其郡邑。值大乱，为寇俘去。二子福、禄俱幼；继室邵氏，抚双孤，遗业幸能温饱。而岁（农业收成）屡祲（jìn，受灾），豪强者复凌藉（侵凌，欺压）之，遂至食息不保（谓吃饭没有保障。食息，犹言吃饭、生活。每顿饭必有间隔；一食一间曰"食息"）。仲叔尚廉利其嫁，屡劝驾（犹言敦促），而邵氏矢志不摇。廉阴券（暗地里立下契约。指署约强嫁）于大姓，欲强夺（卖）之；关说已成，而他人不之知也。里人魏名，夙狡狯（夙，平素，一向。狡狯，狡诈奸猾），与仲家积不相能（长期不和睦。不相能，不相容），事事思中伤之。因邵寡，伪造浮言以相败辱。大姓闻之，恶其不德而止。久之，廉之阴谋与外之飞语（传扬的诽谤），邵渐闻之，冤结胸怀，朝夕陨涕（落泪），四体渐以不仁（麻痹，指患痹症），委身床榻（卧床不起）。福甫（刚）十六岁，因缝纫无人，遂急为毕姻（谓长辈为晚辈完婚）。妇，姜秀才屺瞻之女，颇称贤能，百事赖以经纪（管理照料）。由此用渐裕，仍使禄从师读。

　　魏忌嫉之，而阳（佯装）与善，频招福饮，福倚为腹心交。魏乘间告曰："尊堂病废，不能理家人生产；弟坐食，一无所操作。贤夫妇何为作马牛哉！且弟买妇（娶媳妇），将大耗金钱。为君计，不如早析（析居，分家），则贫在弟而富在君也。"福归，谋诸妇；妇咄之。奈魏日以微言（秘密进言，谓暗中怂恿）相渐渍（浸润，影响），福惑焉，直以己意告母。母怒，诟骂之。福益恚（huì，怒），辄视金粟为他人之物而委弃之。魏乘机诱博赌，仓粟渐空，妇知而未敢言。既至粮绝，被母骇问，始以实告。母愤怒，而无如何，遂析之。幸姜女贤，旦夕为母执炊（做饭），奉事一如平日。福既析，益无顾忌，大肆淫赌（滥赌）。数月间，田屋悉偿戏债，而母与妻皆不及知。福资既罄，无所为计，因券妻贷资，苦无受者。邑人赵阎罗，原漏网之巨盗，武断一乡（以威势横行乡里），固不畏福言之食也，慨然假资。福持去，数日复空。意踟蹰，将背券盟。赵横目相加。福惧，赚（骗）妻付之。魏闻窃喜，急奔告姜，实将倾败仇也。姜怒，讼兴（告到官府）。福惧甚，亡去。姜女至赵家，始知为婿所卖，大哭，但欲觅死。赵初慰谕之，不听；既而威逼之，益骂；大怒，鞭挞之，终不肯服。因拔笄（jī，古代束发用的簪子）自刺其喉，急救，已透食管，血溢出。赵急以帛束其项，犹冀从容而挫折（指挫折其意志）焉。明日，拘牒已至，赵行行（倔强的样子）不置意（在意）。官验女伤重，命笞之，隶相顾不敢用刑。官久知其横暴，至此益信，大怒，唤家人出，立毙之。姜遂舁（yú，抬）女归。

自姜之讼也，邵氏始知福不肖状，一号几绝，冥然大渐（病危）。禄时年十五，茕茕（孤独无依）无以自主。先是，仲有前室（前妻）女大娘，嫁于远郡，性刚猛，每归宁（女子出嫁后回家看望父母），馈赠不满其志，辄迕（wǔ，违反；违背）父母，往往以愤去，仲以是怒恶之；又因道远，遂数载已不一存问。邵氏垂危，魏欲使招之来而启（挑起）其争。适有贸贩者，与大娘同里，便托寄语大娘，且歆以家之可图（以可以图谋仇家家产暗示仇大娘。歆，xīn，引诱）。数日，大娘果与少子至。入门，见幼弟侍病母，景象惨澹，不觉怆恻。因问弟福，禄备告之。大娘闻之，忿气塞吭（háng，喉咙），曰："家无成人，遂任人蹂躏至此！吾家田产，诸贼何得赚（骗）去！"因入厨下，爇火炊糜（烧火煮粥。爇，ruò），先供母，而后呼弟及子啖之。啖已，忿出，诣邑投状，讼诸博徒。众惧，敛金赂大娘。大娘受其金，而仍讼之。邑令拘甲、乙等，各加杖责，田产殊置不问。大娘愤不已，率子赴郡。郡守最恶博者。大娘力陈孤苦，及诸恶局骗（诸恶，指诸博徒。局骗，设圈套骗人）之状，情词慷慨。守为之动，判令知县追田给主；仍惩仇福，以儆不肖。既归，邑令奉命敲比（敲扑追比，指强令限期完成"追田给主"），于是故产尽反。大娘时已久寡，乃遣少子归，且嘱从兄务业，勿得复来。大娘由此止母家，养母教弟，内外有条。母大慰，病渐瘥（chài，病除，病好转），家务悉委大娘。里中豪强，少见陵暴（轻侮，欺侮），辄握刃登门，侃侃争论，罔不屈服。居年馀，田产日增。时市药饵珍肴，馈遗姜女。又见禄渐长成，频嘱媒为之觅姻。魏告人曰："仇家产业，悉属大娘，恐将来不可复返矣。"人咸信之，故无肯与论婚者。

有范公子子文，家中名园，为晋第一。园中名花夹路，直通内室。或不知而误入之，值公子私宴，怒执为盗，杖几死。会清明，禄自塾中归，魏引与遨游，遂至园所。魏故与园丁有旧，放令入，周历亭榭（周游园林。历，游历。榭，建在高处的敞屋）。俄至一处，溪水汩涌，有画桥朱栏，通一漆门；

遥望门内，繁花如锦，盖即公子内斋也。魏绐（dài，欺骗）之曰："君请先入，我适欲私（小便）焉。"禄信之，寻桥入户，至一院落，闻女子笑声。方停步间，一婢出，窥见之，旋踅即返。禄始骇奔。无何，公子出，叱家人绾索（拿着绳子。绾，wǎn，盘结）逐之。禄大窘，自投溪中。公子反怒为笑，命诸仆引出。见其容裳都雅，便令易其衣履，曳入一亭，诘其姓氏。蔼容温语（面容和蔼，言语温和），意甚亲昵。俄趋入内；旋出，笑握禄手，过桥，渐达曩所（以前所到的地方，指"内斋"）。禄不解其意，逡巡不敢入。公子强曳入之，见花篱内隐隐有美人窥伺。既坐，则群婢行酒。禄辞曰："童子无知，误践闺闼（女子所居内室的门。闼，tà），得蒙赦宥（yòu，宽容，饶恕），已出非望。但求释令早归，受恩匪浅。"公子不听。俄顷，肴炙纷纭。禄又起，辞以醉饱，公子捺坐，笑曰："仆有一乐拍名，若能对之，即放君行。"禄唯唯请教。公子云："拍名'浑不似'。"禄默思良久，对曰："银成'没奈何'（相传宋朝张俊家多白银，每千两铸成一个圆球，视为"没奈何"；意谓特大银块，盗贼也没法偷窃）。"公子大笑曰："真石崇（字季伦，晋代南皮人，使客航海致富。后世多以石崇代指富豪）也！"禄殊不解。盖公子有女名蕙娘，美而知书，日择良偶。夜梦一人知之曰："石崇，汝婿也。"问："何在？"曰："明日落水矣。"早告父母，共以为异。禄适符梦兆，故邀入内舍，使夫人女婢共觇（chān，偷偷地察看）之也。公子闻对而喜，乃曰："拍名乃小女所拟，屡思而无其偶，今得属对（撰成对句），亦有天缘。仆欲以息女奉箕帚（息女，亲生女。奉箕帚，持箕帚洒扫；代指做妻子。奉，通"捧"）；寒舍不乏第宅，更无烦亲迎耳。"禄惶然逊谢，且以母病不能入赘（男子就婚于女家）为辞。公子姑令归谋，遂遣圉人负湿衣，送之以马。既归告母，母惊为不祥。于是始知魏氏险；然因凶得吉，亦置不仇，但戒子远绝而已。逾数日，公子又使人致意母，母终不敢应。大娘应之，即倩双媒纳采（古代婚礼，男女双方同意后，男家备彩礼去女家缔结婚约）焉。未几，禄赘入公子家。年馀游泮（入县学），才名籍甚（声名甚盛。甚，盛）。妻弟长成，敬少弛；禄怒，携妇而归，母已杖而能行。频岁赖大娘经纪（管理照料），第宅颇完好。新妇既归，仆从如云，宛然有大家风焉。

魏又见绝，嫉妒益深，恨无瑕之可蹈（无机可乘，指找不到陷害的借口。蹈，践踏，利用），乃引旗下逃人诬禄寄资（诱引旗下逃人诬陷仇禄窝藏其钱财。清政权严禁家奴逃亡，凡"逃人及窝逃之人，两邻、十家长、百家长，俱照逃人定例治罪"。仇禄被诬陷替逃人寄放钱财，就成了"窝逃之人"）。国初（指清朝建国之初）立法最严，禄依令徙口外（仇禄按照法令应流放口外充军。口外，长城以外的我国北部地区）。范公子上下贿托，仅以蕙娘免行；田产尽没入官。幸大娘执析（分家）产书，锐身告理（挺身而出，据理诉讼），新增良沃（肥沃的良田）如干顷，悉挂福名，母女始得安居。禄自分（自以为）不返，遂写离婚字付岳家，伶仃自去。行数日，至都北，饭于旅肆。有丐子怔忪（惊怖懊恨的样子）户外，貌绝类兄；近致讯诘，果兄。禄因自述，兄弟悲惨。禄解复衣，分数金，嘱令归。福泣受而别。禄至关外，寄将军帐下为奴。因禄文弱，俾（bǐ，使）主支籍（主管文簿帐册），与诸仆同栖止。仆辈研问家世，禄悉告之。内一人惊曰："是吾儿也！"盖仇仲初为寇家牧马，后寇投诚，卖仲旗下，时从主屯关外。向禄缅述，始知真为父子，抱头悲哀，一室为之酸辛。已而愤曰："何物逃东（清兵入关前称为"东师"，被其所掳为奴的人称为"东人"。"逃东"就是"逃人"），遂诈吾儿！"因泣告将军。将军即命禄摄书记（代理文书人员。摄，代理。书记，主管文书记录的人员）；函致亲王，付仲诣都。仲伺车驾（帝王所乘车，这里代指亲王）出，先投冤状（鸣冤的讼状）。亲王为之婉转（意指委婉说情、解脱），遂得昭雪，命地方官赎业归仇。仲返，父子各喜。禄细问家口，为赎身计。乃知仲入旗下，两易配而无所出（两次婚配而无子嗣），时方鳏（guān，老而无妻叫"鳏"）也。禄遂治任（装）返。

初，福别弟归，蒲伏自投。大娘奉母坐堂上，操杖问之："汝愿受扑责，便可姑留；不然，汝田产既尽，亦无汝啖饭之所，请仍去。"福涕泣伏地，愿受答。大娘投杖曰："卖妇之人，亦不足惩。但宿案（旧案）未消，再犯首官

（告官。首，陈述罪状叫"首"，自陈叫"自首"，告人叫"出首"）可耳。"即使人往告姜。姜女骂曰："我是仇家何人，而相告耶！"大娘频述告福而揶揄之，福惭愧不敢出气。居半年，大娘虽给奉周备，而役（役使）同厮养（仆人）。福操作无怨词，托以金钱辄不苟（不马虎；认真对待）。大娘察其无他，乃白母，求姜女复归。母意其不可复挽。大娘曰："不然。渠（她）如肯事二主，楚毒岂肯自罹（指姜女自刺其喉，拒绝赵阎王的威逼）？要不能不有此忿耳。"率弟躬往负荆。岳父母诮让良切（责备甚严）。大娘叱使长跪，然后请见姜女。请之再四，坚避不出；大娘搜捉以出。女乃指福唾骂，福惭汗无以自容。姜母始曳令起。大娘请问归期，女曰："向受姊惠綦（qí，极，很）多，今承尊命，岂复敢有异言？但恐不能保其不再卖也！且恩义已绝，更何颜与黑心无赖子共生活哉？请别营一室，妾往奉事老母，较胜披削（披缁削发，指出家为尼）足矣。"大娘代白其悔，为翌日之约而别。次朝，以乘舆取归，母逆于门（在家门前迎接。逆，迎）而跪拜之。女伏地大哭。大娘劝止，置酒为欢，命福坐案侧，乃执爵（古代饮酒的器皿）而言曰："我苦争者，非自利也。今弟悔过，贞妇复还，请以簿籍（指记录家产的账簿）交纳；我以一身来，仍以一身去耳。"夫妇皆兴席改容（兴席，离席；站起。兴，起。改容，变了脸色，表示惶恐），罗拜哀泣，大娘乃止。

　　居无何，昭雪之命下，不数日，田宅悉还故主。魏大骇，不知其故，自恨无术可以复施。适西邻有回禄之变（指发生火灾。回禄，传说中的火神），魏托救焚而往，暗以编菅爇（编菅，草荐。菅，jiān，爇，ruò，点燃）禄第，风又暴作，延烧几尽；止余福居两三屋，举家依聚其中。未几，禄至，相见悲喜。初，范公子得离书，持商蕙娘。蕙娘痛哭，碎而投诸地。父从其志，不复强。禄归，闻其未嫁，喜如岳所。公子知其灾，欲留之；禄不可，遂辞而退。大娘幸有藏金，出葺败堵。福负锸（chā，掘土的工具）营筑，掘见窖镪（qiǎng，泛指钱），夜与弟共发之，石池盈丈，满中皆不动尊（指白银，意为收藏不用，如佛像端坐不动）也。由是鸠工大作，楼舍群起，壮丽拟于世胄（类似世家。拟，比拟，类似。

世胄，犹言"世家"）。禄感将军义，备千金往赎父。福请行，因遣健仆辅之以去。禄乃迎蕙娘归。未几，父兄同归，一门欢腾。大娘自居母家，禁子省视，恐人议其私也。父既归，坚辞欲去。兄弟不忍。父乃析产而三之：子得二，女得一也。大娘固辞。兄弟皆泣曰："吾等非姊，乌有今日！"大娘乃安之。遣人招子，移家共居焉。或问大娘："异母兄弟，何遂关切如此？"大娘曰："知有母而不知有父者，惟禽兽如此耳；岂以人而效之？"福禄闻之皆流涕，使工人治其第，皆与己等。

魏自计十馀年，祸之而益以福之，深自愧悔。又仰其富，思交欢之，因以贺仲阶进（作为进见的因由），备物而往。福欲却之；仲不忍拂，受鸡酒焉。鸡以布缕缚足，逸入灶；灶火燃布，往栖积薪，僮婢见之而未顾也。俄而薪焚灾舍（火烧房舍），一家惶骇。幸手指众多，一时扑灭，而厨中百物俱空矣。兄弟皆谓其物不祥。后值父寿，魏复馈牵羊（此既实指送羊祝寿，又暗喻服输悔过之意）。却之不得，系羊庭树。夜有僮被仆殴，忿趋树下，解羊索自经（自缢，自尽）死。兄弟叹曰："其福之不如其祸之也！"自是魏虽殷勤，竟不敢受其寸缕，宁厚酬之而已。后魏老，贫而作丐，仇每周以布粟而德报之。

异史氏曰："噫嘻！造物之殊（命运不同）不由人也！益仇之而益福之，彼机诈者无谓甚矣。顾受其爱敬；而反以得祸，不更奇哉？此可知盗泉之水（比喻恶人魏名所送的礼物。盗泉，古泉名，故址在今山东省泗水县东北。旧时以"盗泉之水"比喻以不正当的手段得来的东西），一掬（jū，用两手捧）亦污也。"

龙飞相公

安庆（府名，治所在今安徽省安庆市）戴生，少薄行（年轻时轻薄无行），无检幅（不修边幅）。一日，自他醉归，途中遇故表兄季生。醉后昏眊（眼睛昏花。眊，mào），亦忘其死，问："向在何所？"季曰："仆已异物（指死亡的人），君忘之耶？"戴始恍然，而醉亦不惧，问："冥间何作？"答曰："近在转轮王殿下司录（掌管文簿）。"戴曰："人世祸福，当必知之？"季曰："此仆职也，乌得不知。但过烦，非甚关切，不能尽记耳。三日前偶稽册，尚睹君名。"戴急问其何词，季曰："不敢相欺，尊名在黑暗狱（传说中的地狱之一）中。"戴大惧，酒亦醒，苦求拯拔。季曰："此非仆所能效力，惟善可以已之。然君恶籍盈指（记录恶迹的簿册堆满一尺厚。极言其罪恶之多。籍，记事簿。指，指尺。古时以中指中节为寸，十倍为尺，名曰指尺），非大善不可复挽。穷秀才有何大力？即日行一善，非年馀不能相准（相准折，谓善恶之事两相抵销），今已晚矣。但从此砥行（砥砺自己的言行，使之合乎正道），则地狱或有出时。"戴闻之泣下，伏地哀恳；及仰首，而季已杳矣。悒悒而归。由此洗心改行，不敢差跌（同"蹉跌"，失足跌倒，喻失误）。

先是，戴私其邻妇，邻人闻之而不肯发，思掩执之（乘其不备抓获他）。而戴自改行，永与妇绝；邻人伺之不得，以为恨。一日，遇于田间，阳（佯装）与语，绐窥眢井（枯井，废井。眢，yuān），因而堕之。井深数丈，计必死。而戴中夜苏，坐井中大号，殊无知者。邻人恐其复生，过宿往听之；闻其声，急投石。戴移闭洞中（转移而藏身洞中。闭，伏藏），不敢复作声。邻人知其不死，劚土（挖土。劚，zhú，同"斸"，大锄，引申为挖掘）填井，几满之。洞中冥黑，真与地狱无少异者。况空洞无所得食，计无生理。蒲伏（同"匍匐"，四肢着地而行）渐入，则三步外皆水，无所复之，还坐故处。初觉腹馁（饿），久竟忘之。因思重泉（谓地下，犹九泉。下文"九地"，同此）下无善可行，惟长宣佛号（长日宣诵佛的名号）而已。既见燐火浮游，荧荧满洞，因而祝之："闻青燐悉为冤鬼；我虽暂生，固亦难反，如可共话，亦慰寂寞。"但见诸燐渐浮水来；燐中皆有一人，高约人身之半。诘所自来，答云："此古煤井。主人攻煤，震动古墓，被龙飞相公决地海之水，溺死四十三人。我等皆鬼也。"问："相公何人？"曰："不知也。但相公文学士，今为城隍幕客，彼亦怜我等无辜，三五日辄一施水粥。思我辈冷水浸骨，超拔（犹超度）无日。君倘再

履人世，祈捞残骨葬一义冢，则惠及泉下者多矣。"戴曰："如有万分之一，此即何难。但深在九地，安望重睹天日乎！"因教诸鬼使念佛，捻块代珠，记其藏数（捻泥块代替佛珠，以记其诵念佛经之数）。不知时之昏晓：倦则眠，醒则坐而已。忽见深处有笼灯，众喜曰："龙飞相公施食矣！"邀戴同往。戴虑水沮（水深难行。沮，阻），众强曳扶以行，飘若履虚。曲折半里许，至一处，众释令自行；步益上，如升数仞之阶。阶尽，睹房廊，堂上烧明烛一支，大如臂。戴久不见火光，喜极趋上。上坐一叟，儒服儒巾。戴辍步不敢前。叟已睹见，讶问："生人何来？"戴上，伏地自陈。叟曰："我耳孙（远孙）也。"因令起，赐之坐。自言："戴潜，字龙飞。向因不肖孙堂，连结匪类，近墓作井，使老夫不安于夜室，故以海水没之。今其后续如何矣？"盖戴近宗凡五支，堂居长。初，邑中大姓赂堂，攻煤于其祖茔之侧。诸弟畏其强，莫敢争。无何，地水暴至，采煤人尽死井中。诸死者家，群兴大讼，堂及大姓皆以此贫；堂子孙至无立锥（贫无立锥之地，言其贫困到一无所有）。戴乃堂弟裔也。曾闻先人传其事，因告翁。翁曰："此等不肖，其后乌得昌（他的后代怎能兴盛）！汝既来此，当勿废读。"因饷以酒馔，遂置卷案头，皆成、洪制艺（明代成化、弘治年间的八股文。制艺，经义的别称。因是制举应试文章，故称制艺。此指八股文），迫使研读。又命题课文（出题考查其文章写得如何。课，考核，定有程式而加以稽核），如师教徒。堂上烛常明，不剪亦不灭。倦时辄眠，莫辨晨夕。翁时出，则以一僮给役。历时觉有数年之久，然幸无苦。但无别书可读，惟制艺百首，首四千馀遍矣。翁一日谓曰："子孽报已满，合还人世。余冢邻煤洞，阴风刺骨，得志后，当迁我于东原。"戴敬诺。翁乃唤集群鬼，仍送至旧坐处。群鬼罗拜再嘱。戴亦不知何计可出。

先是，家中失戴，搜访既穷（无着落），母告官，系缧（xì léi，牵连入狱。缧，捆绑犯人的绳索，引申为牢狱）多人，并少踪绪。积三四年，官离任，缉察亦弛。戴妻不安于室，遣嫁去。会里中人复治旧井，入洞见戴，抚之未死。大骇，报诸其家。舁归经日，始能言其底里。自戴入井，邻人殴杀其妇，为妇翁所讼，驳审年馀，仅存皮骨而归。闻戴复生，大惧亡去。宗人议究治之，戴不许；且谓曩（nǎng，从前的，过去的）时实所自取，此冥中之谴，于彼何与焉。邻人察其意无他，始逡巡而归。井水既涸，戴买人入洞拾骨，俾各为具（使其各个凑成完整的尸骨。俾，使），市棺设地，葬丛冢（丛聚之冢。丛，聚集）焉。又稽宗谱名潜，字龙飞，先设品物祭诸其冢。学使闻其异，又赏其文，是科以优等入闱（这年科考以优等参加乡试），遂捷于乡（谓考中举人。乡，指乡试）。既归，营兆（营建坟墓。兆，指墓地）东原，迁龙飞厚葬之；春秋上墓，岁岁不衰。

异史氏曰："余乡有攻煤者，洞没于水，十馀人沉溺其中。竭水求尸，两月馀始得涸，而十馀人并无死者。盖水大至时，共泅高处，得不溺。缒而上之，见风始绝，一昼夜乃渐苏。始知人在地下，如蛇鸟之蛰，急切未能死也。然未有至数年者。苟非至善，三年地狱中，乌复有生人（活人）哉！"

珊　瑚

安生大成，重庆（府名，治所在今重庆市）人。父孝廉，蚤卒。弟二成，幼。生娶陈氏，小字珊瑚，性娴淑。而生母沈，悍谬不仁（凶横心狠。悍谬，凶横而不讲道理），遇之虐，珊瑚无怨色。每早旦，靓妆往朝（打扮齐整去拜见婆母。靓妆，艳丽的妆饰。打扮齐整去朝拜，是表示恭敬。靓，jìng）。值生疾，母谓其诲淫（引诱别人产生淫欲），诟责之。珊瑚退，毁妆以进。母益怒，投颡自挝（叩头碰地，自打嘴巴。颡，sǎng，额头。挝，zhuā）。生素孝，鞭妇，母始少解。自此益憎妇。妇虽奉事惟谨，终不与交一语。生知母怒，亦寄宿他所，示与妇绝。久之，母终不快，触物类而骂之（碰着什么骂什么。类，皆），意皆在珊瑚。生曰："娶妻以奉姑嫜（公婆），今若此，何以妻为！"遂出（休弃）珊瑚，使老妪送诸其家。方出里门，珊瑚泣曰："为女子不能作妇，归何以见双亲？不如死！"袖中出剪刀刺喉。急救之，血溢沾衿。扶归生族婶家。婶王氏，寡居无耦（通"偶"，伴侣），遂止焉。

媪归，生嘱隐其情，而心窃恐母知。过数日，探知珊瑚创渐平，登王氏门，使勿留珊瑚。王召生入；不入，但盛气（犹言怒气冲冲）逐珊瑚。无何，王率珊瑚出见生，便问："珊瑚何罪？"生责其不能事母。珊瑚脉脉不作一语，惟俯首呜泣，泪皆赤，素衫尽染。生惨恻不能尽词而退。又数日，母已闻之，怒诣王，恶言诮让。王傲不相下，反述其恶，且曰："妇已出，尚属安家何人？我自留陈氏女，非留安氏妇也，何烦强与他家事！"母怒甚而穷于词，又见其意气匈匈（即"汹汹"，同"洶洶"，意气相向，寸步不让的样子），惭沮大哭而返。珊瑚意不自安，思他适。先是，生有母姨于媪，即沈姊也。年六十馀，子死，止一幼孙及寡媳；又尝善视珊瑚。遂辞王，往投媪。媪诘得故，极道妹子昏暴，即欲送之还。珊瑚力言其不可，兼嘱勿言。乃与于媪居，如姑妇焉。珊瑚有两兄，闻而怜之，欲移之归而嫁之。珊瑚执不肯，惟从于媪纺绩以自度。

生自出妇，母多方为生谋昏，而悍声流播，远近无与为耦。积三四年，二成渐长，遂先为毕姻。二成妻臧姑，骄悍戾沓（贪暴），尤倍于母。母或怒以色，则臧姑怒以声。二成又懦，不敢为左右袒。于是母威顿减，莫敢撄（触犯），反望色笑而承迎之，犹不能得臧姑欢。臧姑役（役使）母若婢；生不敢言，惟身代母操作，涤器洒扫之事皆与焉。母子恒于无人处，相对饮泣。无何，母以郁积病，委顿在床，便溺转侧皆须生；生昼夜不得寐，两目尽赤。呼弟代役，甫入门，臧姑辄唤去之。生于是奔告于媪，冀媪临存（亲临慰问）。入门，泣且诉。诉未毕，珊瑚自帏中出。生大惭，禁声欲出。珊瑚以两手叉扉。生窘极，自肘下冲出而归，亦不敢以告母。无何，于媪至，母喜止之。从此媪家无日不有人来，来辄以甘旨（好吃的东西）饷媪。媪寄语寡媳："此处不饿，后勿复尔。"而家中馈遗，卒无少间。媪不肯少尝食，缄留（封存不动）以进病者。母病亦渐瘥（chài，病除，病愈）。媪幼孙又以母命将佳饵来问病。沈叹曰："贤哉妇乎！姊何修者！"媪曰："妹以去妇（被休弃的儿媳）何如人？"曰："嘻！诚不至夫己氏之甚也！然乌如甥妇贤。"媪曰："妇在，汝不知劳；汝怒：妇不知怨，恶乎弗如？"沈乃泣下，且告之悔，曰："珊瑚嫁也未者？"答云："不知，请访之。"又数日，病良已，媪欲别。沈泣曰："恐姊去，我仍死耳！"媪乃与生谋，析二成居。二成告臧姑。臧姑不乐，语侵兄，兼及媪。生愿以良田悉归二成，臧姑乃喜。立析产书已，媪始去。明日，以车来迎沈。沈至其家，先求见甥妇，亟道甥妇德。媪曰："小女子百善，何遂无一疵？余固能容之。子即有妇如吾妇，恐亦不能享也。"沈曰："呜呼冤哉！谓我木石鹿豕耶（你认为我是无知觉的木石和不辨是非的禽兽吗）！具有口鼻，岂有触香臭而不知者？"媪曰："被出如珊瑚，不知念子作何语（不知道她提到你说什么）？"曰："骂之耳。"媪曰："诚（如果）反躬无可骂，亦恶（如何，怎么）乎而骂之？"曰："瑕疵人所时有，惟其不能贤，是以知其骂也。"媪曰："当怨者不怨，则德焉者可知；当去者不去，则抚（厚，爱）焉者可知。向之所馈遗而奉事者；固非予妇也，而妇也。"沈惊曰："如何？"曰："珊瑚寄此久矣。向之所供，皆渠（她）夜绩之所赂也。"沈闻之，泣数行下，曰："我何以见我妇矣！"媪乃呼珊瑚。瑚含涕而出，伏地下。母惭痛自挞，媪力劝始止，遂为姑媳如初。

十馀日偕归，家中薄田数亩，不足自给，惟恃生以笔耕（以笔代耕，谓以为人抄写谋生），妇以针耨（以针代耨，谓以缝纫刺绣谋生。耨，nòu，除草）。二成称饶足，然兄不之求，弟亦不之顾也。臧姑以嫂之出也鄙之；嫂亦恶其悍，置不齿。兄弟隔院居。臧姑时有凌虐，一家尽掩其耳。臧姑无所用虐，虐夫及婢。婢一日自经（自缢，自尽）死。婢父讼臧姑，二成代妇质理，大受扑责，仍坐拘臧姑。生上下为之营脱，卒不免。臧姑械十指，肉尽脱。官贪暴，索望良奢。二成质田贷资，如数内入，始释归。而债家责负日亟（逼索债款，一天紧似一天。责，索讨。负，欠债。亟，急），不得已，悉以良田鬻于村中任翁。翁以田半属大成所让，要生署券（在契约上签名）。生往，翁忽自言：“我安孝廉也。任某何人，敢市吾业！”又顾生曰：“冥中感汝夫妻孝，故使我暂归一面。”生出涕曰：“父有灵，急救吾弟！”曰：“逆子悍妇，不足惜也！归家速办金，赎吾血产（以血汗换取来的产业）。”生曰：“母子仅自存活，安得多金？”曰：“紫薇树下有藏金，可以取用。”欲再问之，翁已不语；少时而醒，茫不自知。生归告母，亦未深信。臧姑已率人往发窖，坎地（掘地，从地表向下挖掘。坎，地面低陷之处）四五尺，止见砖石，并无所谓金者，失意而去。生闻其掘藏，戒母及妻勿往视。后知其无所获，母窃往窥之，见砖石杂土中，遂返。珊瑚继至，则见土内悉白镪（银的别称）；呼生往验之，果然。生以先人所遗，不忍私，召二成均分之。数适（正好）得揭取之二，各囊之而归。二成与臧姑共验之，启囊则瓦砾满中，大骇。疑二成为兄所愚，使二成往窥兄，兄方陈金几上，与母相庆。因实告兄，兄亦骇，而心甚怜之，举金而并赐之。二成乃喜，往酬责讫，甚德兄。臧姑曰：“即此益知兄诈。若非自愧于心，谁肯以瓜分者（犹言平分者。瓜分，喻指像剖瓜一样分割成若干份）复让人乎？”二成疑信半之。次日，债主遣仆来，言所偿皆伪金，将执以首官。夫妻皆失色。臧姑曰：“何如！我固谓兄贤不至于此，是将以杀汝也！”二成惧，往哀责主；主怒不释。二成乃券田于主，听其自售，始得原金而归。细视之，见断金二锭，仅裹真金一韭叶许，中尽铜耳。臧姑因与二成谋：留其断者，馀仍反诸兄以觇（chān，偷偷地察看）之。且教之言曰：“屡承让德（屡次受到您谦让的恩惠。德，恩惠），实所不忍。薄留二锭，以见推施之义（推恩施惠的情谊。推，推恩，施恩惠于他人）。所存物产，尚与兄等。馀无庸多田也，业已弃之，赎否在兄。”生不知其意，固让之。二成辞甚决，生乃受。称之少五两馀，命珊瑚质奁（lián）妆以满其数，携付债主。主疑似旧金，以剪刀夹验之，纹色俱足，无少差谬，遂收金，与生易券。二成还金后，意其必有参差（料想其去一定会发生争执。参差，此指双方意见不一而发生争讼）；既闻旧业已赎，大奇之。臧姑疑发掘时，兄先隐其真金，忿诣兄所，责数诟厉。生乃悟反金之故。珊瑚逆而笑曰："产固在耳，何怒为？"使生出券付之。二成一夜梦父责之曰："汝不孝不弟（不善事父母，不敬爱兄长。弟，通"悌"），冥限已迫（冥世索命的期限已近），寸土皆非己有，占赖将以奚为（何为。奚，何）！"醒告臧姑，欲以田归兄。臧姑嗤其愚。是时二成有两男，长七岁，次三岁。无何，长男病痘死。臧姑始惧，使二成退券于兄。言之再三，生不受。未几，次男又死，臧姑益惧，自以券置嫂所。春将尽，田芜秽（犹荒芜，农田中杂草丛生）不耕，生不得已，种治之。臧姑自此改行，定省（昏定晨省，敬事父母）如孝子；敬嫂亦至。未半年而母病卒。臧姑哭之恸，至勺饮（滴水）不入口。向人曰："姑早死，使我不得事，是天不许我自赎也！"产十胎皆不育，遂以兄子为子。夫妻皆寿终。生三子举两进士。人以为孝友之报云。

异史氏曰："不遭跋扈之恶，不知靖献（安分尽责）之忠，家与国有同情哉。逆妇化（逆妇，忤逆之妇，即不孝敬父母的儿媳妇。化，被感化）而母死，盖一堂孝顺，无德以戡（kān，克，胜）之也。臧姑自克，谓天不许其自赎，非悟道者何能为此言乎？然应迫死，而以寿终，天固已恕之矣。生于忧患，有以矣夫！"

申 氏

泾河（泾水，源于平凉和华亭，至泾州境汇合而入渭水）之侧，有士人子申氏者，家窭贫（贫穷。窭，jù），竟日恒不举火。夫妻相对，无以为计。妻曰："无已，子其盗乎（没法办，你就去抢劫吧）！"申曰："士人子，不能亢宗

（庇护宗族，此谓光宗耀祖。亢，庇护），而辱门户、羞先人，跖而生，不如夷而死（像盗跖那样劫掠而活，不如像伯夷那样高洁而死。跖，盗跖，古时大盗。伯夷，商末孤竹君之子，古时被推崇为高洁之士。跖，zhí）！"妻忿曰："子欲活而恶辱耶？世不田而农者（不靠种田而过活的人），止（通"只"）两途：汝既不能盗，我无宁娼（只好当妓女）耳！"申怒，与妻语相侵。妻含愤而眠。申念：为男子不能谋两餐，至使妻欲娼，固不如死！潜起，投缳庭树间。但见父来，惊曰："痴儿，何至于此！"断其绳，嘱曰："盗可以为，须择禾黍深处伏之。此行可富，无庸再矣。"妻闻堕地声，惊寤；呼夫不应；爇火（点火，点灯。爇，ruò）觅之，见树上缳绝，申死其下。大骇。抚捺之，移时而苏，扶卧床上。妻忿气少平。既明，托夫病，乞邻得稀酏（稀粥。酏，yǐ）饵申。申啜已，出而去。至午，负一囊米至。妻问所从来，曰："余父执（父亲的朋友）皆世家，向以摇尾为羞（以摇尾乞食为羞。摇尾，摇尾而求食），故不屑以相求也。古人云：'不遭者可无不为（本谓不逢其时则什么官职都可接受。此谓不得志的人则什么事都可以干）。'今且将作盗，何顾焉！可速炊，我将从卿言，往行劫。"妻疑其未忘前言不忿，含忍之。因淅米作糜（淘米做粥）。

申饱食讫，急寻坚木，斧作梃（用斧砍削成木棒。梃，tǐng），持之欲出。妻察其意似真，曳而止之。申曰："子教我为，事败相累，当无悔！"绝裾（拉断衣袖，表示决绝。裾，jū，衣袖）而出。日暮，抵邻村，违（离，距）村里许伏焉。忽暴雨，上下淋湿。遥望浓树，将以投止。而电光一照，已近村垣。远外似有行人，恐为所窥，见垣下有禾黍蒙密，疾趋而入，蹲避其中。无何，一男子来，躯甚壮伟，亦投禾中。申惧，不敢少动。幸男子斜行去。微窥之，入于垣中。默忆垣内为富室亢氏第，此必梁上君子（指窃贼），伺其重获而出，当合有分。又念：其人雄健，倘善取不予，必至用武。自度力不敌，不如乘其无备而颠之（将其打倒）。计已定，伏伺良专。直将鸡鸣，始越垣出。足未及地，申暴起，梃中腰膂（腰椎。膂，lǚ，脊骨），踣（bó，向前扑倒）然倾跌，则一巨龟，喙张如盆。大惊，又连击之，遂毙。先是，亢翁有女，绝惠美，父母皆怜爱之。一夜，有丈夫入室，狎逼为欢。欲号，则舌已入口，昏不知人，听其所为而去。羞以告人，惟多集婢媪，严扃门户而已。夜既寝，更不知扉何自而开；入室，则群众皆迷，婢媪遍淫之。于是相告各骇，以告翁；翁戒家人操兵环绣闼，室中人烛而坐。约近夜半，内外人一时都瞑，忽若梦醒，见女白身卧，状类痴，良久始寤。翁甚恨之，而无如何。积数月女柴瘠（骨瘦如柴）颇殆。每语人："有能驱遣者，谢金三百。"申平时亦悉闻之。是夜得龟，因悟祟翁女者，必是物也。遂叩门求赏。翁喜，延之上座，使人舁（yú，抬）龟于庭，脔割（碎割）之。留申过夜，其怪果绝，乃如数赠之。负金而归。

妻以其隔夜不还，方且忧盼；见申入，急问之。申不言，以金置榻上。妻开视，几骇绝，曰："子真为盗耶！"申曰："汝逼我为此，又作是言！"妻泣曰："前特以相戏耳。今犯断头之罪，我不能受贼人累也。请先死！"乃奔。申逐出，笑曳而返之，具以实告，妻乃喜。自此谋生产，称素封（无官爵封邑而富比封君的人）焉。

异史氏曰："人不患贫，患无行耳。其行端者，虽饿不死；不为人怜，亦有鬼祐也。世之贫者，利所在忘义，食所在忘耻，人且不敢以一文相托，而何以见谅于鬼神乎！"

邑有贫民某乙，残腊向尽（将至腊月即农历十二月底），身无完衣。自念：何以卒岁（如何过年。何以，以何，靠什么）？不敢与妻言，暗操白梃，出伏墓中，冀有孤身而过者，劫其所有。悬望甚苦，渺无人迹；而松风刺骨，不可复耐。意濒绝矣，忽见一人伛偻来。心窃喜，持梃遽出。则一叟负囊道左，哀曰："一身实无长物。家绝食，适于婿家乞得五升米耳。"乙夺米，复欲褫其絮袄。叟苦哀之，乙怜其老，释之，负米而归。妻诘其自，诡以"赌债"对。阴念此策良佳。次夜复往。居无几时，见一人荷梃来，亦投墓中，蹲居眺望，意似同道。乙乃逡巡自冢后出。其人惊问："谁何？"答云："行道者。"问："何不行？"曰："待君耳。"其人失笑。各以意会，并道饥寒之苦。夜既深，无所猎获。乙欲归，其人曰："子虽作此道，然犹雏也。前村有嫁女者，营办中夜，举家必殆。从我去，得当均之。"乙喜，从之。至一门，隔壁闻炊饼声，知未寝，伏伺之。无何，一人启关（开门）荷杖出行汲（出门挑水。荷，肩扛。杖，此指扁担，北方或称"钩担"），二人乘间掩入（乘其不备偷偷进入）。见灯辉北舍，他屋皆暗黑。闻一媪曰："大姐，可向东舍一瞬，汝奁妆悉在椟中，忘扃镭（jiōng jué，关锁。扃，关闭。镭，锁钥）未也。"闻少女作娇惰声。二人窃喜，潜趋东舍，暗中摸索得卧椟（一种平置床头、长方形的盛衣柜，或称为"床头柜"）；启覆探之，深不见底。其人谓乙曰："人之！"乙果人，得一裹，传递而出。其人问："尽矣乎？"曰："尽矣。"又绐之曰："再索之。"乃闭椟，加锁而去。乙在其中，窘急无计。未几，灯火亮人，先照椟。闻媪云："谁已扃（jiōng，关闭）矣。"于是母及女上榻息烛。乙急甚，乃作鼠啮物声。女曰："椟中有鼠！"媪曰："勿坏而衣。我疲顿已极，汝宜自觇（chān，看）之。"女振衣起，发扃启椟。乙突出，女惊仆。乙拔关奔去，虽无所得，而窃幸得免。嫁女家被盗，四方流播。或议乙。乙惧，东遁百里，为逆旅（旅店）主人赁作佣。年馀，浮言稍息，始取妻同居，不业白梃矣。此其自述，因类申氏，故附志之。

葛 巾

常大用，洛（洛阳的省称）人，癖好牡丹。闻曹州（州府名，治所在今山东省菏泽市）牡丹甲齐、鲁，心向往之。适以他事如曹，因假缙绅之园居焉。时方二月，牡丹未华，惟徘徊园中，目注句萌（草木的幼芽；弯的叫"句"，直的叫"萌"。句，同"勾"），以望其拆（开，指花开）。作怀牡丹诗百绝（百首绝句。绝，诗体的一种，共四句，分五言绝句和七言绝句）。未几，花渐含苞，而资斧将匮（盘缠将尽。匮，缺乏）；寻（便）典春衣，流连忘返。

一日，凌晨趋花所，则一女郎及老妪在焉。疑是贵家宅眷，亦遂遄返。暮而往，又见之，从容避去。微窥之，宫妆艳绝。眩迷（眼力发花，视物不明）之中，忽转一想：此必仙人，世上岂有此女子乎！急反身而搜之，骤过假山，适与媪遇。女郎方坐石上，相顾失惊。媪以身幛女，叱曰："狂生何为！"生长跪曰："娘子必是神仙！"媪咄之曰："如此妄言，自当絷（zhí，绑）送令尹（指县令）！"生大惧。女郎微笑曰："去之！"过山而去。生返，不能徙步（移步），意女郎归告父兄，必有诟辱之来。偃卧空斋，自悔孟浪（卤莽，冒失）。窃幸女郎无怒容，或当不复置念。悔惧交集，终夜而病。日已向辰，喜无问罪之师，心渐宁帖。回忆声容，转惧为想。如是三日，憔悴欲死。秉烛夜分，仆已熟眠。媪入，持瓯（ōu，盆、盂一类的瓦器）而进曰："吾家葛巾娘子，手合鸩汤（亲手调合的毒药。鸩，zhèn，传说中的一种毒鸟，羽毛浸酒，饮之即死），其速饮！"生闻而骇，既而曰："仆与娘子，夙无怨嫌，何至赐死？既为娘子手调，与其相思而病，不如仰药（仰首饮药；指服毒药）而死！"遂引而尽之。媪笑，接瓯而去。生觉药气香冷，似非毒者。俄觉肺膈宽舒，头颅清爽，酣然睡去。既醒，红日满窗。试起，病若失，心益信其为仙。无可夤缘（攀援；攀附。夤，yín），但于无人时，仿佛其立处、坐处，虔拜而默祷之。

一日，行去，忽于深树内，觌（dí，见）面遇女郎，幸无他人，大喜，投地（伏地；指行拜见大礼）。女郎近曳之，忽闻异香竟体，即以手握玉腕而起。指肤软腻，使人骨节欲酥。正欲有言，老媪忽至。女令隐身石后，南指曰："夜以花梯度墙，四面红窗者，即妾居也。"匆匆遂去。生怅然，魂魄飞散，莫能知其所往。至夜，移梯登南垣，则垣下（墙的另一边）已有梯在，喜而下，果有红窗。室中闻敲棋（下棋。下棋时棋子敲得棋盘发出声响，故下棋也称"敲棋"）声，伫立不敢复前，姑逾垣归。少间，再过之，子声犹繁；渐近窥之，则女郎与一素衣美人相对着，老媪亦在坐，一婢侍焉。又返。凡三往复，三漏已催（已至三更。催，谓时间催人）。生伏梯上，闻媪出云："梯也，谁置此？"呼婢共移去之。生登垣，欲下无阶，恨悒而返。

次夕复往，梯先设矣。幸寂无人，入，则女郎兀坐，若有思者。见生惊起，斜立含羞。生揖曰："自谓福薄，恐于天人（犹言天仙，对美丽女子的美称）无分，亦有今夕也！"遂狎抱之。纤腰盈掬，吹气如兰，撑拒曰："何遽尔！"生曰："好事多磨，迟为鬼妒。"言未及已，遥闻人语。女急曰："玉版妹子来矣！君可姑伏床下。"生从之。无何，一女子入，笑曰："败军之将，尚可复言战否？业已烹茗，敢邀为长夜之欢。"女郎辞以困惰。玉版固请之，女郎坚坐不行。玉版曰："如此恋恋，岂藏有男子在室耶？"强拉之出门而去。生膝行而出，恨绝，遂搜枕簟（diàn，竹），冀一得其遗物，室内并无香奁（lián），只床头有一水精如意（器物名。头部作灵芝或云朵形，柄微曲，旧时把它当作供玩赏的吉祥器物），上结紫巾，芳洁可爱。怀之，越垣归。自理衿（jīn，上衣、袍子前面的部分）袖，体香犹凝，倾慕益切。然因伏床之恐，遂有怀刑（畏法）之惧，筹思不敢复往，但珍藏如意，以冀其寻。

隔夕，女郎果至，笑曰："妾向以君为君子也，而不知寇盗也，"生曰："良有之。所以偶不君子（偶尔一次不当君子）者，第（仅仅）望其如意耳。"乃揽体入怀，代解裙结。玉肌乍露，热香四流，偎抱之间，觉鼻息汗熏，无气不馥。因曰："仆固意卿为仙人，今益知不妄。幸蒙垂盼，缘在三生（注定的因缘。三生，佛家语，指前生、今生、来生）。但恐杜兰香之下嫁（担心葛巾像传说中的杜香兰，说要嫁给张传，却未能长久），终成离恨耳。"女笑曰："君虑亦过。妾不过离魂之倩女（指钟情的少女。故事见唐传奇《离魂记》），偶为情动耳。此事要宜慎秘，恐是非之口，捏造黑白，君不能生翼，妾不能乘风，则祸离更惨于好别矣。"生然之，而终疑为仙，固（坚持）诘姓氏，女曰："既以妾为仙，仙人何必以姓名传。"问："妪何人？"曰："此桑姥。妾少时受其露覆，故不与婢辈同。"遂起，欲去，曰："妾处耳目多，不可久羁，蹈隙（乘机、抽空）当复来。"临别，索如意，曰："此非妾物，乃玉版所遗。"问："玉版为谁？"曰："妾叔妹也。"付钩（交出所藏物。钩，即如意）乃去。

去后，衾枕皆染异香。由此三两夜辄一至。生惑之，不复思归，而囊橐

（本意用于贮物。毛传云："小曰橐，大曰囊。"此指钱袋）既空，欲货（出售）马。女知之，曰："君以妾故，泻囊质衣，情所不忍。又去代步，千馀里将何以归？妾有私蓄，卿可助装。"生辞曰："卿情好，抚臆誓肌（竭诚图报。抚臆，抚胸。誓肌，誓死），不足论报；而又贪鄙，以耗卿财，何以为人矣！"女固（坚持）强之，曰："姑假君。"遂捉生臂，至一桑树下，指一石，曰："转之！"生从之。又拔头上簪，刺土数十下，又曰："爬（挖，引申为掘）之。"生又从之。则瓮口已见。女探入，出白镪近五十两许；生把臂止之，不听，又出十馀铤，生强反其半而后掩之。一夕，谓生曰："近日微有浮言，势不可长，此不可不预谋也。"生惊曰："且为奈何！小生素迂谨，今为卿故，如寡妇之失守，不复能自主矣。一惟卿命，刀锯斧钺（yuè，古代兵器，青铜或铁制成，形状像板斧而较大），亦所不遑（空闲；闲暇）顾耳！"女谋偕亡，命生先归，约会于洛。生治任旋里（返回故乡），拟先归而后逆之；比（等）至，则女郎车适已至门。登堂朝家人，四邻惊贺，而并不知其窃而逃也。生窃自危；女殊坦然，谓生曰："无论（且不说）千里外非逻察所及，即或知之，妾世家（世代显贵的家族）女，卓王孙当无如长卿何（意谓世家女私奔，其家因怕出丑，不敢张扬其事，为难男方。据《史记》记载，临邛官商卓王孙之女卓文君与司马相如相恋，两人一同逃到成都。卓王孙知道后，对司马相如也无可奈何。这里以此故事取譬。长卿，司马相如字长卿）也。"

生弟大器，年十七，女顾之曰："是有慧根，前程尤胜于君。"完婚有期，妻忽夭殒。女曰："妾妹玉版，君固尝窥见之，貌颇不恶，年亦相若（似），作夫妇可称嘉偶。"生闻之而笑，戏请作伐（媒）。女曰："必欲致之，即亦非难。"喜问："何术？"曰："妹与妾最相善。两马驾轻车，费一妪之往返耳。"生恐前情俱发，不敢从其谋。女固言："不害。"即命车，遣桑妪去。数日，至曹。将近里门，妪下车，使御者止而候于途，乘夜入里。良久，偕女子来，登车遂发。昏暮即宿车中，五更复行。女郎计其时日，使大器盛服而逆之五十里许，乃相遇。御轮而归（古婚礼礼仪中亲迎之礼。《礼记·昏义》，谓亲迎之日，新婚到女家行"奠雁"礼，然后亲自御新妇车），鼓吹花烛，起拜成礼。由此兄弟皆得美妇，而家又日以富。

一日，有大寇数十骑，突入第。生知有变，举家登楼。寇入，围楼。生俯问："有仇否？"答云："无仇。但有两事相求：一则闻两夫人世间所无，请赐一见；一则五十八人，各乞金五百。"聚薪楼下，为纵火计以胁之。生允其索金之请；寇不满志，欲焚楼，家人大恐。女欲与玉版下楼，止之不听。炫妆而下，阶未尽者三级，谓寇曰："我姊妹皆仙媛，暂时一履尘世，何畏寇盗！欲赐汝万金，恐汝不敢受也。"寇众一齐仰拜，喏声"不敢"。姊妹欲退，一寇曰："此诈也！"女闻之，反身伫立，曰："意欲何作，便早图之！尚未晚也。"诸寇相顾，默无一言。姊妹从容上楼而去。寇仰望无迹，哄然始散。

后二年，姊妹各举（生）一子，始渐自言："魏姓（隐指牡丹葛巾出于魏家。宋欧阳修《洛阳牡丹记》："魏家花者，千叶肉红，花出魏相家。"），母封曹国夫人。"生疑曹无魏姓世家，又且大姓失女，何得一置不问？未敢穷诘，而心窃怪之。遂托故复诣曹，入境谘访（咨询访问），世族并无魏姓。于是仍假馆旧主人，忽见壁上有赠曹国夫人诗，颇涉骇异，因诘主人。主人笑，即请往观曹夫人。至则牡丹一本，高与檐等。问所由名，则以其花为曹第一，故同人戏封之。问其"何种"，曰："葛巾紫（牡丹品种名）也。"心益骇，遂疑女为花妖。既归，不敢质言，但述赠夫人诗以觇（chān，看）之。女蹙然变色，遽（jù）出呼玉版抱儿至，谓生曰："三年前，感君见思，遂呈身相报；今见猜疑，何可复聚！"因与玉版皆举儿遥掷之，儿堕地并没。生方惊顾，则二女俱渺矣。悔恨不已。后数日，堕儿处生牡丹二株，一夜径尺，当年而花，一紫一白，朵大如盘，较寻常之葛巾、玉版瓣尤繁碎。数年，茂荫成丛，移分他所，更变异种，莫能识其名。自此牡丹之盛，洛下无双焉。

异史氏曰："怀（思念；指爱恋）之专一，鬼神可通，偏反者（花的代称，此指葛巾。《论语》引古逸诗："唐棣之华，偏其反而。岂不尔思？室是远而。"）亦不可谓无情也。少府寂寞，以花当夫人（唐代诗人白居易所作《戏题新栽蔷薇诗》：

"少府无妻春寂寞，花开将尔当夫人。"少府，唐代县尉的别称），况**真能解语**（指葛巾能解人意。唐明皇曾把杨贵妃比作"解语花"），何必力穷其原哉？惜常生之未达（通达）也！"

卷十一

黄 英

马子才，顺天人。世好菊，至才尤甚。闻有佳种，必购之，千里不惮（不怕路远。惮，怕）。一日，有金陵客寓其家，自言其中表亲（古代称姑母的儿子为外兄弟，称舅父或姨母的儿子为内兄弟。外为"表"，内为"中"，合称这种亲戚关系为"中表亲"）有一二种，为北方所无。马欣动（欣喜动心），即刻治装，从客至金陵。客多方为之营求，得两芽（幼苗），裹藏如宝。归至中途，遇一少年，跨蹇从油碧车（骑着小驴跟随在油碧车后面。蹇，驴子。油碧车，也作"油壁车"，因车壁以油涂饰，故名。古时妇女所乘之车），丰姿洒落。渐近与语。少年自言："陶姓。"谈言骚雅（说话文雅，有诗人气质。《楚辞》有《离骚》，《诗经》有《大雅》和《小雅》，故以"骚雅"代指文学修养）。因问马所自来，实告之。少年曰："种无不佳，培溉在人。"因与论艺（种植）菊之法。马大悦，问："将何往？"答云："姊厌金陵，欲卜居于河朔（黄河以北地区）耳。"马欣然曰："仆虽固贫（固守贫困），茅庐可以寄榻。不嫌荒陋，无烦他适。"陶趋车前，向姊咨禀（商量，禀告）。车中人推帘语，乃二十许绝世美人也。顾弟言："屋不厌卑，而院宜得广。"马代诺之，遂与俱归。

第南有荒圃，仅小室三四椽，陶喜，居之。日过北院，为马治菊。菊已枯，拔根再植之，无不活。然家清贫，陶日与马共饮食，而察其家似不举火（不烧火做饭）。马妻吕，亦爱陶姊，不时以升斗馈恤之。陶姊小字（小名，乳名）黄英，雅善谈，辄过吕所，与共纫绩（缝纫、捻线，指针线活）。陶一日谓马曰："君家固（本来）不丰，仆日以口腹（指饮食）累知交，胡可为常。为今计，卖菊亦足谋生。"马素介（向来耿介。介，孤洁，有操守），闻陶言，甚鄙之，曰："仆以君风流高士，当能安贫，今作是论，则以东篱为市井（把种菊的地方当作贸易的场所，这对菊花是一种污辱；意谓陶生庸俗，大煞风景），有辱黄花矣。"陶笑曰:"自食其力不为贪,贩花为业不为俗。人固不可苟求富（以不正当的手段谋求富足）,然亦不必务求贫（立志追求贫穷）也。"马不语,陶起而出。自是,马所弃残枝劣种,陶悉掇拾而去。由此不复就马寝食,招之始一至。未几,菊将开,闻其门嚣喧如市。怪之,过而窥焉,见市人买花者,车载肩负,道相属也。其花皆异种,目所未睹。心厌其贪,欲与绝;而又恨其私秘佳本,遂款其扉,将就诮让（讽刺责备）。陶出,握手曳入。见荒庭半亩皆菊畦,数椽（chuán）之外无旷土（空地）。劚（zhú,掘）去者,则折别枝插补之;其蓓蕾在畦者,罔不佳妙:而细认之,尽皆向所拔弃也。陶入室,出酒馔（zhuàn,饮食）,设席畦侧,曰:"仆贫不能守清戒（清廉的戒规）,连朝幸得微资,颇足供醉。"少间,房中呼"三郎",陶诺而去。俄献佳肴,烹饪良精。因问:"贵姊胡以不字（出嫁）?"答云:"时未至。"问:"何时?"曰:"四十三月。"又诘:"何说?"但笑不言。尽欢始散。过宿,又诣之,新插者已盈尺矣。大奇之,苦求其术。陶曰:"此固非可言传;且君不以谋生,焉用此?"又数日,门庭略寂,陶乃以蒲席包菊,捆载数车而去。逾岁,春将半,始载南中异卉（南方的珍奇花卉。南中,泛指南方）而归,于都中设花肆,十日尽售,复归艺菊。问之去年买花者,留其根,次年尽变而劣,乃复购于陶。陶由此日富:一年增舍,二年起夏屋（大屋）。兴作从心,更不谋诸主人。渐而旧日花畦,尽为廊舍。更于墙外买田一区,筑墉（土墙）四周,悉种菊。至秋,载花去,春尽不归。而马妻病卒。意属黄英,微使人风示（暗示）之。黄英微笑,意似允许,惟专候陶归而已。

　　年馀,陶竟不至。黄英课仆（督促仆人。课,督促完成指定的工作）种菊,一如陶。得金益合商贾,村外治膏田二十顷,甲第益壮。忽有客自东粤（或作"东越",指今东南沿海地区）来,寄陶生函信,发之,则嘱姊归（嫁）马。考其寄书之日,即妻死之日;回忆国中之饮,适四十三月也。大奇之。以书示英,请问"致聘何所"。英辞不受采。又以故居陋,欲使就南第居,若赘焉。马不可，择日行亲迎礼。黄英既适（嫁）马，于间壁开扉通南第，日过课其仆。马耻以妻富，恒嘱黄英作南北籍（为南北两宅各立账簿），以防淆乱。而家所需，黄英辄取诸南第。不半岁，家中触类皆陶家物。马立遣人一一赍（jī，送东西给别人）还之，戒勿复取。未浃旬（即"浃日"，十日。古代以干支纪日，称自甲至癸一周十日为"浃"日。浃，jiā），又杂之。凡数更，马不胜烦。黄英笑曰："陈仲子毋乃劳（喻指马子才如此追求廉洁未免过分。陈仲子，战国时齐人）乎？"马惭，不复稽（查核），一切听诸黄英。鸠工庀料（招集工匠，置备建筑材料。庀，pǐ，备具），土木大作，马不能禁。经数月，楼舍连亘，两第竟合为一，不分疆界矣。然遵马教，闭门不复业菊，而享用过于世家。马不自安，曰："仆三十年清德（清廉自守的德行），为卿所累。今视息人间（犹言"活在世上"。视，看。息，呼吸），徒依裙带而食（只靠妻子生活。旧时讥称因妻而得到的官职为"裙带官"），真无一毫丈夫气矣。人皆祝（祈求）富，我但祝穷耳！"黄英曰："妾非贪鄙；但不少致丰盈，遂令千载下人，谓渊明（晋代诗人陶渊明）贫贱骨，百世不能发迹，故聊为我家彭泽（陶渊明曾为彭泽县令，黄英也姓陶，故曰"我家彭泽"）解嘲耳。然贫者愿富，为难；富者求贫，固亦甚易。床头金任君挥去之，妾不靳（jìn，吝惜）也。"马曰："捐他人之金，抑亦良丑。"英曰："君不愿富，妾亦不能贫也。无已，析（分开）君居：清者自清，浊者自浊，何害。"乃于园中筑茅茨（草屋。茨，cí），择美婢往侍马。马安之。然过数日，苦念黄英。招之，不肯至；不得已，反就之。隔宿辄至，以为常。黄英笑曰："东食西宿（比喻兼有两利。《艺文类聚》卷四十引《风俗通》，谓齐人有女，二人求之。一人丑而富，一人美而贫，父母疑而不决，问其女。女曰："欲东家食，西家宿。"这里嘲笑马生所标榜的"清廉"），廉者当不如是。"马亦自笑，无以对，遂复合居如初。

会马以事客金陵，适逢菊秋。早过花肆，见肆中盆列甚烦，款朵（花朵的式样，指菊花品种）佳胜，心动，疑类陶制。少间，主人出，果陶也。喜极，具道契阔（离合之情），遂止宿焉。要之归，陶曰："金陵，吾故土，将婚于是。积有薄资，烦寄吾姊。我岁杪（年底即为岁杪。杪，miǎo）当暂去。"马不听，请之益苦。且曰："家幸充盈，但可坐享，无须复贾。"坐肆中，使仆代论价，廉其直，数日尽售。逼促囊装，赁舟遂北。入门，则姊已除舍，床榻裀褥皆设，若预知弟归者。陶自归，解装课役，大修亭园，惟日与马共棋酒，更不复结一客。为之择婚，辞不愿。姊遣二婢侍其寝处，居三四年，生一女。

陶饮素豪（豪放；此指豪饮），从不见其沉醉。有友人曾生，量亦无对。适过马，马使与陶相较饮。二人纵饮甚欢，相得恨晚。自辰以迄四漏（从辰时一直到夜里四更天。迄，至），计各尽百壶。曾烂醉如泥，沉睡座间。陶起归寝，出门践菊畦，玉山倾倒（形容酒醉摔倒），委衣于侧，即地化为菊，高如人；花十馀朵，皆大于拳。马骇绝，告黄英。英急往，拔置地上，曰："胡醉至此！"覆以衣，要马俱去，戒勿视。既明而往，则陶卧畦边。马乃悟姊弟菊精也，益敬爱之。而陶自露迹，饮益放，恒自折柬招曾，因与莫逆。值花朝（即花朝节，农历二月十五举行，也有二月初二、二月二十二过花朝节的），曾乃造访，以两仆舁（yú，抬）药浸白酒一坛，约与共尽。坛将竭，二人犹未甚醉。马潜以一瓻续入之，二人又尽之。曾醉已惫，诸仆负之以去。陶卧地，又化为菊。马见惯不惊，如法拔之，守其旁以观其变。久之，叶益憔悴。大惧，始告黄英。英闻骇曰："杀吾弟矣！"奔视之，根株已枯。痛绝，掐其梗，埋盆中，携入闺中，日灌溉之。马悔恨欲绝，甚怨曾。越数日，闻曾已醉死矣。盆中花渐萌，九月既开，短干粉朵，嗅之有酒香，名之"醉陶"，浇以酒则茂。后女长成，嫁于世家。黄英终老，亦无他异。

异史氏曰："青山白云人，遂以醉死（《旧唐书·傅奕传》：傅奕生平未曾请医服药。年八十五，常醉酒酣卧。临死之前，自拟墓志铭："傅奕，青山白云人也，因酒醉死。"这里借指醉死的陶生），世尽惜之，而未必不自以为快也。植此种（指"醉陶"菊）于庭中，如见良友，如对丽人，不可不物色之也。

书　痴

彭城（古县名，治所在今江苏省徐州市）郎玉柱，其先世官至太守，居官廉，得俸不治生产，积书盈屋。至玉柱，尤痴：家苦贫，无物不鬻（yù，卖），惟父藏书，一卷不忍置（弃置）。父在时，曾书《劝学篇》（指宋真宗赵恒所作的《劝学文》），粘其座右（意谓当作"座右铭"，以鞭策自己），郎日讽诵；又幎以素纱，惟恐磨灭。非为干禄（求取功名利禄），实信书中真有金粟（指《劝学文》所说的"黄金屋""千钟粟"）。昼夜研读，无问寒暑。年二十馀，不求婚配，冀卷中丽人自至。见宾亲不知温凉（不知话温凉，谓不解应酬。温凉，犹言"寒暄"），三数语后，则诵声大作，客逡巡（qūn xún，因为有所顾虑而徘徊不前）自去。每文宗临试（学使案临考试。文宗，明清对各省提督学政的尊称。学政按期至所属府县巡回考试，称"案临"，意在考查生员的学业），辄首拔之（此指岁试或科试选拔他为第一），而苦不得售（此指乡试不中）。

一日，方读，忽大风飘卷去。急逐之，踏地陷足；探之，穴有腐草；掘之，乃古人窖粟，朽败已成粪土。虽不可食，而益信"千钟"之说（指《劝学文》中"书中自有千钟粟"之说。钟，古代的量器，十釜为一钟，可容六斛四斗）不妄，读益力。一日，梯登高架，于乱卷中得金辇（人力拉挽的饰金之车；秦汉以后专指帝王的车子。辇，niǎn）径尺，大喜，以为"金屋"之验（当作"书中自有黄金屋"的验证。辇车车盖如屋，故当作"金屋之验"）。出以示人，则镀金而非真金。心窃怨古人之诳己也。居无何，有父同年，观察是道（做彭城这个地方的观察使。清代一省分为数道，于藩、臬之下，设使守巡各道。"观察"则为守巡各道者的专称），性好佛。或劝郎献辇为佛龛（供奉神像的小屋。龛，kān）。观察大悦，赠金三百、马二匹。郎喜，以为金屋、车马（指"书中车马多如簇"之说）皆有验，因益刻苦。然行年已三十矣。或劝其娶，曰："'书中自有颜如玉'，我何忧无美妻乎？"又读二三年，迄无效，人咸揶揄之。时民间讹言：天上织女私逃。或戏郎："天孙（即织女）窃奔，盖为君也。"郎知其戏，置不辨。

　　一夕，读《汉书》至八卷，卷将半，见纱剪美人夹藏其中。骇曰："书中颜如玉，其以此应之耶？"心怅然自失。而细视美人，眉目如生；背隐隐有细字云："织女。"大异之。日置卷上，反复瞻玩，至忘食寝。一日，方注目间，美人忽折腰起，坐卷上微笑。郎惊绝，伏拜案下。既起，已盈尺矣。益骇，又叩之。下几亭亭（高高耸立的样子；这里是站立的意思），宛然绝代之姝。拜问："何神？"美人笑曰："妾颜氏，字如玉，君固相知已久。日垂青盼（天天承蒙喜爱。垂青，表对人的喜爱），脱（假如）不一至，恐千载下无复有笃信古人者。"郎喜，遂与寝处。然枕席间亲爱倍至，而不知为人（夫妻之道）。每读，必使女坐其侧。女戒勿读，不听。女曰："君所以不能腾达者，徒以读耳。试观春秋榜（春榜和秋榜。春榜，指春试考中进士之榜。秋榜，指秋试考中举人之榜）上，读如君者几人？若不听，妾行去矣。"郎暂从之。少顷，忘其教，吟诵复起。逾刻，索女，不知所在。神志丧失，嘱而祷之，殊无影迹。忽忆女所隐处，取《汉书》细检之，直至旧所，果得之。呼之不动，伏以哀祝。女乃下曰："君再不听，当相永绝！"因使治棋枰、樗蒲之具（泛指赌具。樗蒲，chū pú，古博戏的一种），日与遨戏。而郎意殊不属。觇女不在，则窃卷流览。恐为女觉，阴取《汉书》第八卷，杂溷他所以迷之。一日，读酣（读兴正浓），女至，竟不之觉；忽睹之，急掩卷，而女已亡矣。大惧，冥搜诸卷，渺不可得；既，仍于《汉书》八卷中得之，页数不爽。因再拜祝，矢不复读。女乃下，与之弈，曰："三日不工（精通），当复去。"至三日，忽一局赢女二子。女乃喜，授以弦索（指弦乐），限五日工（精通）一曲。郎手营目注（谓手眼并用，意趣专注。营，操作），无暇他及；久之，随指应节，不觉鼓舞。女乃日与饮博，郎遂乐而忘读，女又纵之出门，使结客，由此倜傥之名暴著。女曰："子可以出而试矣。"

　　郎一夜谓女曰："凡人男女同居则生子；今与卿居久，何不然也？"女笑曰："君日读书，妾固谓无益。今即夫妇一章（泛指经书中论述夫妇之道的章节），尚未了悟，枕席二字有工夫。"郎惊问："何工？"女笑不言。少间，潜迎就之。郎乐极曰："我不意夫妇之乐，有不可言传者。"于是逢人辄道，无有不掩口者。女知而责之。郎曰："钻穴逾隙者，始不可以告人；天伦之乐，人所皆有，何讳焉？"过八九月，女果举（生）一男，买媪抚字（抚育。字，养育）之。

一日，谓郎曰："妾从君二年，业生子，可以别矣。久恐为君祸，悔之已晚。"郎闻言，泣下，伏不起，曰："卿不念呱呱者（孩子）耶？"女亦凄然，良久曰："必欲妾留，当举架上书尽散之。"郎曰："此卿故乡，乃仆性命，何出此言！"女不之强，曰："妾亦知其有数，不得不预告耳。"先是，亲族或窥见女，无不骇绝，而又未闻其缔姻何家，共诘之。郎不能作伪语，但默不言。人益疑，邮传（旧时传递文书的驿站；这里指传播各地）几遍，闻于邑宰史公。史，闽人，少年进士。闻声倾动，窃欲一睹丽容，因而拘郎及女。女闻知，遁匿无迹。宰怒，收郎，斥革衣衿（剥夺生员衣冠。指取消生员资格。斥革同"褫（chǐ）革"），桎梏备加，务得女所自往。郎垂死，无一言。械其婢，略得道其仿佛（说出其事的大致情况。仿佛，不太真切）。宰以为妖，命驾亲临其家。见书卷盈屋，多不胜搜，乃焚之；庭中烟结不散，瞑若阴霾。

郎既释，远求父门人书，得从辨复（申辩恢复功名的请求得到批准）。是年秋捷，次年举进士。而衔恨切于骨髓。为颜如玉之位（牌位，灵位），朝夕而祝曰："卿如有灵，当佑我官于闽。"后果以直指巡闽（以御史衔巡察福建）。居三月，访史恶款（作恶的条款），籍其家。时有中表为司理（主管司法的州官），逼纳爱妾，托言买婢寄署中。案既结，郎即日自劾（上疏自陈过错，请求免职。劾，弹劾，揭发罪过），取妾而归。

异史氏曰："天下之物，积（积聚，聚敛）则招妒，好则生魔：女之妖，书之魔也。事近怪诞，治之未为不可；而祖龙之虐（指秦始皇焚书坑儒的暴政；喻指邑宰尽焚郎生之藏书。祖龙，秦人对秦始皇的代称），不已惨乎！其存心之私，更宜得怨毒之报也。呜呼！何怪哉！"

齐天大圣

许盛，兖（今山东省兖州市）人。从兄成贾于闽，货未居积。客言大圣灵著（灵异显著），将祷诸祠。盛未知大圣何神，与兄俱往。至则殿阁连蔓，穷极弘丽。入殿瞻仰，神猴首人身，盖齐天大圣孙悟空（神魔小说《西游记》中的人物。孙悟空在花果山水帘洞自封为"齐天大圣"与天庭对抗）云。诸客肃然起敬，无敢有惰容。盛素刚直，窃笑世俗之陋。众焚奠叩祝，盛潜去之。

既归，兄责其慢（怠慢）。盛曰："孙悟空乃丘翁（指金元时道士丘处机）之寓言，何遂诚信如此？如其有神，刀槊雷霆（犹言刀砍雷轰。槊，shuò，长矛），余自受之！"逆旅主人闻呼大圣名，皆摇手失色，若恐大圣闻。盛见其状，益哗辨之；听者皆掩耳而走。至夜，盛果病，头痛大作。或劝诣祠谢，盛不听。未几，头小愈，股又痛，竟夜生巨疽，连足尽肿，寝食俱废。兄代祷，迄无验。或言：神谴须自祝。盛卒不信。月馀，疮渐敛，而又一疽生，其痛倍苦。医来，以刀割腐肉，血溢盈碗；恐人神其词（以神其说，指世人以盛之病而证实神人灵验之说），故忍而不呻。又月馀，始就平复。而兄又大病。盛曰："何如矣！敬神者亦复如是，足征余之疾，非由悟空也。"兄闻其言，益恚（huì，愤怒），谓神迁怒，责弟不为代祷。盛曰："兄弟犹手足。前日支体糜烂而不之祷；今岂以手足之病，而易吾守（改变我的操守。守，操守，此指不随俗祷神）乎？"但为延医锉药（切药，犹言制药。锉，cuò），而不从其祷。药下，兄暴毙。盛惨痛结于心腹，买棺殓兄已，投祠指神而数（责数其罪）之曰："兄病，谓汝迁怒，使我不能自白。倘尔有神，当令死者复生。余即北面称弟子（意为甘心做信徒。旧时尊长南面而坐，幼者北面参谒。后拜人为师也称"北面"），不敢有异词；不然，当以汝处三清之法（意谓以你处置三清圣像的办法来对待你。《西游记》中，孙悟空等在车迟国三清殿，把供奉的三清，即元始天尊、灵宝道君、太上老君的塑像投入茅坑），还处汝身，亦以破吾兄地下之惑。"至夜，梦一人招之去，入大圣祠，仰见大圣有怒色，责之曰："因汝无状（没礼貌），以菩萨刀穿汝胫股；犹不自悔，啧有烦言（意谓发生言语争执）。本宜送拔舌狱（《西游记》中，唐太宗入冥界，在阴山后见到十八层地狱，其中有拔舌狱），念汝一念刚鲠（刚正耿直。鲠，gěng），姑置宥赦。汝兄病，乃汝以庸医夭其寿数，与人何尤？今不少施法力，益令狂妄者引为口实。"乃命青衣使请命于阎罗。青衣曰："三日后，鬼籍已报天庭，恐难为力。"神取方版（木板。古时的简牍），命笔，不知何词，使青衣执之而去。良久乃返。成与俱来，并跪堂上。神问："何迟？"青衣曰："阎摩不敢擅专，又持大圣旨上咨斗宿（天上二十八星宿之一。此指南斗星、北斗星。迷信传说：南斗主生，北斗主死。故阎王请示南、北星斗），是以来迟。"盛趋上拜谢神恩。神曰："可速与兄俱去。若能向善，当为汝福。"兄弟悲喜，相将俱归。醒而异之。急起，启材视之，兄果已苏，扶出，极感大圣力。盛由此诚服，信奉更倍于流俗。而兄弟资本，病中已耗其半；兄又未健，相对长愁。

一日，偶游郊郭，忽一褐衣（贫贱者的服装）人相之曰："子何忧也？"盛方苦无所诉，因而备述其遭。褐衣人曰："有一佳境，暂往瞻瞩，亦足破闷。"问："何所？"但云："不远。"从之。出郭半里许，褐衣人曰："予有小术，顷刻可到。"因命以两手抱腰，略一点头，遂觉云生足下，腾踔（腾跃。踔，chuō）而上，不知几百由旬（长度单位，约为四十里，一说三十里）。盛大惧，闭目不敢少启。顷之，曰："至矣。"忽见琉璃世界，光明异色，讶问："何处？"曰："天宫也。"信步而行，上上益高（意为越上越高）。遥见一叟，喜曰："适遇此老，子之福也！"举手相揖。叟邀过诸其所，烹茗献客；止两盏，殊不及盛。褐衣人曰："此吾弟子，千里行贾，敬造仙署，求少赠馈。"叟命僮出白石一柈（pán，盘、碟），状类雀卵，莹澈如冰，使盛自取之。盛念携归可作酒杯，遂取其六。褐衣人以为过廉，代取六枚，付盛并裹之。嘱纳腰囊（tuó，口袋），拱手曰："足矣。"辞叟出，仍令附体而下，俄顷及地。盛稽首请示仙号。笑曰："适即所谓觔斗云（又作筋斗云，是中国神魔小说《西游记》中孙悟空飞行时所乘之云，一个筋斗便能行十万八千里路的距离。觔，

jīn）也。"盛恍然，悟为大圣，又求祐护。曰："适所会财星，赐利十二分（指得十二枚白石），何须他求。"盛又拜之，起视已渺。既归，喜而告兄。解取共视，则融入腰囊矣。后赍货而归，其利倍蓰（加倍。蓰，xǐ，五倍）。自此屡至闽，必祷大圣。他人之祷，时不甚验；盛所求无不应者。

异史氏曰："昔士人过寺，画琵琶于壁而去；比返，则其灵大著，香火相属焉。天下事固不必实有其人；人灵之，则既灵焉矣。何以故？人心所聚，物或托焉耳。若盛之方鲠，固宜得神明之祐；岂真耳内绣针、毫毛能变，足下觔斗（即筋斗云。觔，jīn）、碧落可升哉！卒为邪惑，亦其见之不真也。"

青蛙神

江汉之间（长江、汉水之间，指湖北地区），俗事蛙神最虔。祠中蛙不知几百千万，有大如笼者。或犯神怒，家中辄有异兆：蛙游几榻，甚或攀缘滑壁不得堕，其状不一，此家当凶。人则大恐，斩牲禳祷（牲，祭祀用的家畜。禳祷，祭祀祷告，祈求消灾）之，神喜则已。楚（古楚国最初都城在今湖北省境内；这里泛指湖北地区）有薛昆生者，幼惠，美姿容。六七岁时，有青衣媪至其家，自称神使，坐致神意，愿以女下嫁（公主出嫁称"下嫁"；这里指蛙神的女儿嫁于凡人）昆生。薛翁性朴拙，雅不欲，辞以儿幼。虽故却之，而亦未敢议婚他姓。迟数年，昆生渐长，委禽（即纳采。古代结婚礼仪中六礼之一。男方都要向女方送大雁作为贽礼，所以称纳采为委禽）于姜氏。神告姜曰："薛昆生，吾婿也，何得近禁脔（指独享之物。脔，luán）！"姜惧，反其仪（退还订婚财礼）。薛翁忧之，洁牲往祷，自言不敢与神相匹偶。祝已，见肴酒中皆有巨蛆浮出，蠢然扰动；倾弃，谢罪而归。心益惧，亦姑听之。一日，昆生在途，有使者迎宣神命，苦邀移趾（苦苦要求他前往。移趾，请人走动的敬辞）。不得已，从与俱往。入一朱门，楼阁华好。有叟坐堂上，类七八十岁人。昆生伏谒。叟命曳起之，赐坐案傍。少间，婢媪集视，纷纭满侧。叟顾曰："人言薛郎至矣。"数婢奔去。移时，一媪率女郎出，年十六七，丽绝无俦。媪指曰："此小女十娘，自谓与君可称佳偶；君家尊乃以异类见拒。此自百年事（指婚姻大事），父母止主其半（只能当一半家。主，作主），是在君耳。"昆生目注十娘，心爱好之，默然不言。媪曰："我固知郎意良佳。请先归，当即送十娘往也。"昆生曰："诺。"趋归告翁。翁仓遽（匆忙急迫）无所为计，乃授之词（教他推托之词），使返谢（婉言推辞）之，昆生不肯行。方诮让（qiào ràng，责问）间，舆已在门，青衣成群，而十娘入矣。上堂朝见翁姑（公婆），见之皆喜。即夕合卺（完婚），琴瑟甚谐。由此神翁神媪，时降其家。视其衣，赤为喜，白为财，必见（谓灵验必现。见，同"现"），以故家日兴。

自婚于神，门堂藩溷（厕所。溷，hùn）皆蛙，人无敢诟蹴之。惟昆生少年任性，喜则忌，怒则践毙，不甚爱惜。十娘虽谦驯，但善怒，颇不善昆生所为；而昆生不以十娘故敛抑之（收敛、克制自己的行为）。十娘语侵昆生，昆生怒曰："岂以汝家翁媪能祸人耶？丈夫何畏蛙也！"十娘甚讳言"蛙"，闻之恚甚，曰："自妾入门，为汝家田增粟，贾益价（种田增产，经商增利），亦复不少。今老幼皆已温饱，遂如鸮鸟生翼，欲啄母睛（比喻忘恩负义，以怨报德。鸮，xiāo，鸮鸟，猫头鹰，旧传其幼鸟羽翼长成，啄食母鸟眼睛而去，因以之喻恶人）耶！"昆生益愤曰："吾正嫌所增污秽，不堪贻子孙。请不如早别。"遂逐十娘。翁媪既闻之，十娘已去。呵昆生，使急往追复之。昆生盛气不屈。至夜，母子俱病，郁冒（犹言郁闷）不食。翁惧，负荆于祠，词义殷切。过三日，病寻愈。十娘亦自至，夫妻欢好如初。

十娘日辄凝妆坐，不操女红（旧指妇女所做的针线活），昆生衣履，一委诸母。母一日忿曰："儿既娶，仍累媪！人家妇事姑，我家姑事妇！"十娘适闻之，负气登堂曰："儿妇朝侍食，暮问寝（犹言"昏定晨省"。这是旧时子妇侍奉翁姑的日常礼节。侍食，陪食于尊长。问寝，犹言问安，问尊者起居安否），事姑者，其道如何？所短者，不能齐佣钱，自作苦（亲自辛勤干活）耳。"母无言，惭沮（惭愧沮丧）自哭。昆生入，见母涕痕，诘得故，怒责十娘。十娘执辨不相屈。昆生曰："娶妻不能承欢，不如勿有！便触老蛙怒，不过横灾死耳！"复出十娘。十娘亦怒，出门径去。次日，居舍灾（发生火灾），延烧数屋，几案床榻，悉为煨烬。昆生怒，诣祠责数曰："养女不能奉翁姑，略无庭训（毫无家教。庭训，指父教），而曲护其短！神者至公，有教人畏妇者耶！且盎盂相敲（比喻家庭口角。盎和盂都是盆碗一类的食器），皆臣（古时与尊者谈话时的自我卑称）所为，无所涉于父母。刀锯斧钺（yuè），即加臣身；如其不然，我亦焚汝居室，聊以相报。"言已，负薪殿下，爇（ruò，烧，点燃）火欲举。居人集而哀之，始愤而归。父母闻之，大惧失色。至夜，神示梦于近村，使为婿家营宅。及明，赍材鸠工（赠送材料，召集工匠），共为昆生建造，辞之不止；日数百人相属于道，不数日，第舍一新，床幕器具悉备焉。修除甫竟，十娘已至，登堂谢过，言词温婉。转身向昆生展笑，举家变怨为喜。自此十娘性益和，居二年，无间言。

十娘最恶蛇，昆生戏函（用匣子装着）小蛇，绐（dài，欺骗）使启之。十娘色变，诟昆生。昆生亦转笑生嗔，恶相抵。十娘曰："今番不待相迫逐，请自此绝。"遂出门去。薛翁大恐，杖昆生，请罪于神。幸不祸之，亦寂无音。积有年馀，昆生怀念十娘，颇自悔，窃诣神所哀十娘，迄无声应。未几，闻神以十娘字（许嫁）袁氏，中心失望，因亦求婚他族；而历相数家，并无如十娘者，于是益思十娘。往探袁氏，则已垩壁涤庭（粉刷墙壁，清扫庭院。垩，è；粉刷），候鱼轩（以兽皮为饰的车子，古时贵夫人所乘。后世也用以代指夫人）矣。心愧愤不能自已，废食成疾。父母忧皇，不知所处。忽昏愦中有人抚之曰："大丈夫频欲断绝（屡次想断绝夫妇恩义），又作此态！"开目，则十娘也。喜极，跃起曰："卿何来？"十娘曰："以轻薄人（没有情义的人，指薛生）相待之礼，止宜从父命，另醮（jiào，改嫁）而去。固久受袁家采币，妾千思万思而不忍也。卜吉（选定的吉日，指与袁家婚期）已在今夕，父又无颜反璧（指退还聘礼），妾亲携而置之矣。适出门，父走送曰：'痴婢！不听吾言，后受薛家凌虐，纵死亦勿归也！'"昆生感其义，为之流涕。家人皆喜，奔告翁媪。媪闻之，不待往朝，奔入子舍，执手鸣泣。

由此昆生亦老成，不作恶谑（恶作剧。谑，开玩笑），于是情好益笃。十娘曰："妾向以君儇薄（xuān bó，轻薄），未必遂能相白首（白头偕老），故不欲留孽根（犹言孽根祸胎。此指儿女）于人世；今已靡他（无有他心。靡，无），妾将生子。"居无何，神翁神媪着朱袍，降临其家。次日，十娘临蓐，一举（生）两男。由此往来无间。居民或犯神怒，辄先求昆生；乃使妇女辈盛妆入闺，朝拜十娘，十娘笑则解。薛氏苗裔（后代子孙）甚繁，人名之"薛蛙子家"。近人不敢呼，远人则呼之。

又

青蛙神，往往托诸巫以为言。巫能察神嗔喜：告诸信士（佛教称在家信奉佛教的信男为信士。此泛指信奉蛙神者）曰"喜矣"，神则至；"怒矣"，妇子坐愁叹，有废餐者。流俗然哉？抑神实灵，非尽妄也？

有富贾周某，性吝啬。会居人敛金修关圣祠，贫富皆与有力，独周一毛所不肯拔。久之，工不就，首事者（指倡议者或主持者）无所为谋。适众赛（祭）蛙神，巫忽言："周将军仓（即周仓，传说为三国时蜀国大将关羽的部将，旧时小说、戏曲多演其事）命小神司募政（主持募集建祠资金之事），其取簿籍来。"众从之。巫曰："已捐者，不复强；未捐者，量力自注。"众唯唯敬听，各注已。巫视曰："周某在此否？"周方混迹其后，惟恐神知，闻之失色，次且（zī jū，同"趑趄"，脚步不稳）而前。巫指籍曰："注金百。"周益窘。巫怒曰："淫债尚酬二百，况好事耶！"盖周私（私通）一妇，为夫掩执（趁其不备而捉），以金二百自赎，故讦（揭其阴私）之也。周益惭惧，不得已，如命注（在账本上认捐）之。既归，告妻。妻曰："此巫之诈耳。"巫屡索，卒弗与。一日，方昼寝，忽闻门外如牛喘。视之，则一巨蛙，室门仅容其身，步履蹇缓（谓步履缓慢。蹇，jiǎn），塞两扉而入。既入，转身卧，以阈（yù，门槛）承颔，举家尽惊。周曰："此必讨募金也。"焚香而祝，愿先纳三十，其馀以次赍送，蛙不动；请纳五十，身忽一缩，小尺许；又加二十，益缩如斗；请全纳，缩如拳，从容出，入墙罅而去。周急以五十金送监造所，人皆异之，周亦不言其故。

积数日，巫又言："周某欠金五十，何不催（催讨）并？"周闻之，惧，又送十金，意将以次完结。一日，夫妇方食，蛙又至，如前状，目作努。少间，登其床，床摇撼欲倾；加喙于枕而眠，腹隆起如卧牛，四隅皆满。周惧，即完百数与之。验之，仍不少动。半日间，小蛙渐集，次日益多，穴仓登榻，无处不至；大于碗者，升灶啜蝇，糜烂釜中，以致秽不可食；至三日，庭中蠢蠢（蠕动、杂乱。此指小蛙密集），更无隙处。一家皇骇，不知计之所出。不得已，请教于巫。巫曰："此必少之也。"遂祝之，益以廿金，首始举；又益之，起一足；直至百金，四足尽起，下床出门，狼犺（走路急遽而不稳的样子。犺，kàng）数步，复返身卧门内。周惧，问巫。巫揣其意，欲周即解囊。周无奈，如数付巫，蛙乃行，数步外，身暴缩，杂众蛙中，不可辨认，纷纷然亦渐散矣。

祠既成，开光祭赛（指对新塑神像首次祭祀。开光，佛家语，佛像塑就后，择日致礼供奉，称"开光"，也称"开眼"或"开眼供养"），更有所需。巫忽指首事者曰："某宜出如干数。"共十五人，止遗二人。众祝曰："吾等与某某，已同捐过。"巫曰："我不以贫富为有无，但以汝等所侵渔之数（指侵吞修祠之款项）为多寡。此等金钱，不可自肥，恐有横灾飞祸。念汝等首事勤劳，故代汝消之也。除某某廉正无苟且（不守礼法。此谓侵吞贪污）外，即我家巫，我亦不少私之，便令先出，以为众倡。"即奔入家，搜括箱椟。妻问之，亦不答，尽卷囊蓄而出，告众曰："某私克银八两，今使倾囊。"与众衡之，秤得六两馀，使人志其欠数。众愕然，不敢置辨，悉如数纳入。巫过此茫不自知；或告之，大惭，质衣以盈之。惟二人亏其数，事既毕，一人病月馀，一人患疔肿（dīng zhǒng，疔疮脓肿），医药之费，浮（超出）于所欠，人以为私克之报云。

异史氏曰："老蛙司募，无不可与为善之人，其胜刺钉拖索（谓官府酷刑追索逋欠。刺，刺剟，以铁刺之。钉，钉镰，用以固定刑具）者，不既多乎？又发监守之盗（揭露监守自盗者的贪污行为），而消其灾，则其现威猛，正其行慈悲也。"

任　秀

任建之，鱼台（今山东省鱼台县）人，贩毡裘（毛毡、裘皮）为业。竭资赴陕。途中逢一人，自言："申竹亭，宿迁（今江苏省宿迁市，距鱼台县较近）人。"话言投契，盟为弟昆，行止与俱。至陕，任病不起，申善视之。积十馀日，疾大渐（即病危。渐，剧）。谓申曰："吾家故无恒产，八口衣食，皆恃一人犯霜露（形容辛苦奔走）。今不幸，殂谢（死亡。殂，cú）异域。君，我手足也，两千里外，更有谁何！囊金二百馀金，一半君自取之，为我小备殓具，剩者可助资斧（盘缠）；其半寄吾妻子，俾（bǐ，使）鬈吾槟（chèn，棺材）而归。如肯携残骸旋故里（家乡），则装资勿计矣。"乃扶枕为书付申，至夕而卒。申以五六金为市薄材，殓已。主人催其移槽（huì，粗陋的小棺材），申托寻寺观，竟遁不返。任家年馀方得确耗。任子秀时年十七，方从师读，由此废学，欲往寻父枢。母怜其幼，秀哀涕欲死，遂典资治任（谓整理行装），俾老仆佐之行，半年始还。殡后，家贫如洗。幸秀聪颖，释服，入鱼台泮（考入鱼台县学。泮指为县学生员）。而佻达喜博（赌博），母教戒綦（qí，极，很）严，卒不改。一日，文宗案临，试居四等（试，指岁试。清代科举制度，各省学政在三年的任职期间，要巡回所属府州县学，考试生员，称岁试或岁考。清初，岁考成绩分为六等。一二等与三等前列者赏，四等以下者罚）。母愤泣不食。秀惭惧，对母自矢。于是闭户年馀，遂以优等食饩（以成绩优异补选为廪生。清代岁试，一等前列者，可补廪生。食饩，官府支付的生活补助。饩，xì）。母劝令设帐（设馆授徒），而人终以其荡无检幅（行为放荡，不自检束。检幅，检点约束。幅，边幅，范围），咸消薄之。

有表叔张某，贾京师，劝使赴都，愿携与俱，不耗其资。秀喜，从之。至临清（今山东省临清市。为当时运河的重要码头），泊舟关外（停船于关卡之外。清沿明制，关卡设衙署，直接由巡抚派员管理）。时盐航舣集，帆樯如林。卧后，闻水声人声，聒耳不寐。更既静，忽闻邻舟骰声（掷骰子的声音。骰，骰子，一种赌具，也称"色子"）清越，入耳萦心，不觉旧技复痒。窃听诸客，皆已酣寝，囊中自备千文，思欲过舟一戏。潜起解囊，捉钱踟蹰，回思母训，即复束置。既睡，心怔忡，苦不得眠；又起，又解：如是者三。兴勃发，不可复忍，携钱径去。至邻舟，则见两人对赌，钱注（赌注。注，用以赌博的财物）丰美（赌注很大）。置钱几上，即求入局。二人喜，即与共掷。秀大胜。一客钱尽，即以巨金质舟主，渐以十馀贯作孤注（倾其所有以为赌注）。赌方酣，又有一人登舟来，眈视（贪婪地注视着）良久，亦倾囊出百金质主人，入局共博。张中夜醒，觉秀不在舟，闻骰声，心知之，因诣邻舟，欲挠沮（阻挠，阻止）之。至，则秀胯侧积资如山，乃不复言，负钱数千而返。呼诸客并起，往来移运，尚存十馀千。未几，三客俱败，一舟之钱尽空。客欲赌金（指以白银作赌注），而秀欲已盈，故托非钱不博以难之。张在侧，又促逼令归。三客燥急。舟主利其盆头（掷骰子时，赢者抽头交给赌具主人，俗称"打头钱"。盆，掷盆，赌具），转贷他舟，得百馀千。客得钱，赌更豪；无何，又尽归秀。天已曙，放晓关矣，共运资而返。三客亦去。主人视所质二百馀金，尽箔灰（箔锞的灰烬。箔，一种涂金属粉的烧纸，旧时焚烧以为冥钱）耳。大惊，寻至秀舟，告以故，欲取偿于秀。及问姓名、里居，知为建之之子，缩颈羞汗而退。过访榜人（船夫，舟子。榜，bàng），乃知主人即申竹亭也。

　　秀至陕时，亦颇闻其姓字；至此鬼已报之，故不复追其前郄（过去的嫌隙，冤仇。郄，xì；通"隙"，嫌隙）矣。乃以资与张合业而北，终岁获息倍蓰（加倍）。遂援例入监（根据条例纳资取得监生资格。监，国子监）。益权子母（以资本经商或放债生息），十年间，财雄一方。

晚 霞

　　五月五日，吴越（古代吴国和越国所辖地区。指今江苏、浙江一带）间有斗龙舟之戏。刳木（将整木挖空。刳，kū）为龙，绘鳞甲，饰以金碧（指金黄色和青绿色的油彩）；上为雕甍朱槛（雕饰的屋脊和红色的栏杆。甍，méng，屋脊）；帆旌皆以锦绣。舟末为龙尾，高丈馀，以布索引木板下垂，有童坐板上，颠倒滚跌，作诸巧剧；下临江水，险危欲堕。故其购是童也，先以金啖（收买；利诱）其父母，预调驯（tiáo xùn，训练；使之驯服）之，堕水而死，勿悔也。吴门（古吴县的别称，即今苏州市）则载美姬，较不同耳。

　　镇江有蒋氏童阿端，方七岁，便捷奇巧，莫能过，声价益起，十六岁犹用之。至金山（在今江苏省镇江市西北的长江中，后沙涨成陆，现已与南岸相连）下，堕水死。蒋媪止此子，哀鸣而已。阿端不自知死，有两人导去，见水中别有天地；回视，则流波四绕，屹如壁立。俄入宫殿，见一人兜牟（头盔，古称"胄"。这里指戴着头盔）坐。两人曰："此龙窝君也。"便使拜伏。龙窝君颜色和霁，曰："阿端伎巧可入柳条部。"遂引至一所，广殿四合。趋上东廊，有诸少年出与为礼，率十三四岁。即有老妪来，众呼解姥。坐令献技。已，乃教以钱塘飞霆之舞，洞庭和风之乐。但闻鼓钲喤聒（锣鼓之声响亮嘈杂。鼓钲，锣鼓。钲，zhēng。喤，huáng。聒，guō），诸院皆响；既而诸院皆息。姥恐阿端不能即娴，独絮絮调拨（指点、教导）之；而阿端一过，殊已了了。姥喜曰："得此儿，不让晚霞矣！"

　　明日，龙窝君按部（检查各部。按，审查，查验），诸部毕集。首按夜叉部：鬼面鱼服（着假面，佩鱼服。鱼服，用鱼的皮革做成的箭袋）；鸣大钲，围四尺许；鼓可四人合抱之，声如巨霆，叫噪不复可闻。舞起，则巨涛汹涌，横流空际，时堕一点星光，及着地消灭。龙窝君急止之，命进乳莺部：皆二八姝丽，笙乐细作，一时清风习习，波声俱静，水渐凝如水晶世界，上下通明。按毕，俱退立西墀（chí，台阶上的空地，亦指台阶）下。次按燕子部：皆垂髫（不束发，头发下垂。髫，tiáo）人，内一女郎，年十四五已来，振袖倾鬟，作散花舞（天女散花之舞）；翩翩翔起，衿袖袜履间，皆出五色花朵，随风飏下，飘泊满庭。舞毕，随其部亦下西墀。阿端旁睨，雅爱好之。问之同部，即晚霞也。无何，唤柳条部。龙窝君特试阿端。端作前舞，喜怒随腔，俯仰中节。龙窝君嘉其惠悟（聪明过人，领悟较快。惠，通"慧"），赐五文袴褶（五彩的军服。五文，五彩。袴褶，kù xí；古时一种裤子连着上衣的军服），鱼须金束发（鱼须形金丝所制的束发。束发，童子束发为髻的饰物），上嵌夜光珠。阿端拜赐下，亦趋西墀，各守其伍（各自保持队形）。端于众中遥注晚霞，晚霞亦遥注之。少间，端逡巡出部而北，晚霞亦渐出部而南；相去数武，而法严不敢乱部，相视神驰（神往，心意向往）而已。既按蛱蝶部：童男女皆双舞，身长短、年大小、服色黄白，皆取诸同（都选取同样的）。诸部按已，鱼贯而出。柳条在燕子部后，端疾出部前，而晚霞已缓滞在后。回首见端，故（故意）遗珊瑚钗，端急内（纳，放入）袖中。

　　既归，凝思成疾，眠餐顿废。解姥辄进甘旨，日三四省（xǐng，探望），抚摩殷切，病不少瘥（chài，病除，病好转）。姥忧之，罔所为计，曰："吴江王寿期已促（祝寿的日期已近。促，迫近），且为奈何！"薄暮，一童子来，坐榻上与语，自言隶蛱蝶部。从容问曰："君病为晚霞否？"端惊问："何知？"笑曰："晚霞亦如君耳。"端凄然起坐，便求方计（解决的办法）。童问："尚能步否？"答云："勉强尚能自力。"童挽出，南启一户；折而西，又辟双扉。见莲花数十亩，皆生平地上；叶大如席，花大如盖（伞），落瓣堆梗下盈尺。童引入其中，曰："姑坐此。"遂去。少时，一美人拨莲花而入，则晚霞也。相见惊喜，各道相思，略述生平。遂以石压荷盖令侧，雅可幛蔽；又匀铺莲瓣而藉（垫）之，忻（欣喜）与狎寝。既，订后约，日以夕阳为候，乃别。端归，病亦寻愈。由此两人日一会于莲亩。

　　过数日，随龙窝君往寿吴江王。称寿已，诸部悉还，独留晚霞及乳莺部一人在宫中教舞。数月，更无音耗，端怅望若失。惟解姥日往来吴江府；端

托（托辞）晚霞为外妹（表妹。同母异父之妹），求携去，冀一见之。留吴江门下数日，宫禁森严，晚霞苦不得出，怏怏而返。积月馀，痴想欲绝。一日，解姥入，戚然相吊曰："惜乎！晚霞投江矣！"端大骇，涕下不能自止。因毁冠裂服（指阿端把所着龙宫中的衣冠脱下撕毁），藏金珠而出，意欲相从俱死。但见江水若壁，以首力触不得入。念欲复还，惧问冠服，罪将增重。意计穷蹇（困顿。蹇，jiǎn），汗流浃踵。忽睹壁下有大树一章，乃猱攀（像猿猴那样攀缘而上。猱，náo，猿类）而上，渐至端杪（树枝末梢。杪，miǎo）；猛力跃堕，幸不沾濡，而竟已浮水上。不意之中，恍睹人世，遂飘然泅去。移时，得岸，少坐江滨，顿思老母，遂趁舟而去。抵里，四顾居庐，忽如隔世。次且（同"趑趄"，犹豫不前的样子）至家，忽闻窗中有女子曰："汝子来矣。"音声甚似晚霞。俄，与母俱出，果霞。斯时两人喜胜于悲；而媪则悲疑惊喜，万状俱作矣。

初，晚霞在吴江，觉腹中震动，龙宫法禁严，恐旦夕身娩，横遭挞楚；又不得一见阿端，但欲求死，遂潜投江水。身泛起，沉浮波中，有客舟拯之，问其居里。晚霞故吴名妓，溺水不得其尸。自念衏院（即"行院"；妓院）不可复投，遂曰："镇江蒋氏，吾婿也。"客因代贳（shì，租借，雇用）扁舟，送诸其家。蒋媪疑其错误，女自言不误，因以其情详告媪。媪以其风格韵妙，颇爱悦之；第虑年太少，必非肯终寡也者。而女孝谨，顾家中贫，便脱珍饰售数万。媪察其志无他，良喜。然无子，恐一旦临蓐，不见信于戚里，以谋女。女曰："母但得真孙，何必求人知。"媪亦安之。会端至，女喜不自已。媪亦疑儿不死；阴发儿冢，骸骨俱存。因以此诘端。端始爽然（清醒的样子）自悟；然恐晚霞恶其非人，嘱母勿复言。母然之。遂告同里，以为当日所得非儿尸，然终虑其不能生子。未几，竟举一男，捉（抚抱）之无异常儿，始悦。久之，女渐觉阿端非人，乃曰："胡不早言！凡鬼衣龙宫衣，七七魂魄坚凝（经过七七四十九天，飘忽的魂魄就能坚实地凝聚起来），生人不殊矣。若得宫中龙角胶，可以续骨节而生肌肤，惜不早购之也。"

端货其珠，有贾胡（做买卖的胡人，指外国商人）出资百万，家由此巨富。值母寿，夫妻歌舞称觞（举杯敬酒；指祝寿。觞，shāng），遂传闻王邸。王欲强夺晚霞。端惧，见王自陈："夫妇皆鬼。"验之无影而信，遂不之夺。但遣宫人就别院传其技。女以龟溺（龟尿。据说龟尿沾污肌肤不易脱落）毁容，而后见之。教三月，终不能尽其技而去。

白秋练

直隶有慕生，小字蟾宫，商人慕小寰之子。聪惠喜读。年十六，翁以文业迁（认为读书科举不实用。文业，指举业。迂，不切实际），使去而学贾，从父至楚。每舟中无事，辄便吟诵。抵武昌，父留居逆旅（旅店），守其居积（囤积的货物）。生乘父出，执卷哦诗，音节铿锵。辄见窗影憧憧，似有人窃听之，而亦未之异也。一夕，翁赴饮，久不归，生吟益苦。有人徘徊窗外，月映甚悉。怪之，遽出窥觇（chān），则十五六倾城之姝。望见生，急避去。又二三日，载货北旋，暮泊湖滨。父适他出，有媪入曰："郎君杀吾女矣！"生惊问之，答云："妾白姓。有息女（亲生女）秋练，颇解文字。言在郡城（此指武昌），得听清吟（清雅地吟诵），于今结想，至绝眠餐。意欲附为婚姻，不得复拒。"生心实爱好，第虑父嗔，因直以情告。媪不实信，务要盟约（坚持逼使对方缔结婚约。要，要挟）。生不肯。媪怒曰："人世姻好，有求委禽（即纳彩。古代结婚礼仪中六礼之一。男方都要向女方送大雁作为贽礼，所以称纳彩为委禽）而不得者。今老身自媒，反不见内，耻孰甚焉！请勿想北渡矣！"遂去。少间，父归，善其词以告之，隐冀垂纳（俯就接纳）。而父以涉远，又薄（鄙视）女子之怀春也，笑置之。

泊舟处，水深没棹；夜忽沙碛（浅水中的沙石。碛，qì）拥起，舟滞不得动。湖中每岁客舟必有留住守洲（露出水面的沙洲）者，至次年桃花水（即"桃花汛"）溢，他货未至，舟中物当百倍于原直也，以故翁未甚忧怪。独计明岁南来，尚须揭资（指措办资金。揭，持，负），于是留子自归。生窃喜，悔不诘媪居里。日既暮，媪与一婢扶女郎至，展衣卧诸榻上，向生曰："人病至此，莫高枕作无事者！"遂去。生初闻而惊；移灯视女，则病态含娇，秋波自流。略致讯诘，嫣然微笑。生强其一语。曰："'为郎憔悴却羞郎①'，可为妾咏。"生狂喜，欲近就之，而怜其荏弱。探手于怀，接脗（接吻。脗，hàn，口下肉，指下唇）为戏。女不觉欢然展谑（露出喜悦的神情），乃曰："君为妾三吟王建'罗衣叶叶'之作，病当愈。"生从其言。甫两过，女揽衣起坐曰："妾愈矣！"再读，则娇颤相和。生神志益飞，遂灭烛共寝。女未曙已起，曰："老母将至矣。"未几，媪果至。见女凝妆欢坐，不觉欣慰；邀女去，女俯首不语。媪即自去，曰："汝乐与郎君戏，亦自任也。"于是生始研问居止（住处）。女曰："妾与君不过倾盖之交（偶然相遇的朋友；喻短暂的会晤。倾盖，谓途中相遇，停车而语，车盖相接），婚嫁尚不可必，何须令知家门。"然两人互相爱悦，要誓良坚。女一夜早起挑灯，忽开卷凄然泪莹，生急起问之。女曰："阿翁（对丈夫的父亲的称呼）行且至。我两人事，妾适以卷卜（信手翻阅书卷某一页，就其内容占卜吉凶。卷，书），展之得李益《江南曲》②，词意非祥。"生慰解之，曰："首句'嫁得瞿塘贾'，即已大吉，何不祥之与有！"女乃少欢，起身作别曰："暂请分手，天明则千人指视矣。"生把臂哽咽，问："好

---

①引诗为唐元稹《莺莺传》中莺莺给张生的诗句："自从消瘦减容光，万转千回懒下床。不为旁人羞不起，为郎憔悴却羞郎。"

②李益《江南曲》："嫁得瞿塘贾，朝朝误妾期。早知潮有信，嫁与弄潮儿。"写的是商人之妻对丈夫的思念。白秋练着眼于诗意的感伤离别，所以说"词意非祥"。慕生解此诗，却着眼于"嫁得瞿塘贾"一句，所以认为这是"大吉"。

事如谐，何处可以相报？"曰："妾常使人侦探之，谐否无不闻也。"生将下舟送之，女力辞而去。无何，慕果至。生渐吐其情。父疑其招妓，怒加诟厉。细审舟中财物，并无亏损，谯呵乃已。一夕，翁不在舟，女忽至，相见依依，莫知决策。女曰："低昂有数（成败都有定数；意谓听天由命），且图目前。姑留君两月，再商行止。"临别，以吟声作为相会之约。由此值翁他出，遂高吟，则女自至。四月行尽，物价失时（指舟行受阻，某些季节性的货物就失去了高价出售的时机），诸贾无策，敛资祷湖神之庙。端阳后，雨水大至，舟始通。

生既归，凝思成疾。慕忧之，巫医并进（求神消灾和医药治疗同时进行）。生私告母曰："病非药禳（医药和祈祷。禳，ráng，祈祷）可痊，惟有秋练至耳。"翁初怒之；久之，支离（衰残瘦弱的病体）益惫，始惧，赁车载子，复入楚，泊舟故处。访居人，并无知白媪者。会有媪操柁（驾船。柁，同"舵"）湖滨，即出自任。翁登其舟，窥见秋练，心窃喜，而审诘邦族，则浮家泛宅（漂泊无定的水上人家）而已。因实告子病由，冀女登舟，姑以解其沉痼（chén gù，顽固难治的病）。媪以婚无成约，弗许。女露半面，殷殷（忧伤的样子）窥听，闻两人言，眦泪欲堕。媪视女面，因翁哀请，即亦许之。至夜，翁出，女果至，就榻鸣泣曰："昔年妾状，今到君耶！此中况味，要不可不使君知。然羸顿如此，急切何能便瘳（chōu，病愈）？妾请为君一吟。"生亦喜。女亦吟王建前作。生曰："此卿心事，医二人何得效？然闻卿声，神已爽矣。试为我吟'杨柳千条尽向西①'。"女从之。生赞曰："快哉！卿昔诵诗馀（词的别名），有《采莲子》云：'菡萏香连十顷陂②。'心尚未忘，烦一曼声度之（拖长声音歌唱它。度，按谱歌唱）。"女又从之。甫阕（刚唱完。阕，乐终），生跃起曰："小生何尝病哉！"遂相狎抱，沉疴（拖延长久的重病。疴，kē）若失。既而

————————

①唐代诗人刘方平《代春怨》诗："朝日残莺伴妾啼，开帘只见草萋萋。庭前时有东风入，杨柳千条尽向西。"

②菡萏（hàn dàn）香连十顷陂：唐诗人皇甫松《采莲子》词："菡萏香莲十顷陂，小姑贪戏采莲迟。晚来弄水船头湿，更脱红裙裹鸭儿。"连，据皇甫松原词改，原作"莲"。

问："父见媪何词？事得谐否？"女已察知翁意，直对"不谐"。既而女去，父来，见生已起，喜甚，但慰勉之。因曰："女子良佳。然自总角（指童年。古时男女未成年，束发为两结，形状如角，故称总角）时，把柁棹歌（这里指摇船唱歌。棹，zhào，船桨），无论微贱，抑亦不贞。"生不语。翁既出，女复来，生述父意。女曰："妾窥之审矣：天下事，愈急则愈远，愈迎则愈拒。当使意自转，反相求。"生问计，女曰："凡商贾之志在利耳。妾有术知物价。适视舟中物，并无少息（微利）。为我告翁：居某物，利三之（获利三倍）；某物，十之。归家，妾言验，则妾为佳妇矣。再来时，君十八，妾十七，相欢有日，何忧为！"生以所言物价告父。父颇不信，姑以馀资半从其教。既归，所自置货，资本大亏；幸少从女言，得厚息，略相准（相抵）。以是服秋练之神。生益夸张之，谓女自言，能使己富。翁于是益揭资而南。至湖，数日不见白媪；过数日，始见其泊舟柳下，因委禽焉。媪悉不受，但涓吉（选择吉祥的日子）送女过舟。翁另赁一舟，为子合卺（hé jǐn，成婚）。女乃使翁益南，所应居货，悉籍付之（登记在簿籍上交给慕翁）。媪乃邀婿去，家于其舟。翁三月而返。物至楚，价已倍蓰（数倍。蓰，xǐ，五倍为"蓰"）。将归，女求载湖水。既归，每食必加少许，如用醯（xī，醋）酱焉。由是每南行，必为致数坛而归。

　　后三四年，举（生）一子。一日，涕泣思归。翁乃偕子及妇俱如楚。至湖，不知媪之所在。女扣舷呼母，神形丧失（惊惶变色；形容极度惊慌）。促生沿湖问讯。会有钓鲟鳇（xún huáng，鱼名，长二三丈，无鳞，状似鲟鱼而背有甲骨）者，得白鱀（即白鳍豚，也称淡水海豚，产于我国长江中下游一带，是我国特有的水生兽类。嘴狭长，有背鳍。背部呈蓝色，腹部白色）。生近视之，巨物也，形全类人，乳阴毕具。奇之，归以告女。女大骇，谓夙有放生愿（谓对神灵许下的放生心愿。放生，释放被捕捉的生物，是佛教所提倡的善举），嘱生赎放之。生往商钓者，钓者索直昂。女曰："妾在君家，谋金不下巨万，区区者何遂靳直（吝惜钱财。靳，jìn）也！如必不从，妾即投湖水死耳！"生惧，不敢告父，盗金赎放之。既返，不见女，搜之不得，更尽始至。问："何往？"曰："适至母所。"问："母何在？"靦然（羞惭的样子。靦，tiǎn）曰："今不得不实告矣：适所赎，即妾母也。向在洞庭，龙君命司行旅（管理行旅客商）。近宫中欲选嫔妃，妾被浮言者所称道，遂敕妾母，坐相索。妾母实奏之。龙君不听，放（放逐，流放）母于南滨，饿欲死，故罹前难。今难虽免，而罚未释。君如爱妾，代祷真君（道家对修仙得道者的尊称）可免。如以异类见憎，请以儿掷还君。妾自去，龙宫之奉，未必不百倍君家也。"生大惊，虑真君不可得见。女曰："明日未刻（相当于现在下午一时至三时），真君当至。见有跛道士，急拜之，入水亦从之。真君喜文士，必合怜允。"乃出鱼腹绫一方，曰："如问所求，即出此，求书一'免'字。"生如言候之。果有道士蹩躠（bié xie，走路一瘸一拐）而至，生伏拜之。道士急走，生从其后。道士以杖投水，跃登其上。生竟从之而登，则非杖也，舟也。又拜之。道士问："何求？"生出罗求书。道士展视曰："此白骥翼也，子何遇之？"蟾宫不敢隐，详陈颠末。道士笑曰："此物殊风雅，老龙何得荒淫！"遂出笔草书"免"字，如符形，返舟令下。则见道士踏杖浮行，顷刻已渺。归舟，女喜，但嘱勿泄于父母。

归后二三年，翁南游，数月不归。湖水既馨，久待不至。女遂病，日夜喘急，嘱曰："如妾死，勿瘗（yì，掩埋，埋葬），当于卯、午、酉三时（指早晨、中午、晚上。卯时，指上午五时至七时。午时，指上午十一时至下午一时。酉，指下午五时至七时），一吟杜甫梦李白诗①，死当不朽。候水至，倾注盆内，闭门缓妾衣，抱人浸之，宜得活。"喘息数日，奄然遂毙。后半月，慕翁至，生急如其教，浸一时许（一个时辰左右），渐甦。自是每思南旋。后翁死，生从其意，迁于楚。

①杜甫梦李白诗：李白晚年遭到流放，杜甫写成《梦李白二首》表示对李白不幸遭遇的深切同情。第一首云："死别已吞声，生别常恻恻。江南瘴疠地，逐客无消息。故人入我梦，明我长相忆。恐非平生魂，路远不可测。魂来枫林青，魂返关塞黑。君今在罗网，何以有羽翼？落月满屋梁，犹疑照颜色。水深波浪阔，无使蛟龙得！"

王 者

　　湖南巡抚某公，遣州佐（辅佐州郡长官的副职。清代知州以下的州同、州判之类的官员泛称"州佐"）押解饷金六十万赴京。途中被雨，日暮愆程（耽误了行程。愆，qiān），无所投宿，远见古刹，因诣栖止。天明，视所解金，荡然无存。众骇怪，莫可取咎（无人可以加罪；指找不到失金的原因。咎，罪责）。回白抚公，公以为妄，将置之法。及诘众役，并无异词。公责令仍反故处，缉察端绪（头绪；原因）。

　　至庙前，见一瞽（gǔ，瞎）者，形貌奇异，自榜云："能知心事。"因求卜筮（占卦问吉凶。古时占卜，用龟甲叫"卜"，用蓍草叫"筮"，合称"卜筮"）。瞽曰："是为失金者。"州佐曰："然。"因诉前苦。瞽者便索肩舆（晋六朝盛行的用人力扛抬的代步工具），云："但从我去，当自知。"遂如其言，官役皆从之。瞽曰："东"。东之。瞽曰："北。"北之。凡五日，入深山，忽睹城郭，居人辐辏（车轮的辐条集聚于轴心；比喻密集。辏，còu）。入城，走移时，瞽曰："止。"因下舆，以手南指："见有高门西向，可款关（叩门）自问之。"拱手自去。

　　州佐如其教，果见高门，渐入之。一人出，衣冠汉制（衣帽款式都是汉族的体制。指不同于当时的满族服装），不言姓名。州佐述所自来。其人云："请留数日，当与君谒当事者。"遂导去，令独居一所，给以食饮。暇时闲步，至第后，见一园亭，入涉之。老松翳（yì，遮蔽）日，细草如毡。数转廊榭，又一高亭，历阶而入，见壁上挂人皮数张，五官俱备，腥气流熏。不觉毛骨森竖，疾退归舍。自分留鞟异域（意谓死在他乡。鞟，kuò，去毛的皮革；此指人皮），已无生望，因念进退一死，亦姑听之。明日，衣冠者召之去，曰："今日可见矣。"州佐唯唯。衣冠者乘怒马甚驶，州佐步驰从之。俄，至一辕门（古代帝王巡狩，止宿郊野时，用车子作为屏藩，出入处用两车的车辕相向交接为门，叫"辕门"。后也指领兵将帅的营门或督抚等官府的外门），俨如制府（指总督府。明清时，总督别称制军或制台）衙署，皂衣人罗列左右，规模凛肃。衣冠者下马，导入。又一重门，见有王者，珠冠绣绂，（刺绣的礼服。绂，fú）南面坐。州佐趋上，伏谒。王者问："汝湖南解官耶？"州佐诺。王者曰："银俱在此。是区区者（这微少之物），汝抚军即慨然见赠，未为不可。"州佐泣诉："限期已满，归必就刑，禀白何所申证（申述验证）？"王者曰："此即不难。"遂付以巨函云："以此复之，可保无恙。"又遣力士送之。州佐慑息（害怕得不敢喘气），不敢辨，受函而返。山川道路，悉非来时所经。既出山，送者乃去。

数日，抵长沙，敬白抚公。公益妄之，怒不容辨，命左右者飞索以绐（立即以绳索捆缚。绐，tā）。州佐解襆出函，公拆视未竟，面如灰土。命释其缚，但云："银亦细事，汝姑出。"于是急檄（犹急令。檄，xí，檄文，古代官府用于征召、晓谕或申讨的文书；若有急事，则插上羽毛，称为"羽檄"）属官，设法补解讫。数日，公疾，寻卒。先是，公与爱姬共寝，既醒，而姬发尽失。阖署惊怪，莫测其由。盖函中即其发也。外有书云："汝自起家守令（出身于郡守、县令），位极人臣。赇赂贪婪，不可悉数。前银六十万，业已验收在库。当自发贪囊，补充旧额。解官无罪，不得加谴责。前取姬发，略示微警。如复不遵教令，且晚取汝首领。姬发附还，以作明信。"公卒后，家人始传其书。后属员遣人寻其处，则皆重岩绝壑，更无径路矣。

异史氏曰："红线金合，以儆贪婪（唐代潞州节度使薛嵩，害怕魏博节度使田承嗣进攻。薛嵩婢女红线，自告奋勇，黑夜潜入田府，盗走田承嗣藏于枕边的金盒，借以警告田承嗣不要进攻潞州。此借喻王者寄巨函，警告湖南巡抚的赇赂贪婪。合，同"盒"），良亦快异。然桃源仙人（指晋代陶渊明《桃花源记》中所写的避居世外的桃源中人），不事劫掠；即剑客所集。乌得有城郭衙署哉？呜呼！是何神欤？苟得其地，恐天下之赴愬（同"诉"，诉冤）者无已时矣。"

司札吏

游击官某，妻妾甚多。最讳其（指游击官某的妻妾）小字，呼年曰岁，生曰硬，马曰大驴；又讳败曰胜，安为放。虽简札往来，不甚避忌，而家人道之，则怒。一日，司札吏（主管书信文墨的胥吏）白事，误犯；大怒，以研（同"砚"）击之，立毙。三日后，醉卧，见吏持刺（名帖）入，问："何为？"曰："'马子安'来拜。"忽悟其鬼，急起，拔刀挥之。吏微笑，掷刺几上，泯然而没。取刺视之，书云："岁家眷硬大驴子放胜（这是避某所讳而写的一份拜帖。正确的写法是"年家眷生马子安拜"。科举时代同年登科者，互称"年家"。旧时，两家姻亲，对幼辈自称为"眷生"）。"暴谬之夫，为鬼挪揄，可笑甚已！

牛首山（疑为牛头山，山在江苏省江宁西南，南京附近）僧，自名铁汉，又名铁屎。有诗四十首，见者无不绝倒。自镂印章二：一曰："混帐行子"，一曰"老实泼皮"。秀水（今浙江省嘉兴市）王司直梓（zǐ，刻板，付印）其诗，名曰"牛山四十屁"。款云："混帐行子、老实泼皮放。"不必读其诗，标名已足解颐（开颜欢笑，欢笑）。

织　成

洞庭湖中，往往有水神借舟。遇有空船，缆忽自解，飘然游行。但闻空中音乐并作，舟人蹲伏一隅，瞑目听之，莫敢仰视，任所往。游毕，仍泊旧处。

有柳生，落第归，醉卧舟上。笙乐忽作。舟人摇生不得醒，急匿艎下（犹言船舱。艎，huáng，吴地大舟）。俄有人捽（zuó，揪；抓）生。生醉甚，随手堕地，眠如故，即亦置之。少间，鼓吹鸣聒（喧闹；吵闹。聒，guō）。生微醒，闻兰麝充盈，睨之，见满船皆佳丽。心知其异，目若瞑（眼睛好像是闭着。意谓伪装闭目，暗地观察）。少间，传呼织成。即有侍儿来，立近颊际，翠袜紫舄，细瘦如指。心好之，隐以齿啮其袜。少间，女子移动，牵曳倾踣（bó，向前倒下）。上问之，因白其故。在上者怒，命即行诛。遂有武士入，捉缚而起。见南面（面向南。古以南面为尊，天子见群臣或卿大夫见僚属，皆南面而坐）一人，冠类王者。因行且语，曰："闻洞庭君为柳氏（洞庭君，指柳毅），臣亦柳氏；昔洞庭落第，今臣亦落第；洞庭得遇龙女而仙，今臣醉戏一姬而死：何幸不幸之悬殊也！"王者闻之，唤回，问："汝秀才下第者乎？"生诺。便授笔札，令赋"风鬟雾鬓"（以"风鬟雾鬓"为题作赋）。生固襄阳（今湖北省襄阳市）名士，而构思颇迟，捉笔良久。上诮让曰："名士何得尔？"生释笔自白："昔《三都赋》（西晋左思所作。《晋书》记载，左思写此赋，"构思十年，门庭藩溷皆著笔纸，遇得一句，即便疏之。"）十稔（年）而成，以是知文贵工、不贵速（写文章以精巧为好，不以速成为贵）也。"王者笑听之。自辰至午，稿始脱。王者览之，大悦曰："真名士也！"遂赐以酒。顷刻，异馔纷纶。方向对间，一吏捧簿进白："溺籍（被淹死者的名册）告成矣。"问："人数几何？"曰："一百二十八人。"问："签差（犹言派遣。旧时派遣官吏，称"签差"）何人矣？"答云："毛、南二尉。"生起拜辞，王者赠黄金十斤，又水晶界方一握（界方，界尺，用以比划直线或压纸。一握，一柄，一具），曰："湖中小有劫数，持此可免。"忽见羽葆（仪仗名）人马，纷立水面，王者下舟登舆，遂不复见；久之寂然。

　　舟人始自艎下出，荡舟北渡，风逆不得前。忽见水中有铁猫浮出。舟人骇曰："毛将军出现矣！"各舟商人俱伏。又无何，湖中一木直立，筑筑（意谓像夯柄一样上下捣动。筑，打地基用的工具，俗称夯）摇动。益惧曰："南将军又出矣！"少时，波浪大作，上翳天日，四顾湖舟，一时尽覆。生举界方危坐舟中，万丈洪涛，至舟顿灭，以是得全。

　　既归，每向人语其异，言："舟中侍儿，虽未悉其容貌，而裙下双钩，亦人世所无。"后以故至武昌，有崔媪卖女，千金不售；蓄一水晶界方，言有能配此者，嫁之。生异之，怀界方而往。媪忻然承接，呼女出见，年十五六已来，媚曼（娇美）风流，更无伦比，略一展拜，反身入帏。生一见魂魄动摇，曰："小生亦蓄一物，不知与老姥家藏颇相称否？"因各出相较，长短不爽毫厘。媪喜，便问寓所，请生即归命舆，界方留作信。生不肯留，媪笑曰："官人亦太小心！老身岂为一界方抽身窜去耶？"生不得已，留之。出则赁舆急返，而媪室已空。大骇。遍问居人，迄无知者。日已向西，形神懊丧，邑邑而返。中途，值一舆过，忽搴帘（掀起帘子。搴，qiān）曰："柳郎何迟也？"视之，则崔媪，喜问："何之？"媪笑曰："必将疑老身拐骗者矣。别后，适有便舆，顷念官人亦侨寓，措办（筹办）良艰，故遂送女归舟耳。"生邀回车，媪必不可。生仓皇不能确信，急奔入舟，女果及一婢在焉。见生入，含笑承迎。生见翠袜紫履，与舟中侍儿妆饰，更无少别。心异之，徘徊凝注。女笑曰："眈眈注目，生平所未见耶？"生益俯窥之，则袜后齿痕宛然，惊曰："卿织成耶？"女掩口微哂。生长揖曰："卿果神人，早请直言，以祛烦惑。"女曰："实告君：前舟中所遇，即洞庭君也。仰慕鸿才，便欲以妾相赠；因妾过为王妃所爱，故归谋之。妾之来，从妃命也。"生喜，沐手焚香，望湖朝拜，乃归。

后诣武昌，女求同去，将便归宁。既至洞庭，女拔钗掷水，忽见一小舟自湖中出，女跃登，如飞鸟集，转瞬已杳。生坐船头，于没处（指织成消失之处。没，潜入水中）凝盼之。遥遥一楼船至，既近窗开，忽如一彩禽翔过，则织成至矣。一人自窗中递掷金珠珍物甚多，皆妃赐也。自是，岁一两觐（jìn，觐见；拜见贵者）以为常。故生家富有珠宝，每出一物，世家所不识焉。

相传唐柳毅遇龙女，洞庭君以为婿。后逊位于毅。又以毅貌文，不能摄服水怪，付以鬼面，昼戴夜除；久之渐习忘除，遂与面合而为一。毅览镜自惭。故行人泛湖，或以手指物，则疑为指己也；以手覆额，则疑其窥己也；风波辄起，舟多覆。故初登舟，舟人必以此告戒之。不则设牲牢（杀牲为祭品。牛、羊、豕为"牲"，系养者为"牢"）祭享，乃得渡。许真君（东晋道士许逊，字敬之，今河南汝南人。后居南昌。二十岁学道于吴猛，尽得其术。传说东晋宁康年间全家成仙飞升。宋代封为"神功妙济真君"，世称许真君或许旌阳）偶至湖，浪阻不得行。真君怒，执毅付郡狱。狱吏检囚，恒多一人，莫测其故。一夕，毅示梦郡伯（郡守），哀求拔救。伯以幽明异路，谢辞之。毅云："真君于某日临境，但为求恳，必合有济。"既而真君果至，因代求之，遂得释。嗣后湖禁稍平。

竹 青

鱼客，湖南人，忘其郡邑（所属府、县；犹言"籍贯"）。家贫，下第（科举落榜）归，资斧（盘缠）断绝。羞于行乞，饿甚，暂憩吴王庙（本称吴将军庙，祀三国时吴国大将甘宁，在湖北省富池口镇）中，拜祷神座。出卧廊下，忽一人引去，见王，跪白曰："黑衣队尚缺一卒，可使补缺。"王曰："可。"即授黑衣。既着身，化为乌，振翼而出。见乌友群集，相将俱去，分集帆樯（船桅，桅杆）。舟上客旅，争以肉向上抛掷。群于空中接食之。因亦尤效（仿效），须臾果腹。翔栖树杪，意亦甚得。逾二三日，吴王怜其无偶，配以雌，呼之"竹青"。雅相爱乐。鱼每取食，辄驯无机（驯良而不机警）。竹青恒劝谏之，卒不能听。一日，有满兵过，弹之中胸。幸竹青衔去之，得不被擒。群乌怒，鼓翼扇波，波涌起，舟尽覆。竹青仍投饵哺鱼。鱼伤甚，终日而毙。忽如梦醒，则身卧庙中。先是，居人见鱼死，不知谁何，抚之未冷，故不时令人逻察之。至是，讯知其由，敛资（凑集钱财）送归。

后三年，复过故所，参谒吴王。设食，唤乌下集群啖，祝曰："竹青如在，当止。"食已，并飞去。后领荐（领乡荐，即乡试中举）归，复谒吴王庙，荐以少牢（以少牢之礼祭祀）。已，乃大设（盛设；大设肴馔）以飨（xiǎng，用酒食招待客人。泛指请人受用）乌友，又祝之。是夜宿于湖村，秉烛方坐，忽几前如飞鸟飘落；视之，则二十许丽人，辗然（笑的样子。辗，chǎn）曰："别来无恙乎？"鱼惊问之，曰："君不识竹青耶？"鱼喜，诘所来。曰："妾今为汉江（即汉水，南流至湖北省汉口入江）神女，返故乡时常少。前乌使两道君情，故来一相聚也。"鱼益欣感，宛如夫妻之久别，不胜欢恋。生将偕与俱南（偕同南去，指去鱼客的家乡湖南），女欲邀与俱西（指西去竹青为神的地方汉江），两谋不决。寝初醒，则女已起。开目，见高堂中巨烛荧煌，竟非舟中。惊起，问："此何所？"女笑曰："此汉阳（县名，在湖北省汉水下游南岸）也。妾家即君家，何必南！"天渐晓，婢媪纷集，酒炙已进。就广床上设矮几，夫妇对酌。鱼问："仆何在？"答："在舟上。"生虑舟人不能久待。女言："不妨，妾当助君报之。"于是日夜谈嘲，乐而忘归。舟人梦醒，忽见汉阳，骇绝。仆访主人，杳无音信。舟人欲他适，而缆结不解，遂共守之。积两月馀，生忽忆归，谓女曰："仆在此，亲戚断绝。且卿与仆，名为琴瑟，而不一认家门，奈何？"女曰："无论妾不能往；纵往，君家自有妇，将何以处妾乎？不如置妾于此，为君别院可耳。"生恨道远，不能时至。女出黑衣，曰："君向所着旧衣尚在。如念妾时，衣此可至；至时，为君解之，"乃大设肴珍，为生祖饯（设宴送别。古时出行，祭路神叫"祖"，用酒食送行叫"饯"）。即醉而寝，醒则身在舟中。视之，洞庭旧泊处也。舟人及仆俱在，相视大骇，诘其所往。生故怅然自惊。枕边一袱，检视，则女赠新衣袜履，黑衣亦折置其中。又有绣橐（绣制的布囊。橐，tuó，无底的囊，可以维系腰间）维絷腰际，探之，则金资充牣（充满。牣，rèn）焉。于是南发，达岸，厚酬舟人而去。

归家数月，苦忆汉水，因潜出黑衣着之，两胁生翼，翕然（飞翔迅疾）凌空，经两时（时辰）许，已达汉水。回翔（盘旋飞翔）下视，见孤屿中，有楼舍一簇，遂飞堕。有婢子已望见之，呼曰："官人至矣！"无何，竹青出，命众手为缓结，觉羽毛划然尽脱。握手入舍，曰："郎来恰好，妾旦夕临蓐（临产。蓐，rù）矣。"生戏问曰："胎生乎？卵生乎？"女曰："妾今为神，则皮骨已更，应与曩（nǎng，从前，过去）异。"越数日，果产，胎衣厚裹，如巨卵然，破之，男也。生喜，名之"汉产"。三日后，汉水神女皆登堂，以服食珍物相贺。并皆佳妙，无三十以上人。俱入室就榻（走近榻前。就，近），以拇指按儿鼻，名曰："增寿"。既去，生问："适来者皆谁何？"女曰："此皆妾辈（和我同样的人，指也是汉水女神）。其末后着藕白者，所谓'汉皋解珮（《韩诗外传》：郑交甫路过汉皋台下，遇见两个女子，每人都佩带一颗巨珠。郑交甫注目相挑，二女解下佩珠赠给郑交甫）'，即其人也。"居数月，女以舟送之，不用帆楫（船帆和船桨），飘然自行。抵陆，已有人絷马道左，遂归。由此往来不绝。

积数年，汉产益秀美，生珍爱之。妻和氏，苦不育，每思一见汉产。生以情告女。女乃治任（整理行装），送儿从父归，约以三月。既归，和爱之过于己出，过十馀月，不忍令返。一日，暴病而殇，和氏悼痛欲死。生乃诣汉告女。入门，则汉产赤足卧床上，喜以问女。女曰："君久负约。妾思儿，故招之也。"生因述和氏爱儿之故。女曰："待妾再育，令汉产归。"又年馀，女双生男女各一：男名"汉生"，女名"玉珮"。生遂携汉产归。然岁恒三四往，不以为便，因移家汉阳。汉产十二岁，入郡庠。女以人间无美质（指素质美好的女子），招去，为之娶妇，始遣归。妇名"厄娘"，亦神女产也。后和氏卒，汉生及妹皆来擗踊（pǐ yǒng，指为双亲举哀送葬。擗，捶胸。踊，以脚顿地。形容极度悲哀）。葬毕，汉生遂留；生携玉珮去，自此不返。

段　氏

段瑞环，大名（府名，府治在今河北省大名县）富翁也。四十无子。妻连氏最妒，欲买妾而不敢。私一婢，连觉之，挞婢数百，鬻（yù，卖）诸河间（府名，治所在今河北省河间市）栾氏之家。段日益老，诸侄朝夕乞贷，一言不相应，怒徵声色（愤怒之情表现于言辞和面色上）。段思不能给其求，而欲嗣一侄，则群侄阻挠之，连之悍亦无所施，始大悔。愤曰："翁年六十馀，安见不能生男！"遂买两妾，听夫临幸，不之问。居年馀，二妾皆有身（怀孕）。举家皆喜。于是气息渐舒，凡诸侄有所强取，辄恶声梗拒之。无何，一妾生女，一妾生男而殇。夫妻失望。又将年馀，段中风（脑内小血管破裂，

致病者突然昏倒，中医称为中风）不起，诸侄益肆，牛马什物，竞自取去。连诉斥之，辄反唇相稽（以恶言相对）。无所为计，朝夕鸣哭。段病益剧，寻死。诸侄集枢前，议析遗产。连虽痛切，然不能禁止之。但留沃墅（肥沃的田庄。墅，田庐）一所，赡养老稚，侄辈不肯。连曰："汝等寸土不留，将令老妪及呱呱者（指一妾所生之女孩。呱呱，小儿啼声）饿死耶！"日不决，惟忿哭自挝。忽有客入吊，直趋灵所，俯仰（低头和仰首。此谓举哀时俯首而泣，仰面而号）尽哀。哀已，便就苫次（居丧的席次。苫，shān，草垫。古时居丧，寝苫枕块。子女在灵旁设草垫，寝息其上，守护左右）。众诘为谁，客曰："亡者吾父也。"众益骇。客从容自陈。

先是，婢嫁栾氏，逾五六月，生子怀，栾抚之等诸男（抚育他同其他儿子一样）。十八岁入泮。后栾卒，诸兄析产，置不与诸栾齿（不把他当栾家的兄弟看待。齿，并列）。怀问母，始知其故，曰："既属两姓，各有宗祏（祖庙。祏，shí，宗庙中藏神主的石室），何必在此承人百亩田哉！"乃命骑诣段，而段已死。言之凿凿，确可信据。连方忿痛，闻之大喜，直出曰："我今亦复有儿！诸所假去牛马什物，可好自送还；不然，有讼兴也！"诸侄相顾失色，渐引去。怀乃携妻来，共居父忧（居父丧）。诸段不平，共谋逐怀。怀知之，曰："栾不以为栾，段复不以为段，我安适归乎！"忿欲质官，诸戚党为之排解，群谋亦寝。而连以牛马故，不肯已。怀劝置之。连曰："我非为牛马也，杂气集满胸，汝父以愤死，我所以吞声忍泣者，为无儿耳。今有儿，何畏哉！前事汝不知状，待予自质审（向官府申诉）。"怀固（坚持）止之，不听，具词赴宰控。宰拘诸段，审状（审阅诉状。状，诉讼呈文），连气直词恻，吐陈泉涌。宰为动容，并惩诸段，追物给主。既归，其兄弟之子，招之来，因其不与党谋者，以所追物尽散给之。连七十馀岁，将死，呼女及孙媳嘱曰："汝等志之：如三十不育，便当典质钗珥，为夫纳妾。无子之情状，实难堪也！"

异史氏曰："连氏虽妒，而能疾转（急转。谓急改妒行），宜天以有后伸其气也。观其慷慨激发，吁！亦杰矣哉！"

济南蒋稼，其妻毛氏，不育而妒。嫂每劝谏，不听，曰："宁绝嗣，不令送眼流眉者（眉目送情的人，指姬妾）忿气人也！"年近四旬，颇以嗣续为念。欲继兄子，兄嫂俱诺，而故悠忽之（悠悠忽忽拖延时日，谓怠慢过继之事）。儿每至叔所，夫妻饵以甘脆（指味美可口的食物），问曰："肯来吾家乎？"儿亦应之。兄私嘱儿曰："倘彼再问，答以不肯。如问何故不肯，答云：'待汝死后，何愁田产不为吾有。'"一日，稼出远贾，儿复来。毛又问，儿即以父言对。毛大怒曰："妻孥在家，固日日盘算吾田产耶！其计左矣！"逐儿出，立招媒媪，为夫买妾。时有卖婢者，其价昂，倾资不能取盈（指用尽手边现钱不能偿足身价。取盈，满足其欲），势将难成。其兄恐迟而变悔，遂暗以金付媪，伪称为媪转贷者玉成之（意谓成全其事）。毛大喜，遂买婢归。毛以情告夫，夫怒，与兄绝。年馀，妾生子。夫妻大喜。毛曰："媪不知假贷何人，年馀竟不置问。此德不可忘。今子已生，尚不偿母价也！"稼乃囊金诣媪。媪笑曰："当大谢大官人。老身一贫如洗，谁敢贷一金者。"具以实告。稼感悟，归告其妻，相为感泣。遂治具邀兄嫂至，夫妇皆膝行，出金偿兄，兄不受，尽欢而散。后稼生三子。

狐 女

伊衮，九江（今江西省九江市）人。夜有女来，相与寝处。心知为狐，而爱其美，秘不告人，父母亦不知也。久而形体支离。父母穷诘，始实告之。父母大忧，使人更代伴寝，卒不能禁。翁（指伊父）自与同衾，则狐不至；易人，则又至。伊问狐，狐曰："世俗符咒，何能制我。然俱有伦理，岂有对翁行淫者！"翁闻之，益伴子不去，狐遂绝。后值叛寇横恣，村人尽窜，一家相失。伊奔入昆仑山（当指安徽省潜山县东北的昆仑山，地近九江），四顾荒凉。日既暮，心恐甚。忽见一女子来，近视之，则狐女也。离乱之中，相见忻慰。女曰："日已西下，君姑止此。我相佳地，暂创一室，以避虎狼。"乃北行数武（不远处，没有多远。武，泛指脚步），遂蹲莽中，不知何作。少顷返，拉伊南去；约十馀步，又曳之回。忽见大木千章（大树千株。章，大树称章），绕一高亭，铜墙铁柱，顶类金箔（金属薄片）；近视，则墙可及肩，四围并无门户，而墙上密排坎窞（kǎn dàn，坑穴）。女以足踏之而过，伊亦从之。既入，疑金屋（此指"顶类金箔"的华美房屋）非人工可造，问所自来。女笑曰："君子居之，明日即以相赠。金铁各千万计，半生吃着不尽矣。"既而告别。伊苦留之，乃止。曰："被人厌弃，已拚（pàn，舍弃）永绝；今又不能自坚矣。"及醒，狐女不知何时已去。天明，逾垣而出。回视卧处，并无亭屋，惟四针插指环（此指"顶针"，妇女做针线活所用，上多坑点，即上文所云之"坎窞"）内，覆脂合其上；大树，则丛荆老棘也。

张氏妇

凡大兵（指清兵）所至，其害甚于盗贼：盖盗贼人犹得而仇之，兵则人所不敢仇也。其少异于盗者，特不敢轻于杀人耳。甲寅（1674年）岁，三藩（清初封明降将耿仲明为靖南王、尚可喜为平南王、吴三桂为平西王，称"三藩"）作反，南征之士，养马兖郡（今山东省兖州市），鸡犬庐舍一空，妇女皆被淫污。时遭霪雨，田中潴水（积水。潴，zhū）为湖，民无所匿，遂乘桴（fú，小筏子）入高粱丛中。兵知之，裸体乘马，入水搜淫，鲜有遗脱。惟张氏妇不伏，公然在家。有厨舍一所，夜与夫掘坎深数尺，积茅焉；覆以薄（同"箔"，帘子），加席其上，若可寝处。自炊灶下。有兵至，则出门应给之。二蒙古兵（也指清兵。清代兵制以满洲八旗为主体。蒙古人归附者，编为蒙古八旗）强与淫。妇曰：

"此等事，岂可对人行者？"其一微笑，啁嘹（鸟鸣声，形容番语）而出。妇

与入室，指席使先登。薄折，兵陷。妇又另取席及薄覆其上，故立坎边，以

诱来者。少间，其一复入。闻坎中号，不知何处。妇以手笑招之曰："在此

处。"兵踏席，又陷。妇乃益投以薪，掷火其中。火大炽，屋焚。妇乃呼救。

火既熄，燔（fán，焚烧）尸焦臭。人问之，妇曰："两猪恐害于兵，故纳坎中

耳。"由此离村数里，于大道旁并无树木处，携女红往坐烈日中。村去郡远，

兵来率乘马，顷刻数至。笑语啁嘹，虽多不解，大约调弄之语。然去道不远，

无一物可以蔽身，辄去，数日无患。一日，一兵至，甚无耻，就烈日中欲淫

妇。妇含笑不甚拒。隐以针刺其马，马辄喷嘶，兵遂絷马股际（把马拴在大腿

上。絷，拴），然后拥妇。妇出巨锥猛刺马项，马负痛奔骇。缰系股不得脱，

曳驰数十里，同伍始代捉之。首躯不知处，缰上一股，俨然在焉。

异史氏曰："巧计六出（汉陈平曾六度出奇计，以胜强敌。见《史记》。此谓

张氏妇屡用巧计），不失身于悍兵。贤哉妇乎，慧而能贞（聪明机智而能保其贞

操）！"

于子游

海滨人说："一日，海中忽有高山出，居人大骇。一秀才寄宿渔舟，沽酒

独酌。夜阑，一少年入，儒服儒冠，自称：'于子游。'言词风雅。秀才悦，

便与欢饮。饮至中夜，离席言别。秀才曰：'君家何处？元夜（黑夜。元，同

"玄"，黑色）茫茫，亦太自苦。'答云：'仆非土著（祖居当地之人），以序

（节序，季节）近清明，将随大王上墓。眷口先行，大王姑留憩息，明日辰刻

发矣。宜归，早治任也。'秀才亦不知大王何人。送至鹢首（船头。鹢，yì，水

鸟名，形如鹭。旧时船家画鹢首于船头，故为船头的代称），跃身入水，拨刺而去，

乃知为鱼妖也。次日，见山峰浮动，顷刻已没。始知山为大鱼，即所云大王

也。"俗传清明前，海中大鱼携儿女往拜其墓，信有之乎？

康熙初年，莱郡（莱州府，治所在今山东省莱州市）潮出大鱼，鸣号数日，其声如牛。既死，荷担割肉者，一道相属。鱼大盈亩，翅尾皆具；独无目珠。眶深如井，水满之。割肉者误堕其中，辄溺死。或云，"海中贬（贬谪）大鱼，则去其目，以目即夜光珠（夜明珠。任昉《述异记》：南海有珠，即鲸目，夜可以鉴，谓之夜光珠）"云。

汪可受

湖广黄梅县（即今湖北省黄梅县）汪可受（字以虚，万历庚辰进士），能记三生：一世为秀才，读书僧寺。僧有牝马产骡驹，爱而夺之。后死，冥王稽籍，怒其贪暴，罚使为骡偿寺僧。既生，僧爱护之，欲死无间（没有机会）。稍长，辄思投身涧谷，又恐负豢养之恩，冥罚益甚，遂安之。数年，孽满（偿满罪债。孽，罪）自毙。生一农人家。堕蓐能言，父母以为怪，杀之，乃生汪秀才家。秀才近五旬，得男甚喜。汪生而了了（聪明晓事）；但忆前生以早言死，遂不敢言。至三四岁，人皆以为哑。一日，父方为文，适有友人过访，投笔出应客。汪入见父作，不觉技痒，代成之。父返见之，问："何人来？"家人曰："无之。"父大疑。次日，故书一题置几上，旋（随即）出；少间即返，翳行（隐蔽而行）悄步而入。则见儿伏案间，稿已数行，忽睹父至，不觉出声，跪求免死。父喜，握手曰："吾家止汝一人，既能文，家门之幸也，何自匿为？"由是益教之读。少年成进士，官至大同（军镇名，明代"九边"之一，为京师的西北门户，治所在今大同市）巡抚。

乐　仲

乐仲，西安人。父早丧，遗腹生仲。母好佛，不茹荤酒。仲既长，嗜饮善啖，窃腹诽母，每以肥甘劝进。母咄之。后母病，弥留，苦思肉。仲急无所得肉，刲（kuī，割取）左股献之。病稍瘥（chài，病愈；病有好转），悔破戒，不食而死。仲哀悼益切，以利刃益刲右股见骨。家人共救之，裹帛敷药，寻愈。心念母苦节，又悯母愚，遂焚所供佛像，立主（神主，木制牌位）祀母。醉后，辄对哀哭。年二十始娶，身犹童子。娶三日，谓人曰："男女居室，天下之至秽，我实不为乐！"遂去（抛弃，休离）妻。妻父顾文洞，浼戚求返，请之三四，仲必不可。迟半年，顾遂醮（jiào，再嫁）女。仲鳏居二十年，行益不羁：奴隶优伶皆与饮；里党乞求，不靳与（不吝赠送。靳，jìn，吝惜）；有言嫁女无釜者，揭灶头举赠之。自乃从邻借釜炊。诸无行者知其性，朝夕骗赚之。或以赌博无赀对之欷歔（xī xū，叹息），言追呼（指胥吏催租追索号呼）急，将鬻（yù，卖）其子。仲措税金如数，倾囊遗之；及租吏登门，自始典质营办。以故，家日益落。

　先是仲殷饶，同堂（同祖之亲属称"堂"，古时称"同堂"）子弟争奉事之，凡有任其取携，莫与较；及仲蹇落（家境困苦败落。蹇，jiǎn），存问绝少。仲旷达，不为意。值母忌辰（忌日。旧俗父母死亡之日禁饮酒作乐，故称"忌日"），仲适病，不能上墓，欲遣子弟代祀；诸子弟皆谢以故。仲乃酹（lèi，把酒洒在地上表示祭奠或起誓）诸室中，对主号痛；无嗣之戚，颇萦怀抱。因而病益剧。瞀乱（昏迷。瞀，mào）中，觉有人抚摩之；目微启，则母也。惊问："何来？"母曰："缘家中无人上墓，故来就享，即视汝病。"问："母向居何所？"母曰："南海（世传观世音居于南海，故以之为佛教圣地）。"抚摩既已，遍体生凉。开目四顾，渺无一人，病瘥。

　既起，思朝南海。会邻村有结香社（民间习俗，信奉神佛的人结伙祀神进香，称"结香社"）者，即卖田十亩，挟赀求偕。社人嫌其不洁（意谓乐仲"嗜饮善啖"不行斋戒），共（一同，一起）摈绝之。乃随从同行。途中牛酒薤蒜（葱韭薤蒜，均为斋戒者所忌。薤，xiè，一种多年生草本植物，俗称"藠头"）不戒，众更恶之，乘其醉睡，不告而去。仲即独行。至闽，遇友人邀饮，有名妓琼华在座。

适言南海之游，琼华愿附以行。仲喜，即待趋装，遂与俱发；虽寝食与共，而毫无所私。及至南海，社中人见其载妓而至，更非笑之，鄙不与同朝（朝拜，指拜佛）。仲与琼华知其意，乃俟其先拜而后拜之。众拜时，恨无现示。及二人拜，方投地，忽见遍海皆莲花（意谓佛祖显圣。莲花，青莲花，梵语优婆罗的意译。佛家以青莲花比作佛眼），花花璎珞（串连珠玉而成的装饰物）垂珠；琼华见为菩萨，仲见花朵上皆其母。因急呼奔母，跃入从之。众见万朵莲花，悉变霞彩，障海如锦。少间，云静波澄，一切都杳，而仲犹身在海岸。亦不自解其何以得出，衣履并无沾濡。望海大哭，声震岛屿。琼华挽劝之，怆然下刹，命舟北渡。途中有豪家招琼华去，仲独憩逆旅。有童子方八九岁，丐食肆中，貌不类乞儿。细诘之，则被逐于继母。心怜之。儿依依左右，苦求拔拯（解救），仲遂携与俱归。问其姓氏，则曰："阿辛，姓雍，母顾氏。尝闻母言：适雍六月，遂生余。余本乐姓。"仲大惊。自疑生平一度（指仅与其妻遇合一次），不应有子。因问乐居何乡，答云："不知。但母没时，付一函书，嘱勿遗失。"仲急索书。视之，则当年与顾家离婚书也。惊曰："真吾儿也！"审其年月良确，颇慰心愿。然家计日疏，居二年，割亩（割卖土地）渐尽，竟不能畜（xù，蓄养）僮仆。

一日，父子方自炊，忽有丽人入，视之，则琼华也。惊问："何来？"笑曰："业作假夫妻，何又问也？向不即从者，徒以有老妪在；今已死。顾念不从人，无以自庇；从人，则又无以自洁：计两全者，无如从君，是以不惮千里。"遂解装代儿炊。仲良喜。至夜，父子同寝如故，另治一室居琼华。儿母之，琼华亦善抚儿。戚党闻之，皆馈（nuǎn，古代婚礼，嫁女之家三日后以熟食馈女曰馈。这里指贺婚赠送礼物）仲，两人皆乐受之。客至，琼华悉为治具，仲亦不问所自来。琼华渐出金珠赎故产，广置婢仆牛马，日益繁盛。仲每谓琼华曰："我醉时，卿当避匿，勿使我见。"华笑诺之。一日，大醉，急唤琼华。华艳妆出。仲睨之良久，大喜，蹈舞若狂，曰："吾悟矣！"顿醒。觉世界光明，所居庐舍，尽为琼楼玉宇，移时始已。从此不复饮市上，惟日对琼华饮。华茹素，以茶茗侍。一日，微醺，命琼华按股，见股上刲痕，化为两朵赤菡萏（荷花的别名），隐起肉际。奇之。仲笑曰："卿视此花放后，二十年假夫妻分手矣。"琼华信之。既为阿辛完婚，琼华渐以家付新妇，与仲别院居。子妇三日一朝，事非疑难不以告。役二婢：一温酒，一瀹茗（煮茶。瀹，yuè）而已。一日，琼华至儿所，儿媳咨白（禀白，请示）良久，共往见父。入门，见父白足（赤脚）坐榻上。闻声，开眸微笑曰："母子来大好！"即复瞑。琼华大惊曰："君欲何为？"视其股上，莲花大放。试之，气已绝。即以两手捻合其花，且祝曰："妾千里从君，大非容易。为君教子训妇，亦有微劳。即差二三年，何不一少待也？"移时，仲忽开眸笑曰："卿自有卿事，何必又牵一人作伴也？无已，姑为卿留。"琼华释手，则花已复合。于是言笑如初。积三年馀，琼华年近四旬，犹如二十许人。忽谓仲曰："凡人死后，被人捉头舁（yú，抬）足，殊不雅洁。"遂命工治双椟（huì，棺材）。辛骇问之，答云："非汝所知。"工既竣，沐浴妆竟，命子及妇曰："我将死矣。"辛泣曰："数年赖母经纪，始不冻馁。母尚未得一享安逸，何遂舍儿而去？"曰："父种福而子享，奴婢牛马，皆骗债者填偿尔父，我无功焉。我本散花天女（佛界天女名），偶涉凡念，遂谪人间三十馀年，今限已满。"遂登木自入。再呼之，双目已含。辛哭告父，父不知何时已僵，衣冠俨然。号恸欲绝。入棺，并停堂中，数日未殓，冀其复返。光明生于股际，照彻四壁。琼华棺内，则香雾喷溢，近舍皆闻。棺既合，香光遂渐减。

既殡，乐氏诸子弟觊觎（jì yú，非分地冀望或图谋）其有，共谋逐辛，讼诸官。官莫能辨，拟以田产半给诸乐。辛不服，以词质郡，久不决。初，顾嫁女于雍，经年馀，雍流寓于闽，音耗遂绝。顾老无子，苦忆女，诣婿，则女死甥逐。告官。雍惧，赂顾，不受，必欲得甥。穷觅不得。一日，顾偶于途中，见彩舆过，避道左。舆中一美人呼曰："若非顾翁耶？"顾诺。女子曰："汝甥即吾子，现在乐家，勿讼也。甥方有难，宜急往。"顾欲详诘，舆已去远。顾乃受赂入西安。至，则讼方沸腾。顾自投官，言女大归（旧称妇女被丈夫休离回娘家为大归）日、再醮（jiào，嫁）日，及生子年月，历历甚悉。诸乐皆被杖逐，案遂结。及归，述其见美人之日，即琼华没日也。辛为顾移家，授庐赠婢。六十馀生一子，辛顾恤之。

异史氏曰："断荤远室，佛之似也。烂熳天真，佛之真也。乐仲对丽人，直视之为香洁道伴（芳香洁静的求道伙伴），不作温柔乡观也。寝处三十年，若有情，若无情，此为菩萨真面目，世中人乌得而测之哉！"

香　玉

劳山下清宫（劳山，同"崂山"，在今山东省青岛市东部的崂山区。下清宫，崂山上的道观名），耐冬（络石，俗名"耐冬"，常绿木本，质坚韧，初夏开花）高二丈，大数十围（计算圆周的量词。径尺为"围"，一说五寸为"围"），牡丹高丈馀，花时璀璨似锦。胶州（州名，治所在今山东胶县）黄生，舍读其中。一日，自窗中见女郎，素衣掩映花间。心疑观中焉得此。趋出，已遁去。自此屡见之。遂隐身丛树中，以伺其至。未几，女郎又偕一红裳者来，遥望之，艳丽双绝。行渐近，红裳者却退，曰："此处有生人！"生暴起。二女惊奔，袖裙飘拂，香风洋溢，追过短墙，寂然已杳。爱慕弥切，因题句树下云："无限相思苦，含情对短缸。恐归沙吒利（沙吒利，唐人许尧佐《柳氏传》中的人物，谓韩翊和柳氏相恋，安史之乱起，柳氏被番将沙吒利劫走，后得虞候许俊相助，与韩复合），何处觅无双（唐人薛调《无双传》中的人物，谓刘无双和王仙客原有婚约。后因政治上的变乱，无双被收入宫廷。王仙客求助于侠客古押衙，设计从宫廷中救出刘无双）？"归斋冥思。女郎忽入，惊喜承迎。女笑曰："君汹汹似强寇，令人恐怖；不知君乃骚雅士，无妨相见。"生叩生平，曰："妾小字香玉，隶籍平康巷（指妓院。唐代长安丹凤街有平康坊，也称"平康里"，为妓女聚居之地。旧时因以"平康"泛指妓女居地）。被道士闭置山中，实非所愿。"生问："道士何名？当为卿一涤此垢（洗雪这种耻辱）。"女曰："不必，彼亦未敢相逼。借此与风流士，长作幽会，亦佳。"问："红衣者谁？"曰："此名绛雪，乃妾义姊。"遂相狎。及醒，曙色已红。女急起，曰："贪欢忘晓矣。"着衣易履，且曰："妾酬（以诗文应和）君作，勿笑：'良夜更易尽，朝暾（清晨初升的太阳。暾，tūn）已上窗。愿如梁上燕，栖处自成双。'"生握腕曰："卿秀外惠中，令人爱而忘死。顾一日之去，如千里之别。卿乘间当来，勿待夜也。"女诺之。由此夙夜必偕。每使邀绛雪来，辄不至，生以为恨。女曰："绛姐性殊落落（孤高不凡），不似妾情痴也。当从容劝驾，不必过急。"

一夕，女惨然入曰："君陇不能守，尚望蜀耶？今长别矣。"问："何之？"以袖拭泪，曰："此有定数，难为君言。昔日佳作，今成谶语（预言吉凶的话语。此指应验的凶灾之言。谶，chèn）矣。'佳人已属沙吒利，义士今无古押衙（唐传奇《无双传》中人物。古，姓。押衙，官名，管领皇帝仪仗和担任侍卫）'，可为妾咏。"诘之，不言，但有呜咽。竟夜不眠，早旦而去。生怪之。次日，有即墨（县名，在今山东省青岛市东北部）蓝氏，入宫游瞩，见白牡丹，悦之，掘移径去。生始悟香玉乃花妖也，怅惋不已。过数日，闻蓝氏移花至家，日就萎悴。恨极，作哭花诗五十首，日日临穴（指白牡丹被移后所留下的土坑）涕洟（tì yí，眼泪和鼻涕）。一日，凭吊方返，遥见红衣人挥涕穴侧。从容近就，女亦不避。生因把袂（mèi，衣袖），相向汍澜（流泪。汍，wán）。已而挽请入室，女亦从之。叹曰："童稚姊妹，一朝断绝！闻君哀伤，弥增妾恸。泪堕九泉，或当感诚再作；然死者神气已散，仓卒何能与吾两人共谈笑也。"生曰："小生薄命，妨害情人，当亦无福可消双美。曩（nǎng，以往，从前，过去）频烦香玉，道达微忱，胡再不临？"女曰："妾以年少书生，什九薄幸；不知君固至情人（极重感情之人）也。然妾与君交，以情不以淫。若昼夜狎昵，则妾所不能矣。"言已，告别。生曰："香玉长离，使人寝食俱废。赖卿少留，慰此怀思，何决绝如此！"女乃止，过宿而去。数日不复至。冷雨幽窗，苦怀香玉，辗转床头，泪凝枕席。揽衣更起，挑灯复踵前韵（依照前诗的韵脚再作一首。踵，追随、继续）曰："山院黄昏雨，垂帘坐小窗。相思人不见，中夜

泪双双。"诗成自吟。忽窗外有人曰："作者不可无和（和诗；和他人之诗而用
其原韵）。"听之，绛雪也。启户内之。女视诗，即续其后曰："连袂人（同
伴，这里指香玉。袂，衣袖）何处？孤灯照晚窗。空山人一个，对影自成双。"
生读之泪下，因怨相见之疏。女曰："妾不能如香玉之热，但可少慰君寂寞
耳。"生欲与狎。曰："相见之欢，何必在此。"于是至无聊时，女辄一至。
至则宴饮唱酬，有时不寝遂去，生亦听之。谓曰："香玉吾爱妻，绛雪吾良友
也。"每欲相问："卿是院中第几株？乞早见示，仆将抱植家中，免似香玉被
恶人夺去，贻恨百年。"女曰："故土难移，告君亦无益也。妻尚不能终从，
况友乎！"生不听，捉臂而出，每至牡丹下，辄问："此是卿否？"女不言，
掩口笑之。

　　旋生以腊归过岁。至二月间，忽梦绛雪至，愀然曰："妾有大难！君急
往，尚得相见；迟无及矣。"醒而异之，急命仆马，星驰至山。则道士将建
屋，有一耐冬，碍其营造，工师将纵斤（斧）矣。生急止之。入夜，绛雪来
谢。生笑曰："向不实告，宜遭此厄！今已知卿；如卿不至，当以炷艾（中
医用艾绒团，点燃薰灸经络穴位）相炙。"女曰："妾固知君如此，曩故不敢相
告也。"坐移时，生曰："今对良友，益思艳妻。久不哭香玉，卿能从我哭
乎？"二人乃往，临穴洒涕。更馀，绛雪收泪劝止。又数夕，生方寂坐，绛雪
笑入曰："报君喜信：花神感君至情，俾香玉复降宫中。"生问："何时？"
答曰："不知，约不远耳。"天明下榻，生嘱曰："仆为卿来。勿长使人孤
寂。"女笑诺。两夜不至。生往抱树，摇动抚摩，频唤无声。乃返，对灯团
艾，将往灼树。女遽入，夺艾弃之，曰："君恶作剧，使人创痏（创伤而致疤
痕。痏，wěi），当与君绝矣！"生笑拥之。坐未定，香玉盈盈而入。生望见，
泣下流离，急起把握。香玉以一手握绛雪，相对悲哽。及坐，生把之觉虚，如
手自握，惊问之。香玉泫然（xuàn rán，伤心流泪的样子）曰："昔妾，花之神，
故凝；今妾，花之鬼，故散也。今虽相聚，勿以为真，但作梦寐观可耳。"绛
雪曰："妹来大好！我被汝家男子纠缠死矣。"遂去。

香玉款笑如前；但偎傍之间，仿佛一身就影。生悒悒不乐。香玉亦俯仰自恨，乃曰："君以白蔹屑（中草药名，其根可入药。蔹，liǎn），少杂硫黄，日酹妾一杯水，明年此日报君恩。"别去。明日，往观故处，则牡丹萌生矣。生乃日加培植，又作雕栏以护之。香玉来，感激倍至。生谋移植其家，女不可，曰："妾弱质，不堪复栽。且物生各有定处，妾来原不拟生君家，违之反促（缩减）年寿。但相怜爱，合好自有日耳。"生恨绛雪不至。香玉曰："必欲强之使来，妾能致之。"乃与生挑灯至树下，取草一茎，布掌作度（以手掌比量，取为尺度），以度树本（量树干），自下而上，至四尺六寸，按其处，使生以两爪齐搔之。俄见绛雪从背后出，笑骂曰："婢子来，助桀为虐耶！"牵挽并入。香玉曰："姊勿怪！暂烦陪侍郎君，一年后不相扰矣。"从此遂以为常。

　　生视花芽，日益肥茂，春尽，盈（增长，生长）二尺许。归后，以金遗道士，嘱令朝夕培养之。次年四月至宫，则花一朵，含苞未放；方流连间，花摇摇欲拆（绽开，指花蕾开放）；少时已开，花大如盘，俨然有小美人坐蕊中，裁三四指许；转瞬飘然欲下，则香玉也。笑曰："妾忍风雨以待君，君来何迟也！"遂入室。绛雪亦至，笑曰："日日代人作妇，今幸退而为友。"遂相谈谑。至中夜，绛雪乃去。二人同寝，款洽一如从前。

　　后生妻卒，生遂入山不归。是时，牡丹已大如臂。生每指之曰："我他日寄魂于此，当生卿之左。"二女笑曰："君勿忘之。"后十馀年，忽病。其子至，对之而哀。生笑曰："此我生期，非死期也，何哀为！"谓道士曰："他日牡丹下有赤芽怒生，一放五叶者，即我也。"遂不复言。子舆之归家，即卒。次年，果有肥芽突出，叶如其数。道士以为异，益灌溉之。三年，高数尺，大拱把（指树干盈握），但不花。老道士死，其弟子不知爱惜，斫去之。白牡丹亦憔悴死；无何，耐冬亦死。

　　异史氏曰："情之至者，鬼神可通。花以鬼从（指香玉死后为"花之鬼"，仍然相从黄生），而人以魂寄（指黄生死后魂灵依附于香玉之侧。寄，依附），非其结于情者深耶？一去而两殉之（一去，指黄生死后所生成的不花牡丹，被道士弟子斫去。两殉之，指牡丹和耐冬相继死去，像是殉情而亡），即非坚贞，亦为情死矣。人不能贞，亦其情之不笃耳。仲尼读唐棣而曰'未思'[①]，信矣哉！"

三　仙

一士人赴试金陵（今南京市），经宿迁（今江苏省宿迁市），遇三秀才，谈论超旷（超逸旷达），遂与沽酒款洽（亲切融洽。此指共叙情好）。各表姓字：一介秋衡，一常丰林，一麻西池。纵饮甚乐，不觉日暮。介曰："未修地主（东道主）之仪，忽叨盛馔（承蒙盛馔招待。叨，辱，表示承受的谦词），于理不当。茅茨（茅屋，谦指自己的房舍）不远，可便下榻。"常、麻并起，捉襟（牵着衣襟，指牵衣挽手）唤仆，相将俱去。至邑北山，忽睹庭院，门绕清流。既入，舍宇清洁。呼童张灯，又命安置从人。麻曰："昔日以文会友，今场期伊迩（试期临近。伊，助词。迩，近），不可虚此良夜。请拟四题命阄（即制阄。阄，jiū），各拈其一，文成方饮。"众从之。各拟一题，写置几上，拾（拾阄，拈阄）得者就案构思。二更未尽，皆已脱稿，迭相传视。秀才读三作，深为倾倒，草录而怀藏之。主人进良酝，巨杯促釂（jiào，干杯），不觉醺醉。主人乃导客就别院寝。客醉，不暇解履，和衣而卧。及醒，红日已高，四顾并无院宇，主仆卧山谷中。大骇。见傍有一洞，水涓涓流。自讶迷惘。探怀中，则三作俱存。下问土人，始知为"三仙洞"。中有蟹、蛇、虾蟆三物，最灵，时出游，人常见之。士人入闱，三题即仙作，以是擢解（考中举人。擢，zhuó）。

---

① "仲尼读唐棣"句：《论语·子罕》："'唐棣之华，偏其反而。岂不尔思？室是远而。'子曰：'未之思也，夫何远之有。'""唐棣之华"四句是古诗，意思是唐棣树的花，翩翩地摇摆，难道我不想你？只因为家住得太遥远。孔子读了这首诗说道："还是没有想念，要是真的想念，有什么遥远呢？"此处引用孔子"未思"之句，意在说明，如有至情，就能够坚贞相爱。仲尼，孔子的字。

王 十

高苑（旧县名，在今山东省博兴县西南）民王十，负（贩运）盐于博兴。夜为二人所获。意为土商（当地盐商）之逻卒也，舍盐欲遁；足苦不前，遂被缚。哀之。二人曰："我非盐肆中人，乃鬼卒也。"十惧，乞一至家，别妻子。不许，曰："此去亦未便即死，不过暂役耳。"十问："何事？"曰："冥中新阎王到任，见奈河（迷信所传地狱中的河名，其水皆血，而腥秽不可近）淤平，十八狱（迷信所传阴曹地府的十八层地狱）坑厕（厕所）俱满，故捉三等人淘河：小偷、私铸（私自铸钱）、私盐；又一等人使涤厕：乐户（官妓，古时犯罪女子或犯人的妻子没入官府，充当乐妓。这类人家称"乐户"。后世妓院也称"乐户"）也。"

十从去，入城郭，至一官署，见阎罗在上，方稽名籍。鬼禀曰："捉一私贩王十至。"阎罗视之，怒曰："私盐者，上漏国税，下蠹民生者也。若世之暴官奸商所指为私盐者，皆天下之良民。贫人揭锱铢之本（持微少的资本。揭，持。锱铢，形容微小的数量。二十四铢为两，六铢为锱），求升斗之息（求取赖以糊口的微利。升斗，喻指少量口粮），何为私哉！"罚二鬼市盐四斗，并十所负，代运至家。留十，授以蒺藜骨朵（古兵器。在棒端缀以铁制或坚木所制的蒜头形"骨朵"。骨朵上加铁刺，状如蒺藜者，称"蒺藜骨朵"），令随诸鬼督河工。鬼引十去，至奈河边，见河内人夫，缲续（人群不断，如用绳索连接在一起。缲，qiǎng，绳索）如蚁。又视河水浑赤，臭不可闻。淘河者皆赤体持畚锸（挖运泥土的工具。畚，箕），出没其中。朽骨腐尸，盈筐负舁而出；深处则灭顶求之。惰者辄以骨朵击背股。同监者以香绵丸如巨菽（巨大的豆粒），使含口中，乃近岸。见高苑肆商，亦在其中。十独苛遇之：入河楚背，上岸敲股。商惧，常没身水中，十乃已。经三昼夜，河夫半死，河工亦竣。前二鬼仍送至家，豁然而苏。先是，十负盐未归，天明，妻启户，则盐两囊置庭中，而十久不至。使人遍觅之，则死途中。舁（yú，抬）之而归，奄有微息，不解其故。及醒，始言之。肆商亦于前日死，至是始苏。骨朵击处，皆成巨疽，浑身腐溃，臭不可近。十故诣之。望见十，犹缩首衾中，如在奈河状。一年，始愈，不复为商矣。

异史氏曰："盐之一道，朝迁之所谓私，乃不从乎公者也；官与商之所谓私，乃不从其私者也。近日齐、鲁新规，土商随在（到处）设肆，各限疆域。不惟此邑之民，不得去之彼邑；即此肆之民，不得去之彼肆。而肆中则潜设饵以钓他邑之民；其售于他邑，则廉其直；而售诸土人，则倍其价以昂之。而又设逻于道，使境内之人，皆不得逃吾昂。其有境内冒他邑以来者，法不宥。彼此之相钓，而越肆假冒之愚民益多。一被逻获，则先以刀杖残其胫股，而后送诸官；官则桎梏之，是名'私盐'。呜呼！冤哉！漏数万之税非私，而负升斗之盐则私之；本境售诸他境非私，而本境买诸本境则私之，冤矣！律中'盐法'最严，而独于贫难军民，背负易食者，不之禁，今则一切不禁，而专杀此贫难军民（贫困的军户和民户。军户，始于南北朝。明清时期，屯卫兵丁以及充配为军的犯人及其随配子女和后代，也称军户，其地位低下，生活贫苦）！且夫贫难军民，妻子嗷嗷，上守法而不盗，下知耻而不娼；不得已，而揭十母而求一子（持十本而求一利）。使邑尽此民，即'夜不闭户'可也。非天下之良民乎哉！彼肆商者，不但使之淘奈河，直当使涤狱厕耳！而官于春秋节（逢年过节），受其斯须之润（暂时捞到一点儿好处。润，沾润，此指贿赂），遂以三尺法（指法律）助使杀吾良民。然则为贫民计，莫若为盗及私铸耳。盗者白昼劫人，而官若聋；铸者炉火烜天，而官若瞽；即异日淘河，尚不至如负贩者所得无几，而官刑立至也。呜呼！上无慈惠之师，而听奸商之法，日变日诡，奈何不顽民日生，而良民日死哉！"

各邑肆商，旧例以若干石盐资，岁奉本县，名曰："食盐"。又逢节序，具厚仪。商以事谒官，官则礼貌之，坐与语，或茶焉。送盐贩至，重惩不遑。张公石年宰淄，肆商来见，循旧规，但揖不拜。公怒曰："前令受汝贿，故不得不隆汝礼；我市盐而食，何物商人，敢公堂抗礼乎！"捋裤将答。商叩头谢过，乃释之。后肆中获二负贩者，其一逃去，其一被执到官。公问："贩者二人，其一焉往？"贩者曰："逃去矣。"公曰："汝腿病不能奔耶？"曰："能奔。"公曰："既被捉，必不能奔；果能，可起试奔，验汝能否。"其人奔数步欲止。公曰："奔勿止！"其人疾奔，竟出公门而去。见者皆笑。公爱民之事不一，此其闲情，邑人犹乐诵之。

大　男

奚成列，成都（今四川省成都市）士人也。有一妻一妾。妾何氏，小字昭容。妻早没，继娶申氏，性妒，虐遇何，且并及奚；终日哓聒（xiāo guō，吵闹），恒不聊生。奚怒，亡去。去后，何生一子大男。奚去不返，申摈（排斥）何不与同炊，计日授粟。大男渐长，用不给，何纺绩佐食。大男见塾中诸儿吟诵，亦欲读。母以其太稚，姑送诣读。大男慧，所读倍诸儿。师奇之，愿不索束脩（学生聘请老师的酬金为束脩。脩，xiū）。何乃使从师，薄相酬。积二三年，经书（指儒家经书，即《诗》《书》《礼》《乐》《易》《春秋》。《乐经》亡失较早，因此后世传诵只有"五经"）全通。一日归，谓母曰："塾中五六人，皆从父乞钱买饼，我何独无？"母曰："待汝长，告汝知。"大男曰："今方七八岁，何时长也？"母曰："汝往塾，路经关帝庙，当拜之，祐汝速长。"大男信之，每过必入拜。母知之，问曰："汝所祝何词？"笑云："但祝明年便使我十六七岁。"母笑之。然大男学与躯长并速：至十岁，便如十三四岁者；其所为文竟成章（指大男习作八股文竟能成篇）。一日，谓母曰："昔谓我壮大，当告父处，今可矣。"母曰："尚未，尚未。"又年馀，居然成人，研诘益频，母乃缅述之。大男悲不自胜，欲往寻父。母曰："儿太幼，汝父存亡未知，何遽可寻？"大男无言而去，至午不归。往塾问师，则辰餐未复。母大惊，出资佣役（雇人），到处冥搜，杳无踪迹。

大男出门，循途奔去，茫然不知何往。适遇一人将如夔州（旧府名，在今四川省奉节县。夔，kuí），言姓钱。大男丐食相从。钱病其缓（嫌大男走得太慢。

病，不满，嫌恶），为赁代步，资斧耗竭。至夔，同食，钱阴投毒食中，大男瞑不觉。钱载至大刹，托为己子，偶病绝资，卖诸僧。僧见其丰姿秀异，争购之。钱得金竟去。僧饮之，略醒。长老知而诣视，奇其相，研诘，始得颠末。甚怜之，赠资使去。有泸州（今四川省泸州市）蒋秀才，下第归，途中问得故，嘉其孝，携与同行。至泸，主其家（寄居其家。主，舍于其家，以之为居停）。月馀，遍加谘访（咨询访问。谘，zī）。或言闽商有奚姓者，乃辞蒋，欲之闽。蒋赠以衣履，里党皆敛资助之。途遇二布客，欲往福清（今福建省福清市），邀与同侣。行数程，客窥囊金，引至空所，挚其手足，解夺而去。适有永福（今福建省永泰县）陈翁过其地，脱其缚，载归其家。翁豪富，诸路商贾，多出其门，翁嘱南北客代访奚耗。留大男伴诸儿读。大男遂住翁家，不复游。然去家愈远，音梗矣。

何昭容孤居三四年，申氏减其费，抑勒（逼迫）令嫁。何志不摇。申强卖于重庆贾，贾劫取而去。至夜，以刀自劙（lí，割）。贾不敢逼，俟创瘥（创伤痊愈。瘥，chài），又转鬻（yù，卖）于盐亭（今四川省盐亭县）贾。至盐亭，自刺心头，洞见脏腑。贾大惧，敷以药，创平，求为尼。贾曰："我有商侣，身无淫具，每欲得一人主缝纫。此与作尼无异，亦可少偿吾值。"何诺。贾舆送去。入门，主人趋出，则奚生也。盖奚已弃儒为商，贾以其无妇，故赠之也。相见悲骇，各述苦况，始知有儿寻父未归。奚乃嘱诸客旅，侦察大男。而昭容遂以妾为妻矣。然自历艰苦，疴痛多疾，不能操作，劝奚纳妾。奚鉴前祸，不从所请。何曰："妾如争床第者，数年来固已从人生子，尚得与君有今日耶？且人加我者，隐痛在心，岂及诸身而自蹈之（岂能因自身已为正妻而虐待为妾者。蹈，蹈袭，指沿用"人加我者"之法，以待他人）？"奚乃嘱客侣，为买三十馀老妾。逾半年，客果为买妾归，入门，则妻申氏。各相骇异。先是，申独居年馀，兄苟劝令再适。申从之，惟田产为子侄所阻，不得售。鬻诸所有，积数百金，携归兄家，有保宁（府名，治所在今四川省阆中市）贾，闻其富有奁资，以多金啗苟，赚娶之。而贾老废不能人（不能行房事）。申怨兄，不安于室，悬梁投井，不堪其扰。贾怒，搜括其资，将卖作妾。闻者皆嫌其老。贾将适夔，乃载与俱去。遇奚同肆，适中其意，遂货之而去。既见奚，惭惧不出一语。奚问同肆商，略知梗概，因曰："使遇健男，则在保宁，无再见之期，此亦数也。然今日我买妾，非娶妻，可先拜昭容，修嫡庶礼。"申耻之。奚曰："昔日汝作嫡，何如哉！"何劝止之。奚不可，操杖临逼，申不得已，拜之。然终不屑承奉，但操作别室，何悉优容（宽容）之，亦不忍课其勤惰。奚每与昭容谈宴，辄使役使其侧；何更代以婢，不听前（不让申在面前侍奉）。

会陈公嗣宗宰盐亭。奚与里人有小争，里人以逼妻作妾揭讼（告发于官）奚。公不准理，叱逐之。奚喜，方与何窃颂公德。一漏既尽，僮呼叩扉，入报曰："邑令公至。"奚骇极，急觅衣履，则公已至寝门；益骇，不知所为。何审之，急出曰："是吾儿也！"遂哭。公乃伏地悲咽。盖大男从陈公姓，业为官矣。初，公至自都，迂道过故里，始知两母皆醮，伏膺哀痛（内心极端哀痛。伏膺，同"服膺"，牢著于心）。族人知大男已贵，反其田庐。公留仆营造，冀父复还。既而授任盐亭，又欲弃官寻父，陈翁苦劝止之。会有卜者，使筮（shì，用著草占卦）焉。卜者曰："小者居大，少者为长；求雄得雌，求一得两：为官吉。"公乃之任。为不得亲，居官不茹荤酒。是日，得里人状，睹奚姓名，疑之。阴遣内使（指随身役使之仆）细访，果父。乘夜微行（便服出行）而出。见母，益信卜者之神。临去，嘱勿播，出金二百，启父办装归里。父抵家，门户一新，广畜仆马，居然大家矣。申见大男贵盛，益自敛。兄苞不愤，讼官，为妹争嫡。官廉得其情，怒曰："贪资劝嫁，已更二夫，尚何颜争昔年嫡庶耶！"重笞苞。由此名分益定。而申姊何，何亦姊之。衣服饮食，悉不自私。申初惧其复仇，今益愧悔。奚亦忘其旧恶，俾（使）内外皆呼以太母（奴仆对其官员主人嫡母的敬称），但诰命不及（虽然尊称申氏为"太母"，但对朝廷申报大男之嫡母为何氏，故申氏不能受诰命之封赠。清制五品以上官员授诰命，六品以下授敕命）耳。

异史氏曰："颠倒众生（佛家语，指人世。《圆觉经》云："一切众生从无始来，种种颠倒，犹如迷人四方易处。"），不可思议，何造物之巧也！奚生不能自立于妻妾之间，一碌碌庸人耳。苟非孝子贤母，乌能有此奇合，坐享富贵以终身哉！"

石清虚

邢云飞，顺天（明清两代北京地区称为顺天府）人。好石，见佳石，不惜重直。偶渔于河，有物挂网，沉而取之，则石径尺，四面玲珑，峰峦叠秀。喜极，如获异珍。既归，雕紫檀为座，供诸案头。每值天欲雨，则孔孔生云，遥望如塞新絮。

有势豪某，踵门（登门）求观。既见，举付健仆，策马径去。邢无奈，顿足悲愤而已。仆负石至河滨，息肩桥上，忽失手堕诸河。豪怒，鞭仆。即出金雇善泅者，百计冥搜（仔细搜索），竟不可见。乃悬金署约（悬赏立约；即招贴声明，愿出重金酬谢寻到异石的人）而去。由是寻石者日盈于河，迄无获者。后邢至落石处，临流於邑（面对河水悲泣。於邑，同"呜唈"，愤懑气结，极度悲伤），但见河水清澈，则石固在水中。邢大喜，解衣入水，抱之而出。携归，不敢设诸厅所，洁治内室供之。

一日，有老叟款门（敲门，叩门）而请（请见；要求观赏异石）。邢托言石失已久。叟笑曰："客舍非耶？"邢便请入舍，以实其无。及入，则石果陈几上。愕不能言。叟抚石曰："此吾家故物，失去已久，今固在此耶。既见之，请即赐还。"邢窘甚，遂与争作石主。叟笑曰："既汝家物，有何验证？"邢不能答。叟曰："仆则故识之。前后九十二窍，孔中五字云：'清虚天石供（即月宫石制供品。清虚天，指月宫，也称"清虚殿"或"清虚府"）。'"邢审视，孔中果有小字，细如粟米，竭目力才可辨认；又数其窍，果如所言。邢无以对，但执不与。叟笑曰："谁家物，而凭君作主耶！"拱手而出。邢送至门外；既还，已失石所在。邢急追叟，则叟缓步未远。奔牵其袂而哀之。

叟曰："奇哉！经尺之石，岂可以手握袂（mèi，衣袖）藏者耶？"邢知其神，强曳之归，长跽（jì，长跪）请之。叟乃曰："石果君家者耶、仆家者耶？"答曰："诚属君家，但求割爱耳。"叟曰："既然，石固在是。"入室，则石已在故处。叟曰："天下之宝，当与（给）爱惜之人。此石，能自择主，仆亦喜之。然彼急于自见（自现于世），其出也早，则魔劫（恶劫；灾难）未除。实将携去，待三年后，始以奉赠。既欲留之，当减三年寿数，乃可与君相终始。君愿之乎？"曰："愿。"叟乃以两指捏一窍，窍软如泥，随手而闭。闭三窍，已，曰："石上窍数，即君寿也。"作别欲去。邢苦留之，辞甚坚；问其姓字，亦不言，遂去。

积年馀，邢以故他出，夜有贼入室，诸无所失，惟窃石而去。邢归，悼丧欲死。访察购求，全无踪迹。积有数年，偶入报国寺（寺庙名。据《帝京景物略》记载，位于北京城南广宁门外），见卖石者，则故物也，将便认取。卖者不服，因负石至官。官问："何所质验（凭证）？"卖石者能言窍数。邢问其他，则茫然矣。邢乃言窍中五字及三指痕，理遂得伸。官欲杖责卖石者，卖石者自言以二十金买诸市，遂释之。邢得石归，裹以锦，藏椟中，时出一赏，先焚异香而后出之。

有尚书某，购以百金。邢曰："虽万金不易也。"尚书怒，阴（暗中）以他事中伤之。邢被收（囚禁入狱），典质田产。尚书托他人风示（暗示）其子。子告邢，邢愿以死殉石。妻窃与子谋，献石尚书家。邢出狱始知，骂妻殴子，屡欲自经（自缢，自杀），家人觉救，得不死。夜梦一丈夫来，自言："石清虚。"戒邢勿戚："特与君年馀别耳。明年八月二十日，昧爽（拂晓；黎明）时，可诣海岱门（北京崇文门的别名），以两贯（两千文铜钱。古时千钱为一贯）相赎。"邢得梦，喜，谨志（记）其日。其石在尚书家，更无出云之异，久亦不甚贵重之。明年，尚书以罪削职，寻死。邢如期至海岱门，则其家人窃石出售，因以两贯市归。

后邢至八十九岁，自治葬具；又嘱子，必以石殉。及卒，子遵遗教，瘗

（yì，掩埋，埋葬）石墓中。半年许，贼发墓，劫石去。子知之，莫可追诘。越二三日，同仆在道，忽见两人奔踬（跌跌撞撞地奔跑。踬，zhì，跌倒）汗流，望空投拜，曰："邢先生，勿相逼！我二人将石去，不过卖四两银耳。"遂絷送到官，一讯即伏。问石，则鬻（yù，卖）宫氏。取石至，官爱玩，欲得之，命寄诸库。吏举石，石忽堕地，碎为数十馀片。皆失色。官乃重械两盗论死。邢子拾碎石出，仍瘗墓中。

异史氏曰："物之尤者祸之府（奇异之物将招致各种灾祸。府，汇集的地方）。至欲以身殉石，亦痴甚矣！而卒（终于）之石与人相终始，谁谓石无情哉？古语云：'士为知己者死。'非过也！石犹如此，何况于人！"

曾友于

曾翁，昆阳（州名，在今云南省中部）故家也。翁初死未殓，两眦中泪出如潘（汁水），有子六，莫解所以。次子悌，字友于，邑名士，以为不祥，戒诸兄弟各自惕，勿贻痛于先人；而兄弟半迂笑之。先是，翁嫡配（原配妻子）生长子成，至七八岁，母子为强寇掳去。娶继室，生三子：曰孝，曰忠，曰信。妾生三子：曰悌，曰仁，曰义。孝以悌等出身贱，鄙不齿，因连结忠、信为党。即与客饮，悌等过堂下，亦傲不为礼。仁、义皆忿，与友于谋，欲相仇。友于百词宽譬（宽慰，解说。譬，pì），不从所谋；而仁、义年最少，因兄言亦遂止。孝有女，适邑周氏，病死。纠悌等往挞其姑，悌不从。孝愤然，令忠、信合族中无赖子，往捉周妻，搒掠（péng lüè，笞击，拷打）无算，抛粟毁器，盎盂（àng yú，古代盛东西的器皿。盎，古代一种腹大口小盆。盂，一种盛液体的器皿）无存。周告官。官怒，拘孝等囚系之，将行申黜（申报郡府，革除功名）。友于惧，见宰自投。友于品行，素为宰重，诸兄弟以是得无苦。友于乃诣周所负荆，周亦器重友于，讼遂止。

孝归，终不德友于。无何，友于母张夫人卒，孝等不为服（不为服孝。服，旧丧礼规定穿戴的丧服；也指居丧），宴饮如故。仁、义益忿。友于曰："此彼之无礼，于我何损焉。"及葬，把持墓门，不使合厝（合葬；指与其父合葬。厝，cuò）。友于乃瘗（yì，掩埋，埋葬）母隧道中。未几，孝妻亡，友于招仁、义同往奔丧。二人曰："'期（期服，齐衰服丧一年，凡祖父母、伯叔父母、庶母死亡用之）'且不论，'功（功服，又分大功、小功。大功服丧九月，小功服丧五月，以用于稍疏于期服的亲属。孝妻为仁、义之嫂，当服小功丧）'于何有！"再劝之，哄然散去。友于乃自往，临哭尽哀。隔墙闻仁、义鼓且吹，孝怒，纠诸弟往殴之。友于操杖先从。入其家，仁觉先逃。义方逾垣，友于自后击仆之。孝等拳杖交加，殴不止。友于横身障阻之。孝怒，让（责备）友于。友于曰："责之者，以其无礼也，然罪固不至死。我不怙（hù，纵容、放任）弟恶，亦不助兄暴。如怒不解，身代之。"孝遂反杖挞友于，忠、信亦相助殴兄，声震里党，群集劝解，乃散去。友于即扶杖诣兄请罪。孝逐去之，不令居丧次（丧葬时，哀祭者的位次）。而义创甚（伤势严重），不复食饮。仁代具词讼官，诉其不为庶母行服。官签拘（发签拘传）孝、忠、信，而令友于陈状。友于以面目损伤，不能诣署，但作词禀白，哀求寝息，宰遂消案。义亦寻愈。由是仇怨益深。仁、义皆幼弱，辄被敲楚（杖击；殴打）。怨友于曰："人皆有兄弟，我独无！"友于曰："此两语，我宜言之，两弟何云！"因苦劝之，卒不听。友于遂扃户，携妻子借寓他所，离家五十馀里，冀不相闻。

友于在家虽不助弟，而孝等尚稍有顾忌；既去，诸兄一不当，辄叫骂其门，辱侵母讳（指名道姓地辱骂仁、义之母。讳，名讳）。仁、义度不能抗，惟杜门思乘间（寻找机会）刺杀之，行则怀刀。一日，寇所掠长兄成，忽携妇亡归。诸兄弟以家久析，聚谋三日，竟无处可以置之。仁、义窃喜，招去共养之。往告友于。友于喜，归，共出田宅居成。诸兄怒其市惠（买好；卖人情。惠，恩惠），登门窘辱。而成久在寇中，习于威猛，大怒曰："我归，更无人肯置一屋；幸三弟念手足，又罪责之。是欲逐我耶！"以石投孝，孝仆。仁、义各以杖出，捉忠、信，挞无数。成乃讼宰，宰又使人请教友于。友于诣宰，俯首不言，但有流涕。宰问之，曰："惟求公断。"宰乃判孝等各出田产归成，使七分相准（以财产七份平分为准，要曾孝等各出田产归曾成）。自此仁、义与成倍加爱敬。谈及葬母事，因并泣下。成恚曰："如此不仁，真禽兽也！"遂欲启圹，更为改葬。仁奔告友于。友于急归谏止。成不听，刻期发墓，作斋于茔。以刀削树，谓诸弟曰："所不衰麻（俗称"披麻

戴孝"。衰，cuī）相从者，有如此树！"众唯唯。于是一门皆哭临，安厝尽礼。自此兄弟相安。而成性刚烈，辄批挞诸弟，于孝尤甚。惟重友于，虽盛怒，友于至，一言即解。孝有所行，成辄不平之，故孝无一日不至友于所，潜对友于诟诅。友于婉谏，卒不纳。友于不堪其扰，又迁居三泊（县名，在今云南省），去家益远，音迹遂疏。

又二年，诸弟皆畏成，久亦相习。而孝年四十六，生五子：长继业，三继德，嫡出；次继功，四继绩，庶出；又婢生继祖。皆成立。效父旧行，各为党，日相竞，孝亦不能呵止。惟祖无兄弟，年又最幼，诸兄皆得而诟厉之。岳家近三泊，会诣岳，迂道诣叔。入门，见叔家两兄一弟，弦诵怡怡（弦歌诵读，兄弟亲睦。怡怡，和顺貌），乐之，久居不言归。叔促之，哀求寄居。叔曰："汝父母皆不知，我岂惜瓯饭瓢饮（不是舍不得供应伙食。瓯、瓢，均饮食用具。此指为量极少的饭食）乎！"乃归。过数月，夫妻往寿岳母。告父曰："儿此行不归矣。"父诘之，因吐微隐。父虑与叔有夙隙（旧怨），计难久居。祖曰："父虑过矣。二叔，圣贤也。"遂去，携妻之三泊。友于除舍（打扫房舍）居之，以齿儿行（列入儿辈行列。意为同亲生儿子一样看待。齿，列），使执卷从长子继善。祖最慧，寄籍三泊年馀，入云南郡庠（入云南府学为生员）。与善闭户研读，祖又讽诵（诵习，研

读）最苦。友于甚爱之。

自祖居三泊，家中兄弟益不相能。一日，微反唇，业诟辱庶母。功怒，刺杀业。官收功，重械之，数日死狱中。业妻冯氏，犹日以骂代哭。功妻刘闻之，怒曰："汝家男子死，谁家男子活耶！"操刀入，击杀冯，自投井死。冯父大立，悼女死惨，率诸子弟，藏兵衣底，往捉孝妾，裸挞道上以辱之。成怒曰："我家死人如麻，冯氏何得复尔！"吼奔而出。诸曾从之，诸冯尽靡。成首捉大立，割其两耳。其子护救，继绩以铁杖横击，折其两股。诸冯各被夷伤，哄然尽散。惟冯子犹卧道周。成夹之以肘，置诸冯村而还。遂呼绩诣官自首。冯状亦至。于是诸曾被收。惟忠亡去，至三泊，徘徊门外。适友于率一子一侄乡试归，见忠，惊曰："弟何来？"忠未语先泪，长跪道左。友于握手拽入，诘得其情，大惊曰："似此奈何！然一门乖戾，逆知（预料）奇祸久矣；不然，我何以窜迹至此。但我离家久，与大令（旧时，对县令的尊称）无声气之通，今即蒲伏而往，徒取辱耳。但得冯父子伤重不死，吾三人中幸有捷者，则此祸或可少解。"乃留之，昼与同餐，夜与共寝。忠颇感愧。居十馀日，见其叔侄如父子，兄弟如同胞，凄然下泪曰："今始知从前非人也。"友于喜其悔悟，相对酸恻。俄报友于父子同科（同榜考中举人），祖亦副榜（明代嘉靖年间开始，乡试设正榜、副榜。名列正榜者为举人，列副榜者准作贡生，称副贡，为五贡之一）。大喜。不赴鹿鸣（鹿鸣宴。明清时于乡试揭晓之次日，宴主考以下各官及中式举人，宴会时歌《诗·小雅·鹿鸣》之章），先归展墓。明季科甲（科举。汉唐举士考试，皆有甲乙等科，后因称科举为科甲。科甲出身为入仕正途）最重，诸冯皆为敛息。友于乃托亲友赂以金粟，资其医药，讼乃息。

举家泣感友于，求其复归。友于乃与兄弟焚香约誓，俾（使）各涤虑自新（涤除恶念，改过自新），遂移家还。祖从叔不愿归其家。孝乃谓友于曰："我不德，不应有亢宗之子（光宗耀祖之子。亢宗，原指庇护宗族）；弟又善教，俾姑为汝子。有寸进时，可赐还也。"友于从之。又三年，祖果举于乡。使移家，夫妻皆痛哭而去。不数日，祖有子方三岁，亡归友于家，藏伯继善室，不肯返；捉去辄逃。孝乃令祖异居，与友于邻。祖开户通叔家，两间定省如一焉。时成渐老，家事皆取决于友于。从此门庭雍穆（和睦），称孝友（孝顺父母，友爱兄弟）焉。

异史氏曰："天下惟禽兽止知母而不知父，奈何诗书之家，往往蹈之也！夫门内之行（家门内的品行），其渐渍子孙者，直入骨髓。古云：其父盗，子必行劫，其流弊然也。孝虽不仁，其报亦惨；而卒能自知乏德，托子于弟，宜其有操心虑患之子也。若论果报，犹迂也。"

嘉平公子

嘉平（古县名，故治所在今安徽省全椒县西南）某公子，风仪秀美。年十七八，入郡赴童子试。偶过许娼之门，见内有二八丽人，因目注之。女微笑点首，公子近就与语。女问："寓居何处？"具告之。问："寓中有人否？"曰："无。"女云："妾晚间奉访，勿使人知。"公子归，及暮，屏去僮仆。女果至，自言："小字温姬。"且云："妾慕公子风流，故背媪而来。区区之意，愿奉终身。"公子亦喜。自此三两夜辄一至。一夕，冒雨来，入门解去湿衣，罥（juàn，绾挂）诸桅（yí，衣架）上；又脱足上小靴，求公子代去泥涂。遂上床以被自覆。公子视其靴，乃五文新锦（崭新的五彩织锦），沾濡殆尽，惜之。女曰："妾非敢以贱物相役，欲使公子知妾之痴于情也。"听窗外雨声不止，遂吟曰："凄风冷雨满江城。"求公子续之。公子辞以不解。女曰："公子如此一人，何乃不知风雅！使妾清兴（雅兴，此指诗兴）消矣！"因劝肄习（学习），公子诺之。

往来既频，仆辈皆知。公子姊夫宋氏，亦世家子，闻之，窃求公子一见温姬。公子言之，女必不可。宋隐身仆舍，伺女至，伏窗窥之，颠倒欲狂。急排闼（pái tà，推门），女起，逾垣而去。宋向往甚殷，乃修贽（备礼。贽，zhì，见面礼）见许媪，指名求之。媪曰："果有温姬，但死已久。"宋愕然退，告公子，公子始知为鬼。至夜，因以宋言告女。女曰："诚然。顾君欲得美女子，妾亦欲得美丈夫。各遂所愿足矣，人鬼何论焉？"公子以为然。

试毕而归，女亦从之。他人不见，惟公子见之。至家，寄诸斋中。公子独宿不归，父母疑之。女归宁，始隐以告母。母大惊，戒公子绝之。公子不能听。父母深以为忧，百术驱之不能去。一日，公子有谕仆帖（谕告仆人的便条），置案上，中多错谬："椒"讹"菽"，"姜"讹"江"，"可恨"讹"可浪"。女见之，书其后："何事'可浪'？'花菽生江。'有婿如此，不如为娼！"遂告公子曰："妾初以公子世家文人，故蒙羞自荐（不避羞惭，主动相就。荐，进，此指荐枕侍寝）。不图虚有其表！以貌取人，毋乃为天下笑乎！"言已而没。公子虽愧恨，犹不知所题，折帖示仆。闻者传为笑谈。

异史氏曰："温姬可儿（称人心意的人）！翩翩公子，何乃苛其中之所有（苛求他胸有才学。所有，指才学，学问）哉！遂至悔不如娼，则妻妾羞泣矣。顾百计遣之不去，而见帖浩然（谓有归去之念），则'花菽生江'，何殊于杜甫之'子章髑髅'（"花菽生江"这样的错别文句，同杜甫"子章髑髅"的诗句一样，都有驱邪的作用）哉！"

《耳录》（蒲松龄朋友朱缃曾作《耳录》）云："道傍设浆（古代一种微酸的饮料）者，榜云：施'恭（俗称上厕所为出恭；并谓大便为大恭、小便为小恭）'结缘。"讹茶为恭，亦可一笑。

有故家子，既贫，榜于门曰："卖古淫器。"讹磁淫云："有要宣淫、定淫（因"讹磁为淫"，故将两个瓷磁写成"宣淫"、"定淫"。按，明宣德年间景德镇制瓷官磁称"宣磁"，宋代河北定州瓷磁称"定磁"。此处所云，指这两个名磁所烧制的瓷器。磁，同"窑"）者，大小皆有，入内看物论价。"崔卢之子孙如此甚众，何独"花菽生江"哉！

二　班

殷元礼，云南人，善针灸之术。遇寇乱，窜入深山。日既暮，村舍尚远，惧遭虎狼。遥见前途有两人，疾趁（追赶）之。既至，两人问客何来，殷乃自陈族贯（姓氏居里。贯，籍贯）。两人拱敬（拱手为礼，以致敬意）曰："是良医殷先生也，仰山斗（泰山北斗的省称。比喻德高望重为人敬仰的人）久矣！"殷转诘之。二人自言班姓，一为班爪，一为班牙。便谓："先生，予亦避难，石室幸可栖宿，敢屈玉趾，且有所求。"殷喜从之。俄至一处，室傍（靠近）岩谷。爇（ruò，点燃）柴代烛，始见二班容躯威猛，似非良善。计无所之，亦即听之。又闻榻上呻吟，细审，则一老姬僵卧，似有所苦。问："何恙？"牙曰："以此故，敬求先生。"乃束火照榻，请客逼视。见鼻下口角有两赘瘤，皆大如碗。且云："痛不可触，妨碍饮食。"殷曰："易耳。"出艾团之，为灸数十壮（医用艾灸一灼称为一壮），曰："隔夜愈矣。"二班喜，烧鹿饷客；并无酒饭，惟肉一品。爪曰："仓猝不知客至，望勿以觕亵（yóu xiè，简慢。谓招待不周）为怪。"殷饱餐而眠，枕以石块。二班虽诚朴，而粗莽可惧，殷转侧不敢熟眠。天未明，便呼姬，问所患。姬初醒，自扪，则瘤破为创（通"疮"）。殷促二班起，以火就照，敷以药屑，曰："愈矣。"拱手遂别。班又以烧鹿一肘赠之。

后三年无耗。殷适以故入山，遇二狼当道，阻不得行。日既西，狼又群至，前后受敌。狼扑之，仆；数狼争啮，衣尽碎。自分必死。忽两虎骤至，诸狼四散。虎怒，大吼，狼惧尽伏。虎悉扑杀之，竟去。殷狼狈而行，惧无投止。遇一媪来，睹其状，曰："殷先生吃苦矣！"殷戚然诉状，问何见识（相识）。媪曰："余即石室中灸瘤之病姬也。"殷始恍然，便求寄宿。媪引去，入一院落，灯火已张，曰："老身伺先生久矣。"遂出袍裤，易其敝败。

罗浆具酒，酬劝谆切。媪亦以陶碗自酌，谈饮俱豪，不类巾帼（本义为妇女的头巾，代称妇女）。殷问："前日两男子，系老姥何人？胡以不见？"媪曰："两儿遣逆（派去迎接）先生，尚未归复，必迷途矣。"殷感其义，纵饮，不觉沉醉，酣眠座间。既醒，已曙，四顾竟无庐，孤坐岩上。闻岩下喘息如牛，近视，则老虎方睡未醒。喙间有二瘢痕，皆大如拳。骇极，惟恐其觉，潜踪而遁。始悟两虎即二班也。

苗 生

龚生，岷州（古州名，州治所在今甘肃省岷县）人。赴试西安，憩于旅舍，沽酒自酌。一伟丈夫入，坐与语。生举卮劝饮，客亦不辞。自言苗姓，言噱（谈笑。噱，jué，笑）粗豪。生以其不文，倨蹇遇之（傲慢地待他。倨蹇，骄傲。遇，对待）。酒尽，不复沽。苗生曰："措大（对贫寒读书人的轻侮称呼）饮酒，使人闷损！"起向垆头（指酒店。垆，酒店安置酒瓮的土墩，因以代称酒店）沽，提巨甀（chī，古代陶制酒器，大者容一石，小者五斗）而入。生辞不饮，苗捉臂劝釂（jiào，饮尽杯中酒；干杯），臂痛欲折。生不得已，为尽数觥。苗以羹碗自吸（羹碗，汤碗。自吸，自饮），笑曰："仆不善劝客，行止惟君所便。"生即治装行。约数里，马病卧于途，坐待路侧。行李重累，正无方计，苗寻（不久，旋即）至。诘知其故，遂谢装付仆，己乃以肩承马腹而荷之，趋二十馀里，始至逆旅（旅店），释马（放下肩负之马）就枥（马槽）。移时，生主仆方至。生乃惊为神，相待优渥，沽酒市饭，与共餐饮。苗曰："仆善饭，非君所能饱，饫饮（畅饮。饫，yù）可也。"饮尽一甀，乃起而别曰："君医马尚须时日，余不能待，行矣。"遂去。

后生场事毕，三四友人邀登华山（五岳中的西岳，在陕西省华阴市南），藉地作筵（以地作席）。方共宴笑，苗忽至，左携巨尊，右提豚肘（指作为食物的猪腿的最上部。俗称"蹄髈"），掷地曰："闻诸君登临（登山临水，指游览山水），敬附骥尾（谦词。意谓敬附名士之后而得到荣耀。骥，千里马）。"众起为礼，相并杂坐，豪饮甚欢。众欲联句。苗争曰："纵饮甚乐，何苦愁思。"众不听，设"金谷之罚（意谓作诗不成，罚酒三杯）"。苗曰："不佳者，当以军法从事（按军法处罚）！"众笑曰："罪不至此。"苗曰："如不见诛，仆武夫亦能之也。"首座靳生曰："绝巘（山的高险处。巘，yǎn）凭临（凭高临视）眼界空。"苗信口续曰："唾壶击缺（用如意击打唾壶，表示豪情壮怀的激发。源于《世说新语》）剑光红。"下座沉吟既久，苗遂引壶自倾。移时，以次属句（按次序联句。属，连接），渐涉鄙俚（粗俗）。苗呼曰："只此已足，如赦我者，勿作矣！"众弗听。苗不可复忍，遽效作龙吟，山谷响应；又起俯仰作狮子舞。诗思既乱，众乃罢吟，因而飞觥再酌。时已半酣，客又互诵闱中作（科举考场中所作的文字，指应试的八股文），迭相赞赏。苗不欲听，牵生豁拳（也叫"猜拳"，饮酒时助兴取乐的一种游戏）。胜负屡分，而诸客诵赞未已。苗厉声曰："仆听之已悉。此等文只宜向床头对婆子读耳，广众中刺刺（多言貌）者可厌也！"众有惭色，更恶其粗莽，遂益高吟。苗怒甚，伏地大吼，立化为虎，扑杀诸客，咆哮而去。所存者，惟生及靳。

靳是科领荐。后三年，再经华阴，忽见嵇生，亦山上被噬者。大恐欲驰，嵇捉鞚（抓住马络头。鞚，kòng，有嚼口的马络头）使不得行。靳乃下马，问其何为。答曰："我今为苗氏之伥（苗氏，指苗生。伥，迷信传说，人被虎咬死后，鬼魂为虎服役，引虎吃人。这种鬼叫作"伥"），从役良苦。必再杀一士人，始可相代。三日后，应有儒服儒冠者见噬于虎，然必在苍龙岭下，始是代某者。君于是日，多邀文士于此，即为故人谋也。"靳不敢辨，敬诺而别。至寓，筹思终夜，莫知为谋，自拚背约，以听鬼责。适有表戚蒋生来，靳述其异。蒋名下士（有文名的读书人），邑尤生考居其上，窃怀忌嫉。闻靳言，阴欲陷之。折简邀尤，与共登临，自乃着白衣（布衣。古时没有官职或没有功名的人着白衣。此指便服，不同于生员的冠服）而往，尤亦不解其意。至岭半，肴酒并陈，敬礼臻至。

会郡守登岭上，与蒋为通家（世交，世代有交谊之家），闻蒋在下，遣人召之。蒋不敢以白衣往，遂与尤易冠服。交着（互换冠服。着，穿）未完，虎骤至，衔蒋而去。

异史氏曰："得意津津（言之有味）者，捉衿袖，强人听闻；闻者欠伸（打呵欠，伸懒腰；形容不感兴趣）屡作，欲睡欲遁，而诵者足蹈手舞，茫不自觉。知交者亦当从旁肘之躐之，恐座中有不耐事之苗生在也。然嫉忌者易服而毙，则知苗亦无心者耳。故厌怒者苗也——非苗也。"

毛大福

太行毛大福，疡医（治疗创伤肿毒的外科医生）也。一日，行术归，道遇一狼，吐裹物，蹲道左。毛拾视，则布裹金饰数事（金饰，金银饰物。数事，数件）。方怪异间，狼前欢跃，略曳袍服，即去。毛行，又曳之。察其意不恶，因从之去。未几，至穴，见一狼病卧，视顶上有巨疮，溃腐生蛆。毛悟其意，拨剔净尽，敷药如法，乃行。日既晚，狼遥送之。行三四里，又遇数狼，咆哮相侵，惧甚。前狼急入其群，若相告语，众狼悉散去。毛乃归。

先是，邑有银商（制造或贩卖金银饰物的商人）宁泰，被盗杀于途，莫可追诘。会毛货（卖）金饰，为宁氏所认，执赴公庭。毛诉所从来，官不信，械（刑具。这里作动词用）之。毛冤极不能自伸，惟求宽释，请问诸狼。官遣两役押入山，直抵狼穴。值狼未归，及暮不至，三人遂反。至半途，遇二狼，其一疮痕犹在。毛识之，向揖而祝曰："前蒙馈赠，今遂以此被屈。君不为我昭雪，回去搒掠（péng lüè，笞击，拷打）死矣！"狼见毛被絷，怒奔隶。隶拔刀相向。狼以喙拄地大嗥；嗥两三声，山中百狼群集，围旋隶。隶大窘。狼竞前啮絷索，隶悟其意，解毛缚，狼乃俱去。归述其状，官异之，未遽释毛。后数日，官出行，一狼衔敝履（破烂的鞋）委道上。官过之，狼又衔履奔前置于道。官命收履，狼乃去。官归，阴遣人访履主。或传某村有丛薪者，被二狼迫逐，衔其履而去。拘来认之，果其履也。遂疑杀宁者必薪，鞫之果然。盖薪杀宁，取其巨金，衣底藏饰，未遑收括，被狼衔去也。

昔一稳婆出归，遇一狼阻道，牵衣若欲召之。乃从去，见雌狼方娩不下。妪为用力按捺，产下放归。明日，狼衔鹿肉置其家以报之。可知此事从来多有。

雹 神

唐太史济武（即唐梦赉，字济武，别字豹岩。今山东省淄川区人。顺治六年进士，授翰林院庶吉士、翰林院检讨），适日照（今山东省日照市）会安氏葬（为安氏送葬。会，会吊）。道经雹神李左车（秦末谋士，初依附赵王武臣，后归附韩信。韩信采用他的计谋先后攻克燕齐等地。相传其死后为雹神）祠，入游眺。祠前有池，池水清澈，有朱鱼（即金鱼）数尾游泳其中。内一斜尾鱼，唼呷（shà xiā，鱼类吃食的声音）水面，见人不惊。太史拾小石将戏击之。道士急止勿击。问其故，言："池鳞皆龙族，触之必致风雹。"太史笑其附会之诬（谎言），竟掷之。既而升车东行，则有黑云如盖（车盖，形圆如伞的车篷），随之以行。簌簌雹落，大如绵子（棉子）。又行里馀，始霁。太史弟凉武（唐梦师，字凉武，监生。唐梦赉之弟）在后，追及与语，则竟不知有雹也。问之前行者亦云。太史笑曰："此岂广武君作怪耶！"犹未深异。安村外有关圣祠（关帝庙），适有稗贩客（小商贩。稗，bài，小），释肩门外，忽弃双簏（lù，竹箱），趋祠中，拔架上大刀旋舞，曰："我李左车也。明日将陪从淄川唐太史一助执绋（送葬。绋，fú，牵引灵车的绳索，古时送葬的人牵引灵车以助行进，因称送葬为执绋），敬先告主人。"数语而醒，不自知其所言，亦不识唐为何人。安氏闻之，大惧。村去祠四十馀里，敬修楮帛（楮钱，旧时祀神所用的纸钱。楮，chǔ）祭具，诣祠哀祷，但求怜悯，不敢枉驾。太史怪其敬信之深，问诸主人。主人曰："雹神灵迹最著，常托生人以为言，应验无虚语。若不虔祝以尼（阻止）其行，则明日风雹立至矣。"

异史氏曰："广武君在当年，亦老谋壮事者流也。即司雹于东，或亦其不磨之气，受职于天。然业已神矣，何必翘然自异（自高而异于他神。翘，举也，指自高自傲）哉！唐太史道义文章，天人（天上和人间）之钦瞩（钦佩重视）已久，此鬼神之所以必求信于君子也。"

李八缸

太学（明清两代称国子监为太学）李月生，升宇翁之次子也。翁最富，以缸贮金，里人称之"八缸"。翁寝疾（卧病），呼子分金：兄八之，弟二之。月生觖望（即缺望，不满足所望。觖，jué，缺，不满）。翁曰："我非偏有爱憎，藏有窖镪（窖藏的白银。镪，qiǎng，钱贯，引申指银钱），必待无多人时，方以畀（bì，给予）汝，勿急也。"过数日，翁益弥留。月生虑一旦不虞（意外，此指死亡。虞，意料），觑（qù，偷偷地看）无人，就床头秘讯之。翁曰："人生苦乐，皆有定数。汝方享妻贤之福，故不宜再助多金，以增汝过。"盖月生妻车氏，最贤，有桓、孟之德〔为妇的美德。桓，桓少君，东汉鲍宣妻。桓少君嫁时装奁甚多，鲍宣不悦。桓少君乃将装奁尽还父家，改穿短衣，与鲍宣共挽鹿车（用人推拉的小车）回乡里。孟，东汉梁鸿妻孟光。夫妻耕织于霸陵山中。梁鸿贫困为人佣工，归家，孟光每为具食，举案齐眉，恭敬尽礼。旧时以桓少君、孟光为自甘守贫的贤妻的典型〕，故云。月生固哀之。怒曰："汝尚有二十馀年坎壈（困顿，不顺。壈，lǎn）未历，即予千金，亦立尽耳。苟不至山穷水尽时，勿望给与也！"月生孝友（孝顺父母，友爱兄弟）敦笃，亦即不敢复言。无何，翁大渐（病危。渐，剧），寻卒。幸兄贤，斋葬之谋，勿与校计。月生又天真烂漫，不较镪铢，且好客善饮，炊黍治具（意为备办酒食。黍，谷物的总称），日促妻三四作，不甚理家人生产。里中无赖窥其懦，辄鱼肉（欺凌）之。逾数年，家渐落。窘急时，赖兄小周给，不至大困。无何，兄以老病卒，益失所助，至绝粮食。春贷秋偿，田所出，登场辄尽。乃割亩为活，业（产业）益消减。又数年，妻及长子相继殂谢（死亡），无聊益甚。寻买贩羊者之妻徐，冀得其小阜（财物，财富）；而徐性刚烈，日凌藉之，至不敢与亲朋通吊庆礼。忽一夜梦父曰："今汝所遭，可谓山穷水尽矣。尝许汝窖金，今其可矣。"问："何在？"曰："明日畀汝。"醒而异之，犹谓是贫中之积想也。次日，发土葺塘（修理墙垣。葺，qì），掘得巨金。始悟向言"无多人"，乃死亡将半也。

异史氏曰："月生，余杵臼交（杵臼，舂米农具。后因以杵臼交指贫贱之交），为人朴诚无伪。余兄弟与交，哀乐辄相共。数年来，村隔十馀里，老死竟不相闻。余偶过其居里，因亦不敢过问之。则月生之苦况，盖有不可明言者矣。忽闻暴得千金，不觉为之鼓舞。呜呼！翁临终之治命（指先人临终前的清醒遗言），昔习闻之，而不意其言皆谶（谓其每句话皆有应验。谶，chèn）也。抑何其神哉！"

老龙船户

朱公徽荫（朱宏祚，字徽荫，顺治五年举人，今山东省高唐县人。康熙二十六年，擢广东巡抚，曾裁减赋税，清理冤狱。康熙三十一年，迁闽浙总督。见《山东通志》）巡抚粤东（指今广东省）时，往来商旅，多告无头冤状。千里行人，死不见尸，数客同游，全无音信，积案累累，莫可究诘。初告，有司尚发牒行缉（牒，公文。行缉，捕拿）；迨投状既多，竟置不问。公莅任，历稽旧案，状中称死者不下百馀，其千里无主，更不知凡几。公骇异恻怛，筹思废寝。遍访僚属，迄少方略。于是洁诚熏沐，致檄（晓喻文书）城隍之神。已而斋寝（指宿于斋戒的寝居），恍惚见一官僚，搢笏（jìn hù，身穿公服。搢，jìn，插；笏，笏板。古代官僚穿公服时，插笏板于绅）而入。问："何官？"答云："城隍刘某。""将何言？"曰："鬓边垂雪，天际生云，水中漂木，壁上安门。"言已而退。既醒，隐谜不解。辗转终宵，忽悟曰："垂雪者，老也；生云者，龙也；水上木为舡；壁上门为户：岂非'老龙舡户'耶！"盖省之东北，曰小岭，曰蓝关，源自老龙津（今广东省龙川县老龙埠附近）以达南海，每由此入粤。公遣武弁（biàn，武官），密授机谋，捉龙津驾舟者，次第擒获五十馀名，皆不械而服。盖此等贼以舟渡为名，赚客登舟，或投蒙药（又叫"蒙汗药"，投酒中，饮之则昏迷沉睡），或烧闷香（又叫迷魂香，点燃后，烟气入鼻，使昏沉麻醉），致客沉迷不醒；而后剖腹纳石以沉水底。冤惨极矣！自昭雪后，遐迩欢腾，谣颂（称颂功德的民歌民谣）成集焉。

异史氏曰："剖腹沉石，惨冤已甚，而木雕之有司（像木雕泥塑的官员），绝不少关痛痒，岂特（只，只是）粤东之暗无天日哉！公至则鬼神效灵，覆盆（覆置的盆。以覆盆喻沉冤莫申）俱照，何其异哉！然公非有四目两口，不过痌瘝之念（视民疾苦，如病痛在身。痌瘝，tōng guān），积于中者至耳。彼巍巍然，出则刀戟横路，入则兰麝熏心，尊优虽至，究何异于老龙舡户哉！"

鸮 鸟

长山（山东省旧县名，解放后并入邹平县）杨令，性奇贪。康熙乙亥间，西塞用兵，市（买，征购）民间骡马运粮。杨假此搜括，地方头畜一空。周村（今山东省淄博市周村区）为商贾所集，趁墟（俗称赶集。墟，乡村市集）者车马辐辏。杨率健丁悉篡夺之，不下数百馀头。四方估客，无处控告。时诸令皆以公务在省。适益都（旧县名，今山东省青州市）令董、莱芜（今山东省莱芜市）令范、新城（今山东省桓台县）令孙，会集旅舍。有山西二商，迎门号诉。诉有健骡四头，俱被抢掠，道远失业，不能归，哀求诸公为缓颊（代说人情）也。三公怜其情，许之。遂共诣杨。杨治具相款。酒既行，众言来意。杨不听。众言之益切。杨举酒促釂（劝饮。釂，jiào，干杯）以乱之，曰："某有一令（酒令），不能者罚。须一天上、一地下、一古人，左右问所执何物，

口道何词，随问答之。"便倡（倡导、起头）
云："天上有月轮，地下有昆仑，有一古人
刘伯伦（刘伶，字伯伦，晋代沛人。与阮籍、嵇
康等时称"竹林七贤"。刘伶纵酒放达）。左问
所执何物，答云：'手执酒杯。'右问口道
何词，答云：'道是酒杯之外不须提。'"
范公云："天上有广寒宫，地下有乾清宫，
有一古人姜太公（即姜子牙。曾佐武王伐纣，有
功勋，封于齐）。手执钓鱼竿，道是'愿者上
钩'（传说姜太公钓于渭滨，直钩不设饵）。"

孙云："天上有天河，地下有黄河，有一古人是萧何（汉初沛人。辅佐刘邦建
立汉王朝，为丞相。汉之律令典制，多其制定，故世称"萧何定律"）。手执一本大
清律，他道是'赃官赃吏'。"杨有惭色，沉吟久之，曰："某又有之。天
上有灵山（神话传说中山名，可做天梯），地下有太山，有一古人是寒山（唐代
大历年间僧人，曾隐居唐兴县寒岩，曾在国清寺为僧。有诗名）。手执一帚，道是
'各人自扫门前雪'。"众相视觍然（羞惭的样子。觍面，tiǎn）。忽觑一少年
傲岸而入，袍服华整，举手作礼。共挽坐，酹以大斗（大酒杯）。少年笑曰：
"酒且勿饮。闻诸公雅令，愿献刍荛（进献刍荛之言。谦词。刍荛，chú náo，割
草打柴的人）。"众请之。少年曰："天上有玉帝，地下有皇帝，有一古人洪
武朱皇帝（指明太祖朱元璋。其年号为"洪武"）。手执三尺剑，道是'贪官剥
皮'（贪官污吏应处死剥皮。明太祖严惩贪官，贪赃六十两以上，枭首示众，剥皮束
草，悬于官府座旁，以儆效尤）。"众大笑。杨恚（huì，愤怒）骂曰："何处狂
生敢尔！"命隶执之。少年跃登几上，化为鸮（xiāo，鸟名，俗称"猫头鹰"，
被认为是不祥之鸟），冲帘飞出，集庭树间，四顾室中，作笑声。主人击之，
且飞且笑而去。

异史氏曰："市马之役（上述中康熙年间征购民间骡马的事件），诸大令（指县

令）健畜盈庭者十之七，而千百为群，作骡马贾者，长山外不数数见也。圣明天子爱惜民力，取一物必偿其值，焉知奉行者流毒若此哉！鸮所至，人最厌其笑，儿女共唾之，以为不祥。此一笑，则何异于凤鸣哉！"

古　瓶

淄邑北村井涸，村人甲、乙缒（zhuì，拴在绳子上放下去）入淘之。掘尺馀，得髑髅（dú lóu，死人头骨）。误破之，口含黄金，喜纳腰橐（藏钱的袋子旧时多系于腰，故名。橐，tuó）。复掘，又得髑髅六七枚。悉破之，无金。其旁有磁瓶二、铜器一。器大可合抱（两手合围），重数十斤，侧有双环，不知何用，班驳陆离。瓶亦古制，非近款。既出井，甲、乙皆死。移时乙苏，曰："我乃汉人。遭新莽之乱（公元八年，王莽篡汉自立，改国号新，在位十八年），全家投井中。适有少金，因内口中，实非含敛之物（古代丧礼，放在死人口中的金玉之物），人人都有也。奈何遍碎头颅？情殊可恨！"众香楮（焚香烧纸。楮，chǔ）共祝之，许为殡葬，乙乃愈；甲则不能复生矣。颜镇（即颜神镇，在今青州市的西南部）孙生闻其异，购铜器而去。袁孝廉宣四（袁藩，字宣四，淄川人。康熙二年举人）得一瓶，可验阴晴：见有一点润处，初如粟米，渐阔渐满，未几雨至；润退，则云开天霁。其一入张秀才家，可志朔望（志，通"誌"，记。朔，农历每月初一。望，农历每月十五）：朔则黑起如豆，与日俱长；望则一瓶遍满；既望（望日的后一天，即农历每月十六），又以次而退，至晦（农历每月最后的一天）则复其初。以埋土中久，瓶口有小石粘口上，刷剔不可下。敲去之，石落而口微缺，亦一憾事。浸花其中，落花结实，与在树者无异云。

元少先生

韩元少（韩菼，字元少，号慕庐，今江苏省苏州市人。康熙十三年会试。殿试皆第一）先生为诸生时，有吏突至，白主人欲延作师，而殊（竟）无名刺（名片，名帖）。问其家阀（家族门第），含糊对之。束帛缄贽（指聘师之礼），仪礼优渥（优厚）。先生许之，约期而去。至日，果以舆来。迤逦（yǐ lǐ，也作"迤逦"，曲折行走）而往，道路皆所未经。忽睹殿阁，下车入，气象类藩邸（藩王的府第）。既就馆，酒炙纷罗，劝客自进，并无主人。筵既撤，则公子出拜；年十五六，姿表秀异。展礼罢，趋就他舍，请业（向师长请教学业）始至师所。公子甚慧，闻义辄通。先生以不知家世，颇怀疑闷。馆有二僮给役（供使用），私诘之，皆不对。问："主人何在？"答以事忙。先生求导窥之，僮不可。屡求之，乃导至一处，闻拷楚声。自门隙目注之，见一王者坐殿上，阶下剑树刀山，皆冥中事。大骇。方将却步，内已知之，因罢政（停办公事），叱退诸鬼，疾呼僮。僮变色曰："我为先生，祸及身矣！"战惕奔入。王者怒曰："何敢引人私窥！"即以巨鞭重笞讫。乃召先生入，曰："所以不见者，以幽明异路。今已知之，势难再聚。"因赠束金（送给教师的酬金）使行，曰："君天下第一人（指考中状元。明清考试制度殿试第一名称状元），但坎壈（谓坎坷之经历。壈，lǎn）未尽耳。"使青衣（指官府皂吏）捉骑送之。先生疑身已死。青衣曰："何得便尔！先生食御（食用）一切，置自俗间，非冥中物也。"既归，坎坷数年，中会、状（指考中会元、状元。会试第一名称"会元"，殿试一甲第一名称"状元"），其言皆验。

薛慰娘

丰玉桂，聊城（今山东省聊城市）儒生也。贫无生业。万历间，岁大祲（农业受灾；犹言大荒年。祲，jìn，天灾），孑然南遁。及归，至沂（沂州。治所在今山东省临沂市）而病。力疾（勉支病体）行数里，至城南丛葬处，益惫，因傍冢卧。忽如梦，至一村，有叟自门中出，邀生入。屋两楹，亦殊草草（简陋）。室内一女子，年十六七，仪容慧雅。叟使瀹（yuè，泡，煮）柏枝汤，以陶器供客。因诘生里居、年齿，既已，乃曰："洪都姓李，平阳族（氏族）。流寓此间，今三十二年矣。君志此门户，余家子孙如见探访，即烦指示之。老夫不敢忘义。义女慰娘，颇不丑，可配君子。三豚儿（谦称自己的儿子）到日，即遣主盟（指主婚）。"生喜，拜曰："犬马齿（自称年龄的谦词。齿，年龄）二十有二，尚少良配。惠意眷好，固佳；但何处得翁之家人而告诉也？"叟曰："君但住北村中，相待月馀，自有来者，止求不惮烦耳。"生恐其言不信，要（要盟。谓逼其守信）之曰："实告翁：仆故家徒四壁，恐后日不如所望，中道之弃，人所难堪。即无姻好，亦不敢不守季路之诺（此指丰生允婚的诺言。季路，即子路，孔子的弟子，鲁国人。为人诚信，一诺千金），即何妨质言（实言）之也？"叟笑曰："君欲老夫旦旦（盟誓）耶？我稔知君贫。此订非专为君，慰娘孤而无倚，相托已久，不忍听其流落，故以奉君子耳。何见疑！"即捉臂（挽臂）送生出，拱手合扉而去。

生觉（醒来），则身卧冢边，日已将午。渐起，次且（zī jū，同"越趄"，犹豫不进貌）入村。村人见之皆惊，谓其已死道旁经日矣。顿悟叟即冢中人也，隐而不言，但求寄寓。村人恐其复死，莫敢留。村有秀才与同姓，闻之，趋诘家世，盖生缌服叔（犹言远房叔。缌，sī）也。喜导至家，饵（服用药饵）治之，数日寻愈。因述所遇，叔亦惊异，遂坐待以觇其变。居无何，果有官人至村，访父墓址，自言平阳进士李叔向。先是，其父李洪都，与同乡某甲行贾，死于沂，某因瘗（yì，掩埋，埋葬）诸丛葬处。既归，某亦死。是时翁三子皆幼。长伯仁，举进士，令淮南（为淮南县令。淮南，今安徽省寿县）。数遣人寻父墓，迄无知者。次仲道，举孝廉。叔向最少，亦登第（考中进士）。于是亲求父骨，至沂遍访。是日至，村人皆莫识。生乃引至墓所，指示之。叔向未敢信，生为具陈所遇。叔向奇之。审视两坟相接，或言三年前有宦者，葬少妾于此。叔向恐误发他家，生遂以所卧处示之。叔向命舁材其侧，始发冢。冢开，则见女尸，服妆黯败，而粉黛（此指面色）如生。叔向知其误，骇极，莫知所为。而女已顿起，四顾曰："三哥来耶？"叔向惊，就问之，则慰娘也。乃解衣蔽覆，舁（yú，抬）归逆旅。急发傍冢，冀父复活。既发，则肤革犹存，抚之僵燥，悲哀不已。装敛入材，清醮（旧时超度亡灵，请僧人道士诵经礼神的一种仪式。因举行这种仪式要清心素食，所以称为"清醮"。醮，jiào）七日；女亦缞绖（cuī dié，丧服名用于父母丧）若女。忽告叔向曰："曩（nǎng，以往，从前，过去）阿翁（犹阿父，指李翁）有黄金二锭，曾分一为妾作奁。妾以孤弱无藏所，仅以丝线絷腰，而未将去，兄得之否？"叔向不知，乃使生反求诸圹，果得之，一如女言。叔向仍以线志者分赠慰娘。暇乃审其家世。

先是，女父薛寅侯无子，止生慰娘，甚锺爱之。一日，女自金陵舅氏归，将媪问渡（带一女仆雇船）。操舟者乃金陵媒也。适有宦者，任满赴都，遣觅美妾，凡历数家，无当意者，将为（划）扁舟诣广陵（郡名，今扬州市）。忽遇女，隐生诡谋，急招附渡。媪素识之，遂与共济（同舟共渡）。中途，投毒食中，女媪皆迷。推媪堕江；载女而返，以重金卖诸宦者。入门，嫡始知，怒甚。女又惘然，莫知为礼，遂挞楚而囚禁之。北渡三日，女方醒。婢言始末，女大泣。一夜，宿于沂，自经死，乃瘗诸乱冢中。女在墓，为群鬼所凌，李翁时呵护（呵禁护持，使侵凌者不得近）之，女乃父事翁。翁曰："汝命合不死，当为择一快婿（称心的女婿）。"前生既见而出，反谓女曰："此生品谊（品性道德）可托。待汝三兄至，为汝主婚。"一日曰："汝可归候，汝三兄将来矣。"盖即发墓之日也。

女于丧次（居丧期间），为叔向缅述之。叔向叹息良久，乃以慰娘为妹，俾从李姓。略买衣妆，遣归生，且曰："资斧无多，不能为妹子办妆。意将偕归，以慰母心，何如？"女亦欣然。于是夫妻从叔向，辇柩（以车运送灵柩）并发。及归，母诘得其故，爱逾所生，馆（安排住房）诸别院。丧次（居丧期间），女哀悼过于儿孙。母益怜之，不令东归，嘱诸子为之买宅。适有冯氏卖宅，直六百金。仓猝未能取盈，暂收契券，约日交兑。及期，冯早至；适女亦从别院入省母，突见之，绝似当年操舟人。冯见亦惊。女趋过之。两兄亦以母小恙，俱集母所。女问："厅前踟蹰（dié duó，忽进忽退）者为谁？"仲道曰："此必前日卖宅者也。"即起欲出。女止之，告以所疑，使诘难之。仲道诺而出，则冯已去，而巷南塾师薛先生在焉。因问："何来？"曰："昨夕冯某浼（měi，拜托，请求）早登堂，一署券保（署名于券，作为中保）。适途遇之，云偶有所忘，暂归便返，使仆坐以待之。"少间，生及叔向皆至，遂相攀谈。慰娘以冯故，潜来屏后窥客，细视之，则其父也。突出，持抱大哭。翁惊涕曰："吾儿何来！"众始知薛即寅侯也。仲道虽与街头常遇，初未悉其名字。至是共喜，为述前因，设酒相庆。因留信宿，自道行踪。盖失女后，妻以悲死，鳏居无依，故游学（旧时指赴外地设馆授徒）至此也。生约买宅后，迎与同居。翁次日往探，冯则举家遁去，乃知杀媪卖女者，即其人也。冯初至平阳，贸易成家；比年赌博，日就消乏，故货居宅，卖女之资，亦濒尽矣。

慰娘得所，亦不甚仇之，但择日徙居，更不追其所往。李母馈遗不绝，一切日用皆供给之。生遂家于平阳，但归试（指回原籍聊城参加科举考试。明清科举制度，岁、科试及乡试，必须回原籍参加）甚苦。幸于是科得举孝廉。慰娘富贵，每念媪为己死，思报其子。媪夫姓殷，一子名富，好博，贫无立锥。一日，博局争注（赌博时为赌注而争斗），殴杀人命，亡归平阳，远投慰娘。生遂留之门下。研诘所杀姓名，盖即操舟冯某也。骇叹久之，因为道破，乃知冯即杀母仇人也。益喜，遂役生家。薛寅侯就养于婿，婿为买妇，生子女各一焉。

田子成

江宁（府名，治所在今南京市）田子成，过洞庭，舟覆而没。子良耜（sì），明季（明朝末年）进士，时在抱中。妻杜氏，闻讣，仰药（喝毒药）而死。良耜受庶祖母抚养成立，筮仕（古人将出仕，先卜吉凶，故称作官为"筮仕"。筮，shì，以蓍草占卜）湖北。年馀，奉宪命（奉上官命令。宪，上官）营务湖南。至洞庭，痛哭而返。自告才力不及，降县丞（县令的副职），隶汉阳（隶属汉阳府，其府治在今武汉市汉阳），辞不就。院司（院，指巡抚衙门。司，指布政使司，主管全省财赋和官员的调遣任免）强督促之，乃就。辄放荡江湖间，不以官职自守。

一夕，舣舟（停舟。舣，yǐ）江岸，闻洞箫声，抑扬可听。乘月步去，约半里许，见旷野中茅屋数椽，荧荧灯火；近窗窥之，有三人对酌其中。上座一秀才，年三十许；下座一叟；侧座吹箫者，年最少。吹竟，叟击节赞佳。秀才面壁吟思（吟句苦思，谓构思作诗），若罔闻。叟曰："卢十兄必有佳作，请长吟，俾得共赏之。"秀才乃吟曰："满江风月冷凄凄，瘦草零花化作泥。千里云山飞不到，梦魂夜夜竹桥西。"吟声怆恻。叟笑曰："卢十兄故态作矣！"因酌以巨觥，曰："老夫不能属和（作诗相和），请歌以侑酒（劝酒。侑，yòu）。"乃歌"兰陵美酒"之什①。歌已，一座解颐。少年起曰："我视月斜何度矣。"突出见客，拍手曰："窗外有人，我等狂态尽露也！"遂挽客入，共一举手。叟使与少年相对坐。试其杯皆冷酒，辞不饮。少年起，以苇炬（芦苇束成的火把）燎壶而进之。良耜亦命从者出钱行沽，叟固止之。因讯邦族，良耜具道生平。叟致敬曰："吾乡父母（父母官。旧时对地方官的称呼，多指县令）也。少君姓江，此间土著（当地人）。"指少年曰："此江西杜野侯。"又指秀才："此卢十兄，与公同乡。"卢自见良耜，殊偃蹇（自高傲慢）不甚为礼。良耜因问："家居何里？如此清才（卓越的才能），殊（竟）早不闻。"答曰："流寓已久，亲族恒不相识，可叹人也！"言之哀楚。叟摇手乱之曰："好客相逢，不理觞政（饮酒之事），聒絮如此，厌人听闻！"遂把杯自饮，曰："一令请共行之，不能者罚。每掷三色（一次掷三颗色子。色，即"骰子"），以相逢为率（指所掷三色点数，其一之数与另二和数相同，即所谓相逢。率，标准），须一古典相合（所掷点数相逢，应与一故事相合）。"乃掷得幺二三，唱曰："三加幺二点相同（一、二相加为三，与三点相同），鸡黍三年约范公（意为朋友约期相会）：朋友喜相逢。"次少年，掷得双二单四（两个二点，一个四

①"兰陵美酒"之什：指李白《客中作》诗："兰陵美酒郁金香，玉碗盛来琥珀光；但使主人能醉客，不知何处是他乡。"

点），曰："不读书人，但见俚典，勿以为笑。四加双二点相同，四人聚义古城（见《三国演义》典故。刘、关、张三兄弟古城相会的故事）中：兄弟喜相逢。"卢得双幺单二（两个一点，一个二点），曰："二加双幺点相同，吕向两手抱老翁（此指父子相逢）：父子喜相逢。"良耜掷，复与卢同，曰："二加双幺点相同，茅容二簋款林宗（此指主客相逢。簋，guǐ，古代食器）：主客喜相逢。"令毕，良耜兴辞。卢始起，曰："故乡之谊，未遑倾吐，何别之遽？将有所问，愿少留也。"良耜复坐，问："何言？"曰："仆有老友某，没于洞庭，与君同族否？"良耜曰："是先君（称已死的父亲）也，何以相识？"曰："少时相善。没日，惟仆见之，因收其骨，葬江边耳。"良耜出涕下拜，求指墓所。卢曰："明日来此，当指示之。要亦易辨，去此数武（不远处。武，量词，古代六尺为步，半步为武，泛指脚步），但见坟上有丛芦十茎者是也。"良耜洒涕，与众拱别。

至舟，终夜不寝，念卢情词似皆有因。昧爽（黎明）而往，则舍宇全无，益骇。因遵所指处寻墓，果得之。丛芦其上，数之，适符其数。恍然悟卢十兄之称，皆其寓言；所遇，乃其父之鬼也。细问土人，则二十年前，有高翁富而好善，溺水者皆拯其尸而埋之，故有数坟在焉。遂发冢负骨，弃官而返。归告祖母，质其状貌皆确。江西杜野侯，乃其表兄，年十九，溺于江；后其父流寓江西。又悟杜夫人殁后，葬竹桥之西，故诗中忆之也。但不知叟何人耳。

王桂庵

王樨，字桂庵，大名世家子。适南游，泊舟江岸。临舟有榜人（船家，船夫。榜，bàng）女，绣履其中，风姿韶绝。王窥既久，女若不觉。王朗吟（高声吟咏）"洛阳女儿对门居[①]"，故使女闻。女似解其为己者，略举首一斜瞬（斜

---
①洛阳女儿对门居：唐代诗人王维《洛阳女儿行》："洛阳女儿对门居，才可容颜十五馀。谁怜越女颜如玉，贫贱江头自浣纱。"王桂庵借此诗意风示舟女。

视一眼）之，俯首绣如故。王神志益驰，以金一锭投之，堕女襟上。女拾弃之，金落岸边。王拾归，益怪之，又以金钏（chuàn，手镯）掷之，堕足下；女操业不顾。无何，榜人自他归。王恐其见钏研诘，心急甚；女从容以双钩（双脚。钩，谓女足纤弯）覆蔽之。榜人解缆，径去。王心情丧惘，痴坐凝思。时王方丧偶，悔不即媒定之。乃询舟人，皆不识其何姓。返舟急追之，杳不知其所往。不得已，返舟而南。务毕（事务办完），北旋，又沿江细访，并无音耗。抵家，寝食皆萦念之。

逾年，复南，买舟江际，若家焉。日日细数行舟，往来者帆樯皆熟，而曩（nǎng，以往，从前，过去）舟殊杳。居半年，资罄而归。行思坐想，不能少置。一夜，梦至江村，过数门，见一家柴扉南向，门内疏竹为篱，意是亭园，径入。有夜合（夜合花，别名"马缨花"）一株，红丝满树。隐念：诗中"门前一树马缨花①"，此其是矣。过数武，苇笆光洁。又入之，见北舍三楹，双扉阖焉。南有小舍，红蕉（开红花的美人蕉）蔽窗。探身一窥，则椸架（衣架。椸，yí）当门，罥（juàn，挂）画裙其上，知为女子闺闼（内室），愕然却退；而内亦觉之，有奔出瞰客者，粉黛微呈，则舟中人也。喜出望外，曰："亦有相逢之期乎！"方将狎就，女父适归，倏然惊觉，始知是梦。景物历历，如在目前。秘之，恐与人言，破此佳梦。

又年馀，再适镇江（府名，在今江苏省镇江市）。郡南有徐太仆（太仆寺卿，掌管皇帝舆马和马政的官员），与有世谊，招饮。信马而去，误入小村，道途景象，仿佛平生所历。一门内，马缨一树，梦境宛然。骇极，投鞭而入。种种物色，与梦无别。再入，则房舍一如其数。梦既验，不复疑虑，直趋南舍，舟中人果在其中。遥见王，惊起，以扉自幛，叱问："何处男子？"王逡巡间，犹疑是梦。女见步趋甚近，閛然扃户（閛然，关门声。扃户，关门。閛，pēng。扃，jiōng）。王曰："卿不忆掷钏者耶？"备述相思之苦，且言梦征（梦兆）。女

①门前一树马缨花：吕湛恩注："《水仙神》诗：'钱塘江上是奴家，郎若闲时来吃茶。黄土筑墙茅盖屋，门前一树马缨花。'冯镇峦谓是虞集诗，但不见于《道园学古录》及《道园类稿》。"

隔窗审其家世，王具道之。女曰："既属宦裔，中馈必有佳人，焉用妾？"王曰："非以卿故，婚娶固已久矣！"女曰："果如所云，足知君心。妾此情难告父母，然亦方命（违命，抗命。指违命抗婚）而绝数家。金钏犹在，料锺情者必有耗闻（消息）耳。父母偶适外戚，行且至。君姑退，倩冰（冰人，媒人）委禽（即纳彩。古代结婚礼仪中"六礼"之一。男方都要向女方送上雁作为贽礼，所以称纳彩为委禽），计无不遂；若望以非礼成耦，则用心左（差错）矣。"王仓卒欲出。女遥呼王郎曰："妾芸娘，姓孟氏。父字江蓠。"王记而出。罢筵（到徐家赴宴完毕）早返，谒江蓠。江迎入，设坐篱下。王自道家阀（家世门第），即致来意，兼纳百金为聘。翁曰："息女（女儿）已字（许嫁）矣。"王曰："讯之甚确，固待聘耳，何见绝之深？"翁曰："适间所说，不敢为诳。"王神情俱失，拱别而返。当夜辗转，无人可媒。向欲以情告太仆，恐娶榜人女为先生笑；今情急，无可为媒，质明，诣太仆，实告之。太仆曰："此翁与有瓜葛，是祖母嫡孙，何不早言？"王始吐隐情。太仆疑曰："江蓠固贫，素不以操舟为业，得毋误乎？"乃遣子大郎诣孟，孟曰："仆虽空匮（空乏；贫穷），非卖婚者。曩（nǎng，以往，从前，过去）公子以金自媒，谅仆必为利动，故不敢附为婚姻。既承先生命，必无错谬。但顽女颇恃娇爱，好门户辄便拗却（执拗拒绝），不得不与商榷，免他日怨婚也。"遂起，少入而返，拱手一如尊命（一切按您的分付办事；表示应许婚约），约期乃别。大郎复命，王乃盛备禽妆，纳采于孟，假馆太仆之家，亲迎成礼。

居三日，辞岳北归。夜宿舟中，问芸娘曰："向于此处遇卿，固疑不类舟人子。当日泛舟何之？"答云："妾叔家江北，偶借扁舟一省视耳。妾家仅可自给，然傥来物（意外偶得之财物）颇不贵视之。笑君双瞳如豆（喻目光短浅，小觑他人），屡以金贽动人。初闻吟声，知为风雅士，又疑为儇薄子作荡妇挑之（儇薄子，轻薄少年。作荡妇挑之，把我当作不庄重的女子来挑引）也。使父见金钏，君死无地矣。妾怜才心切否？"王笑曰："卿固黠甚，然亦堕吾术矣！"女问："何事？"王止而不言。又固诘之，乃曰："家门日近，此亦不能终秘。实告卿：我家中固有妻在，吴尚书女也。”芸娘不信，王故壮其词（夸大其词）以实（证实）之。芸娘色变，默移时，遽起，奔出；王踊履（靸拉着鞋。意思是急切之间来不及穿好鞋。踊，xǐ）追之，则已投江中矣。王大呼，诸船惊闹，夜色昏濛，惟有满江星点而已。王悼痛终夜，沿江而下，以重价觅其骸骨，亦无见者。邑邑（同“悒悒”，忧闷不乐）而归，忧痛交集。又恐翁来视女，无词可对。有姊丈官河南，遂命驾造（造访）之。

年馀始归。途中遇雨，休装（放装休息）民舍，见房廊清洁，有老妪弄儿厦间。儿见王入，即扑求抱，王怪之。又视儿秀婉可爱，揽置膝头。妪唤之，不去。少顷，雨霁，王举儿付妪，下堂趣装（速整行装）。儿啼曰：“阿爹（对父亲的称呼）去矣！”妪耻之，呵之不止，强抱而去。王坐待治任，忽有丽者自屏后抱儿出，则芸娘也。方诧异间，芸娘骂曰：“负心郎！遗此一块肉，焉置之？”王乃知为己子。酸来刺心，不暇问其往迹（往日的经历，指芸娘投水后的遭遇），先以前言之戏，矢日（指着天日发誓）自白。芸娘始反怒为悲，相向涕零。先是，第主（宅主）莫翁，六旬无子，携媪往朝南海（指浙江省定海县的普陀山。迷信传说，这里是观音菩萨修道的地方，因而信佛的人多到普陀山朝礼）。归途泊江际，芸娘随波下，适触翁舟。翁命从人拯出之，疗控（指对溺水者的急救措施。控，覆身曲体，使之吐水）终夜，始渐苏。翁媪视之，是好女子，甚喜，以为己女，携归。居数月，欲为择婿，女不可。逾十月，生一子，名曰寄生。王避雨其家，寄生方周岁也。王于是解装，入拜翁媪，遂为岳婿。居数日，始举家归。至，则孟翁坐待，已两月矣。翁初至，见仆辈情词恍惚（神情异常，言词含糊），心颇疑怪；既见，始共欢慰。历述所遭，乃知其枝梧（敷衍搪塞）者有由也。

寄生附

寄生，字王孙，郡中名士。父母以其襁褓认父，谓有夙惠（天生慧根），锺爱之。长益秀美，八九岁能文，十四入郡庠。每自择偶。父桂庵有妹二娘，适郑秀才子侨，生女闺秀，慧艳绝伦。王孙见之，心切爱慕。积久，寝食俱废。父母大忧，苦研诘之，遂以实告。父遣冰（冰人、媒人）于郑；郑性方谨（方正拘谨），以中表（表亲）为嫌，却之。王孙益病，母计无所出，阴婉致二娘，但求闺秀一临存（亲临省问）之。郑闻，益怒，出恶声焉。父母既绝望，听之而已。

　　郡有大姓张氏，五女皆美；幼者名五可，尤冠诸姊，择婿未字。一日，上墓，途遇王孙，自舆中窥见，归以白母。母探知其意，见媒妪于氏，微示之。妪遂诣王所。时王孙方病，讯知笑曰："此病老身能医之。"芸娘问故。妪述张氏意，极道五可之美。芸娘喜，使妪往候王孙。妪入，抚王孙而告之。王孙摇首曰："医不对症，奈何！"妪笑曰："但问医良否耳：其良也，召和而缓至（同是名医，请谁都一样。和、缓，春秋时秦之名医），可矣；执其人以求之，守死而待之，不亦痴乎？"王孙欷歔曰："但天下之医，无愈（胜过）和者。"妪曰："何见之不广也？"遂以五可之容颜发肤，神情态度，口写而手状之。王孙又摇首曰："妪休矣！此余愿所不及也。"反身向壁，不复听矣。妪见其志不移，遂去。一日，王孙沉痼中，忽一婢入曰："所思之人至矣！"喜极，跃然而起。急出舍，则丽人已在庭中。细认之，却非闺秀，着松花色细褶绣裙，双钩微露，神仙不啻也。拜问姓名，答曰："妾，五可也。君深于情者，而独锺闺秀，使人不平。"王孙谢曰："生平未见颜色，故目中止一闺秀。今知罪矣！"遂与要誓（订盟。指订嫁娶之约）。方握手殷殷，适母来抚摩，遽然而觉，则一梦也。回思声容笑貌，宛在目中。阴念：五可果如所梦，何必求所难遘（gòu，遇）。因而以梦告母。母喜其念少夺，急欲媒之。王孙恐梦见不的（不准确），托邻妪素识张氏者，伪以他故诣之，嘱其潜相（暗地相看）五可。妪至其家，五可方病，靠枕支颐，婀娜之态，倾绝一世。近问："何恙？"女默然弄带，不作一语。母代答曰："非病也。连日与爹娘负气耳！"妪问故。曰："诸家问名（古代婚礼六礼之一。这里是求婚的意思），皆不愿，必如王家寄生者方嫁。是为母者劝之急，遂作意不食数日矣。"妪笑曰："娘子若配王郎，真是玉人成双也。渠（他）若见五娘，恐又憔悴死矣！我归，即令倩冰，如何？"五可止之曰："姥勿尔！恐其不谐，益增笑耳！"妪锐然以必成自任，五可方微笑。妪归，复命，一如媒妪言。王孙详问衣履，亦与梦合，大悦。意虽稍舒，然终不以人言为信。过数日，渐瘳（chōu，病愈），秘招于媪来，谋以亲见五可。媪难之，姑应而去。久之，不至。方欲觅问，媪忽忻然来曰："机幸可图（幸好有机会可以设法）。五娘向有小恙，因令婢辈将扶（扶持），移过对院。公子往伏伺之，五娘行缓涩（缓慢），委曲可以尽睹矣。"王孙喜，明日，命驾早往，媪先在焉。即令絷马村树，引入临路舍，设座掩扉而去。少间五可果扶婢出，王孙自门隙目注之。女从门外过，媪故指挥云树以迟纤步，王孙窥觇尽悉，意颤（心跳，指心情激动）不能自持。未几，媪至，曰："可以代闺秀否？"王孙申谢而返，始告父母，遣媒要盟。以妁往，则五可已别字（许嫁）矣。王孙失意，悔闷欲死，即刻复病。父母忧甚，责其自误。王孙无词，惟日饮米汁一合（合，量词，十合为升，一合约为一小碗）。积数日，鸡骨支床（形容瘠瘦），较前尤甚。媪忽至，惊曰："何惫之甚？"王孙涕下，以情告。媪笑曰："痴公子！前日人趁（追随）汝来，而故却之；今日汝求人，而能必遂耶？虽然，尚可为力。早与老身谋，即许京都皇子，能夺还也。"王孙大悦，求策。媪命函启伻（pēng，使者）约次日候于张所。桂庵恐以唐突见拒。媪曰："前与张公业有成言，延数日而遽悔之；且彼字他家，尚无函信。谚云：'先炊者先餐。'何疑也！"桂庵从之。次日，二仆往，并无异词，厚犒而归。王孙病顿起。由此闺秀之想遂绝。

初，郑子侨却聘（拒婚），闺秀颇不怿；及闻张氏婚成，心愈抑郁，遂病，日就支离。父母诘之，不肯言。婢窥其意，隐以告母。郑闻之，怒不医，以听其死。二娘怼（duì，怨恨）曰："吾侄亦殊不恶，何守头巾戒（迂腐

儒生所遵守的清规戒律。头巾，封建时代读书人的冠中，后用为迂腐儒生的代称），

杀吾娇女！"郑恚（huì，愤怒）曰："若所生女，不如早亡，免贻笑柄！"

以此夫妻反目。二娘故与女言，将使仍归王孙，若为媵（如同作妾。若，如。

媵，yìng，媵妾）。女俯首不言，意若甚愿。二娘商郑，郑更怒，一付二娘

（完全交给二娘；意谓自己不管。一，全），置女度外，不复预闻。二娘爱女

切，欲实（实践，践行）其言。女乃喜，病渐瘥（chài，病愈）。窃探王孙，亲

迎（婚礼六礼之一，即新婿亲到女家迎娶新娘）有日矣。及期，以侄完婚，伪欲

归宁，昧旦（拂晓；破晓），使人求仆舆于兄。兄最友爱，又以居村邻近，

遂以所备亲迎车马，先迎二娘。既至，则妆女（盛妆其女闺秀）入车，使两

仆两媪护送之。到门，以毡贴地而入（以红毡铺地，引新妇而入）。时鼓乐已

集，从仆叱令吹擂，一时人声沸聒。王孙奔视，则女子以红帕蒙首（旧时婚

礼，新妇以红帕蒙头，行交拜礼），骇极，欲奔；郑仆夹扶，便令交拜。王孙

不知何由，即便拜讫。二媪扶女，径坐青庐（古时婚俗，以青布幔为屋，于此

交拜迎妇，称"青庐"），始知其闺秀也。举家皇乱，莫知所为。时渐濒暮，

王孙不复敢行亲迎之礼。桂庵遣仆以情告张；张怒，遂欲断绝。五可不肯，

曰："彼虽先至，未受雁采（指未有正式订婚手续。雁采，古代婚礼六礼之一，又

称"纳采"）；不如仍使亲迎。"父纳其言，以对来使。使归，桂庵终不敢

从。相对筹思，喜怒俱无所施。张待之既久，知其不行，遂亦以舆马送五

可至，因另设青帐于别室。蹀躞（dié duó，忽进忽退）无以自处。母乃调停于

中，使序行以齿，二女皆诺。及五可闻闺秀差长，称"姊"有难色。母甚虑

之。比三朝公会（指婚后第三天相互会见），五可见闺秀风致宜人，不觉右之

（尊重她。古代以右为尊），自是始定。然父母恐其积久不相能（不相容），而

二女却无间言（非议之言），衣履易着，相爱如姊妹焉。王孙始问五可却媒

之故，笑曰："无他，聊报君之却于媪耳。尚未见妾，意中止有闺秀；即见

妾，亦略靳（jìn，吝惜。意谓审慎迟疑）之，以觇君之视妾，较闺秀何如也。

使君为伊病，而不为妾病，则亦不必强求容矣。"王孙笑曰："报亦惨矣！

然非于媪，何得一觊芳容。"五可曰："是妾自欲见君，媪何能为。过舍门时，岂不知眈眈者（指寄生，谓其注目窥视）在内耶。梦中业相要，何尚未知信耶？"王孙惊问："何知？"曰："妾病中梦至君家，以为妄；后闻君亦梦，妾乃知魂魄真到此也。"王孙异之，遂述所梦，时日悉符。父子之良缘，皆以梦成，亦奇情也。故并志之。

异史氏曰："父痴于情，子遂几为情死。所谓情种，其王孙之谓欤？不有善梦之父，何生离魂之子哉！"

周　生

周生，淄邑（即淄川）之幕客（又称"幕僚""幕宾"等。应主管官员之聘，办理文书、刑名、钱谷等事务的人员）。令公出（县令因公外出），夫人徐，有朝碧霞元君（道教所尊奉的神，传说为东岳大帝之女，宋真宗封为天仙玉女碧霞元君。泰山有碧霞元君祠）之愿，以道远故，将遣仆赍仪（携带祭祀之礼品。赍，jī）代往。使周为祝文。周作骈词（骈文，一种讲求对偶和韵律的文体。多用四、六字句，故又

称"四六文"），历叙平生，颇涉狎谑（轻侮嬉戏。谑，xuè）。中有云："栽般阳（旧路名）满县之花，偏怜断袖（称宠爱男色为断袖或断袖之欢）；置夹谷弥山之草，惟爱馀桃（据《韩非子》记载：弥子瑕为卫君所宠爱，食桃而甘，以其半留给卫君。后色衰失宠，得罪于卫君）。"此诉夫人所愤也，类此甚多。脱稿，示同幕凌生。凌以为亵，戒勿用。弗听，付仆而去。未几，周生卒于署；既而仆亦死；徐夫人产后，亦病卒。人犹未之异也。周生子自都来迎父榇（chèn，棺木），

夜与凌生同宿。梦父戒之曰："文字不可不慎也！我不听凌君言，遂以亵词，致干神怒，遽夭天年；又贻累徐夫人，且殃及焚文之仆（焚烧祝文的仆人，即前文"赍仪代往"之仆）：恐冥罚尤不免也！"醒而告凌，凌亦梦同，因述其文。周子为之惕然（惊惧的样子）。

异史氏曰："恣情纵笔，辄洒洒自快，此文客之常也。然淫嫚（秽亵戏谑。嫚，màn）之词，何敢以告神明哉！狂生无知，冥谴其所应尔。但使贤夫人及千里之仆，骈死（一齐死去。骈，并列）而不知其罪，不亦与刑律中分首从（指首恶和从恶）者，殊多愦愦（胡涂）耶？冤已！"

褚遂良

长山赵某，税屋大姓（租赁一个大户人家的房屋）。病症结（腹中痞块之病），又孤贫，奄然就毙。一日，力疾就凉，移卧檐下。及醒，见绝代丽人坐其傍。因诘问之，女曰："我特来为汝作妇。"某惊曰："无论贫人不敢有妄想；且奄奄一息，有妇何为！"女曰："我能治之。"某曰："我病非仓猝可除；纵有良方，其如无资买药何！"女曰："我医疾不用药也。"遂以手按赵腹，力摩之。觉其掌热如火。移时，腹中痞块，隐隐作解坼（裂解的声音）声。又少时，欲登厕。急起，走数武，解衣大下，胶液流离，结块尽出，觉通体爽快。返卧故处，谓女曰："娘子何人？祈告姓氏，以便尸祝（设位祝祷。尸，古代祭祀时，设生人象征鬼神，称之为"尸"。后人逐渐改用画像、牌位）。"答云："我狐仙也。君乃唐朝褚遂良（唐初大臣、书法家。字登善，钱塘人。贞观中历任谏议大夫、中书令等职。武则天即位后，因反对武则天遂遭贬斥而死），曾有恩于妾家，每铭心欲一图报。日相寻觅，今始得见，夙愿可酬矣。"某自惭形秽，又虑茅屋灶煤，玷染华裳。女但请行。赵乃导入家，土莝（土炕铺着碎草。莝，cuò，切碎的杂草）无席，灶冷无烟，曰："无论光景如此，不堪相辱；即卿能甘之，请视瓮底空空，又何以养妻子？"女但言：

"无虑。"言次（言谈之间），一回头，见榻上毡席衾褥已设；方将致诘，又转瞬，见满室皆银光纸裱贴如镜，诸物已悉变易，几案精洁，肴酒并陈矣。遂相欢饮。日暮，与同狎寝，如夫妇。主人闻其异，请一见之，女即出见，无难色。由此四方传播，造门者甚夥（huǒ，多）。女并不拒绝。或设筵招之，女必与夫俱。一日，座中一孝廉，阴萌淫念。女已知之，忽加诮让。即以手推其首；首过棂外，而身犹在室，出入转侧，皆所不能。因共哀免，方曳出之。积年馀，造请者（登门请见的人）日益烦，女颇厌之。被拒者辄骂赵。值端阳，饮酒高会，忽一白兔跃入。女起曰："春药翁（指月中玉兔。春药，用杵臼捣药）来见召矣！"谓兔曰："请先行。"兔趋出，径去。女命赵取梯。赵于舍后负长梯来，高数丈。庭有大树一章，便倚其上；梯更高于树杪（即树梢。杪，miǎo）。女先登，赵亦随之。女回首曰："亲宾有愿从者，当即移步。"众相视不敢登。惟主人一僮，踊跃从其后。上上益高，梯尽云接，不可见矣。共视其梯，则多年破扉（门扇），去其白板耳。群入其室，灰壁败灶依然，他无一物。犹意僮返可问，竟终杳已。

刘 全

邹平（今山东省邹平县）牛医侯某，荷饭饷（供食）耕者。至野，有风旋其前，侯即以杓掬浆（舀汤水）祝奠之。尽数杓，风始去。一日，适城隍庙，闲步廊下，见内塑刘全献瓜（刘全，均州人，曾代替唐太宗李世民赴阴曹进奉瓜果。见《西游记》）像，被鸟雀遗粪，糊蔽目睛。侯曰："刘大哥何遂受此玷污！"因以爪甲为除去之。后数年，病卧，被二皂（皂隶）摄去。至官衙前，逼索财贿甚苦。侯方无所为计，忽自内一绿衣人出，见之讶曰："侯翁何来？"侯便告诉。绿衣人责二皂曰："此汝侯大爷，何得无礼！"二皂喏喏，逊谢不知。俄闻鼓声如雷。绿衣人曰："早衙（早上官员升堂审理案件）矣。"遂与俱入，令立墀（chí，殿前台阶上的空地，台阶）下，曰："姑立此，我为汝问之。"遂上堂点手（招手），招一吏人下，略道数语。吏人见侯，拱手曰："侯大哥来耶？汝亦无甚大事，有一马相讼，一质（质讯）便可复返。"遂别而去。少间，堂上呼侯名。侯上跪，一马亦跪。官问侯："马言被汝药死，有诸？"侯曰："彼得瘟症，某以瘟方治之。既药不瘳（chōu，治愈），隔日而死，与某何涉？"马作人言，两相苦（两相责难。苦，责难对方，使之困辱）。官命稽籍，籍注马寿若干，应死于某年月日，数确符。因呵曰："此汝大数已尽，何得妄控！"叱之而去。因谓侯曰："汝存心方便，可以不死。"仍命二皂送回。前二人亦与俱出，又嘱途中善相视。侯曰："今日虽蒙覆庇（庇护），生平实未识荆（相识的敬词）。乞示姓字，以图衔报（衔环以报；意谓报恩）。"绿衣人曰："三年前，仆从泰山来，焦渴欲死。经君村外，蒙以杓浆见饮，至今不忘。"吏人曰："某即刘全。曩（nǎng，以往，从前，过去）被雀粪之污，闷不可耐，君手为涤除，是以耿耿（牢记于心，不能忘怀）。奈冥间酒馔，不可以奉宾客，请即别矣。"侯始悟，乃归。既至家，款留二皂。皂并不敢饮其杯水。侯苏，盖死已逾两日矣。从此益修善。每逢节序，必以浆酒酬刘全。年八旬，尚强健，能超乘（此指跃身上马）驰走。一日，途间见刘全骑马来，若将远行。拱手道温凉毕，刘曰："君数已尽，勾牒（拘捉文书）出矣。勾役欲相招，我禁使弗须（不必）。君可归治后事，三日后，我来同君行。地下代买小缺（小官职。缺，官位），亦无苦也。"遂去。侯归告妻子，招别戚友，棺衾俱备。第四日日暮，对众曰："刘大哥来矣。"入棺遂殁（mò，死）。

姬　生

南阳（府名，治所在今河南省南阳市）鄂氏，患狐，金钱什物，辄被窃去。迕（触犯，抗拒）之，祟益甚。鄂有甥姬生，名士不羁，焚香代为祷免，卒不应；又祝舍外祖使临己家，亦不应。众笑之。生曰："彼能幻变，必有人心。我固将引之，俾入正果。"数日辄一往祝之。虽不见验，然生所至，狐遂不扰。以故，鄂常止生宿。生夜望空请见，邀益坚。一日，生归，独坐斋中，忽房门缓缓自开。生起，致敬曰："狐兄来耶？"殊寂无声。又一夜，门自开。生曰："倘是狐兄降临，固小生所祷祝而求者，何妨即赐光霁（此用为对人容貌的美称）？"却又寂然。案头有钱二百，及明失之。生至夜，增以数百。中宵，闻布帏铿然（布帏，帷幕，指以布为幔的内室。铿然，指铜钱的响声）。生曰："来耶？敬具时铜（指铜钱）数百备用。仆虽不充裕，然非鄙吝者。若缓急（偏义复词，指急切）有需，无妨质言（直言），何必盗窃？"少间，视钱，脱去二百。生仍置故处，数夜不复失。有熟鸡，欲供客而失之。生至夕，又益以酒。而狐从此绝迹矣。鄂家祟如故。生又往祝曰："仆设钱而子不取，设酒而子不饮；我外祖衰迈，无为久祟之。仆备有不腆（谦辞。犹言不丰厚，浅薄）之物，夜当凭汝自取。"乃以钱十千、酒一罇，两鸡皆聂切（nié qiē，切成薄片），陈几上。生卧其傍，终夜无声，钱物如故。狐怪从此亦绝。

生一日晚归，启斋门，见案上酒一壶，燂鸡（烧鸡。燂，tán，烧煮）盈盘；钱四百，以赤绳贯（穿钱绳。名词动用，穿）之，即前日所失物也。知狐之报。嗅酒而香，酌之色碧绿，饮之甚醇。壶尽半酣，觉心中贪念顿生，葛然欲作贼。便启户出。思村中一富室，遂往越其墙。墙虽高，一跃上下，如有翅翎。入其斋，窃取貂裘、金鼎（金香炉）而出。归置床头，始就枕眠。天明，携入内室。妻惊问之，生嗫嚅而告，有喜色。妻骇曰："君素刚直，何忽作贼！"生恬然不为怪，因述狐之有情。妻恍然悟曰："是必酒中之狐毒也。"因念丹砂可以却邪，遂研（研为细末）入酒，饮生。少顷，生忽失声曰："我奈何做贼！"妻代解其故，爽然自失。又闻富室被盗，噪传里党。生终日不食，莫知所处。妻为之谋，使乘夜抛其墙内。生从之。富室复得故物，事亦遂寝。生岁试冠军，又举行优，应受倍赏。及发落（科举时代，岁试或科试分等评成绩，评定后根据等级进行赏罚，叫"发落"）之期，道署（学道的衙署。清初举行优，由学道考定保送）梁上粘一帖云："姬某作贼，偷某家裘、鼎，何为行优？"梁最高，非跂足可粘。文宗疑之，执帖问生。生愕然，思此事除妻外无知者；况署中深密，何由而至？因悟曰："此必狐之为也。"遂缅述无讳，文宗赏礼有加焉。生每自念：无取罪于狐，所以屡啗（dàn，引诱）之者，亦小人之耻独为小人（小人耻于自己独为小人。意思是小人为了遮羞，就想拉别人一块儿作恶，同为小人）耳。

异史氏曰："生欲引邪入正，而反为邪惑。狐意未必大恶，或生以谐引之，狐亦以戏弄之耳。然非身有夙根（佛家语，指前世带来的好天性），室有贤助，几何不如原涉（原涉，字巨先，汉代茂陵人。祖父与父皆高官，独原涉官谷口令。别人曾讥笑他官位低，并批评他"自放纵，为轻侠之徒"。原涉回答说："子独不见家人寡妇邪？始自约敕之时，意乃慕宋伯姬及陈孝妇，不幸一为盗贼所污，遂行淫失，知其非礼，然不能自还。吾犹此也。"）所云，家人寡妇一为盗污，遂行淫哉！吁！可惧也！"

吴木欣云："康熙甲戌，一乡科（指举人）令浙中（为浙江省某地县令），点稽囚犯。有窃盗，已刺字（一种墨刑。刺臂上者，多刺于腕上肘下；刺面上者，多刺于鬓下颊上。刺明所犯事由或发遣地点）讫，例应逐释。令嫌'窃'字减笔从俗，非官板正字（官版书所用的正体字），使刮去之；候创平，依字汇（字典类书籍）中点画形象另刺之。盗口占一绝（口占，随口念出。一绝，一首绝句）云：'手把菱花（镜子）仔细看，淋漓鲜血旧痕斑。早知面上重为苦，窃物先防识字官。'禁卒笑之曰：'诗人不求功名，而乃为盗？'盗又口占答之云：'少年学道志功名，只为家贫误一生。冀得资财权子母（放债、经商均可称"权子母"；此指出资捐官），囊游燕市博恩荣（燕市，指京都北京。博恩荣，博取朝廷恩荣，指捐得官职，即后文所说的"仕进之志"）。'"即此观之，秀才为盗，亦仕进之志也。狐授姬生以进取之资，而返悔为所误，迂哉！一笑。

公孙夏

保定（明清时府名，府治在今河北省保定市）有国学生（国子监的生员，即监生）

某，将入都纳资（向政府捐纳钱财，谋取官职），谋得县尹。方趣装而病，月馀不起。忽有僮入曰："客至。"某亦忘其疾，趋出迎客。客华服类贵者。三揖入舍，叩所自来。客曰："仆，公孙夏，十一皇子座客（座上客；受到礼遇的宾客）也。闻治装将图县秩，既有是志，太守不更佳耶？"某逊谢，但言："资薄，不敢有奢愿。"客请效力，俾出半资（要他先拿出"纳资"的半数），约于任所取盈（约定在到任以后交足金数。取盈，取满所定之额）。某喜求策。客曰："督抚皆某昆季（兄弟。长为昆，幼为季）之交，暂得五千缗（mín，一千钱称缗，同贯），其事济矣。目前真定（府名，府治在今河北省正定县）缺员，便可急图。"某讶其本省（这个官职在本省，使他感到惊讶。按清代规定，本省人不能在本省做官。某为保定人，保定和真定在清代同属直隶省）。客笑曰："君迂矣！但有孔方（指铜钱。铜钱中有方孔，故称"孔方"）在，何问吴越、桑梓（哪管它在外地还是家乡。吴越，吴地和越地，借指外省、远方。桑梓，家乡，这里指本省）耶？"某终踌躇，疑其不经（不合常理，近乎妄诞）。客曰："无须疑惑。实相告：此冥中城隍缺也。君寿尽，已注死籍。乘此营办，尚可以致冥贵。"即起告别，曰："君且自谋，三日当复会。"遂出门跨马去。某忽开眸，与妻子永诀。命出藏镪，市楮锭万提（买纸钱万串。楮，chǔ。提，量词，犹言"一挂""一串"），郡中是物为空。堆积庭中，杂刍灵鬼马（草扎的假人假马，均为旧时送葬用的焚化物），日夜焚之，灰高如山。三月，客果至。某出资交兑，客即导至部署，见贵官坐殿上，某便伏拜。贵官略审姓名，便勉以"清廉谨慎"等语。乃取凭文（捐得官职的证书），唤至案前与之。

某稽首出署。自念监生卑贱，非车服（车与冠服）炫耀，不足震慑曹属（这里府衙的属官）。于是益市舆马，又遣鬼役以彩舆迓（yà，迎接）其美姜。区画方已，真定卤簿（贵官出行时的仪仗队）已至。途中里馀，一道相属，意得甚。忽前导者钲息旗靡（锣声停，旌旗不张。钲，古代一种乐器；这里指开道用的铜锣）。惊疑间，见骑者尽下，悉伏道周；人小径尺（人变小，只一尺长），马大如狸。车前者骇曰："关帝（即三国时蜀将关羽，明清时代称他为神，清初封他为

"关圣大帝") 至矣！"某惧，下车亦伏。遥见帝君从四五骑，缓辔而至。须多绕颊，不似世所模肖（描摹的肖像）者；而神采威猛，目长几近耳际。马上问："此何官？"从者答："真定守。"帝君曰："区区一郡，何直得如此张皇（夸张炫耀）！"某闻之，洒然毛悚；身暴缩，自顾如六七岁儿。帝君命起，使随马蹄行。道旁有殿宇，帝君入，南向坐，命以笔札授某，俾自书乡贯姓名。某书已，呈进。帝君视之，怒曰："字讹误不成形象！此市侩耳，何足以任民社（担任地方官员）！"又命稽其德籍。旁一人跪奏，不知何词。帝君厉声曰："干进（求得进身之阶，营谋官职）罪小，卖爵罪重！"旋见金甲神缩锁去。遂有二人捉某，褫（chǐ，夺去）去冠服，笞五十，臀肉几脱，逐出门外。四顾车马尽空，痛不能步，偃息（仰卧）草间。

细认其处，离家尚不甚远。幸身轻如叶，一昼夜始抵家。豁若梦醒，床上呻吟。家人集问，但言股痛。盖瞑然若死者，已七日矣，至是始瘳（醒）。便问："阿怜何不来？"——盖妾小字也。先是，阿怜方坐谈，忽曰："彼为真定太守，差役来接我矣。"乃入室严妆，妆竟而卒，才隔夜耳。家人述其异。某悔恨爬胸，命停尸勿葬，冀其复还。数日杳然，乃葬之。某病渐瘳（chōu，病愈），但股疮大剧，半年始起。每曰："官资尽耗，而横被冥刑，此尚可忍；但爱妾不知舁（yú，抬）向何所，清夜所难堪耳。"

异史氏曰："嗟夫！市侩固不足南面（此指做官。古时以坐北朝南为尊。官员坐堂皆南面而坐，故称做官为"南面"）哉！冥中既有线索（事情的端绪；此指买通关节，营私舞弊），恐夫子马迹所不及到，作威福者（指"干进""卖爵"的人们），正不胜诛耳。吾乡郭华野先生传有一事，与此颇类，亦人中之神也。先生以清鲠受主知（因清正鲠直，受到皇帝的赏识），再起总制荆楚。行李萧然（稀少），惟四五人从之，衣履皆敝陋。途中人竟不知为贵官也。适有新令赴任，道与相值。驼车（运载行李的车辆。驼，通"驮"）二十余乘，前驱数十骑，驺从（封建时代贵族官僚出门时所带的骑马的侍从。驺，zōu）以百计。先生亦不知其何官，时先之，时后之，时以数骑杂其伍。彼前马者怒其扰，辄呵却之（斥退他们）；先生亦不顾瞻。亡何，至一巨镇，两俱休止。乃使人潜访之，则一国学生，加纳赴任湖南者也。乃遣一价召之使来。令闻呼骇疑，反诘官阀，始知为先生，悚惧无以为地。冠带匍伏而前。先生问：'汝即某县县尹？'答曰：'然。'先生曰：'蕞尔（微小。蕞，zuì）一邑，何能养如许驺从？履任，则一方涂炭矣！不可使殃民社，可即旋归，勿前矣。'令叩首曰：'下官尚有文凭。'先生即令取凭，审验已，曰：'此亦细事，代若缴之可耳。'令伏拜而出。归途不知何以为情，而先生行矣。世有未莅任而已受考成（旧时考核官吏的政事成绩，叫"考成"）者，实所创闻（罕闻，罕见）。先生奇人，故有此快事耳。"

韩　方

明季（明末），济郡（今山东省济南市）以北数州县，邪疫大作，比户皆然。齐东（山东省旧县名。解放后撤县，划归邹平、博兴两县）农民韩方，性至孝。父母皆病，因具楮帛（旧俗祭祀时用的纸钱。楮，chǔ），哭祷于孤石大夫（民间传说的由石化人的神医）之庙。归途零涕。遇一人，衣冠清洁，问："何悲？"韩具以告。其人曰："孤石之神，不在于此，祷之何益？仆有小术，可以一试。"韩喜，诘其姓字。其人曰："我不求报，何必通乡贯（乡里籍贯）乎？"韩敦请临其家。其人曰："无须。但归，以黄纸置床上，厉声言：'我明日赴都（指赴鬼都。迷信传说，泰山之南的蒿里山为鬼都），告诸岳帝（指泰山神东岳大帝。迷信传说，东岳大帝掌人间生死）！'病当已。"韩恐不验，坚求移趾。其人曰："实告子：我非人也。巡环使者（迷信传说，阴曹地府巡视人间生死祸福的神）以我诚笃，俾为南县土地（乡神名）。感君孝，指授此术。目前岳帝举（推举、推荐）枉死之鬼（屈死鬼，指下文"郡城中北兵所杀之鬼"），其有功人民，或正直不作邪祟者，以城隍、土地用。今日殃人者，皆郡城北兵所杀之鬼，急欲赴都自投，故沿途索赂（指祟人以求楮钱），以谋口食耳。言告岳帝，则彼必惧，故当已。"韩悚然起敬，伏地叩谢。及起，其人已渺。惊叹而归。遵其教，父母皆愈。以传邻村，无不验者。

异史氏曰："沿途祟人而往，以求不作邪祟之用，此与策马应'不求闻达之科'（热衷功名，而又自称不求闻达。用以讽刺名实相背、言行乖违）者何殊哉！天下事大率类此。犹忆甲戌、乙亥（指康熙三十三年、三十四年对西塞用兵，科敛繁琐事）之间，当事者（主事者，指地方主管官吏）使民捐谷，具疏谓民乐输（乐意输纳）。于是各州县如数取盈（照数取足），甚费敲扑（鞭笞催逼。敲扑，本为施教令之具；短曰敲，长曰扑）。时郡北七邑被水，岁祲（岁凶，荒年），催办尤难。唐太史（指唐梦赉，淄川县人。顺治进士，官至翰林院）偶至利津，见系逮者十馀人。因问：'为何事？'答曰：'官捉吾等赴城，比追（同"追比"。限期催逼缴纳，过期则敲扑示罚）乐输耳。'农民不知'乐输'二字作何解，遂以为徭役敲比（义同"追比"）之名，岂不可叹而可笑哉！"

纫 针

虞小思，东昌（府名，治所在今山东省聊城市）人。居积为业。妻夏，归宁而返，见门外一妪，偕少女哭甚哀。夏诘之，妪挥泪相告。乃知其夫王心斋，亦宦裔也。家中落，无衣食业，浼中保（托保人。浼，měi）贷富室黄氏金，作贾。中途遭寇，丧资，幸不死。至家，黄索偿，计子母（本息）不下三十金，实无可准抵（以物产作抵）。黄窥其女纫针美，将谋作妾。使中保质告之：如肯可，折债外，仍以廿金压券（山东旧俗，贸易成交时买主临时交给卖主以示事成的少数钱款。俗称"压约钱"）。王谋诸妻。妻泣曰："我虽贫，固簪缨之胄（官宦人家的后代。簪缨，古代高级官员的冠饰）。彼以执鞭（执鞭之士。指职务卑贱）发迹，何敢遂媵吾女（把我女儿当妾。媵，yìng）！况纫针固自有婿，汝何得擅作主！"先是，同邑傅孝廉之子，与王投契（意气或见解相合），生男阿卯，与褓中论婚（在婴儿时订下婚约。褓，襁褓）。后孝廉官于闽，年馀而卒。妻子不能归，音耗俱绝。以故纫针十五，尚未字（许嫁，出嫁）也。妻言及此，王无词，但谋所以为计。妻曰："不得已，其试谋诸两弟。"盖妻范氏，其祖曾任京职，两孙田产尚多也。次日，妻携女归告两弟。两弟任其涕泪，并无一词肯为设处。范乃号啼而归。适逢夏诘，且诉且哭。

夏怜之；视其女，绰约（柔婉美好貌）可爱，益为哀楚。遂邀入其家，款以酒食，慰之曰："母子勿戚，妾当竭力。"范未遑谢，女已哭伏在地，益加惋惜。筹思曰："虽有薄蓄，然三十金亦复大难。当典质相付。"母女拜谢。夏以三日为约。别后，百计为之营谋，亦未敢告诸其夫。三日，未满其数，又使人假诸其母。范母女已至，因以实告。又订次日。抵暮，假金至，合裹并置床头。至夜，有盗穴壁，以火入。夏觉，睨之，见一人臂挎短刀，状貌凶恶。大惧，不敢作声，伪为睡者。盗近箱，意将发局。回顾，夏枕边有裹物，探身攫去，就灯解视；乃入腰橐（藏钱的袋子，旧时多系于腰，故名。橐，tuó），不复胠箧（qū qiè，撬开箱子）而去。夏乃起呼。家中唯一小婢，隔墙呼邻，邻人集而盗已远。夏乃对灯啜泣。见婢睡熟，乃引带自经（上吊自杀）于棂间。天曙婢觉，呼人解救，四肢冰冷。虞闻奔至，诘婢始得其由，惊涕营葬。时方夏，尸不僵，亦不腐。过七日，乃殓之。既葬，纫针潜出，哭于其墓。暴雨忽集，霹雳大作，发墓，纫针震死。虞闻，奔验，则棺木已启，妻呻嘶其中，抱出之。见女尸，不知为谁。夏审视，始辨之。方相骇怪。未几，范至，见女已死，哭曰："固疑其在此，今果然矣！闻夫人自缢，日夜不绝声。今夜语我，欲哭于殡宫（墓室），我未之应也。"夏感其义，遂与夫言，即以所葬材穴葬之。范拜谢。虞负妻归，范亦归告其夫。闻村北一人被雷击死于途，身有字云："偷夏氏金贼。"俄闻邻妇哭声，乃知雷击者即其夫马大也。村人白于官，官拘妇械鞠（jū，审问），则范氏以夏之措金赎女，对人感泣，马大赌博无赖，闻之而盗心遂生也。官押妇搜赃，则止存二十数；又检马尸得四数。官判卖妇偿补责还虞。夏益喜，全金悉仍付范，俾偿债主。

葬女三日，夜大雷电以风，坟复发，女亦顿活。不归其家，往扣夏氏之门，盖认其墓，疑其复生也。夏惊起，隔扉问之。女曰："夫人果生耶！我纫针耳。"夏骇为鬼，呼邻媪诘之，知其复活，喜内入室。女自言："愿从夫人服役，不复归矣。"夏曰："得无谓我损金为买婢耶？汝葬后，债已代偿，可勿见猜。"女益感泣，愿以母事。夏不允。女曰："儿能操作，亦不坐食。"天明告范，范喜，急至。亦从女意，即以属（通"嘱"，托付）夏。范去，夏强送女归。女啼思夏。王心斋自负女来，委诸门内而去。夏见惊问，始知其故，遂亦安之。女见虞至，急下拜，呼以父。虞固无子女，又见女依依怜人，颇以为欢。女纺绩缝纫，勤劳臻至。夏偶病剧，女昼夜给役（服侍）。见夏不食，亦不食；面上时有啼痕，向人曰："母有万一，我誓不复生！"夏少瘳（chōu，病愈；病好转），始解颜（消除愁颜）为欢。夏闻流涕，曰："我四十无子，但得生一女如纫针亦足矣。"夏从不育；逾年忽生一男，人以为行善之报。

居二年，女益长。虞与王谋，不能坚守旧盟。王曰："女在君家，婚姻惟君所命。"女十七，惠美无双。此言出，问名（旧日婚礼中六礼之一。男家通过媒人请问女方之名字和生辰，占卜合婚。这里指求婚）者趾错（足迹错杂，指人来往众多）于门，夫妻为拣富室。黄某亦遣媒来。虞恶其为富不仁，力却之。为择于冯氏。冯，邑名士，子慧而能文。将告于王；王出负贩未归，遂径诺之。黄以不得于虞，亦托作贾，迹王所在，设馔相邀，更复助以资本，渐渍习洽（渐渐熟悉融洽）。因自言其子慧以自媒。王感其情，又仰其富，遂与订盟。既归，诣虞，则虞昨日已受冯氏婚书。闻王所言，不悦，呼女出，告以情。女怫然曰："债主，吾仇也！以我事仇，但有一死！"王无颜，托人告黄以冯氏之盟。黄怒曰："女姓王，不姓虞。我约在先，彼约在后，何得背盟！"遂控于邑宰，宰意以先约判归黄。冯曰："王某以女付虞，固言婚嫁不复预闻（干预、过问），且某有定婚书，彼不过杯酒之谈耳。"宰不能断，将惟女愿从之。黄又以金赂官，求其左袒（偏袒，袒护），以此月馀不决。

一日，有孝廉北上，公车（汉代以公家车子迎接应征入京的人，因而后世代指举人应考入京）过东昌，使人问王心斋。适问于虞，虞转诘之，盖孝廉姓傅，即阿卯也。入闽籍，十八已乡荐矣。以前约未婚（因过去与王心斋之女绉针有婚约，所以至今未婚）。其母嘱令便道访王，问女曾否另字（许嫁）也。虞大喜，邀傅至家，历述所遭。然婿远来数千里，患无凭据。傅启箧，出王当日允婚书。虞招王至，验之果真，乃共喜。是日当官覆审，傅投刺谒宰，其案始销。涓吉约期（选择吉日，约定婚娶之期）乃去。会试后，市币帛而还，居其旧第，行亲迎礼。进士报已到闽，又报至东，傅又捷南宫（指考中进士。南宫，即礼部。会试由礼部主持）。复入都观政（新进士初入仕，在京供职，曰"观政"）而返。女不乐南渡，傅亦以庐墓在，遂独往扶父枢，载母俱归。又数年，虞卒，子才七八岁，女抚之过于其弟。使读书，得入邑庠，家称素封，皆傅力也。

异史氏曰："神龙中亦有游侠耶？彰善瘅恶（表彰善行，憎恨恶行。瘅，dàn），生死皆以雷霆，此'钱塘破阵舞'也。轰轰屡击，皆为一人，焉知绉针非龙女谪降者耶？"

桓　侯

荆州（府名，治所在今湖北省江陵县）彭好士，友家饮归。下马溲便（便溺），马龁（hé，吃）草路傍。有细草一丛，蒙茸可爱，初放黄花，艳光夺目，马食已过半矣。彭拔其馀茎，嗅之有异香，因纳诸怀。超乘（跃身上马）复行，马骛驶绝驰（骛驶，奔跑。绝驰，极快。骛，wù），颇觉快意，竟不计算归途，纵马所之。忽见夕阳在山，始将旋辔（返辔、转回）。但望乱山丛沓，并不知其何所。一青衣人来，见马方喷嘶，代为捉衔（马衔。马口中所含之铁链，用以控马），曰："天已近暮，吾家主人便请宿止。"彭问："此属何地？"曰："阆中（县名，在今四川省。阆，làng）也。"彭大骇，盖半日已千馀里矣。因问："主人为谁？"曰："到彼自知。"又问："何在？"曰："咫尺耳。"遂代鞚（代为牵马。鞚，kòng，带嚼子的马笼头）疾行，人马若飞。过一山头，见半山中屋宇重叠，杂以屏幪，遥睹衣冠一簇，若有所伺。彭至下马，相向拱敬（相向，相对。拱敬，拱手致敬）。俄，主人出，气象刚猛，巾服都异人世。拱手向客，曰："今日客，莫远于彭君。"因揖彭，请先行。彭谦谢，不肯遽先（仓促先行）。主人捉臂行之。彭觉捉处如被械梏，痛欲折，不敢复争，遂行。下此者，犹相推让，主人或推之，或挽之，客皆呻吟倾跌，似不能堪，一依主命而行。登堂，则陈设炫丽，两客一筵（一席）。彭暗问接坐者："主人何人？"答云："此张桓侯（即张飞，字益德。与关羽同事刘备，雄壮威猛。谥桓侯）也。"彭愕然，不敢复咳。合座寂然。酒既行，桓侯曰："岁岁叨扰亲宾，聊设薄酌，尽此区区之意。值远客辱临，亦属幸遇。仆窃妄有干求（请求，求取），如少存爱恋，即亦不强。"彭起问："何物？"曰："尊乘已有仙骨，非尘世所能驱策。欲市马相易，如何？"彭曰："敬以奉献，不敢易也。"桓侯曰："当报以良马，且将赐以万金。"彭离席伏谢。桓侯命人曳起之。俄倾，酒馔纷纶（纷杂形容丰盛）。日落，命烛。众起辞，彭亦告别。桓侯曰："君远来焉归？"彭顾同席者曰："已求此公作居停主人（寄宿的房主）矣。"桓侯乃遍以巨觞酌客，谓彭曰："所怀香草，鲜者可以成仙，枯者可以点金；草七茎，得金一万。"即命僮出方授彭。彭又拜谢。桓侯曰："明日造市，请于马群中任意择其良者，不必与之论价，吾自给之。"又告众曰："远客归家，可少助以资斧。"众唯唯。觞尽，谢别而出。途中始诘姓字，同座者为刘子翚（huī）。同行二三里，越岭即睹村舍。众客陪彭并至刘所，始述其异。

先是，村中岁岁赛社（秋收之后，祭祀田神）于桓侯之庙，斩牲优戏（斩牲，杀牲畜为祭品。优戏，请优人演戏），以为成规，刘其首善者（善举的倡导者）也。三日前，赛社方毕。是午，各家皆有一人邀请过山。问之，言殊恍惚，但敦促甚急。过山见亭舍，相共骇疑。将至门，使者始实告之；众亦不敢却退。使者曰："姑集此，邀一远客行至矣。"盖即彭也。众述之惊怪。其中被把握者，皆患臂痛；解衣烛之，肤肉青黑。彭自视亦然。众散，刘即襆被供寝。既明，村中争延客；又伴彭入市相马。十馀日，相数十匹，苦无佳者；彭亦拚苟就之。又入市，见一马骨相似佳；骑试之，神骏无比。径骑入村，以待鬻（yù，卖）者；再往寻之，其人已去。遂别村人欲归。村人各馈金资，遂归。马一日行五百里。抵家，述所自来，人不之信。囊中出蜀物，始共怪之。香草久枯，恰得七茎，遵方点化，家以暴富。遂敬诣故处，独祀桓侯之祠，优戏三日而返。

异史氏曰："观桓侯燕（通"宴"）宾，而后信武夷幔亭（见陆羽《武夷山记》。指武夷君于山上置幔亭，化虹桥通上下，大会乡人饮宴。武夷，武夷君，武夷山山神。幔亭，张幔为亭）非诞也。然主人肃客，遂使蒙爱者几欲折肱，则当年之勇力可想。"

吴木欣（名长荣，字木欣，长山人）言："有李生者，唇不掩其门齿，露于外盈指。一日，于某所宴集，二客逊上下，其争甚苦。一力挽使前，一力却向后。力猛肘脱，李适立其后，肘过触喙（huì，嘴），双齿并堕，血下如涌。众愕然，其争乃息。"此与桓侯之握臂折肱，同一笑也。

粉　蝶

阳曰旦，琼州（明清府名，府治在今海南省内）士人也。偶自他郡归，泛舟于海，遭飓风，舟将覆；忽飘一虚舟（空船）来，急跃登之。回视，则同舟尽没。风愈狂，瞑然任其所吹。亡何，风定。开眸，忽见岛屿，舍宇连亘（gèn，横贯）。把棹近岸，直抵村门。村中寂然，行坐良久，鸡犬无声。见一门北向，松竹掩蔼（遮掩）。时已初冬，墙内不知何花，蓓蕾满树。心爱悦之，逡巡遂入。遥闻琴声，步少停。有婢自内出，年约十四五，飘洒艳丽。睹阳，返身遽入。俄闻琴声歇，一少年出，讶问客所自来。阳具告之。转诘邦族，阳又告之。少年喜曰："我姻亲也。"遂揖请入院。院中精舍（书斋，学舍）华好，又闻琴声。既入舍，则一少妇危坐，朱弦方调，年可十八九，风采焕映。见客入，推琴欲逝（离去），少年止之曰："勿遁，此正卿家瓜葛。"因代溯（从头陈述）所由。少妇曰："是吾侄也。"因问其"祖母尚健否？

父母年几何矣？"阳曰："父母四十馀，都各无恙；惟祖母六旬，得疾沉痼（久治不愈。痼，gù），一步履须人耳。侄实不省（知；明白）姑系何房，望祈明告，以便归述。"少妇曰："道途辽阔，音问梗塞久矣。归时但告而父，'十姑问讯矣'，渠（他）自知之。"阳问："姑丈何族？"少年曰："海屿姓晏。此名神仙岛，离琼三千里，仆流寓亦不久也。"十娘趋入，使婢以酒食饷客，鲜蔬香美，亦不知其何名。饭已，引与瞻眺，见园中桃杏含苞，颇以为怪。晏曰："此处夏无大暑，冬无大寒，花无断时。"阳喜曰："此乃仙乡。归告父母，可以移家作邻。"晏但微笑。

还斋炳烛，见琴横案上，请一聆其雅操（聆听一下他的琴曲。操，琴曲）。晏乃抚弦捻柱。十娘自内出，晏曰："来，来！卿为若侄鼓之。"十娘即坐，问侄："愿何闻？"阳曰："侄素不读《琴操》（解说琴曲的书，传为东汉蔡邕作），实无所愿。"十娘曰："但随意命题，皆可成调。"阳笑曰："海风引舟，亦可作一调否？"十娘曰："可。"即按弦挑动，若有旧谱，意调崩腾；静会之，如身仍在舟中，为飓风之所摆簸。阳惊叹欲绝，问："可学否？"十娘授琴，试使勾拨（"勾"与"拨"以及后文的"剔"，都是弹琴的指法），曰："可教也。欲何学？"曰："适所奏'飓风操'，不知可得几日学？请先录其曲，吟诵之。"十娘曰："此无文字，我以意谱之耳。"乃别取一琴，作勾剔之势，使阳效之。阳习至更馀，音节粗合（大略合谱），夫妻始别去。阳目注心凝，对烛自鼓；久之，顿得妙悟，不觉起舞。举首，忽见婢立灯下，惊曰："卿固犹未去耶？"婢笑曰："十姑命待安寝，掩户移檠（端灯。檠，qíng，灯架）耳。"审顾之，秋水澄澄（形容眼睛明亮），意态媚绝。阳心动，微挑之；婢俯首含笑。阳益惑之，遽起挽颈。婢曰："勿尔！夜已四漏，主人将起，彼此有心，来宵未晚。"方狎抱间，闻晏唤"粉蝶"。婢作色曰："殆矣！"急奔而去。阳潜往听之。但闻晏曰："我固谓婢子尘缘未灭，汝必欲收录之。今如何矣？宜鞭三百！"十娘曰："此心一萌，不可给使，不如为吾侄遣之。"阳甚惭惧，返斋灭烛自寝。天明，有童子来侍盥沐，不复见粉蝶矣。心惴惴恐见谴逐。俄晏与十姑并出，似无所介于怀，便考所业（考查弹琴）。阳为一鼓。十娘曰："虽未入神，已得什九，肄熟可以臻妙。"阳复求别传（传授别的琴曲）。晏教以"天女谪降"之曲，指法拗折，习之三日，始能成曲。晏曰："梗概已尽，此后但须熟耳。娴此两曲，琴中无硬调矣。"

阳颇忆家，告十娘曰："吾居此，蒙姑抚养甚乐；顾家中悬念。离家三千里，何日可能还也！"十娘曰："此即不难。故舟尚在，当助一帆风。子无家室，我已遣粉蝶矣。"乃赠以琴，又授以药曰："归医祖母，不惟却病，亦可延年。"遂送至海岸，俾登舟。阳觅楫，十娘曰："无须此物。"因解裙作帆，为之萦系。阳虑迷途，十娘曰："勿忧，但听帆漾耳。"系已，下舟。阳凄然，方欲拜谢别，而南风竞起，离岸已远矣。视舟中糗粮（干粮。糗，qiǔ）已具，然止足供一日之餐，心怨其吝。腹馁不敢多食，惟恐遽尽，但啖胡饼（芝麻烧饼）一枚，觉表里甘芳（饼的外皮和内层又甜又香）。馀六七枚，珍而存之，即亦不复饥矣。俄见夕阳欲下，方悔来时未索膏烛。瞬息，遥见人烟；细审，则琼州也。喜极。旋已近岸，解裙裹饼而归。

入门，举家惊喜，盖离家已十六年矣，始知其遇仙。视祖母老病益惫；出药投之，沉疴立除。共怪问之，因述所见。祖母泫然曰："是汝姑也。"初，老夫人有少女，名十娘，生有仙姿。许字晏氏。婿十六岁，入山不返，十娘待至二十馀，忽无疾自殂，葬已三十馀年。闻旦言，共疑其未死。出其裙，则犹在家所素着也。饼分啖之，一枚终日不饥，而精神倍生。老夫人命发冢验视，则空棺存焉。

旦初聘吴氏女未娶，旦数年不还，遂他适。共信十娘言，以俟粉蝶之至；既而年馀无音，始议他图。临邑（同一州郡所属之县。此指琼州所属县，也可作"邻县"解）钱秀才，有女名荷生，艳名远播。年十六，未嫁而三丧其婿。遂媒定之，涓吉成礼（选择吉日成婚）。既入门，光艳绝代。旦视之，则粉蝶也。惊问曩（nǎng，以往的，过去的）事，女茫乎不知。盖被逐时，即降生之辰也。每为之鼓"天女谪降"之操，辄支颐（以手支托下巴。颐，下巴）凝想，若有所会。

锦 瑟

　　沂（沂州，今山东省临沂市）人王生，少孤，自为族（当地王姓家族只此一人）。家清贫；然风标修洁（仪容秀美而整洁。风标，仪容、仪态），洒然裙屐少年（指衣着潇洒而无实学的少年。屐，jī）也。富翁兰氏，见而悦之，妻以女，许为起屋治产。娶未几而翁死。妻兄弟鄙不齿数。妇尤骄倨，常佣奴其夫；自享饛馔，生至，则脱粟瓢饮（糙米瓢汤，指饮食粗劣。脱粟，糙米），折稊为匕（折断草茎当筷子。稊，一种似稗的草。匕，饭匙，用以取饭；此指筷子），置其前。王悉隐忍之。年十九；往应童试，被黜。自郡中归，妇适不在室，釜中烹羊臛（huò，肉羹，肉汤）熟，就啖之。妇入，不语，移釜去。生大惭，抵箸（抛筷子）地上，曰："所遭如此，不如死！"妇恚，问死期，即授索为自经之具。生忿投羹碗，败妇颡（砸破了妻子的额头。颡，sǎng，额）。生含愤出，自念良不如死，遂怀带入深壑。

　　至丛树下，方择枝系带，忽见土崖间，微露裙幅；瞬息，一婢出，睹生急返，如影就灭，土壁亦无绽痕。固知妖异；然欲觅死，故无畏怖，释带坐觇之。少间，复露半面，一窥即缩去。念此鬼物，从之必有死乐。因抓石叩壁曰："地如可入，幸示一途！我非求欢，乃求死者。"久之，无声。王又言之。内云："求死请姑退，可以夜来。"音声清锐，细如游蜂。生曰："诺。"遂退以待夕。未几，星宿已繁，崖间忽成高第，静敞双扉。生拾级而入。才数武（不远处。武，量词，古代六尺为步，半步为武，泛指脚步），有横流涌注，气类温泉。以手探之，热如沸汤；不知其深几许。疑即鬼神示以死所，遂踊身入。热透重衣，肤痛欲糜；幸浮不沉。泅没良久，热渐可忍，极力爬抓，始登南岸，一身幸不泡伤。行次（行进间），遥见厦屋（高大的房屋）中有灯火，趋之。有猛犬暴出，龁衣败袜。摸石以投，犬稍却。又有群犬要（拦阻）吠，皆大如犊。危急间，婢出叱退，曰："求死郎来耶？吾家娘子悯君厄穷，使妾送君入安乐窝，从此无灾矣。"挑灯导之。启后门，黯然行去。入一家，明烛射窗，曰："君自入，妾去矣。"

生入室四瞻，盖已入己家矣。反奔而出。遇妇所役老媪曰："终日相觅，又焉往！"反曳入。妇帕裹伤处，下床笑逆，曰："夫妻年馀，狎谑顾不识耶？我知罪矣。君受虚诮（责备），我被实伤，怒亦可以少解。"乃于床头取巨金二铤置生怀，曰："以后衣食，一惟君命，可乎？"生不语，抛金夺门而奔，仍将入壑，以叩高第之门。既至野，则婢行缓弱，挑灯尤遥望之。生急奔且呼，灯乃止。既至，婢曰："君又来，负娘子苦心矣。"王曰："我求死，不谋与卿复求活。娘子巨家，地下亦应需人。我愿服役，实不以有生为乐。"婢曰："乐死不如苦生，君设想何左也！吾家无他务，惟淘河、粪除、饲犬、负尸；作不如程（操作不能完成规定数量。程，程限，限量），则刵耳劓鼻（割耳割鼻。刵，èr；劓，yì，为古代割去耳、鼻的刑名）、敲肘刭趾（敲碎臂肘，砍断脚趾。刭，jǐng）。君能之乎？"答曰："能之。"又入后门，生问："诸役可也。适言负尸，何处得如许死人？"婢曰："娘子慈悲，设'给孤园'，收养九幽横死无归之鬼。鬼以千计，日有死亡，须负瘗（yì，掩埋，埋葬）之耳。请一过观之。"移时，入一门，署"给孤园（佛家语，"给孤独园"之省辞。这里指收养孤独鬼魂的处所）"。入，见屋宇错杂，秽臭熏人。园中鬼见烛群集，皆断头缺足，不堪入目。回首欲行，见尸横墙下；近视之，血肉狼藉。曰："半日未负，已被狗咋（zé，咬，啃）。"即使生移去之。生有难色。婢曰："君如不能，请仍归享安乐。"生不得已，负置秘处。乃求婢缓颊（求情），幸免尸污。婢诺。行近一舍，曰："姑坐此，妾入言之。饲狗之役较轻，当代图之，庶几（希望）得当以报。"去少顷，奔出，曰："来，来！娘子出矣。"生从入。见堂上笼烛四悬，有女郎近户坐，乃二十许天人也。生伏阶下。女郎命曳起之，曰："此一儒生，乌能饲犬；可使居西堂，主簿（主理簿籍，即掌管文书档案）。"生喜，伏谢。女曰："汝以朴诚，可敬乃事。如有舛错（差错。舛，chuǎn），罪责不轻也！"生唯唯。婢导至西堂，见栋壁清洁，喜甚，谢婢。始问娘子官阀。婢曰："小字锦瑟，东海薛侯女（东海，今山东省郯城。薛侯，古薛国国君）也。妾名春燕。旦夕所需，幸相闻。"婢去，旋以衣履衾褥来，置床上。生喜得所。黎明，早起视事，录鬼籍（抄录鬼魂的名册）。一门仆役，尽来参谒，馈酒送脯甚多。生引嫌（避嫌），悉却之。日两餐，皆自内出。娘子察其廉谨，特赐儒巾鲜衣。凡有赍赍（jī lài，持送赏赐），皆遣春燕。婢颇风格，既熟，颇以眉目送情。生斤斤自守，不敢少致差跌（差错），但伪作駃钝（同"呆钝"；呆滞迟钝。駃，ái）。积二年馀，赏给倍于常廪（赏给的东西超过日常薪俸一倍。廪，廪俸），而生谨抑（谨慎自守）如故。

一夜，方寝，闻内第喊噪。急起，捉刀出，见炬火光天。入窥之，则群盗充庭，厮仆骇窜。一仆促与偕遁，生不肯，涂面束腰，杂盗中呼曰："勿惊薛娘子！但当分括财物，勿使遗漏。"时诸舍群贼方搜锦瑟不得，生知未为所获，潜入第后独觅之。遇一伏妪，始知女与春燕皆越墙矣。生亦过墙，见主婢伏于暗陬（昏暗的角落。陬，zōu，角落）。生曰："此处乌可自匿？"女曰："吾不能复行矣！"生弃刀负之。奔二三里许，汗流竟体，始入深谷，释肩令坐。飙（biāo，迅疾）一虎来。生大骇，欲迎当之，虎已衔女。生急捉虎耳，极力伸臂入虎口，以代锦瑟。虎怒，释女，嚼生臂，脆然有声。臂断落地，虎亦返去。女泣曰："苦汝矣！苦汝矣！"生忙遽（慌忙急遽之间）未知痛楚，但觉血溢如水，使婢裂衿裹断处。女止之，俯觅断臂，自为续之；乃裹之。东方渐白，始缓步归。登堂如墟（废墟，毁坏残破之遗址）。天既明，仆媪始渐集。女亲诣西堂，问生所苦。解裹，则臂骨已续；又出药糁（sǎn，撒）其创，始去。由此益重生，使一切享用，悉与己等。臂愈，女置酒内室以劳之。赐之坐，三让而后隅坐（坐于偏座）。女举爵如让宾客。久之，曰："妾身已附君体，意欲效楚王女之于臣建（学习楚王女儿季芈与臣下锺建结婚的故事；意为欲下嫁王生）。但无媒，羞自荐耳。"生惶恐曰："某受恩重，杀身不足酬。所为非分，惧遭雷殛（雷轰。殛，jí），不敢从命。苟怜无室，赐婢已过。"一日，女长姊瑶台至，四十许佳人也。至夕，招生入，瑶台命坐，曰："我千里来，为妹主婚，今夕可配君子。"生又起辞。瑶台遽命酒，使两人易盏。生固辞，瑶台夺易之。生乃伏地谢罪，受饮之。瑶台出，女曰："实告君：妾乃仙姬，以罪被谪。自愿居地下，收养冤魂，以赎帝谴（以便向上帝赎罪。谴，罪罚）。适遭天魔之劫，遂与君有附体之缘。远邀大姊来，固主婚嫁，亦使代摄家政，以便从君归耳。"生起敬曰："地下最乐！某家有悍妇，且屋宇隘陋；势不能员园（无棱角，圆滑）委曲，以每其生。"女笑曰："不妨。"既醉，归寝，欢恋臻至。过数日，谓生曰："冥会不可长，请郎归。君干理家事毕，妾当自至。"以马授生，启扉自出，壁复合矣。

生骑马入村，村人尽骇。至家门，则高庐焕映矣。先是，生去，妻召两兄至，将箠楚报之；至暮，不归，始去。或于沟中得生履，疑其已死。既而年馀无耗。有陕中贾某，媒通兰氏，遂就生第与妇合。半年中，修建连亘。贾出经商，又买妾归，自此不安其室。贾亦恒数月不归。生讯得其故，怒，系马而入。见旧媪，媪惊伏地。生叱骂久，使导诣妇所，寻之已遁；既于舍后得之，已自经死。遂使人舁（yú，抬）归兰氏。呼妾出，年十八九，风致亦佳，遂与寝处。贾托村人，求反其妾，妾哀号不肯去。生乃具状（写了诉状），将讼其霸产占妻之罪。贾不敢复言，收肆西去。方疑锦瑟负约；一夕，正与妾饮，则车马扣门而女至矣。女但留春燕，馀即遣归。入室，妾朝拜之。女曰："此有宜男相，可以代妾苦矣。"即赐以锦裳珠饰。妾拜受，立侍之；女挽坐，言笑甚欢。久之，曰："我醉欲眠。"生亦解履登床，妾始出；入房，则生卧榻上；异而反窥之，烛已灭矣。生无夜不宿妾室。一夜，妾起，潜窥女所，则生及女方共笑语。大怪之。急反告生，则床上无人矣。天明，阴告生；生亦不自知，但觉时留女所、时寄妾宿耳。生嘱隐其异。久之，婢亦私生，女若不知之。婢忽临蓐难产，但呼"娘子"。女入，胎即下；举之，男也。为断脐置婢怀，笑曰："婢子勿复尔！业多（此指多产。业，佛家语，此指婢女情欲未断，为人生子），则割爱难矣。"自此，婢不复产。妾出五男二女。居三十年，女时返其家，往来皆以夜。一日，携婢去，不复来。生年八十，忽携老仆夜出，亦不返。

太原狱

太原（府名，府治在今山西省太原市）有民家，姑妇（婆媳）皆寡。姑中年，不能自洁，村无赖频频就之。妇不善其行，阴于门户墙垣阻拒之。姑惭，借端出妇（休妇。出，休弃）；妇不去，颇有勃豀（bó xī，争斗，争吵）。姑益恚，反相诬，告诸官。官问奸夫姓名。媪曰："夜来宵去，实不知其阿谁，鞫（jū，审问）妇自知。"因唤妇。妇果知之，而以奸情归媪，苦相抵。拘无赖至，又哗辨（高声争辩。辨，通"辩"）："两无所私，彼姑妇不相能，故妄言相诋毁耳。"官曰："一村百人，何独诬汝？"重笞之。无赖叩乞免责，自认与妇通。械妇，妇终不承。逐去之。妇忿告宪院（指提刑按察使司，主管一省刑狱司法的衙署），仍如前，久不决。时淄邑孙进士柳下（孙宪元，字柳下，淄川人。顺治十二年进士，授临晋知县）令临晋（旧县名，在山西省西南部，后并入今之临猗县），推折狱才（意谓官场公认为是断案有才能的人。折狱，断案），遂下其案于临晋。人犯到，公略讯一过，寄监讫，便命隶人备砖石刀锥，质理（审讯案件）听用。共疑曰："严刑自有桎梏，何将以非刑折狱耶？"不解其意，姑备之。明日，升堂，问知诸具已备，命悉置堂上。乃唤犯者，又一一略鞫之。乃谓姑妇："此事亦不必甚求清析。淫妇虽未定，而奸夫则确。汝家本清门（清白的门弟，指正派人家），不过一时为匪人所诱，罪全在某。堂上刀石具在，可自取击杀之。"姑妇趑趄，恐邂逅抵偿（碰巧偶尔失手打死人而抵偿人命之罪），公曰："无虑，有我在。"于是媪妇并起，掇石交投。妇衔恨已久，两手举巨石，恨不即立毙之；媪惟以小石击臀腿而已。又命用刀。妇把刀贯胸膺，媪犹逡巡未下。公止之

曰："淫妇我知之矣。"命执媪严桎之，遂得其情。笞无赖三十，其案始结。

附记：公一日遣役催租，租户他出，妇应之。投不得贿，拘妇至。公怒曰："男子自有归时，何得扰人家室！"遂笞役，遣妇去。乃命匠多备手械，以备敲比（敲扑追比）。明日，合邑传颂公仁。欠赋者闻之，皆使妻出应，公尽拘而械之。余尝谓：孙公才非所短，然如得其情，则喜而不暇哀矜矣。

新郑讼

长山石进士宗玉（石日琮，字宗玉，号璞公，长山人。康熙进士），为新郑（今河南新郑）令。适有远客张某，经商于外，因病思归，不能骑步，凭禾车（田间运禾谷的手推车）一辆，携资五千，两夫挽载以行。至新郑，两夫往市饮食，张守资独卧车中。有某甲过，睨之，见旁无人，夺资去。张不能御（抗拒），力疾起，遥尾缀之，入一村中；又从之，入一门内。张不敢入，但自短垣窥觇之。甲释所负，回首见窥者，怒执为贼，缚见石公，因言情状。问张，备述其冤。公以无质实，叱去之。二人下，皆以官无皂白。公置若不闻。颇忆甲久有逋赋（拖欠赋税。逋，bū），遣役严追之。逾日，即以银三两投纳。石公问金所自来。甲云："质衣鬻（yù，卖）物。"皆指名以实之。石公遣役令视纳税人，有与甲同村者否。适甲邻人在，唤入问之："汝既为某甲近邻，金所从来，尔当知之。"邻曰："不知。"公曰："邻家不知，其来暧昧。"甲惧，顾邻曰："我质某物、鬻某器，汝岂不知？"邻急曰："然，固有之矣。"公怒曰："尔必与甲同盗，非刑询不可！"命取梏械（刑具）。邻人惧曰："吾以邻故，不敢招怨；今刑及己身，何讳乎。彼实劫张某钱所市（购买）也。"遂释之。时张以丧资未归，乃责甲押偿（将其拘禁，强令偿还）之。此亦见石之能实心为政也。

异史氏曰："石公为诸生时，恂恂雅饬（恭顺文雅端方。饬，chì），意其人翰苑（翰林院。此指在翰林院任职）则优，簿书（官署文书，指做官处理政务）则诎

（短也。谓短于政务）。乃一行作吏，**神君**（官吏贤明公正，使民敬仰如神者，称"神君"）之名，**噪于河朔**（泛指黄河以北之地）。**谁谓文章无经济**（经世济民的才干）哉！故志之以风有位者（风，通"讽"，讽谏。有位者，在位的官员）。"

房文淑

开封（府名，治所在今河南省开封市）邓成德，游学至兖（yǎn，州名，治所在今山东省兖州区），寓败寺中，佣为造齿籍者（编制户口名册的人）缮写。岁暮，僚役各归家，邓独炊庙中。黎明，有少妇叩门而入，艳绝，至佛前焚香叩拜而去。次日，又如之。至夜，邓起挑灯，适有所作，女至益早。邓曰："来何早也？"女曰："明则人杂，故不如夜。太早，又恐扰君清睡。适望见灯光，知君已起，故至耳。"生戏曰："寺中无人，寄宿可免奔波。"女哂曰："寺中无人，君是鬼耶？"邓见其可狎，俟拜毕，曳坐求欢。女曰："佛前岂可作此。身无片椽（指无房屋居处。椽，梁上承瓦的木条），尚作妄想！"邓固求不已。女曰："去此三十里某村，有六七童子，延师未就。君往访李前川，可以得之。托言携有家室，令别给一舍，妾便为君执炊（做饭），此长策也。"邓虑事发获罪。女曰："无妨。妾房氏，小名文淑，并无亲属，恒终岁寄居舅家，有谁知。"邓喜。既别女，即至某村，谒见李前川，谋果遂。约岁前（岁除之前，即除夕之前）即携家至。既反，告女。女约候于途中。邓告别同党，借骑而去。女果待于半途，乃下骑以辔授女，御之而行。至斋，相得甚欢。积六七年，居然琴瑟，并无追捕逃者。女忽生一子。邓以妻不育，得之甚喜，名曰"兖生。"女曰："伪配终难作真。妾将辞君而去，又生此累人物何为！"邓曰："命好，倘得馀钱，拟与卿遁归乡里，何出此言？"女曰："多谢，多谢！我不能胁肩谄笑（缩敛肩膀，假装笑脸。意谓故作恭敬之状，强为媚悦之颜），仰大妇眉睫，为人作乳媪，呱呱者难堪也！"邓代妻明不妒，女亦不言。月馀，邓解馆（辞馆，不再做塾师），谋与前川子同出经商。告女曰："我思先生设帐（授徒），必无富有之期。今学负贩（贸易经商），庶有归时。”女亦不答。至夜，女忽抱子起。邓问：“何作？”女曰：“妾欲去。”邓急起，追问之，门未启，而女已杳。骇极，始悟其非人也。邓以形迹可疑，故亦不敢告人，托之归宁而已。

初，邓离家，与妻娄约，年终必返；既而数年无音，传其已死。兄以其无子，欲改醮（jiào，嫁）之。娄更以三年为期，日惟以纺绩自给。一日，既暮，往扃外户，一女子掩入，怀中绷儿（被包婴儿。绷，婴儿的包被），曰：“自母家归，适晚。知姊独居，故求寄宿。”娄内（通“纳”）之。至房中，视之，二十馀丽者也。喜与共榻，同弄其儿，儿白如瓠。叹曰：“未亡人（旧时寡妇的自称）遂无此物！”女曰：“我正嫌其累人，即嗣为姊后，何如？”娄曰：“无论娘子不忍割爱；即忍之，妾亦无乳能活之也。”女曰：“不难。当儿生时，患无乳，服药半剂而效。今馀药尚存，即以奉赠。”遂出一裹，置窗间。娄漫应之，未遽怪也。既寝，及醒呼之，则儿在而女已启门去矣。骇极。日向辰，儿啼饥。娄不得已，饵其药，移时湩（zhòng，乳汁）流，遂哺儿。积年馀，儿益丰肥，渐学语言，爱之不啻己出。由是再醮之心遂绝。但早起抱儿，不能操作谋衣食，益窘。

一日，女忽至。娄恐其索儿，先问其不谋而去之罪，后叙其鞠养之苦。女笑曰：“姊告诉艰难，我遂置儿不索耶？”遂招儿。儿啼入娄怀。女曰：“犊子不认其母矣！此百金不能易，可将金来，署立券保（字据）。”娄以为真，颜作赪（chēng，红色），女笑曰：“姊勿惧，妾来正为儿也。别后虑姊无豢养之资，因多方措十馀金来。”乃出金授娄。娄恐受其金，索儿有词，坚却之。女置床上，出门径去。抱子追之，其去已远，呼亦不顾。疑其意恶。然得金，少权子母（放债生息），家以饶足。又三年，邓贾有赢馀，治装归。方共慰藉，睹儿问谁氏子。妻告以故，问：“何名？”曰：“渠（她）母呼之兖生。”生惊曰：“此真吾子也！”问其时日，即夜别之日。邓乃历叙与房文淑离合之情，益共欣慰。犹望女至，而终渺矣。

浙东生

　　浙东生房某，客于陕（今陕西地区），教授生徒。尝以胆力自诩。一夜，裸卧，忽有毛物从空堕下，击胸有声；觉大如犬，气咻咻然，四足挠动。大惧，欲起；物以两足扑倒之，恐极而死。经一时许，觉有人以尖物穿鼻，大嚏（tì，打喷嚏），乃苏。见室中灯火荧荧，床边坐一美人，笑曰："好男子！胆气固如此耶！"生知为狐，益惧。女渐与戏，胆始放，遂共狎昵。积半年，如琴瑟之好。一日，女卧床头，生潜以猎网蒙之。女醒，不敢动，但哀乞。生笑不前。女忽化白气，从床下出，恚（huì，愤怒）曰："终非好相识！可送我去。"以手曳（拖引）之，身不觉自行。出门，凌空翕飞（言二人一块儿飞行空中）。食顷，女释手，生晕然坠落。适世家园中有虎阱（关老虎的陷阱），揉木为圈，绳作网以覆其口。生坠网上，网为之侧（倾斜）；以腹受网（指趴卧在网上），身半倒悬。下视，虎蹲阱中，仰见卧人，跃上，近不盈尺，心胆俱碎。园丁来饲虎，见而怪之。扶上，已死；移时，渐苏，备言其故。其地乃浙界，离家止四百馀里矣。主人赠以资遣归。归告人："虽得两次死，然非狐则贫不能归也。"

一员官

　　济南同知（官名，知府的副职）吴公，刚正不阿。时有陋规，凡贪墨者亏空犯赃罪（亏空公款，犯贪污罪。赃，贪污所取得之财物），上官辄庇之，以赃分摊属僚（把因贪污而亏空的公款，转嫁府属官员，分摊偿还），无敢梗（抗拒）者。以命公，不受；强之不得，怒加叱骂。公亦恶声还报之，曰："某官虽微，亦受君命。可以参处（弹劾处分），不可以骂詈也！要死便死，不能损朝廷之禄，代人上枉法赃（依法，追查赃款，应由贪污者上交，而令无辜者代交，非法，故称"枉法赃"）耳！"上官乃改颜温慰之。人皆言斯世不可以行直道；人自无直道耳，何反咎斯世之不可行哉！会高苑（山东省旧县名。后划为高青县）有穆情怀者，狐附之，辄慷慨与人谈论，音响在坐上，但不见其人。适至郡（府城，指济南府），宾客谈次（谈论间），或诘之曰："仙固无不知，请问郡中官共几员？"应声答曰："一员。"共笑之。复诘其故，曰："通郡官僚虽七十有二，其实可称为官者，吴同知一人而已。"

是时泰安（州名，今山东省泰安市）知州张公，人以其木强（质朴而倔强），号之"橛子"。凡贵官大僚登岱者，夫马兜舆（山轿）之类，需索烦多，州民苦于供亿（供应）。公一切罢之。或索羊豕，公曰："我即一羊也，一豕也，请杀之以犒驺从（封建时代贵族官僚出门时所带的骑马的侍从。驺，zōu）。"大僚亦无奈之。公自远宦（远离家乡外出做官），别妻子者十二年。初莅泰安，夫人及公子自都中来省之，相见甚欢。逾六七日，夫人从容曰："君尘甑犹昔（贫困和以前一样。甑，zèng，古代煮饭的瓦器），何老诨（年老糊涂）不念子孙耶？"公怒，大骂，呼杖，逼夫人伏受（趴下受杖）。公子覆母号泣，求代。公横施挞楚，乃已。夫人即偕公子命驾归（命人备车马还乡），矢（通"誓"）曰："渠（他）即死于是，吾亦不复来矣！"逾年，公卒。此不可谓非今之强项令（性格倔强、不肯低头的县令。据《后汉书》载：东汉董宣为洛阳令，杀死了湖阳公主的恶奴，光武帝大怒，令小黄门挟持董宣，使叩头向公主谢罪。宣两手据地，终不肯俯首，光武帝称之为"强项令"）也。然以久离之琴瑟，何至以一言而躁怒至此，岂人情哉！而威福能行床笫（床席。这里指同床共榻的夫妻。笫，zǐ），事更奇于鬼神矣。

丐　仙

高玉成，故家子，居金城之广里。善针灸，不择贫富辄医之。里中来一丐者，胫有废疮，卧于道，脓血狼藉，臭不可近。居人恐其死，日一饲（sì，通"饲"，施饭，喂食）之。高见而怜焉，遣人扶归，置于耳舍（偏房，即正门两旁的屋舍）。家人恶其臭，掩鼻遥立。高出艾亲为之灸，日饷（招待，供给或提供）以疏食（粗粝的饭食）。数日，丐者索汤饼（汤煮的面食；面条）。仆人怒诃之。高闻，即命仆赐以汤饼。未几，又乞酒肉。仆走告曰："乞人可笑之甚！方其卧于道也，日求一餐不可得；今三饭犹嫌粗粝，既与汤饼，又乞酒肉。此等贪饕（极端贪食。饕，tāo），只宜仍弃之道上耳！"高问其疮，曰："痂渐脱落，似能步履（行走），顾假咿嘎作呻楚状。"高曰："所费几何！即以酒肉馈之。待其健，或不吾仇也。"仆伪诺之，而竟不与；且与诸曹偶语（诸曹，其他仆人。偶语，私语），共笑主人痴。次日，高亲诣视丐，丐跂而起，谢曰："蒙君高义，生死人而肉白骨，惠深覆载（恩惠深厚，如同天地。覆载，喻指包容、庇养万物）。但新瘥（chài，病好转，病愈）未健，妄思馋嚼耳。"高知前命不行，呼仆痛笞之，立命持酒炙饵（酒炙，酒肉。炙，烹烤的肉食。饵，给……吃）丐者。仆衔（怀恨）之，夜分，纵火焚耳舍，乃故呼号。高起视，舍已烬，叹曰："丐者休矣！"督众救灭。见丐者酣卧火中，齁声雷动。唤之起，故惊曰："屋何往？"群始惊其异。高弥重（更加尊重）之，卧以客舍，衣以新衣，日与同坐处。问其姓名，自言："陈九。"居数日，容益光泽，言论多风格（风度格调）。又善手谈（下围棋），高与对局，辄败；乃日从之学，颇得其奥秘。如此半年，丐者不言去，高亦一时少之不乐也。即有贵客来，亦必偕之同饮。或掷骰为令（酒令），陈每代高呼采（掷骰为戏，在投掷的同时呼喊掷出个好的彩头。采，通"彩"，彩头），雉卢（"雉"和"卢"都是博戏取胜的彩色）无不如意。高大奇之。

每求作剧（变戏法；幻术），辄辞不知。一日，语高曰："我欲告别。向受君惠且深，今薄设（设薄酒。备酒筵的谦词）相邀，勿以人从也。"高曰："相得甚欢，何遽诀绝？且君杖头空虚（手头空空，无钱买酒。晋人阮修，常步行，拐杖头上挂一百文铜钱，到酒店就买酒独酌。后人因称买酒钱为"杖头钱"），亦不敢烦作东道主。"陈固邀之曰："杯酒耳，亦无所费。"高曰："何处？"答云："园中。"时方严冬，高虑园亭苦寒。陈固言："不妨。"乃从如园中。觉气候顿暖，似三月初。又至亭中，益暖。异鸟成群，乱哢清咮（群鸟杂乱地清脆鸣叫。哢，lòng，鸟鸣。味，zhòu，鸟嘴），仿佛暮春时。亭中几案，皆镶以瑙玉（玛瑙、玉石）。有一水晶屏，莹澈可鉴：中有花树摇曳，开落不一；又有白禽似雪，往来句辀（鸟鸣声。）于其上。以手抚之，殊无一物。高愕然良久。坐，见鸲鹆（qú yù，鸟名，即八哥）栖架上，呼曰："茶来！"俄见朝阳丹凤（凤凰。丹凤，首翼赤色的鸾鸟称"丹鸟"或"丹凤"），衔一赤玉盘，上有玻璃琖二，盛香茗，伸颈屹立。饮已，置盏其中，凤衔之，振翼而去。鸲鹆又呼曰："酒来！"即有青鸾黄鹤（青鸾，传说中的神鸟，赤色为"凤"，青色为"鸾"。黄鹤，传说中神仙所骑的鹤），翩翩自日中来，衔壶衔杯，纷置案上。顷之，则诸鸟进馔，往来无停翅；珍错（山珍海错，指珍异肴馔）杂陈，瞬息满案，肴香酒冽，都非常品。陈见高饮甚豪，乃曰："君宏量，是得大爵。"鸲鹆又呼曰："取大爵来！"忽见日边焪焪，有巨蝶攖（yīng，衔来）鹦鹉杯，受斗许（能容一斗多酒），翔集案间。高视蝶大于雁，两翼绰约，文采灿丽，亟加赞叹。陈唤曰："蝶子劝酒！"蝶展然一飞，化为丽人，绣衣翩跹（piān xiān，轻盈飘逸），前而进酒。陈曰："不可无以佐觞。"女乃仙仙（形容舞姿飞扬）而舞。舞到酣际（舞兴最浓的时候。酣，浓、盛），足离于地者尺馀，辄仰折其首，直与足齐，倒翻身而起立，身未尝着于尘埃。且歌曰："连翩笑语踏芳丛，低亚花枝拂面红。曲折不知金钿落，更随蝴蝶过篱东。"余音嫋嫋，不啻绕梁（《列子·汤问》记载：古时一位歌者，歌后余音绕梁，三日不绝。后因以"余音绕梁"形容使人经久不忘的优美歌声）。高大喜，拉与同饮。陈命之坐，亦饮之酒。高酒后，心摇意动，遽起狎抱。视之，则变为夜叉，睛突于眦，牙出于喙，黑肉凹凸，怪恶不可状。高惊释手，伏几战栗。陈以箸击其喙，诃曰："速去！"随击而化，又为蝴蝶，飘然飏去。高惊定，辞出。见月色如洗，漫语陈曰："君旨酒佳肴，来自空中，君家当在天上。盍（何不）携故人一游？"陈曰："可。"即与携手跃起。遂觉身在空冥，渐与天近。见有高门，口圆如井，入则光明似昼。阶路皆苍石砌成，滑洁无纤翳。有大树一株，高数丈；上开赤花，大如莲，纷纭满树。下一女子，捣绛红之衣于砧上，艳丽无双。高木立睛停，竟忘行步。女子见之，怒曰："何处狂郎，妄来此处！"辄以杵投之，中其背。陈急曳于虚所（无人的地方），切责（责备。切，责）之。高被杵，酒亦顿醒，殊觉汗愧。乃从陈出，有白云接于足下。陈曰："从此别矣。有所嘱，慎志勿忘：君寿不永，明日速避西山中，当可免。"高欲挽之，返身竟去。

高觉云渐低，身落园中，则景物大非。归与妻子言，共相骇异。视衣上着杵处，异红如锦，有奇香。早起，从陈言，裹粮入山。大雾障天，茫茫然不辨径路。蹑荒急奔，忽失足，堕云窟中，觉深不可测；而身幸不损。定醒良久，仰见云气如笼（蒸笼）。乃自叹曰："仙人令我逃避，大数终不能免，何时出此窟耶？"又坐移时，见深处隐隐有光，遂起而渐入，则别有天地。有三老方对奕，见高至，亦不顾问，棋不辍。高蹲而观焉。局终，敛子入盒，方问客何得至此。高言："迷堕失路。"老者曰："此非人间，不宜久淹（留）。我送君归。"乃导至窟下，觉云气拥之以升，遂履平地。见山中树叶深黄，萧萧木落，似是秋杪（秋末、暮秋。杪，miǎo）。大惊曰："我以冬来，何变暮秋？"奔赴家中，妻子尽惊，相聚而泣。高讶问之，妻曰："君去三年不返，皆以为异物（鬼物）矣。"高曰："异哉，才顷刻耳。"于腰中出其糗粮（干粮），已若灰烬。相与诧异。妻曰："君行后，我梦二人皂衣闪带（穿着黑色衣服，系着闪光的腰带），似谇赋（追逼赋税。谇，suì，责骂，形容追逼）者，汹汹然入室张顾（张望察看），曰：'彼何往？'我诃之曰：'彼已外出。尔即官差，何得入闺闼中！'二人乃出，且行且语曰'怪事怪事'而去。"乃悟已所遇者，仙也；妻所梦者，鬼也。高每对客，衷杵衣（衷，穿在里面。杵衣，指被捣衣杵击过的衣服）于内，满座皆闻其香，非麝非兰，着汗弥盛。

主要人物形象分析

喜爱诗歌的美人鱼——白秋练

白秋练是比较罕见的白鲟精，酷爱诗歌。她听到慕蟾宫在月下吟诗，竟暗恋上慕公子，以致相思成疾。白母爱女心切，领着女儿直接找到慕生，慕生为之三吟王建"罗衣叶叶"，白秋练的相思病竟痊愈了。后来，白秋练因为远离家乡的湖水而危在旦夕，可是只要坚持每天三次对着她朗诵杜甫的《梦李白》，当湖水运到时，她又得以重生。

白秋练不仅酷爱诗歌，更重要的是她心地纯洁，不慕财屈势。白秋练可以预先知道商品物价的高低，但她并不用来牟利，只用它来投慕老爹所好，使慕老爹承认了他俩的婚姻。洞庭湖的龙王看上了白秋练，可白秋练并不贪恋龙王的富贵权势，只爱无权无势的书生—慕蟾宫。她最终利用龙王的上司—真君，顶住了龙王的压力，从此和慕生做了一对平凡恩爱的夫妻，相依相扶，白头偕老。

感天动地，为父伸冤——孝子席方平

席方平是一个孝子。他死去的父亲托梦给他，说自己被奸人羊氏所陷害。席方平心急如焚，立刻入城隍庙，为父亲伸冤。然而城隍被羊氏贿赂收买，不审理案件。执着的席方平马上又告于郡司，郡司也受贿，对席方平用刑。即使这样，他也不放弃，进入冥府，希望冥王能为自己伸冤。不料整个地府被羊氏收买。他们上下勾结，互相串通，对席方平严刑拷打，威逼利诱，想使他屈服。然而方平铁骨铮铮，面对淫威毫不屈服，连对他用刑的鬼吏也对其肃然起敬。

面对整个地府的黑暗污浊，贪官污吏的凶狠残暴，席方平永不言弃，一心为父伸冤。他用单薄的身躯抗争整个冥府，用自己的行动反抗至高无上的冥王，最终在二郎神的帮助下，他赢得了公平和正义。

特立独行，傲然挺立的商业奇才——黄英

黄英是菊花幻化成的女子，善于经商。她偶然和马子才相识，借住在马子才家里。黄英以"种无不佳，培溉在人"的育菊绝技，富甲一方。她靠经营菊花，从借用马子才的荒园居住、养花，到自己盖起讲究的楼房，过上了"享用过于世家"的生活。马子才丧妻以后迎娶了黄英。

在封建社会，女子没有独立的经济地位，要仰男人鼻息，而黄英却特立独行，靠自己的勤劳、智慧发家致富。她的丈夫马子才一开始并不理解她，认为卖菊是亵渎东篱，也不乐意仰仗妻财生活。黄英用她独特的言行征服了马子才："妾非贪鄙；但不少致丰盈，遂令千载下人，谓渊明贫贱骨，百世不能发迹，故聊为我家彭泽解嘲耳。"陶渊明之所以穷，并非没有能力，而是没把精力放到求取财富上，是不为也，非不能也。劳动致富，既能使自己过得好一点儿，又为陶渊明争口气，堂堂正正，何耻之有？黄英用自己的商业才能和自强自立的性格，最终赢得了丈夫的认同和尊重。

善良聪慧的狐狸精小翠

小翠是一个美丽善良、知恩图报的狐女。因为王太常小时候救过小翠的母亲，为了报恩，小翠嫁给了王太常的傻儿子元丰。小翠不嫌弃元丰痴傻，每天陪伴他做各种游戏，逗他开心；后来，还治好了元丰的痴病，使王家"大喜，如获至宝"。因为她不会和元丰长久地在一起，在自己离开之前，她为公子找了个于家姑娘为妻。婚后，元丰发现于家女儿是小翠的模样，才知道小翠的良苦用心：她将自己变成于家姑娘的模样，为的是元丰见到于家女儿就像见到她，以解元丰对她的思念之情。小翠，何其善良！

由于同巷王给谏和王太常有嫌隙，小翠曾几次戏弄王给谏，解救公公急难，她的狡黠聪慧可见一斑。按常理，聪慧善良、知恩图报的小翠应是公婆所喜爱的媳妇。可是不然。小翠在王府"身受唾骂，擢发不足以数"，她之所以忍辱受屈，完全是为了"报囊恩，了夙愿"。但她绝不是一个逆来顺受的儿媳

妇。就在她失手打碎玉瓶之后，她再也不堪忍受王侍御夫妇的"交口诃骂"，"盛气而出"，表现了她不畏权势、敢于反抗的性格。

积极追求爱情、卓然独立的葛巾

葛巾是牡丹花精，她积极主动地追求爱情、婚姻，坚决地捍卫人格、维护尊严。

葛巾被"爱好牡丹成癖"的常大用对牡丹的痴情所感动，便不待父母之命，不顾门第权势，积极追求爱情：敢于让常生"夜以花梯度墙"，并以身相许；主动大胆地去常大用住处幽欢，还以金相赠；听到"浮言"之后，毅然私奔；归家后虽"四邻惊贺"，但其坦坦荡荡，毫无顾忌，并时常宽慰常大用。因感念书生的一思之诚，一腔真情，葛巾义无反顾地抛弃富贵门第之家，积极追求爱情，可谓重情重义。

葛巾选择什么样的伴侣和婚姻，全都自己决定。结婚以后，她也不同于一般的封建女性成为丈夫的附属物，而是始终保持自己的独立人格。常大用虽然对葛巾一片痴情，却对葛巾的来历存疑，而且对他们的结合方式也心存疑虑。他对葛巾自言"魏姓，母封曹国夫人"起疑，就托故再去曹州，查询葛巾的身世。归来后，常大用旁敲侧击地试探葛巾是否为花妖。葛巾决不允许任何人，哪怕是丈夫对自己纯真的爱情有丝毫的不信任和轻贱。她"蹙然变色，遽出，呼玉版抱儿至，……遥掷之，儿堕地并没。生方惊顾，则二女俱渺矣"。葛巾为情毅然来，见疑又断然去。性情何其刚烈，人格何等磊落！她的决绝，最根本的原因在于她自己掌握自己的命运，有着卓然独立的人格。

貌丑而心善的乔女

乔女丑得出奇：跛一脚，塌一鼻，面如锅底。到二十五岁她还没嫁出去。丧偶的穆生娶了她，她生了儿子后穆生又死了。乔女求娘家帮忙被拒，只好靠纺织艰难度日。这时，她的人生出现了转机，同县家境富裕的孟生看中了乔女的德行，要娶她，但乔女恪守一女不事二夫的封建律条，坚决拒绝。孟生对她越发欣赏，再次求婚，还说服了乔女的母亲，可连母亲亲自动员她，她都不同意。乔女虽坚持不改嫁，但孟生对她的钟情让她深深感动，心灵早就跟孟生联系到一起。

不久，孟生得暴病死了，无赖趁机把其家产掠取一空，仆人趁火打劫，无赖还想谋夺孟生的田产，连孟生的好朋友都吓得不敢出面。这时与孟生非亲非故的乔女却挺身而出，到官府告状，到有地位的缙绅门上哭诉，终于替孤儿保住了财产。然后，善良无私的乔女十几年如一日，任劳任怨地把孤儿抚养成人，替孤儿请老师，积累钱粮，和名门联姻。乔女用她终生的辛劳来报答孟生的知己之遇，乔女虽然貌丑，却拥有金子般的美好心灵。

娇憨爱笑的狐女婴宁

婴宁爱笑。她见花笑，见人笑，坐立都笑，笑得痛快淋漓；她拈花带笑，倚树狂笑，纵声朗笑，孜孜憨笑，笑得千姿百态；甚至举行婚礼时，她还狂笑不已，以至于拜不成天地，她仿佛是一个天生的笑神。封建时代的女人只能笑不露齿，笑不出声，否则就是有悖纲常，有失检点。而婴宁却毫无羞怯地笑，自由自在地笑，发自内心的笑。她用最真诚、最灿烂的笑，展示那纯洁无邪的心灵。

婴宁还爱花。无论她在哪里，哪里就是花的世界：遗花地上、拈梅花遥望、执杏花一朵、含笑拈花而入；她爱花成癖，物色遍戚党；窃典金钗，购佳种，"数月，阶砌藩溷无非花者"。花是婴宁生活的一部分，花也象征着她的心灵美。

婴宁是一个娇憨活泼、天真狡黠的女子。她有意遗花地上，引起王子服的相思。在王子服面前，她明骂似贼，却暗送秋波，引来了王子服后又故作娇憨，不解共寝，甚至似知非知，似痴非痴地说出"背他人何得背老母"这一令人捧腹之语。婴宁既天真又狡黠，大胆追求自由幸福的爱情生活。这正是婴宁形象的光辉所在。